KB162843

Ⅰ

그 후 작가의 하녀

marquis'maid

문시티 장편소설

동아

그 후 작가의 하녀 · I

초판 1쇄 인쇄일 | 2022년 8월 10일
초판 1쇄 발행일 | 2022년 8월 19일

지은이 | 문시티
펴낸이 | 박성면
펴낸곳 | (주)동아

출판등록 | 제406-3960100251002007000071호
주소 | 경기도 파주시 문발동 223-1 2층
전화 | (031)8071-5201
팩스 | (031)8071-5204
E-mail | bear6370@hanmail.net

정가 | 13,000원

ISBN 979-11-6302-599-3 (04810)
      979-11-6302-598-6 (set)

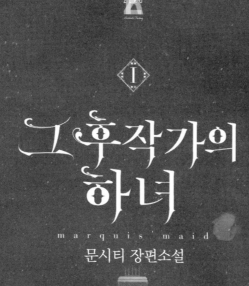

그 후작가의 하녀

marquis' maid

문시티 장편소설

동아

목   차

1. 그 하녀

카론 에르하르트가 가문을 잘 타고난 망나니 새끼라는 사실은 모두가 알고 있었다.

잘생긴 개새끼, 비밀 클럽의 우두머리, 검실 없는 검, 왕의 충견.

그를 수식하는 호칭들은 화려했으나 그의 본성을 낱낱이 볼 기회는 흔치 않았다. 직접 보면 더한 새끼였지만 '에르하르트'라는 후작 가문의 명성이 접근성을 떨어뜨렸기 때문이었다. 그러나 에르하르트 저택의 고용인들은 안타깝게도 그 흔치 않은 기회를 매일매일 누리고 사는 자들이었다.

오늘도 수석 집사 한스 에르너는 나자빠져 있는 주인을 보는 영광을 만끽할 수 있었다. 다만, 뒤로 저택에 갓 들어온 신입 하녀들이 있다는 사실에 심심한 유감을 느꼈다.

커튼 사이로 들어온 한 줄기 햇살이 붉은 침상을 가로질렀다. 빛에 노출된 넓고 매끈한 흉근에 윤이 흘렀다. 신입 하녀들은 본분도 잊고 힐끔힐끔 주인의 몸을 탐했다. 하반신이 모직 담요로 간신히 가려져 있어서 다행일 지경이었다.

노집사는 평소처럼 대놓고 혀를 차지도 못하고, 대신 흠흠 헛기침을 했다. 주인은 미동도 없었다. 대신에 한스의 발치에 데굴데굴 굴러다니는 파란 유리병이 닿았다.

또 약을 하셨나 보다. 중독성이 약한 '환상의 와인'이니 그나마 다행이라고 해야 하나.

평소 같으면 무난하게 지나갈 일인데, 뒤에서 하녀들이 무언지 알아보고 숨을 들이마시니 대놓고 괜찮을 수가 없었다. 더는 지체할 수 없어, 한스는 병을 주워 든 채 느긋한 목소리로 주인을 깨웠다.

"후작님, 일어나실 시간입니다."

몸을 덮는 그림자에 인기척을 느꼈는지, 남자의 눈꺼풀이 미세하게 움찔거렸다. 눈부신 빛이 들어오자 손등으로 가까스로 열리려던 눈을 덮는다. 덕분에 손목 안쪽에 새겨진 마법진 문양이 모습을 드러냈다. 그는 아직 잠에 취한 목소리로 중얼거렸다.

"지금 몇 시인데."

"정오가 지났습니다."

"왜 이렇게 일찍 왔는데."

"오늘 신입 하녀들이 들어왔습니다. 어제 신입 하녀들을 불러올리라 명하셔서 데려왔습니다."

카론이 한숨을 내쉬며 한 손으로 얼굴을 쓸어내렸다. 내가 그랬었나, 하는 혼잣말 아닌 혼잣말은 침실에 있는 모두가 들을 수 있었다. 거대한 체구가 한번 뒤척거리자 척추 선이 또렷한 등줄기가 드러났다.

"가운."

캐노피 그림자 안에서도 제 색이 명확히 구분되는 흑색 머리카락을 지닌 남자가 잘 빚어진 몸을 서서히 일으켰다. 헤드 쿠션에 몸을 기댄 채로 저를 구경하는 신입 고용인들을 살피던 검붉은 눈동자는, 몇 번의 깜빡임 끝에야 몽롱한 기운에서 헤어 나와 점차 또렷한 적색을 띠었다.

"몇 명이나 들어왔어."

"일단 간추려서 30명 정도를 뽑았습니다. 모두 기초 교육을 수료했고, 인망 있는 가문에서 추천서를 받아 온 자들입니다."

집사가 가져온 가운을 대충 걸친 그가 하녀들에게 다가섰다. 그제야 하녀들은 바싹 긴장했는지 고개를 빳빳이 세운 채 눈알만 아래로 내리깔았다.

에르하르트 후작의 명성이야 익히 들어왔으니 주의하란 당부만 듣길 몇 차례. 두둑한 보수를 기대하고 온 자들이든, 다른 목적이 있는 자들이든 긴장을 놓을 수가 없는 상황이었다.

카론은 하녀들의 얼굴을 쓱쓱 훑어보다가 예쁘장한 하녀 몇을 턱짓으로 골라냈다. 한스는 그가 고른 하녀를 잘 기억해 두었다.

"한 달 후에 연회가 열릴 거다."

창문을 활짝 열자, 산뜻한 바람이 방 안에 밀려들었다. 카론은 햇살이 드리운 창가에 기대앉아 내키지 않는 얼굴로 하녀들을 일별했다.

"저택을 구석구석 청소해 두도록 해."

그러고는 늘어지는 하품을 하며 욕실로 들어섰다. 햇살을 흠뻑 받은 미남자의 뒷모습에 하나둘 긴장을 놓은 하녀들의 시선이 따라붙었다.

카론에게 지목받은 하녀들끼리는 서로의 얼굴을 의식하며 훑어보았다. 모두 금발의 미인들이었다. 마주 보는 얼굴들이 영문을 모르겠다는 표정은 아니었다. 그건 어떤 경계의 눈빛이었다.

일주일 후, 선택을 받은 하녀들은 한스로부터 새로운 제안을 받았다. 후작의 시침을 들면 일당이 열 배라는 조건이었다.

그날부터 새로 온 하녀들 사이에서 엄밀한 위계가 생기기 시작했다.

* * *

고용인 사이에서는 새로 들어온 하녀들에 관한 이야기가 연신 화제였다.

특히, 남자 고용인들 사이에서는 풍성한 백금발에 푸른 눈동자를 지닌 하녀가 입에 오르내렸다.

정작 소문의 당사자인 레나 크루거는 하녀들 사이에서 입지가 좋지 못했다.

당연히 선택받은 하녀 중 하나이긴 할 텐데, 시침 드는 하녀들과 일과를 함께하지 않으니 유일하게 제안을 거절한 하녀라고 소문이 돌았다. 제안을 받아들인 시침 하녀들은 그녀를 불편하게 여겼고, 제안을 받지 못한 잡일 하녀들은 은근히 그녀를 치켜세우며 살갑게 굴었다.

지금만 봐도 그녀가 걸레를 빠는 양동이를 '실수로' 뒤집었다고 사과하는 하녀는 시침 하녀였고, 그 하녀의 실수를 '고의'라고 몰아붙이는 하녀는 잡일 하녀였다.

레나는 이 모든 사태에 관심이 없었다. 불쌍한 양동이만 잿빛 대리석 위를 구를 뿐. 레나는 둘이 싸우든지 말든지 양동이를 제대로 세우고, 마른걸레로 구정물을 닦기 시작했다.

"어머, 레나 이걸 왜 네가 해."

잡일 하녀인 앤이 그녀 가까이로 다가와 호들갑을 떨었다. 그러자 시침 하녀인 마리가 어정쩡하게 다가와서 한마디를 덧붙였다.

"맞아……. 놔두면, 내가 알아서 치울게."

"참 나, 그러고 나서 안 치우다가 하녀장에게 발각되면 레나에게 뒤집어 씌우려고?"

"뭐라고? 무슨 말을 그렇게 해?"

"딱 봐도 수준 나오니까 그렇지. 너희가 얼굴 좀 반반해서 후작 침대 드나든 다고 뭐라도 된 줄 알아? 그래 봤자 창녀 대용이면서!"

"뭐?"

마리가 앤의 뺨을 쳤다. 앤은 발갛게 물든 자기 뺨을 만지다가 실소를 흘렸다. 넋을 놓은 순간은 아주 잠깐이었다. 서로 누가 먼저라고 할 수도 없이 머리채를 잡고 흔들었다. 두 여자는 엉켜 싸우기 시작했다.

그 광경을 잠시간 지켜보던 레나는 한숨을 내쉬었다. 말릴까, 말까를 고민하던 차였다. 문 없는 아치 너머로 두 남자가 유유히 걸어오는 모습이 보였다. 레나는 고개를 숙이고 걸레로 바닥을 닦는 데 몰두했다.

두 하녀는 다가오는 사람들이 있다는 사실도 모르고, 서로 산발이 된 머리를 잡아당겼다. 정신을 차렸을 때는 이미 응접실에 들어선 카론과 한스가 그들을 빤히 바라보고 있었다.

"왜? 모처럼 재밌는 구경이었는데."

카론이 흥미를 담은 입꼬리를 말아 올렸다. 그 옆에서는 집사가 한심한 눈빛으로 둘을 쏘아보고 있었다. 그제야 정신을 차린 하녀들은 옷매무새를 가다듬고 고개를 떨어트렸다.

"이게 무슨 추태들인가."

한스가 꾸짖자 둘은 서로의 눈치만 보았다. 할 말이 없었던 것이다.

한쪽은 도저히 주인 앞에서 주인의 시침 하녀를 창녀라 조롱했다고 말할 수 없었고, 다른 한쪽은 차마 자신이 먼저 때렸다고 고할 수 없었다. 그래서 둘은 조용히 청소를 하고 있던 제3자를 향해 시선을 모았다.

레나는 카론과 한스까지 뒤따라 저를 주목하고 나서야 고개를 들어 올렸다. 새하얀 얼굴 위에는 차가운 인상에 걸맞은 건조함이 자리하고 있었다. 여태껏 조소만 짓고 있던 카론은 레나를 보자마자 고개를 갸웃이 까닥였다.

"너, 이름이 뭐야?"

"레나, 크루거……. 입니다."

"새로 온 하녀야?"

"네."

"왜 못 본 기분이 들지?"

여자는 여린 체구와는 다르게 건조하리만큼 무던한 목소리였다. 카론이 그녀의 얼굴을 들어 올렸다. 순간, 샛별을 떠오르게 하는 벽안이 그를 올려다보았다.

"이렇게 예쁘면 기억에 남을 텐데."

울리면 더 예쁠 것 같고. 남자가 꼴릴 만한 최상의 얼굴이거든. 카론은 뒷말을 삼키고 붉은 입꼬리를 휘어 보였다.

레나는 주인의 노골적인 칭찬이 낯부끄러웠는지 시선을 아래로 내렸다. 그러자 옆에서 한스가 점잖게 그를 말렸다.

"그 아이는……. 시침을 들지 않는 아이입니다."

"아, 그래?"

카론이 담백하게 그 얼굴을 놓았다. 어차피 예쁘장한 여자라면 깔리고 깔렸는데, 굳이 원치 않는 여자에게 추근댈 이유는 없었다. 대신에 그는 다른 재미로 방향을 틀었다.

"넌 그래서 저 둘이 무슨 일로 싸웠는지 알아?"

숨을 죽이고 있던 하녀들의 어깨가 들썩였다. 레나는 그들을 차례로 훑어보았다. 아무래도 앤이 좀 더 기대하는 모양이었다. 자신이 레나의 편을 들었다고 여기는지 보상 심리를 갈구하는 미소를 짓고 있었다.

"모르겠는데요."

덕분에 앤의 미소가 두 쪽으로 쩍 하고 갈라지는 광경을 볼 수 있었다. 레나의 표정은 단조로운 대답만큼이나 덤덤한 채였다.

"아, 그래? 그럼 내가 마음대로 결정해도 되겠네. 싸움질은 둘 다 했으니."

카론이 불안하리만치 활짝 웃었다. 마치 진실은 처음부터 상관없었다는 미소 같기도 했다.

"야, 너희."

카론이 빙글빙글 웃으며 그들을 불렀다.

"누가 이겼어?"

카론이 정말 궁금하다는 투로 둘을 번갈아 보며 물었다. 이름 따위는 알지도 못했다. 애초에 이 저택에서 후작에게 이름으로 불리는 고용인은 집사장인 한스와 하녀장인 레베카밖에 없었으니.

저택에 들어온 지 얼마 되지도 않아서 눈 밖에 난 신입 하녀들은 동시에 서로 눈치를 주고받았다. 아마 둘 중 하나는 잘릴 위기 같은데, 대답을 어찌해야 유리한지 알 수 없었기 때문이었다. 이겼다는 쪽이 나빠 보일까? 졌다고 하면 좀 더 동정을 얻을 수 있나?

"승부가 안 났나 보네."

그들의 주인은 참을성 없는 남자였다. 그는 벌써 층계참에서 자리를 잡고 앉아 있었다.

"그럼 어서 결말을 내 봐. 난 이기는 쪽이 좋거든."

카론이 씩 웃어 보였다.

대답할 시간은 없었다. 먼저 말귀를 알아먹은 앤이 마리의 머리채를 잡았기 때문이었다. 곧바로 사활을 건 하녀들의 육탄전이 시작되었다. 카론은 박장대소했다.

한스의 한숨은 카론의 웃음소리와 하녀들의 비명에 묻혔다. 레나는 무감한 눈길로 완전히 개판이 나 버린 상황을 훑어보았다. 그러고는 침착하게 되새겼다.

'맨 처음부터 에르하르트 후작 눈에 띄지는 마. 처음부터 거슬리는 사람을 제일 싫어하니까.'

과연, 그 말이 맞았다.

레나는 묵묵하게 청소를 마치고, 그 자리를 빠져나갔다. 그러느라 뒤로 검붉은 시선이 진득하게 따라붙는 기척은 느끼지 못했다.

아무리 존재감 없이 행동해 봤자 존재감이 가려질 외모는 아닌데.

카론은 이번에 재밌는 하녀들이 많이 들어왔다고 생각하면서, 이제는 물고 할퀴고 꼬집는 수단까지 동원한 두 하녀를 재미나게 지켜보았다.

결국에는 좀 더 우악스럽지 못한 시침 하녀 마리가 울음을 터뜨리고 주저앉았다. 예쁜 얼굴에 잔뜩 상처가 생긴 뒤였다. 카론은 아름다운 패자를 가여운 얼굴로 내려다보며 머리를 쓰다듬어 주었다.

다음 날, 마리는 저택에서 추방되었다. 잡일 하녀인 앤은 상처가 덕지덕지 남은 채로 에르하르트 저택에서 살아남았다.

* * *

에르하르트 저택에서 고용인에게 지불하는 임금은 일반적인 보수의 5배에 해당한다. 그건 노동 강도 역시 다른 귀족 저택의 5배에 해당한다는 의미기도 했으나 전쟁이 끝난 지 얼마 되지 않은 시기였다. 이 정도로 임금을 지불하는 가문은 드물었기 때문에, 에르하르트 저택은 언제나 고용인을 일정 수로 유지하는 중이었다.

오늘도 에르하르트에선 정원사부터 세탁 하녀까지 고용인 전체가 바쁘게 움직이고 있었다. 거의 계절마다 연회가 열리는 탓이다. 덕분에 조례 시간마다 신경질적인 목소리가 쩌렁쩌렁 울렸다.

"내일 연회는 평소보다 규모가 크니 손님이 더 많이 오실 거다. 다들 알고 있겠지? 발렌시아 공작가의 귀공자께서 오신다. 그러니 객실에 특히 더 신경 써야 해. 수습 기간이 거의 막바지인데 귀한 손님들이 오시는 상황에서 말썽을 부린다면, 그에 합당한 대가를 치르게 될 줄 알거라. 안 그래도 최근 사건에 관해서는 이미 알고 있겠지만!"

하녀장 레베카가 엄포를 놓았다. 앤은 고개를 들지 못했다.

이겨도 이긴 상태가 아니었다. 고용인들 사이에 소문이 쫙 퍼진 탓에, 시침 하녀들은 앤을 사람 취급도 하지 않았고 잡일 하녀들도 앤과 친하게 지내기를 꺼렸다.

들어온 지 얼마 되지 않아 싸움을 벌인 동기랑 누가 친해지고 싶겠는가.

몇몇 잡일 하녀들은 앤과 마찬가지로 시침 하녀를 싫어하기 때문에 고소해하는 뭇웃음을 흘렸지만, 대놓고 앤을 두둔하거나 챙기진 않았다. 어차피 그들에게는 앤이든 시침 하녀든 간에 뒷말의 대상일 뿐이었다.

레나는 이번에도 침묵을 유지했다. 애초에 유치한 파벌에 낄 생각 없이 제 할 일만 해낼 작정이었다.

"저기……."

조례가 끝났을 때, 누군가 레나의 어깨를 톡톡 두드렸다. 뒤를 돌아보니 레나보다 머리 반 개 정도 작은 하녀가 머뭇거리며 말을 걸었다.

"안녕하세요, 저는 로제마리 키텔이에요."

레나는 그녀가 말을 붙인 이유를 짐작하지 못하다가 로제마리가 소심하게 덧붙인 말에 고개를 끄덕였다.

"오늘부터 방을 같이 써야 할 상대죠."

분홍색 머리를 가진 로제마리는 얼핏 봐도 그녀보다 서너 살은 어려 보였다. 하지만 저택에 먼저 들어왔으니 선배는 선배인 법. 레나는 룸메이트와의 무난한 생활을 위해 친절한 미소를 지어 보였다.

"반가워요. 저는 레나 크루거, 예요."

항상 그렇듯 소개말이 조금 매끄럽지 않게 흘러나왔다. 로제마리는 위화감을 느끼지 못했는지 레나에게 들뜬 제안을 내보였다.

"한 달 동안 수습 기간을 잘 견뎌 내셨어요. 그동안 지하 방에서만 지내셨죠? 하녀장께서 이제 새로 오신 분들이 쓰실 방을 안내해 주라고 하셨어요. 가서 보실래요?"

별채로 향하는 동안, 로제마리는 종일 레나에게 조잘조잘 이곳의 생활을 늘어놓았다. 붙임성도 좋은 터라 레나는 로제마리에게 꽤 괜찮은 첫인상을 받았다.

"여기가 우리 방이에요."

방문을 열던 로제마리는 헉, 하고 숨을 들이마셨다. 방문 앞에 파란색 장미가 꽂힌 화병이 자리하고 있던 터라 하마터면 깨 먹을 뻔한 상황이었다.

"누군가 꽃을 보냈네요?"

로제마리한테는 일어나지 않았던 일이었으니, 분명히 이건 레나에게 온 화병이었다. 로제마리는 내심 떠보듯 물었다.

"혹시 레나 씨에게 온 건가요?"

"아니요. 이 저택에 아는 분이 없는데 그럴 리가요."

답은 차가울 정도로 빠르게 나왔다. 레나는 귀한 꽃이라는 파란 장미에 시선을 뺏기기보단 앞으로 생활할 공간을 둘러보기에 바빴다.

바람이 불어오는 창가 옆으로 깔끔한 침대 두 대가 배치되어 있었고, 간소한 화장대와 책상이 한구석을 차지하고 있었다. 화장대와 책상 사이로는 원목 서랍장이 자리했다. 이만하면 소박하면서도 실용적인 방이었다.

"방이 좋네요."

"그럼요. 에르하르트의 고용인 숙소는 다른 저택보다 월등히 좋아요. 다락방이나 지하실에 기거하게 하지 않고 별채를 제공하는 것만 봐도 그렇잖아요? 다만, 일이……. 조금 바쁘지만요."

조금이 아니라는 사실은 알고 있었기에 레나는 살짝 웃었다. 그러자 로제마리가 눈을 반짝거렸다. 지그시 보는 눈길에는 동경이 담겨 있었다.

"와, 정말 레나 씨가 제일 예쁘네요. 세상에나."

"네?"

"웃으니까 더 예뻐! 제가 레나 씨랑 같은 방 쓰려고 다른 하녀들이랑 얼마나 겨뤘는지 아세요?"

"그게 무슨……."

"다들 레나 씨랑 같은 방을 쓰고 싶어 했다구요!"

레나는 무슨 뜻인지 이해하지 못한 채로 창문가에 끌려가다시피 서게 되었다. 기다린 것처럼 맞은편 별채에서 창문이 드르륵 열렸다. 창문 창살 사이로 반반하게 생긴 남자 여럿이 경쟁하듯 머리를 내밀었다. 아마도 맞은편은 풋맨(footman)의 방인 듯싶었다.

"와. 듣던 대로네."

"미쳤다. 진짜로 이번 신입 중에 제일 예쁘네."

"대단한데, 로제마리. 네가 그 방을 차지한 거야?"

남자들은 협소한 창틀 밖으로 머리를 욱여넣으며 새로 들어온 하녀에게서 시선을 떼지 못했다. 풋맨의 역할이 손님을 모시는 일이다 보니 그들 모두가 반반한 자들이었으나, 레나는 익숙해질 대로 익숙해진 음험한 관심에 눈살을 찌푸렸다.

"맞아, 잘 보이고 싶으면 내일부터 잘하라구! 특히, 막스 너!"

로제마리가 손가락질까지 해 가며 키득거리다가 창문을 닫았다. 그제야 설명을 요구하는 레나의 눈초리를 느꼈는지, 로제마리는 바닥에 있던 화병을 화장대에 두면서 흥얼거렸다.

"내일부터 연회죠? 그래도 좀 편해지겠네요. 레나 씨도, 저도."

싱긋 웃으면서 하는 말에는 딱히 악의가 없었다. 로제마리는 화병을 햇볕이 닿는 위치로 배치하는 데 집중하느라 레나의 낯빛을 살피지도 않았다. 나중에 화장대 거울로 비치는 차가운 벽안을 발견했을 때야 해맑은 기색으로 덧붙여 줄 뿐이었다.

"어머, 그렇게 무서운 표정 짓지 말아요. 아직 연회가 얼마나 힘든지 겪어 보지 않아서 그러는 거예요. 남자 하인들이 힘든 일을 도와주면 얼마나 편한데요."

"나랑 같은 방을 쓰려는 이유가 남자들의 환심을 사기 위해서였어요?"

"에이, 그 정도로 무슨. 그건 일부죠. 레나 씨도 알잖아요? 하녀 중에서도 지성 있는 하녀는 가정 교사까진 하지만, 예쁜 하녀는 귀족의 정부 자리도 꿰차는걸요. 시침 하녀만 되어도 고상 떨면서 궂은일은 안 하는데, 정부는 얼마나 편하게 살까요? 그렇다면 귀여움받는 정부의 시중 하녀라도 되어야 하지 않을까요? 저같이 평범한 하녀가 꿈꾸기에 가장 높은 자리죠. 다행히도 저는 시중 하녀로서의 재능이 탁월하기도 하고…….."

"전 시침 하녀가 아니에요. 그리고 정부가 될 생각도 없어요."

"아, 그런 목적이 아니라고요? 그럼 오로지 임금 때문에 에르하르트 저택으로 온 건가요?"

헤실헤실한 웃음기를 머금은 질문에 레나는 곧바로 답을 하지 못하고 입술만 깨물었다. 로제마리는 알 만하다는 듯이 그녀의 어깨를 토닥였다.

"에르하르트 저택에 목적 없이 오는 고용인이 어디 있겠어요, 그렇죠?"

조롱과 동시에 선심 쓰듯 해 주는 귀엣말이 이어졌다. 나름 중요한 조언이라는 듯이.

"그리고 여기서는 레나 씨가 원하는 대로 흘러가는 일이 거의 없을 거예요. 머지않아 제가 주는 호의가 제일 낫다는 걸 알게 되실걸요."

킥킥 웃은 로제마리는 얼어붙은 레나를 두고서 방을 나갔다.

조용한 방 안에서 평정을 되찾기 위한 심호흡 소리가 유독 크게 들렸다. 거울은 인간 불신에 물들어 있는 여자의 낯빛을 고스란히 비추었다.

레나는 그런 제 얼굴을 바라보다가 시선을 조금 아래로 내리깔았다. 그녀의 눈동자 색을 옮겨 심은 듯한 장미가 거울을 통해 그녀를 바라보고 있었다.

* * *

그 시각. 카론은 집무실에서 편지를 하나하나 불사르고 있었다. 아름다운 귀공녀들이 보낸 초대장이든, 요즘 수완이 좋다는 변방 공작이 보낸 초대장이든 공평하게 벽난로 안으로 직행했다. 따뜻한 남부 대륙에 어울리지 않는 벽난로는 그에게 이런 편의를 제공해 주었다.

지루하기만 한 편지를 태우는 일이 그가 집무실에서 하는 일의 대부분이라 봐도 무방했다. 거침없던 손길이 금장으로 봉랍된 서신을 보자마자 멈추었다.

왕실에서 온 서신이었다.

카론은 짙은 눈썹을 꿈틀거리다가 한숨을 내쉬었다. 이번에는 무슨 일로 부려 먹으려 그러나. 그는 소문의 충견답지 않은 충성심으로 봉투를 찢고 내용물을 확인했다.

[친애하는 에르하르트 후작,

번거로운 안부는 생략할게. 그랬다가는 후작이 편지를 불길 속에 던질 테니 말이야.

이번 전쟁에서 후작이 세운 공이 크긴 했나 봐. 이제 국왕께서도 에르하르트 가문의 충심을 절대 의심하지 못하겠다고 하시더군. 후작이 일궈 낸 성과야, 축하해. 나 역시도 즉위한 후에 그대와 그대 가문이 쌓은 수고를 잊지 않을 테고.

대관식이 내후년으로 확정되었으니 당분간은 수도에만 머물 계획이야. 대관식 이후로 후작은 쭉 수도에서 지내게 될 테니, 에르하르트 영지에서의 마지막 여흥을 즐겨 놓도록. 말하지 않아도 이미 그러고 있겠지만.

나는 요즘 궁정의 정원 가꾸기에 빠져 있어. 자갈을 걸러 내고, 새 묘목을 심는 게 여간 골치 아픈 일이 아니야. 새들이 자꾸 지저귀는 바람에 길들일 필요도 있고.

후작과 함께 가꿀 정원에서 잡초가 자라서는 아니 되지 않을까? 후작도 쉬는 동안에 정원 일에 관심을 가져 보는 게 어때.

—그대의 답신을 기대하는 레오폴트.]

카론은 그대로 편지를 벽난로에 던져 넣고 일어섰다. 결국에는 일이었다.

왕세자의 편지는 간단한 내용이었다. 내후년에 즉위한다. 그때까지 자신이 다스릴 궁정이 수월해지도록 위험한 잔챙이들이나 제거해 달라.

때마침 집사 한스가 그가 부탁한 담배 상자를 가져왔다. 카론은 입에 담배를 물고 욕을 지껄였다.

"씨발, 아주 사람을 환장할 만큼 부리는 쪽으로는 이골이 난 새끼들이야."

대대로 왕의 수족처럼 살아왔던 에르하르트 가문에서 나왔다고는 믿기 힘든 말이었다.

카론은 이렇게 귀찮아질 때면 공작 중 하나와 손잡을까 하는 충동에 휩싸였다. 오노르 왕국에서 공작은 대대로 왕의 방계에서 전해져 오는 작위다. 따라서 왕위 계승권도 쥐고 있었다.

"내가 이제 와서 마음을 바꿔 발렌시아 공작이랑 붙으면 어쩌려고."

성냥이 그어지는 소리와 동시에 아득한 담배 연기가 피어올랐다. 카론은 담배 연기를 내뱉으며 천천히 화를 삭였다. 한스는 빈 잔에 술을 따르며 그를 달랬다.

"그쪽이 더 귀찮으셔서 왕실을 택하지 않으셨습니까."

"아, 뭐. 그렇긴 하지."

왕실의 사냥개를 자처하는 이유는 가장 적법한 쪽이 덜 귀찮기 때문이다. 왕세자가 왕위를 이어받는 일과 공작을 왕으로 추대하는 일은 엄연히 들여야 하는 수고의 양이 다르다.

무엇보다 '발렌시아'를 위한 수고라니. 차라리 다른 공작 가문이면 몰라도 마음에도 없는 소리였다.

"이번에 발렌시아 공작이 차남을 보내는 것도 전부 날 귀찮게 만들려는 의도일 테지."

"공작가 영식 가운데 가장 영특하신 분이니까요."

"잘은 몰라도 재수 없는 새끼였어. 무슨 속셈인지 모르겠네."

카론은 담배를 대리석 재떨이에 비벼 끄고 일어섰다. 역시, 재미없는 일을 한 후에는 합당한 자극이 필요하다.

"시침 하녀 아무나 데려와."

집무실에서 침실로 이어지는 문이 열리자, 한스는 제 주인을 향해 고개를 숙였다.

* * *

회랑 중앙에 있는 나선 계단 주위로 하녀들이 모여 있었다. 방금 온 레나는 먼발치에서 하녀들이 술렁이는 모습을 지켜보았다. 그들은 하나같이 2층을 올려다보며 귓속말을 주고받고 있었다.

"시침 하녀 한 명이 올라갔다나 봐요."

어느새 옆에 로제마리가 다가섰다. 관심 없는 일이라 지나치려는데, 로제마리가 휘둥그레진 눈으로 레나를 붙잡았다.

"왜 다친 거예요?"

배려 없는 손길이 붕대에 감긴 상처를 짓눌렀다. 레나는 인상을 찌푸리며 신음을 삼켰다.

"화병을 깨뜨렸어요."

레나가 손을 쳐내다시피 하면서 뺐다. 로제마리는 미안한 기색 없이 혀를 찼다.

"그런 손으로는 내일 일하기 힘들 텐데요."

레나는 고맙지 않은 걱정을 무시하고 다이닝 룸으로 향했다. 수습 기간이 끝났으니 하녀장 레베카에게 담당 구역을 배정받아야 했다.

잔머리 없이 올려 묶은 회색 머리칼, 목까지 올라오는 갑갑한 검은 드레스만 봐도 하녀장을 찾기는 어렵지 않았다. 하녀장 레베카는 외양만큼이나 깐깐한 일처리로 연회 준비를 지휘하고 있었다.

"왔니."

레베카는 그녀를 보자마자 쓱 훑더니 테이블에 식탁보 까는 일을 계속했다. 만찬 준비가 끝날 때까지 사람을 멀뚱히 기다리게 하려는 모양이었다.

바쁜 상사가 아랫사람에게 친절하지 않은 상황에서도 레나는 위축되지 않았다. 눈치껏 주변 하녀들의 일이나 도우며 시간을 보내자, 할 일을 마친 레베카가 그녀를 불렀다.

"따라오렴."

레베카가 레나의 안배를 결정했을 때는 다이닝 룸이 대충 정리되고 난 뒤였다.

레나는 처음으로 에르하르트 저택의 2층에 올라올 수 있었다. 시침 하녀가 목을 빳빳이 들고 올라갔을 중앙 계단이 아닌, 고용인들이 일할 때 이용하는 계단으로 올라오긴 했지만 말이다.

아래층에서 바글대던 고용인들이 없어서서 그런지 2층에는 정적만 흘렀다. 자세가 흐트러지지 않는 하녀장의 엄격한 뒷모습을 따라 걷는데, 얼음장 같은 목소리가 흘러나왔다.

"언제까지 속일 거니?"

뚝. 푹신한 붉은 융단을 밟던 걸음이 바로 멈추었다.

"예?"

당황해서 되묻는 말에, 레베카가 천천히 뒤를 돌았다.

"새로 들어온 하녀를 후작님께 인사시키는 자리에 너는 없지 않았니. 한스 집사장이 그러더구나. 신입 하녀들이 싸웠을 때야 너를 처음으로 보았다고 말이다."

그 표정은 추궁하려는 의도 따윈 전혀 없다는 듯 무감해서 더욱 섬뜩했다. 레나는 가만히 입만 벙긋거렸다.

상황을 돌파할 방법을 궁리한 시간은 아주 잠깐이었다. 레나는 곧바로 무릎을 꿇고 머리를 조아렸다.

"죄송합니다. 제가 두, 두려워서……. 후작님이 무서운 분이라 들었습니다……. 처음부터 눈에 띄기 싫어서 집사장님께서 인솔하실 때 몰래 자리를 벗어났어요."

얼굴이 땅에 맞붙일 정도로 사죄하는 신입 하녀의 사정이란 무난히 동정심을 얻을 정도는 되었다. 예쁘장한 얼굴과 덜덜 떠는 목소리만 봐도, 그 자리에 있었다면 시침 하녀로서의 미래는 확정이나 다름없었다. 얼마만큼 후작을 두려워했을지 전해질 법도 했다.

"어디서 무릎을 꿇는 게냐. 당장 일어나거라!"

호된 호령이 레나를 억지로 일으켰다. 여전히 고개는 푹 수그린 상태였다.

"이 저택의 고용인들은 주인이 아닌 자에게 무릎을 꿇지 않는다. 애초에 그런 일이 생긴다면 당장에 저택에서 치워지고 없겠지만."

은회색 눈이 조금의 온기도 없이 그녀를 주시했다. 레나는 기어들어 가는 목소리로 네, 하고 답했다. 뻗대는 것 같다가도 길 때는 기는 신입 하녀의 처세가 마음에 들었는지, 레베카의 목소리가 한결 누그러졌다.

"보아하니 들어오자마자 시침 하녀를 뽑을 거라고 누군가에게 주워들은 모양이구나."

레나는 순간 움찔거리는 어깨를 숨기지 못했다. 반사적으로 나온 행동이라 등골이 싸해졌다.

레베카는 다시 뒤돌아서 우아한 발걸음만 옮길 뿐 그녀를 추궁하지 않았다. 레나는 정신을 다잡고 그 뒤를 종종걸음으로 따라붙었다. 긴 회랑을 걷는 동안, 의중을 알 수 없는 침묵이 그녀를 내리눌렀다.

레베카가 그녀를 데려간 곳은 서재였다. 양 벽을 빼곡히 채운 걸로도 모자라 세 발자국 간격으로 늘어선 책장에 놀라기도 전에 레베카가 바닥에 널브러져 있는 책들을 가리켰다.

"저걸 전부 정리해 두도록 해라. 분류법은 알려 줄 테니."

책장을 정리하는 진열 방식은 간단한 것이어서, 레나는 자신만 홀로 서재에 배정된 이유를 종잡을 수 없었다. 레베카가 떠난 후에도 레나의 손은 부지런히 움직였다.

서재 일은 다른 업무에 비해 힘들지도 않고, 재미없지도 않아서 편하게 일할 맛이 났다. 흥미로운 책이 보이면 슬쩍 눈치를 보다가 몇 페이지를 읽으며 여유를 만끽할 수 있었다.

개중에는 이제는 구하기도 힘들다는 마법 역사서도 있었다. 에르하르트 가문답게 마도구에 관한 책들이 많았다. 대부분 읽어 본 책이었지만, 몇 가지 책은 레나도 처음 보는 것이어서 시간 가는 줄도 모르고 탐독하게 되었다.

그렇게 잔뜩 농땡이를 피우다가 아쉽게도 마지막 책만 정리를 남겨 둘 즈음이었다. 레나는 괜히 느릿한 걸음으로 가장 안쪽에 있는 책장에 다가섰다.

"아, 으음……."

사람의 목소리가 들렸다. 간드러진 여자의 목소리다.

레나는 당황해서 주변을 둘러보았다. 사방이 책꽂이로 막혀 있는 서재에는 그녀 말고 아무도 없었다.

"응, 으응……."

하지만 들리는 소리는 환청이 아니었다. 소리가 새어 나오는 곳으로 조금씩 걸음을 옮기다 보니 레나는 서재 구석에 있는 적흑색 마호가니 문 앞에 서 있게 되었다. 복도로 이어지는 문은 아니었다.

"저한테 그렇게 말씀하셨잖아요……."

"……재밌네."

"제 마음 아시죠?"

문에 귀를 대 보니 은밀한 대화가 들렸다. 게다가 그들의 목소리는 차츰 낮아지고 있었다.

레나는 문고리에 손을 얹었다. 심장이 쿵쿵 뛰었으나 추리 소설의 마지막 페이지를 읽고픈 감정과 비스름한 충동이 일었다.

아주 잠깐, 들키지만 않으면 괜찮지 않을까. 후작이 정말로 남들이 말하는 그런 남자인지 제 눈으로 확인하고 싶었다.

결국에 심호흡과 함께 문고리가 돌아갔다. 문틈 사이로 호기심 넘치는 푸른 눈동자가 자리했다.

"전에 말씀하셨잖아요. 어서 결혼하고 싶다고요. 제가 그 상대가 되어 드릴 수 있어요."

집무실로 보이는 방에서 한 여자가 의자에 앉은 남자의 무릎에 올라타고 있었다. 나른한 목소리의 주인공이 서서히 치마를 걷어 올렸다. 하얀 두 다리가 민망함도 모르고 남자의 허리를 감쌌다. 노골적인 유혹에 남자는 입술을 늘어뜨리고 웃었다.

정욕이라고는 조금도 담기지 않은 남자의 검붉은 눈동자에는 재밌는 구경거리를 두고 보는 조롱기가 다분했다. 의자 팔걸이에 팔을 기대고 앉아 있는 후작은 두 하녀의 싸움을 지시했을 때와 비슷한 얼굴을 하고 있었다.

의자가 불규칙적으로 움찔거리기 시작했다. 남자를 타고 오른 여자가 몸을 흔들었다. 여자는 스스로 드레스를 가슴께까지 내렸다. 여자가 하는 발정 난 움직임을 보던 후작이 소리 없이 웃었다.

"결혼만 해 준다면, 에르하르트 후작가에 첩자로도 갈 수 있다고?"

"……네, 네. 맞아요……. 데스테 백작님……. 당신을 위해서라면……."

데스테 백작. 그를 칭하는 말에 레나가 숨을 들이마셨다.

카론이 더는 참지 못하고 실소를 터뜨리며 웃었다. 그의 발밑에 닿았던 파란 술병이 큭큭거리는 헤픈 소성을 타고 데구루루 굴렀다. 술병은 기어이 문 앞에 닿았다.

그 순간이었다. 이채를 띤 붉은 홍채가 푸른 눈동자를 발견하자마자 수축한 것은.

몸이 움직여지지 않았다. 두려움이 급습하면 감정이 몸을 지배한다고 하던가. 레나로서는 손으로 터져 나오려는 비명을 간신히 막는 정도가 고작이었다.

씩 웃고 있었다. 붉은 눈이. 붉은 입술이. 굶주렸다가 먹이를 찾은 이리처럼.

후작은 놀라지도 않고 천천히 여자를 몸에서 떼어 냈다. 여자는 맞은편 의자에 다리를 벌린 채 주저앉았다. 여전히 '백작'을 연신 부르면서.

여자 혼자서만 몸을 비벼 댔던 것인지, 일어난 후작은 옷이 조금도 벗겨져 있지 않았다. 레나가 움찔거리며 뒷걸음질을 치려고 하자 서늘한 목소리가 그녀를 옭아맸다.

"가만히 있는 편이 좋을걸. 내가 흥이 깨지면 더 힘들어질 텐데."

카론이 천천히 문 앞으로 다가왔다. 저도 모르게 주저앉은 레나의 몸 위를 검은색 그림자가 뒤덮었다.

"악!"

순식간에 우악스러운 손아귀가 레나의 머리채를 잡았다. 포대 자루 끌리듯 방으로 끌려 들어갔다. 레나는 더는 비명을 지르지 않기 위해 이를 악물었다.

백금발 사이로 파고든 후작의 손이 의자에 늘어져 앉아 있는 하녀를 보도록 고개를 비틀어 놓았다. 낮은 목소리가 그녀의 귓가를 간지럽혔다.

"봐."

헐벗은 다리의 중심보다도 초점이 흐려진 여자의 눈이 먼저 들어왔다. 고장 난 태엽 인형처럼 자꾸만 백작님, 백작님을 연발하는 하녀의 다음 말에 레나가 얼어붙었다.

"데스테 백작님……."

잘못 들은 게 아니었다. 정말 데스테 백작을 불렀다. 데스테 백작 가문과 에르하르트 후작 가문이 사이가 안 좋다는 사실은 일곱 살배기 고용인이라도 알 만한 상식이었다. 그야 지금 옆에 있는 미치광이 후작이…….

"데스테 백작께서 죽기 직전에 딸의 복수를 한답시고 나한테 첩자를 보낸 모양이야, 이런 멍청한 첩자를."

낮게 쯧쯧거리는 목소리에는 진솔한 안타까움이 담겨 있었다. 그렇기에 더욱 미친놈 같기도 했다. 후작은 제정신 아닌 하녀에게 다가가 첩자를 대한다고는 믿을 수도 없을 만큼 부드러운 목소리로 속살거렸다.

"그래, 무엇이 가장 가지고 싶다고?"

"정식 백작 부인 자리……. 백작님의 사랑……."

"그래, 줄게."

흑, 하고 흐느끼는 목소리는 감격에 젖어 있었다. 백작님, 백작님 하고 부르는 소리로 봐서는 제가 데스테 백작과 동침을 하고 있다고 믿는 모양이었다.

카론은 어리숙한 첩자의 볼을 톡톡 쳐 주고는 얼어붙어 있는 레나를 내려다보았다. 그에게서 눈을 떼지 못하는 벽안은 예상했던 대로 쏠렸다. 아쉽게도 물기에 젖어 있진 않았지만. 바들거리는 푸른 눈동자가 그의 손길이 향하는 방향을 퍽이나 잘 따라잡고 있었다.

레나는 그제야 하녀와 후작 사이에 놓여 있던 트롤리를 발견했다. 얼음을 가득 담은 양동이와 그 안에 담겨 있는 와인 병들. 그녀에게 굴러왔던 것과 같은 색의 병들.

귀족 저택에 살아 본 자라면 푸른 술병의 의미를 모르지 않았다. 귀족에게 값비싼 유흥이 되어 준다는 그것. 이 시대에 몇 안 남은 마법이었다.

후작은 그 아름답고도 위험해 보이는 푸른 병을 들어 올렸다. 이질적일 만큼 우아한 동작 한 번에 검붉은 내용물이 투명한 유리잔으로 콸콸 쏟아졌다.

"'환상의 와인'은 가장 원하는 환상을 보여 주는 술이야. 앤 반병 마시니까 이 지경이고."

웃는 낯이 소름 끼쳤다. 그제야 정신을 차리고 몸을 뒤로 빼려 들었지만, 뒤통수를 움켜잡는 남자의 손길은 무척 억셌다. 레나는 이를 악물었다.

"자, 어떻게 할래."

이마가 금방이라도 키스할 거리에서 맞닿았다. 가까이서 보는 남자의 눈동자는 취한 기운도 없는데 잔에 담긴 와인을 떠올리게 할 만큼 몽롱했다.

"나랑 놀래, 아니면 이거 마실래."

번뜩이는 그 미소에는 아무리 봐도 광기가 어려 있었다.

성인이 되고부터 레나를 보는 남자들의 시선은 대개 두 가지였다. 음욕이 거나 동정이거나. 그에 속하지 않았던 남자는 그녀를 이용 가치 높은 거래 수단으로 보았다.

그리고 지금 눈앞에 있는 남자. 카론 에르하르트는 어느 쪽에도 속하지 않았다. 음욕은 아니고, 동정은 더욱 아니고. 그렇다고 해서 거래를 제안할 것 같은 눈도 아니다.

"답해 봐."

의도를 알 수 없는 질문에 웃음기가 짙다. 뒤통수를 쓰다듬는 손길이 느 긋했다. 레나는 코앞까지 다가온 와인색 눈동자를 읽어 낼 수 없었다. 그저 이자가 생각보다 더욱 악마 같은 인간이란 사실만 체감할 뿐이다.

어쩌다 이렇게 된 건지. 터져 나오려는 한숨을 삼킨 레나가 간신히 입을 열었다.

"원하시는 놀이가 무엇인가요."

"노는 편이 좋아? 왜, '환상의 와인'을 마시면 안 되는 사정이라도 있나?"

"어차피 후작님께는 둘 다 놀이시잖아요. 저는 좀 더 제정신인 편이 좋습 니다."

앙칼진 대답이 귀엽다는 듯, 카론은 키득키득 웃었다.

"상황 파악을 못 하는구나."

부드러운 속삭임은 아주 잠깐이었다.

"아!"

그의 손에 쥐어진 머리는 의자에 앉은 하녀의 다리 사이로 고정되었다. 흥건하게 젖어 있는 붉은 속살이 레나의 면전에 자리했다. 와중에도 '데스테 백작'만 부르는 흐느낌이 괴이했다. 여자의 두 손가락이 질구를 드나들기 시 작했다. 진득한 액이 손가락과 음모에 흠뻑 묻어 너저분했다.

제 것도 제대로 본 적이 없는데, 타인의 성기를 가까이서 봤다는 불쾌감에 레나가 한껏 인상을 찡그렸다. 곧 흥이 식은 목소리가 귓가를 파고들었다.

"그럼 네가 달래 봐. 흥분은 가시게 해 줘야지."

무슨 뜻인지 바로 파악되지 않는 말이었다. 말이 망치가 되어 내려친 듯한 충격에 레나는 저도 모르게 뒤를 돌아보았다. 자비 없는 적안이 그녀를 내려다보고 있었다.

"왜, 싫어? 너는 시침 하녀가 아니라며. 내 시중을 들기 싫다면 내 정부나 시중들게 해야지."

정부라고. 악명 높은 후작이라지만, 정부를 이렇게 취급할 줄이야. 아니, 애초에 이 여자를 정부라고 볼 수 있나. 그래도 귀족들에게 '정부'의 의미는 연인 관계일진대. 레나의 생각을 읽었는지, 카론이 씩 웃으며 의미를 덧붙였다.

"단 하루뿐이어도 나한테 즐거움을 주면 정부 취급은 해 줘야지. 그런데 내가 지금 기분이 잡쳐서 말이야. 제정신으로 놀기를 원한다면 네가 대신 해. 그것도 싫으면, 얌전히 시침 하녀가 되겠다고 하거나."

레나는 이제 이 소름 끼치는 인간을 직접 확인하려던 자신이 한심해졌다. 이자는 즉흥적이고, 비이성적이며, 잔인한 성정인 동시에 자신이 원하는 바를 어떻게든 이룰 만큼 간특했다. 소문과 다를 바가 없다. 아니, 소문보다 더 심한 인간이었다.

"……제가 거절한다면……."

"얼마 전에 쫓겨난 하녀……. 이름은 기억 안 나네. 아무튼 걔가 울면서 저택 문을 두드렸어. 전쟁 직후라 일자리도 별로 없는데, 추천서도 없이 쫓겨나는 바람에 에르하르트의 시침 하녀라는 경력만 지닌 터라 갈 곳이 없다더군. 나한테 한 번도 못 안겼지만, 에르하르트 후작이 갖고 놀다 버렸다고 보일 경력이니 상황은 말 안 해도 알 만하겠지."

잔인한 놀이를 주도했던 당사자는 일말의 가책도 없어 보였다. 레나는 침음을 삼켰다. 손에 턱을 괴고, 그녀를 내려 보고 있는 남자에게서 단조로운 목소리가 이어졌다.

"나는 지루한 자를 싫어해. 계집은 징징 짜는 쪽보다는 앙칼지게 구는 편이 귀엽고, 요조숙녀이신 귀공녀보다는 절박하게 다리를 잘 벌리는 하녀가 재밌지."

레나는 눈앞에 진득하게 벌려진 하녀의 성기와 곤혹스러워하는 자신을 비웃는 남자를 번갈아 보았다. 굴욕과 모멸감이 뒤섞여 역겨운 기분을 자아냈으나 정신을 가다듬어야만 했다.

그래, 이쯤이면 오래 버텼다. 아무리 늦추고 싶어도, 이런 순간을 예상하고 에르하르트 저택에 오지 않았던가. 이 이상으로 상황을 모면한답시고 후작의 굴욕적인 놀이에 응해 줘 봤자 그의 오기를 건드리는 일에 지나지 않을 것이다. 생존 본능에 입각한 재빠른 계산이 돌아갔다.

"제가 잘못했습니다. 이제라도 시침 하녀가 되겠습니다. 부디 너그러이 자비를 베풀어 주세요."

결국에는 이제껏 미약하게나마 해 오던 반항을 종결지었다. 마치 벌레가 꿈틀거리는 모양새를 관찰하듯 내려다보던 카론은 쉽게 얻어 낸 백기에 의외로 한숨부터 내쉬었다.

"그게 다야?"

"예?"

"고작 그만한 반항심 때문이었냐고. 저택 온 첫날에 인사 오지 않고 혼자 빠져나간 이유."

레나의 몸이 움찔 떨렸다. 역시 후작은 저택에 관련해서 모르는 일이 없구나 싶어서 입술을 옹그리는데, 차가운 손길이 찾아와 그녀의 턱을 들어 올렸다.

"너 정도로 반반한 하녀가 흔하진 않지만, 너처럼 잔꾀 쓰는 여자는 많이 봐 왔어."

붉은 눈은 고저 없는 목소리와 어울리는 낮은 채도를 지니고 있었다. 아까까지는 잔존했던 흥미가 금세 사라졌는지 그의 얼굴에서는 권태가 묻어 나왔다.

"넌 이 저택에 무슨 목적으로 왔지?"

"……급여가 좋으니까요."

"고작 그 정도 각오로 여기를 지원했다고."

"전쟁이 끝난 지는 얼마 지나지 않았고, 전쟁 통에 집을 잃은 여자가 가질 만한 일자리는 여전히 많지 않아서요."

흔들림 없이 확고한 대답에 카론은 유감이라는 듯 입꼬리를 올려 보였다. 안타깝고도 진부한 사정은 그가 좋아하지 않는 이야기였다. 그의 흥미는 인간의 추악하고 음험한 광경을 파헤치고 난 뒤에 냉소하고 마는 일에 있었다.

"네가 왜 서재에 배정받았는지는 알아?"

"……."

"서재는 너같이 눈 밖에 나려고 안달하는 하녀들을 위한 자리야. 보다시 피 손이 많이 필요하지 않거든. 어차피 석 달도 채우지 못하고 잘려 나갈 임시직들 업무로는 딱 맞지."

"……."

"그러니 이유가 정말 그것뿐이라면 눈에 띄지도 마."

카론은 아직도 맥을 못 추는 하녀가 앉은 의자에 발을 올렸다. 곧 의자가 우당탕탕 소리를 내며 뒤로 넘어갔다. 하녀가 추하게 나동그라지자 그가 다시 킥킥거렸다.

"그렇지 않으면 좋은 꼴을 보지 못할 테니까."

머리를 부딪친 하녀는 잠들었는지 미동이 없었다. 레나는 깨진 도자기 인형처럼 흐트러진 하녀를 멍하니 바라보았다. 하녀의 치맛자락은 음부를 내놓은 채 보는 사람이 모멸을 느낄 만큼 활짝 올라가 있었다.

산전수전을 겪어 봤지만, 이런 치욕은 처음이라 의식이 가물거릴 지경이었다. 와중에 붕대 감은 자신의 손이 눈에 들어오자 레나의 몸에서는 서서히 떨림이 멎어 들었다.

레나가 할 수 있는 건 간신히 고개를 끄덕이고 자리를 빠져나오는 일뿐이었다.

* * *

연회 당일이 되자 손의 통증은 심해졌다. 로제마리는 일어나자마자 붕대를 가는 레나를 보고 혀를 찼다.

"괜찮아요?"

"괜찮아요. 그리 깊게 베이지도 않았으니까."

"밤새 악몽을 꾸는지 잠꼬대를 하길래 걱정했어요."

"제가요?"

"네. 보고 싶을 거라고……. 누구한테 했던 말이에요? 혹시 애인?"

호기심 가득한 물음을 무시하며, 레나는 복장을 단정하게 가다듬고 조례 장소로 향했다.

고용인들은 아직 푸른 기운이 가시지도 않은 새벽부터 분주히 움직여야 했다. 하인들은 한스가 있는 정원으로, 하녀들은 레베카가 있는 현관홀로 모여들었다.

하녀장 레베카는 평소같이 날카로운 잔소리와 더불어 무시무시한 경고를 늘어놓았다. 하녀들은 레베카의 지시에 따라 2명이 한 조가 되어 업무를 배정받았다. 레나는 하필 싸움을 일으켰던 앤과 같은 조가 되었다.

그들은 객실을 드나들면서 산더미 같은 침대 시트를 갈아야 했다. 이제 막 귀한 손님이라는 발렌시아 공작가의 차남이 쓸 객실로 들어설 무렵이었다.

앤이 열쇠로 문을 여는 사이, 레나는 무거운 시트 바구니를 내려놓고 욱신거리는 손을 주물렀다. 그러자 거대한 조각상을 나르던 하인이 곁에 다가왔다.

"저런. 손을 다쳤잖아."

"아무것도 아니에요."

"아니긴. 너희 먼저 들어가서 쉬어. 우리는 마침 일이 끝났거든."

하인은 자기와 함께 조각상을 들고 온 동료들을 향해 협력의 눈길을 보냈다. 동료들은 짜증스러운 표정을 짓다가 레나의 얼굴을 보고는 곧바로 시트 바구니를 자기들이 들겠다고 난리를 피웠다. 맨 처음 돕겠다고 한 하인은 눈을 찡긋거리며 레나에게만 들리도록 속삭였다.

"난 막스야. 오늘 밤 무도회에서 춤출 거라면 잊지 말아 줘."

레나가 뭐라고 거절을 입에 담기도 전에, 하인 무리는 그녀의 일감을 들고 저들끼리 사라져 버렸다. 같이 있었던 앤은 얼떨결에 본 이득에 조소를 흘렸다.

"좋겠네."

"뭐가요."

"항상 모든 일이 이런 식으로 풀릴 테니까."

레나는 입을 꾹 다물었다. 앤이 제 팔을 툭툭 두들겼다.

"그년이 내 팔을 무는 바람에 아직도 저려. 비리비리한 년이 보기보단 악에 받친 구석이 강해서."

'그년'은 필시 쫓겨난 하녀 마리를 칭하는 말일 터였다. 앤은 비쭉하게 웃었다.

"어제도 하녀 한 명이 또 쫓겨났대. 이번에도 시침 하녀."

고소하다는 웃음이 흐흐 흘렀다. 레나는 음부를 내놓고는 데스테 백작을 부르던 이름 모를 하녀를 떠올렸다. 습관적으로 붕대 감은 손을 움켜쥐게 되었다.

"예뻐 봤자지. 그렇게 백날 사내놈들 후려 봤자 남자들 변덕 한 번이면 픽 죽어 가는 거야. 가뜩이나 에르하르트의 시침 하녀는 높은 임금을 받아도 일찍 관두거나 잘리는 경우가 많은데, 그걸 알면서도 후작 환심이나 사

보려는 멍청한 년들."

"그걸 나한테 말하는 이유는요?"

앤은 악의적인 조롱이 가득한 말을 뱉으면서 레나를 훑어보았다. 그 눈이 신전 기숙사를 단속하는 사감의 눈초리와 닮아 있었다.

"넌 예쁘장해도 그거 믿고 기고만장하지 않아서 마음에 들었거든. 괜히 시침 하녀들 편들어 주려는 것 같은데 조심하란 거야. 걔네한테 기지도 말고, 걔네를 믿지도 말아. 어차피 오래 일 못 할 애들이니까."

레나는 아까 수작을 건 하인들만큼이나 앤 같은 여자들에게도 익숙했다.

스트레스 많은 고용인 일은 견제와 따돌림이 심했고, 비슷한 처지의 또래일수록 정도가 더하기 마련이었다. 특히, 레나가 예쁘다는 이유로 호의나 혜택을 누릴수록 주변 또래가 느끼는 부조리는 견제로 표출되었다.

레나의 외모에 단순한 호감과 동경을 표하는 이들도 제법 있긴 했지만, 이런 부류 역시도 편하진 않았다. 로제마리처럼 부담스럽게 접근하는 사람도 있었고, 레나가 뜻대로 움직여 주지 않는 순간부터 미치도록 괴롭혀야만 직성이 풀리는 자들도 존재하기 마련이었다.

"긴 적도 없고, 편든 적도 없어요."

앤은 전적으로 피곤한 부류였다. 자신이 열등감에 빠진 줄 모르는 인간이 열등감을 정의로 포장해 발산한다는 점에서 더욱더 그러했다. 레나는 잠시도 이런 인간과 엮이고 싶지 않았다.

"그러면 그때 나를 왜 모른 척한 건데? 나는 네 편을 들었잖아."

"난 편들어 달라고 한 적도 없고, 모르는 척은 그 하녀가 당한 거죠."

"뭐?"

"정말 실수로 양동이를 엎었던 거니까."

앤이 눈살을 찌푸렸다. 그다지 믿고 싶지 않아 보였다. 당연히 그걸 인정하게 되면, 자신이 쓸데없는 싸움을 걸어 마리를 내쫓은 일이 되니까. 오만방자하게 구는 시침 하녀를 내쫓은 일이 아니라.

레나는 앤이랑 오래 대화하고 싶지 않아서 먼저 자리를 뜨며 쏘아붙였다.

"그리고 나도 이제 시침 하녀예요. 사정상 나 역시 후작의 환심이 필요하게 되었고요. 당신 멋대로 날 치켜세웠다가 끌어내렸다가 해도 상관없지만, 날 당신과 한편이라고 생각하진 말아요. 종전이 얼마 되지 않아 모두가 살기 어려운 시기예요. 나도, 시침 하녀들도, 당신도 살기 위해 무엇이든지 붙잡으려 아등바등하는 처지밖에 더 되나요? 각자 제일 적당한 방법으로 살아남아야 하는 사람들끼리 편을 나누다니 우습잖아."

앤의 표정이 험악하게 일그러졌다. 적을 하나 늘린 셈이지만, 이렇게 쳐 내서라도 신경 쓰고 싶지 않은 상대였기에 레나는 홀가분한 기분이 되었다.

게다가 후작의 환심이 필요하다는 말은 진심이었다.

예상한 방향은 아니었지만, 생각보다 일이 순조롭게 이루어졌다. 계획대로 시침 하녀가 되었으니까.

계단을 내려가는데 옆에서 하인들이 커다란 자루를 들고 지나갔다. 아마도 소각할 잡동사니를 버리는 자루 같았다. 레나는 상냥한 어조로 그들을 불러 세웠다.

"아까 청소를 하다가 주운 쓰레기가 있어서요. 같이 버릴 수 있을까요?"

하인들은 흔쾌히 자루를 벌려 주었다. 레나는 오늘 내내 품에 고이 간직하고 있었던 것을 꺼내 미련 없이 넣었다.

하인들이 다시 자루를 여미고 쓰레기를 태우기 위해 움직였다. 레나는 손에 상처를 냈던 화병 조각이 현관 밖으로 사라지는 모습을 유유히 지켜보다가 걸음을 옮겼다.

* * *

무도실은 열기에 달아올라 있었다. 드높고 화려한 샹들리에가 내려오고,

풋맨들이 열심히 샴페인을 나르면, 귀족들은 하나같이 그곳에서 먹고 마시고 즐겼다.

화려한 유희 뒷면은 쉼 없는 노동으로 유지되는 법이다. 레나는 오후부터 자정이 되어 가는 시간까지 바삐 움직이느라 정신이 없었다.

에르하르트의 연회는 대규모 손님이 들긴 했어도 생각보다 평범했다. 고용인들은 배운 대로 바쁘게 은식기를 나르고, 흘린 음식을 치우고, 손님으로 온 귀공녀들의 시중을 들면 되었다. 지금은 술이 묻은 치맛단을 보이지 않도록 바느질해 달라는 귀공녀의 요구에 응하는 중이었다.

"연회에 후작님은 안 보이시네."

"분명 로렌츠 님과 이야기 중이시겠지. 그분도 보이지 않으니까."

"역시 그런 걸까? 완전히 망한 것 같아. 후작님께 잘 보이려고 주문한 드레스였는데."

"괜찮아. 어차피 이렇게 드레스가 망가져 버렸잖니."

응접실 구석 의자에 앉아 도란도란 떠들며 귀공녀들은 서로 위로를 주고받고 있었다. 듣자하니 후작과 발렌시아 공작의 차남인 로렌츠 발렌시아를 만나러 온 귀공녀들 같았다.

레나는 무릎을 꿇은 채로 바느질을 하느라 그들의 대화를 본의 아니게 엿듣게 되었다. 그녀들에게 하녀란 회랑에 놓인 장식품 같은 존재인지, 대화는 계속해서 이어졌다.

"그러면 다른 영식은 어때."

"싫어. 자정이 지나도 남는 영식일까 봐 겁나는걸."

"비밀 무도회 말이야? 하지만 연회를 연 사람은 후작님이잖니."

"그분이야……. 워낙, 그런 분이시잖아. 그래도 연회에서 후작님이 흐트러진 모습을 봤다는 사람은 없어. 게다가 난잡한 소문과는 달리 귀공녀들에게는 얼마나 신사적으로 구시는지……."

"상대를 안 해 주는 것 아닐까. 아직도 데스테 백작 영애를 못 잊어서 방황이나 하시고, 귀공녀들과 거리를 두시는 거지."

"그러니까 좋지 않아? 소문과는 달리 아직도 전 약혼자를 못 잊고 있다니……."

"글쎄……. 그것보다 나는 처음부터 끝까지 신사적인 로렌츠 님이 좋아. 한결같잖아."

"하지만 그분은 아예 여자를 가까이 두지 않으시잖니."

"그 점이 좋은 거지."

서로 속닥속닥 주고받는 대화 속에는 에르하르트의 무도회에 참석할 자들을 향한 불신과 기대가 공존했다.

정숙함에만 매여 있는 귀공녀라면 애초에 에르하르트의 연회에 참석도 안 했겠지만, 그렇다고 해서 에르하르트의 연회에 오는 귀공녀들이 모두 음험한 부류는 아니었다. 소문이 무성한 이 저택에 적당한 경계심과 약간의 기대감을 품고 오는 이들이 대부분이다.

레나는 바느질을 끝마치고 일어섰다. 그녀들은 서로 대화에 빠져 있느라 레나가 떠나는 줄도 몰랐다. 그들이 일어났을 무렵은 괘종시계의 종이 일정 간격으로 12번 정도 울렸을 때였다. 그들은 결국 후작도, 공작가의 차남도 만나지 못했다.

피곤에 절은 레나의 어깨에 누군가 손을 올렸다. 놀라서 뒤를 돌아보니, 로제마리가 씩 웃고 있었다.

"교대 시간이에요."

새벽 업무를 하는 하녀들과 교대할 시간이다. 드디어 숨 돌릴 수 있는 여유가 생겼다고 안심하려던 찰나에 로제마리가 그녀를 별채로 이끌었다. 무슨 짓이냐고 몇 번을 물어봐도 묵묵부답이던 로제마리는 그녀를 하녀 공용 휴게실로 밀어 넣었다.

"여긴……."

벽면을 차지하는 커다란 유리에 화장대가 붙어 있었다. 아마도 파우더 룸으로 쓰이는 곳 같았다. 거울에 달라붙어 있던 하녀들이 하나같이 그녀에게 시선을 주었다. 전부 금발. 시침 하녀들이었다.

"따돌리지 말고, 잘 챙겨 줘요."

로제마리가 윙크를 하면서 나가자 시침 하녀들이 힐끔힐끔 눈치를 보다가 하나둘 레나에게 다가왔다. 얼떨결에 레나는 따뜻한 세숫물이 담긴 수반과 땀을 닦을 수건을 받았다.

그다음으로는 거울 앞에 끌려가서 공용으로 산 화장품이 무엇인지 안내를 받고, 방에서 가져올 수 있는 화장품이 어느 정도인지 답해야 했다. 레나가 상황을 이해하지 못하고 잠시 넋을 놓는 사이에 재투성이가 된 하녀복을 벗기려는 이도 있었다.

"그러니까 지금 이게……."

"자정부터는 비밀 무도회 열리잖아. 왜 모르는 척이야."

옆에서 바쁘게 얼굴을 두드리던 하녀가 얼빠진 질문에 다소 신경질적인 답을 주었다. 비밀 무도회? 무도실에 고용인이 입장할 수 있던가. 들어 본 적 없는 이야기였다.

"한스 집사장님께 듣기로 너도 이제 시침 하녀에 포함된다며."

옆에 앉은 하녀가 머리를 손질하며 툭툭 뱉는 말을 계속했다.

"이 무서운 저택에 굳이 들어온 이유. 결국 다들 이거잖아. 정신 차리고, 얼른 네 방에서 드레스나 가져와. 드레스 아직 못 샀으면 저기 걸려 있는 드레스 돈 좀 주고 빌리거나. 새벽에 교대해 주는 하녀들 것이야."

거울에 비친 옷걸이에 빼곡하게 걸린 드레스가 그것이었나. 저마다 예쁘게 단장한 시침 하녀들이 하나둘 거울 앞에서 떠나가기 시작했다. 자세히 보면 질 낮고 투박한 티가 나는 드레스와 액세서리로 일반 귀족 영애를 흉내 낸 모습이었다.

"정 입을 드레스가 없으면 저기 있는 은회색 드레스 빌려줄게. 돈은 나중에 천천히 갚아."

화장을 끝마친 하녀가 일어났다. 그 틈에 로제마리가 들어왔다. 로제마리는 아직도 준비 안 하고 뭐 했냐며 얼빠져 있는 레나를 타박했다.

"곧 후작님이랑 발렌시아 공작가의 차남도 나올 거라구요!"

그 말에 레나는 방으로 올라가겠다고 하려던 입을 다물었다. 로제마리가 드레스를 빌려 레나에게 입히고, 능숙한 손놀림으로 그녀를 꾸며 주었다. 재주가 좋은 걸 봐서는 시중 하녀 일에 재능이 있다는 말이 거짓은 아닌 것 같았다.

"얼굴 가리기 아까울 정도로 지금 예뻐요."

로제마리가 살갑게 웃으면서 푸른 깃털이 달린 가면을 덧씌웠다. 새파란 눈동자와 어울리는 은색 가면은 마치 쉽게 깨질 것만 같은 유리 구두를 연상하게 만들었다.

"자, 가요. 어서."

로제마리는 자신이 빚어 놓은 작품에 감탄하며 그녀를 무도실로 잡아끌었다. 어서 자랑하고 싶어서 못 견디겠다는 듯한 태도였다.

레나는 연회 내내 귀족들의 수발을 드느라 가 보지 못한 무도실에 발을 디뎠다. 오랜만에 신어 보는 높은 구두와 허리를 잡아 주는 코르셋, 그나마 비싼 재질의 드레스……. 각종 향수가 뒤섞인 공간을 조도 낮은 조명이 묵직하게 내리쬐고 있었다.

모두 가면을 쓰고 있는 밤의 무도회.

흘러나오는 관현악단의 농밀한 연주에 가면을 쓰고 있는 자들이 엉겨 붙었다. 대부분 춤을 추기보다는 몸으로 하는 대화에 가까웠다. 여자들은 몸을 더듬는 남자들이 주는 쾌락을 수치심 없이 즐기고 있었다.

레나가 사위를 둘러보았을 때 이미 곁에는 로제마리가 없었다. 대신, 가면을 쓴 남자들이 어느새 그녀 곁을 둘러쌌다.

향락과 퇴폐. 에르하르트 연회의 진가가 발휘되는 순간이었다.

* * *

그 시각에 카론은 당구를 치고 있었다. 당구공이 서로 부딪치면서 경쾌한 소리가 울렸다. 당구대 가장자리를 세 번 스친 수구가 적구를 연달아 쳤다. 붉은 당구공이 도르르 구르다가 비틀린 웃음을 짓고 있는 남자 앞에서 멈췄다.

로렌츠 발렌시아. 발렌시아 공작가의 차남.

발렌시아 공작을 빼다 박은 금발과 자안이 카론에게서 친절함을 앗아 갔다. 평소 같으면 정치꾼들과는 적당히 담소나 나누다가 지고 이기는 승부를 주고받았겠지만, 발렌시아 공작의 차남에게는 그런 친절을 베풀고 싶지 않았다.

"지루한 놀이는 그만하고, 먼저 용건이나 말하지."

카론이 큐대를 당구대에 던지고 의자에 털썩 앉았다. 그는 로렌츠가 큐대를 잡을 기회를 거의 내주지 않고 경기를 종료했다. 명백히 귀찮다는 태도다.

로렌츠는 맥락 없는 거부에도 열받은 기색이 아니었다. 오히려 덤덤하게 고개를 끄덕이고 큐대를 당구대에 올려놓는 것으로 승부를 마무리 지었다. 담백한 처세가 카론의 신경을 더 거슬리게 하고 있다는 사실을 모르는 듯 싶었다.

"믿기 힘드시겠지만, 제 개인적인 용무 때문에 뵙고자 한 겁니다."

로렌츠가 카론이 건넨 담배를 사양하며 맞은편에 앉았다. 카론은 연기만 내뿜을 뿐 아무 말도 하지 않았으나, 로렌츠는 어떻게든 대화를 이어 나가려 들었다.

"후작께서 여시는 비밀 클럽에 가입하길 원합니다. 이미 추천서도 받아 놓은 상태입니다."

피식 웃는 잇새 사이로 자욱한 담배 연기가 퍼져 나갔다. 거짓말. 카론이 평생 방탕이라는 단어는 걸쳐 본 적도 없을 것만 같은 자안에 대고 비소를 흘렸다.

"발렌시아 공작이 내 목을 치겠다는 소리를 이렇게 하는군."

"그럴 리가요. 아버지께서도 허락하셨습니다."

"수작 부리지 말고 꺼져."

"사업을 시작하고 싶습니다. 차남이니까요."

마지막 말은 꽤나 그럴싸했다. 영지와 작위를 물려받을 장남을 제외하고는 차남부터 각기 제 살길을 마련해야 하는 것이 현실이니까. 관료나 군인, 신비력 학자나 사업가. 그 무엇이 되었든 간에 말이다. 말한 사람이 로렌츠 발렌시아만 아니었다면 충분히 그럴 듯한 말이었다.

"두 번 안 말한다. 꺼져."

카론은 독한 술을 잔에 부으며 귀찮은 언쟁을 일축했다. 술은 담배보다는 괜찮은지 로렌츠가 제 잔을 나눠 덜었다.

"역시 어중간한 접근으로는 안 될 거라고 생각했습니다."

한 잔을 쭉 따라 마시고 내쉰 그의 한숨이 다른 의도가 있었음을 실토했다. 카론은 더 들을 것도 없이 자리에서 일어섰다.

"이미 죽은 데스테 백작에게서 알아내고 싶은 것이 있지 않으십니까?"

그 말이 카론의 발목을 잡아끌었다. 뒤를 돌아보자 곁에 켜둔 램프에서 측광을 받은 남자의 얼굴에 음영이 반쯤 드리워져 있었다. 섣부르게 둔 무리수도, 찔러보는 말도 아니다. 결연한 진심을 담은 자만이 지을 수 있는 표정이었다.

"루시아도 그걸 원할 겁니다."

루시아 데스테. 카론에게서 절대 잊을 수 없는 이름이 등장하자, 반응은 의식보다 빠르게 튀어나왔다.

구석에 놓인 장식장 유리가 건장한 남자의 등에 쿵, 소리를 내며 부딪치면서 금이 갔다. 위에 올려져 있던 장식품은 와장창 쏟아지면서 요란하게 깨졌다.

순식간에 멱살이 잡힌 로렌츠는 그 순간에도 침착함을 잃지 않았다. 건조하리만큼 감정 없는 푸른 눈과 달리 카론의 적안에는 흉흉한 살기가 일렁였다.

"죽고 싶지 않으면 그 이름은 함부로 꺼내지 않는 편이 좋을 거야. 특히, 네가 발렌시아의 이름을 달고 있다면…….."

카론은 로렌츠를 그대로 올려붙였다. 둘 다 엇비슷하리만큼 훤칠한 키였으나 가벼운 동작에는 조금도 힘이 들어가지 않은 것만 같았다.

"저는 당신이 싫습니다. 언젠가 당신에게 제 손으로 복수할 겁니다. 하지만 그보다 앞서 해야 할 일이 있어서 말입니다."

로렌츠가 제 멱살을 붙든 손을 움켜쥐었다. 침착함을 가장한 목소리가 약간 떨리고 있어 고조되는 감정을 짓누르고 있다는 걸 알려 주었다.

"가장 먼저 등신 같은 형을 없앨 겁니다. 처절하게, 모든 걸 잃도록. 내가 루시아를 잃은 것처럼."

"나한테 바라는 게 뭐야."

"적의 적은 동지라지요. 당신 역시 제 형을 끔찍이도 싫어한다는 걸 알고 있습니다. 아버지께서는 형을 위해서 당신과 손을 잡아 보라 하셨지만, 글쎄요. 제 생각은 다릅니다."

"……."

"저는 형을 쳐 내기 위해 당신과 손을 잡고 싶습니다. 당신을 증오하는 건 그 뒤의 일입니다."

* * *

레나는 인파를 헤치고 내달리는 중이었다.

가면 쓴 남자들이 그녀를 둘러싸고 춤을 신청해 왔다. 포위라 부르는 것이 마땅한 위협이었다. 다가와서 슬쩍 허리를 휘감아 만지거나 어깨에 손을 올리는 정도는 기본이었고, 낮에는 절대 손대지 않았을 부위에도 접촉이 있었다.

가면 사이로 보이는 눈동자에 서려 있는 음욕들. 레나는 그들의 정체를 눈치채자마자 혼잡한 틈을 타서 도망쳤다.

남자들의 정체는 뻔했다. 필시 남자들은 가면을 쓰고 있다고 해도 레나를 단번에 알아보았을 것이다. 이 가면은 로제마리가 그들에게 알려 준 색과 형태일 터.

회랑을 중간까지 달려온 그녀는 쫓아오는 남자가 아무도 없다는 걸 확인하고 가면을 내던졌다. 높은 구두는 이럴 땐 무기가 된다. 가면을 잘근잘근 부수었다. 마치 그것이 로제마리와 맞은편 창문에서 얼굴을 내밀던 풋맨들이라도 되는 듯이.

"아!"

울분이 담긴 행위는 구두 굽이 부러져서야 멈추었다. 삐끗한 발목은 덤이었다. 동굴처럼 기다란 어둠이 깔린 회랑에 짧은 신음이 메아리로 퍼졌다. 레나는 급히 자신의 입을 막고 앉아서 아픔을 삭혔다.

아직 풋맨들이 그녀를 찾고 있을지도 몰랐다. 레나는 아픈 다리를 질질 끌면서, 회랑 중앙에 있는 커다란 조각상 뒤로 몸을 숨겼다.

에르하르트의 무도회는 자정이 되면 색정의 성지로 변모했다. 보나 마나 춤을 춘 남녀는 무도실을 나가 함께 밤을 보냈을 터였다.

가면은 그 은밀하고도 간단한 규칙에 쉽게 적응할 수 있도록 해 주는 도구였다. 후작은 기꺼이 고용인들도 그 사이에 섞여 들어가도 된다고 허락했을 것이다.

신분 격차를 막론하고 누군지 모르는 자와 하룻밤을 보내고 잊는 곳. 그곳이 색욕에 타락한 에르하르트의 무도회였다. 여기서 귀공자를 만나 그의 정부로 들어가는 경우도 있다 보니, 에르하르트의 시침 하녀 지원이 끊이질 않는 것이다.

이런 무도회를 빌미로 방금 레나가 겪을 법한 위험천만한 일도 생기는 모양이지만, 후작이 고용인들 사이 문제를 관심 가지고 해결할 리 만무했다.

오히려 발각되는 즉시 피해자든 가해자든 후작의 기분 따라 구르다가 쫓겨나지 않으면 다행이었다.

이대로 저택에서 도망가고픈 마음이 움텄다. 후작이고, 고용인들이고, 최악이다. 적절한 기회라고 생각해서 왔는데, 이게 무슨 수모인가. 레나가 웅크린 채로 무릎에 얼굴을 묻었을 때였다.

"지금이라도 어울리지 않는 곳에서 설쳐 볼 생각 말고 일찍 들어가는 게 어때."

"돼먹지 못한 연회나 여시는 분이 하실 말씀은 아니로군요."

어둠이 내려앉은 회랑 저 끝에서 두 사람의 발소리가 울렸다. 레나는 퍼뜩 고개를 들고, 익숙한 목소리에 집중했다.

"나야 재밌는 일은 언제든 환영이긴 하지만, 발렌시아 공한테 자식 문제로 항의를 받고 싶진 않거든. 그걸로 의심 많은 왕세자께서 귀찮게 굴면 두 배로 귀찮고."

"그것이 걱정되면 회원 자격을 낮추시면 되지 않습니까. 추천서만 있으면 되는 줄 알았더니 밤의 무도회까지 필수로 참석하라니. 에르하르트의 천박함에 감탄 중입니다."

"그러게 말이야. 죽은 여자를 위해서 타락도 감수하다니, 거참 눈물 나는 순정이로군."

"닥치십시오."

조용한 곳이라 그런지, 말소리는 유독 잘 메아리쳤다. 레나는 그제야 자신이 정신없이 내달리다가 후작과 수석 집사 한스만 쓴다는 중앙 계단이 있는 회랑으로 들어섰다는 걸 깨달았다. 입술을 꾹 다물고 그들이 지나가길 숨죽여 기다리는 와중이었다.

이번에는 후작의 반대 방향, 정확히 레나가 들어온 입구 쪽으로 우르르 들어오는 발소리가 들렸다.

"아무리 봐도, 여기로 빠져나간 걸로 보이는데."

"야, 그래도 여긴……."

"후작께서는 오늘 귀한 손님 때문에 2층에 오래 머물러 계실 거야. 그 하녀도 제정신이면 2층까지 올라가진 않았겠지. 그럼 회랑밖에 있을 곳이 없어."

"와……. 막스 이 새끼, 여자 하나 따먹으려고 오늘 제대로 마음먹었네."

"너희도 봤잖아. 걔 엄청 예쁜 거. 얼마 안 가서 시침 하녀 되면 잘릴 거야. 그러니까 후작님이 먹기 전에, 먼저 먹어 봐야 한다고."

"허허, 이거 완전 미친 새끼네."

키득거리는 저급한 농담이 어두운 공간에 불순물처럼 떠돌았다. 후작이 있는 곳에서는 제대로 들리지 않겠지만, 중앙에 있는 레나는 대화를 모조리 들을 수 있었다. 비로소 풋맨 중 한 명이 누군지는 확실해진 터였다.

막스. 오후에 제멋대로 일을 도와줬던 남자였다. 레나는 앤이 저딴 놈한테 받은 호의로 '좋겠네.' 하고 비꼬던 순간을 떠올렸다.

반전이라곤 없는 상황인지라 모멸감조차 느끼지 못했다. 그저 이 정도 위험은 감수하고, 이 저택에 들어왔으니 괜찮다고 자신을 다잡아야 했다.

가만히 어둠 안에서 몸을 웅크리고 있으면 된다. 어차피 후작이 회랑 끝에서 보이면 지레 겁을 먹고 도망갈 놈들이었다. 후작 쪽은 이미 감히 주인의 전용 회랑에 더러운 족적을 남기는 천한 떼거지를 눈치챘는지 조용해져 있었다.

"여긴 무슨 일이지."

예상대로 조소를 머금은 후작의 목소리가 회랑에 울리자, 주제를 모르고 와자지껄하게 목청 높이던 남자들이 말을 멈추었다. 레나는 등 뒤에서 벌어지는 광경을 돌아볼 생각도 못 하고, 그저 조용히 숨을 죽였다.

"아, 후작님……. 그게……."

멍청한 놈들. 레나가 속으로 중얼거렸다. 그들은 저 끝에서 후작이 걸어오고 있는 줄은 상상도 하지 못했는지, 회랑 중간에 이르기까지 레나를 비롯한 시침 하녀들을 향해 음담패설을 쏟아 내던 차였다.

"무슨 일이냐고 물었어."

"저, 그게……."

하인들이 쉽사리 입을 열지 못했다. 분명히 한심한 얼굴로 떨고 있을 터였다. 곧장 카론이 큭큭 거리는 웃음을 터뜨렸다.

"이런 놈들이 설치는 곳에서 어울려 놀겠다고?"

카론은 고용인들을 꾸짖기보다 곁에 있는 남자의 반응을 떠보았다. 질문을 받은 남자는 아무런 대꾸를 안 하다가 무언가를 발견했는지 다른 말로 회피했다.

"무언가 떨어져 있군요."

레나는 그제야 자신의 흔적을 떠올리고 슬쩍 뒤를 돌아보았다. 고개 숙인 채 눈치를 보고 있는 고용인 무리와 흑발과 금발의 귀족 사내 둘이 보였다. 금발 남자는 레나가 미처 치우지 못한 가면 조각을 주워 들었다.

"그, 그것 때문입니다!"

위기를 모면할 방법을 찾았는지 고용인 하나가 능청스럽게 고했다.

"가면무도회에서 춤추던 중에 수상쩍은 여자가 후작님이 계시는 곳으로 가려고 하길래, 저희가 탐색하던 중이었습니다!"

"아, 맞습니다. 그 가면을 쓴 여자였어요."

"그렇습니다. 혹시 모르니 찾아 두는 편이 좋지 않겠습니까. 혹시나 마도구를 노리는 도둑일지도 모르니까요."

졸지에 도둑으로 몰린 레나는 어이가 없어서 헛웃음을 흘렸다. 그러나 성가시다는 심기를 드러내는 카론의 말이 이어지자 혀를 깨물지 않도록 조심해야만 했다.

"괜한 소란을 피우지 말고 찾도록. 시침 하녀들이랑은 합의해서 놀도록 해. 나중에 시끄러운 일 중재하는 건 질색이니까. 그런 일이 벌어지게 되면, 대가도 알고 있겠지."

고용인들이 속으로 쾌재를 부르는 소리가 들리는 듯했다. 레나는 몽둥이로 뒤통수를 맞은 기분이었다.

뭐지. 기껏 시침 하녀를 뽑아 놓고, 시침 하녀들이 고용인과 놀아나도 아무런 신경도 안 쓴다는 건가?

아무리 침대를 데우는 용도로만 뽑히는 시침 하녀라 할지라도, 정조를 요구받거나 다른 남자들이 손을 대지 못하는 소유물처럼 관리하는 경우가 일반적이었다.

그에 비해 후작은 마치 제가 품을 여자들이 어떻게 놀아나든, 어떤 놈이 탐하든 신경 쓰이지 않는다는 태도였다.

"그, 그럼……."

"소란 피우지 말고 해결해."

무심한 목소리와 함께 떠나는 발걸음이 울렸다. 고용인들이 저들끼리 숨죽여 웃는 모습이 선했다.

안 돼, 어서 피해야 해. 어서…….

붙잡히는 순간에는 이미 늦는다. 일이 벌어지고 나서 억울함을 알려 봤자 냉혈한인 후작은 그녀의 사정을 알아주지 않을 것이다. 저택에서 쫓겨나지 않으면 다행인 일이었다.

피하기 위해서 제대로 일어서려는데 삐끗한 발목이 시큰거렸다. 이 악문 신음을 삼키고 주저앉았으나 미약한 인기척은 고요한 회랑에서 감춰지지 않았다. 손목이 잡혀 회랑 가운데로 내동댕이쳐지는 건 금방이었다.

"여기 있었네!"

가면을 벗은 막스가 눈을 번뜩였다. 그 뒤로 기뻐하는 남자들의 눈에서 음욕이 번들거렸다.

"자, 어서 가자고. 아직 밤은 기니까."

"잠시만. 아직 후작님이 회랑을 빠져나가지 않으셨는데."

"그럼 두 분이 나간 뒤에 나가야겠네."

남자들이 레나를 붙잡으며 두 남자의 동태를 살피던 차였다. 레나의 결단이 그들보다 빨랐다.

"야, 거기 서!"

레나는 후작이 간 방향으로 전속력으로 달렸다. 발목의 아픔도 무시하고 맨발로 내달리는 뜀박질이었다. 두 남자는 응접실로 넘어가는 문을 열려고 하고 있었다.

응접실의 화려한 샹들리에 조명이 문틈 사이에서 뻗어 나와 어두운 회랑을 가로질렀다. 레나에게는 그것이 시궁창에 내려온 별처럼, 절박한 구원의 빛으로만 보였다.

흩날리는 머리카락 끝으로 닿을 듯 말 듯한 손아귀가 여럿 뻗어 와 등골이 쭈뼛거렸다. 매서운 발소리가 레나에게 따라붙었다. 이대로는 무리라는 생각과 함께 넘어졌다. 남자들의 손아귀가 입을 틀어막기 직전에 레나가 필사적으로 외쳤다.

"주인님, 도와주세요!"

순간, 빛의 공간으로 넘어가기 직전이었던 두 남자가 동시에 뒤를 돌아보았다. 피처럼 붉지만 차가운 적안, 새벽 어스름처럼 차분하게 가라앉은 자안. 아름다운 눈동자를 가진 귀공자들이 곤경에 빠진 하녀 하나를 시선에 담았다.

먼저 다가온 남자는 공작가의 차남이었다. 후작은 한 발자국 뒤에서 즐거이 상황을 관전하고 있었다.

"이 여자가 저희가 말한 도둑입니다!"

"갑자기 두 분이 계시는 방까지 뛰어가길래 저희가 붙잡은 겁니다."

환한 조명을 등진 공작가의 차남은 길게 늘어난 그림자만으로도 변명을 덕지덕지 늘어놓는 풋맨들을 긴장케 했다. 풋맨들은 귀공자가 하찮은 하녀를 신경 쓰지 않고 조용히 넘어가 주길 바라고 있었다. 레나를 붙들었던 손들은 멀찍이 떨어진 지 오래였다.

고요한 자안이 레나를 주시했다. 방금 명화에서 튀어나온 듯 아름다운 미남이었다. 물기가 고인 눈망울이 그를 향해 구조를 요청하며 반짝거렸다. 레나는 그에게 필사적으로 매달렸다.

"또 너구나."

한 발자국 뒤에서 느긋하게 다가온 카론은 무심히도 중얼거렸다.

"눈에 띄지 말라고 했을 텐데."

후작은 예상대로 다음에는 좋은 꼴을 보지 못할 거라 경고하던 모습 그대로였다. 문제는 공작가의 차남조차도 그다지 동정심 섞이지 않은 눈으로 그녀를 내려다보고 있다는 것이었다.

"이 하녀가 문제를 일으킨 적이 있습니까?"

조용한 목소리에는 유감조차 묻어나지 않았다. 그럼에도 레나는 그에게만은 눈으로 간절하게 호소했다. 그는 자신을 구해 줘야만 했다. 반드시.

후작이 한숨을 섞인 답을 내놓았다.

"지금처럼 쥐새끼 같은 짓을 했지. 왜, 마음에 걸리나?"

"조금은요."

놀랍게도 귀공자가 레나 앞에 한쪽 무릎을 굽히고 앉았다. 물기로 흐려진 눈가를 닦아 주는 손길은 부드러웠다. 동시에 귓가에 레나만 알아들을 수 있는 미려한 음성을 속삭였다. 레나는 깊은숨을 들이마시며 고개를 주억거렸다. 로렌츠는 아주 신사적인 태도로 하녀의 옷차림을 정돈해 준 뒤에 미련 없이 일어섰다.

"하지만 제가 신경 쓸 문제는 아니로군요."

제 저택이 아니니 참견할 범위가 아니다. 냉정한 판단을 내린 로렌츠가 먼저 횡하니 응접실 쪽으로 걸어 나가 버렸다. 레나는 마지막 희망을 허망한 눈길로 좇다가 절망뿐인 상황에 맥진해서 엎어졌다.

모든 것이 틀렸다. 끔찍한 수모를 당할 일만 남았다.

한 줄기 희망도 보이지 않는 사지에 내몰렸다. 남자들이 다가오는지 절망의 그림자가 그녀를 덮었다. 우악스런 손아귀에 의해 머리채가 들려 올라갔다.

"그러고 보니, 너도 금발이었지."

뜻밖에 후작이 아주 흥미로운 얼굴로 웃고 있었다.

"너희는 꺼져. 여긴 내가 처리할 테니까."

시큰둥했던 아까와는 다른 온도의 명령이 떨어졌다. 고용인들은 후작이 저런 표정을 지을 때가 언제인지를 알았기 때문에 아쉬움도 남기지 않고 사라졌다.

레나는 이제 자취를 감춘 풋맨들 말고 바로 앞에 있는 후작이 두려웠다. 눈높이에서 마주 앉아, 턱을 잡아채는 손아귀는 피할 방도가 없었다.

"아무리 봐도."

얼굴을 요리조리 돌려 보는 손의 악력, 저를 흥미롭게 바라보는 눈길. 냉기와 광기가 뒤섞인 분위기는 그의 잘생긴 외모조차 가려 버렸다.

"그리 닮지는 않았는데, 묘하게 느낌이."

그의 눈매가 가늘어진다. 레나는 시선을 마주하지 못하고 눈을 내리깔았다.

"닮았네."

카론이 일어나서 그녀에게 손을 내밀었다. 레나는 그 의미를 이해하지 못하고 그 손만 멀뚱히 바라보다가 쯧, 하고 혀 차는 소리에 흠칫 몸을 떨었다. 그의 인내심은 길지 않았다.

"비싸게 구는 하녀면."

레나의 몸이 갑작스럽게 떠올랐다. 밀착된 몸에서 열기가 느껴졌다. 그가 그녀를 안고 걸어가고 있었다.

"그만한 가치를 했으면 좋겠는데."

그는 불안해지는 말을 농처럼 지껄였다. 목소리는 가까이서 낮게 울렸다. 레나는 이성을 붙잡기 위해 되레 침착한 목소리를 가장했다.

"혼자 걸을 수 있습니다."

그러자 후작은 입꼬리를 올리더니 다리 쪽을 받치고 있던 손을 움직였다.

"아, 그러셔."

그가 한 줌도 되지 않는 발목을 가볍게 쥐고 눌렀다. 부어오른 발목에서 통증이 밀려오자 당연한 비명이 튀어나왔다.

"아!"

"쯧."

하녀의 발칙한 거부는 혀 차는 소리와 함께 잘려 나갔다. 2층으로 올라온 후작은 여유로운 걸음으로 빈방 문을 걷어찼다.

"으읏!"

침대로 내팽개친 손길에 배려라고는 조금도 찾아볼 수 없었다. 그러나 불만을 표하기도 전에 침대가 출렁거렸고 눈앞에 후작이 근접했다.

"자, 이제 말해 봐."

어느새 레나는 후작의 몸 아래에 깔려 있었다. 로제마리가 꾸며 준 잿빛 드레스가 엉망으로 구겨졌다. 램프만 켜진 어두운 침실에서 달빛을 등진 남자가 야살스럽게 웃었다.

"뭘 훔치려고 숨어들었는지 솔직하게 말하면 용서할 마음이 들지도 모르니까."

레나는 저도 모르게 침대 시트를 꾹 잡아 쥐었다. 후작의 고약한 성정이야 이미 경험한 바가 있었다. 망가진 인형처럼 내쳐지지 않으려면 정신을 바짝 차려야만 했다.

"저는 도둑이 아닙니다. 그들이 저를 겁탈하려고 해서 도망쳤습니다. 후작님의 회랑에 들어온 점은 사죄하겠습니다."

낯은 창백했지만 말은 떨림 없이 나왔다. 그러자 후작은 한숨을 내쉬었다. 마치 아주 뻔하고 지루한 이야기를 들었다는 얼굴이었다.

그는 아무것도 못 들은 사람처럼 침대 밑에 놓인 상자에 손을 뻗었다. 소매가 올라가면서 손목 안쪽에 새겨진 마법진 문양이 잠깐 노출되었다가 상자 안으로 모습을 감췄다.

단번에 마법진 상태를 알아본 그녀는 잠시간 상황에 맞지 않는 상념에 잠겼다. 가만히 그의 날카로운 콧대가 선 옆모습을 눈에 담았다. 예민하고, 괄괄하고, 거침없는 그 모습이 여전하다는 감상을 받은 찰나에 카론이 그녀를 조소했다.

"그걸 어떻게 믿지?"

"······."

"그들은 저택에서 너보다 오래 일했어. 저택의 주인인 나는 근무 첫날부터 내뺐던 널 믿어야 할까, 그들을 믿어야 할까."

후작에게 답은 이미 정해진 걸로 보였다. 넋을 놓고 있던 레나는 자신이 강간당할 뻔한 위협을 받은 걸로도 모자라 이제는 결백을 증명해야 하는 처지임을 자각했다. 기가 막혀 욱하는 말이 튀어나왔다.

"그럼 직접 확인해 보시면 되겠네요, 제가 훔친 것이 있는지."

몸 좀 더듬고 말겠지. 기분은 더럽겠지만 그 정도는 참아 줄 수 있었다.

"아, 그래?"

도발에 응수라도 하는 듯이 카론은 여전히 한 손으로 무언가를 찾으면서 다른 손으로는 드레스 윗부분을 쭉 잡아당겼다. 오프숄더 드레스가 내려가면서 매끈한 가슴 굴곡이 그대로 노출되자 레나는 반사적으로 팔로 제 몸을 가렸다.

"고작 이 정도에 놀라다니 귀엽네."

후작은 그런 반응을 예상한 사람처럼 키득거렸다. 찾던 물건을 발견했는지 다른 손의 움직임은 멈춰 있었다. 그는 벽안을 반항적으로 빛내는 여자를 향해 씩 웃어 보였다.

"안 그래도 확인해 볼 생각이긴 했어."

카론이 푸른 병을 꺼내어 액체를 입에 머금었다. 그가 무슨 짓을 하려는지 깨달았을 때는 이미 얼굴이 붙잡힌 뒤였다. 혀가 무작정 밀고 들어왔다. 알싸한 향기의 알코올도 함께였다.

"으읍……."

숨이 막혀 발버둥을 쳐 봤지만, 그는 귀찮아하는 표정이 역력할 뿐 그녀를 놓아주지 않았다. 몸을 뒤덮는 묵직한 무게감, 반항하는 두 손을 머리 위로 잡아 가두는 남자의 악력. 조금도 빠져나갈 수 없는 품 안에서 그의 목소리는 유독 낮고 두껍게 들렸다.

"내가 재밌는 사실 알려 줄까?"

"……하, 지금 대체 무슨……."

"에르하르트에 첩자를 보내는 모든 가문이 내가 금발에 환장한단 소문을 듣고 금발 하녀만 보내와. 나는 그들의 수고를 친히 여겨 일부러 금발로만 시침 하녀를 뽑고."

분명히 평소와 같은 냉소인데, 품에 밀착되어 듣는 웃음소리는 사뭇 달랐다. 달밤과 어울리는 남자의 미소는 점차 흐릿해졌다. 필시 분위기 때문만은 아니었다.

"나는 사실 금발을 끔찍하게 싫어하는데 말이야."

레나의 시야가 몽롱해지고 있었다. 이러면 안 된다는 생각에도 불구하고, 레나의 눈꺼풀은 점점 감겨들었다. 그의 목소리는 자장가처럼 부드러웠다.

"재밌는 꿈을 꾸길 바라."

눈을 감기 전에 바라본 남자는 악마처럼 다정하게 웃어 주고 있었다.

* * *

따가운 햇볕이 내려와 레나를 깨웠다. 넓은 침실에는 그녀 홀로 남겨져 있었다. 레나는 주변을 확인하고 침대에서 벌떡 일어났다. 고용인들이 머무는 별채가 아니었다.

숙취인지 두통이 밀려왔다. 발목이 시큰거려 얼마 걷지 못해 휘청거렸다.

혼자 카펫 위에 쓰러져 숨을 헐떡이는데, 막 들어온 하녀가 트롤리를 내팽개치고 달려와서 그녀를 부축했다.

"푹 쉬어도 되니까 무리하지 말래요."

"……로제마리."

싱긋 웃는 로제마리가 그녀를 토닥이며 다시 침대에 눕혔다.

"덕분에 저까지 간병을 하라고 포상 휴가를 받은 셈이죠. 이래서 시침 하녀가 좋다고 앤 씨가 투덜거리던데요. 저는 도저히 이해하지 못하겠어요. 시침 하녀의 '친구'가 되는 방법도 있는데 앤 씨는 왜 그렇게 질투가 많은 걸까요?"

'친구'라는 단어가 거슬리게 들리지 않을 만큼, 레나는 지금 상황이 제대로 이해되지 않았다. 내키지 않는 인간이긴 했지만, 일단은 상황 파악을 도와줄 사람이 필요했다.

"푹 쉬어도 된다는 허락이 떨어졌다고요?"

"네. 앞으로 이 방을 써도 된다고도 하셨고요. 이렇게 바쁜 와중에도 하녀장이 저한테 시침 하녀의 간병이나 하라고 한 걸로 봐선, 후작님께서 직접 간병인을 붙이라는 명령을 하신 모양이에요."

도대체 왜?

'환상의 와인'을 목구멍에 삼키고 난 이후의 상황이 기억나지 않았다. 도둑이라 의심하던 후작이 대체 제게 병가를 내줄 이유가 무엇이란 말인가.

레나는 혹시나 하는 우려에 제 몸을 살폈다. 매끈한 살결에는 어떠한 흔적도 남아 있지 않았다. 안도감이 드는 한편, 구멍 난 기억이 불안하기만 했다.

"후작님께서 그런 친절을 베푸는 분인 줄 몰랐네요."

"어머, 제가 묻고 싶은 말이에요. 당사자가 몰라요?"

로제마리는 호기심 가득한 눈으로 그녀를 바라보고 있었다. 레나는 흥밋거리를 찾는 눈빛을 무시하며 어젯밤의 기억을 정돈했다.

난잡한 가면무도회, 회랑까지 쫓아온 풋맨들, 후작과 그 옆에 있었던…….

귓가에서 속삭이던 목소리가 섬광처럼 스쳤다. 평화롭게 방을 가득 메우는 오전의 햇살이 서늘해지는 순간이었다. 레나는 로제마리의 질문에 답을 하지 않고 말문을 돌렸다.

"어제 연회에 온 손님들은 다 가셨나요…….."

"아, 손님들이요?"

로제마리는 문가에 처박아 둔 트롤리를 가져오면서 별것 아니라는 투로 말을 받았다. 트롤리에는 아침 식사로 보이는 빵과 수프가 올라가 있었다. 살뜰한 대접에 레나의 불안은 점점 더해져만 갔다.

"돌아가실 분들은 아침에 전부 돌아가시고……. 그분은 오늘 연회까지는 남으실 건가 봐요."

"그분이요?"

"있잖아요, 공작가의 차남."

로제마리는 짜증이 묻은 투로 손님을 챙기느라 늘어난 일거리를 종알댔다. 레나는 식사를 하는 동안에 혀로 맛을 느끼지 못했다. 로제마리가 방에서 나간 뒤에 처리할 일로 머릿속이 복잡해진 채였다.

식사가 끝나자 로제마리는 빈 식기를 챙기고 세숫물을 받아 놓은 수반을 건네주었다. 한결 창백해진 레나는 조용히 아침 단장을 이어 갔다. 그 모습을 바라보던 로제마리가 한숨을 푹 내쉬었다.

"후작님이 침대에서는 그리 거친 분이 아니라 들었는데, 혹시 심하게 대했어요?"

"네?"

"얼굴이 석고상처럼 하얗게 질려서……. 보는 내가 안쓰럽잖아요. 아, 그리고 막스 일은 내가 미안해요. 그놈들이 평소에는 그렇게 눈 뒤집혀서 다니는 애들 아닌데, 레나 씨한테는 이상하게 선을 넘었나 봐요. 그런 경우는 저도 처음 들어서 놀랐어요. 보통 여기 고용인들끼리는 합의하고 눈

맞아서 무도회를 즐기거든요."

"풋맨들이 그럴 걸 몰랐다고요?"

"어머, 날 그렇게 미친년처럼 보지 말아요. 아무리 에르하르트 후작가가 악명 높아도 여기는 여기 나름의 질서가 있다고요. 풋맨 중에 제일 오래 일한 애가 막스예요. 집사장님도 걔는 꽤 아끼고 있고⋯⋯. 아무튼 걔랑 사귀면 앞으로 일이 편해질 것 같아서 자리를 마련해 주었을 뿐이에요. 나는 적어도 고맙다는 인사는 받을 줄 알았다구요."

로제마리가 눈을 가늘게 좁히다가 어깨를 으쓱였다.

"뭐, 레나 씨 목적이 그렇게 큰 줄은 몰랐던 내 탓이죠. 미안해요. 처음에는 시침 하녀 안 할 거라고 하길래, 여기서 안정적인 월급 받으며 눌러살 만큼 소박한 인성이거나 한탕 노릴 만한 난잡한 계획이 있는 줄만 알았어요. 목표물이 그리 대단한 줄 알았으면 안 그랬지. 고용인 선에서 애인을 소개해 주려고 하다니 제가 미친 짓을 했네요."

목적이 크다니. 간밤에 로제마리에게 인상 깊을 만한 일을 했던가. 그녀의 난해한 말들이 레나의 인내심을 바닥냈다. 결국에 레나는 그녀를 향해 불만을 쏟아내고 말았다.

"자꾸 무슨 소리를 하는지 모르겠네요. 자꾸 로제마리 씨가 절 안다는 식으로 구는 일도 불쾌해요. 목적이라니, 대체 무슨 소리예요?"

로제마리는 갓 세탁된 옷을 건네주며 눈을 피했다.

"시침 하녀들은 보통 무도회에 참가하는 귀족들 낚으려고 지원하잖아요. 아니면 다른 가문에서 들여온 첩자인 경우가 많고. 그런데 레나 씨는 더 큰 그림 그리고 있을 줄은 몰랐어요."

첩자라는 말에 레나가 몸을 움찔 떨었다. 후작이 첩자로 잠입한 하녀를 어찌 다뤘는지 떠올랐기 때문이었다. 어젯밤 보았던 후작의 얼굴 위로 치마가 뒤집힌 하녀의 치욕스러운 광경이 덮쳤다. 순간적으로 레나는 트롤리를 끌고 방을 나가려는 로제마리를 꽉 붙잡았다.

"혹시 제가 어제 후작님께 결례를 범했나요?"

로제마리는 붙잡힌 손목에 깜짝 놀라다가 혼란에 물든 눈동자를 보고는 바로 의아한 표정을 지었다. 오히려 별종을 다 본다는 얼굴로 의문을 내뱉었다.

"어제 후작님을 잘 모신 거 아니었어요? 그러니까 후작님이 오늘 밤도 데려오라는 걸 테고. 후작님이 시침 하녀를 두 번 부르다니, 이 저택에선 처음이에요."

"……."

"이제 와서 순진하게 왜 그런 표정을 지어요? 아무튼 축하해요. 아무도 넘보지 못했던 첫걸음을 해냈네요. 그래도 후작 부인 자리까지는 무리니까 조심해요. 후작님 소문, 알죠?"

로제마리의 말이 들리지 않는지 레나의 시선은 멍하니 허공을 배회했다. 로제마리는 정말 알다가도 모를 하녀라는 혼잣말을 남기고 방을 나섰다.

한참 동안 방 안에는 혼란한 침묵만이 감돌았다.

* * *

에르하르트의 정원은 완벽하게 인위적인 아름다움을 자아낸다. 중정의 수풀 미로는 저택 정면에서 내려다보면 후작가의 문장을 이뤘다.

실용성 따위는 고려하지 않은 철저한 장식용 조경이었으므로 흔히들 길을 잃었다. 촉망받는 공작가의 차남, 로렌츠 발렌시아도 예외는 아니었는지 구불구불한 중정 미로를 따라 후원까지 걸어왔다.

다행히 그는 계획된 일정대로 정해진 장소에 도착한 상태였다. 퍼걸러 벤치에는 로렌츠를 줄곧 기다려 온 남자가 다리를 꼬고 앉아 있었다. 에르하르트의 정원사로 일하고 있는 필리프는 휘파람을 불면서 그를 맞이했다.

후원은 후작의 침실 전망에서 벗어난 탓인지 휑했다. 일렬로 늘어선 유자

나무들 사이로 퍼걸러만 달랑 놓여 있었다. 로렌츠가 퍼걸러에 들어와서 앉자 눈부신 백금발 위로 그늘이 드리웠다.

"어째 생각보다 늦으셨군요."

"길이 복잡해서."

"아니, 방문 시일 말입니다."

"생각보다 많이 망설이길래 설득하는 데 시간이 지체되었어."

"누구요? 발렌시아 공작님 말입니까? 아, 그분이 의심이 많긴 하지요."

로렌츠는 대답 대신 미묘하게 웃었다. 필리프는 느낌상 그가 다른 사람을 칭했다는 걸 눈치챘다.

"어제 연회에서는 성과가 있으셨습니까?"

"없진 않지. 후작이 일단은 응했으니. 그동안에 여긴 어땠나."

로렌츠는 오랜만에 만난 심복에게 무심히 답을 하며 전방을 주시했다. 그 자리에 누군가가 있어야만 한다는 듯이.

퍼걸러 전방에는 봄에 새하얀 꽃을 피우는 유자나무 사잇길이 있었다. 고용인들이 사용하는 저택 뒷문을 통하면 바로 나오는 길인데, 로렌츠는 산책한다는 명목으로 정문에서 나왔기 때문에 빙 돌아온 터였다.

"후작은 언제나 그렇듯 완전히 엉망진창인 나날을 보내고 있습니다."

늘 비슷하게 해 왔던 보고가 필리프의 입에서 권태로이 되풀이되었다. 여기 온 첫날만 해도 오래 머물 필요가 없을 거라 여겼건만, 어느덧 이 짓을 몇 년이나 하고 있으니 지겨울 만도 했다.

카론 에르하르트는 어디서부터 트집을 잡아야 할지 모를 만큼 뒤죽박죽인 남자였다. 흉흉한 소문이 도는 혈통도 혈통이지만, 정치적 약점이 될 행동만 골라 하는 걸 보면 왕의 충견이 맞나 싶을 지경이었다. 자정의 무도회에서는 음탕한 타락을 방조했고, 비밀 클럽에서는 거래가 제한된 마도구와 마약을 귀족들에게 유통했다.

그야말로 타락한 귀족의 온상이건만 그는 고용인들 앞에서 자신의 치부를 숨기지도 않았다. 뒷배인 왕세자 레오폴트가 외면한다면, 단번에 무너질 수밖에 없는 난봉꾼. 그것이 필리프가 봐 온 후작이었다.

그러나 로렌츠는 그런 커다란 문제들을 듣고도 에르하르트 저택에서 첩자를 물리지 않았다. 오히려 로렌츠는 작은 정보를 원했다. 예컨대 후작의 사생활인 여자관계나 친분 관계, 건강 상태나 흥밋거리 같은 것들.

그러니 필리프는 주인이 원할 만한 사소한 정보를 쥐어짜 내서 보고를 올려야 했다. 도움이 될까 싶을 만큼 의아한 정보들이었으나 그의 주관 따위는 중요한 바가 아니었다.

"아, 그나마 달라진 점은 새로 온 하녀 중에 두 번 부른 시침 하녀가 생겼다는 점이로군요. 후작이 환장한다는 금발에, 하녀라기에는 너무도 고귀한 푸른 눈을 지닌……. 아……."

아까부터 주인의 시선이 묶인 곳을 함께 보던 그가 자리에서 벌떡 일어났다. 멀리서 찬란한 금발을 하나로 묶은 하녀가 총총 뛰어오고 있었다. 곧 상황을 파악한 그의 얼굴에 미소가 덧그려졌다.

비로소 '로렌츠의 계획'이 진행되고 있는 걸까. 그렇지만 지금은 눈치껏 호기심을 억누르고, 정중히 고개를 숙이며 퇴장해야 할 시기였다.

여태껏 눈치로 살아남은 필리프는 로렌츠의 모습만 봐도 상황을 짐작할 수 있었다. 주인은 하녀와 둘이서만 나눌 이야기가 있는 것이 분명했다.

필리프가 가고 나서야 양 볼이 발갛게 상기되어 헐떡이는 하녀가 로렌츠 앞에 섰다. 그녀는 숨을 고른 뒤에 완벽한 예절로 인사를 올렸다.

"오랜만에 뵙습니다, 주인님."

로렌츠의 건조한 시선이 하녀가 고른 숨을 뱉어 내는 입술 사이에 머물렀다가 흩어졌다. 높낮이가 평탄한 목소리가 흘렀다.

"오랜만이군."

"……."

"엘레나."

레나는 저도 모르게 움찔 떨면서 붕대 감은 손을 다잡았다. 그가 자신을 본명으로 부르는 건 기분이 좋지 않다는 뜻이었다.

"어제 힘들었나 보지."

로렌츠가 천천히 다가왔다. 정오의 햇볕을 등진 주인의 얼굴은 제대로 보이지 않았다. 다만, 그의 무심한 자안을 떠올릴 때마다 따스한 햇볕조차도 한기로 느껴지곤 했다.

"늦게 온 걸 보면 말이야."

레나는 변명조차 하지 못하고 입술을 옹송그렸다. 늦게 왔지만 보고할 만한 성과가 없었기 때문이었다.

'내일 아침, 후원.'

어젯밤 옷을 여며 주는 척하며 남긴 그 짧은 한마디는 지켜야만 하는 절대적인 명령이었다. 비록 주인이 저를 외면하고 자리를 떠난다고 해도 그랬다.

그녀는 주인과 계약된 몸이었다. 그녀가 어떤 상황이든 간에, 그의 '복수'가 성공할 때까지 그녀는 그의 장기말이었다. 그녀가 그러길 허락했고, 그 역시 그녀를 필요로 했다.

"죄송합니다."

변명을 질책하기도 싫은지, 로렌츠가 아무 말 없이 퍼걸러 아래 자리를 잡았다. 레나는 그가 앉은 곳에서 벤치 하나를 건넌 자리에 앉았다.

"시킨 일은 어찌 되었지."

"보내 주신 지령대로 시침 하녀가 되었습니다. 오늘 밤 후작이 다시 부르겠다고 합니다."

레나가 망설임 없이 대답했다. 이번에는 만족스러운지 로렌츠가 작게 고개를 끄덕였다.

붕대 감은 손이 로렌츠 앞에서 절로 움츠러들었다. 화병 안쪽에 적힌 지령대로 시침 하녀가 되어 후작의 흥미를 끌었다. 하지만 다음은? 그녀는 제 주인의 다음 명령이 두려웠다.

"후작을 직접 다시 보니까 어때."

"제 기억이 이제 온전치 못하다는 것을 아시잖아요. 당연히 제가 기억하는 예전과는 달랐지요."

"감회가 새롭겠지. 네가 알던 후작은 아닐 테니까. 후작도 너를 모를 테고."

"후작과 저는……. 어린 시절에 고작 몇 번 마주친 게 전부니까요. 루시아와 관련된 기억도 지운 사람이 저를 기억하고 있을 리가요."

침묵이 내려앉았다. 로렌츠가 미묘한 얼굴로 그녀를 보더니 작은 상자를 내밀었다. 레나는 상자 안의 내용물을 확인하고 얼굴을 굳혔다.

"드디어 완성되었어. 마도구인 만큼 세공이 오래 걸리더군."

반지의 둥근 테두리에 박혀 있는 보석은 흑색 문스톤이었다. 레나는 자신의 소중한 일부를 갈아 만든 반지에서 눈을 떼지 못했다.

"이걸 어떻게든 후작이 쓰게 만들어."

"……."

"그러기 위해서라도 후작의 마음을 얻어. 반드시."

레나가 드레스를 구겨 쥐었다. 흑색 문스톤 위로 광기에 반짝이는 후작의 적안이 떠오른 탓이었다. 비장한 각오로 저택에 왔지만, 막상 마주한 후작은 예상한 범위를 뛰어넘는 미친놈이었다. 그렇다고 이제 와서 로렌츠에게 약한 소리를 할 수도 없었다.

로렌츠가 그녀의 앞으로 다가왔다. 레나는 차마 눈을 맞추지 못하고, 그제야 뒤늦은 대답을 내뱉었다.

"……예. 알겠습니다."

부드럽지만 차가운 손이 그녀의 턱을 감쌌다. 무력한 고개가 들려 올라갔다. 올려다본 남자는 어깨 너머로 태양을 등지고 있어서 여전히 얼굴이 불명확해 보였다. 친절히도 그는 몸을 낮춰 속삭여 주었다.

"엘레나."

"……."

"엘레나 오펜하이머. 그것이 네 이름이란 걸 기억해."

어떻게 그 이름을 잊을 수가 있겠는가. 레나가 눈을 질끈 감았다. 다시 눈을 떴을 때는 로렌츠가 보이지 않았다.

자리에 남은 건 또렷하게 되새겨진 제 이름과 명령뿐이었다. 레나는 햇볕에 한기를 느끼며 저택으로 걸음을 옮겼다. 저도 모르게 저릿한 손을 주무르며 되뇌었다.

괜찮아, 괜찮아. 할 수 있어. 모든 일은 나를 위해서. 루시아를 위해서. 오펜하이머를 위해서.

* * *

열두 시를 알리는 종이 울렸다. 자정의 무도회에서는 원초적 욕구만을 향해 움직이는 인간들이 신분을 막론하고 엉켜 붙었다. 카론은 그 모습을 무도실이 한눈에 내려다보이는 2층 난간에서 무심히 지켜보고 있었다.

이 모든 것들이 지겨워진 지 오래였으나 끊는다고 해도 달라지는 건 없었다. 에르하르트 가문과 후작에 관한 낭설이 일부는 축소되고, 일부는 과장되었으나, 정정하지 않고 흘러가게 두는 일도 이와 마찬가지였다.

그는 너무 오랫동안 텅 비어 버렸다. 무엇을 갈구하는지 모르는 채로, 무엇을 위해 사는지도 모른 채로. 짐승처럼 본능을 좇길 반복하는 삶은 복수심 엇비슷한 증오로 연장되고 있었다.

카론은 자신의 일탈만큼이나 지겨운 인간들을 내려다보다가 한스의 보고를 듣고 침실로 향했다. 때마침 나타난 장난감이 오랫동안 흥미를 끌어 주길 바랐다.

수작이 너무 빤하지만 않았으면 좋겠다. 귀찮으면 내쫓아 버렸고, 왕실에 위협이 되면 왕실 재판소에 넘겨 버렸고, 그 이상으로 거슬리게 굴면 쥐도 새도 모르게 없애 버렸다. 그 모든 유형이 이젠 온통 진부했다.

전쟁 중에는 미친 광경을 하도 많이 봐 왔기 때문인지 아무런 생각을 할 수 없다는 점이 좋았다. 그러다 종전을 하니 아무리 자극적인 모습을 봐도 정신이 돌아오지 않았다. 아마 세간에서 수군거리는 대로 광기를 앓는 집안 내력 때문이거나, 아니면 그의 머릿속이 오래전부터 고장이 나서 그런지도 몰랐다.

죽이고 싶을 만큼 자극적이면서도, 당장 죽이지는 못할 만큼 흥미로우면 좋을 텐데. 머리에 아무런 생각이 안 들 만큼.

그만한 가치를 지닌 인간에게는 기꺼이 목을 내줄 수 있었다. 술이나 약 없이는 잠들지 못하는 밤을 보낸 지는 오래되었으니까. 반복되는 잔상을 지울 수 있다면, 밤마다 그를 옭아매는 고통을 지울 수만 있다면, 인정할 수 있는 죽음도 나쁘지 않은 선택지였다.

그는 새로 들어온 장난감에게 제 나름의 응원을 보내며 방문을 열었다. 침실은 어둠에 잠겨 있었다. 그는 바로 들어서지 않고 문턱에 머물렀다.

침대 위에 하얀 슈미즈만 입은 여자가 웅크리고 앉아 창가를 바라보고 있었다. 그 뒷모습이 왠지 낯설지 않았다.

저 여자의 이름이 뭐였더라.

"레나 크루거였나."

여자가 화들짝 놀라 뒤를 바라보았다. 창가로 들어오는 푸른 달빛이 여자의 얼굴에 절반 정도 걸쳐져 있었다.

무표정을 가장하지만 건드리면 금방이라도 울 것 같은 얼굴이란.

자신이 여자의 이름을 기억했다는 의아함보다도, 이상할 정도로 공허한 감정이 위화감을 건드렸다. 그 흔하지 않은 감정의 원인을 저도 모르게 더듬어 보려던 찰나에 여자가 먼저 입을 열었다.

"오셨네요, 후작님."

마치 저를 기다렸다는 투였다. 그러자 그의 입술이 곧장 호선을 그렸다.

"내 방이니까."

카론은 성큼성큼 그녀에게 다가가 얼굴을 가까이했다. 곧게 마주한 눈동자가 달빛을 받으니 별처럼 반짝였다. 지난밤과 다른 반응이었다.

"왜, 적극적으로 기다릴 마음이 생겼나 보지?"

"부르신 이유가 무엇이신지요."

"맞춰 봐. 무슨 이유일지."

카론이 눈을 접어 가며 웃어 보였다. 비웃으려는 의도는 아니었다. 이여자가 선사해 줄 신선한 재미를 기대하고 있기 때문이었다.

너 역시도 진부한 것들 중 하나일까, 아니면 색다른 재미를 줄 만한 인간일까.

카론은 어제 여자가 '환상의 와인'을 마신 뒤에 보인 반응을 떠올렸다.

그녀는 눈을 뜨자마자 누군가의 형상을 보았는지 슬며시 미소를 지었다. 몸을 일으켜 그의 얼굴을 더듬는 손길이 애처로웠다.

와인으로 달아오른 얼굴이 붉었다. 평소에는 앙칼진 고양이 같다고 여겼던 푸른 눈매가 고이 휘어지도록 웃으니 못내 사랑스러웠다. 카론은 그녀가 애정 어린 것을 바라볼 때 뺨에 볼우물이 생긴다는 걸 알게 되었다.

'보고 싶었어, 많이.'

그건 대체 누구에게 했던 말이었을까. 누구한테 그런 얼굴로 웃어 주는거지.

그답지 않은 호기심은 와락 품에 안기는 레나로 인해 멈추었다. 카론은 정말이지 처음으로, 정확하게는 그가 기억나는 범위 내에서는 처음으로 스스로 안긴 여자에게 손을 대지 않았다.

시침 하녀로 온 첩자 대부분이 가시를 품은 꽃이란 걸 알면서도.

개중에 후작의 소문을 듣고 접근해 오는 금발 여자가 없었을까. 죽은 루시아의 눈물점 위치까지 베껴 그린 그들은 자신이 약혼자를 잃은 상처를 품어 주겠다는 싸구려 공감 방식으로 그를 공략했다. 그러다 얼마 안 가서 저택에서 볼품없이 치워졌다.

카론은 저에게 접근해 오는 상대의 수법을 보길 좋아했기 때문에 시침 하녀를 꾸준히 뽑고 꾸준히 내쳐 왔다. 언젠가부터 그에게 시침 하녀는 '시침'을 목적으로 기능하지 않았다.

과연 저를 보며 부들부들 떨면서도, 의연함을 잃지 않으려는 여자는 무슨 말을 해 줄까. 여기에 남게 될까, 그녀 또한 사라질까. 카론의 기대 속에서 마침내 여자가 입을 열었다.

"제가 후작님이 잃어버린 기억을 가지고 있으니까요."

그건 기대 이상의 것이었다.

2. 그 후작

레나 크루거가 엘레나 오펜하이머였던 시절은 열두 살까지였다.

오노르 왕국의 왕위를 차지하려는 공작이 반역을 공모했고, 반역의 실패자들은 왕권을 강화하기 위한 본보기로 다 함께 단두대에서 목이 잘렸다. 오펜하이머 남작 부부 역시 반역 행위에 가담했다는 이유로 처형장에 섰다.

엘레나 오펜하이머는 광장 멀찍이서 부모의 목이 잘리는 광경을 차마 보지 못하고 돌아섰다. 할 수 있는 일이라고는 후드를 깊이 눌러쓰고 광장을 빠져나가는 것뿐이었다. 그마저도 달아나는 길이라 애도할 시간조차 없었다.

* * *

'반드시 살아남아야 한다. 오펜하이머를 위해서라도.'

유서 깊기로 유명한 오펜하이머 남작의 성이 장악당하는 순간에, 아버지는 그녀를 비밀 통로로 밀어 넣으며 그리 당부했다. 어머니는 엘레나와 비슷한 또래였던 금발 하녀에게 그녀의 옷을 갈아입히느라 바빴다.

'나도, 나도 같이 죽을래요! 엄마도, 아빠도 없을 바에는 나도 같이 죽을 거야!'

아무리 부모가 오냐오냐 기른 철부지 귀공녀라 해도 신분을 잃고 성인도 되지 못한 고아에게 세상이 친절하지 않다는 것쯤은 알고 있었다. 어차피 살아 봤자 거친 천을 입고, 밖에서 상한 음식이나 구걸하며, 못된 어른에게 붙잡혀 비참하게 죽을 미래만 남았을 터다.

그렇다면, 차라리 귀족답게 고고한 죽음을 맞이하고 싶었다.

그것이 열두 살 엘레나 오펜하이머가 내세울 수 있는 짧은 생의 긍지이며, 자신이 지키고자 하는 삶이었다. 그러나 그렇게 말하자마자 볼이 찰싹 소리를 내며 올려붙여졌다.

엘레나는 얼얼한 기운이 고인 뺨에 손을 올리고 나서야 자신이 아버지에게 맞았다는 사실을 인지했다. 긴박한 사태에도 단 한 번도 손찌검하지 않았던 아버지가 그녀를 때렸다는 사실에 눈물이 맺히려 했다.

아버지는 서신을 가문의 인장이 새겨진 반지에 둘둘 말아 챙겨 준 뒤에 작은 어깨를 꼭 안아 주었다. 그건 그녀가 알던 익숙한 아버지의 모습이었다.

'더는 어리광을 받아 주지 못해서 미안하구나.'

아버지는 검을 쓰는 기사답게 굳은살이 박인 손으로 그녀의 뒤통수를 쓰다듬어 주었다. 엘레나는 아까의 충격과는 다른 이유로 눈물을 뚝뚝 흘렸다. 그러나 아버지는 딸의 얼굴을 보지 않으려는 건지, 안은 채로 말을 이어 갔다.

'절대로 후드를 벗지 말고, 무조건 데스테 백작님을 찾아가거라. 데스테 백작령에 도착할 때까지 네 모습을 드러내선 안 돼. 위험하니까. 알았지?'

아버지는 기어코 그녀를 버리려는 걸까. 엘레나는 닥쳐오는 죽음보다는 당장의 이별이 두려워 아버지의 널따란 어깨를 움켜잡았다. 그러나 그는 단호하게 그녀의 손길을 떼어 내고 한 줌도 되지 않는 손목에 에메랄드로 이어진 팔찌를 채워 주었다.

언젠가 엘레나가 어머니의 패물함에서 본 적이 있는 물건이었다. 물리적인 위해를 막아 준다는 방어구였다.

마법이 소멸해 가는 시대에 소모품인 방어용 마도구는 어느 때보다 귀했다. 심지어 이것은 엘레나의 어머니가 가보로 가지고 있던 방어구 팔찌였다. 그런 물건이 제 팔목에 채워져 빛을 발하고 있었다.

비로소 사태의 심각성을 체감한 엘레나는 잠시 넋을 놓았다. 그사이 아버지는 엘레나의 후드를 단단히 여며 준 다음 지하 통로에 그녀를 밀어 넣었다. 엘레나는 화들짝 놀라 마지막 발악을 했다.

'아버지, 제발, 제발⋯⋯. 저도 같이 가요. 나만 두고 가지 마세요!'

'엘레나, 엘레나 오펜하이머.'

아버지의 등 뒤로 불길이 밀려들었다. 매캐한 연기에 엘레나가 기침을 터뜨렸다. 아마 중요한 문서라도 태우다가 생긴 화재 같았다.

'여보, 어서!'

어머니의 다급한 외침이 들리자, 아버지는 그녀의 어깨를 붙잡고 간절함을 토했다.

'엘레나, 오펜하이머의 금지와 명예를 목숨보다 중시한 못난 아비라 미안하구나. 그렇지만 너만은⋯⋯. 너만은 살아야 해.'

엘레나가 처음 보는 아버지의 표정이었다. 화열이 내려앉은 그 얼굴이 울음을 참는 얼굴인지, 아니면 불길의 음영이었는지는 훗날에도 알 길이 없었다.

'꼭 살아남거라, 내 딸아.'

탕. 지하 통로의 입구는 그 말을 끝으로 닫혔다. 지하에 상존하는 축축한 습기가 눈앞까지 다가왔던 불의 열기를 씻어냈다. 엘레나는 바람이 불어오는 출구 쪽으로 멍하니 고개를 돌렸다.

이제부터는 저 길을 홀로 걸어 나가야만 했다. 단 한 번도 부모의 보호를 벗어난 적 없던 소녀는 습기 가득한 어둠 속으로 천천히 걸음을 옮겼다.

깜깜한 밤길을 같이 걸어 주었던 든든한 아버지도, 무섭다고 품에 파고들면 머리를 쓸어 주던 인자한 어머니도 없는 세계. 엘레나 오펜하이머는 부모님이 잡혀간 날에 처음으로 그런 세계에 발을 디뎠다.

* * *

엘레나는 가진 패물을 다 팔아 가며 헤맨 뒤에야 데스테 백작령까지 닿을 수 있었다. 남은 것은 어머니가 남겨 준 팔찌뿐이었다. 거기까지 찾아갔을 때 그녀는 더 이상 오펜하이머의 영애로 보이지 않았다.

제대로 잠을 자지 못해서 벌게진 눈과 욕조 있는 여관방을 구하기 힘들어서 꾀죄죄해진 몸이 가관이었다. 제대로 먹지 못한 얼굴은 젖살이 빠져서 볼이 홀쭉해져 있었다.

그러나 푸른 눈동자만은 살고자 하는 의지로 반짝이고 있었다. 데스테 백작령에 오면서 귀족 영애로서의 자존심도, 비참한 신세로 인한 자기 연민도 집어던졌다.

막상 생존에 문제가 생기니 비참해도 어떻게든 살아가게 되었다. 깊은 생각을 하지 못하게 만드는 날들이 이어지다 보니 몸을 의탁할 곳이 있다면 어떻게든 살아갈 수 있을 것 같다는 절망 속의 희망이 그녀의 근간을 흔들어 놨다.

그러고 나니 살아남기 위해 비굴해지려는 한 소녀만이 남았을 뿐이었다.

데스테 백작은 그녀가 목숨처럼 소중히 가져온 두루마리 서신을 읽어 보고는 한숨을 내쉬었다. 읽어 보니 오펜하이머 남작이 딸을 의탁한다는 내용이었다.

데스테 백작은 오펜하이머 가문이 어떻게 몰락했는지를 알고 있었다. 오펜하이머 남작은 단 하나의 실수를 저질렀을 뿐이다. 그 실수는 명예라는 허울로 일가를 몰락시켰다.

오펜하이머 남작은 지독히도 충성스러워서 패배했다. 그 충심이 그들의 목을 졸랐다.

데스테 백작은 매정하게 살아남았고, 오펜하이머 남작은 명예롭게 죽었다. 당연한 정치의 순리에 유감은 없었으나 한 인간에게 느끼는 동정심은 남아 있었다.

만약 그때 그들 일가라도 도망갈 수 있게 손써 봤더라면. 당시로 되돌아가더라도 받아들여지기 힘들 부질없는 가정이었으나 죄책감은 오롯했다.

데스테 백작은 알고 지내던 먼 인척의 가문, 그 마지막 남은 딸을 거두는 일이 제가 친구를 위해 해 줄 만한 마지막 조의라 여기고 제 인간성을 회복하고자 했다. 그러는 와중에도 무역업을 해 온 장사치로서의 계산이 있었다.

'나이가 몇이라 했지.'

'열둘입니다.'

'잘되었구나. 내 딸이 열둘이거든.'

오펜하이머 가문은 예로부터 충성심이 넘치는 기사 가문이었고, 그녀의 어머니는 신비력을 연구하는 신비교 가문이었으니 딸도 마찬가지로 총명할 터였다. 그토록 충성스럽고 유능한 시녀라면 몸이 약한 제 딸아이에게 주기에 나쁘지 않을 만한 선물이었다.

'하지만, 아이야. 안타깝구나. 여기서 살아가려면, 너는 이제 오펜하이머일 수 없단다. 네가 오펜하이머가 아니어야 하는 일에 동의를 구하는 상황이 나역시도 서글프지만 말이다.'

'제가 오펜하이머인데, 대체 어째서 오펜하이머가 아니어야 한다는 건가요?'

'넌 아직 어려서 모르겠구나. 잔인한 말이지만, 한 번은 새겨들어야 할 필요는 있으니 말해 주마. 네가 그 이름으로 살아가고자 한다면, 너를 도와준 사람들은 모두 오펜하이머 성처럼 불에 타 버릴 거란다.'

'……'

'그러니 너는 다른 이름을 써야 할지도 모른단다. 아니, 그보다도 먼저 오펜하이머의 성씨부터 버려야겠구나. 너는 그래도 살아갈 수 있겠느냐. 아예 다른 사람이 된다고 해도 말이다.'

엘레나는 숨이 턱 막히는 기분으로 선택의 기로에 서야 했다. 아버지가 남긴 마지막 당부가 그녀의 머릿속에서 조각났다.

반드시 살아남아야 한다. 오펜하이머를 위해서라도.

살기 위해서는 오펜하이머가 아니어야 하고, 오펜하이머가 된다면 언젠가 죽을 위기에 처할 터였다. 게다가 어린 그녀가 절망 속에서도 여기까지 올 수 있었던 이유는 데스테 백작이라는 생존 줄을 향해 달려왔기 때문이었다. 만약에 여기서 내쳐진다면, 부모를 잃은 고아가 도대체 무슨 수로 버텨야 한단 말인가.

살기 위해서. 오펜하이머를 위하여. 살기 위하여. 오펜하이머를 위하여.

머릿속에 선택이 분절된 형태로 떠돌았다. 엘레나는 멍하니 허공을 주시하다가 점점 뒤엉켜 가는 내면에 아득한 현기증을 느꼈다.

그때였다.

'아빠?'

리본으로 금발을 단정하게 묶은 아이가 응접실 문에서 고개를 쏙 내밀었다. 분홍 눈동자가 장미석처럼 투명하게 반짝거리고 있었다. 얼핏 보아도 보라색 벨벳 드레스가 잘 어울리는 사랑스러운 아이였다. 데스테 백작은 애정을 듬뿍 담아 아이의 이름을 불러 주었다.

'루시아.'

루시아라고 불린 아이는 총총 다가와 당연하다는 듯이 데스테 백작 곁에 앉았다. 그러고는 맞은편에 앉은 또래 소녀를 맑은 분홍 눈으로 골똘히 들여다보고서 물었다.

'누구예요?'

데스테 백작은 제 딸에게 함께 지낼 또래 친구를 다정하게 설명해 주었다. 그러는 동안에 엘레나는 그제야 자신의 상태를 확인하고 부끄러움에 몸을 떨었다. 냄새나고, 더럽다.

귀공녀로 태어나 단 한 번도 누구 앞에서 이런 추레한 꼴로 있어 본 적이 없었다. 맞은편에 앉은 소녀처럼, 좋은 질감으로 지어진 드레스를 입고, 단정히 머리를 묶고, 아버지나 어머니가 항상 그녀 옆에 있었다. 그게 당연한 줄 알았던 시간이 불과 얼마 되지도 않았다.

차라리 콱 죽어 버릴까. 그럴까.

기개 좋게 이어 왔던 생존 본능은 사랑스러운 소녀의 등장으로 와르르 무너졌다. 숨겨져 있던 자존심들이 튀어나와 우울을 불러왔다.

그만 가 보겠다고 입을 떼려던 순간에 하얀 손이 불쑥 다가와 더러운 손을 붙잡았다. 그녀에게서 나는 냄새가 불쾌하지도 않은지 루시아는 초롱초롱한 분홍 눈으로 그녀에게 말을 걸었다.

'그럼 오늘은 내 방에서 잘래? 정원도 구경시켜 줄게. 난 아직 친구가 없어, 심심해. 나랑 같이 살려면, 나랑 많이 놀아 줘야 해. 당연히 그럴 수 있지?'

명랑한 제안을 하면서 맑은 미소를 배시시 짓는다. 응접실에 내리쬐는 일광과 잘 어울리는 웃음이었다. 그 햇빛에, 그 햇빛과 어우러진 미소에 우울이 잠시나마 누그러졌다. 결국 대답은 얼떨결에 나오고야 말았다.

'응⋯⋯.'

엘레나 오펜하이머는 루시아와의 첫 만남에서 그리도 허무하게 자신의 이름을 버렸다. 편안한 안락함에 기대고파서. 일단은 살고 싶어서. 그러기 위해서는 오펜하이머를 버려야 했다.

엘레나 오펜하이머는 결국에 레나 크루거로 살아가게 되었다. 서류상 그녀는 평민이었고, 데스테 백작을 후원자로 두었다.

데스테 백작은 그녀에게 질 좋은 옷과 풍부한 식사를 제공했다. 특히, 백작은 교육에 지원을 아끼지 않았다. 엘레나는 주로 북부 대륙에서 전해 내려온다는 성력과 마법, 주술에 관한 신비력 이론과 치료술에 관해서 배웠는데, 두각을 나타내자 백작이 크게 기뻐했다.

백작이 그녀의 교육에 유독 신경 써 주는 이유는 알 수 없었지만, 전부 평민이라면 엄두도 못 냈을 고급 교육이라 엘레나는 군말하지 않고 감사히 여겼다. 생각보다 버틸 만한 인생은 편할 대로 과거의 잔재를 지웠다.

살아가려면 현재에 만족하면서 나아갈 줄 알아야 했고, 그녀는 길거리에서 처참하게 죽어 갈 인생보다 훨씬 나은 삶을 영위하고 있었다. 따라서 최선인 현재에 만족했다. 굴종이라면 굴종이라고 할 수도 있겠지만, 안락한 생활을 감사히 여기는 쪽이 정신 건강상 편했다.

무엇보다도 엘레나는 그녀의 인생을 좌우할 만큼 소중한 친구를 사귀게 되었다.

'엘레나, 오늘 나 괜찮아 보여?'

루시아 데스테는 몇 번이고 전신 거울 앞에서 자신의 모습을 재확인하며 물었다. 단짝 친구인 루시아는 그녀와 둘만 있을 때면, 꼬박꼬박 그녀를 '엘레나'라고 불러 주었다.

'응. 예뻐.'

엘레나는 진심으로 감탄하며 그리 말해 주었다. 거울에 부딪혀 반사광으로 반짝이는 햇살이 루시아에게 스며들어 액세서리처럼 꼭 걸맞았다.

새침한 인상인 엘레나와는 다르게 루시아는 제 눈동자 색 같은 체리를 떠오르게 만드는 사랑스러운 아이였다. 몸이 약하다는 사실조차 잊게 할 정도로 싱그러운 제빛을 발하는 소녀.

후견인의 딸이니 백작이 어떤 의도로 그녀를 루시아에게 붙였는지 모르지 않았다. 말은 친구였지만, 엘레나는 자발적으로 루시아를 보살피는 시녀를 자처했다. 백작은 엘레나의 처세에 만족한 눈치였다.

그저 루시아만 이런 상황을 개의치 않는 듯 보였다. 아니, 모르는 것 같기도 했다.

'다행이야, 실은 나 오늘 잘 보여야 하는 날이거든.'

루시아는 약간 긴장한 얼굴로 가슴팍에 있는 붉은 리본을 단정히 맸다. 데스테 백작은 루시아를 좋은 가문과 맺어 주는 데 최선을 다하고 있었고, 루시아는 제 아비의 뜻을 거스르지 않는 착한 딸이었기 때문에 진지하게 임하는 중이었다.

공작 가문이 방문하는 날이었다. 데스테 백작이 손꼽아 온 날이기도 했다.

아마 어른들끼리는 정치적인 회담을 나눌 테고, 아이들끼리는 친분을 쌓도록 둘 터였다. 최종적으로는 루시아와 공작가의 귀공자를 자연스럽게 만나게 하려는 목적일 가능성이 컸다.

'너도 나와서 같이 놀자. 응? 나 긴장되는걸.'

루시아가 엘레나의 손을 붙잡고 청했지만, 엘레나는 고개를 가로저었다. 더부살이하면서 늘어난 것은 눈치밖에 없었다. 루시아를 위해 마련된 중요한 자리에 제가 끼길 원치 않아 하는 데스테 백작의 심기쯤은 읽을 정도가 되었다.

'그러다가 백작님께서 곤란해지시면 어떻게 해. 알잖아, 나는 정체를 들키면 안 되는걸. 게다가 그런 자리는 나도 긴장할 테니까 도움이 되어 주지 못할 거야.'

엘레나가 틀어박힐 곳은 2층 끝에 있는 제 방이었다. 당연히 고용인들의 다락방이나 지하 방보다는 좋았고, 손님에게 제공되는 방보다는 질이 낮았다. 이 저택에서 엘레나가 갖는 위치를 보여 주는 장소였다.

'흠, 엘레나 네가 내 옆에 없는 건 싫은데······.'

루시아는 꼬리 내린 강아지처럼 눈썹을 아래로 내렸다. 애교 있게 굴면 엘레나의 마음이 약해진다는 걸 아니까 하는 행동이었다. 윗선의 입장으로 무리한 부탁을 하면 반발심이라도 생길 텐데, 루시아는 친구로서 부탁하니 엘레나는 어쩔 도리가 없었다.

루시아는 제 부탁을 거절 못 하는 친구를 바라보다가 문뜩 짓궂은 장난이 떠올랐는지 눈을 반짝거렸다.

'그러면, 이런 건 어때?'

루시아가 엘레나에 귓가에 속닥거리고 까륵 웃었다. 엘레나는 경악해서 고개를 내저었으나 루시아는 그녀의 손을 잡고 어울려 달라고 칭얼거렸다.

결국, 백기를 든 쪽은 역시 엘레나였다.

* * *

발렌시아 가문의 귀공자 형제는 루시아와 비슷한 금발을 지니고 있었다. 어른들끼리 이야기 나누는 동안에 정원으로 나온 아이들은 커다란 나무의 그늘 밑을 노닐었다.

'영애께서는 사냥에 관심이 없으십니까?'

발렌시아의 장남, 마르첼 발렌시아는 딱 그 나이 또래의 소년이었다. 한참 아버지의 총을 부러워할 시기였고, 여성을 능숙하게 에스코트하기에는 미숙한 열여섯 살이었다.

'형, 영애들은 사냥을 배우지 않아.'

발렌시아의 차남, 로렌츠 발렌시아는 약간 한심하다는 투로 지적했다. 장남보다 한 살 어린 열다섯 살이었음에도 훨씬 성숙한 느낌을 주었다. 그는 총보다는 책이 잘 어울리는 소년이었다.

루시아는 저와 닮은 금발 형제들을 보고 까르르 웃음을 터뜨렸다.

'하지만, 사냥제 관람에는 관심이 있는걸요. 아직 한 번도 본 적은 없지만요, 나중에 한번 초대해 주세요.'

그녀는 옆에 있는 하녀의 팔을 잡아끌고 팔짱을 끼웠다.

'레나도 초대해 주시구요.'

순간 두 형제가 일제히 검은 하녀복을 입은 엘레나 쪽을 바라보았다. 두 쌍의 보라색 눈동자를 감당하기 힘들었던 그녀는 눈을 아래로 내리깔았다. 다행히 그들이 자신에게 말을 거는 일은 없었다.

'그러겠습니다, 영애.'

'야, 로렌츠, 너는 사냥 같은 거 재미도 없다면서. 제가 초대하겠습니다. 제 활약을 보실 수 있으실 거예요. 작년 준우승자가 저니까요. 어떤 놈만 아니면 1위였겠……'

'어차피 우승은 에르하르트 소후작이라 참가하지 않는 거야. 우승 아니면 무의미하잖아.'

'아니라고. 올해는 반드시 내가 이길 거야.'

이를 바득바득 가는 마르첼과 그를 묘하게 골리는 로렌츠의 다툼이 이어졌다. 루시아는 가만히 그들의 대화를 듣다가 엘레나와 슬쩍 눈을 맞추었다. 엘레나는 적당히 웃음을 가장했다.

'그러고 보니 영애는 특이하시군요. 보통 사냥제는 친한 귀공녀와 함께 가고 싶어 하던데요.'

무의미한 말다툼을 먼저 접은 마르첼이 루시아에게로 화제를 돌렸다.

사냥제는 귀공자와 귀공녀가 공식적으로 어울려 놀 수 있는 몇 안 되는 축제였다. 보통은 친한 귀공자와 친한 귀공녀 무리가 뭉쳐서 삼삼오오 짝지어 다니는 경우가 일반적이었다.

'저에게는 가장 친한 친구가 레나인걸요.'

'편견 없는 분이로군요.'

'과찬이세요.'

로렌츠는 담백하게 루시아의 품성을 칭송했다. 대화는 로렌츠가 훨씬 부드럽게 이끌어 나갔다.

녹음과 어우러지는 루시아의 싱그러운 웃음소리, 그녀를 둘러싼 눈부신 금발의 귀공자들, 그 위로 덧그릴 수 있는 귀공녀로서 살아갈 루시아의 찬란한 삶……

여기서 레나는 그저 하녀복을 입고, 조용히 루시아 곁에 서 있을 뿐이었다. 레나는 목까지 치밀어 오르는 갑갑함을 어색한 자리가 만들어 내는 불편함이라고만 치부했다.

그날 루시아는 긴장 따위는 하지 않고 귀공자들과 잘 어울려 놀았다. 헤어질 무렵에는 마르첼과 로렌츠가 그녀에게 사냥제에서 보자는 말을 해 올 정도로 친해져 있었다.

그에 비해 마차를 배웅하러 나온 데스테 백작은 평소보다 딱딱한 안색이었다. 아마 발렌시아 공작과 하려던 이야기가 잘 안 풀린 것처럼 보였다.

* * *

여름이 되었고, 루시아는 정말로 사냥제에 초청을 받았다. 그녀는 기쁜 마음에 초대장을 열어 보기도 전에 그 자리에서 콩콩 뛰기까지 했다. 꾸준히 주고받은 서신이 성과를 거둔 셈이었다.

결국 루시아는 밭은기침을 하고 나서야 기쁨을 사그라뜨렸다. 그쯤부터 주치의가 백작가에 방문하는 빈도수가 늘어나고 있었다.

'엘레나, 같이 가 줄 거지?'

당연하다는 듯이 요청해 오는 루시아는 행복에 젖어 있었다. 루시아조차도 그녀를 '레나'라고 부를 자리였으나 엘레나는 결국 고개를 끄덕여야 했다. 사실 그녀에게는 거절의 선택지가 남아 있지 않았다.

'고마워, 정말 기대된다!'

루시아는 순순히 승낙해 준 친구를 와락 끌어안았다. 엘레나는 끌어안긴 채로 굳은 입가를 움직여 미소를 지으려 애썼다.

마음에 조그만 가시처럼 박혀서 불편하게 찌르는 감정이 무엇인지 돌아보지 않아야 했다. 이건 속 좁은 감정이야. 소중한 친구를 위해서는 못 해 줄 일도 아닌걸. 그녀는 스스로 그렇게 되뇌었다.

루시아의 기쁨은 오래가지 못하고 아버지의 반대에 부딪혔다. 그날부터 루시아는 눈물로 베갯잇을 적셨다.

몸이 약한 딸을 둔 백작은 유난히도 과보호가 심했다. 오죽하면 그 나이 대 딸을 수도 사교계에 데뷔시키지 않는 귀족은 데스테 백작밖에 없을 거라고 고용인들끼리 수군댈 정도였다.

루시아는 난생처음으로 반항했다. 단식 투쟁에 돌입한 것이다. 엘레나는 하나뿐인 친구를 걱정하면서도, 그녀의 투쟁이 철없는 투정으로만 보이는 자기 자신과 싸워야 했다.

종종 루시아는 오펜하이머 영지에 있던 유서 깊은 성이나 엘레나가 거쳐 왔던 고난의 여행길 같은 외부의 세계를 조심스럽게 물어 올 때가 있었다. 그녀는 자신이 겪어 보지 못한 날것의 세계에 호기심을 지니고 있었고, 소설로 정제된 거친 모험에 매료되었다.

때로는 잠자리에 들기 전에 실없는 소리로 언젠가 함께 모험 같은 여행을 떠나자고 제안하기도 했다. 물론 전제는 있었다. 언젠가 루시아의 몸이 다 나으면. 언젠가 그들이 어른이 되면. 엘레나가 느끼기엔 기약 없는 약속이었다.

루시아의 꿈은 밖에 얼마나 끔찍한 현실이 도사리고 있는지를 아는 엘레나와 정반대였다. 엘레나는 루시아의 낭만을 깨기 싫어서 하고픈 말을 목구멍 깊숙하게 밀어 넣었다.

저기, 루시아. 오펜하이머 성이 불타면서 시작된 내 모험은 최악이었어. 내가 방문했던 여관들은 하나같이 쥐가 나왔고, 차가운 물로 채워진 욕조만 써도 방값은 두 배로 올라갔어. 항상 긴장한 채로 밤을 보내고 조그만 소리에도 부리나케 일어나서 제대로 자 본 적이 거의 없어. 정신 놓고 자다가는 누군가 열쇠 구멍을 따고 들어올 수 있거든.

하지만 엘레나는 그러겠노라 대답했다. 이 역시 선택지는 없었다. 친구였으니까. 하나뿐인 친구를 위해서니까.

그녀는 늘 그 이유로 자신을 납득시켰다. 자신이 시녀고 후원받는 입장이라서 그런 것이 아니라, 친구를 위해서라고.

루시아의 반항은 결국 데스테 백작을 항복시켰다. 수도로 가는 여행길에 오르기 전날 밤, 데스테 백작이 루시아 몰래 그녀를 집무실로 불렀다.

'자식 이기는 부모가 없구나.'

데스테 백작이 한탄처럼 중얼거렸다. 피곤한 눈은 책상에 놓인 지도에 고정되어 있었다. 어지러운 선으로 이어진 걸로 보아 항해 지도로 보였다.

백작은 피로한 눈가를 문지르며 길게 한숨을 내쉬었다. 탁한 금발이 쓸리면서 소매에 박힌 커프스가 반짝거렸다. 중년의 백작은 항상 멋들어진 차림새를 유지했다.

'가정 교사에게 네 영특함은 익히 들었단다. 상처에 좋은 약초도 금방 익히더니 벌써 대륙 지리를 전부 외웠다지?'

'여행길에 오른 적이 있다 보니 제대로 배워 둬야 할 필요성을 느꼈을 뿐입니다.'

'그러면 여기가 어딘 줄 아니.'

데스테 백작이 지도에서 어느 한 곳을 가리켰다. 엘레나가 알고 있는 곳이었다.

"'미토스'라는 왕국이었습니다.'

'그래, 지금은 망국이 되고 사라졌지. 그럼 전에 방문한 발렌시아 가문이 이 나라에서 건너왔다는 역사도 알고 있겠구나.'

데스테 백작이 한숨을 내쉬면서 미토스가 있던 자리를 톡톡 두드렸다. 깊은 고민에 빠진 모습이었다.

'미토스는 망국이 되었지만, 발렌시아는 아직 바다 너머 대륙에 영지가 남아 있단다. 아마 공작은 장남에게는 이곳의 영토를, 차남에게는 바다 건너 대륙의 영지를 물려주겠지. 어쨌든 부모는 자식에게 무엇이든 물려주고 싶을 테니까 말이야.'

'……'

'넌 영리한 아이니까 눈치챘겠지만 나는 지금 루시아에게 발렌시아 가문을 안겨 주고 싶다는 말을 하는 중이란다.'

엘레나는 백작의 진의를 알 수 없어서 잠자코 고개를 수그렸다. 톡톡. 집무실에는 데스테 백작이 손가락으로 책상을 두들기는 소리가 울렸다.

'널 부른 이유는 부탁하고 싶은 일이 있어서야. 사냥제에서 네가 해 줬으면 하는 일이 있다.'

그러나 다음 말은 그녀로서는 더욱 속뜻을 알기 힘든 말이었다.

'에르하르트 가문과 루시아가 엮이지 않게 해 주렴.'

* * *

사냥제는 일주일 정도 되는 축제지만 자질구레한 의례를 제외하면 사냥을 하는 날은 실질적으로 3일 정도밖에 되지 않는다. 사냥 첫째 날이 되자 사냥터로 쓰일 숲의 입구에는 커다란 천막이 설치되었다.

내리쬐는 뙤약볕을 피해서 엘레나와 루시아를 비롯한 귀공녀 여럿이 천막 아래 자리를 잡았다. 그들은 사냥터로 향하는 귀공자들을 배웅하기 위해서 나와 있었다.

귀공자들은 사냥을 나서기 전에 아는 귀공녀가 보이면 천막에 다가와 인사를 나눴다. 더위에 부채질을 하다가도 인기 많은 귀공자가 천막에 들어설 때면 시선이 모이길 반복했는데, 발렌시아 가문의 귀공자도 그중에 하나였다.

'오셨군요.'

로렌츠는 이번엔 사냥에 참여하는지 단정한 연갈색 사냥복을 입고 있었다. 그가 루시아의 손등에 입을 맞추었다. 시선은 루시아의 손목에 묶여 있는 하얀 손수건에 닿아 있었다.

'제게 주지 않으시겠습니까.'

'그럼요. 저야 영광인걸요.'

루시아는 기꺼이 데스테 백작가의 문장이 수놓인 손수건을 그의 손목에 묶어 주었다.

귀공자가 귀공녀에게 사냥감을 바치는 마지막 날 제의가 사냥제의 꽃이었다. 귀공녀의 손수건이 묶인 사냥감은 온전히 귀공녀의 이름으로 신전에 기부되었다. 굳이 연인이 아니더라도, 오누이나 친척, 경애의 대상, 소꿉친구를 위해 사냥감을 바치는 경우도 있었으니 서로 손수건을 주고받는 일에는 부담이 없었다.

루시아는 아마 가벼운 마음으로 로렌츠에게 손수건을 묶어 주었을 터였다. 로렌츠가 떠나고, 엘레나에게 새로운 손수건을 자신의 손목에 묶어 달라고 했기 때문이었다.

귀공녀들은 사냥제에 손수건을 한 장만 준비해 오지 않았다. 친하거나 호감 있는 남자들에게만 손수건을 나눠 주고, 원치 않을 때는 준비해 둔 손수건이 동났다고 답하는 것이 귀공녀들의 요령이었다.

귀공자들끼리는 손수건을 받는 일로 경쟁이 붙었고, 귀공녀들끼리는 많은 사냥감을 받는 일에 열을 올렸다. 괜히 사냥제가 인기투표라 불리는 게 아니었다.

'저도 영애의 손수건을 받고 싶군요. 영애께 가장 큰 영광을 안겨 드리지요.'

'그거 기대되는걸요.'

잠시 뒤에는 마르첼이 다가와 팔을 내밀었다. 루시아는 짐짓 웃음을 흘리면서 그에게 손수건을 묶어 주었다. 그러는 동안에 마르첼은 뒤에 있던 엘레나에게 우연히 눈길을 주게 되었다.

'저 하녀는……'

엘레나에게 눈길도 주지 않고 사라졌던 로렌츠와 달리 마르첼은 단번에 그녀의 변화를 알아차렸다. 엘레나는 민망한 마음에 고개를 수그렸다. 분명, 그의 머릿속에는 하녀복을 입은 레나만이 기억에 남았을 텐데, 지금 엘레나는 누가 봐도 귀공녀와 비슷한 차림새였다.

'아버지께서 레나도 수도에서 기분을 내 보라고 드레스를 장만해 주셨거든요.'

뒷모습이라 얼굴은 보이지 않았으나 루시아는 부드러운 목소리로 상황을 수습했다. 루시아는 지금 이 상황이 아무렇지도 않은 걸까. 하긴, 그녀는 엘레나의 감정을 모를 터였다. 과거에는 그녀도 흔히 입었던 드레스일 뿐인데, 괜히 남의 옷을 훔쳐 입은 기분이었다.

'역시 데스테 백작께서는 인심이 후하시군요. 하녀에게 너그러운 영애도 대단하십니다.'

보통 그 나이 대 귀공녀들끼리는 옷이나 장신구로 많이 싸웠고, 마르첼은 사냥제가 시작되자마자 이미 그런 광경을 여럿 목격한 상태였다. 그도 이젠 귀공녀에게 드레스란 귀공자의 사냥용 총과 견줄 만한 자존심 싸움이란 사실을 인지하고 있었다. 그랬으니 데스테 백작이 인심을 베푼 하녀의 드레스는 의젓한 루시아의 마음씨를 칭송하기 좋은 대화 거리였다.

'민망한 과찬이세요.'

루시아는 수줍게 미소 지으면서 손등으로는 그의 키스를 받았다. 그렇게 마르첼도 떠나 가고, 엘레나는 루시아에게 다시 손목에 손수건을 묶어 달란 부탁을 받았다. 엘레나는 세 번째 손수건을 받을 대상이 불안했다.

'이제 들어가도 되지 않을까?'

'아직 귀공자들의 출정이 끝나지 않았는걸. 왜? 벌써 들어가고 싶은 거야?'

'발렌시아의 귀공자들은 이미 떠났으니까.'

'하지만 아직 제일 궁금한 사람이 나타나지 않았는걸.'

루시아의 두 눈이 반짝거렸다. 엘레나는 뙤약볕만큼 홧홧한 마음으로 루시아를 바라보았지만, 수도에 올라온 후로 쭉 들떠 있는 그녀는 엘레나의 난감함을 전혀 눈치채지 못하고 있었다.

엘레나는 사냥제 첫날부터 망했음을 직감했다. 조찬장에서 귀공녀들끼리 떠들던 담소에 하필이면 루시아의 관심사를 끌 만한 이야기가 있었다. 귀를 쫑긋 세우던 루시아는 흥분을 감추지 못했다.

'에르하르트 소후작이 이번 사냥제에도 참가하잖아. 궁금하단 말이야!'

엘레나는 아무 말도 하지 못하고 입을 다물었다. 작은 두 주먹을 모으며 기뻐하는 루시아에게는 차마 하지 못할 말이었다.

데스테 백작께서는 네가 그 영식을 만나길 원치 않으셔. 이유는 모르겠지만.

정확한 이유는 설명해 주지 않은 채, 데스테 백작은 사냥제 내내 붙어 있을 감시역을 부탁했다. 모든 일정을 함께하려면 또래 귀공녀처럼 보여야 한다면서, 귀공녀 신분으로 보일 만한 드레스까지 사 주지 않았는가.

도대체 백작이 무슨 이유로 그렇게까지 하려는 건지는 모르겠지만, 어쨌든 엘레나에게는 책임이 막중한 임무였다. 어차피 일면식도 없는 에르하르트의 귀공자가 루시아에게 손수건을 받으려 들진 않을 테니, 적당히 루시아의 호기심을 채워 준 뒤에 사냥제가 끝날 때까지 숙소에서 있자고 할 참이었다.

안타깝게도 상황은 예상대로 흘러가지 않았다. 두 남자가 등장하자마자, 우아하게 자리에서 부채를 부치던 귀공녀들의 대열이 흐트러졌다.

'왕세자 전하!'

'에르하르트 소후작이야!'

'잠깐, 밀지 말아요!'

그 바람에 엘레나는 루시아를 놓치고 말았다. 동시에 천막 그늘에서 튕겨나와 뙤약볕의 열기 아래로 밀려났다. 푹신한 흙길이 아프지는 않았지만. 누가 볼세라 얼른 일어서야 했다.

엘레나는 흙투성이가 된 제 손을 내려다보았다. 넘어질 때 땅을 짚은 탓에 손바닥이 쓸려 조금 까져 있었다. 한숨을 내쉬는데, 시야 안으로 손수건을 내미는 검은 장갑이 훅하고 들어왔다. 엘레나는 누군지 보려다가 몰아치는 햇빛이 따가워서 눈을 찡그렸다.

후광 때문에 남자의 얼굴이 제대로 보이지 않았으나 올려봐야 할 정도로 거대한 체구는 존재감이 확실했다. 엘레나는 시린 눈동자를 두어 번 깜빡이며, 조금은 싸해진 주변 분위기를 느꼈다. 더위 때문에 생기는 현기증이 아니었다.

'와, 카론 경. 그건 너무한 처사야. 귀공녀께서 준 손수건을 그리하면 쓰나.'

왕족에게만 허락된다는 백색 정복을 입은 남자가 껴들었다. 사람의 것이 아닌 듯 나풀거리는 은청색 머리칼만 봐도 남자가 누군지는 알 수 있었다. 사냥제를 주관하러 온 왕세자였다. 그렇다면 남은 한 명은…….

카론 에르하르트.

기사 서임식을 받은 걸 증명하는 붉은 망토와 한여름에도 목 아래까지 단추를 꽉 채운 새까만 정복을 훑어 올리면, 비로소 그 잘난 얼굴이 등장했다. 그제야 불볕에 적응한 눈이 남자의 외모를 담아냈다.

여자를 홀린다는 마물처럼 생긴 남자였다. 상황에 맞지 않게도, 잘생긴 남자를 알아보는 미감이 상황 판단력보다 먼저 튀어나왔다.

'저보다 필요한 사람이 쓰는 게 낫잖습니까.'

카론은 귀찮다는 기색이 역력한 표정으로 대꾸했다. 그는 여전히 왕세자를 향해 시선을 두고, 손만 귀공녀 쪽으로 방향을 돌려 내밀었다. 손수건을 되돌려 받은 귀공녀는 민망함에 붉어진 얼굴을 수그렸다. 카론은 미안하다는 의미인지 고개만 까닥이고, 왕세자에게 일방적인 통보를 날렸다.

'저 먼저 들어가겠습니다.'

왕세자가 혀를 찼지만, 성큼성큼 숲으로 들어서는 발걸음에는 지체가 없었다. 붉은 망토는 빨간 점으로 보일 만큼 빠르게 멀어져 갔다. 그 또래 귀공자들 가운데 붉은 망토는 카론만이 하고 있었다. 열여섯에 기사 서임식을 받은 남자가 그밖에 없었기 때문이었다.

그것이 루시아의 호기심을 불러일으켰던 소년 기사의 모습이었다. 귀공자면서도 최연소로 기사가 되었다는 소후작이 루시아의 어떤 면을 자극했는지는 알 만했다. 엘레나로서는 다소 좋지 못한 첫인상이었지만.

어쨌거나 남아 있는 왕세자가 상황을 수습하게 된 형국이었다. 왕세자는 들어가기 전까지 귀공녀들과 한 번씩 이야기를 나누고, 손수건을 몽땅 받아 주었다.

사태가 정리되는 동안에, 루시아가 엘레나를 챙겼다. 그녀는 손수건으로 더러워진 엘레나의 손바닥을 털어 주었다.

'괜찮아?'

엘레나는 대충 고개를 끄덕거렸다. 그보다도 아까부터 카론에게 거절당한 영애가 괜스레 신경 쓰였고, 그녀를 힐끔거리기 시작한 몇몇 귀공녀들이 거슬렸다. 눈에 띄는 일은 최대한 피해야 했다.

'숙소로 돌아가서 쉬고 싶어. 귀공자들이 사냥을 나갔으니 이제는 여기서 할 일도 없잖아.'

엘레나가 루시아에게 속닥였다. 루시아는 약간 미련이 남은 눈으로 숲의 입구를 바라보다가 결국에는 고개를 끄덕였다.

'그래. 알겠어.'

다른 귀공녀들은 사냥터와 인접한 안전한 산책로에서 승마를 하러 갈 터였다. 귀공자들이 쉬러 가는 산장이 있는 통행로인지라 청춘 남녀가 함께 어울릴 만한 기회였다. 루시아의 시무룩한 표정에 엘레나의 마음이 무거워졌다.

따지고 보면 루시아가 지닌 낭만은 불과 1년 전의 엘레나 역시 꿈꿨을지도 모르는 세상이었다. 데스테 백작이 딸을 너무 가둬서 키우는 바람에 낭만의 형태가 다소 과장되긴 했지만, 엘레나도 기사의 로맨스를 꽤 즐겨 읽지 않았는가.

루시아는 결핍된 분야에 호기심이 강했고, 또래 소녀들처럼 저만의 낭만을 꿈꿨으며, 그건 그 나이에 걸맞게 세상 물정을 몰라도 되는 소녀의 꿈이었다. 엘레나와 비슷한 처지가 아니니 느긋하게 즐겨도 될 만한 그런 몽상.

'나 먼저 돌아가도 되니까 너는 가서 놀고 와.'

'아니야. 널 두고 어떻게 그래.'

'너는 가고 싶잖아, 그렇지?'

'……'

'내가 이따가 찾으러 갈게. 나 때문에 네가 하고 싶은 걸 못하는 건 싫어.'

루시아는 귀공녀들이 모여 가는 산책로 방향과 우두커니 남은 제 친구를 번갈아 보며 고민에 빠졌다. 그러다 결국에는 엘레나의 손안에 자신의 손수건을 꼭 쥐여 주는 결정을 내렸다.

'이따가 꼭 찾으러 와야 해. 알겠지? 해가 지기 전까지는 와.'

엘레나는 옅은 미소로 고개를 끄덕였다. 그러자 루시아는 한결 마음이 편해졌는지 가벼운 걸음으로 귀공녀들 사이에 스며들었다.

사냥터지기들이 관리 중인 산책로에서는 위험한 일이 일어나지 않을 테고, 재수 없는 후작가의 귀공자를 보아하니 루시아와 엮일 일도 없어 보였다. 조찬장에서도 그가 누구의 손수건도 받아 주지 않는 귀공자라는 이야기를 들은 터였다.

낙관적으로 생각하기로 마음먹은 엘레나가 숙소 방향으로 걸음을 한 걸음 옮겼을 때였다. 드레스에 가려졌던 자리에 떨어져 있던 물건이 드러났다.

영롱한 가넷의 테두리가 섬세한 은제 양각 장식으로 세공되었기에 처음에는 어느 영애의 브로치인가 싶기도 했지만 아니었다. 장식물 끝에 달린 가죽끈을 보아하니 기사가 검 손잡이에 달아 놓는 장신구 같았다. 엘레나 근방에 있다가 이런 고급스러운 장식물을 흘리고 갔을 남자는 한 명밖에 없었다.

다시 있던 자리에 놔두는 편이 좋으려나. 그러나 주변에는 아무도 없었고, 모르는 척하기에는 너무나도 찜찜했다. 심지어 흐린 하늘에는 먹구름이 드리워서 곧 비가 올 것만 같았다.

결국 엘레나는 장신구를 챙겨서 숙소로 돌아왔다. 나중에 발렌시아 귀공자들을 통해서 돌려줄 생각이었다.

오자마자 예상한 대로 비가 퍼붓기 시작했다. 엘레나는 멍하니 빗방울이 두드리는 창문 너머로 모두가 함께 있을 울창한 숲을 바라보았다.

사냥이 망했다고 우울해할 귀공자들과 산장으로 비를 피할 귀공녀들의 모습이 그려졌다. 그래도 함께 모여 있으니 즐겁지 않을까. 엘레나는 루시아가 즐겁기를 바랐다. 기왕 저를 빼놓고 노는 것이니.

엘레나가 제아무리 너른 마음씨를 지녔다고 해 봐야 열세 살이었다. 서운한 마음이 좀처럼 가시지 않았다. 어느새 그녀는 몸을 둥글게 말고 앉아서 비 오는 창가에 기대어 꾸벅꾸벅 졸았다.

꿈결에 잠시간 저를 쓰다듬어 주는 어머니의 손길을 느낀 것도 같았다. 어머니는 탐스러운 금사 같은 머릿결을 빗겨 주며 그녀에게 물었다.

'엘레나, 저걸 제일 가지고 싶니?'

'네, 초록색 팔찌 너무 예뻐요.'

엘레나가 더 어렸던 시절의 기억이었다. 어머니의 패물함에 고이 모셔져 있는 에메랄드 팔찌가 탐이 났던 시절. 어머니는 포근한 미소를 지으면서도 그녀에게 겁을 주었다.

'언젠가는 줄게. 그치만 저걸 쓰려면 조금 아플지도 모르는데, 괜찮겠어?'

'응응, 괜찮아요. 나 귀걸이도 할 수 있는걸.'

어머니가 방어구가 지켜야 할 대상을 인식하려면 피가 필요하다는 이야기를 덧붙여도 엘레나는 팔찌를 가지고 싶어 했다. 노란 실을 칭칭 감은 바늘이 하얗고 통통한 그녀의 손가락에 다가왔을 때였다.

쿵쿵쿵.

무례할 정도로 거칠게 문을 두들기는 소리에, 엘레나가 화들짝 꿈에서 깨어났다.

그녀는 제일 먼저 손목에 채워진 에메랄드 팔찌부터 확인했다. 여전히 그렇듯, 10개의 굵은 보석 중에 9개만 깨져 있었다.

아버지가 채워 준 이후로 단 한 번도 빼 놓은 적이 없는 팔찌는 데스테 백작령으로 오기까지 그녀를 9번이나 지켜 주었다. 방어구의 효력은 마지막 한 번만 남은 셈이었다.

잠에서 덜 깬 엘레나는 불만을 가득 담은 얼굴로 일어섰다. 거칠게 문을 열어젖히고 저를 찾는 자가 누구인지 확인해 볼 요량이었다.

그러나 그곳에는 의외의 방문자가 서 있었다. 그것도 비에 홀딱 젖어서, 달려왔는지 숨을 헐떡이는 채로.

'로렌츠 님?'

'여기에, 하아……. 데스테 영애께서 여기에 왔나?'

'아니요. 루시아는, 아니 데스테 영애께서는 아마 다른 귀공녀들과 함께 산장에…….'

'……하.'

점점 일그러지는 로렌츠의 얼굴을 보면서 엘레나는 무언가 일이 잘못되어 가고 있음을 느꼈다. 무슨 일인지를 묻는 말에 로렌츠는 최대한 침착함을 가장하는 표정으로 답을 주었다.

'데스테 영애가 보이지 않아.'

* * *

'루시아!'

엘레나는 정신없이 숲속을 뛰어다녔다. 흙탕물이 예쁜 드레스를 적셨지만 개의치 않았다.

'루시아! 나야, 엘레나. 어서 나와!'

점점 어두워지고 있었지만, 루시아는 아무리 찾아도 나타나질 않았다.

로렌츠에게 듣기로, 사냥을 나간 귀공자들이 산장에 비를 피하러 왔을 때부터 이미 루시아가 보이지 않았다고 했다. 그는 산장에서 귀공녀들에게 루시아의 행방을 물어보다가 혹시나 싶은 마음으로 엘레나가 있던 숙소에 달려온 것이었다.

엘레나는 사정을 듣자마자 미친 듯이 숲속을 헤매었다.

'루시아, 어딨어! 어서 나와! 이런 장난 재미없어! 어서, 어서 나오란 말이야!'

목이 터져라 루시아를 찾았지만, 들려오는 건 거친 빗방울에 젖은 나무들이 잎사귀를 흔드는 소리뿐이었다. 비가 거세기 때문인지 메아리조차 울리지 않았다.

루시아는 숨바꼭질을 좋아했다. 몸이 아파서 한참을 앓다가 나은 날이면, 아버지에게 서운했던 날이면, 여운이 남는 로맨스를 읽은 날이면……. 루시아는 숨었고, 엘레나는 찾았다. 기꺼이 그녀의 작은 모험에 동참해 주어야 했다. 정원은 루시아가 가질 수 있는 세상의 끝이었으니.

엘레나는 차라리 이번에도 그런 상황이길 바랐다. 루시아가 이런 대규모 소동을 벌일 정도로 철없는 애는 아니었지만, 호기심대로 돌아다녔다가 사고를 당하는 것보단 나았다.

내가 같이 있어 줘야 했는데. 그깟 자존심이 뭐라고.

비가 내리고 흙은 점점 질척해졌다. 죄책감이 엘레나를 뒤덮었다. 마르첼과 로렌츠가 다른 귀공자들과 구조 작업을 해 보겠다고 나섰으나 별다른 진전은 없어 보였다.

엘레나는 흠뻑 젖은 머리카락을 쓸어 넘기다가 터져 나오려는 막막한 울음을 참았다. 두 뺨을 두드린 후에 아직 둘러보지 않은 숲길로 힘차게 뛰어가기 시작했다.

눈물은 데스테 백작령에 온 뒤부터 서서히 말라 가고 있었다. 울어 봤자 아무것도 해결되지 않을뿐더러, 수분이 빠져서 몸이 피곤해지고 배가 고파진다는 걸 깨달은 뒤로 울지 않으리라 다짐했다.

아직 둘러보지 않은 구역은 산짐승이 나온다고 해서 돌아보지 않은 곳뿐이었다. 엘레나는 이제 검은 그림자처럼 보이는 나무 사이를 헤집었다.

'루시아!'

목이 쉴 기세로 그녀를 부르는 와중이었다. 무언가가 발에 걸리면서 엘레나는 그대로 고꾸라졌다.

'아!'

땅에 닿을 것 같은 몸은 예상외로 하늘에 붕 떠올랐다. 숨 쉴 틈도 없이 핑, 하고 재빠른 무언가가 다가왔다. 엘레나는 다가오는 위험에 반사적으로 눈을 감았다.

몇 초가 지나도 느껴지지 않는 고통에 슬쩍 눈을 떴을 때, 엘레나는 눈앞까지 다가온 화살에 흠칫 몸을 떨었다. 독이 묻었는지 까맣게 변한 예리한 화살촉이 얇은 반구로 형성된 붉은 방어막에 막혀 더는 나아가지 못한 채로 툭 하고 떨어졌다.

엘레나는 비명조차 지르지 못한 채 어쨌든 무사하다는 안도감에 간신히 숨만 헐떡거렸다. 보아하니 설치되어 있던 사냥용 그물에 걸린 모양이었다.

문제는 이제 공중에서 느껴지는 아찔함이었다. 지금 이 상태에서 그물이 찢어져 추락한다면, 아무리 비에 젖어 푹신해진 흙길이어도 뼈가 조각나 버릴 것만 같았다. 아득한 상상에 발끝이 오그라들었다.

비가 와서 귀공자들은 전부 산장으로 돌아갔을 터. 꼼짝없이 내일 아침까지는 이러고 있어야 할지도 몰랐다. 그런데, 그러면 루시아는? 엘레나는 우스운 제 처지보다 루시아의 구조를 먼저 걱정했다.

'여기, 누구 없어요? 도와주세요!'

엘레나는 그물이 찢어질까 봐 발버둥도 치지 못하고 소리만 내질렀다. 어두운 하늘에는 먹구름만 가득했고, 높이 치솟은 검은 나무들이 무섭게 그녀를 내려다보는 것 같았다. 오펜하이머 성의 비밀 통로를 걸으면서 느꼈던 불안, 초조, 공포에 버무려진 감정들이 오랜만에 고개를 들이밀었다.

누가 나를 도와줘. 너무 무서워지려고 해, 어둠 속에 혼자 있기는 싫은데.

엘레나가 서럽게 나오려는 울음을 억눌렀다. 어두운 길을 걸을 때 찾았던 아버지의 손처럼, 그녀에게 말이라도 걸어 줄 수 있는 사람이 간절해질 무렵이었다.

'어째서 귀공녀가 여기에 계신 겁니까.'

조금은 한심하다는 듯한, 귀찮음이 역력한 목소리. 엘레나는 그 낮은 울림이 일어난 자리를 기적처럼 바라보았다.

'카론 에르하르트……'

너무 놀라다 보니 속에서 해야 할 말을 엉겁결에 속삭이고 말았다. 카론은 그걸 듣지 못했는지 그녀를 훑어보는 데 열중했다. 방수용 로브 안으로 팔짱을 낀 모습을 보아하니 상황의 심각성을 모르는 사람 같았다.

'덫에 걸린 것치고는 멀쩡하시군요. 어찌 되신 일입니까?'

그는 땅에 떨어진 독화살을 발견하고는 의아한 눈초리로 고개를 갸웃거렸다. 엘레나는 카론이 덫을 설치했다는 사실을 깨닫고 그쪽으로 몸을 틀어 간청했다.

'일단 여기서 내려 주시면 안 될까요? 제발요.'

카론은 독화살을 살펴보고 있다가 제게 매달리는 간절한 애원을 듣고서야 고개를 들었다. 비에 젖어 떠는 모습이 가련한 초식 동물을 연상하게 하는 소녀였다. 카론은 눈을 좁히면서 어쩔 수 없다는 표정으로 팔을 뻗었다. 그게 전부였다.

카론은 움직이지 않고, 그 상태로 가만히만 있었다. 엘레나는 눈을 깜빡였다. 대체 뭐 하자는 건지, 그는 도리어 그녀를 빤히 쳐다보고 있었다.

'뭐 하십니까, 뛰어내리지 않고.'

쉬이도 툭 내뱉는 말에 엘레나가 아연했다. 이자가 대체 뭐라는 거야. 지금 엘레나는 고목림을 내려다볼 만큼 높이 올라와 있었다. 아마도 저택 2층 높이쯤은 될 터였다.

'저기, 줄을 내려 주시면 안 될까요?'

'줄을 끊자마자 추락해도 괜찮으시다면 해 드리겠습니다.'

'아니, 안전하게 내리는 방법도 있을 테잖아요.'

'없습니다. 애초에 사냥용으로 설치해 둔 덫이라 생포하면 줄을 끊을 생각이었으니까요.'

맙소사. 엘레나는 보지 않으려고 노력했던 아래를 내려다보자마자 눈이 핑핑 도는 기분이었다. 만에 하나라도 바닥에 부딪힌다면, 목이 부러지면서 얼마나 큰 고통이 덮쳐 올지가 예상되었다.

'내려오실 생각이 없으시다면, 저는 이만 가 보죠.'

카론이 귀찮은지 손을 거두고 가려 하자 엘레나는 다급해졌다.

'아니에요, 할게요! 저 뛰어내릴게요!'

결국 아쉬운 쪽은 엘레나였다. 몸을 꿈틀거리면서 그물의 망을 찢으려고 드는 그녀에게 카론은 그물을 쉽게 여는 방법을 설명해 주었다.

엘레나는 금방이라도 울음을 터뜨릴 것 같은 얼굴을 하면서도, 살기 위해 추락의 공포를 불사하려고 이를 악물었다. 그 모습이 카론을 비스듬하게 웃게 만들었다. 예상하지 못했던 사냥감이었다.

'저, 내려가요.'

그물을 풀어내기 전에 엘레나가 자신 없이 그를 내려다보았다. 저 재수 없는 귀공자만을 믿고, 목숨을 걸어야 하다니. 엘레나는 유언과 마찬가지인 말을 당부해야만 했다.

'혹시라도 제가 잘못되면, 산장으로 돌아가서 데스테 영애부터 찾아 주세요.'

'잔말 말고 어서 내려오기나 하시죠, 영애. 저는 인내심이 많지 않습니다.'

엘레나는 처참한 기분으로 그물망을 열었다. 그리고 단말마 같은 비명과 함께 추락했다.

하강감에 손발이 저릿해지고, 머릿속은 새하얗게 변했다. 잠시 뒤, 굵은 나뭇가지가 받쳐 주는 듯한 단단한 손길과 그녀를 감싸 안은 더운 체온이 느껴졌다.

꼭 감았던 눈을 뜨자마자 미묘한 이채가 감도는 검붉은 눈이 제일 먼저 보였다. 아주 잠깐, 당황으로 점철된 안광은 천천히 그녀를 땅에 내려놓으면서 잠잠해졌다.

차가운 빗물이 엘레나의 눈가를 타고 흘렀다. 그제야 밭은 숨을 내쉴 수 있었다.

'감사합니다.'

아직도 후들거리는 다리를 간신히 지탱한 채로, 엘레나가 겨우 인사를 올렸다. 카론은 무심히 고개만 까닥이고 내려놓았던 화살을 주워 들었다. 화살촉은 불에 녹은 것처럼 까맣게 그을려 있었다.

엘레나는 숨을 고른 채로, 제일 중요한 것부터 확인했다.

'수색에는 진척이 있었나요?'

'수색?'

'예. 귀공자들께서는 데스테 영애를 찾고 계셨잖아요.'

'무슨 말인지 모르겠군요.'

아마도 그는 다른 영식들처럼 산장으로 비를 피하지 않고, 홀로 사냥을 계속했던 모양이다. 엘레나는 그에게 루시아를 보지 못했냐고 물었지만, 카론은 고개만 내저었다.

다시 원점으로 돌아온 상황. 엘레나가 우울해진 얼굴로 힘없는 감사 인사를 하고는 걸음을 옮기려던 순간이었다.

카론은 문득 혹시나 싶은 부분이 생각났다. 말하면 필시 귀찮아질 만한 가정. 하지만 비 맞은 강아지처럼 구는 여자의 뒷모습을 보자, 그는 자신도 모르는 사이 실토하고야 말았다.

'이런 함정을 몇 개 파 두긴 했습니다.'

엘레나가 바로 멈추어 섰다. 돌아보는 작은 몸이 덫에 걸린 들짐승처럼 파들거리고 있었다.

'그게 정말인가요, 어디…… 어디에요?'

파리하게 질린 낯에 다급한 물음이 이어졌다. 카론은 역시 귀찮은 일에 말렸다는 생각으로 침음을 삼켰다. 결국에 그는 엘레나를 데리고 자신이 만들어 둔 함정을 찾아가야만 했다.

안절부절못하며 그를 따라오는 여자를 저도 모르게 힐끔거렸다. 비에 젖어서 그런 건지, 두려워서 그런 건지 쉴 없이 떨고 있었다.

얌전히 산장에서 귀공자들을 기다리면 될 것이지 왜 이렇게 직접 애타게 찾는 건지 이해되지 않았지만, 딱히 사정을 알고 싶지도 않았다. 대신에 그는 다른 점이 궁금했다.

'어떻게 무사한 겁니까?'

'네?'

'화살이 날아왔을 텐데, 어째서 무사한 거냐고 물었습니다.'

엘레나는 음, 하고 뜸을 들였다. 짚이는 이유는 있지만, 터놓고 말하면 골치 아파지는 문제였다. 무슨 변명을 둘러댈지 고르던 차에 둘의 걸음이 뚝 멈추었다. 카론이 덫을 놓았다는 장소에 당도해서만은 아니었다.

분명히 카론이 나뭇잎이 잔뜩 깔려 있을 거라 말했던 자리가 움푹하게 들어간 상태였다. 그 모습이 멀찍이 떨어진 곳에서도 보여 엘레나의 심장이 쿵쿵 뛰었다. 발은 이미 밑도 끝도 없이 그곳으로 달리고 있었다.

'잠깐, 거긴······.'

카론이 뒤에서 부르는 소리조차 듣지 못한 채로. 그렇게 엘레나는 바스락 소리가 나는 나뭇가지를 밟았다.

그 순간이었다. 카론은 도망치는 산짐승을 사냥하는 기세로 그녀에게 달려들었다. 알고 있는 함정에 뛰어드는 짓은 평소의 그라면 절대 안 했을 법한 행동이었다. 하지만 이미 몸은 여자의 작은 체구를 감싸 안은 뒤였다.

'악!'

앞서 뛰어내리던 때와 비슷한 비명이 내질러졌다. 예상대로 엘레나가 또 다른 함정에 걸려든 터였다. 카론은 엘레나의 뒤통수를 감싸면서 함께 굴렀다. 방수용 로브가 두 사람의 살이 쓸리는 걸 최대한 막았으나 소녀의 머리를 보호하고 있던 장갑은 너덜거리는 바람에 그의 손등이 찢어졌다.

그렇게 구덩이 한가운데로 두 사람의 몸이 완벽히 겹쳐 뉘어졌다. 카론은 엘레나가 아직 일어나지 못하도록 꽉 끌어안고 옆으로 몇 바퀴를 더 굴렀다. 일순간에 핑, 소리가 나면서 나무 사이에서 튀어나오도록 설계된 독화살이 구덩이의 한가운데에 꽂혔다.

흙투성이가 되어 버린 엘레나가 힘겹게 눈을 뜨고 사위를 살폈다. 카론은 그 모습을 보고서야 손바닥으로 눈가를 덮고 조소했다. 구르다 긁힌 손등의 상처에서 피가 흐르는 것이 느껴졌다.

'하아······.'

완전히 일진 사나운 일에 말려들었다. 그에게 뒤늦은 낭패감이 밀려왔다.

'루시아, 루시아! 괜찮니? 거기 있으면 대답해!'

엘레나는 정신을 차리자마자 벌떡 일어나서 위로 소리를 내질렀다. 저도 괜찮은 상황이 아님에도 불구하고.

저 함정에 빠진 사람이 루시아라면, 필시 독화살을 맞았을 터였다. 엘레나는 아득해지는 예상에 맨손으로 구덩이를 오르려고 발버둥 쳤다.

'소용없습니다. 구덩이에 빠진 이상 안에서는 빠져나갈 수 없고, 저기 떨어진 사람이 데스테 영애라면 화살을 맞고 잠드셨을 테니까요.'

'잠들었다면…….'

'치명적인 독은 아닙니다. 강제로 기절시켜 얌전하게 만드는 정도니까요.'

사형 선고라도 듣는 사람처럼, 엘레나가 그대로 주저앉았다. 여자애가 우는 건 질색인데. 카론이 본능적인 반감에 얼굴을 찌푸렸다. 하나 그녀는 끝내 울지 않았다. 문제는 금방이라도 터질 것 같은 울음을 참는 얼굴이 더욱 거슬린다는 점이었다.

'아마 영애 정도 체구였으면 치명상을 입지는 않았을 겁니다. 아무래도 큰 짐승이 떨어졌을 때를 감안하고 만든 함정이라 각도상 빗나갔을지도 모르고.'

그는 어설픈 가정을 위로랍시고 내밀었다. 다행히도 그의 말에 어느 정도 진정이 된 엘레나는, 제가 오를 수 없는 구덩이를 망연자실하여 올려다보았다.

'대체 이게 무슨 일인가요?'

'보다시피 제가 만들어 놓은 함정이 하나가 아니어서 말입니다.'

카론은 여전히 누운 채로 답을 주었다. 엘레나는 기가 막혀 한숨을 내쉬다가 그의 손등에 피가 흐르는 모습을 보고 입을 다물었다. 그것이 저를 구하려다 난 상처라는 것쯤은 알았다.

다행히 빗발은 시나브로 약해져 가고 있었다. 구덩이 안에 갇힌 소년과 소녀는 멀찍이 떨어져 제 할 일을 했다.

엘레나가 구석에서 무언가에 열중하는 동안에, 카론은 손바닥으로 눈가를 덮고 계속 누워 있었다. 최대한 그 혼자 타박상을 받아 낸 터라 몸이 욱신거려 잠시만 누워 있을 작정이었다.

그러나 부드러운 손길이 다가와 카론의 시야를 열었다. 어느새 엘레나가 약초를 덧바른 손수건을 쥐고 앉아 있었다.

'이게 무슨……'

'손 주세요.'

카론이 뭐라 할 사이도 없이 엘레나는 솜씨 좋게 카론의 손등에 약초를 바른 손수건을 동여매 주었다. 루시아에게 받았던 손수건이 있어서 다행이었다. 기사 남편을 손수 치료했던 어머니에게서 지혈법을 배웠기 때문에 엘레나에게는 익숙한 상황이었다.

'약초는 어디서 난 겁니까?'

'데스테 영애께서 자주 아프셔서 항상 가지고 다니거든요. 진통에 능한 약초니까 얹어 두면 상처에 좋을 거예요.'

'평소 영애께서 이런 걸 하나하나 챙겨 주는 겁니까?'

'……그야 데스테 영애께서는 귀공녀시고, 저는 귀공녀가 아니니까요. 그러니까 공대를 해 주실 필요도 없으세요.'

어색한 침묵이 나왔다. 카론은 목구멍까지 차오르려는 한숨을 삼키고 곧바로 상황에 적응했다.

'그럼 넌 대체 무엇이지.'

'"운 좋게도" 그 손수건에 문장이 새겨진 데스테 가문에서 후원을 받고 있어요. 데스테 영애께서는 저를 친구로 삼아 주셨죠.'

엘레나는 그 상황에서도 마지막 자존심을 긁어모아 하녀라는 표현은 쓰지 않고 에둘러 말했다. 저를 빤히 보는 남자의 시선이 느껴졌다.

애타게 간지러운 느낌은 아니었다. 저를 어떻게 바라볼까를 상상하게 만드는 피해 의식. 발가벗겨진 듯한 수치심이 엘레나를 잠식했다. 그녀는 재빨리 다른 화제로 이야기를 돌렸다.

'이제 우리는 여기서 어떻게 나가야 하나요?'

엘레나가 어느새 비가 그친 밤하늘을 올려다보았다. 여전히 하늘에는 먹구름이 끼어 있었다.

카론은 귀찮은 한숨을 내쉬고는 목에 건 작은 호각을 꺼내어 규칙적인 간격으로 불었다. 그러자 어디선가 매가 날아와서 그의 어깨에 앉았다.

카론이 허리춤에 매어 둔 가죽 주머니에서 작은 지도를 꺼냈다. 아직 흐르고 있는 손등의 피로 현재 위치에 방점을 찍은 지도가 매의 발톱 사이로 돌돌 말려 들어갔다. 영특한 매는 주인의 뜻을 알아듣고 산장을 향해 날았다.

'비도 그쳤으니 당장에 오겠지.'

대강 일 처리를 마친 카론이 여전히 욱신거리는 몸을 구덩이에 기대앉았다. 다부진 체격은 엘레나를 감싸 안기에는 충분했지만, 덕분에 혼자 온갖 타박상을 온몸으로 받아 내야 했다. 아무리 카론이라 해도 하루 정도는 좋은 회복 약을 먹고 푹 쉬어야 하는 상태였다.

그래도 여자가 화살을 맞지 않은 게 어딘가. 물론 화살 하나쯤 맞는다고 해서 치명상 아닌 이상 죽지는 않겠지만, 부상자가 더 늘어나는 심각한 상황으로 번지는 건 사양이라 달려들었을 뿐이다.

카론은 심란한 속내를 그렇게 결론지었다. 지금 전체적인 상황을 보아하니 함정을 파 놓은 그가 책임을 물어야 할 판이었다.

카론의 입장에서는 사냥터에 함부로 들어와 멍청하게 함정에 걸려든 쪽에 책임이 커 보였지만, 세간의 뒷소문과 어른들의 사정은 또 다를 터였다. 거기에 데스테 영애라는 귀공녀가 화살을 맞은 걸로 추정되고 있지 않나.

거기까지 생각이 미치자마자 해결되지 못한 의문이 불쑥 떠올랐다.

'화살을 어떻게 피했지?'

아까 답을 듣지 못한 물음이 재등장했다. 공중에서 포획되는 그물망에서는 화살을 피할 방도조차 없었을 텐데. 엘레나의 몸에는 같이 구른 흔적 말고는 큰 상처가 보이지 않았다.

그의 맞은편에 웅크려 앉아 있던 엘레나는 다시 돌아온 곤란한 질문에 난처히 눈을 피하다가 끝내 저의 답을 종용하는 무서운 눈빛에 백기를 들고 말았다. 어차피 다신 보지도 않을 사이이니 말해도 괜찮을 것 같다는 안일한 생각이 사실을 실토하게 했다.

'저를 보호해 주는 방어구가 있어요.'

'마도구를 말하는 건가.'

'네.'

마법이 사라져 가는 세상에서 응당 귀한 물건인지라 의문의 눈초리가 따라붙었다. 엘레나는 어쩔 수 없이 팔을 걷어 가녀린 손목을 드러냈다. 10개의 에메랄드가 이어진 팔찌가 반짝거렸다. 이제는 분명 보석 10개가 전부 깨져 있어야만 했다.

'아……'

그러나 여전히 에메랄드는 9개만 손상되어 있었다. 흔들리는 엘레나의 동공을 보지 못한 카론이 여린 손목을 휙 잡아끌었다.

'이건 타스로산 에메랄드야. 손상 형태를 봐서는 마도구가 확실하고, 아직 깨지지 않은 보석이 있는 걸 봐서는 방어 기회가 한 번 남은 건가?'

그는 보석을 감정하는 보석상의 눈으로 팔찌에 몰두했다. 에르하르트의 소후작조차 감탄할 만큼 팔찌는 귀한 물건인 듯싶었다.

'이건 내가 서임식 때 받았던 방어구보다 더 좋은 거야. 이런 물건을 어디서 났지?'

'잠깐만. 방어구요? 혹시 검에 하시는 장신구를 말씀하시는 건가요?'

'맞아. 기사 서임식에서 국왕께 받았어. 오늘 잃어버린 것 같지만.'

엘레나는 혹시나 하는 마음으로 드레스 안쪽에 챙겨 두었던 그의 검 장신구를 꺼내 들었다. 농롱한 빛을 자랑하던 가넷에 실금이 그어져 있었다. 엘레나는 그대로 얼어붙었다.

고개를 돌려 눈치를 살폈으나 카론은 잠잠한 눈으로 그걸 볼 뿐, 별다른 감정 변화를 보이지 않았다. 그래서 더욱 불안했다.

'아까, 아까 이걸 떨어뜨리고 가셨어요……. 돌려드리려고 했었는데, 대체

왜 이런 일이……. 분명 방어구는 지정된 사람만 쓸 수 있을 텐데…….'

억울함을 호소하는 눈망울이 그에게 진심을 피력했다. 카론은 그대로 그녀의 손에서 방어구를 낚아챘다. 깨진 방어구를 요리조리 돌려가며 살피던 그는 결국에 실소를 머금었다.

'네 방어구는 지명자를 가릴 수 있나 보지?'

'방어구라면 당연히 그래야 하지 않나요?'

'아니, 그건 더 고차원적인 마법으로 설계된 마도구다. 서임식에서 받는 이런 보급품과는 급이 다른 것이지. 보아하니 내 방어구에서 나온 낮은 단계의 마법이 먼저 발현되었나 본데.'

맙소사. 오펜하이머 가문에 그렇게 귀한 물건이 있었단 말인가. 얼핏 어머니 가문의 가보라 들은 건 맞지만, 그 정도일 줄은 상상도 하지 못했다. 엘레나는 넋을 잃고 제 팔찌를 바라보았다.

'너, 누구야.'

날카로운 물음이 그녀의 귓가에 파고들었다. 순식간에 그의 태도가 돌변했다. 이미 그녀는 푹신한 흙 위로 쓰러져 있었고, 검은 망토가 그 위를 덮었다.

엘레나는 묵직하게 느껴지는 남자의 무게에 숨을 참았다. 제 위에 검은 늑대가 올라와 있는 기분이었다. 흉흉하게 빛나는 붉은 안광에 숨이 막혔다. 얼굴 양쪽에 놓인 손은 금방이라도 목을 조를 듯 위협적으로 다가와 있었다.

'누군데 이런 걸 가지고 있는 거지.'

'저는 그저……. 데스테 백작께 후원을 받는 고아일 뿐이에요.'

'아, 데스테 백작께서는 태생도 불분명한 고아에게 이리 귀한 물건을 주실 만큼 후한 양반이신가?'

빈정거리는 웃음이 붉은 입술에 걸렸다. 졸도해 버릴 듯한 압박감에 엘레나가 덜덜 떨었다. 그 얼굴이 재수 없었던 첫인상과도, 저를 시큰둥하게 구해 준 모습과도 달라 보였다. 무언가 그의 심기를 건드린 것이 분명했다.

'그럼 데스테 백작께 여쭤봐야겠어. 당신네 후원을 받는 여자가 내 방어구를 깨부쉈는데, 이를 어찌 변상할 거냐고. 그럼 나에게도 이런 방어구 정도는 넘겨주시겠지. 고아에게도 귀한 물건을 하사해 주신 분이니. 안 그래?'

엘레나는 침음을 삼켰다.

아무래도 소후작은 방어구를 부순 일로 화가 나 보였다. 그렇지 않은 이상 갑자기 이렇게 난폭해지는 않을 테니까. 마도구는 귀하고, 검의 장신구는 그가 기사 서임식에서 받은 자랑스러운 물건일 테니 그럴 만도 했다.

만약, 이 문제로 데스테 백작 가문에 소동을 일으키게 된다면……. 엘레나는 아직 데스테 백작의 실망스러운 눈초리를 본 적이 없었다. 망상은 일어나지 않은 현실보다도 두렵게 느껴졌다.

'제발, 제발 그것만은 하지 말아 주세요.'

엘레나가 다급히 그의 망토 깃을 쥐고 간청했다.

백작가에서 쫓겨날 수는 없다. 힘들게 정착한 터전을 잃을 수는 없다. 엘레나는 자신이 환경에 취약한 인간이란 걸 누구보다도 잘 알았다. 백작가의 테두리 밖에서는 도저히 살아갈 자신이 없었다.

그는 제게 매달리는 소녀의 간절함을 내려 보다가 가만히 웃음을 흘렸다. 살짝 열이 오른 눈이 짓궂음을 잃지 않은 채로 그녀에게 물었다.

'그럼 나한테 대체 어떻게 변상할 건데? 넌 데스테 백작에게 의탁하고 있다며.'

엘레나는 제 손목에서 반짝거리는 팔찌를 바라보았다. 그걸 채워 주실 때 아버지의 표정을 상기했다. 어떻게든 살아남으라던, 그 필사적인 외침까지도.

엘레나는 이를 악물었다가 겨우 내뱉었다.

'제 것을 드릴게요.'

'이걸?'

'네, 대신 조건이 있어요.'

감히 제가 조건을 달 수 없는 처지라 해도 엘레나로서는 타협할 수 없는
지점이 있었다.

'전부 사용하시면, 다시 제게로 돌려주세요.'

'어째서?'

'이유를 묻지 않는 것도 조건이에요.'

'조건을 두 개나 붙이시겠다.'

카론이 그녀의 손목을 결박했다. 지그시 팔찌를 보다가 엘레나에게로 되
돌아오는 눈길이 예사롭지 않았다.

엘레나는 가만히 그의 시선을 견뎠다. 다행히도 그의 허락만을 바라야 하는
침묵이 그리 길진 않았다.

'좋아. 받아 주지.'

하얀 팔목에서 팔찌가 벗겨져 나갔다. 단 한 번도 몸에서 뗀 적 없는 물
건이었기에, 엘레나는 제 소중한 것을 강탈당한 상실감을 느꼈다. 미련이
뚝뚝 떨어지는 손이 일어서려는 그의 소매를 붙잡았다.

'뭐.'

귀찮아하는 눈초리에 서슬이 퍼렜다. 엘레나는 왈칵 쏟아지려는 감정을
목구멍에 삼켜 누르고, 조금 칭얼거리듯 당부했다.

'제게 소중한 거예요. 쓰면 꼭 돌려주셔야 해요.'

'지금 내가 네 것을 훔칠까 봐 이러는 거야? 내가, 마력을 잃으면 아무런
쓸모도 없어지는 금 간 보석 따위를 탐낼까 봐서.'

'불쾌하셨다면 죄송합니다. 하지만 저에게는 그만큼 소중한 것이에요.'

나지막한 한숨이 새어 나왔다. 그는 깨져 버린 자신의 검 장신구를 그녀
에게 던졌다.

'그럼 내 방어구를 가지고 있던지. 나중에 궁해지면 에르하르트 정문에다
그걸 내밀고 나랑 약조했다면서 행패를 부리면 될 거 아냐.'

완전히 사람을 거지로 몰아세우는 모욕이었다. 그에 항변할 틈도 없이,

카론이 그녀의 손목을 잡고 강제로 일으켜 세웠다. 엘레나는 깨진 장신구를 받아든 채로 엉거주춤 일어나야 했다.

'잔말 말고, 지명자나 바꿔 봐.'

팔찌가 그녀 앞에 다짜고짜 내밀어졌다. 엘레나는 가만히 그걸 바라보다가 샐쭉한 목소리로 물었다.

'바늘 있으세요?'

'바늘?'

'제 피가 필요해요.'

'검이라면 있는데.'

카론이 허리춤에 차고 있는 날붙이를 톡톡 쳤다. 엘레나는 입술을 꾹 깨물고 싫은 티를 냈다.

어차피 쓸 만한 도구가 검밖에 없었기 때문에 거부하지 못하리라는 걸 알고 있긴 했지만, 제 의사를 피력해 보고 싶어서 그러했다. 아니, 정확히는 거부한다고 해도 딱히 받아 주지 않을 위인에게 심통이 난 탓이었다.

'싫나 보네.'

하지만 그는 예상외로 검을 들지 않았다. 대신 자신의 손바닥에 그녀의 손을 올렸다. 마치 귀공자가 귀공녀에게 춤을 청하는 듯이.

'손등이 좋겠어.'

한쪽 입꼬리만 올라간 미소가 상당히 그에게 잘 어울렸다. 엘레나가 그 말을 이해하지 못하고 가만히 있자 카론은 그녀의 손등으로 고개를 숙였다.

'아!'

엘레나가 손등에 닿는 감촉에 몸을 떨었다. 처음에는 입술이 닿았고, 그 뒤에는 이가 닿았다. 화끈한 아픔은 당황에 가려 제대로 느껴지지 않았다.

그저 또래 남자와 맨살이 닿은 경험은 처음이라 얼어붙은 상태였다. 귀족 영애이길 포기한 이래로, 어느 귀공자도 그녀의 손등에 입을 맞춰 준 적이 없었다.

부드럽게 벌어지는 입술의 촉감, 물어뜯는 이 사이로 나온 말캉한 혀의 감촉. 이 모든 것이 그녀에게는 무척이나 생경한 타인과의 접촉이었다.

'아, 여긴 살점을 물어뜯지 않는 이상 피는 나지 않겠구나.'

그에 비해 카론은 아주 단조롭게 자신의 실패를 전달했다. 시시하단 기색이었다. 엘레나가 '그냥 검을……' 하고 말문을 꺼내려 하자, 카론은 그녀에게서 피를 내기 좋은 제일 여린 살점을 찾아냈다. 빠른 공격이 엘레나의 말을 막았다.

손수건을 덧대 준 손이 얼굴을 구속하고, 뒤이어 붉은 입술이 빠르게 기습해 왔다. 엘레나의 동공은 크게 확장되어 잘게 떨었다. 그저 가만히 제 입술을 깨무는 남자를 바라볼 뿐이었다. 정신을 차렸을 때는 입술에 비릿한 생채기가 생겨 버린 뒤였다.

모든 일은 경악할 새도 없이 순식간에 진행되었다. 엘레나가 제 입가에 느껴지는 짭짤한 핏물을 맛보자 카론은 무신경한 태도로 그녀에게 팔찌를 들이밀었다.

엘레나는 할 말을 잃은 채로, 부서지지 않은 단 하나의 보석에 입술을 가져다 댔다. 참으로 어이없고 굴욕적인 입맞춤이었다.

계약자의 피를 받은 에메랄드에 오묘한 빛이 감돌았다. 카론 역시 입술을 깨물어 피를 내고, 빛이 맴도는 에메랄드를 위에 상처를 맞붙였다. 보석 위로 교류한 입맞춤은 한순간에 지나갔다.

에메랄드는 양도된 지명자를 알아듣고 피를 흡수했다. 그것으로 팔찌는 온전히 카론의 소유가 되었다. 바꿔 말하면, 엘레나의 소유권 상실이었다.

'카론 경! 계십니까?'

때마침 구덩이 주변으로 구조하러 온 귀공자들이 몰려왔다. 그들은 카론의 지시에 따라 밧줄을 내렸다. 카론은 그녀에게 손을 뻗었다.

엘레나는 입술만 벙긋거리며 우두커니 그를 바라보고 있었다. 카론은 쯧 하고 혀를 차더니 그대로 그녀의 허리를 껴안았다. 엘레나가 어떤 항의를 할 겨를도 없이 밧줄이 올라갔다.

발이 붕 뜨면서 땅과 멀어졌다. 엘레나는 쿵쿵 뛰는 심장 소리가 상승감에서 오는 공포라 여기고, 그의 옷깃을 세게 잡았다.

가까이 맞닿은 남자에게는 물에 젖은 나무 향이 났다. 비에 젖어 차가워진 몸끼리 서로 맞붙으니 신기하게도 그 잠깐 동안에 온기가 전해졌다. 엘레나는 휑해진 팔목을 보면서 얌전히 그 품에 안겨 있었다.

밖으로 나오자마자 다른 구덩이에서 로렌츠가 루시아를 안고 올라오는 모습이 보였다. 다행히 어깨 쪽에 화살을 빗맞은 루시아는 경미한 상처를 입고 곤히 잠들어 있었다. 엘레나는 곧장 루시아에게 달려갔다.

꾹꾹 참아 왔던 감정이 그녀를 보자마자 왈칵하고 터져 나왔다. 결국, 엘레나는 속을 썩인 친구를 껴안고 엉엉 울었다.

언제 버림받을지 모르는 안온한 세계의 상징이자 그 세계와 그녀를 이어 주는 가느다란 빛.

엘레나의 세계에서 루시아는 절대자였다. 반드시 함께해야 하고, 당연히 애정을 가져야만 하는, 그런 존재.

* * *

사냥제 첫날부터 생긴 사고는 날씨 문제로 흐지부지 넘어가는 듯했다.

아무리 빗맞았어도 독은 독인지라 루시아는 끙끙 앓아누웠다. 엘레나는 같이 방에 틀어박혀 루시아를 정성껏 돌보았다.

'나 그래도 카론 경이 사냥하는 모습을 봤어.'

바로 다음 날부터 열이 내린 루시아가 재잘거렸다. 그녀는 본인이 겪은 사건을 모험에 존재하기 마련인 고난쯤으로 여기고 있었다.

이야기를 들어보니 산장에서 또래 귀공녀들과 어울리기 힘들었던 모양이었다. 루시아가 사교계 이야기라고는 알 리가 만무했으니 소외감은 자연스러웠다.

귀공녀들끼리 도란도란한 이야기를 나눌 동안에 루시아는 홀로 귀공자들이 울창한 숲을 가로지르며 사냥하는 모습을 관찰했다. 루시아의 낭만은 비가 내리는 창밖에 있었고, 모험심은 그녀를 충동질했다.

비에 젖은 귀공자들이 산장에 하나둘씩 들어오자 루시아는 제 충동을 실현하기로 마음먹었다. 관리해 놓은 사냥터에는 위험한 야생동물이 방생되지 않을 것이고, 마침 귀공자들도 산장에 왔으니 루시아 나름대로는 안전까지 고려한 계산된 모험이었다.

그러다가 카론을 보게 된 것이다. 기사담에나 나올 법한 사냥처럼, 단 한 발의 사격에 노루가 그대로 푹 쓰러져 숨을 거두자 루시아는 그 압도적인 광경에 눈을 떼지 못했다.

루시아가 얼마나 그에게 몰입했는지는 노루가 만들어 낸 피의 궤적까지 생생히 묘사하는 것만 들어도 알 수 있었다. 결국에 이야기는 카론이 떠난 자리에서 얼쩡거리다가 함정에 걸려들었다는 결말로 끝이 났지만, 카론을 향한 루시아의 찬사는 사냥제 내내 이어졌다.

얘기를 듣던 엘레나는 쓴웃음을 지어야만 했다. 루시아는 자기가 백작에게 잘 이야기하겠노라 호언장담을 하였으나 엘레나에게는 후원자의 당부가 마음에 짐처럼 남을 수밖에 없었다.

루시아의 불미스러운 사고와는 별개로, 남은 사냥제 동안 날씨는 화창하게 개었다. 귀공자들은 사냥에 열을 올리고, 귀공녀들은 식당과 산장에 모여 이야기꽃을 피웠다.

엘레나는 주로 루시아를 돌보면서 시간을 보냈다. 루시아에게 먹일 저녁을 식당에서 방으로 가져갈 때마다 사냥을 끝마치고 목욕탕으로 향하는 귀공자들 무리와 마주치곤 했으나 특별할 일은 없었다.

엘레나가 그들을 기억하는 이유는 어디까지나 카론 때문이었다. 독단적으로 보이는 성향과 다르게 그는 의외로 주변 귀공자들과 잘 어울려 다녔다. 엘레나는 무리 가운데서도 유독 눈에 띄는 그를 가만히 훔쳐보다가 그가 고개를 돌리면 얼른 시선을 거두는 짓을 되풀이했다.

그때마다 피어나는 이상한 감정이 무엇인지는 굳이 모른 척하지 않아도 알 수 있었다. 잔잔하게 밀려오는 그 감정은 적당히 두근거리고, 다소 씁쓸하기도 한 설익은 감각이라 엘레나는 제 상태를 심각하게 여기지 않았다.

한여름 밤의 꿈처럼, 훗날 추억으로 남을 기억 아닌가. 사냥제에는 누구나 이성에 대한 호기심에 눈을 뜰 수 있으니까. 데스테 백작령에 내려가 평화로운 나날을 보내면 차츰 사그라질 감정이었다.

그렇게 사냥제의 마지막 날이 찾아오게 되었다. 루시아는 아직 몸이 다 낫지도 않았건만, 카론 에르하르트가 우승하는 모습을 보겠다고 고집을 부려서 폐회식에 참석했다.

루시아의 예상은 맞았고, 그녀의 고집에는 나름의 성취도 있었다. 카론 에르하르트는 우승했고 박수갈채를 받았다.

왕세자가 그의 우승을 축언하며 올해에는 그가 제물을 바칠 귀공녀가 생겼다는 농을 쳤다. 카론의 사냥감에는 단 하나의 손수건만 묶여 있었다.

그의 손등을 감쌌던 데스테 가문의 손수건이었다.

* * *

에르하르트의 소후작, 카론 에르하르트.

엘레나는 에르하르트 가문이 병문안을 오기 전에 루시아가 얼마나 들떴는지를 기억했다. 사냥제에서 우승한 기사가 그녀에게 제물을 바쳤다는 사실만으로도 루시아가 그에게 빠져들 이유는 충분했다.

겉모습부터 우아한 후작 부인, 마를레네 에르하르트는 마차에서 내리는 순간부터 카론의 친모라고 써다 붙인 듯한 외모였다. 카론의 검붉은 적안은 분명 후작 부인께 받았을 거야. 루시아는 엘레나에게 종종 그렇게 말하곤 했다.

떨떠름한 표정으로 서 있는 귀공자는 누가 봐도 어머니의 손에 억지로 끌려온 것이 분명해 보였다. 그러나 후작 부인의 엄한 시선이 카론을 향하면, 심술궂은 표정이 기본인 소후작도 어머니에게는 꼼짝 못 하는지 얌전하게 의젓한 귀공자 흉내를 냈다.

그가 내키지 않는 표정으로 고개를 꾸벅 숙이고, 사과의 의미로 루시아의 손등에 입을 맞추는 순간이란. 그 광경을 2층 테라스에서 지켜보았던 엘레나의 관점과 다르게, 루시아에게는 그 순간이 굉장히 로맨틱한 기억으로 남은 것이 분명했다.

루시아의 맹렬한 직진이 시작된 건 그때부터였다. 루시아는 어떻게 하든 카론과 만남을 이어 가려 애썼다.

아직 몸이 좋지 않으니 다시 방문해 주시면 위로가 될 거라는 둥, 카론 경의 위안이 회복에 큰 힘이 된다는 둥.

루시아는 원한다면 카론을 보내 주겠노라 선언한 후작 부인의 약조만 믿고, 꾸준히 에르하르트에 서신을 보냈다. 그랬으니 카론 에르하르트의 재방문은 신사의 도리로 굳어져 버렸다. 그 일수는 점차 잦아져서 어느 순간부터 루시아가 말하는 '아프다'는 카론을 부르겠다는 말의 동의어가 되어 있었다.

엘레나는 회랑을 걷다가 투명한 유리창 너머로 펼쳐진 정원을 바라보았다. 루시아가 카론에게 팔짱을 끼고 아름드리나무들 사이로 흐르는 봇도랑길을 걷는 모습이 보였다.

그들을 내려다보던 엘레나는 백작이 기다리고 있다는 사실을 상기하고 걸음을 재촉했다. 그러다 집무실 문고리를 잡고 깊게 숨을 들이마셨다.

여름의 사냥제 이후로 1년이 지나자, 데스테 백작령은 사뭇 달라진 분위기가 되어 있었다. 한가하던 백작령이 꽤 자주 부산스러워졌다. 엘레나가 백작의 집무실에 자주 불려가는 점부터 그러했다.

아주 잠깐 망설이는 도중에, 문손잡이의 레버가 살짝 아래쪽으로 기울더니 안쪽에서 철컥하고 문이 열렸다.

방금 나온 귀부인은 문 앞에 있던 대기자를 보자마자 반걸음 물러서는 매너를 보였다. 그 동작조차 엘레나가 미처 눈치채지 못할 만큼 우아하고 자연스러웠다. 엘레나는 붉은 눈에서 냉대를 느끼지 않으려 고개부터 수그리고 보았다.

'아, 너로구나.'

'안녕하세요, 에르하르트 후작 부인.'

후작 부인인 마를레네 에르하르트의 잦은 방문은 저택 분위기가 달라진 원인 중 하나였다. 고용인들은 허구한 날 두 가문의 결합을 수군거렸다.

'백작님께서 부르셨니?'

'네.'

'그래, 들어가 보렴.'

마를레네는 평소보다 딱딱한 어투로 멀어졌다. 엘레나는 조심스레 문고리를 잡았다. 가끔 마주하는 마를레네의 냉한 시선은 집무실에서 받는 압박감에 비하면 별것이 아니었다.

백작은 언제나 그렇듯 둥글고 얇은 금색 테가 둘린 안경을 쓰고 있었다. 그가 그렇게 오랫동안 장부를 내려다보고 있노라면 엘레나는 피가 바싹 마르는 기분이었다. 말아 쥔 드레스 자락이 구깃구깃해져 진땀 빼는 일도 지쳐 갈 즈음에야 백작이 그녀에게 말을 걸었다.

'루시아는 에르하르트의 귀공자와 사이가 좋아 보이니.'

'네. 루시아는 그분을 마음에 들어 해요.'

'큰일이로구나.'

백작은 말과는 다르게 담백한 몸짓으로 펜을 놓았다. 곧 안경을 벗으며 미중년다운 단정한 외모를 드러냈다. 다만, 평소 여유 넘치던 표정은 석고 상처럼 굳어 있었다.

'레나.'

마치 애칭을 부르는 듯 다정한 어조였으나 백작은 그녀를 '엘레나'가 아닌 '레나'라 불렀다. 엘레나는 덕분에 하루하루 불안했다.

피해망상일지도 모르나 에르하르트 후작 가문이 직접 백작령을 방문하고부터 호칭이 바뀌었으니 책망의 의도가 다분해 보였다. 백작이 처음으로 당부한 일을 제대로 해내지 못하였으니.

'네. 말씀하세요.'

엘레나로서 할 수 있는 일이란 그저 압박을 견디고 눈치를 보는 일뿐이었다. 닫아 놓은 커튼 사이로 한 줌 햇살만 비집고 들어오는 집무실에서는, 당장 내일 나가라는 명이 떨어지거나 쓸모없다는 꾸지람이 쏟아져도 이상하지 않았다.

'내가 전에 했던 말 기억하니?'

'발렌시아 가문과의 혼인 말씀이신가요?'

'그래, 잘 기억하고 있구나. 내 의사는 여전하단다.'

가는 한숨을 내쉬는 백작은 턱을 괴고 골똘히 상념에 빠진 눈을 하고 있었다.

'이상과 현실은 항상 제 짝이 아니니 문제인 게지. 내가 무엇을 고민하는 것 같니?'

'그리 말씀하시면, 저는 아직 눈치채기 어려운걸요.'

'나는 루시아를 가장 소중히 여긴단다. 그 애가 상처받길 원하지 않아. 그렇지만, 일이 이렇게 된 이상 어쩔 수가 없지.'

긴장할 수밖에 없는 서두였으나 백작이 안경알을 닦는 손길은 말투만큼이나 느긋했다.

'성수를 알고 있니? 요즘 신비력을 배우고 있으니 알고 있겠구나.'

'성력의 원천이 되는 성수는 신비력으로 인한 질병에 효험이 좋지만, 대륙 전쟁 때 소멸해 버렸다고 알고 있어요.'

'공식적인 역사에서는 그렇지. 하지만 저 위쪽 대륙에 있는 신전에서는 아주 비밀리에 유통되고 있단다. 나는 그런고로 북부 대륙에서 건너온 발렌시아 가문과의 결합을 원했지. 어째서 성수가 필요했을 것 같으니.'

'……제 지식으로는 도저히 짐작할 수가 없네요.'

'루시아의 병은 친모로부터 온 거야. 신비력 쪽으로 선천적인 문제가 있지.'

엘레나는 갑작스럽게 언급된 '루시아의 친모' 이야기에 당황한 낯을 숨겼다. 루시아가 어머니에 관한 이야기를 꺼낸 적이 없어서 그녀도 구태여 묻지 않았던 주제였다. 백작은 담담하게 이야기를 이어 나갔다.

'죽었다고 알고 있는 친모에 관해서 제대로 묻지 못하는 착한 딸에게 해 줄 만한 이야기는 아니란다. 내가 혼전에 널 낳았으니 세상에 알리기 힘든 걸 이해해 달라고는 어느 아비도 딸에게 쉬이 말할 수가 없을 테지. 하지만 그것보다 더 큰 문제가 있단 걸 너도 이젠 좀 눈치챌 수 있겠구나.'

가만히 듣던 엘레나는 머리가 멍해지는 기분이었다. 루시아가 사생아라니.

그녀는 백작이 홀로 루시아를 길러 온 방식을 이해하기 시작했다. 루시아를 과보호하며 싸고도는 이유, 사교계에 진출시키길 꺼리는 이유. 거기에는 태생도 태생이지만, 크나큰 결함이 존재했다.

'신비력으로 인한 병력을 알리고 싶어 하는 사람은 없을 거야, 그렇지?'

'……네.'

당연한 일이었다. 신비력에 의한 병은 세간의 인식은 좋지 않아 뒤따라올 소문이 무성했다. 특히, 귀족가일수록 소문의 정도는 악랄해졌다. 작금에는 태어날 때부터 병에 걸린 사람들까지 세상에 모습을 드러내길 꺼리는 분위기였다.

'나를 도와줄 수 있겠니. 사실 이런 이야기는 너에게만 들려주는 이야기란다.'

거기까지 이야기를 들었을 때, 엘레나는 무조건 고개를 끄덕이고 있었다. 거부할 수 없는 요청은 명령이나 마찬가지였지만, 백작의 목소리는 엘레나 귀에 나긋하게만 감겨 왔다. 제가 무척이나 쓸모 있고, 신뢰받는 사람처럼 느껴졌으니까.

'에르하르트 가문은 신비력이 관여된 일에 맹목적이란다. 좋은 의미로든, 나쁜 의미로든.'

'……네.'

'그러니 루시아가 에르하르트의 귀공자와 엮여서는 안 돼.'

* * *

아마 백작의 지시에 따라 여러 시도를 해 봤을 테지만, 결과적으로 엘레나의 시도는 매번 실패를 거듭했다. 루시아의 마음은 변함없었고, 오히려 그 문제로 다투는 날만 조금씩 늘어났다.

이제 루시아는 그녀에게 기약 없는 계획을 말하지 않았다. 어른이 되면 함께 모험을 떠나자면서 터무니없는 약속을 받아 내려 하지도 않았다. 대신에 그 자리에는 카론의 이야기가 들어찼다.

훗날에는 기억하지 못할 몇 번의 계절 동안 엘레나의 내면은 복잡다단한 사춘기를 맞이했다. 루시아와 조금 멀어진 느낌에서 오는 서글픔인지, 백작을 향한 미안함인지, 아니면 형용할 수 없는 또 다른 감정인지 모를 기분들.

엘레나는 자신의 마음을 제대로 돌보려 하지 않았다. 만약 그 안에서 조금이라도 루시아를 향한 못난 감정을 발견한다면, 자기 자신을 경멸하게 될 것만 같았다. 그렇게 마음을 죽이며 지내다 보니 어느새 시간은 루시아의 열여섯 살 생일을 앞둔 시점까지 흘러오게 되었다.

그날은 데스테 백작령에 에르하르트의 주치의가 다녀간 날이었다. 마를 레네 후작 부인이 소개해준 의사라는 걸로 보아 후작 부인이 루시아를 아끼는 태도는 자명했다.

의사가 떠나고, 루시아는 언제나 그랬듯 카론에 관해서 생기 넘치는 목소리로 조잘거렸다. 엘레나는 익숙해진 서운함을 삼키고, 그녀의 말을 경청해 주었다.

그날의 루시아는 뭔가에 들떠 있었다.

'있지, 엘레나.'

'응.'

'나 아픈 것도 좋아졌어, 이제.'

'응?'

'이런 몸으로는 어떤 것도 제대로 할 수 없잖아. 하다못해 바실리카로 가서 카론을 보고 오는 일조차 허락을 받을 수 없어.'

루시아가 살짝 분했는지 입술을 깨물었다. 바실리카에서 수업을 받는 엘레나는 가만히 그녀의 눈치를 보았다. 루시아가 무엇에 힘겨워하는지 알고 있었던 탓이다.

엘레나 넌 좋겠다. 어디든 갈 수 있잖아. 무엇이든 배울 수 있잖아. 건강하니까 언젠가 네가 하고 싶은 대로 하면서 살겠지?

평민이 되어 본 적 없는 루시아는 여전히 엘레나의 삶을 막연하게 부러워했다. 엘레나는 불쑥 튀어나오려는 반발심을 누르고 내색하지 않았다.

친구니까. 그래, 친구니까 이해하려고 노력해야 했다. 루시아는 아프고 그녀는 건강한 것도 사실이니, 어찌 보면 그녀가 더 가진 자의 입장일 수도 있는 것이다.

엘레나의 복잡한 내면과 달리 루시아는 활짝 웃으며 말을 이었다.

'하지만 이제 괜찮아. 이런 몸도 쓸모가 있게 되었으니까.'

'무슨 뜻이야?'

'내 몸 이제 다신 회복할 수 없을 거래. 전에는 그나마 가능성이라도 있었는데.'

'그게, 무슨…….'

'영원히 이런 체질로 살아야 한다는 말을 들었어.'

그날의 위화감 가득했던 대화와 섬뜩하리만치 해맑게 웃던 루시아의 얼굴은 그녀의 장례식 날까지도 잊지 않는 것이었다.

광택이 나는 붉은 보석처럼 초롱초롱한 눈동자가 엘레나를 바라보고 있었다. 모험을 앞둔 탐험가처럼 희열에 차오르고, 전쟁에서 승리하고 돌아온 기사처럼 성취감에 차오른 눈동자.

'카론이 설치해 둔 화살 말이야. 거기에 발린 독이 신비력과 관련이 있었나 봐.'

'신비력? 마법이라도 걸려 있는 거야?'

'아니, 주술.'

엘레나는 이해할 수 없었다. 아직 학생 입장이긴 했지만, 관련 지식을 공부해 본 입장에서 치명적인 독극물도 아닌 수면독이 루시아의 몸을 망가뜨릴 정도로 효력을 발휘했다는 사실을 받아들이기 힘들었다.

루시아가 엘레나를 힐끗 보더니, 나풀거리는 소매를 걷어 손목을 내보였다.

'자, 이것 봐.'

깨끗하기만 했던 앙상한 하얀 손목에 옅은 형태의 마법진이 새겨져 있었다. 이제껏 교과서에서 배운 이론만으로는 해석하기도 힘든 마법진 문양에 엘레나의 낯빛이 흐려졌다.

'루시아 너…….'

'내 병, 신비력에 접촉해서는 안 되는 거였대. 몰랐는데 나는 신비력이랑 맞지 않는 체질인가 봐.'

신비력이 담긴 물질이 몸에 닿으면서 병세가 악화된 걸까. 더군다나 루시아는 보기 드문 유전병이라 기존에 없던 사례가 만들어진 걸지도 모른다. 엘레나는 안타까운 마음에 어떤 말도 하지 못했다.

'그러니 카론은 나한테 그만한 책임을 져야만 해.'

'……'

'너도 그렇게 생각하지?'

루시아가 그녀의 손을 꼭 움켜쥐며 동의를 구해 왔다. 엘레나는 침묵을 지키다가 간신히 고개를 끄덕였다. 루시아는 그제야 만족한 얼굴로 침대에서 몸을 반쯤 일으켰다. 여전히 엘레나의 손을 붙든 채였다.

'나, 그 사람이랑 결혼할 거야.'

올라간 입꼬리가 괴기하게 느껴지지 않을 만큼, 루시아는 선명한 기쁨을 표출하고 있었다. 엘레나는 그제야 자신이 소중한 친구의 전부를 알지 못했음을 깨달았다.

루시아는 제가 목표로 삼은 사냥감을 절대로 물고 놔주지 않는 덫과 같은 아이였다.

* * *

한가로운 늦여름이었다.

오래된 석재로 지어진 바실리카 안에는 항상 돌가루로 인한 먼지가 공중에 부유했다. 먼지가 큼지막한 열주 사이로 밀려오는 햇살과 어우러지면 마치 진눈깨비처럼 보이기도 하는 터라, 학생들은 학자의 까랑까랑한 강의를 듣다가도 낡은 신전의 예스러운 광경에 넋을 놓았다.

'……그런 이유로, 더는 신비력자가 생겨나지 않게 된 거다. 요즘 신비력자라고 하면 죄다 사기꾼밖에 없어. 아니면 마녀의 저주를 받은 아이들이거나. 아무튼, 이러니까 함부로 금지된 마도구를 쓰거나 사특한 힘에 접근하지 말아야 한다는 거다. 신비력으로 병에 걸린 환자들은 대부분이 이걸 어긴 인간들뿐이야. 대대로 신비력자끼리만 결혼했다는 왕실과 에르하르트 가문도 신비력자의 씨가 마른 지 오래라는데…… 야, 거기 너. 강의 도중에 넋 놓지 마!'

신비력이 사라지는 시대에 이런 비싸고 실속 없는 교양 수업을 듣는 학생들은 당연히 대부분 신비교를 믿는 귀족 집안 자제들이었다. 데스테 백작의 후원 덕에 그 자리에 끼게 된 엘레나는 평소와 달리 도통 수업에 집중하지 못하고 있었다.

괜찮아, 아무런 문제도 없는걸.

종이에 아무 의미 없이 끼적인 낙서를 노려보다가 내린 결론은 그것이 고작이었다.

에르하르트 가문은 대대로 왕의 수족으로 살아온 가문이니 실질적인 위세는 지속적으로 견제를 받는 발렌시아 공작가보다 나을지도 모른다. 무엇보다도 루시아가 원하는 혼사이니 엘레나 역시 축하해 줘야 맞았다.

이 모든 상황을 머리로는 잘 알고 있었다. 문제는 자꾸만 심란해지는 마음이었다. 어째서, 어째서. 내면의 심연이 그녀에게 끝없이 캐물었다.

'레나 크루거.'

'아, 네……'

'넋 놓지 마라. 널 후원하는 데스테 백작님의 심경이 어떻겠나.'

강사의 핀잔에 주변 학생들이 낄낄 웃었다. 엘레나는 익숙한 수모에 자세를 바르게 다잡았다.

엘레나는 바실리카에 '인자한 데스테 백작의 지원으로 과분한 교육의 기회를 누리는 하녀'로 소문나 있었다. 첫날부터 예쁘장한 외모로 지나친 이목을 끌었는데, 그 덕에 출신 성분도 함께 급속도로 퍼져 나갔다.

현실을 자각한 엘레나는 심연을 성찰하길 포기하고, 심란한 제 마음을 가장 불편하지 않은 방향으로 해석했다. 어쩌면, 친구 입장에서 루시아가 더 좋은 남자를 만나길 바라기 때문에 이럴 수도 있지 않은가. 예를 들자면…….

'루시아는 무엇을 좋아해?'

이렇게 물어봐 주는 남자 말이다.

어느새 수업이 끝나 있었고 주변에는 아무도 없었다. 그러니 로렌츠가 말을 건 사람은 엘레나임이 분명했다. 아주 드문 일이기 때문에, 불편한 심기를 드러내는 자안을 한참 응시하고 나서야 뒤늦게 알아차릴 수 있었다.

'곧 루시아의 생일이잖아.'

'아…… 그렇지요.'

평소에는 투명 인간 취급하던 로렌츠 발렌시아가 말을 건 이유가 그것이었나. 그는 서둘러 신전을 빠져나가려는 엘레나에게 대답을 종용했다.

'대답은.'

엘레나의 걸음이 뚝 멈췄다. 로렌츠 때문이 아니라 그의 어깨 너머로 보이는 신전 기사단을 보았기 있기 때문이었다.

붉은 망토를 두른 그들은 절도 있는 걸음으로 계단을 내려가고 있었다. 왕실 보호 구역으로 지정된 바실리카 유적지는 신전 기사단이 경비를 맡고 있었다. 대개 서임식을 받은 지 얼마 안 된 젊은 기사들이 왕실에 충심을 보이기 위해 하는 의무 봉사였다.

'꽃을 좋아하세요.'

'꽤 소박하네.'

정확히는 기사가 토너먼트를 우승하고 바치는 꽃인데. 엘레나는 뒷말을 삼키며, 눈을 돌려 무의식적으로 한 사람을 좇았다.

제일 앞에 선 흑발의 귀공자가 계단 밑에서 대열을 맞추고 있었다. 지나다니면서 수를 세는 모습으로 보아 순찰을 마친 인원을 확인하는 모양이었다. 카론 에르하르트는 가장 어린 나이임에도 기사 서임을 받은 지 오래되었기 때문에, 항상 신전 기사단의 선두에 서는 역할을 도맡았다.

카론이 해산을 명하자 모여 있던 기사들이 흩어졌다. 날이 더워서 그런지 땀에 젖은 얼굴이 조금 지쳐 보였다. 카론은 시동이 건네준 수통을 망설임 없이 머리 위에 쏟았다. 머리카락과 얼굴에 맺힌 물방울이 늦여름의 햇살을 반사해 반짝거렸다.

엘레나가 그 모습에 넋을 빼앗기던 찰나에 로렌츠의 목소리가 끼어들었다.

'조심해.'

순간 휘청거리는 몸이 팔을 잡아주는 악력 덕에 바로 섰다. 계단에서 발을 헛디딜 뻔한 상황이었다. 로렌츠가 붙잡아주지 않았더라면 계단 끝까지 굴러떨어졌을지도 몰랐다.

'아, 감사합니다.'

엘레나는 급히 시선을 돌리고 붉어진 얼굴로 감사를 표했다. 시선의 목적지를 알아챘을까 싶어 엘레나가 소심하게 눈치를 보았다. 로렌츠는 여전히 그녀를 신경 쓰지 않고, 루시아에 관해서만 이것저것 물어 올 뿐이었다.

그 무신경함이 도리어 편해서 엘레나는 그에게 성의껏 답을 해 주었다. 둘은 계단을 내려오면서 대화를 주고받았다.

'어때. 데스테 영애는 아직도 카론 경에게 빠져 있나.'

'……알고 계셨네요.'

'그리 티를 내는데 모를 리가.'

로렌츠가 조금 쓰게 웃었다. 엘레나는 어쩐지 안타까운 심경이 되어 말을 얹었다.

'어차피 혼인은 발렌시아 가문으로 내정되어 있으니 조급하게 여기지 않으셔도 되잖아요.'

'글쎄. 아닐지도 모르지.'

'백작님의 의지는 확고하니까요.'

'백작께 제일 만만하지 않은 분의 의지도 확고하고.'

'루시아는, 아니 데스테 영애께서 생각이 바뀔 수도 있는 거니까요.'

로렌츠는 묘한 웃음만 지을 뿐 딱히 위안을 얻은 것 같지 않았다. 대신에 그는 우물가에서 기사들과 냉수마찰을 하고 있는 제 형을 비웃었다.

'하긴 실속도 없이 저러고 있는 인간보다 내가 나을지도 모르지.'

마르첼 발렌시아가 신전 기사단에 지원한 이유는 정말이지 단순했다. 카론 에르하르트가 입단해서. 이 무렵 마르첼은 카론 에르하르트를 이기기 위해서 아등바등하고 있었다. 정작 카론은 신경도 쓰지 않는 듯 보였지만.

마르첼도 마침 그들을 발견했는지 반가운 기색으로 다가왔다.

'아주 죽겠다. 가뜩이나 더운데, 하필이면 신비력자 단속 기간이야.'

'그거 명목상 하는 활동이잖아. 신비력자가 나올 리는 없으니.'

'왕실과 왕실의 사냥개만 받아들이지 못하는 사실이지.'

마르첼이 비뚤어진 입매로 이죽거렸다.

'소후작이 신전 기사단에 입단한 뒤로 별 소득도 없는 일을 열심히 하게 되었다고 원성이 자자해, 아주. 차라리 성녀가 재림하는 걸 기도하는 게 빠르겠다. 왜? 마녀도 있다고 하지.'

'에르하르트 가문이 거기에 집착하는 이유는 단순히 신비력 때문이 아닌 것 같은데.'

'뭐, 그러면 다른 이유가 뭔데.'

'형한테 정치를 설명하느니 말이랑 대화하는 게 빠를걸.'

엘레나는 형제간에 얄팍한 우애가 느껴지는 대화를 듣다가 뒤에서 느껴지는 시선에 몸을 돌렸다. 시동이 가져온 말에 올라타는 카론의 모습이 보였다. 혹시라도 험담을 듣기라도 했을까 싶어, 엘레나는 오랫동안 그의 뒷모습을 바라보았다.

* * *

엘레나는 카론이 오는 날이면 최대한 방에 틀어박혀 나오질 않았지만, 어쩔 수 없이 밖에 나가야만 하는 상황은 생기기 마련이었다. 특히, 수업을 들어야 하는 날이 그랬다.

엘레나는 데스테 백작의 후원으로 바실리카에서 신비력 이론을 수업받고 있었다. 일반 가정집에서는 엄두도 내지 못할 수업료였지만, 데스테 백작은 엘레나를 흔쾌히 후원해 주고 있었으므로, 그녀로선 한순간이라도 수업을 빠질 수 없었다.

엘레나는 제 방 창문으로 정문에 대기하고 있는 마차를 확인했다. 그녀를 시내로 태워 가기 위한 마차였다.

시계를 보니 카론이 오기로 한 시간이 조금 지나 있었다. 지금쯤 그는 아마 루시아의 방에 있을 터였다. 엘레나는 2층 맨 끝에 있는 그녀의 방에서 저택 현관까지 달려 나갈 준비를 마쳤다.

예쁘게 깎아 놓은 연필을 단추 달린 헝겊 가죽에 넣고, 마법 이론 교과서를 단단히 품에 안은 엘레나가 심호흡했다. 비장한 마음가짐과 함께 방문이 열렸다. 고용인이 보면 혀를 찰지도 모를 속도로 복도를 달려 두세 계단을 한 번에 건너뛰었다.

현관만, 현관까지만.

성공적인 달음박질로 현관문을 열어젖힌 순간이었다. 벽처럼 단단한 몸이 그녀를 가로막았다. 안타깝게도 엘레나는 관성을 이기지 못했다. 몸은 앞으로 고꾸라지며 엎어졌다.

'아아…… 죄송합……'

'윽, 누구야. 잠깐. 뭐야, 너…….'

아픈 무릎을 매만지던 엘레나는 정신을 차리고 상대의 얼굴을 확인했다. 카론은 그녀와 달리 아프지도 않은지 주저앉은 채 당황한 표정만 짓고 있었다. 아마 예정 시간보다 조금 늦게 도착한 걸로 보였다.

'아, 안녕하세요.'

'야, 잠깐만…….'

엘레나는 하는 둥 마는 둥 인사하며 흩어진 물건을 몽땅 주웠다. 후딱 챙겨서 달아나느라 그가 뭐라 하는지도 제대로 들리지 않았다.

그저 마차에 올라타 마부에게 어서 출발하라고 재촉했다. 저를 부르는 카론의 목소리가 계속 들린다는 착각이 들었기 때문이었다.

그건 착각이 아닌 듯했다. 바실리카 앞에서 마차가 멈춰 서자마자, 문은 거칠게 벌컥 하고 열렸다.

그 무례하고 거침없는 짓거리가 누구 짓인지는 비뚜름하게 올라간 입꼬리만 봐도 알 수 있었다. 오만한 입매가 말을 몰고 온 탓에 가쁜 숨을 몰아쉬고 있었다.

'무슨 일로…….'

엘레나가 놀라서 말을 잇지 못했다. 카론은 이유 모를 불만을 가득 담은 눈으로 그녀를 노려보다가 불쑥 손을 내밀었다.

'이거.'

엘레나가 눈을 커다랗게 떴다. 전부 금이 간 10개의 에메랄드가 그녀의 손에 들어왔다.

'아……. 감사합니다.'

약속대로 돌려받은 것이라 감사할 일도 아니건만 얼떨결에 나온 말이었다. 마차에서 폴짝 내려온 엘레나가 꾸벅 인사를 하고 이만 물러가려는데, 카론이 그녀를 돌려세웠다.

'너, 어떻게 타스로산 에메랄드로 된 방어구를 가지고 있는 거야?'

'저는 정확히 뭔지 몰라요. 받은 거예요.'

'데스테 백작이 너한테 이런 걸 줄 정도로 후원하고 있다고?'

카론이 집요한 눈초리로 그녀를 보았다.

과연 마도구를 향한 집착이 에르하르트 가문의 내력다웠다. 엘레나가 바실리카에서 수업을 받으면서 그를 이해하게 된 부분이었다.

에르하르트 가문은 예로부터 신비력자끼리 피를 섞어 왔다. 오노르 왕국에서 왕실 다음으로 마도구를 가장 많이 보유한 가문이 에르하르트 후작가였고, 그들만이 왕실로부터 마도구를 관리하는 역할을 위임받았다는 업적은 역사만 배워도 알 수 있었다.

엘레나는 길 건너에 보이는 낡은 유적지, 바실리카를 보다가 적당히 둘러댈 핑계를 찾았다.

'어, 어머니 유품이었어요⋯⋯. 어머니가 신비교도였거든요. 저도 신비교도구요.'

거짓말은 아니다. 실제로 엘레나의 어머니는 신비력을 연구하는 학자 가문에서 자랐고, 신비교에 충실한 신자였다. 신비력에 심취한 가문에서는 가보로 신비력과 관련된 물건을 하나쯤은 지니기 마련이었다.

카론은 대답을 듣고도 여전히 무언가 못마땅한지 찌푸린 미간을 펼 줄 몰랐다.

댕. 바실리카 광장에 있는 종탑에서 종이 한번 울렸다. 수업 시간을 알리는 예비 종에 엘레나는 종탑에 붙은 시계를 힐끔 보았다.

'이거, 전해 주시러 오신 거죠? 정말 감사합니다.'

엘레나가 어서 자리를 뜨기 위해 꾸벅 고개를 숙였다. 그러나 대체 무엇이 문제인지, 카론의 얼굴은 더욱 구겨지고 말았다.

'아니야⋯⋯.'

'네?'

'그런 거 아니라고.'

카론이 제 목덜미를 문지르며 뒤를 돌았다. 그러더니 잠시간 제 머리카락을 헤집는 알 수 없는 짓을 했다. 댕. 수업 시간을 알리는 종이 한 번 더 울리고 나서야 그는 싱거운 말을 꺼냈다.

'⋯⋯데스테 영애 말인데.'

'네?'

'데스테 영애한테 줄 병문안 선물 아무거나 골라와. 돈은 마부를 통해서 줄 테니까.'

여전히 뒤돌아 있는 소년의 귀 부근이 붉었다. 엘레나는 가만히 침묵했다.

'이거 말하려고 온 거야.'

'……'

'너, 데스테 영애의 하녀라며.'

카론은 마부에게 넉넉한 동전 주머니를 던져 주고는 훌쩍 말에 올라탔다. 엘레나는 멀어지는 그를 보다가 입술을 깨물었다.

수업이 끝나고, 엘레나는 좋지 않은 기분으로 루시아가 좋아하는 간식거리를 사서 돌아갔다. 카론의 선물은 마부를 통해 루시아에게 전달되었다. 그보다 속상한 일은, 루시아가 카론이 챙겨 준 줄만 알고 그녀가 사 온 간식거리를 자랑스레 늘어놓았다는 점이었다.

루시아의 이야기를 들어 주면서, 엘레나는 몇 번이고 묻고 싶었던 질문을 마음속 깊숙이 넣어 두어야만 했다. 카론한테 저를 왜 하녀라 소개했냐고, 루시아에게 차마 물을 수 없었다.

* * *

얼마 후, 신비력자가 발견되었다는 풍문이 돌았다.

근시일에 에르하르트의 마차가 다시 데스테 백작령을 방문했다. 그때는 마를레네 후작 부인뿐만 아니라 에르하르트 후작도 함께였다.

* * *

이듬해 가을, 루시아와 카론이 약혼을 발표했다.

정원을 가득 채울 만한 장미 종자를 선물한 로렌츠가 씁쓸하게 웃던 모습도, 구석에서 화를 삭이는 마르첼도, 애써 일그러진 미소를 짓는 데스테 백작과 우아하게 박수하는 후작 부인의 모습까지 엘레나에게는 전부 낯설게만 느껴졌다.

햇살 같은 미소로 행복하게 웃는 루시아조차도 멀어 보였다. 그 옆에 선 남자의 무뚝뚝한 얼굴도.

조금 우울해 보이는 붉은 눈이 그녀가 있는 2층 테라스를 흘깃거렸을 때, 엘레나는 반사적으로 몸을 숨겼다. 정신을 차려보니 그저 내달리고 있었다.

달음박질은 회랑 끝자락에 와서야 멈추었다. 회랑 끝에 걸린 거울은 숨을 몰아쉴 정도로 내달린 엘레나를 비추었다. 마치 죄라도 지은 사람처럼 얼굴이 화끈하게 달아올라 있었다.

그것이 아마 엘레나가 간직하는 카론 에르하르트와의 마지막 기억이었을 터였다.

* * *

"그래서, 네가 루시아의 시녀였다고."

"네. 후작님께서는 기억 못 하시겠지만, 에르하르트 가문에 이걸 가지고 오면 된다고 하셨잖아요."

레나는 깨진 검 장신구를 내밀었다. 루시아와 아는 사이라고 설명해 줘도 후작은 아무런 감흥이 없어 보였다. 이야기 도중에 켜 둔 양등이 사뭇 인상이 달라진 남자를 비추었다.

직설만 툭툭 내던지던 소년은 이목구비만 좀 깊어졌을 뿐이지 외관상에 별다른 변화가 없이 성장했다. 다만, 선명하게 자리 잡은 광기가 그를 완전히 다른 사람처럼 보이게 했다.

엘레나가 레나 크루거로 탈바꿈한 것처럼, 그도 무심한 귀공자에서 에르하르트 후작으로 바뀐 지 오래되어 보였다. 세월이 흘러 그들은 서로 다른 인간이 되어 있었다.

어쩐지 불안한 예감에, 레나는 곧바로 그에게 준비해 둔 상자를 내보였다. 카론은 상자를 열고 그 안에서 흑색 문스톤으로 장식된 반지를 집어 올렸다.

"기억을 담는 마도구로군."

"역시 아시네요."

마도구는 귀하고, 사람의 정신과 관련된 마도구는 더욱더 귀했다. 유언이나 역사 기록, 증언 보존을 위해 만들어졌다는 문스톤 반지는 왕실에서도 구하기 쉽지 않은 물건이었다. 무엇보다도, 자격 조건이 인정되지 않는 이상 소유가 금지된 마도구였다.

"이걸 어떻게 손에 넣었어?"

"중요한 점은 그게 아니지 않나요?"

당돌한 물음이 하찮다는 듯 후작이 피식 헛웃음을 쳤다. 레나는 바싹 건조해진 입술을 옹송그리다 제가 조급해할 입장은 아니라는 생각에 무덤덤한 안색을 유지했다.

"후작님께서 밤마다 앓는 고통은 시술의 후유증이시죠. 에르하르트 가문은 시술에 강한 면역력을 가지고 있으니 기억을 지우려면 그만큼 강도 높은 시술을 받아야만 했을 테니까요. 가만히 둔다면 고통이 정신을 잡아먹을 지경에 이를 테지요."

반드시 그가 미끼에 걸리길 바랐다. 레나는 조금 힘을 주어 단언했다.

"그걸 쓰시면 차차 괴로움에서 해방되실 겁니다."

로렌츠가 말하길, 후작은 스스로 기억을 지운 탓에 후유증을 겪고 있다고 했다. 후작은 루시아가 죽고 난 뒤로 미쳐 날뛰기 시작했으니 차라리 추억으로부터 도망치는 길을 택했으리라. 망각을 대가로 여생 동안 미련한 고통이 찾아오는 줄도 모르고.

당연히 아쉬운 입장은 후작이라고, 레나는 그리 믿었다. 그의 입이 떨어지기 전까지는.

"필요 없어."

상자를 닫는 손에는 미련이 없었다. 산뜻한 웃음을 더하기까지 했다.

"예?"

이 돌발 상황에 황망히 되묻는 자는 그녀였고.

"이딴 장난감에 관심 없다고."

간단하게 이 상황을 정리한 쪽은 후작이었다. 상자는 무참히도 그녀의 손 안에 되돌아왔다. 돌아온 물건을 내려다볼 새도 없이, 커다란 손이 레나의 턱을 잡았다.

"다만, 너는 재밌네."

카론이 키득키득 웃고 있었다. 광기에 차오른 모습이라기엔 지나치게 순수해 보이는 미소였다. 그녀에게서 팔찌를 앗아 갔을 시절에 가까워 보이는 그런 미소.

순식간에 레나는 침대에 던져졌다.

"이게 무슨⋯⋯. 윽!"

"꽤 신선했어. 그럴듯했고."

카론이 무감각한 얼굴로 그녀의 목을 내리눌렀다. 레나가 주먹으로 그의 가슴을 쳤지만, 손만 아플 뿐 꿈쩍도 하지 않았다. 버둥거리는 여자를 밑에 둔 남자의 눈에는 미약한 온기마저도 없었다.

"대놓고 내 과거를 운운하는 첩자를 보다니, 이건 꽤 기억에 남겠어."

달빛을 등진 남자의 웃는 낯은 금방 무너뜨릴 수 있을 법한 태연함을 가장하고 있었다. 레나는 카론의 심기를 제대로 건드렸음을 실감했다. 루시아의 이야기를 꺼내서일까. 카론은 레나를 진심으로 죽이려 하고 있었다.

"훗⋯⋯. 거짓말이 아니에요."

"내가 기억을 잃은 건 어떻게 알았지?"

"기억은⋯⋯."

레나가 컥컥 소리를 내면서 그의 손목 안쪽을 더듬었다. 문신처럼 새겨진 마법진 문양을 정확히 짚었다.

"흡, 저는 신비력 치유를 배웠어요⋯⋯. 신비력으로 인한 상처를 읽을 줄 알아요. 저번에 이 상처를 봐서, 그래서, 콜록, 하아⋯⋯. 하⋯⋯."

목을 압박하는 힘이 조금은 느슨해졌다. 레나는 그 틈을 타서 최선을 다해 그의 증상을 설명했다.

"현재 두 단계의 변이를 겪으셨네요. 자각몽과 혼몽 상태를 반복해서 겪고 계실 테고요. 적어도 이 정도면 전쟁 이전부터 증상이 있으셨을 테지요, 하아……."

비로소 카론이 그녀를 놔주었다. 레나는 목을 어루만지며 숨을 몰아쉬었다.

카론은 제 손목을 빤히 보았다. 보통 사람들 눈에는 별과 다각형이 어지럽게 뭉쳐진 도식으로만 보일 테지만, 레나에게는 병증을 읽어 낼 수 있는 지표였다.

별은 마법의 강도를 의미한다. 마법의 강도는 그가 겪는 고통의 강도이기도 했다. 별은 겹겹이 겹쳐져 있었다.

원에 가까운 테두리는 그가 견뎌 온 기간을 의미했다. 별을 감싸는 다각형은 마법이 지속되는 동안에 다달이 꼭짓점을 늘리는데, 그의 손목에 새겨진 마법진은 겹쳐진 별을 원에 가까운 테두리가 감싸고 있었다.

아마도 카론은 오래도록 고통을 삼키는 밤을 지속해 왔으리라. 레나는 그리 짐작했다.

카론이 여전히 경계를 풀지 않은 안색으로 그녀에게 물었다.

"이 저택에 온 이유가 뭐야."

"말씀드렸잖아요. 일자리가 없으니까요. 세상에 신비력은 멸종해 가고, 치유가 필요한 환자도 세상에 모습을 드러내길 꺼리니 지식이 있다 한들 무용할 수밖에요. 후원자가 없으면 하녀 일이라도 해야지요."

정말로 현실이 그러했다. 신비력은 신비력자가 아닌 이상 이론만 배워서는 효용이 없었다. 바실리카의 신비력 치유 수업도 의사 지망생들이 신비력 치료를 교양처럼 겸해서 배우러 왔을 뿐이지, 레나처럼 신비력 치료만 집중적으로 배우는 학생은 거의 없었다.

"에르하르트 가문에 채용된 지 얼마 지나지 않아 후작님의 상처를 보고 생각했어요. 옛 인연도 있으니 후작님의 기억을 찾는 걸 도우면 제 형편이 좀 나아질지도 모른다고요. 이렇게 죽을 위기에 처할지 몰랐던 제가 어리석었네요."

방금 생각해 낸 궁여지책이었으나 꽤 차분한 어조로 늘어놓으니 그럴듯했다. 레나는 몸을 일으키며 후작 밑에 깔리는 통에 흐트러진 옷깃을 정돈했다.

카론은 눈을 가늘게 뜨고 하녀의 행동을 유심히 보았다. 어쩐지 하녀가 고용인이기보다 귀공녀에 가깝다는 인상을 받았다.

"내가 뭘 믿고? 고작 기사 서임만 받으면 다 받을 수 있는 마도구 하나만 꺼내 놓고 알량한 수작을 부리면, 내가 넘어가 줄 줄 알았어? 네가 데스테 백작이 보냈던 첩자일지 어떻게 알아. 아직도 저택에 백작이 보낸 첩자가 남아 있는데."

예상대로 카론 에르하르트는 그녀를 믿지 못했다. 과거 이야기를 조금은 꺼내고, 그의 방어구라도 보여 주면 그가 자신을 떠올리고 좀 믿어 줄 줄 알았건만.

뜻 모를 배신감이 느껴지자 자조만 밀려왔다. 아직도 그에게 기대할 것이 남아 있다니. 그가 고작 여름 사냥제를 스치듯 떠올리지도 못한다는 사실에 무얼 실망하는가. 그는 원체 그런 남자였다. 레나는 아직도 그에게 무언가를 바라고 기대하는 자신에게 넌더리가 났다.

"거기에는 제 기억이 담겨 있습니다. 후작님께서 지우셨을 데스테 영애에 관한 기억이요. 기억을 지운 환자에게 가장 좋은 치유법은 공통된 기억을 가진 자에게 기억을 이식받는 방법이란 걸 후작님도 아실 테지요."

목소리가 차분하게 가라앉았다.

로렌츠, 루시아, 오펜하이머.

지금은 오직 그것만을 생각해야 했다. 쓸데없는 감상에 젖을 필요 없다.

레나는 헛된 상념에 빠지려는 자신을 다잡았다.

"저는 신비력자가 아니니 신비력으로 치료해 드릴 순 없지만, 병의 원인을 풀어 가며 치유해 드릴 수는 있어요."

"내가 궁금한 건 네 동기지, 개수작 부리려는 방법이 아니야. 네 목적이 뭐야, 갑자기 나타나서 네 기억을 이식해서라도 내 기억을 찾게 해 주겠다는 이유가 뭐냐고."

"수상쩍어 보일 줄은 알지만……."

"자기가 수상한 건 아나 보네."

말을 잘라먹는 태도를 보아하니 카론은 완전히 그녀를 믿지 않기로 작정한 모양이었다. 레나는 입술을 꾹 다물다가 한숨을 삼켰다. 결국에 가장 말하기 싫었던 부분을 밝혀야만 했다.

"우선, 저는 데스테 백작님의 첩자일 수 없습니다. 백작께서 저를 내치셨으니까요."

카론이 입꼬리를 의뭉스럽게 올렸다. 그건 좀 흥미로운 이야기라는 기색이었다.

"저는 백작님의 장례식도 참석하지 못했습니다. 데스테 영지 근처에 있는 바실리카에 수소문해 보시면 아실 거예요. 후원을 받던 하녀가 어떻게 쫓겨났는지."

"……."

"그래도 정 못 미더우시면, 이 반지를 마도구 감정사에게 가져가 보셔도 됩니다."

"데스테 백작에게 버려졌다고 해서, 네게 날 도울 이유가 있나."

카론이 정적 속에서 그녀와 눈을 맞췄다. 레나는 의도를 간파하려 드는 남자의 눈길을 받아 내며 침대 시트 위에 놓인 주먹을 바르쥐었다.

데스테 백작령에 당도했을 때를 떠올리려 애썼다. 살기 위해서 긍지니, 명예니 하는 것들을 아무렇지 않게 내버렸을 때의 자신을. 그 뒤로 많이 깎여

나간 그녀의 자존심이 자꾸만 저도 모르게 카론 앞에서는 튀어 오르는 데는 괜한 이유가 있지 않았다.

"여기는 살기 위해 몸도 팔고, 친분도 파는 곳인데, 기억이라고 팔지 못할 이유가 있을까요."

그가 저를 불쌍하고 하찮은 계집이라 보는 시선이 싫어서.

실제로도 그에게 제가 그 정도 여자였다는 사실을 인정했어야 했는데. 그렇지 못하다 보니 받아들이기까지 꽤 비참한 과정을 거쳐야만 했다. 결국, 그에게 제가 무언가 된 것 같다는 착각에 허우적거리다가 여기에 왔으면서 방금 또 멍청하게 그가 자길 떠올리길 기대하지 않았나.

"그저 후작님께 제 기억을 팔고 싶을 뿐이에요. 이제는 좀 편해지고 싶어서요."

비굴하게 생존하려는 자. 이제껏 고개 숙이기보다 고개를 뻣뻣이 쳐들고 다녔을 남자가 가장 눈에 익게 봤을 모습.

불쌍하고 안타까운 여자가 구질구질한 옛 인연을 끌고 와서 조금은 흥미로운 제안을 하고 있다. 그는 어떤 반응을 보일까. 다른 남자들처럼 저를 안쓰럽게 여길까, 아니면 그답게 상대의 너절함을 비웃을까.

차마 그 반응을 확인할 엄두가 나지 않아서, 레나는 고개를 수그리고 애꿎은 드레스만 움켜쥐었다. 백작의 집무실에서 묵묵히 압박감을 받아 내던 시절과는 다른 결의 긴장감이었다. 침묵이 그녀의 목을 졸랐다.

이윽고, 가만히 그 모습을 감상했을 남자가 반응을 보였다.

"하, 하하."

마른세수하는 굵은 손가락 사이로 피식피식 바람 빠진 웃음이 새어 나왔다. 그 안에는 조롱인지 당황인지 모를 허탈함이 담겨 있었다. 카론은 그저 웃고 있었다.

"하아."

뒤이어 긴 한숨이 내려앉았다. 얼굴을 쓸던 손이 내려가자마자 조금 피곤해 보이는 눈이 그녀를 주시했다. 그 안에는 일말의 동정심도 담기지 않았다.

"네 말이 사실이라면 넌 지금 제대로 망한 거야. 알아?"

참으로 그 말본새는 여전했다. 표정은 그 말본새보다 더 못돼 보였다. 비틀린 입매가 의문을 제기했다.

"대체 왜, 내가 기억을 찾을 거라 확신하지?"

"네?"

"어째서 내가 기억을 찾길 원한다고 생각하냐고."

"그야……."

레나는 당황한 시선을 내려 그의 손목을 보았다. 자해 흔적처럼 새겨진 상처가 선명했다.

저 정도 고통이면 밤마다 약과 술에 절어 사는 게 이해될 정도니까. 정신계를 공격하는 신비력의 부작용은 체내의 고통과 달리 내성도 생기지 않았다. 당연히, 누구라도 그 고통에서 벗어나고 싶어 할 터였다.

문제는…….

"나는 지난 과거 따위 다신 알고 싶지 않아. 다시 찾을 거라면, 지우지도 않았겠지."

그는 그 '누구나'에 속하지 않는 인간이라는 점이었다.

"……."

"안타깝게도 쓸데없는 일에 네 기억을 갈아 버렸네."

전혀 안타깝지 않은 미소로 그가 쯧, 하고 혀를 차고 일어섰다. 쿵 소리와 함께 문이 닫힐 때까지 레나는 침대 위에서 굳어 버린 채 움직이지 못했다.

3. 정원사

엘레나 오펜하이머가 완전히 레나 크루거로 살게 된 기점은 다시 오노르 왕국으로 돌아온 가을부터였다.

'오랜만이네.'

추적추적 내리는 빗속에서 등장한 남자는 생각보다 여상해 보였다. 비를 맞아 가며 백작의 묘비를 쓸어내리던 엘레나는 그의 평온한 표정을 이해할 수 없었다.

'당신은, 어떻게, 그렇게……'

목 놓아 우느라 쉬어 버린 목소리는 문장을 제대로 완성하지 못했다. 로렌츠는 가만히 그녀의 눈높이에 맞춰 몸을 낮췄다. 그의 우산 아래서 마주한 자안은 침착하기만 했다.

'내가 멀쩡해 보이나?'

'……'

'다행이네. 아직은 적어도 멀쩡해 보여야 하거든.'

로렌츠가 손을 내밀었다. 엘레나는 가만히 그 손을 보다가 비틀거리는 몸을 일으켰다.

'카론 에르하르트는 장례식에 오지 않았어. 백작도 찾아오길 바라진 않았을 테지만.'

루시아가 죽자 시름을 앓던 백작이 결국에 자살했다. 타지에서 신비력 치료를 공부하던 엘레나는 간신히 귀국해 데스테 영지를 찾아온 상황이었다.

'그는, 그분은……'

제 주제에 무엇을 말할 수도, 물어볼 수도 없으면서, 그녀는 대변인처럼 무언가라도 항변하려고, 혹은 무언가라도 물어보려 들었다. 로렌츠는 알 만하다는 미소를 보냈다.

'전선에서 미친놈처럼 살상하고 있다더군.'

'……하.'

'모든 기억을 지운 채로.'

'기억을 지우다니요?'

'……'

투둑투둑.

빗줄기가 대화의 여백을 메웠다. 오랜만에 만났지만, 그의 눈은 여전히 사물을 보는 양 그녀를 훑었다. 물건이 값어치가 있는지를 평가하는 감정사처럼.

'어때, 다시 포모나로 돌아갈 건가.'

돌아온 대답은 맥락을 벗어나 있었다. 그녀는 고개를 가로저었다.

다시 유학길에 오를 계획도 없었지만, 현실적으로 갈 수도 없었다. 전쟁 중이었다. 국경이 막혔고, 불과 얼마 전까지 머물렀던 나라는 적국이 되었다.

'갈 곳이 없겠네. 어떻게 할 거지?'

'……'

'엘레나 오펜하이머.'

순간 하늘에서 번쩍하는 빛이 내렸다. 잠시 뒤에는 쿵, 하는 소리가 엇박을 쳤다. 엘레나는 천둥을 보지도 듣지도 못한 사람처럼 숨 쉬는 법도 잊은 채 그를 올려다보았다.

'어, 어떻게······.'

'오펜하이머 가문. 빌헬름 오펜하이머 남작이 슈미트 공작의 반역에 합류했다는 죄명으로 일가 처형. 남작 부인인 샤를로테 오펜하이머는 주요 마도구 유출······.'

'아니에요! 아버지랑 어머니는 그저 충성을 다하는 바람에······.'

'네 아버지의 유언장. 백작의 유품을 정리하면서 발견했어. 사정이 어떻든, 기록은 그렇더군.'

다시 벼락이 번쩍했다. 쿵. 검은 우산 아래에서 마주 본 자안은 조롱도, 멸시도 없이 잠잠하기만 했다. 도망가야겠다. 그 괴기스러울 정도의 침착함을 눈치챈 엘레나는 뒷걸음 쳤으나 그러자마자 손목이 붙잡혔다.

'······놓아주세요.'

'지금 너는 내 도움이 필요할 거야. 다행히 나도 네 도움이 필요한 상태지.'

로렌츠는 언제나 자신이 필요한 말만 딱 잘라 말했다. 손목이 꼼짝없이 붙잡힌 상황에서 로렌츠의 한 마디가 그녀를 얌전하게 만들었다.

'오펜하이머를 되찾고 싶지 않나. 네 잃어버린 작위, 이름, 명예. 모두 돌려줄 수 있어.'

'······저한테 무얼 바라고 이러시는 거예요.'

달콤한 말을 건넬 자가 아니다. 엘레나는 여전히 경계심을 바짝 곤두세우고 그를 올려 보았다. 로렌츠는 여전히 시라도 읊는 어조로 차분히 거래를 제안했다.

'데스테 백작에게 그랬듯, 나한테 충성을 바쳐. 내가 복수할 수 있도록.'

다시 벼락이 쳤다. 엘레나의 눈동자가 흔들렸다. 다음 말이 거절하려던 혀를 옭아맸다.

'그러면 네게 카론 에르하르트를 치유할 기회를 주지.'

그해 가을장마가 그리 지나갔다. 그해 겨울, 엘레나는 마도구 반지에 기억을 담아내는 시술을 받았다.

* * *

로제마리는 레나가 일어나는 시간에 맞춰 식사를 가져왔다. 레나는 조식을 멀거니 내려 보다가 두 뺨을 톡톡 두들겼다. 힐끔거리는 로제마리의 눈초리는 개의치 않았다. 그날의 꿈을 꾼 것을 보면, 어지간히 분한 듯싶었다.

탁. 구멍이 뚫린 치즈가 포크에 찍혔다. 조각 치즈는 반지에 추억을 대부분 갈아 버리고 남은 레나의 기억과 유사했다. 형태는 갖췄으나 온전하지 못한 무언가.

바실리카에서 강의하던 학자의 카랑카랑한 음성이 레나의 머릿속에서 경고처럼 되살아났다.

'기억을 잃은 환자를 치유하는 데 성공한 사례는 두 가지야. 제일 좋은 방법은 기억 이식이지. 하지만, 기억 이식을 돕는 마도구는 이제 구하기도 힘들어져서 시술 준비부터 열악한 경우가 다반사일 거다. 다른 방법으로 는⋯⋯.'

자칫하면, 내키지 않는 방법을 동원해야 할지도 모르는 상황이었다. 레나가 복잡해지려는 머리를 부여잡으며 식사를 마치자 로제마리가 빈 그릇을 트레이에 챙기면서 말을 걸었다.

"레나 씨에게 장미가 또 왔어요."

"장미?"

"파란 장미요."

아. 레나는 지그시 입술을 깨물었다. 이번에도 화병 안쪽에 지령을 적어 놓았을 테고, 그걸 보기 위해서는 아무도 안 보는 곳에서 화병을 깨야만 했다.

에르하르트 가문에 로렌츠의 연락책이 있다는 건 사전에 전달받은 이야기였다. 누구인지 모를 첩자는 앞으로 이런 방식으로 그녀에게 지령을 전달해 올 터였다.

"주세요."

"그래도 괜찮아요?"

"안 괜찮을 이유가 있나요."

"후작님이 보내셨다면 무기명으로 보낼 이유 없을 테니까요."

다른 남자가 보내는 장미를 받을 이유가 없다. 로제마리는 그렇게 돌려 말하고 있었다. 레나는 그녀의 엄청난 착각을 정정할 필요도 느끼지 못하고 강경하게 대꾸했다.

"상관없어요. 주세요."

로제마리는 으쓱이는 어깨로 유감을 표할 뿐, 별다른 말은 덧붙이지 않았다. 얌전히 문밖에서 파란 장미가 꽂힌 화병을 가져올 뿐이었다.

"조심해요. 겨우 꿰찬 정부 자리일 텐데, 겨우 이런 외도가 들켜서 내쳐지면 아깝잖아요."

첩자인 게 들키면 아깝게 내쳐지기보다는 목이 잘리겠죠.

레나는 정정해 주고픈 충동을 꾹 참고, 혼자 있고 싶다는 말로 대화를 마무리했다. 로제마리는 걱정과 불만이 반씩 섞인 얼굴로 뒤돌아섰다가, 나가기 전 달갑지 않은 참견을 쏘아붙였다.

"후작님의 정부가 될 마음 없다는 식으로 뻣뻣하게 굴 땐 언제고, 고작 정원사 따위나 택한다면 실망할 거예요."

요란하게 닫히는 문소리는 신경 쓸 바가 아니었다. 레나는 첩자에 관한 한 가지 단서에만 집중했다.

정원사.

정원사가 로렌츠의 지령을 전해 주는 연결책이라면, 레나는 어젯밤 일을 알리기 위해서 그를 만나 둘 필요가 있었다. 후작이 기억을 찾길 원치 않노라고, 그들의 계획이 어긋나고 있다는 걸 전해야만 했다.

잠시 후, 침실 밖까지 화병이 깨지는 소리가 퍼졌다. 복도에서 트롤리를 밀던 로제마리는 그 소리에 힐끗 뒤를 돌아봤다가 고개를 저었다.

* * *

필리프는 예쁘게 핀 파란 장미에 묻은 아침 이슬을 톡톡 털어냈다. 눅눅한 아침의 습기에 갈색 곱슬머리가 가라앉아 있었다. 흥얼거림이 흘러나올 때마다 목에 걸린 밀짚모자가 흔들렸다.

싹둑-

가위질이 계속될 때마다 그의 발밑으로 보기 흉한 장미가 나뒹굴었다. 필리프는 그중 하나를 집어 들고는 생각에 잠겼다. 고심 끝에 그는 알맞은 비유를 찾아냈다.

"이거 완전 후작의 시침 하녀들 같네."

풍성한 장미 꽃잎들이 그의 손에서 흩어졌다. 무표정하던 필리프의 얼굴에 웃음기가 머금어졌다. 지척에서 총총 뛰어오는 발소리 때문이었다.

보면 참 적기에 등장하신단 말이야. 로제마리에게 슬쩍 장미 출처가 자신이라는 걸 흘려 둔 보람이 있었다.

요사이에 가장 흥미로운 인물이었다. 필리프는 달려오는 하녀의 아름다운 생김새를 느긋하게 눈에 담았다.

흩날리는 금발에 발그레한 홍조와 그에 어울리는 도톰한 입술이라. 게다가 눈은 그가 정성껏 기르는 파란 장미와 닮았다.

남자 고용인들이 다들 잡아먹고 싶어 하는 얼굴이니 침대 기술이 좋아 후작의 환심을 샀다는 소문이 돌아도 이상하진 않았다. 그러나 후작의 사생활을 면밀히 주목해 온 그는 마음 한구석에 떠도는 의문을 쉬이 지울 수 없었다.

아이러니하게도 방탕할 대로 방탕해 본 후작은 어떤 여자에게도 별다른 감흥이 없는 남자였다. 그의 곁에 있는 여성이라고는 시침 하녀 아니면 일반 고용인으로만 나뉘었고, 하녀장 말고는 여자 고용인의 이름을 외우고 있는지도 의문인 수준이었다.

뛰어난 미색이긴 하지만 과연 저 하녀가 단번에 후작을 사로잡았단 말인가. 미치광이 후작을 그렇게 단숨에? 고작 하룻밤 다리 벌렸다고 해서 그게 된다고?

필리프는 의문의 눈초리로 하녀를 훑었다. 납득하지 못한 반발심 때문인지 눈앞에서 먼저 인사를 건네는 여자를 조금 골려 주고픈 마음이 일었다.

"이게 누구야. 저택의 유명 인사네."

놀리듯 도발을 건네자 여자의 커다란 눈망울에 얼핏 반항의 기운이 스치듯 지나갔다. 그렇지만 눈빛은 곧 차분한 안색에 맞춰 잠잠해졌다.

"오랜만에 파란 장미를 받았어요."

그녀가 조금 가깝게 그에게 몸을 기울였다. 귀하디귀한 파란 장미꽃잎이 말라비틀어진 채로 필리프의 손안에 떨어졌다. 그게 무슨 뜻인지를 알아들은 그가 어깨를 으쓱였다.

"항상 기르고 있던 겁니다."

암구호가 통하자 깨진 화병 조각이 내밀어졌다. 필리프도 알고 있는 화병은 그가 매주 지정된 꽃집에서 수급해 오는 것이었다. 그 안에 명령이 적혀 있었다니! 필리프는 이제야 알게 된 사실에 신나서 명령을 확인했다.

[다시 돌아올 때까지 일을 진전시켜 놔.]

특별한 것 없는 명령은 샘솟는 흥미를 빠르게 떨구었다. 재미없긴. 필리프는 금세 시큰둥한 태도로 돌변했다.

"주인님께서 언제 오시겠다는 말은 따로 없었나요?"

"가뜩이나 가문 일로 바쁘다고 들어서 잘 모르겠는데."

건성으로 되돌아오는 답변에도 여자는 간절한 낯을 잃지 않았다. 그 모습에 껌뻑 죽을 남자들 많겠다 싶은 감상이 건조하게 들던 차에 얼굴이 무기인 여자가 눈썹꼬리를 아래로 내리며 소매에서 서신을 꺼냈다.

"주인님께 전해야 하는 서신이 있어요."

저 얼굴로 간곡한 청을 하면 들어줄 법도 했지만, 이 순간만큼은 다시 장난기가 돌았다. 마음대로 안 되는 남자가 생긴다면 어떤 태도로 나올까?

"나도 어떻게 전해야 할지 몰라. 나 역시 지령을 받기만 하는 입장이라."

빙글빙글 웃으며 한번 튕겨 본 이유는 그저 단순한 호기심 때문이었다. 그제야 여자는 심사가 뒤틀렸는지 안색을 굳히더니 고개를 수그렸다. 아마 실망한 기색을 감추려는 걸로 보였다.

고작 저게 다인가. 그가 뻔하디뻔한 유한 반격에 지루하다고 혀를 찰 무렵이었다.

"알겠어. 쓸모없는 인간이랑 시간만 낭비했네."

순간, 필리프는 제 귀를 의심했다. 하녀는 이미 뒤돌아 걷고 있었다. 필리프는 황급히 그녀의 손목을 잡아 돌려세웠다.

"왜."

"너 뭐야, 갑자기 태도가……."

"쓸모없는 남자한테까지 예의 차릴 입장은 아니거든. 보다시피 귀공녀도 아니라."

레나가 고개만 까닥이고 다시 몸을 돌렸다. 필리프는 황당함에 눈을 깜빡이다가 그녀의 앞을 막아섰다.

"이쪽이 네 본성이야?"

"이 저택에서 지위도 없고 능력도 없는데 예의까지 없는 인간한테 끝까지 친절한 경우야말로 드물 텐데. 이건 내 본성이 아니라 인간의 본성이지."

"와, 후작한테도 이런 식으로 말했냐."

"윗분들한테는 기분 나빠도 티를 못 내지. 네가 후작한테 이러지 못하는 것처럼."

앙칼진 표정으로 쏘아붙이는 하녀는 로렌츠 앞에서 보였던 창백했던 모습과는 딴판이었다. 고용인들 사이에서 난잡한 소문이 도는 얌전 빼는 시침 하녀의 얼굴은 더욱이 아니다.

처음에는 예의를 차려 주다가 마음에 안 들면 이렇게 돌변하는 편인가. 성깔 장난 아닌데. 이러면서 성격 나쁜 후작 앞에서는 어떻게 감추고 지내지?

당황보다 호기심이 앞서자 필리프 스스로도 이런 자신이 어이가 없어 너털웃음을 터뜨렸다. 레나가 그를 미친놈 보듯이 쳐다봐 주고 다시 걸음을 옮기려 할 때였다. 필리프는 고개를 내저으며 화해를 신청했다.

"나 능력 없지 않아."

"알겠어. 저리 비켜."

"로렌츠 님께 전할 서신 줘 봐."

"됐어. 대체 널 뭘 믿고?"

"나 아니면 이 저택에서 믿을 사람은 있어? 그나마 내가 제일 의지가 될 동료일 텐데?"

필리프가 사람 좋아 보이는 미소로 활짝 웃어 보였다. 레나가 그대로 버티고만 있자 필리프는 재빨리 서신을 빼앗았다.

레나가 폴짝 뛰어 도로 쟁탈하려 들었지만, 남자의 키가 그녀를 우롱했다. 필리프는 그녀를 보며 낄낄거렸다. 갑자기 돌변한 미친놈처럼 보이겠지만 어쩔 수 없었다. 제가 생각해도 그는 살짝 맛이 간 놈이 맞으니까. 뭐, 후작 만큼은 아니지만.

"이따위로 구는데 동료라고?"

그의 예상대로 레나는 황당함에 넋이 나갈 지경이었다.

평소 레나라면 초면부터 예의를 말아먹은 필리프를 믿지 못했을 테지만, 그는 손바닥 뒤집듯 뒤바뀌는 태도를 악의 없는 미소로 상쇄하는 재주가 있었다. 적어도 나쁜 사람처럼 보이진 않는 인상이었다. 확실히 괴짜 같긴 하지만.

"거참. 속는 셈치고 맡겨 봐. 연애편지라도 돼? 그것도 아니면 왜 이러실까. 전해 준다니까?"

게다가 편지를 아무렇지 않게 팔랑거리는 꼴을 보아하니 농락당하는 기분이 들기도 하고.

필리프의 앞섶을 붙잡고 팔을 뻗던 레나는 한숨을 내쉬고 어깨를 늘어뜨렸다. 이런 바보 같은 다툼이 소모적이라는 생각이 들자 자괴감이 느껴진 탓이다.

"그거, 중요한 거야. 잘 전해."

레나는 그를 쏘아보다가 잰걸음으로 정원을 빠져나갔다. 필리프는 더는 그녀를 붙잡지 않았다. 그저 뒷모습에 손을 흔들어 줄 뿐이었다. 당연히 레나는 그를 돌아보지 않았지만.

한편, 저택에서는 대화 소리를 듣진 못했어도 이 모든 과정을 지켜본 이가 있었다. 카론은 정원 쪽으로 열린 창에 머리를 기댄 채로 그들의 만남을 눈에 담았다. 편지를 놓고 옥신각신 실랑이를 벌인 봄날의 두 남녀를.

* * *

카론은 그녀의 얼굴을 보자마자 이곳이 꿈이란 사실을 깨달았다.

"안 지겹냐."

그는 약혼자였던 여자에게 호소했다. 찬란한 금발을 지닌 여자는 아무 말도 듣지 못한 사람처럼 온화하게 웃고 있었다. 그는 꿈에서 깨어나길 일찌감치 포기하고, 아주 오랜만에 그녀의 이름을 불러 보았다.

"루시아."

루시아 데스테. 꿈속에서 그녀는 언제나 피 묻은 드레스를 입은 그대로 머물러 있었다.

카론은 해가 갈수록 얼굴에 남자의 선이 또렷해져 갔지만, 루시아는 항상 병약한 소녀티를 지닌 얼굴 그대로였다. 그의 가슴팍밖에 오지 않는 키와 영롱한 분홍 눈으로 처연하게 그를 올려다보는 행동 역시 마찬가지였다.

그녀는 카론에게 손깍지를 꼈다. 영원히 카론의 손은 그녀보다 한 마디 길 것이다. 그리 작은 여자가 어미의 품으로 비를 피하려는 아기 새처럼 단단한 가슴팍에 간절하게 파고들었다. 그러고는 연약한 목소리로 듣기 힘든 말을 되새겼다.

'카론, 사랑해.'

몇 번을 들어도 도무지 어떤 반응을 할 수가 없는 말이었다.

카론은 그저 말없이 그녀의 어깨를 감싸 쥐었다. 그러면 루시아는 그에게서 떨어지지 않으려는 듯이 여린 두 팔로 그의 허리를 꽉 끌어안았다.

그는 한숨을 내쉬었다. 그녀는 기어코 마지막 말로 반복되는 꿈의 종지부를 찍곤 했으니.

'그냥 내 곁에 머물러 줘, 응?'

그녀는 그에게 불가역한 존재다. 카론은 언제나 그녀의 명령에 따랐다. 썩어 가는 기억 속에서 언제나 둘은 그렇게 부둥켜안는 모습만이 남을 수 있도록.

* * *

세간에는 아직도 에르하르트 가문만큼은 신비력을 쓸 수 있을지도 모른 다는 소문이 떠돈다. 카론은 언제나 그런 류의 소문을 비웃었다. 마법이나 성력, 혹은 주술 같은 신비력이 구시대의 유물이라는 걸 부정하고 싶은 자들의 헛소리다.

북부 대륙에서 건너온 선조가 이 땅에 정착한 이래로 에르하르트는 신비력자끼리 피를 섞어 왔다. 그것이 신비력자가 별로 없었던 남부 대륙에서 에르하르트 가문이 부흥했던 이유였으나, 신비력이 사멸하면서 에르하르트는 그로 인한 업보를 제대로 돌려받고 있었다.

외간에서는 신비력이 종말하면서 에르하르트가 광증에 접어들었노라 입방아를 찧었지만, 그건 오히려 실상보다 유한 해석이었다. 신비력자의 혈통만을 고집하던 가문은 은밀한 근친혼과 사특한 힘까지도 용인해 왔다. 그러니 후세대에서 에르하르트의 선대 후작들이 앓는 광기는 천벌이 아니면 설명되지 않는다.

당장에 선대 후작인 베르너 에르하르트만 봐도 자신이 성력을 물려받았다고 주장했지만, 살육에 미쳐 살다가 생을 마감하지 않았는가. 사제의 힘을 받았다면 살인을 할 수 없을 텐데도.

이제 신비력자는 사라졌어. 그저 신비력을 물려받았다고 하면, 미치광이로 보이는 짓들이 조금은 희석될 여지가 있으니까 그러는 거겠지. 실은 다들 하나씩 정신병이 있었을 뿐인데. 카론은 한스 앞에서 곧잘 가문의 진실을 까발리곤 했다.

일찍이 부모를 잃은 탓에 젊은 나이에 막대한 작위를 받게 된 에르하르트의 후작, 카론 에르하르트 역시 마찬가지였다. 그는 오늘도 기분 나쁜 꿈을 시작으로 아침을 맞이해야 했다.

"빌어먹을."

전부 그 망할 계집애 때문이었다. 그녀가 기억을 논하기 시작하면서 증상이 점점 심해졌다. 카론은 소매를 걷고 저한테 새겨진 죽음의 징조를 보았다.

같이 밤을 새운 여자들은 이것을 문신이라 여겼다. 간혹 물어보는 이들에겐 마법진이라고만 짧게 답해 줘도 그들은 에르하르트에 관한 뜬소문과 결부해 그를 선망의 눈길로 바라보았다.

'이대로 가면 틀림없이 고통에 미쳐 돌아가실 겁니다. 아니면, 선대 후작처럼 광인이 되시거나.'

유일하게 후작에게 충고를 아끼지 않는 에르하르트의 주치의는 그리 충고했다. 괴팍한 성격의 노의사는 역대 후작의 속사정을 누구보다도 잘 아는 자였다.

카론에게 차라리 술이나 중독성이 적은 약을 하라고 권한 것도 그였다. 고통의 경감 용도로 격한 섹스가 나쁘지 않다는 처방을 내리기까지 했다.

카론은 때로는 이렇게 고통을 인내하는 삶이 무슨 소용인가 싶으면서도 곧잘 그렇게 살아왔다. 의사의 조언을 따르는 건 아니었다. 애초에 어머니인 마를레네가 그를 끔찍이 여기기 시작한 건 의사에게 진단을 받은 지 훨씬 이전부터였으니.

'결국 너도 네 아비를 닮는구나. 그래, 그 피가 어디 가겠니. 내가 어찌 너 같은 괴물을 낳았을까…….'

낳아 준 어미가 퍼붓는 멸시를 감당할 만큼 생이 간절했냐고 묻는다면 글쎄.

직감에 따라서만 행동한 지 오래였다. 스스로 기억을 지운 순간부터, 그에게 삶은 오기로 범벅된 기다림의 연속이었다.

소매가 상흔을 도로 덮었다. 카론은 피곤한 눈가를 문질렀다.

* * *

"필리프 헤어만의 이전 근무지를 전부 조사해 보았으나 레나 크루거와는 아무런 접점을 발견하지 못했습니다. 지켜보라 이른 하녀의 증언이 전부입니다."

집사장 한스의 보고를 들은 카론은 손을 두어 번 내저었다. 한스는 손짓의 의미를 알고, 그에게 담배를 가져다주었다. 곧 그의 입술에 물린 담배에 불이 붙었다.

"첩자라기에는 너무 어설픈데, 첩자가 아니라면 더 수상해."

담배 연기가 주인의 어지러운 기분을 대변하듯 흩어졌다. 머뭇거리던 손이 탁상에 놓인 옻칠 된 나무 상자를 더듬었다. 몇 년간 방치되었던 상자에는 뽀얀 먼지가 내려앉아 있었다. 최근에야 한스에게 명령해 금고에서 꺼내 온 것이었다.

다시는 꺼내지 않으리라 여겼던 물건을 꺼냈다는 자체가 명백한 동요의 증거였으나 끝내 상자를 열진 않을 작정이었다. 굳이 이것을 다시 꺼내 본 까닭은 기억을 되찾기 위해서가 아니라 경각심을 일깨우기 위해서다.

어떤 기억은 치명적인 독이 된다. 아는 것이 모르는 것보다 더한 고통이 된다면, 잊고 사는 쪽을 택하는 이기심이 무슨 문제가 되는가. 어차피 원망할 이도 없을진대.

그는 제가 기억을 지운 이유를 변명처럼 되새겼다. 전쟁도, 타락도, 죽음도 두렵지 않았지만, 기억을 되찾는 일만큼은 두려웠다. 누군가 한심하다 여긴다 해도 어쩔 수 없는 공포였다. 그런데 뭐, 기억을 찾아? 고통에서 해방돼? 차라리 광증에 잡아먹히고 말지.

카론은 재떨이에 거칠게 담배를 비벼 껐다.

건방진 것. 제까짓 것이 무어라고 주인의 고통을 짐작하고 해방을 조언한단 말인가. 정말로 그의 과거를 안다면 절대로 그따위 말을 할 수 없을 터였다.

카론은 그녀를 믿지 않았다. 그저 감히 거래를 제안해 온 맹랑한 하녀를 어찌 처분할지를 결정하지 못했을 뿐이다. 그는 가만히 몇 개비의 담배를 더 태우고 나서야 더러워진 기분을 정리했다.

"그 여자가 데스테 가문에서 쫓겨났다는 사실은 틀림없다 했지."

"예. 당시 백작저에서 일하던 고용인들 증언에 따르면, 데스테 영애를

제대로 모시지 못했다 하여 포모나 바실리카 부속 수도원으로 보내졌다고
합니다."

"포모나?"

'포모나'라는 지명에 그의 눈매가 절로 일그러졌다. 전쟁을 치른 적국이
라서가 아니었다. 포모나 바실리카는 기사들 사이에서 유독 소문이 안 좋았
던 지역이었다.

"부설 수도원에서만 있었을 뿐, 백작이 포모나 바실리카를 통해 꾸준히 후원
비용을 보내 준 것으로 보아 문제 될 행동은 없었던 것으로 보입니다."

"그건 모르는 일이지."

카론은 한스의 말에 냉소했다. 데스테 백작이 자기가 후원하던 아이를 창
녀로 만들 만큼 막돼먹은 인간은 아니었으나 여간 신경 쓰이는 일이 아닐
수 없었다.

"데스테 영지 근방 바실리카에서 신비력 치유 수업을 받았던 기록이 있는
데다가 백작이 신자가 될 수 있도록 추천서를 써 준 것으로 보아, 포모나 바실
리카로 유학을 갔다고 보는 편이 합당하긴 합니다……."

"데스테 영지 근처 바실리카에서 수업 받았던 자들의 명단은?"

"바실리카의 기록 보관소에 있던 것을 확보해 두었습니다."

한스가 건넨 명단을 죽 읽어 봐도 대부분의 얼굴을 떠올릴 수 없었다. 자
신이 바실리카 신전 기사단에 몸담고 있었다는 사실마저도 새삼스럽게 여
겨질 정도로 너절한 기억으로는 무엇을 봐도 무용했다. 명단에 버젓이 올라
와 있는 레나 크루거조차 기억 안에 없을 정도니.

카론이 헛웃음을 쳤다. 이 바닥에서는 인과 없이 일어나는 일이란 드문
법이다. 허탈한 미소를 지은 그는 이번엔 다른 문제로 고민에 빠졌다. 조금
데리고 놀다 치울까, 아니면 단번에 제거해 버릴까.

"그 하녀를 데려와."

결정은 그녀에게 달린 일이었다.

* * *

로제마리가 레나의 치장을 도와주었다. 레나로선 어차피 그와 몸도 섞지 않을 텐데 이것이 전부 무슨 소용인가 싶었지만, 로제마리는 그녀를 깨끗이 씻기고 예쁘게 꾸며 주는 일 자체를 즐거워하는 사람처럼 보였다.

풍성하고 화사한 금발을 매만지던 로제마리가 레나를 보더니 슬쩍 말을 걸었다.

"왜 그렇게 울상이에요, 초저녁부터 시침 드는 일이 싫어서 그래요?"

"……로제마리 씨는 시중 하녀 일이 즐거워요?"

레나는 무표정하게 그녀를 보다가 반문했다. 평소라면 대꾸도 안 했겠지만, 후작의 부름에 의도가 예상되지 않아 긴장을 해소할 약간의 잡담이라도 필요했다.

"아니요? 그럴 리가요. 에르하르트에서 시중 하녀 일을 하면 곧바로 모가지 날아가기 쉬울걸요. 시침 하녀들은 수시로 바뀌는데 대부분이 무슨 속셈으로 왔는지도 모를 애들뿐이니……. 자칫 휘말리면 재수 없이 같이 죽는 경우도 봤어요."

흥얼거리는 콧노래와는 이질적인 살벌한 대답은 레나의 긴장을 푸는 데 전혀 도움이 되지 못했다. 로제마리는 싹싹한 표정으로 머리 손질을 마무리하며 그녀의 귀에 속삭였다.

"대신에 내가 만든 아름다움은 즐거워요. 이 저택에서 내가 유일하게 누리는 즐거움이죠."

사랑하는 연인을 보는 듯한, 아니 그보다도 자신의 작품에 자아도취 된 듯한 눈이 거울 속의 레나에게 애정을 표하고 있었다. 그만큼 거울에 비친 시침 하녀는 꽤 괜찮은 작품이었다.

몸에는 하얗고 가벼운 슈미즈만 걸쳤는데, 목 위는 붓질해 놓은 자기 인형처럼 완벽했다. 그 인위적인 부조화가 퍽 천박하면서도 아름다웠다. 정말

밤을 위해서만 준비된 시침 하녀같이.

이런 식으로 후작에게 버려진 하룻밤의 제물이 얼마나 있었을까.

레나의 부질없는 의문은 노크 소리에 묻혔다. 후작을 대면할 때가 온 것이다.

보통은 한스가 데리러 왔지만, 오늘은 어쩐 일인지 레베카가 그녀를 데리러 왔다. 촛대를 든 레베카가 먼저 걸어가고, 레나는 말없이 그 뒤를 따랐다.

주홍 불씨를 따라 아른대는 그림자를 밟아 가며 어두운 복도를 걸어가는데, 걸음이 점차 더뎌졌다. 이동 경로는 후작의 침실에서 벗어나 있었다.

시침을 이유로 부르는 것이 아니다. 무슨 용건으로 부른 걸까. 불안이 잠잠한 속내를 건드렸다. 그의 심기를 건드렸으니 문제가 생겨도 이상하지 않았으나 아직 로렌츠로부터 어떠한 답장도 받지 못한 터였다. 힐끗 뒤를 돌아보자, 어둠이 먹어 버린 복도는 불길하리만치 고요한 정적이 흘렀다.

"편안한 밤 되시길."

레베카가 서재 옆방 앞에서 걸음을 멈추었다. 후작이 주로 손님을 맞이하는 당구실이다. 손수 문을 열어 주는 친절은 독촉과 다르지 않았다. 레나는 내키지 않은 걸음으로 안에 들어서자마자 잠시 숨을 멈추었다.

달칵. 밖에서 문이 잠겼다. 호화로운 샹들리에 아래로 참혹한 광경이 드러났다.

바닥에 깨진 유리 파편이 깔려 있었으나 그건 큰 문제는 아니었다. 한가운데 놓인 의자에 피투성이가 된 채로 묶인 남자에 비할 바는 아니었으니.

며칠 전까지만 해도 장난기가 가득했던 갈색 눈이 잔뜩 부어오른 채로 그녀를 응시하고 있었다. 남자는 몇 번 눈을 끔뻑여 상대를 확인하더니, 입가에서 나오는 피식 웃는 소리를 숨기지 않았다.

레나는 그제야 그자가 필리프라는 걸 확신하고 덜덜 떨리는 손으로 입을 가렸다. 갈색 고수머리만 눈에 익어 겨우 알아봤을 만큼 그는 만신창이가 되어 있었다. 피멍이 든 얼굴 위로도 핏줄기가 흘렀다.

"아, 왔구나."

뒤늦게 후작이 레나의 시야에 들이닥쳤다. 카론은 당구대에 앉아서 반갑게 그녀를 맞이했다. 큐대를 세워 잡은 손 위로 씨익 미소를 짓는 얼굴이 걸쳐졌다.

"오랜만에 고용인 단속을 해야 할 필요성을 느껴서."

화나긴커녕 기분 좋아 보이는 표정이었다. 이제부터 벌어질 일을 기대하고 있는 양.

레나가 급히 숨을 몰아쉬었다.

"……대체 이게 무슨 일인가요."

달달 떨지 않는 것이 최선인지라 목소리는 버석하게 갈라져서 나왔다. 레나는 평정심을 되찾기 위해 정신을 놓지 않으려 애썼다. 어디까지, 대체 어디까지 알고 있는 거지.

"네가 무엇을 말하는지에 따라 이 녀석이 살 수 있어."

가증스러울 만큼 자비로운 기색이었으나 설득력이라고는 전혀 없었다. 오히려 둘이 죽으면 죽었지, 둘 다 살아남을 일은 없을 것이다. 카론은 레나의 생각을 읽은 사람처럼 본모습대로 키득거렸다.

"아니면 죽을 수도 있고."

레나는 정신을 가다듬으려 노력하면서 필리프와 눈을 맞췄다. 올바른 답을 찾아야 한다. 그녀의 답은 그가 어디까지 말했는지에 따라 달라져야 했다. 갈색 눈이 느리게 깜빡이며 제 의사를 나지막이 전하려는 순간, 우당탕 소리와 함께 의자가 넘어갔다.

가볍게 의자를 찬 후작이 당구대에서 훌쩍 내려왔다.

"이러면 반칙이지."

필리프가 바닥에 나자빠지면서 콜록거렸다. 그사이에 '하지 마.' 하고 말하는 입모양이 보이자 카론이 그의 얼굴을 짓밟았다. 레나는 입술을 깨물었다.

"정부가 외도하면 손쓰지 않을 남자가 있나. 그래도 네가 꽤 재밌었던 만큼, 네 의견을 참고해서 이자의 처분을 고민해 보려고 해."

엄밀히 따진다면 '정부'의 정의부터 따져야 했지만, 하는 말부터가 평소 행동 양상과 판이했다. 대체 후작이 언제부터 시침 하녀의 외도를 단속했나. 풋맨들에게 수모를 당할 뻔했던 그 밤의 대화만으로도 레나는 후작이 시침 하녀들의 방종을 개의치 않았다는 걸 알 수 있었다. 덕분에 그가 '외도'를 들먹이게 만든 밀고자 또한 어림짐작이 갔다.

"로제마리……."

후작이 레나에게 바싹 다가왔다. 원체 다부진 체구이다 보니 카론이 조금만 가까이 다가와도 그녀의 시야는 오직 그로만 가득 채워졌다.

어쩔 수 없이 까만 동공 주변으로 붉은 안광이 표표히 감도는 광경을 마주할 수밖에 없었다. 먹잇감의 허점을 노리고 있는 맹수의 눈이었다.

"자, 이제 입을 열어 보실까. 네가 어떻게 하느냐에 따라 애인 목숨이 달렸어."

길게 판단할 시간은 없었다. 레나는 곧바로 무릎을 꿇었다.

"그를 살려 주세요. 후작님."

이 자리가 그녀를 시험하는 자리라는 사실은 진즉에 눈치챘다. 정부의 외도라는 우스운 트집을 걷어 내면, 진정 그가 노리는 알맹이는 그들의 배후일 터였다. 아마도 그건 아직 알아내지 못한 듯했다.

전부를 알았다면, 이런 시시한 역할 놀이를 벌이기보단 진작 죽였을 거다. 혹은 발렌시아 귀공자를 잡는 패로 쓰느라 좀 더 두고 봤을 테고.

그러니 심증은 있는데 물증은 없는 상황인 거다. 더 두고 볼 것도 없이 눈 밖에 난 계집을 괴롭힌 뒤에 배후나 알아내면 본전이고 아니면 마는 시시한 게임. 이건 그에게 그저 놀이였다.

"처음 파란 장미를 받자마자 솔직히 흔들렸습니다. 저번에도 말씀드렸듯, 저는 어디든 기댈 곳이 필요해 여기까지 흘러들었으니까요."

그렇다면, 놀이 와중에 그녀가 고른 역할이 모든 상황을 좌우하리라.

"게다가 저번에 후작님께 주제넘은 짓을 한 걸 뼈저리게 후회하던 중이었습니다. 이미 눈 밖에 난 상황이니 다른 살길을 도모해야겠다는 생각이 들었어요……."

후작의 관심을 끌려면, 후작의 흥미를 동하게 만드는 인간이 되어야 한다. 반대로 후작의 관심을 끄려면, 후작이 가장 재미없어하는 인간이 되어야 했다. 지난 경험이 이를 증명했다. 그런 점에서 레나가 고른 배역은 아주 상투적이었다.

"그러다 보니 이곳에서 제게 마음을 둔 분을 찾으려고 했던 알량한 시도가 오해를 부른 듯합니다. 다신 그러지 않을 테니 노여움을 거둬 주세요."

상황이 힘들어지자 남자에게 기대 보려는 계집. 뻔하디뻔하고 흔하디흔한. 그가 더없이 지겹게 봐 왔을 그런 여자. 그가 화도 나지 않을, 그런 부류의.

담이 크고 맹랑한 계집인 줄 알았다가 금세 식어 버릴 말이었다. 레나는 후작의 관심을 끌기 위해 마음먹었을 때처럼 후작의 권태를 끌어올릴 때도 단시간에 최선의 계산을 쏟았다.

이후에는 로렌츠의 명령을 어찌 이행할지 막막해질 테지만, 그런 걱정도 목숨이 붙어 있을 때야 부담할 수 있는 것이다. 자칫하다가는 판이 엎어질 상황이었다.

"살기 위해 다리를 벌리려던 것일 뿐이다?"

예상대로 카론의 목소리에는 지루함이 묻어났다. 레나는 튀어나오려는 모멸감을 꾹 누르고 고개를 붉은 카펫에 바싹 붙였다. 그깟 자존심은 중요치 않았다.

후작이 흥이 식으면, 대충 둘 중 하나만 내쫓기고 말거나 운이 좋으면 둘 다 구석에 처박히는 선에서 끝날 수도 있었다. 최악의 수라 해 봤자 둘 다 쫓겨나는 정도일 테고.

"네 외모면 하룻밤이라 해도 부르는 것이 값일 텐데, 고작 정원사를 선택한다고."

거듭된 창녀 취급에 레나가 울컥하여 고개를 슬쩍 들어 올렸다. 그러자 구둣발이 기다렸다는 듯 필리프의 머리를 꾹 눌렀다. 레나는 차마 그 광경을 볼 수 없어 다시 머리를 조아렸다.

"돈을 벌고 싶던 것이 아니라 마음 기댈 곳이 필요했을 뿐이니까요."

결국, 반발심에 계산도 하지 않은 말이 튀어나왔다. 다행히 이 역시 상투적인 말이었다. 비록 일순간의 진심이 담긴 말이긴 했으나.

돌아온 반응은 낮은 한숨. 아마도 지겹다는 뜻이리라. 레나는 어떻게든 침묵 속에서 안도감을 찾으려 들었다.

"재밌네."

"아!"

카론이 그녀의 머리칼을 들어 올려 자신을 보게 했다. 레나는 그의 눈을 마주하고 나서야 일이 단단히 잘못되어 가고 있음을 깨달았다.

그의 눈이 선득한 광기에 절어 있었다. 애초에 무슨 말을 하든지 그녀를 괴롭히는 쪽이 목적이었다는 듯이. 붉은 입매를 말아 올린 카론이 레나의 기대를 완벽히 배반하는 말을 했다.

"넌 나를 제대로 모르는구나."

서늘한 지적과 달리 그녀를 안아 올리는 손길이 꽤 정중했다.

"방금 자진해서 어떻게 벌주면 좋을지 알려 준 건데."

카론이 그녀를 거대한 당구대 한가운데에 앉혔다. 다이아몬드 모양 틀에 갇힌 9개의 색색 공이 앞에 놓여 있었다. 레나는 혼란한 눈으로 그것을 내려다보았다.

그동안에 카론은 필리프의 포박을 풀었다. 필리프도 레나처럼 멀거니 초점을 잃은 채 후작을 바라보았다. 카론이 비웃듯 그에게 큐대를 던졌다.

"내 정부가 저리 간절하니 살아 나갈 기회는 줘야겠지."

하녀의 말 한마디로 죽을 줄 알았던 목숨이 살아 나갈 기회를 얻었다. 큐대를 잡은 필리프의 손에 힘이 절로 들어갔다.

여자가 멍청하게 전부를 불어 버리면, 어떻게든 후작을 여기서 죽이고 탈출하겠다는 궁리만 하던 그였다. 후작의 폭력성이야 진즉 알았지만 기절하지 않는 부위만 골라서 제일 아프게 때리는 잔인성은 살인 충동을 일으키기 충분했다.

무슨 짓을 하든 여길 빠져나가서 저 미치광이에게 오늘의 빚을 갚아 주리라. 그 다짐은 선하게 생긴 정원사의 얼굴 안으로 숨어들었다.

"감사합니다. 다시는 주인님의 시침 하녀에 손을 대지 않……."

"안 그래도 돼."

"예?"

"3년간 일했으면 알잖아. 내가 언제부터 그걸 신경 썼다고."

어안이 벙벙한 대답이었다. 필리프 역시 시침 하녀와 놀아났다는 명분이 허울뿐이라는 걸 알고 있었다. 하나, 구타당한 입장에서 그 명분마저도 의미 없었노라 이야기 듣는 일은 체감이 다르다.

너는 명분조차 필요 없이 짓이길 수 있는 자라고, 그리 여기는 귀족의 오만한 태도. 필리프가 생애 내내 혐오해 온 것이었다.

"안타깝게도 얘가 간만에 흥미를 끄는 하녀였다는 점에서 네가 운이 나빴을 뿐이지."

지금 당구대에 앉아서 미안한 눈길로 그를 보는 저 계집. 자신이 고작 저 계집애 하나 낚고 괴롭힐 용도로 쓰인 미끼라는 말이었다. 후작의 눈에 단단히 잘못 걸린 여자에 대한 동정심은 차치하고, 울분이 먼저 터져 나왔다.

필리프는 제 처지도 망각하고 당구대에 기대선 후작을 향해 눈을 부라렸다. 카론은 그 시선에 눈길도 주지 않고 흰 천으로 하얀 공을 닦았다.

"나인볼 규칙은 아나?"

"……예."

"네가 이기면, 얘를 데리고 무사히 빠져나갈 수 있게 해 줄게. 둘이 붙어 먹든, 도망치든 일절 상관 안 할 거고."

얘, 라는 부분에서 후작의 등 뒤로 천이 던져졌다. 레나는 정확히 날아온 천을 받고 흠칫했다. 카론은 그 기척을 느끼고 키득거렸다.

공평할 리가 없는 게임이었다. 후작의 당구 실력은 당구에 관심 없는 귀공녀들 사이에서도 소문이 퍼질 정도였으니. 필리프는 일단 자리를 털고 일어섰다.

"제가 지면 어떻게 되는 겁니까."

"저택에 새 정원사를 뽑아야겠지."

대답은 산뜻한 어조였으나 내용은 살벌했다. 하인들 사이에서는 남자 고용인은 해고당하면 운이 좋아야 사지가 달려 나간다는 소문이 파다했다. 몸만은 온전하게 나가는 여자 고용인과 달리, 후작은 두 번 다시 첩자로 일을 하지 못하도록 남자 고용인 처분에는 가차 없었다. 그 소식에 저택에 들어왔던 남자 첩자들은 제 발을 저리며 빠르게 철수하기도 했다.

"알겠습니다."

어차피 거절할 권한 따위 주어지지 않았으므로 필리프는 담담하게 받아들였다. 일단 이 방을 나갈 수만 있다면, 혼자라도 탈출할 기회를 노려볼 수 있었다. 그는 질 것이 예사되는 게임보다는 게임 이후 생길 상황에 희망을 걸었다.

"대신 후작님께서는 당구에 능하시고, 저는 몸이 성치 않으니 제가 먼저 치게 해 주십시오."

"그렇게 해. 초구는?"

"후작님이 해 주시지요."

그럴 줄 알았다는 듯, 잘 닦인 하얀 공이 수구로 당구대에 놓였다. 그 동작에 담긴 여유가 타고난 승자의 것이라 고상해 보이기까지 했다.

"내가 처음을 잘 깨긴 하지."

카론이 뒤돌아서 넋 놓은 여자를 향해 웃음을 흘렸다. 레나는 그 의중을 제대로 짐작하지 못하고, 서둘러 당구대에서 내려가려 했다. 곧장 이어진 싸늘한 음성이 그녀를 도로 자리에 앉혔다.

"넌 거기 앉아 있어."

카론이 얄팍한 고동색 큐대를 그의 검지와 중지 사이에 끼웠다. 말아 올라간 입꼬리가 우아했다. 명령 같은 고갯짓이 틀에 들어가 있는 당구공을 가리키자, 레나는 머뭇거리며 틀을 걷어냈다. 삽시간에 톡, 톡 울리는 경쾌한 충돌음이 퍼지면서 공들이 흩어져 나갔다.

"중요한 규칙이 있거든."

당구공이 퍼지면서 레나를 포위했다. 당구공이 닿지 않도록 몸을 웅크린 레나가 의아하게 그를 바라보았다. 성격 급한 필리프는 곧바로 수구를 쳤다. 공이 굴러가 1번 공에 닿았다.

톡, 톡.

공이 하나 들어갔다. 그는 2번 공의 위치를 확인하고 나서야 카론을 보았다. 아무래도 가운데 레나가 있는 바람에 각도가 나오지 않는 모양이었다.

큐대에 초크를 칠하던 카론은 이목이 집중되자 씩 웃었다. 그제야 그들의 기대를 저버리지 않는 특별 규칙이 공개되었다.

"승자가 정해진 게임은 재미가 없잖아? 거기 앉아서 경기에 개입할 권한을 줄게. 편법으로 승리를 양보하는 거니까 대가가 조금 필요하겠지만."

"대가?"

"대가가 무엇인가요."

설핏 인상을 찡그린 필리프와 달리 레나는 구명줄을 잡은 사람처럼 얼굴이 환해졌다. 필리프는 좋지 못한 예감에 질색하여 되물은 것이고, 레나는 간절한 희망을 담아 물은 것이었다. 곧바로 이어지는 대답에는 두 사람이 한결같이 안색을 굳혔다.

"별것 아니야. 애인 앞에서 시침을 드는 정도?"

그리 말하는 남자에게서는 어떤 정욕도 느껴지지 않았다. 초크를 내려놓는 손길이 더없이 느긋하기만 했다.

톡, 톡.

필리프는 곧장 이를 악물고 흰 공을 쳤다. 맑은 울림이 이어졌으나 2번 공은 포켓 안에 들어가질 못했다. 차례는 카론에게로 넘어갔다.

큐대와 잘 어울리는 길게 뻗은 손가락. 그 사이로 짧고 힘 있는 샷이 뻗었다. 고의가 다분하게 수구가 레나의 다리와 부딪치면서 방향을 틀었다. 레나가 흠칫거리며 몸을 둥글게 마는 동안에, 수구는 가장자리에 있던 2번 공과 부딪쳤다.

도르륵, 쿵.

공이 들어가는 소리가 다시 후작의 차례임을 알려 주었다. 얄궂은 시선이 지그시 그녀를 조롱했다.

어디, 실컷 그 역할을 다해 보라는 듯.

레나는 입술을 깨물고 수구가 구르는 광경을 가만히 지켜보았다. 공과 공이 부딪치면서 바로 앞에 있던 3번 공이 포켓 안에 추락하는 소리가 들렸다. 그것이 그녀가 앉아 있는 당구대가 무너지는 소리인 양 울렁거렸다.

엘레나는 멀거니 앉아 눈으로 공의 궤적을 좇을 뿐이었다. 머리로는 그가 부여한 제 역할의 의미를 이해하긴 했으나 좀처럼 어떤 판단을 내려야 할지 막막하기만 했다.

애초에 시침 하녀에게 내연남과 자신 둘 중 하나를 놓고 고르게 만드는 행동 자체가 그다운 짓이 아니었다. 마치 정부가 외도해 미쳐 버린 남자처럼 굴고 있지 않나.

마주하고 있는 눈은 광인의 것일지언정 그런 열정이 없었다. 당연했다. 그는 조금도 그녀에게 미쳐 있지 않았으니까.

딱히 그녀를 원한다고 볼 순 없다. 그저 벼랑까지 몰아간 뒤에 반응을 보고 싶어 할 뿐이다.

레나가 상투적인 여자 역할을 고른 순간부터, 필리프를 같은 첩자가 아닌 내연남으로 둘러댄 순간부터, 저 남자는 그에 맞춰 정부에게 소유욕을 드러내는 남자를 연기하기로 작정한 듯 굴었다. 그녀의 결정에 따라 맞춤으로 제작된 놀이처럼.

탕, 탕. 와중에도 공이 부딪치는 소리는 점차 빨라졌다.

4번 공과 5번 공이 연달아 당구대에서 사라지기까지 긴 시간이 필요치 않았다. 6번 공 차례가 왔을 때, 이죽거리는 목소리가 그녀의 의식을 비집었다.

"애인이 죽게 생겼는데, 뭐라도 해야 하지 않아?"

6번 공이 쿵 하고 떨어질 무렵에, 레나는 담담히 침음을 삼키는 필리프를 눈에 담았다. 그는 일부러 그녀와 눈을 맞추지 않고 있었다. 외면에는 원망이나 간절함보다는 체념만이 묻어 나왔다.

마땅히 구원을 바라지 않는다는 양. 그녀의 도움 따위는 애당초 기대도 안 한 사람처럼.

마음에 드는 작자는 아니다. 동료라 생각해 본 적도 없다. 하지만, 죽기를 바라지도 않는다. 그녀와 엮이지 않았다면 무사했을는지 가정해 본다면 뻔한 답이 나왔다. 3년간 여기서 일하면서 이런 일을 겪은 적은 처음일 테니.

쿵.

7번 공이 떨어졌다. 후작이 흩어 놓아 레나의 사위를 둘러쌌던 공들이 후작에 의해 다시 거두어지고 있었다.

내키진 않았지만, 저택에 오는 순간부터 시침까지 각오하긴 했던 터였다. 그렇다고, 저 남자를 살리기 위해서 카론에게 다리를 벌려야 한단 말인가. 그것도 저 남자의 눈앞에서.

"하나 남았네."

카론의 말마따나 8번 공이 떨어지는 소리가 단조로이 울렸다.

누군가 죽도록 방관할 텐가, 아니면 치욕스러운 대가를 견딜 텐가.

그가 수구의 위치에 맞춰 허리를 숙이고, 가지런한 손가락 사이로 두께감 있는 막대기를 내밀어 공을 치는 모든 순간이 지독히 느리게만 흘러갔다. 레나의 호흡이 잘게 떨렸다.

도르르. 톡. 새하얀 수구가 명쾌하게 굴러와 이변 없이 9번 공과 부딪 쳤다.

결국, 순간의 판단이 손을 뻗게 했다.

"하."

카론이 예상 밖의 결말에 입꼬리를 말아 올렸다.

"야, 너……."

필리프의 눈은 휘둥그레졌다.

도르륵, 쿵. 공이 구멍 안으로 자취를 감췄다.

제대로 가고 있던 9번 공을 낚아채 손수 포켓으로 굴린 그녀에게로 두 남자의 이목이 쏠렸다. 레나가 천천히 떨리는 손끝을 거둬들였다. 안색은 창백해졌으나 해야 할 말은 꼿꼿이 나왔다.

"편법으로 승리하게 되셨네요, 후작님."

할 말 잃은 두 남자의 혼란이 침묵을 형성했다. 먼저 상황을 파악하고, 고요를 깬 쪽은 후작이었다.

"하……. 하하!"

카론이 이기면, 정원사는 죽는다. 정원사가 이기면, 둘은 무사할 수 있으 나 그럴 가능성은 없다. 레나의 개입으로 정원사가 이기면, 정원사는 무사 하지만 레나는 정원사 앞에서 카론에게 다리를 벌린다. 하지만 레나의 도움 으로 카론이 이긴다면?

다 이긴 게임을 망쳐 놓고, 편법이라니.

카론은 어이가 없어서 실소만 터뜨렸다. 재밌었다. 정말이지 죽여 버리고 싶을 만큼 거슬리는데, 아주 흥미로워서 곁에 두고 더 살피고 싶을 만큼.

"그러면 나는 여기서 너희 둘이 붙어먹는 모습을 감상하고, 저 녀석을 죽이면 되는 건가."

상황이 재밌으면서도 그 결말만은 그다지 마음에 들지 않았으나, 카론은 여상한 척 불편한 심기를 덮었다. 레나는 당구대에서 조심스레 내려오면서 찬찬히 그를 응시했다.

"그렇게 정하진 않으셨어요."

"반대의 경우엔 그러기로 했지."

"후작님은 편법으로 승리를 양보하게 되면, '작은' 대가를 받기로 하셨을 뿐이잖아요."

"설마 저 녀석이 승리를 '양보'했으니 대가도 정하는 것도 저 새끼 몫이라 말하진 않겠지."

"아니요. 제가 정하게 해 주셔야죠."

"뭐?"

"후작님을 도와준 사람은 저잖아요."

한 손으로도 찢을 수 있을 법한 얇은 슈미즈에 둘러싸인 여체가 서서히 그에게 다가왔다. 몸은 바르르 떨고 있으면서 침착한 눈으로 씩씩하게 그를 올려다보니 가륵하기 그지없었다.

"저 사람은 보내 주세요."

"어째서. 그래선 내가 이긴 의미가 없는데."

"중요한 건 그게 아니시잖아요. 애초에 딱히 저 남자의 목숨을 원하지도 않으셨고요."

카론이 눈을 가늘게 좁혔다. 벌벌 떠는 와중에도 정원사의 목숨보다 저를 원한 것이 아니냐 묻는 당돌함이 기가 막혔다.

"저자의 목숨을 살리는 이상 네가 다리를 벌리는 결말은 달라지지 않아."

"과정이 달라지겠지요. 제가 후작님이 이기는 걸 도와드렸으니 후작님도 제게 맞춰 주셔야 공평할 텐데요."

"그래서 저 새끼 앞에서 시침을 들고 싶진 않으니 그걸 대가로 달라?"

자그마한 얼굴이 대답 없이 눈만 내리깔았다. 그 모습을 내려다보는 카론은 제 기분이 나쁜지 좋은지 도무지 좀 잡을 수가 없었다. 불쾌하면서도 만족스럽다.

"내가 계집과의 하룻밤에 홀려 시답잖은 놈도 살려 줄 호색한으로 보이나."

"제 외모면 하룻밤에 얼마인지 아신다는 분이 굳이 필요치 않은 살인을 택할 리가요."

영악하고도 되바라진 것. 그럼에도 불구하고 정곡을 찔린 기분이 그리 나쁘진 않았다. 그녀의 말대로 정원사의 목숨 따위는 그에게 하등 중요한 부분이 아니었으니까.

"운이 좋네."

카론은 그녀의 말을 인정하는 대신 필리프에게 희소식을 전했다. 필리프가 분한 듯 두 주먹이 불끈 쥐더니 물끄러미 둘을 갈마보았다. 결국엔 몸을 돌려 방을 나가는 것이 고작이었다.

여자가 다른 남자에게 안긴 덕택에 살아남았다. 제정신이 박힌 사내라면, 절대 잊지 못할 치욕일 터. 카론이 한낱 정원사에게 느낀 언짢음은 그에게 선사한 굴욕으로 해소되었다.

더군다나 이 신파극의 정점이 그를 기다리고 있지 않은가.

여자는 정원사가 나가자마자 숨을 들이마셨다. 올려다보는 눈동자는 아까의 기세와 다르게 처연해졌다. 대담한 척은 다 하더니 결국에는 그가 그녀를 탐하지 않았던 지난날에 희망을 거는 듯 보였다. 카론은 레나를 도로 당구대에 앉히는 것으로 철저히 기대를 무너뜨렸다.

"잠깐만요, 혹시 여기서……."

"응. 여기서 할 거야."

웃는 낯이 실낱같던 희망을 잘라 냈다. 거리낌 없이 슈미즈에 달린 리본부터 풀려는 손을 그녀가 붙들었다.

"저랑 하는 거 재미없으실 텐데요."

"난 벌써 재밌는데."

카론은 꺼림칙하긴커녕 같잖지도 않은 협박을 무시했다. 조그만 뒤통수를 잡아 눕히며 슈미즈 끈을 잡아당기자 리본으로 잡혀 있던 옷매가 흐트러졌다. 레나는 본능적으로 허물어지는 옷자락을 끌어 올렸다.

"왜, 이제 와서 싫어?"

순식간에 눕혀진 줄도 모르고 옷깃만 사수하면 되는 줄 아는 여자에게 카론이 다정하기까지 한 어투로 물었다. 당장 멈춰 줄 수 있다는 양. 대신, 책임은 알아서 지라는 식의.

"……."

레나가 입술을 꾹 다물었다. 윗입술이 분홍빛으로 통통하게 부풀어 있던 아랫입술을 자연스레 눌렀다. 그 사이로 와인을 흘려 넣었던 날과는 다르게 야릇한 열감이 그를 감쌌다.

그때 무슨 맛이 났더라. 떠올려 봐도 묵직한 와인 향밖에 연상되지 않았다. 제대로 먹어 봐야겠다고 마음먹은 순간부터, 사실상 거절은 받아들이지 않을 작정이었다.

레나는 남자의 욕망을 읽어 내지 못했는지 여전히 망설이고 있었다. 푸른 눈이 은파처럼 일렁이다가 결국에 긴 속눈썹을 내리깔아 상념을 감추었다. 결국에 먹음직스러운 입술에서 체념이 깃든 한숨이 흘러나왔다.

"분명히 후회하게 되실 거예요."

"글쎄. 그건 두고 봐야지."

슈미즈가 완전히 내려가 당구대 밖으로 떨어졌다. 레나는 더는 몸을 가리지 못했다. 순식간에 입 안을 파고든 침입자로 인해 옷이 벗겨졌다는 걸 인식하지 못했다고 봐야 정확했지만.

"으, 음…… 훗……."

그와의 입맞춤이 처음은 아니었지만, 그가 이런 식으로 몰아붙이는 키스는 처음이었다.

고개를 뒤로 내빼니 목덜미를 받치는 손이 부드러이 퇴로를 막았다. 레나가 하는 수 없이 고개를 옆으로 비틀려 하자 그 역시 각도에 맞춰 고개를 틀어왔다. 침입해 온 혀가 여린 살점을 헤집는 걸 도저히 막을 수가 없었다. 입 안 구석구석을 탐하는 혀는 집요하고도…….

"얼굴 볼만하네."

능란했다. 카론이 레나의 입가에 범벅된 타액을 닦아 주며 소곤거렸다. 발긋한 얼굴이 달아오를 대로 달아올라 숨만 내쉬자 그가 속으로 웃음을 삼켰다.

카론은 다음 움직임을 아는 사람처럼 레나의 양손을 붙잡아 올렸다. 지금 그녀가 가진 최대의 저항 수단을 빼앗자 헐벗은 몸이 고스란히 드러났다.

그제야 처음으로 누군가 앞에서 발가벗겨졌다는 걸 인지했는지 여체가 전율했다. 수치심에 발발 떠는 그녀와 달리 그의 옷차림은 얄밉도록 평소와 같았다. 다른 점이 있다면 크라바트 없이 단추가 두세 개 풀린 셔츠 정도.

피 묻은 셔츠 사이로 보이는 곧은 목에는 핏대가 불거져 있었다. 툭 튀어 나온 목울대가 조금 거칠어진 숨을 토하며 들썩이자 레나는 못 볼 것이라 도 본 사람처럼 눈을 돌렸다.

"……보지 마세요."

제 발 저린 사람처럼, 긴장에 떠는 말이 우물거렸다. 카론이 설핏 웃었다.

"왜, 이렇게 예쁜데."

그답게 농담하듯 희롱하는 투였으나 불그스름했던 눈이 조금 까맣게 물 들어 있었다. 잠잠한 눈길이 어쩔 줄 몰라 율연하는 여체 위를 지나갔다. 선이 가는 어깨, 움푹 파인 쇄골, 잘록한 허리, 그와 대조적인 골반, 매끈한 허벅지까지.

남자가 환장하는 몸을 지니고서 눈망울은 애처롭게 그를 보니, 아랫도리는 그 뻔한 간극을 알면서도 아플 정도로 뻣뻣하게 기립하고 있었다. 간만에 해서 그런가. 이러다가는 힘 조절이 되지 않을 예감이었다. 그건 조금 위험한데. 정원사 새끼랑 어디까지 붙어먹었을진 몰라도, 그녀는 섹스에 익숙하지 않아 보였다.

　"너 처음이야?"

　나름 배려해 준답시고 물었건만, 레나는 모욕이라도 들은 양 입술을 앙다물었다. 그가 입술을 맞붙이려 해도 단단히 고개를 돌려 외면했다.

　"아, 으음……."

　카론은 상관하지 않고 고개를 비트느라 쭉 뻗어 있는 목을 노렸다. 이가 아프지 않게 살결에 박히는 느낌에, 레나가 놀라서 얕은 신음을 뱉었다가 제 손으로 입을 틀어막았다.

　입 안에 들어간 야들한 살이 빨리고 쏠리는 것도 정신이 없는데, 커다란 손이 가슴을 덮쳤다. 정점을 누를 듯하면서도 그 주변만 문지르는 손길에 레나는 저도 모르게 몸을 떨었다.

　유두를 건드리는 것과 젖꽃판을 건드는 것에는 사실상 별 차이가 없음에도, 그녀는 그가 가슴의 정점을 누르면 큰일 날 것처럼 바르작거렸다. 처음 느껴 보는 남자의 애무 하나하나에 바짝 긴장하는 태가 완연했다.

　그 같잖음을 가만히 내려다보던 카론이 키들거렸다.

　"처음인가 보네."

　카론은 손바닥에 쥔 가슴을 양껏 주무르면서 엄지로 단단해진 유두를 쓸었다. 레나가 흠칫거리면서 몸을 뒤틀자 이번에는 아예 다른 쪽 가슴을 입 안에 삼켰다. 말캉한 가슴을 혀로 핥다가 도드라지는 정점을 살살 굴리니 여자는 허리를 들며 애탄 신음만 끅끅거렸다. 양손이 붙잡혀 신음을 가리지도 못했다.

　저 모습이 기껍게 느껴지는 거로 보아 간만의 흥분으로 정말 제 머리가 돈 것이 틀림없었다. 그가 제일 지루해하는 여자는 아무것도 모르는 순진한 처녀였다. 진짜든, 흉내든 이미 섹스에 익숙해진 카론에게는 신선한 반응이 아니었으니.

아, 남의 여자를 빼앗아 본 적은 없는데. 그것도 처음을. 뒤늦게 생각난 정원사의 존재가 제가 느끼는 흥분을 배덕감으로 해석하도록 도왔다.

"아, 으, 훗, 아파요……."

"최대한 부드럽게는 해 볼게. 잘될진 모르겠지만."

갈급해진 손과 달리 씩 웃는 입매는 꽤 친절해졌다. 당연히 말만 그러했다. 손아귀가 봉긋한 가슴을 움푹 들어갈 만큼 세게 움켜쥐고 있는 것만 봐도, 그는 지금 이성과 본능 사이를 오가는 중이었다.

다행히 다리 사이에 접근하는 손가락은 버릇처럼 이성적으로 움직였다. 순전히 여자를 젖게 해야 한다는 의무감으로, 쉬이 벌려 주지 않는 다리 틈을 파고든 손가락이 음모를 비집고 안쪽을 침범하려 들었다. 레나가 기겁했다.

"아, 흑, 자, 잠깐……."

"다리 더 벌려."

어떻게 그런 짓을 할 수 있냐는 듯, 눈물도 새파랄 것만 같은 벽안이 그렁그렁해졌다. 감히 그 앞에서 몇 번이나 건방지고 맹랑하게 굴었던 주제에, 막상 몸을 섞으려 하니 조금만 건드려도 벌벌 떨다니.

문제는 그것이 마음에 들었다는 점이었다. 계집이 우는 건 딱 질색인데 평소에 메마른 표정만 짓고 있던 이 여자가 우는 건 꼴렸다. 여차하면 엎어 놓고 박으려다가 그러면 이 꼴리는 얼굴을 못 본다는 점이 아무래도 신경 쓰여서, 그는 한숨을 내쉬었다.

계획을 수정할 필요가 있다. 기왕 하는 거 쾌락에 들떠 앙앙거리며 우는 얼굴을 보고 싶었다.

"어떻게 하면 그냥 순순히 안길래."

"손……. 손 좀 풀어 주세요."

"놔주면, 가만히 있을 거야?"

이미 대답을 받기도 전에 손목을 결박하던 힘이 잦아들었다. 비스듬하게 올라간 입꼬리가 얄궂기 짝이 없는데, 누그러진 말투는 여자를 살살 얼렀다.

레나는 완전히 까맣게 변해 버린 눈동자를 응시했다. 적흑색 눈동자가 위험스레 빛나던 붉은 광기를 숨기고, 온전히 그녀에게만 몰두해 짙어져 있었다.

"후, 후작님도 옷을 벗어 주세요……."

거의 홧김에 나온 말에 가까웠다. 카론은 가볍게 웃으며 그녀의 허리를 끌어당겼다. 당구대에 누워 있던 몸이 그와 마주 앉게 되자, 그가 가냘픈 손을 자기 셔츠 자락에 가져다 댔다.

"네가 벗겨 보든가."

"어떻게 그래요, 흡……."

진득하게 이어진 입맞춤이 그녀의 불만을 묵살했다. 체념한 레나는 눈을 감고 달달 떨리는 손으로 단추를 풀었다. 그의 혀 놀림과 대조적으로 남자 옷을 벗기는 손길은 형편없이 서툴렀다. 모든 행위가 처음인 레나는 애무를 쫓아가는 것만으로도 버거운 상태였다.

그러는 동안에 카론은 벌써 새하얀 다리를 벌리고, 그 사이에 자리를 잡았다. 그녀가 방심하는 틈을 타, 굵은 손가락이 도톰한 살점을 양옆으로 벌리고 음핵을 찾아내는 건 순식간이었다. 충분히 튀어나온 음핵이 중지에 그대로 짓뭉개졌다.

"훗, 으응……."

입술이 먹혀들어서 아무 말도 하지 못하는 레나가 셔츠를 움켜쥐고 바들바들 떨었다. 가련한 모습이었지만, 이미 음부를 벌려 놓은 손가락은 사정을 봐주지 않고 중지로 여린 살을 빠르게 쳐 댔다.

"아, 아응, 읍!"

키스에 가로막힌 교성 대신에 음란하게 철벅이는 소리가 실내를 채웠다.

굵은 손가락이 세심하게 움직일 때마다 허리를 움찔움찔 떠는 여체는 초록색 당구대 위에서 그가 주는 손길대로 자지러졌다. 그 옆으로 수구로 썼던 하얀 공이 굴렀다. 그것이 그녀가 택한 승자가 그임을 상기시켰다.

공을 노려보던 카론은 극에 달한 흥분을 참지 못하고, 제 차례만 기다리던 성기를 꺼냈다. 겨우 단추만 다 풀린 셔츠도 같이 훌훌 벗었다. 고작 셔츠 벗기는 일만으로도 천년만년이라니. 그 귀여운 일면이 어이없으면서도 그의 흥분을 고조시켰다.

안 그래도 평소보다 긴 예열 시간에 아우성을 치던 성기가 해방감에 꺼덕거리고 있었다. 근래 가장 꼴리는 상황이면서 왜 이리 공들이는 시간이 오래 걸리느냐고 항의하는 것인지 쿠퍼액을 머금은 귀두가 배꼽 위까지 성나 있었다. 그 과격한 크기를 처음인 그녀가 본다면…….

"잠깐, 아플 거야."

겁먹지 못하도록 눈을 덮어 주는 손이 지극히 사악했다. 그는 어리둥절해하는 레나에게 쪽 하고 입을 맞추고, 도망가지 못하도록 가는 허리를 꽉 끌어안아 몸을 맞붙였다.

"아, 으응, 음, 잠시만요, 혹시 그거…….'

"아무것도 아니야. 괜찮다니깐."

아무리 레나가 남녀의 교접을 모른다지만, 씨알도 먹히지 않을 거짓말에 웃음기까지 머금어져 있으니 눈치채지 못할 리가 없었다.

안 돼, 저거 인간의 것이 아니야. 필사적으로 눈을 가리는 넓적한 손바닥만 더듬어 봐도 그 아래의 크기를 짐작할 수 있었다. 분명, 받아들이면 죽을 크기다.

예사롭지 않은 두께의 단단한 것이 질구를 문지르자 레나는 그에게서 떨어지려 들었다. 그럴수록 카론은 음순 사이로 제 것을 맞붙여 비볐다. 남자의 성기가 움직일 때마다 축축하고 끈적한 액이 적나라하게 다리 사이에 펴 발라졌다. 레나는 참지 못하고 앓는 신음을 터뜨렸다.

아래를 맞붙이고 있어도, 그 크기나 굵기가 쉬이 짐작되지 않을 정도였다. 후작의 침실에 들어간 여자들이 사실 저걸 넣었다가 죽은 거면 어쩌지. 그렇게 생각하니 섬뜩해져 버둥거렸다.

"그거, 넣지 않으면 안 되는 거죠?"

"네 몸은 딴말을 하는데."

음핵은 귀두에 눌릴 때마다 착실하게 애액을 쏟아내고 있었다. 엉덩이골 사이로 타고 흐르는 액이 느껴질 정도라 레나는 수치심에 신음을 삼켰다. 카론이 웃음을 참는 기색이 느껴져 민망함은 더해졌다.

그가 넓은 품으로 그녀를 끌어안고 몸을 눕혔다. 한층 낮아진 목소리가 그녀를 달랬다. 레나가 한 번도 들어 본 적 없었던 목소리였다.

"걱정 마. 우리 꽤 잘 맞을 거 같아."

그 말을 끝으로 성기가 단번에 질구로 밀고 들어왔다. 레나는 헉, 하고 숨을 들이마셨다. 예고 없는 격통과 동시에 눈을 가리던 손이 거두어졌다. 혼절할 만큼 뻐근하게 들어차는 압박감에 분홍빛 입술이 절로 벌어졌다.

"아! 으응, 아파요, 흑, 아파……."

말도 제대로 잇지 못하는 상황에서 살짝 찡그린 그의 얼굴이 시야에 들어왔다. 레나는 다급히 고통의 근원지를 밀어내려 들었다.

"하……. 가만있어. 아직 반밖에 안 들어갔어."

이상하게도 그 역시 힘들어 보였다. 신경 쓸 바는 아니었다. 지금 그녀만큼은 아닐 테니까.

손바닥으로 단단한 어깨를 몇 번이고 내리쳤다. 아래에 묵직하게 밀려드는 이물감이 벅차 조금도 힘이 실리지 못하는 반항이었다. 푸른 혈관이 돋은 성기가 여린 속살을 파고들어 내벽을 빈틈없이 메웠다. 언뜻 봐도 난폭한 침입이었다.

"하아……."

카론은 앙탈도 되지 않는 손길을 맞아 가며 완전히 안쪽까지 파고들었다. 이미 그는 아무것도 들리지 않는 상태였다.

"그만, 으응, 아파요……."

모든 감각이 전부 성기에 쏠려 있는 기분이었다. 빌어먹게, 정말 빌어먹게 좋다. 안쪽이 감겨든다는 느낌만으로는 설명이 부족했다. 손에 꽉 차는 엉덩이를 쥐고, 도망치려는 여자를 그쪽으로 바싹 끌어당겼다.

"흑, 후작님, 제발……."

뇌가 정지되었다. 온몸이 붉게 물든 여자가 숨쉬기 버거워 헐떡이는 모습만 보였다. 아릿한 고통을 호소하는 맑은 눈에 눈물이 타고 흐르는 걸 보자마자 그가 이를 악물었다.

"너, 하아……. 왜 그런 얼굴을 해. 왜 그런 표정을 하고……."

카론이 일그러진 눈으로 그녀를 다그쳤다. 약을 한 것도 아닌데 제가 무슨 말을 하는지도 몰랐다. 눈꼬리에 물기가 맺힌 여자가 제게 박힌 상태로 아프다는 말을 대충 웅얼거리는데, 오히려 그를 충동질하고 있다고밖에 보이지가 않았다.

"아! 으응, 흑, 움직이지 마요! 움직이지……."

"……미치겠네."

허리를 쳐올리는 행동은 반사적인 본능이었다. 두껍고 견고한 성기가 분홍빛 질 안을 들락거리면, 그녀는 울면서도 아래로는 그의 침범을 포근하게 맞이하고 액을 흘렸다. 카론은 그대로 정신이 돌아 질펀하게 추삽질을 해댔다.

확실히 이건 그가 예상한 방향의 섹스가 아니었다. 이미 익숙할 대로 익숙해진 행위인데, 마치 처음 하는 남자처럼 굴고 있지 않나.

아까까지는 분명 여유를 붙들고 있었던 것 같은데, 어느 순간부터 머릿속은 하얗게 휘발되어 버렸다. 아마 여자가 울면서 저한테 매달릴 때부터였을 것이다. 울컥하고 치미는 감정만이 오롯했다.

귓가에 종소리가 울리는 듯 현실감마저 아득해진다. 카론은 비현실적인 느낌을 떨치려 더 세게 허릿짓을 했다. 그녀에게 최대한 몸을 밀어 넣으면 불안이 달아나기라도 하는 양.

"아, 으윽, 훗, 응!"

당구대 밖으로 나온 다리가 잔뜩 벌어져 속절없이 흔들렸다. 한 다리는 그의 어깨에, 다른 다리는 그의 팔에. 벌어진 구멍으로 그가 나갔다 들어올 때마다 질꺽거리는 소리가 난잡하게 당구실을 채웠다.

퍽퍽 소리가 날 만큼 몸을 부딪치다 보니 그녀의 몸은 조금씩 위로 밀려 올라갔다. 레나가 당구대 밑면에 쓸리는 몸을 뒤척이자, 카론은 곧바로 그녀의 등허리 아래로 팔을 받쳐 그의 품에서 벗어나지 못하게 가두었다. 그러는 동안에도 절박한 허릿짓은 멈출지 몰랐다.

결국에 레나가 먼저 쾌락에 잠식당해 미묘한 목소리를 냈다. 어느새 속살은 움찔거리며 그를 물고 빨아 당기고 있었다.

"저, 흐윽, 윽, 응, 이상해요……."

레나는 이마를 그의 어깨에 바싹 붙이며, 셔츠 자락을 꾹 쥐고 앓는 소리를 뱉었다.

나무 향, 언젠가 그에게서 맡아 본 나무 향이 났다. 그게 숲에서 묻어온 냄새가 아니라 그의 체향이었나. 고통이 쾌감으로 뒤덮이니 미약한 추억의 편린이 그대로 튀어나왔다.

레나가 무의식적으로 그의 가슴팍에 뺨을 비볐다. 정신이 없어서인지 심장이 너무 빠르게 뛰었다.

둥근 가슴이 근육 진 가슴팍에 짓눌려 찌그러졌다. 입맞춤이 그녀를 먹어 치우는 듯 갈급하다. 퍽, 퍽 소리가 날 때마다 그의 성기가 가장 여린 부분을 공격했다. 아랫배가 끓으면서 다리가 덜덜 떨었다. 레나는 직감적으로 끝이 오고 있다는 사실을 알 수 있었다.

"아, 으응, 흑……. 후작님, 후작……."

어떻게든 이 순간을 기억하기 위해서 꼭 감고 있던 눈을 떠야 했다.

어차피 그녀를 달래 주는 입술도, 처음 보는 그의 흥분에 흐트러진 얼굴도, 꼭 맞붙어 오는 체온도, 과거의 여름처럼 지금 이 순간뿐일 상황이었다. 이 역시도 나중이 되면 그는 쉬이 잊어버리고, 그녀는 홀로 간직할지도 모른다. 비록 지금은 동시에 절정을 맞이하고 있다 해도.

"하……."

"흑……."

그러자 허탈한 감정이 일었다. 레나는 팔을 뻗어 결 좋은 흑색 머리칼을 쓰다듬었다. 그 정도만이 그녀가 그를 탐낼 수 있는 최선인 만큼 정성스레. 카론은 완전히 정신을 놓은 사람처럼 그녀의 가슴에 얼굴을 묻고는 숨을 골랐다. 가만히 그 손길을 즐기는 것도 같았다.

가쁜 숨만 내쉬는 침묵이 여운을 정돈했다. 널브러져 있는 두 남녀 옆으로 정사를 지켜봤을 하얀 공이 데굴데굴 굴렀다. 레나는 그걸 발견하자마자 자기가 처음을 잘 깼다던 카론의 농지거리를 떠올렸다.

정액과 애액이 한데 모여 범벅되어 있을 아래가 식기도 전에 긴 한숨이 내려앉았다.

후작이 여자가 많다는 소문은 그녀에게 아무런 충격을 주지 못했다. 당연했으니까. 그는 소후작이었던 소년 시절부터 인기가 많았다. 하나, 직접 살을 맞대고 나니 그 사실이 이리 심란할 수가 없었다.

매번 이런 식으로 여자를 안았단 말인가. 그의 시침을 든 하녀는 수없이 많았을 터다.

그때마다 이리 절박하게 굴었을까. 그녀에게 했던 만큼 누군가를 매번 격하게 탐하고, 그들을 아무렇지 않게…….

푸른 눈동자가 완전히 낯선 것을 보는 두려움으로 어둑해졌다. 지금 그녀의 품에 파묻혀 있는 남자는 당장 싸한 적안을 내보이며 목을 졸라도 이상하지 않을 후작이었다. 어떻게 사람이 잔인함과 다정함이 이렇게 양면처럼 나뉘어 공존하는지, 그 점이 극히 두려웠다.

그녀가 품은 남자는 누구였을까. 잔인한 후작이었을까, 어린 시절의 카론이었을까. 어떻게 사람이 이렇게 변하지.

"기억났어."

때마침 느릿하게, 카론이 열기가 가신 목소리로 그녀에게서 몸을 일으켰다. 두툼한 몸이 떨어지니 여체가 여과 없이 드러났다. 레나는 카론을 마주하기보다 바닥에 팽개쳐진 슈미즈부터 집으려 들었다.

당구대에 앉아 아래로 손을 뻗는데, 노곤한 몸이 순간 휘청거렸다. 고꾸라질 뻔한 몸을 쭉 뻗은 팔이 받아 주었다. 가만히 그녀를 앉혀 두고, 그가 허리를 숙여 슈미즈를 집었다. 어울리지도 않게 여자 옷의 목둘레를 찾아서 입혀 주는 손길이 어색하긴커녕 자연스러웠다.

머리는 천을 빠져나오자마자 저를 보고 웃어 주는 얼굴과 마주했다. 배부른 포식자처럼 그의 눈에 다시 붉은 이채가 돌았다. 그 눈에 불안에 떠는 그녀가 담겨 있었다. 거리가 지나치게 짧다. 금방이라도 다시 입을 맞춰 올 것처럼.

"바실리카 다녔던 거 맞구나."

그는 의외로 싱거운 말을 하고, 다시 그녀에게 키스해 주었다.

* * *

문이 열리자마자 모습을 드러낸 사람은 집사장도, 하녀장도 아닌 치맛자락을 쥐고 인사를 올리는 로제마리였다. 그 예의는 당연히 레나를 위한 것이 아니었고, 뒤에서 기진한 그녀의 어깨를 붙잡은 후작을 향해 있었다.

그 얼굴을 보자마자 치를 떨었으나 레나는 등을 받쳐 주는 카론의 손에 의지해야 할 만큼 녹초가 되어 있었다. 혼란스러운 정사를 끝나자마자 급습하는 눅눅한 피로감, 쏟아지는 허탈함이 침전해 왔다. 누구 것인지 모를 액이 다리 사이를 타고 흐르는 감각 역시 열기가 가시자 찝찝함으로만 남았다.

"제대로 씻기고 재워. 내일 밤에도 준비해서 보내."

"예, 후작님."

레나는 그가 로제마리에게 저를 넘겨주면서 한 명령에 뒤를 돌아보았다. 정사 후의 공허에 젖어 있던 눈동자가 무언의 질문을 던졌다. 카론이 비식 웃으며 되물었다.

"고작 하루만으로 끝내려고?"

이런 짓을 몇 번이고 더 해야 한단 말인가.

레나는 그에게서 조그마한 변화라도 찾으려 들었지만, 딱히 달라진 건 없어 보였다. 그의 눈은 여전히 흥미를 담은 채 그녀를 응시했고, 미소는 어떤 잔인한 짓이라도 할 법하게 비뚤었다.

"힘들어요. 내일은 쉬고 싶어요."

"그럼 쉬어. 부족한 대가는 그 새끼가 치르면 되니까. 죽이지만 않으면 되는 거지?"

후폭풍 없이 말끔한 모습으로 돌아온 그는 정말 아무렇지 않아 보였다. 아까 전까지는 그토록 절박하게 그녀를 갈구했으면서, 지금은 평상시처럼 다시 그녀에게 잔인하게 굴었다. 역할 놀이처럼, 그 분리는 철저하게 냉정했다.

그녀의 몸이 기억했던 변화, 그와 몸을 섞으며 느꼈던 그 감정. 그건 오로지 그녀의 몫으로만 남은 것이다.

레나는 마지못해 정해진 답을 했다.

"……내일 뵙겠습니다."

"푹 쉬어 두도록 해."

카론이 어깨를 두드려 주고는 먼저 발걸음을 옮겼다. 레나는 지그시 돌아보지 않는 뒷모습을 살피다가 그녀를 주시하는 로제마리의 시선을 느끼고 걸음을 옮겨야 했다.

로제마리가 절뚝거리는 레나를 부축했다. 레나는 카론을 몸 안에 받아들이는 순간보다도, 로제마리와 함께 어두운 긴 복도를 걷는 순간에 더한 불편함을 느꼈다.

그리고 방문이 닫히는 순간, 레나는 있는 힘껏 손을 올려 그녀의 뺨을 쳤다.

짝. 손이 얼얼한 만큼, 로제마리의 고개가 휙 꺾였다. 로제마리는 반격하지 않았다. 오히려 예상한 사람처럼, 실실 웃는 얼굴로 하는 말에는 조롱기가 다분했다.

"화 많이 났나 봐요."

아무렇지 않게 레나의 옷을 벗기려 손을 뻗어 왔다. 레나는 재빨리 그녀의 손등을 쳐냈다. 로제마리는 혀를 차더니 더는 실랑이를 벌이지 않고, 침대 구석으로 가서 바구니에 손을 넣었다. 아마도 갈아입을 옷을 꺼내려는 모양이었다.

"싫으면 옷은 스스로 벗어요. 나는 목욕 준비를 해 둘 테니까."

"이게 대체 무슨 짓이야."

"아아, 이젠 존대 주기 싫을 정도로 미움받게 되었나 보네요."

로제마리는 딱히 아쉽지도 않은 투로 낄낄거렸다. 레나는 그녀의 머리카락이라도 움켜 흔들고픈 충동을 참아내고 추궁했다.

"후작님께 뭐라고 말했어."

"별말 안 했어요. 딱, 당신한테 경고한 것까지만요. 그러니 오히려 나한테 고마워해야 하지 않나요?"

로제마리는 하얀 슈미즈를 침대 위에 올려놓고선 침대에 걸터앉았다. 그대로 침대 건너편에 서 있는 레나를 돌아보는 눈이 싸하게 노골적인 본색을 드러냈다.

레나는 그녀의 의미심장한 말을 이해하지 못했다. 로제마리가 잘 개켜진 슈미즈 안을 뒤적여 깨진 화병 조각을 보여 주기 전까지는.

"이거까진 아직 말 안 했는데."

로제마리가 해맑게 웃으면서 조각을 흔드는 대로, 레나의 시선도 따라 흔들렸다. '시침 하녀'라는 글자가 선명하게 쓰여 있었다. 첫 번째로 받았던 화병에 쓰인 지령의 일부였다.

"그걸 어떻게……."

"말했잖아요. 레나 씨랑 같은 방을 쓰려면 경쟁해야 할 정도였다고. 지금껏 예쁘장한 하녀는 일단 시침 하녀이고 봤는데, 당신은 시침 하녀가 아니라 하니까 이런 불필요한 관심까지 받는 거예요. 당신한테 껄떡이고 싶어서 미치는 남자들한테는 당신이 버린 쓰레기 하나까지 관심사였다는 건 알아요?"

대화 중에도 화병 조각은 허공에 붕 떠올랐다가 로제마리의 손바닥에 돌아오길 반복했다. 로제마리는 그 무의미한 짓을 반복하다가 레나가 잽싸게 손을 뻗자 약 올리듯 조각을 움켜쥐고 등 뒤로 숨겼다.

생글생글 웃는 낯은 평소 로제마리 같으면서도, 미묘한 기이함이 더해져 있었다. 쾌감이었다. 눈앞의 상대를 쥐고 흔들고 있다는 희열.

"인생이 알아서 편하게 풀릴 레나 씨랑 다르게 저는 굉장한 노력파로 살았어요. 당신이 버린 쓰레기까지 관심을 가지는 하인한테서 다시 물건을 빼오는 것쯤은 일도 아니죠. 아, 물론 입단속까지 했으니 뒤처리는 걱정 안 해도 돼요."

"……대체, 나한테 바라는 게 뭐야."

"뭐겠어요?"

거기까지 말했을 때, 로제마리가 당연한 질문을 받은 사람처럼 고개를 갸웃하며 되물었다. 그녀가 한 발자국씩 가까이 다가올 때마다 레나는 움찔거리며 뒤로 물러섰다.

등 뒤에 벽이 그녀를 막아 세우자 레나는 로제마리의 잿빛 눈동자를 가까이서 마주할 수밖에 없었다. 광기라고밖에 설명되지 않는 섬뜩함에 레나는 일순간 제대로 숨도 쉬지 못했다.

"첩자면 첩자인 대로, 후작님이나 잘 모시면서 다리나 잘 벌려요. 허튼짓은 할 생각 하지 말고."

푸흡, 하고 웃는 얼굴이 기묘하게 일그러져 있었다. 곧이어 문이 닫히는 소리에 레나가 움찔거렸다. 그녀는 로제마리가 방을 나가고 한참 뒤에야, 그게 비웃는 표정이었다는 걸 깨달았다.

* * *

당연한 이야기이지만, 기억은 꿈에 영향을 미친다. 기억은 무의식 속에서 잃어버린 일부를 찾으려는지, 관성처럼 과거를 부유했다.

카론은 낯선 길을 걷고 헤매는 걸 반복했다. 꿈 자체는 루시아가 나오는 것만큼 익숙한 꿈이었다.

모든 길이 정갈하게 포장된 시내에는 하얀 외벽에 푸른 지붕이 덮인 건물이 곳곳에 세워져 있었다. 카론은 산뜻한 길거리를 뒤로하고 좁은 골목길을 비집고 걸었다. 비어 있는 오크통, 음식물 쓰레기를 탐내는 길고양이, 악취가 나는 웅덩이가 널브러진 뒷골목은 언뜻 봐도 좋은 풍경이라곤 하나도 없었다.

손바닥에 놓인 조그마한 돌들만이 그 거리를 걷는 이유를 알려 줄 뿐이었다. 붉은색, 파란색, 보라색, 검은색으로 된 네 가지 빛깔의 신석. 신비력자를 보면 반응한다는 돌이 그의 손바닥에 놓여 있었다.

훅훅 찌는 더위에 지쳐 있었지만, 그는 모종의 이유로 홀로 수색을 계속하고 있었다. 앞뒤 상황은 잊어버려 아무것도 기억나지 않는데, 절실하게 무언가 찾는 상황만은 반복했다.

하지만 직감적으로는 안다. 찾고 있는 대상이 절대 나오지 않는다는 걸. 소용없는 짓이다. 이제 숱한 허탕의 연속이었음을 느끼고 꿈에서 깨야 하는데, 이번엔 경과가 달랐다.

'카론 경.'

들어 본 적 있는 목소리가 그를 불렀다. 돌아보니 혼자라고 생각했던 거리에 그처럼 지친 기색이 뚜렷한 기사 두셋이 함께 있었다. 개중에 하나는 카론이 확실히 기억하는 얼굴이다.

'수색을 언제까지 할 거야. 네가 계속하는 바람에, 우리뿐만 아니라 다른 조들도 수색을 멈추질 못하고 있잖아. 젠장, 오늘 날씨 좀 봐! 헛된 일로 사람 좀 작작 부려 먹고, 오늘은 이만 여기서 끝내.'

마르첼 발렌시아가 땀에 젖은 짧은 금발을 헝클어뜨리며 화를 냈다. 옆에 있는 기사들도 동의하는지 그를 향해 간절한 눈빛을 보냈다. 카론은 짧은 한숨을 내쉬고 답을 주었다.

'그러지.'

그들은 왔던 길을 되돌아가기 시작했다. 더러운 뒷골목에서 빠져나와 비교적 말끔하게 정리된 큰길에 이르렀다. 사람들이 지나다니는 길가의 풍경이 처음으로 꿈에 나타났다. 카론은 고개를 돌리고 나서야 이곳이 어딘지를 알아차렸다.

울퉁불퉁한 마름돌로 포장된 대로는 거대하고 낡은 석재 신전까지 쭉 뻗어 있었다. 그가 신전 기사단으로 봉사하던 곳, 바실리카였다.

카론은 연락용 매를 날려 흩어져 있던 기사들을 불러 모았다. 기사들은 무더위 속에서 오열 종대로 섰고, 카론은 그대로 그들을 이끌고 바실리카로 향했다. 바실리카를 관리하는 안찰관에게 적당히 보고를 끝마치고 순찰을 해산할 무렵이었다.

광장에 있던 시계탑에서 종이 댕 하고 울렸다. 종탑에 앉아 있던 새들이 푸드덕 날아가고, 바실리카에서는 수업이 끝난 수강생들이 잇달아 계단에서 내려왔다.

계단 아래로 내려온 카론은 시동에게 받은 수통으로 머리를 적시고 있었다. 머리칼에 후드득 떨어지는 물기를 터는데, 계단에서 제법 눈에 띄는 두 남녀가 내려오는 모습이 보였다.

날카롭게 시비를 걸던 마르첼과 똑같은 금발이지만, 그 얼굴만은 훨씬 차분하게 섬세한 로렌츠 발렌시아가 비슷한 금발을 지닌 여자의 팔을 붙잡고 있었다.

카론은 로렌츠의 등에 가려진 그 얼굴을 보기 위해 고개를 기울였다. 이때 대체 무슨 생각을 했더라. 도무지 앞뒤 사정이 기억나지 않으니 어째서 저 모습을 유심히 보고 있었는지도 알 겨를이 없다.

그들이 완전히 계단에서 내려오자마자 재빨리 시동에게 말을 가져오라 했던 것으로 보아 그리 깊이 생각할 문제는 아닌 듯싶다가도, 시동이 말을 가지러 오는 동안에 눈길은 다시 그들 쪽을 힐끗거렸다.

로렌츠와 그 옆에 있는 여자는 마르첼에게 다가가더니 이야기를 나누었다. 마르첼이 보란 듯 대놓고 불만을 토했다.

'소후작이 신전 기사단에 입단한 뒤로 별 소득도 없는 일을 열심히 하게 되었다고 원성이 자자해, 아주. 차라리 성녀가 재림하는 걸 기도하는 게 빠르겠다. 왜? 마녀도 있다고 하지.'

마르첼이 큰 소리로 험담을 하는 와중에도, 카론은 그들의 대화를 가만히 듣고 있는 여자의 옆모습에 시선이 꽂혀 있었다. 그렇게 그녀가 옆을 돌아보는 순간, 푸른 눈동자가 그를 스치는 그 순간에…….

카론은 말에 올라타 재빨리 그곳을 벗어났다. 도망치는 사람처럼 말을 필요 이상으로 빨리 몰았다. 시야가 무더운 거리를 배회했다. 당시 자신의 상태나 생각은 몰라도, 한 가지 사실만은 명료했다.

그때 이미 저 여자를 확실히 알고 있었다.

* * *

카론은 침대에서 일어나자마자 제 손목에 남은 징표부터 살폈다. 점점 뭉툭해지는 다각형 안으로 선명한 별이 겹겹이 쌓여 있었다. 오한이나 발열은 없다.

자각몽은 맞지만, 두통이 생기질 않으니 후유증 같지는 않다. 그렇다면, 단순한 꿈인가.

마른세수하는 손에도 떨림이 없으니 아무래도 그런 듯했다. 간만에 꾸는 고통 없는 꿈이었다. 간밤의 일이 영향을 준 것이 틀림없었다.

울고 있는 하녀의 몸에 기어코 들어서 파정한 그 순간. 귓가에 들리던 종소리. 바실리카의 광장. 여자의 흐릿한 얼굴. 아마 울먹이는 표정 같았는데……. 자세히 기억나진 않는다.

정사 도중에 잊고 지내던 기억이 저절로 찾아든 기묘한 경험이었다.

꿈은 무의식의 발현이니, 아마도 의식은 버릇처럼 비어 있는 기억을 찾아 헤매다가 어렴풋이 지난밤 떠올린 과거의 파편을 따라갔을 가능성이 농후했다. 잃은 기억인지 잊은 기억인지도 확실하지 않았지만, 지금 그건 그에게 중요한 점이 아니었다.

붉은 입술에 비틀린 웃음이 걸쳐졌다. 때마침 문이 열리고, 집사장 한스가 들어왔다.

"먼저 일어나 계셨군요. 이리 일찍 일어나시다니 해가 서쪽에서 뜨려나 봅니다."

기꺼워하는 한스에게 곧바로 명령이 떨어졌다.

"레나 크루거와 로렌츠 발렌시아 사이의 연결점을 조사해."

* * *

물안개가 핀 아침이었다. 푸른 장미에 맺힌 이슬이 지난밤 내린 봄비를 증명하듯 주르륵 미끄러져 내렸다.

이 시간쯤 정원은 으레 정원사의 가위질 소리로 요란했으나 최근에는 그

소리가 들리지 않았다. 고용인들끼리 수군거리기에 충분한 사건이었다.

정원사가 치워졌다더라. 새로 온 시침 하녀와 놀아났다고 봉변을 당했대. 갑자기? 후작님이 이제 시침 하녀 단속을 하시려는 걸까. 느닷없이 무슨 바람이 불어서?

다행히 필리프는 오늘 다시 정원으로 돌아와 그들의 예상이 틀렸음을 증명했다. 물론 처음으로 병가를 써야 했을 만큼 몸 상태가 엉망이었으나 얼굴은 여전히 준수하기만 했다. 다만, 아침 일과인 가지치기를 하지 않고 중정을 가로질러 있는 현관 쪽만 노려볼 뿐이었다.

고용인들의 조례가 끝날 시간이었다. 고용인용 간이 마차가 그의 시야를 가로막았다. 마부는 마차에서 내려 담배를 태우기 위해 으슥한 구석으로 향했다.

필리프는 마차 가까이 있는 나무 뒤에 숨어서 누군가를 기다렸다. 예상대로 분홍빛 머리칼을 하나로 땋은 하녀가 흥얼흥얼 콧노래를 부르며 중정을 가로질렀다.

하녀가 그대로 마차에 오르려던 순간에, 필리프는 잽싸게 다가가 그녀의 팔을 붙들었다.

"잠깐 이야기 좀 해."

잿빛 눈동자가 일찰나 날카로이 반짝거렸다가 상대를 알아보자마자 가라앉았다. 로제마리는 한숨을 내쉬고 주변을 둘러보았다. 아직 마부가 마차로 돌아오기 전이었다. 그들은 마부와 정반대 방향에 있는 커다란 아름드리나무 밑으로 자리를 옮겼다.

"너도 참 대단해. 그 상황에서 살아남는 걸 보면 요령이 좋아."

로제마리는 아직 피딱지가 앉은 그의 얼굴을 훑으며 유감을 표했다. 딱히 미안한 기색은 아니었다. 필리프는 예상한 반응에 분노하지 않았다.

에르하르트 저택에서 장기간 근속 중인 자들은 이미 정상인의 범주가 아니라 봐도 무방하다. 개중에 최연소인 하녀가 이 지독하고 약삭빠른 계집애였다. 저택에 온 지 얼마 되지 않았을 때부터 보통내기가 아니라는 것을 알았으니 필리프가 그녀를 애매하게 알아 온 시간도 나름 꽤 되었다.

"시침 하녀들한테 의도적으로 접근한 다음에 하녀장한테 쪼르르 일러바치는 너만 할까."

"그러길래, 내가 점찍은 하녀는 건드리지 말았어야지."

"아, 그래. 네가 인형 놀이하다가 재미없어지면 후작한테 처분하는 시침 하녀 역할. 이번에는 새로 들어온 그 하녀가 걸렸나 본데, 작작 좀 하지 그래."

키가 큰 필리프가 조그마한 로제마리에게 위협적으로 성큼 다가섰다. 나무 아래로 펼쳐진 음영이 갈색 눈동자까지 스며들어 있었다.

로제마리는 전혀 겁먹지 않은 얼굴로 한 걸음 물러섰다가 딱딱한 나무 기둥에 그대로 몸을 기댔다. 필리프가 나무로 팔을 뻗자, 로제마리는 온전히 그의 영역 안에 갇힌 꼴이 되었다. 뭐가 우스운지 피식거리던 얼굴이 모로 기울였다.

"정말 그 하녀한테 마음이 있기라도 한 거야? 너까지 이러니까 웃긴다."

식상한 소설을 평가하는 혹평가 같은 표정이었다. 로제마리는 그를 예쁘장한 하녀가 꼬여 낸 남자로만 보았는지, 올라간 입꼬리에 담긴 조롱을 감추지 못했다. 필리프는 우스운 착각을 영락없는 사실처럼 조소하는 하녀를 가만히 내려 보다가 병가 동안 조사했던 이름들을 또박또박 풀어 놓았다.

"마리암, 마리안, 마리아, 메리."

무시로 일관하던 얼굴이 순식간에 하얗게 질려갔다.

"이번엔 로제마리지. 네 이름."

묵언이 이어졌다. 나뭇잎에 맺힌 이슬이 어깨에 톡 떨어질 무렵에야 흔치 않게 혼란으로 점철되었던 잿빛 눈이 본색을 되찾았다.

"내 뒷조사라도 했어?"

"어렵지도 않았어. 네가 나고 자란 뒷골목은 나도 잘 아는 곳이거든."

"왜, 남창 짓이라도 하고 다녔나 보지?"

"소매치기로 살았다는 생각은 안 들어? 극단에서 지냈을 가능성은?"

싱긋 미소 지으며 하는 말에는 로제마리의 이력을 알고 있기에 할 수 있는 조롱으로 가득했다. 로제마리는 더 발악해 봐야 자기 손해라는 사실을 슬슬 자각했는지, 허공을 쳐다보다가 한숨을 내쉬었다. 급격한 절충안이 마련되었다.

"원하는 게 뭐야. 하녀장한테 바로 말하지 않은 걸 보니 나한테 바라는 게 있는 모양인데."

"지금 후작이 걔한테 붙인 감시역이 너뿐이야?"

"내가 알기로는."

"내일 아침 후원으로 걔를 데려와."

"미쳤어?"

로제마리가 경악으로 나오려던 고성을 내리눌렀다. 머저리를 보는 눈빛이었다.

"지금 내가 왜 마차를 타는 줄은 알아? 그 시침 하녀의 피임약을 구해 오기 위해서야. 저택에 후작님과 하룻밤도 보내지 못한 시침 하녀가 수두룩하고, 기껏 하룻밤 보낸 하녀들은 피임약과 퇴직금을 같이 받았다는 소문은 알지? 그런데 이번 하녀는 계속 시침을 들게 하고 있단 말이야. 이게 무슨 뜻인지 몰라?"

저택에 알 만한 자들에게는 이미 파다하게 퍼진 소문이었다. 드디어 후작에게 진짜 정부가 생겼으니 괜히 건드렸다가 피 보지 말자는 암묵적인 분위기가 형성되기도 했다.

가만히 듣던 필리프는 두말하지 않고 제 할 말만 거듭했다.

"경력 위조로 잘리고 싶지 않으면 내일까지 데려와."

뒤를 돌아 저벅저벅 걸어가는 뒷모습에는 어떤 설득도 소용없어 보였다.

로제마리는 황겁한 표정을 싹 지워 내고, 유감스러운 몸짓으로 어깨를 으쓱였다.

그녀의 얼굴은 어느새 중정을 지나올 때로 돌아와 있었다. 흥얼거리는 콧노래도 다시 흘러나왔다.

쟤도 참, 말이 통하지 않는 남자라니깐.

혼잣말에는 묘소가 녹았다. 마차에 오르는 왜죽걸음이 가볍기 그지없었다.

* * *

로제마리가 파란 리본으로 예쁘게 묶인 갈색 봉투를 내밀었다. 레나는 열어보고 얼굴을 찌푸렸다.

피임약.

아침에 나갔다 온다고 한 이유가 이것이었다. 피임약은 부끄럼이 많은 귀부인을 위해서 사탕 가게 선물처럼 포장되어 있었다. 레나는 그 보수적인 겉치레보다도 약을 마시는 이유가 달갑지 않았다.

"그렇게 왜 눈 밖에 나서 피임약을 받아요. 잘하면 후작가의 핏줄이라도 낳을 기회였는데."

로제마리는 그녀의 반응을 아쉬움으로 읽었는지 쯧쯧 혀를 찼다. 레나는 괜한 대화로 시간을 낭비하지 말자고 결심하고 피임약을 들이켰다. 어찌 되었든, 피임은 철저해야 했으니.

카론은 바로 그녀를 불러 댈 것처럼 굴더니 며칠이 지나도록 그녀를 부르지 않고 있었다. 그의 변덕이 레나를 초조로 몰아넣었으나 피임약을 받은 것으로 보아 오늘 밤에 불려 갈 것이 분명했다. 그러나 지금은 후작보다도 눈앞에 있는 여자가 가장 숨 막히게 두려웠다.

그날 이후로, 로제마리는 아무 일 없었다는 듯 평소처럼 행동했다. 레나역시 의연한 척 행동하려고 노력했지만, 날 선 경계심은 쉬이 가려지지 않았다.

둘 사이에는 보이지 않은 적막의 소용돌이가 자리했다. 그것을 먼저 흐트러뜨린 사람은 로제마리였다.

　"내일 아침, 후원에 산책 좀 다녀와요."

　"왜요?"

　"답답하지 않아요? 계속 방에만 갇혀 있다시피 했잖아요. 후작님은 따로 그런 명을 하신 적이 없는데. 하녀장도 레나 씨가 나가면 안 된다고 한 적은 없으니까……."

　"그거, 하녀장한테 따로 확인해 봐도 되는 사안인가요?"

　로제마리가 가만히 그녀를 응시했다. 곧 어쩔 수 없다는 식의 웃음이 입가에 자리했다. 레나가 그 조그마한 행동에 송연함을 느끼는 와중에도, 로제마리는 탄로 난 거짓말이 딱히 당황스럽지도 않은지 고개만 설레설레 내저었다.

　"보자고 하던데요. 그 정원사가."

　"……."

　"접선인가요?"

　"아니에요!"

　부정은 너무도 재빠르게 튀어나왔다. 레나는 지레 찔린 반응을 수습하고자 담담한 투로 덧붙였다.

　"그는……. 이 일과 아무런 관련이 없어요."

　처연한 얼굴이 연애사를 상상할 만한 여지를 남겼으나 로제마리는 만만한 상대가 아니었다. 어깨를 한번 으쓱이고 마는 상황을 보아하니, 딱히 믿어 주는 것 같지는 않았다.

　"어쩌다 제 일에 말려드는 바람에……."

　"흐음, 알겠어요. 어쨌든, 알아서 해요."

　구차하게 덧붙인 사연을 더 들어주지 않고, 로제마리가 그대로 방을 나가려는 순간이었다. 레나는 버릇처럼 손으로 치맛자락을 구깃구깃하게 쥐다가 불현듯 외쳤다.

"그러면 내일 같이 가요!"

로제마리는 의아한 얼굴로 그녀를 돌아보았다. 레나는 로제마리보다 앞서 나아가 손수 문을 열어 주었다. 차분한 한숨을 곁들인 말이 이어졌다.

"감시라도 하고 싶으면, 하라는 뜻이에요. 내가 그이랑 어떻게 끝장나는 지 알아서 지켜보라고요."

이를 사리무는 표정은 꽤 그럴듯하게 애인을 구하려는 여자의 얼굴을 위장했다.

마지막으로 본 필리프의 몰골이 걱정되어 확인만 할 작정이었다. 어차피 저택에는 치정극으로 파다하게 소문나 있으니, 기왕 속인 겸에 그 설정을 빌미로 얼굴만 보고 오리라.

로제마리는 그녀를 빤히 바라보다가 흥미가 돌았는지 입꼬리를 말아 올렸다.

"그래요, 그럼. 내일 깨우러 올게요."

로제마리가 나가면서 문이 닫혔다. 혼자 남게 되자, 레나의 얼굴에서는 곧바로 인위적으로 꾸며 낸 절박한 표정이 사라졌다. 시선이 그대로 창밖에 닿았다.

창문 너머 보이는 나뭇가지가 비바람에 흔들리면서 빗방울을 떨구고 있었다. 여름을 앞둔 봄비였다.

* * *

밤이 깊어 만난 카론은 여상히 굴면서도 어딘가 묘하게 이상했다. 침대에 앉은 그녀를 빤히 바라보는 눈빛이나 뻣뻣하게 다가오는 몸짓, 슈미즈 끈을 잡아당기기 전에 머뭇거리는 손만 봐도 그랬다. 원체 이상한 남자이니 그러려니 넘기려 해도, 옷을 벗기는 도중에 벌어진 일은 이해하기 힘들었다.

하얀 슈미즈가 양쪽으로 벌어지면서 탐스러운 가슴이 드러나기 직전이었다.

"네가 벗어."

카론이 갑자기 스스로 옷을 벗으라며 손을 떨구었다. 갑작스러운 상황에 레나는 가만히 눈을 깜빡였다.

미간을 찌푸리다가 뒤돌아 앉은 얼굴을 봐서는 무언가 마음이 안 드는 것이 있는 게 분명한데, 그것이 무언지 종잡을 수가 없었다. 하는 수 없이 레나 스스로 옷을 벗어야 했다.

하얀 몸에서 얇은 천이 서서히 떨어져 나갔다. 검붉은 눈은 그 광경을 힐끔 보다가도 그녀가 응시하면 시선을 피했다. 답답한지 크라바트부터 풀어내는 그의 손길에는 약간의 짜증이 묻어 있었다.

같이 밤을 보낸 징조가 나타나려는 것인가.

그 생각에 심장이 세차게 뛰었으나 곧바로 검은 크라바트가 눈을 덮었다. 당황해서 고개를 흔드는 그녀의 귓가에 나지막한 말이 속삭여졌다.

"가만있어. 너 우는 거 보면 빨리 꼴리니까 오늘은 이렇게 할 거야."

눈앞이 보이지 않으니 무슨 일을 벌일지 몰라서 두려웠다. 일단은 얌전히 그의 손길에 따라 침대에 누웠는데 정말 이상한 건 그다음이었다.

"대체, 언제까지……."

레나는 차마 말을 잇지 못하고 입만 벙긋거렸다. 시간이 꽤 지났건만, 카론이 만지고 있는 곳이라곤 그녀의 손목밖에 없었다.

눈 부근에는 검은 천이 감겨 있고, 양 손목은 각각 그에게 붙잡혀 있다. 온몸의 신경이 바짝 곤두선 상태인데, 마구잡이로 찾아와야 할 애무는커녕 말 한마디가 없었다. 덕분에 벗은 몸은 조그만 기적을 느껴도 흠칫하고 떨었다.

아래로는 부드러운 침상이 받쳐 주고, 위로는 묵직한 온기가 느껴졌다. 서로의 몸이 닿은 부위는 오직 손목뿐인데, 손목을 누르는 악력만으로도 그의 흥분이 고스란히 전해져 왔다.

평소보다 숨소리도 조금 거친 듯하다. 하지만 저번과 달리 바로 달려들기보다 망설이는 품새였다.

어째서? 이쯤 되자 두려움보다는 의문이 앞섰다. 가려진 시야 때문에 카론의 표정을 볼 수도 없어서 답답했다. 그러자 상상이 지금 그녀 앞에 있을 남자의 표정을 그려 냈다.

정욕에 사로잡혀 짙어진 까만 눈동자, 굳게 다물린 입매, 푸른 혈관이 도드라지던 목울대…….

레나는 다리 사이로 고이려는 애액을 느끼고 슬며시 무릎을 세워 아래 부근을 감추려 들었다. 긴장으로 정체된 분위기가 흥분을 불렀다. 카론은 아직 손 하나 까닥하지 않았는데 자신을 감상하고 있을 그의 시선만으로 자극을 받다니. 수치심에 입술을 깨물 무렵이었다.

"하……."

짧은 탄식과 함께 손목을 붙잡고 있던 힘마저 사라졌다. 그가 몸을 일으키자 긴장감을 조성하던 후더운 공기가 차게 흩어졌다. 무슨 일이 벌어졌는지 이해하지 못한 레나 위로 슈미즈가 던져졌다.

"오늘은 이만 가."

눈을 가리던 크라바트를 풀어내니 협탁에서 담배를 꺼내는 카론의 뒷모습이 보였다. 머리칼을 흐트러뜨렸는지 그의 머리가 조금 헝클어져 있었다.

레나가 우두커니 바라보고만 있자 카론이 담배를 문 채 그녀 쪽을 돌아보았다. 약간 피로한 표정이었다.

"왜, 박아 줬으면 좋겠어?"

레나는 고개를 내저으며 재빨리 슈미즈를 입기 시작했다. 서둘러 방을 나서는 순간까지 등 뒤로 달라붙는 시선이 느껴졌다. 아마 기분 탓이리라. 열이 잔뜩 오른 머리로는 그 이상을 생각할 겨를이 없었다.

너무도 이상한 밤이었다.

* * *

"일어나요."

푸른 여명이 방 안으로 스며든 새벽이었다. 로제마리가 레나를 깨웠다. 로제마리는 착복부터 도우며 속삭였다.

"어제 후작님 상태 어땠어요?"

잠에서 덜 깬 머리가 작야에 있었던 일을 일깨웠다. 레나는 저도 모르게 그가 붙잡았던 손목을 만지작거렸다.

"……평소 같았어요."

"침상에서 잘 만회했길 바라요. 들켜도 살려 줄 만큼."

싸하게 가라앉은 벽안이 로제마리를 노려보았다. 로제마리는 나쁜 의도는 아니었다는 듯 어깨만 으쓱이다가 레나의 옷매무시를 마저 다듬어 주었다.

"이번 만남은 후작님께 발설하지 않을 거예요. 단, 이거 하나는 확실히 해 두죠. 훗날 내가 레나 씨 때문에 이 저택에서 의심받는 일이 생긴다면……."

거울은 단장을 끝낸 레나를 비추었다. 초여름 드레스의 부드러운 공단 감촉과 달리 로제마리의 경고는 날카롭기만 했다.

"그렇게 되면, 난 정말 있는 그대로를 말할 거예요. 이번 일도 포함해서요."

놀랍지도 않은 말이라 간결하게 수긍할 수밖에 없었다. 로제마리는 방을 나서기 전에 따로 덧붙였다.

"오늘 주치의가 올 예정이기 때문에 다들 손님을 맞이하느라 일찍 일어날 거예요. 조례 시간까지 서둘러야 해요."

레나는 말없이 고개를 끄덕였다. 어차피 필리프와 마무리하기까지 긴 시간이 필요치 않았다.

오늘 만남은 필리프와 마지막 인사나 나누러 가는 자리였다. 어차피 필리프는 의심을 받고 있기 때문에 저택에서 철수해야 했고, 로렌츠는 다른 첩자를 보내 줄 터였다. 레나는 그 역시 별반 다르지 않은 생각일 거라 여겼다.

모두가 잠든 새벽 후원에는 두 여자가 자박자박 걷는 발소리만 인적으로 남았다. 유자꽃 가득한 사잇길을 지나오자 담쟁이덩굴이 감긴 하얀 퍼걸러가 모습을 드러냈다.

그 아래에 앉아 있던 고수머리 남자가 천천히 몸을 일으켰다. 상처가 남은 얼굴과 둔한 움직임으로 보아 아직 몸이 다 낫진 않은 듯싶었다.

필리프는 로제마리 쪽을 먼저 슬쩍 보더니, 노골적으로 인상을 찌푸렸다. 레나는 몸으로 로제마리가 서 있는 방향을 가려 두고 눈빛으로 그를 저지했다.

"몸은 좀 괜찮아요?"

"보다시피."

필리프가 엷게 웃으며 대답했다. 레나의 어깨 너머를 슬쩍 보는 눈길에는 쓸데없는 인간을 매달고 왔다는 불만이 담겨 있었지만, 기색은 오래가지 않았다.

레나는 일단 친밀한 사이처럼 보이기 위하여 그의 손을 꼭 붙들었다.

"정말, 미안해요. 내가……. 당신한테 그러지만 않았어도."

푸른 눈망울이 글썽거렸다. 최대한 애절한 표정을 지으려고 노력하는 중이었다. 로제마리가 보기에 그럴싸해 보이도록.

그녀 딴엔 최선의 연기였는데, 아직 상황을 제대로 파악하지 못한 필리프는 그 얼굴을 보더니 입가를 살짝 실룩거렸다. 그 바람에 입 안에 숨겨져 있던 노란 사탕이 잠깐 모습을 드러냈다가 숨어들었다. 기다리는 동안에 담배 대신 사탕을 물고 있는 선택이 퍽 그다웠다.

레나는 그의 손을 꼭 잡은 채로, 두어 번 눈을 깜빡였다. 뒤에 감시자가 있으니 정신 좀 차리고 상황극에 맞춰 달라는 무언의 신호였다.

"천만에."

다행히 필리프는 눈치가 빨라 그 신호를 읽었다. 싱긋 웃고선 한술 더 뜨기도 했다.

"미안해할 필요도 없는걸."

오히려 레나는 지나치게 다정한 그의 모습에 적응하지 못했다. 능글거리는 일면 뒤로 장난기가 얼핏 스치는 듯해서 무슨 생각인지도 알기 힘들다.

"우린 다신 만나지 못하겠지만……. 당신이 저택을 나가서도 잘 지냈으면 좋겠어요. 고향에 가실 거죠? 가서 안부 편지라도 보내 줘요. 당신 고향 이야기를 듣고 싶어요."

레나는 원하는 바를 돌려서 표현했다. 고향이 의미는 로렌츠이며, 안부 편지는 보고서의 대체어였다.

철수할 거라면 로렌츠에게 상황 전달은 해 주고 가라는 뜻임을 필리프도 모르지 않을 것이다. 그러나 필리프는 뻔뻔한 얼굴로 내키지 않는 의사를 전해 왔다.

"무슨 소리야. 나는 널 두고 여길 떠날 수 없어."

무슨 뜻일까. 갑자기 이 인간이 왜 이럴까.

이해되지 않는 의문이 머릿속을 채웠다. 같은 생각인 줄 알았던 기대가 빗나가는 순간이었다.

"내가 걱정되는 거라면 그럴 필요……."

그러나 레나의 말이 끝나기도 전에 필리프는 말을 이었다.

"널 위해서가 아니야. 날 위해서지. 난 이미 맹세했어. 널 두고 떠나지 않겠다고."

대체 무슨 맹세. 레나는 자꾸만 새어 나오려는 정색을 숨기고 잡고 있던 손을 꽉 쥐었으나 필리프는 천연덕스레 웃는 얼굴이었다.

자꾸만 대화가 헛돈다. 상황이 점점 어긋나고 있었다.

"……나는 당신이 그러길 원치……."

적당히 하고 꺼져라. 이 말을 이리 곱게 돌려 말하려는 순간이었다.

커다란 손바닥이 장난스럽게 그녀의 입술을 덮었다. 동시에 동그란 무언가가 입 안에 억지로 굴러들어왔다. 뒤따라온 행동은 급작스럽고도 자연스러웠다.

필리프는 숨도 쉬지 못할 만큼 레나를 꽉 끌어안았다. 입을 막은 채로 연인처럼 뒷머리를 쓰다듬더니, 귓가엔 다정한 말씨로 속삭이기까지 했다.

"괜찮아. 아무 말 안 해도 네 마음 다 아니까. 이젠 걱정 안 해도 돼."

따뜻한 품에 감싸 안긴 채 듣는 짓궂은 말이었다. 몸이 맞붙었기 때문에 그가 흘리는 속웃음의 울림도 고스란히 느낄 수 있었다.

레나는 하마터면 그의 발을 밟을 뻔했다. 로제마리의 존재도 잊고서 허둥거렸다. 혀끝에서 상큼하고도 달콤한 맛이 퍼진다. 레몬 사탕일 것이다.

"하, 이게 무슨……."

"쉬, 가만있어야지."

당황해서 그를 떼어 내려는 레나와 달리 필리프의 싱긋 웃는 미소는 레몬 사탕처럼 상쾌하기 그지없었다. 그러더니 곧장 차갑게 식은 눈으로 얼굴이 시뻘겋게 달아오른 로제마리를 조롱하듯 주시했다.

안겨 있는 레나는 그의 눈을 보지 못했다. 그저 뻣뻣하게 굳은 채로 지금 벌어진 상황을 되새겨 보기도 바빴다. 아무것도 이해할 수 없었지만.

도대체 무슨 일이 일어난 거지. 얘 완전히 미친놈일까?

사탕으로 불룩해진 볼이 황당함에 잘게 떨렸다. 도무지 무슨 말을 해야 할지 종잡을 수 없었다. 제대로 대화를 할 수 있는 상황도 아니었다.

"앞으로……. 우리의 만남은 없어야만 해요. 그니까……. 당신도 잘 생각해 봐요."

그저 여전히 능청능청 웃고 있는 낯에 어물거리는 말로 끝맺음을 하고 뒤돌아서는 것이 최선이었다. 화도 나지 않을 만큼 순식간에 지나간 일이라, 어서 이 상황을 벗어나고만 싶었다.

레나는 돌아서자마자 로제마리의 아연한 얼굴과 마주했다. 이 순간만큼은 로제마리의 심경에 깊이 공감할 수 있었다. 당사자인 저도 황당해 죽겠는데, 그들을 보고 있던 로제마리는 더 민망한 상황이었을 터였다.

"가요."

레나는 여전히 얼어 있는 로제마리를 질질 끌고 후원을 빠져나갔다. 돌아오는 동안, 당연히 대화는 없었다. 예상치 못한 광경을 보여 준 사람과 딱히 보고 싶지 않았던 광경을 봐 버린 사람끼리 함께 걸으니 후원에서 침실로 오는 그 짧은 거리도 고역이 되었다.

침실까지 들키지 않고 무사히 돌아왔을 때도 그 어색한 정적은 여전히 남아 있었다. 요사이 둘 사이에 존재했던 침묵과는 사뭇 다른 결의 분위기였다.

"저기……."

로제마리가 먼저 머뭇거리다가 말을 걸었다.

"조식 준비하러 가 볼게요. 수고했어요."

슬그머니 일어나 방을 허둥지둥 나가는 로제마리의 얼굴에 홍조가 귓불까지 피어나 있었다. 그녀를 보는 레나도 민망하긴 매한가지라 자괴감에 절어 베개에 얼굴을 파묻었다.

생각해 보니 로제마리는 아무리 영악하고 소름 돋게 굴어도 아직 정사에 얼굴을 붉힐 나이의 소녀였다. 그 어린애 앞에서 못 볼 꼴을 보였다는 생각과 함께, 필리프가 준 혼란이 가중되었다.

머리를 싸매고 필리프의 의도를 고민하고 있는데, 입 안에서 은밀하게 구르고 있던 사탕이 혓바닥에 서걱서걱 걸렸다. 레나는 그제야 새콤한 단물을 내던 사탕을 손바닥 위로 뱉어 냈다.

진득이 녹기 시작한 노란 사탕의 겉면을 뚫고 돌돌 말려진 무언가가 꼬리처럼 튀어나와 있었다. 아주 조그마한 종이가 반쯤 녹은 사탕 안에서 보였다.

레나는 반짇고리에서 가위를 찾아내어 사탕을 잘게 부수었다. 샛노란 사탕 조각이 흩어지면서 종이가 빠져나왔다.

[밤에 창문을 열어 둬.]

한참 보아도 그 속뜻을 알기 힘든 지령이었다.

* * *

구스타프 힐베르트는 에르하르트 저택에 올 때마다 과히 기분이 좋지 못했다.

그는 취미로만 종교 생활을 하는 여타 신비교도들과 다르게, 정말로 신비력을 연구하고 이론을 정립해 온 괴팍한 학자였다. 그런 위인이라면, 국경 지대 같은 인적 드문 곳에서 은둔 생활을 즐기기 마련이었다.

에르하르트 저택은 국경 지대에서 마차로 온종일 달려도 저녁에야 도착하는 거리에 있었다. 집사장 한스가 직접 나와 공손히 그를 맞이해 주었으나 불퉁한 심기는 가라앉지 않았다.

애초에 기분이 좋지 못한 가장 큰 이유는 싹수없는 에르하르트 후작 때문이었으니 퉁명스러운 태도는 당연했다. 그는 여러 해를 에르하르트의 주치의로 살아왔으나, 그동안 이 음험한 후작 가문에서 단 한 명도 정상인 가주를 만나지 못했다.

그건 현세대 후작인 카론 에르하르트를 포함하는 말이었다.

"성병이 아닙니다."

"아니야. 그게 분명해."

"머리에 문제가 생기신 거 같은데, 고간에는 문제가 없으십니다. 발기 부전도 아니니 기능에도 문제없으시지 않습니까."

가운데 조그만 램프만 켜진 어두침침한 침실. 구스타프가 인내심을 쥐어짠 확진을 내렸다.

혈기 왕성한 후작이 으득 이를 악물었다. 조금 분한 기색이다.

평소 잘 당황하지 않는 한스가 눈을 굴릴 정도니 무슨 일이 일어난 거 같긴 한데, 조용한 숲속에서 고상한 꼰대로 살아온 그가 머리에 피도 안 마른 망나니 후작의 심경을 예측해 보기란 불가능했다. 차라리 그 시간에 마법진 해석을 하나라도 더 하는 편이 나을 터였다.

"애초에 한 여자가 지나치게 꿈에 자주 나오는 상황은 성병이 아닙니다. 후작님."

그건 그저 발정이지요. 구스타프는 혈압이 오르면 제 손해라는 사실을 되새기며 하고 싶은 말을 삼켰다. 그 먼 거리를 달려와서 아들, 아니 손주뻘 될 법한 놈의 성생활이나 진단하다니, 그로선 매우 불쾌한 상황이었다. 그걸 저 예의 없는 망나니 새끼가 알아야 하건만.

"그러면 나보고 뭘 어쩌란 거야."

노집사가 건네준 담배나 뿜어 대는 인간에게선 반성의 기미는커녕 갱생의 가능성조차 찾아보기 힘들었다.

요즘 것들은, 이라는 서두가 절로 나오는 순간이었으나 그는 연륜의 힘으로 자리를 박차고 나가고픈 충동을 이겨냈다. 이럴 때마다 자신이 손주가 없다는 사실이 새삼 이리도 감격스러울 수가 없었다.

"평소 생활대로 지내십시오. 성생활에 문제가 생긴 것도 아니지 않습니까."

"그때랑 지금이 어떻게 같아. 조절할 수 있을 때랑 조절할 수 없을 때의 상황은 엄연히 다른데. 서 본 지 오래돼서 구분이 안 되나?"

"후작님!"

구스타프가 이제는 차마 참지 못하고 시뻘게진 얼굴로 일어섰다. 한스조차 한숨을 내쉬고 고개를 내젓는 순간이었다.

"저는 오늘부로 에르하르트의 주치의를 관두겠습니다! 후작님께 무슨 문제가 생긴 건 분명하지만, 그건 분명히 발정 난 아래가 아닌 모자란 머리에 생긴 문제가 분명하니, 다른 의사나 찾아보십시오!"

"아아, 그래. 그러면 이제 네 연구실에서 에르하르트 가문 소유의 서적과 마도구를 회수해 오면 되는 건가."

후작은 오만한 태도로 담배 연기나 내뿜으며 계약 조건을 짚어 주었다.

분하게도, 신비력을 향한 고결한 탐구 정신이 그를 다시 자리에 앉혔다. 구스타프는 들숨과 날숨을 번갈아 내쉬었다. 다행히도, 현실 감각은 감쪽같이 그를 다시 고용인의 자세로 만들어 주었다.

"도대체 무엇이 문제십니까. 정확한 진단을 위해서라도, 상황을 정확히 말씀해 주십시오."

"요즘 발정 난 머저리처럼 굴고 있어."

"후작님 나이 대에는 흔하게 그렇습니다. 발정하는 상대가 중요할 뿐이지요. 대체 누구길래 그러시는 겁니까."

카론은 바로 대답하지 못하고, 담배나 뻑뻑 태우며 한숨을 내쉬었다. 가끔 짜증을 담아 머리를 쓸어 올리기도 했다. 후작에게 보기 드문 생소한 머뭇거림이었으나 그딴 건 구스타프에게 아무런 관심거리도 되지 못했다.

저놈의 새끼가 노인네 앉혀 두고 장난하는 걸까. 구스타프가 지팡이를 가져와 그를 몇 대 패 주고 싶어질 무렵에, 후작은 전혀 다른 맥락을 물어왔다.

"전에 그랬지. 기억 이식을 받지 않더라도, 관련된 자와 접촉이 많아지면, 부분적으로 기억이 떠오를 수도 있다고."

"예. 그랬지요. 그리고 후작님께서 그건 걱정하지 않아도 된다고 하시지 않으셨습니까."

"그래, 나보다 네가 그때 상황을 더 정확하게 기억하고 있을 테니 분명 그럴 테지."

카론이 담배를 재떨이에 비벼 껐다.

얼마 되지 않아 갑자기 밖이 소란스러워지더니, 방 안에 유일하게 빛을 공급하던 램프의 유리관 안에서 불꽃이 스러졌다. 방 안은 어둠에 잠겼다. 소등이었다.

"뭐야."

갑자기 찾아든 소란한 어둠에 카론의 목소리가 날카로워졌다. 한스는 곧바로 콘솔 위에 올려진 장식용 초에 불을 붙였다.

"바로 확인하고 오겠습니다."

노련한 노집사는 드문 상황에 당황하며 방을 나갔다. 한스가 신속히 밖의 상황을 정리하러 나가자 구스타프는 의아한 얼굴을 했다.

"에르하르트의 모든 조명은 마법진에 연결되어 있지 않습니까?"

"모르지. 몇백 년 된 마법이 이제야 수명을 다했을지도."

카론은 때마침 생긴 번거로운 사고에도 일단 담배부터 물고 보았다.

아마, 지하실에서 가동하던 조명 마법진에 문제가 생겼을 터였다. 조명 마법진은 저택에 있는 모든 램프에 꺼지지 않는 불씨를 제공하는 역할을 해 왔으니, 이런 소동은 마법진이 제 기능을 다하지 못할 때나 발생하는 것이었다.

은은한 담뱃불이 찡그린 후작의 얼굴을 얼핏 비추었다.

마력이 다했다면 골치 아픈 문제가 불어날 것이다. 이제 에르하르트 저택도 모든 램프를 끔찍한 일반 기성품으로만 써야 할지도 모른다. 매일 닦고, 재를 털어 내서 관리하고, 불씨도 손수 붙이고. 고용인들의 업무가 가중될 것이다.

"상황을 보아하니 제가 필요하실 듯하군요."

신비력에 평생을 바쳐 온 노인은 후작의 정신 상태보다 마법진의 상태를 진단 내리는 쪽에 더 흥미 있다는 의사를 고상하게 내비쳤다. 카론은 순순히 그 뜻에 따라 고개를 끄덕였다. 마침 그와 함께 확인해 볼 것이 있던 차였다.

*　*　*

저택은 완전히 아수라장이 되었다. 깜깜해진 사이에 누군가 다 만들어 놓은 요리를 엎지르는 바람에, 고용인들은 더욱 바쁘게 움직일 수밖에 없었다.

손님에게 대접할 저녁을 완전히 새로 내와야 하는 상황이었다. 하녀들은 장을 보러 나가거나 부엌에서 재료 손질을 보조했다. 손이 모자랐는지, 부엌 하녀가 로제마리한테까지 와서 우는소리를 했다.

로제마리는 사정을 듣더니 한숨을 내쉬었다.

"저 잠깐만 다녀올 테니까 여기에 가만히 있어요. 지금 레나 씨는 저한테 감시당하는 처지라는 걸 잊지 말고요."

레나는 어둠 속에서 가만히 고개를 끄덕였다. 로제마리는 방에 하나 있던 등잔을 들고 일어섰다.

두 사람이 나간 지 꽤 지난 후에야 레나는 머리를 빼꼼 내밀어 주변을 살펴보았다. 어스름히 보이는 두 사람의 뒷모습은 발소리조차 희미해질 정도로 멀어져 갔다.

어둠 속에 혼자.

그녀는 이 느낌을 좋아하지 않았다. 오펜하이머 성 지하 통로를 혼자 걷던 어린 시절의 기억이 늪처럼 그녀를 잡아먹었다. 매일 밤 어둠을 의식하지 않으려고 빠르게 잠드는 것도 그런 이유 때문이었다.

이 순간 역시도 레나에게는 잠이 도피 수단이었다. 침대를 찾기 위해 어둠 속을 더듬는데, 손가락 사이로 인기척이 스쳤다. 누군가 옆에 있다. 기척도 없이.

"읍, 웃!"

커다란 손이 소리치려는 입을 먼저 막았다.

"쉿. 나야."

귓가에 와닿는 나직한 속삭임은 이미 알고 있는 목소리였다.

"……필리프."

그제야 입을 막고 있던 손이 순순히 내려갔다. 어둠 속에서도 필리프가 장난스럽게 웃는 표정이 그려지는 것만 같았다.

그러자 레나는 사정없이 그를 내리쳤다.

"아! 아아, 잠깐, 미안. 미안!"

애원에도 사정없이 후려치는 주먹이 그의 어깨며, 가슴팍이며, 팔을 강타했다. 아침에 있었던 일의 보복이었다. 반은 불만이었으나 반은 안도감이다. 묘하게도, 상대가 필리프라는 걸 확인하니 안심이 되었다.

"……네 짓이야?"

"응."

"부엌에서 일어난 소동도?"

"어때, 나 능력 없지 않지?"

레나의 분이 삭을 정도로 맞아 준 필리프가 느물느물 물어 왔다. 능력 없는 남자와는 할 이야기가 없다고 돌아섰던 일을 아직 마음에 담고 있는 듯싶었다.

"여긴 왜 왔어? 아니, 대체 무슨 생각이야?"

물론 레나는 원하는 답을 들려주지 않고, 본론부터 따져 물었다.

"설마 여기 계속 있을 생각은 아니지? 로제마리가 깨진 화병 조각에서 지령을 발견했어. 너까지 의심받기 전에 어서 철수해야……."

그에게 전해야 하는 이야기를 횡설수설 늘어놓는데, 필리프는 레나의 어깨를 도닥이며 남의 일처럼 답을 했다.

"알아."

"뭐?"

"안다고. 그 영악한 계집애가 네 정체를 눈치채지 못할 리가 없지. 당분간 로제마리 문제는 걱정 안 해도 돼. 거래한 것이 있으니까 함부로 발설하진 못할 거야."

레나는 붕어처럼 입을 뻐끔거렸다. 침착한 필리프의 태도에 할 말을 잃고 만 것이다.

"그러면 어째서 아침에 바로 말 안 했어? 그러면 군이……."

그 우스운 연극을 하지도 않았을 텐데. 레나는 꼭 안아 주던 포옹이 떠올라 차마 말을 잇지 못했다. 필리프는 군이 보지 않아도 레나의 상태를 알아챘는지, 선연한 웃음기를 담아 킥킥거렸다.

"그야 어떻게든 날 이 문제에서 제외해 주려는 네 가상한 노력이 귀여워서? 윽!"

매를 번다. 레나는 그의 가슴팍을 치고는 다른 문제를 따져 물었다.

"철수는 왜 안 해?"

"정확히는 불가능해."

"어째서?"

대화 사이에 한숨이 짙게 내려앉았다.

"너, 에르하르트 저택에 첩자를 배치하는 일이 얼마나 힘든지는 알고 있어? 시침 하녀 역할은 그나마 좀 모집이 쉬운 편이지. 남자 고용인은 정말 아무도 오지 않으려고 해. 아무리 돈 되는 일이라고 해도 발각되는 순간부터 몸이 병신이 되어서 나간다는데, 누가 지원하겠냐. 후작이 남자한테는 더 가차 없다는 건 모두가 다 아는 사실인데."

"……그렇다면, 네가 철수하고 다른 시침 하녀를……."

"안 뽑아."

"뭐?"

"원래대로라면 이쯤에 시침 하녀들이 대거 쫓겨나서 채용 공고가 올라오는데, 지금은 상황이 달라졌어. 후작이 너 말곤 딱히 다른 시침 하녀를 찾지 않았으니까. 내쫓긴 하녀가 별로 없으면, 당연히 일자리도 생기지 않지."

"……."

"덕분에 다들 슬슬 이상한 낌새를 눈치채고 있어. 귀족 나리든, 뒷골목에서 에르하르트에 보낼 첩자를 물색해 주는 마담이든 에르하르트 가문에 관심 있는 사람들은 많으니까. 밖의 상황이 복잡해."

어둠이 통탄을 금치 못하고 하얗게 질린 얼굴을 묻어 주었다. 그 말은 필리프가 떠나는 순간부터 레나는 이 저택에 고립된다는 뜻이었다.

맙소사, 이 남자와 정말로 계속 한배를 타야 하는 운명이란 말인가.

필리프는 레나의 심상치 않은 침묵을 읽었는지, 씨익 웃는 말을 덧붙였다.

"벌써 걱정하지 마. 더 희망적인 소식도 있으니까."

"어떤 소식."

"전에 네가 전해 달라던 서신. 로렌츠 님께 답이 왔거든."

"어서 줘."

레나가 간절하게 눈을 빛냈다. 제발, 로렌츠가 이 문제에 실마리를 준다면……. 지금은 오직 로렌츠만이 갈피가 잡히지 않는 어둠 속에 내려진 유일한 희망이었다.

"태웠어."

그러나 담백하게 나온 뒤따라온 대답에, 다시 한번 퍽 소리와 함께 윽 하는 신음이 뒤를 이었다.

"너 미쳤어?"

"걱정하지 마. 내용은 외워 뒀어. 후작이 날 불렀던 그 날에 불길한 촉이 느껴져서 없앤 거야. 그 일이 있고 방에 돌아와 보니, 예상대로 방을 뒤진 흔적이 있더라고. 아무것도 안 나왔겠지만."

"……그래서, 답신은 어떻게 왔어?"

"그 전에 물어보고 싶은 게 있는데 말이야."

서로가 보이지 않은 상황이었으나 확실히 둘은 마주 보고 있었다. 레나는 코앞에서 느껴지는 필리프의 음성에 멈칫하고 고개를 뒤로 뺐다.

"너, 후작과 무슨 사이였어?"

에르하르트 가문의 비밀스러운 밀실은 사립 박물관에 가깝다. 천장까지 닿는 높다란 호두나무 원목 선반에는 오래된 마도구가 한가득 진열되어 있었다.

축제가 열릴 때마다 불꽃놀이 용도로 썼다는 마법진 설계도에서부터 망국의 성녀가 가호를 불어 넣었다는 셉터까지. 모두 북부 대륙에서 왔다는 귀한 골동품들이었다.

세월의 흐름을 거쳐 온 물건들은 하나같이 남부 대륙에서 공개되지 않고 사라져 가는 역사의 산물이었다. 카론은 그 가운데 선반 정중앙에 멈춰 서서 숨을 골랐다. 들고 있던 램프가 잠금쇠 부분에 에메랄드가 박힌 상자를 비추었다.

한스조차도 접근을 허락받기 드문 곳이라 옻칠 된 상자 위로는 그새 뽀얀 먼지가 내려앉아 있었다. 저번에 꺼내기만 하고 열어 보진 않은 채 도로 처박아 둔 상자였다. 잠금쇠에 박힌 보석을 슬쩍 문지르자 달칵하는 소리와 함께 잠금이 쉽게 풀렸다.

손은 좀처럼 그 이상으로 움직이지 못했다. 뒤에서 구스타프의 혀 차는 소리가 들렸다. 카론은 제가 잠시간 숨도 쉬지 않았다는 사실을 깨달았다.

열기도 전에, 직감이 그에게 경고하고 있었다. 그것을 열면 안 된다고.

상자 안에는 그의 기억을 불러일으킬 만한 것들이 보관되어 있었다. 그러나 오늘은 상자 안에 들어 있는 물건 중에 확인해야만 하는 것이 있었다.

"제가 열어 봐도 되겠습니까?"

구스타프가 답답했는지 적막을 깼다. 카론은 저도 모르게 꽉 그러쥐고 있던 주먹을 내려다보다가 물러섰다. 스스로가 한심해서 견딜 수 없었다.

구스타프는 상자 안에서 카론이 찾으려던 물건을 바로 알아채고 집어 들었다.

"이것을 보여 주려 하신 겁니까."

기억을 지우는 시술을 받기 전에 서명했던 동의서였다. '관계자 접촉으로 인한 기억 재발 가능성' 항목에 분명히 '해당 없음'이 체크되어 있었다. 그것으로 겨우 자신의 기억이 틀리지 않았음을 확인받자, 카론은 비로소 안도의 숨을 내쉬었다.

"기억이 돌아오신 겁니까?"

"가끔 옛날 꿈을 꾸는 정도일 뿐이야."

신비력 증상에 관한 이야기가 나오자 구스타프의 표정은 어느새 냉엄해졌다.

"글쎄요, 저조차 후작님의 '중심 기억'과 '연관 기억'을 알지 못하니 괜찮다고만 말씀드리기가 힘들군요. 잊고 싶은 '중심 기억', 중심 기억을 떠올리게 만드는 '연관 기억'. 모두 후작님과 전 후작 부인인 마를레네 님, 루시아 님만 알고 계시지 않으셨습니까. 그런데 이제는 그에 관해 알고 계신 분이 없으니 말입니다."

카론은 손으로 착잡해진 얼굴을 쓸었다. 그도 절대 배제할 수 없는 가정이 있다는 사실을 알았다.

레나 크루거는 루시아의 시녀였고, 그는 그녀와 잔 이후부터 옛 기억이 떠오르기 시작했다. 적어도, 잊고 싶었던 '중심 기억'에서 몇 발자국 떨어진 '연관 기억'의 영역에 그녀가 관련되어 있다고 보는 편이 합당했다.

"주로 어떤 기억이 떠오르십니까?"

"바실리카. 신전 기사단에 있었을 시절."

"언제부터였습니까."

"최근. 얼마 되지 않았어."

구스타프는 수염을 매만지며 고민에 빠졌다. 역시, 이럴 줄 알았다. 아직 몸이 펄펄 끓을 나이인 후작이 이런 식으로 사고를 칠 줄이야.

"최근에 후작님을 발정 나게 한 여자를 품은 뒤로 그러셨습니까?"

이 정도면 당연한 유추임에도 불구하고, 후작은 인정하기 싫은 사람처럼 이를 악물었다가 대답했다.

"……어."

구스타프의 느긋한 취조는 계속되었다.

"기억이 꿈의 형태로만 떠오르십니까."

"아직까지는."

"통증은 어떻습니까."

"오히려 괜찮은 편이야."

구스타프는 짧은 탄식을 늘어놓더니 카론에게서 램프를 대신 넘겨받았다. 대충 물건을 정리한 둘은 밀실의 비밀 문을 빠져나왔다.

문은 서재로 통했다. 책장으로 둔갑한 비밀 문이 열리자 아직 아늑한 어둠에 잠긴 서재에 이르렀다. 구스타프가 들고 있는 램프가 그들의 발치를 넓게 비추었다. 커다란 서재를 가득 채우기엔 미미한 광량이었으나 발밑을 확인하기에는 충분했다.

"지금 이 어두운 저택이 후작님의 무의식이라면, 의식은 무엇이라 생각하십니까?"

"난 지금 주치의와 상담을 하고 있지, 수수께끼를 하자는 게 아닌데."

"지금 후작님이 보고 계신 시야가 의식의 영역입니다. 후작님께서 알고 있다고 믿는 자기 마음의 범위가 고작 이 정도란 겁니다."

구스타프가 들고 있는 램프를 좌우로 살짝 흔들었다. 램프 안의 촛불이 흔들리면서 책 무더기, 초상화, 마법진 문양이 새겨진 양탄자 등을 무작위로 비추었다. 흔들림이 멎자 램프는 처음처럼 발 앞의 지척만 비추었다. 그들은 다시 앞에 있는 어둠을 향해 걸어갔다.

"인간은 기억하고 싶지 않은 일, 편의상 망각하고 싶은 일은 무의식에 밀어 두고 비추어 보지 않습니다. 그곳은 정리 안 된 서재처럼 무질서하고 어지러운 세계지요."

길어진 두 그림자가 빛의 반대 방향으로 키를 늘렸다. 구스타프의 조용조용한 말소리는 회랑을 지날 때도 이어졌다.

"그러나 우리가 양지에서도 그림자를 알아보듯, 가끔 무의식도 의식 위로 모습을 드러내곤 합니다. 때문에, 일상생활을 하다가도 잊고 싶은 기억이 갑자기 불쑥 찾아들기 마련인 게지요. 시술은 무의식에 미로를 설치해 두는 일입니다. 신비력이란 투명한 막을 세워 의식이 특정 기억에는 절대 도달할 수 없도록 궤도를 정해 두는 셈이지요."

"……원론적인 이야기 따윈 궁금하지 않으니까 요점만 말해."

"한 마디로, 후작님이 떠올리고 싶지 않은 기억은 문득 떠오르는 일조차 없도록 접근을 어렵게 해 놓았단 겁니다."

회랑을 빠져나오자 상황이 정리되었는지, 하녀들이 촛대를 들고 일사불란하게 움직이는 모습이 보였다. 두 사람은 바쁜 고용인들을 지나쳐 지하실로 가는 계단을 내려갔다.

"일반적인 사람들은, 아니 후작님조차도 제가 행한 시술이 기억을 '지우는' 시술이라고 알고 계시겠지만, 세상에 그런 시술은 없습니다. 먼 옛날에 살았던 신비력자 중에 왜 마녀만 박해당했겠습니까?"

구스타프는 잠시 대답을 기다리는 듯하다가 답이 돌아오지 않자 설명을 이어 나갔다.

"가장 고결하다 믿었던 인간의 정신을 유일하게 건드릴 수 있는 신비력자라 그랬습니다. 마녀가 아닌 이상에야, 그 많은 기억을 말끔히 지우기란 불가능합니다. 마도구의 힘을 빌린다 해도 마도구가 담을 수 있는 허용량의 기억을 덜어 내는 수준에 불과할 뿐이지요. 그러니, 저는 후작님 스스로 찾을 수 없도록 기억을 무의식의 바다 저 아래에 침전시켜 놓았을 뿐인 겁니다."

어느새 그들은 조명 마법진이 설치된 지하실에 도착했다. 칠이 벗겨진 녹슨 철문에는 쇠사슬이 묶여 있었다.

"꿈은 의식과 무의식을 이어 주는 길이지요. 후작님의 무의식에는 기억을 찾고자 하는 욕망과 기억을 찾기 두려워하는 공포가 혼재해 있습니다. 제 시술은 기억을 찾고자 하는 욕망을 검열합니다. 간혹, 의식이 실제 기억에 닿는다고 해도, 왜곡된 발현몽으로만 나타나도록 꿈 작업(dream work)에 손을 써 놓았지요. 철저한 망각을 위해서 고통이 실체화되는 후유증까지 감수하지 않으셨습니까. 그렇게까지 했는데도, 꿈으로 본래의 기억이 찾아든다는 것은, 후작님과 밤을 보낸 접촉자가 기억에 연관되어 있을 가능성이 크다고밖에 볼 수 없습니다."

카론은 자물쇠에 칭칭 감겨 있던 쇠사슬을 풀었다. 그러는 동안에도, 구스타프의 설명은 계속 이어졌다.

"안지 말고 멀리 두십시오. 어떤 시술이든 처방이든 마도구든 지금 후작님의 육체로 더는 신비력을 받아 내서는 안 됩니다. 아직 '연관 기억'만 떠오르고 있다면, 오히려 기억이 돌아오는 과정이 안정제처럼 여겨지실 수도 있으실 겁니다. 기억을 인위적으로 억제해서 생기는 고통이 일시적으로는 경감되니까요. 하지만, 연관 기억이 전부 떠오르고 종국에는 잊고자 했던 '기억의 중심'까지 도달하게 된다면······."

철컹 떨어지는 쇠사슬과 동시에 문이 삐그덕 소리를 내며 열렸다. 들어가기도 전에, 구스타프의 담담한 말이 그를 불러 세웠다.

"명심하십시오. 그건 독이 든 성배입니다."

* * *

"그냥······. 어린 시절에 잠깐 알고 지냈어."

레나는 어둠 속에서도 시선을 갈피를 잡지 못하고 내리깔았다.

무슨 사이냐니. 이제 와 그와 그녀의 관계를 무어라 정의 내릴 수 있단 말인가.

후작과 시침 하녀? 서로 데면데면하게 알고 지내다가 지금은 기억 못 하는 사이?

눈앞에 있는 남자의 얼굴을 분간할 수조차 없을 정도로 어두운 방이었다. 침묵은 대화보다 아슬아슬했다. 필리프가 입을 닫고 있는 그 잠깐의 고요가 왜 그리 목이 졸릴 것처럼 무거웠는지 모를 일이었다.

"네게 온 편지가 아니야. 내게 온 편지였지."

대답은 나직했다.

"나는 로렌츠 공자에게 네 가지 임무를 맹세했어. 에르하르트 후작을 주 기적으로 감시해서 보고를 올릴 것, 네게 지령을 전달할 것, 네가 임무를 마치면 무사히 빼내 올 것. 그리고……"

점차 흐려지던 말꼬리는 이내 선명한 온점을 찍었다.

"널 감시할 것."

"……내 편지 봤겠구나."

이번 침묵은 긍정이다. 그리 화날 일은 아니었다.

그녀는 로렌츠에게 충성을 맹세했다. 그의 뜻대로 그녀의 기억을 카론을 치료하는 일에 이용하는 데 동의하는 대신 잃어버린 작위와 이름을 받는 계약에 서명했다.

그러니 그녀가 제멋대로 반지에 따로 담아 둔 기억을 되찾기라도 한다면. 그건 충성에 대한 배신이자 계약 위반이었다. 그녀의 기억은 그녀의 것이 아니다. 소유권을 지키기 위해 감시자를 붙이는 것은 지당한 감독이었다.

그저, 고작 감시역으로 필리프만 한 인재를 붙일 리가 없다는 예감만 들 뿐이었다.

"답장이 뭐라고 왔어?"

"……"

"왜 말이 없어. 후작이 기억 이식을 거부하니까, 내 기억이 무용하다면 죽이기라도 하래?"

레나는 도리어 무감하게 물었다. 남의 일처럼. 꼭 아무렇지 않은 것처럼. 로렌츠라면 충분히 그럴 위인 아닌가.

그러나 돌아오는 침묵에 저도 모르게 저린 손을 드레스 자락에 문질렀다. 분명 손에 있던 상처는 다 나았는데도 아픈 기분이었다.

망설임 끝에 나온 답에는 완곡한 인정이 드러나 있었다.

"……어떻게든 후작이 기억을 되찾게 만들어."

그 말은 마치 죽음의 유예 기간을 내려 주는 선고와도 같았다. 레나는 제가 해내야만 하는 일을 상기하고 숨을 들이마셨다. 어느덧 자신 없어진 임무에 몸이 움츠러들었다.

'기억을 잃은 환자를 치유하는 데 성공한 사례는 두 가지야. 제일 좋은 방법은 기억 이식이지. 하지만, 기억 이식을 돕는 마도구는 이제 구하기도 힘들어져서 시술 준비부터 열악한 경우가 다반사일 거다. 다른 방법으로는……. 침전된 무의식에 자극을 줄 수 있는 이들과 주기적으로 접촉했더니 효과를 봤다는 기록이 남아 있긴 해. 이 사례에서 가장 호전될 확률이 좋았던 사례는 대체로 부부 사이였어. 크흠, 뭐 이런 예외적인 경우도 있다는 걸 알고만 있으면 된다. 치료 효과도 불확실하고, 흔한 경우는 아니니.'

'어째서 부부 사이에 효과가 좋았는데요?'

바실리카에서 수강생들을 휘어잡던 학자가 처음으로 당황하고, 아이들이 와하하 웃음을 터뜨렸다. 이명처럼 스치는 기억 속 박장대소가 지금 그녀의 처지를 비웃는 것만 같았다. 레나가 낮은 한숨을 터뜨렸다.

마지막 밤, 카론이 그녀를 안으려다가 그만두던 행동. 그녀의 손목에 닿았다 떨어지는 그의 체온. 혼란한 눈빛. 그것은 무언가를 기억해 낸다는 증표였을까.

아마 매달렸다면, 그는 그녀를 안아 주었을지도 모른다. 하지만 레나가 최대한 그 상황을 피하는 까닭은 간단했다. 그와 밤을 보낼수록 카론이 기억을 찾기도 전에 저 자신이 망가질까 두려워 견딜 수 없기 때문이었다.

과연 그 진창 같은 관계에서 더 상처 입는 쪽은 그가 될까, 그녀가 될까. 그 답은 명확했다.

상대를 분간할 수 없는 어둠 속 불규칙한 숨소리만이 서로의 감정을 눈치챌 수 있는 흔적이었다. 필리프의 나지막한 말이 그 아슬아슬한 암묵에 균열을 일으켰다.

"난 너한테 목숨을 빚졌어."

"······."

"이 내용을 알려 주는 것도 그래서고, 그 이상은 없어."

끝내 명령에 따르지 않으면 그녀를 죽이겠다는 뜻이었다. 레나는 눈물을 흘리기보단 떨리는 손을 꽉 쥐고 내렸다.

"알겠어."

메마른 목소리가 갈라져 나왔다. 명치를 맞은 듯, 호흡은 가늘어졌다. 필리프는 낌새를 눈치챘는지 한숨을 내쉬었다.

"상황을 보아서는 네가 후작과 알던 사이고, 후작에게 기억을 전해 줘야한다는 건 알겠는데 말이야."

"······."

"후작한테 물렁한 마음을 가져 봤자 너만 위험해져. 과거가 어쨌든 지금 후작은 완전히 미친 새끼라는 걸 명심해."

"알아. 무른 마음으로는 오진 않았, 어."

입술 사이로 굴러들어온 사탕이 습한 물기를 머금으려는 말을 가로막았다. 위로하듯 속삭이는 목소리가 이어졌다.

"그럼 다행이고. 너도 알겠지만 시침 하녀로 뽑힌 여자들 대부분이 한 달도 못 버티고 다 나갔어. 이제는 후작 정부 자리를 노리고 들어오는 하녀도 없지. 너처럼 첩자로 들어왔거나, 아니면 돈 많은 귀족의 후처나 정부 자리 노리고 들어오거나. 그도 아니면 에르하르트의 첩자로 계약을 맺고 다른 가문으로 빠져나가는 경우가 허다해."

필리프는 레나의 손을 가져다가 볼록한 주머니를 쥐여 주었다.

"사탕이야. 매일 먹어. 쓸데없는 꿈을 꾸지 않도록 해 줄 테니까."

사탕 주머니는 꽤 무게감이 있었다. 한 달 치를 미리 준 듯한 양이었다. 이걸 전해 주러 왔구나. 레나는 직감했다.

시침 하녀가 되라는 지시. 필리프가 전해 준 사탕. 사탕에 묻어 있을 가루약…… 카론과 동침하게 되면 떠오를 수도 있는 기억을 억제하기 위한 약일 터였다.

오히려 고마운 처사다. 그와 잘 때마다 기억이 떠오른다면 괴로울 사람은 레나였으니.

알겠다고 답하기도 전에, 복도를 달려오는 발소리가 들려왔다. 다가오는 이의 화난 모습이 그려질 정도로 아예 숨기지도 않는 인기척이었다.

레나가 그 기세에 놀라 필리프를 돌아봤을 때, 이미 그는 떠나고 없었다. 열린 창문으로 들어오는 밤공기가 떠난 그의 자취를 알려 줄 뿐이었다. 레나가 손을 더듬어 창문을 잠그자마자 문이 벌컥 열렸다.

시침 하녀의 방에 당당히 드나드는 무도한 자가 저택에 누가 더 있겠는가.

후작의 서늘한 붉은 안광은 어느새 켜진, 문 옆에 둔 남포등의 연주홍빛 조명 속에서도 고스란히 존재감을 드러냈다. 그는 레나 홀로 있는 방을 둘러보더니, 다짜고짜 다가와 멱살을 잡아챘다.

"머리가 좋은 줄 알았는데 갑자기 상황 파악이 안 되나?"

목둘레가 잡아당겨지자 기침이 났다. 정신없는 와중에도 어스름한 방 안에서 선명히 제 색을 내는 붉은 눈동자는 두려운 것이었다.

"감히 에르하르트의 마법진을 건드리다니."

"네?"

황망히 되묻는 말과 동시에, 레나는 우악스러운 손길에 손목이 붙잡혀 끌려 내려갔다.

지하실까지 내려가는 동안, 고용인들은 눈이 마주치면 고개를 숙였다. 무언가 큰 사달이 일어난 것이 틀림없었다.

"윽……."

"자, 봐."

카론이 그녀의 머리를 마법진 가까이 내리눌렀다.

에르하르트의 모든 조명과 연결되어 있다는 마법진. 복잡한 도형과 고어로 이루어진 마법진은 정확하게 가운데 부분만 칼집으로 난도질되어 있었다.

지워지는 순간, 모든 조명을 꺼뜨리는 개폐어 부분만.

"신비력을 배웠다는 네가 이 의미를 모르진 않겠지."

레나 역시 그것을 알아보고 입술을 깨물었다. 낭패다. 필리프는 너무 효율적으로 마법진을 지우면서 한 가지 사실을 간과해 버렸다.

후작은 그녀가 바실리카에 다녔단 사실을 알고 있다는 것을.

"입이 있다면 의심 가는 사람이라도 말해 봐. 내가 알기론 너 아니면 저택에 마법진 해석을 할 줄 아는 인간은 없으니까."

신비력 이론은 한낱 고용인이 배울 수 있는 교육이 아니다. 그러니 고용인들 가운데 마법진을 해석할 줄 아는 고용인은 아주 드물 터였다. 레나에게 의심이 쏠리는 상황은 필연적인 결과였다.

"이미 답을 정해 놓으셨는데, 제 해명이 필요하긴 하신가요?"

"뭐?"

힘없이 중얼거리는 물음에, 카론이 얼굴을 찡그리고 되물었다. 레나는 지친단 심경으로 개폐어가 도려내진 부분을 쓰다듬었다.

목숨 위협이 오늘만 두 번째다. 로렌츠나 카론이나 피차 그녀의 목숨을 귀하게 여기는 것 같지는 않았지만, 기왕 죽는다면 적어도 카론에게 죽고 싶지는 않았다.

"로제마리에게 물어보세요. 소등되고 나서야 저랑 떨어졌으니까. 부엌 하녀도 증언을 도와줄 거예요."

그제야 카론이 누르던 악력이 느슨해졌다. 레나는 간신히 상체만 일으키고 그를 마주했다.

"후작님께서는……. 조명 마법진이 아주 기초적인 마법진이란 사실을 알고 계실 테죠. 서재에서 마법 이론서를 찾으면, 제1장부터 나오는 마법진이니까요. 조명 마법진의 개폐어 위치 정도는 누구나 알아보기 쉽기도 하고요."

"그래서, 지금 억울하다고 말하고 싶어?"

"네. 분명히, 제가 한 일이 아니니까요."

"그럼 너는 불이 꺼진 동안에 무엇을 하고 있었는데?"

레나는 입가를 비스듬히 올린 남자의 얼굴을 마주 보았다. 예사롭지 않은 잠깐의 침묵.

"제일 쉽게 확인해 보는 법이 있지."

흉흉한 기색이 서린 안광은 붉은색으로 응결된 얼음처럼 차가워졌다. 조금 비틀린 노기와 갈급증. 레나는 어둠 속에서 보내오는 적색 신호를 기민하게 알아차렸다.

"싫어요."

몸은 본능적으로 물러섰으나 어깨를 누르는 남자의 손을 이겨 내질 못했다. 가슴팍에서 무기력하게 풀리는 리본, 껍질처럼 내려앉는 옷자락 사이로 그의 머리가 파고들었다.

"가만있어."

콧날이 목에 눌리는 감촉이 아뜩하고도 야릇했다. 깊숙이 체향을 맡으려는 듯 들이마시는 숨결에 레나는 절로 몸서리쳤다.

저항이라기보다 성적인 긴장감에 가까웠다. 여태껏 접촉이 몇 번 없었음에도, 몸이 먼저 그를 기억하고 있었다. 이대로 관계를 가져도 이상하지 않을 분위기였다.

"다른 놈에게서 밴 냄새는 없는데……."

입 안에 말려 들어간 중얼거림은 나직하고도 조금은 안도하는 기색을 담고 있어서, 그의 옷자락을 붙들고 있던 레나의 손이 스르르 풀렸다. 카론은 그녀의 표정을 보질 못하고 여전히 조급증이 이는 얼굴로 흰 살결에 다른 흔적이 없는지를 꼼꼼하게 살펴보았다.

오로지 그가 선사했던 상흔만이 탐스러운 가슴 위에 푸른 멍울로 남아 있는 광경을 보고 나서야 그의 입가에 아주 옅은 미소가 걸렸다. 동시에 옷자락을 끌어 내리던 손이 바로 떨어지고, 카론이 자리에서 일어났다.

레나는 상반신만 일으킨 채로 옷매부터 매만졌다. 사이사이 시선을 그에게 두고 눈치를 살폈으나 그는 여전히 정욕에 굶주린 눈동자를 하고도 그 이상의 접촉 없이 그녀를 내려다보고 있었다.

그는 자신을 탐내고 있는 것일까, 아니면 그저 의심되니 가지고 놀고 싶은 걸까. 도무지 확신이 서지 않았다.

"당분간 방 밖으로 나오지 마."

경고하는 말이 자못 냉랭했다. 돌아서는 뒷모습에 레나가 상기된 얼굴로 물었다.

"할 말은 그게 전부세요?"

거침없이 앞을 향해 나가던 걸음이 잠시 멈추었다. 까닥 고개만 돌려 보는 모양새가 무슨 불만이 있냐고 묻는 듯했다.

설마 의심에 대한 사죄를 요구하고 있냐는 물음 같기도 했다. 네까짓 것. 얼마 전에도 내통하다가 간신히 목숨을 부지한 주제에, 아직도 챙길 자존심이 남아 있냐고.

"할 말이 더 있길 바라나?"

"네."

"무슨 말을 원하는데."

비스듬하게 올린 미소부터 사과 따위는 네 주제에 가당치도 않다는 비웃음에 가까웠다. 그러나 그 정도 수준의 신사적인 태도는 레나 역시도 기대하지 않은 것이었다.

"제가 어떻게 하면 좋을지를 알려 주셨으면 좋겠는데요."

비틀린 심사를 나타내듯 대번에 눈썹 산이 올라갔다. 그조차도 잘생긴 얼굴 앞으로, 레나는 천천히 다가갔다.

그의 당혹한 얼굴은 근사할 정도로 보기 좋다. 곧 입가에 자리하는 흥미로워하는 저 미소도.

"제가 신경 쓰이시잖아요."

"내가?"

"네. 제가 더 신경 쓰일 만큼."

카론은 눈을 가늘게 뜨고 그녀를 지그시 내려 보았다.

"제가 다른 남자의 손을 탈까 봐 불안하신 거잖아요, 그러니까……."

곧 억센 손길이 레나의 턱을 잡아 올렸다.

"네가 재밌어서 두고 보고 있긴 한데 말이야."

"……."

"건방지게 구는 건 조심 좀 하지 그래."

묵직한 음성이 목을 조르는 위압감처럼 내려앉았다. 눈을 피하지 않는 것이 고작이었다.

한 발짝만 더 내디디면 죽을지도 모른다는 공포와 마주하는 일. 이번 침묵은 아슬아슬한 줄타기처럼 위태로웠다. 그러나 레나는 본능적인 공포에 얼어붙으려는 입을 기어코 열고 보았다.

"후작님께서는……."

전혀 의도하지도 않은, 계산 밖에 있는 말이 튀어나왔다.

"신경 쓰이는 상대를 가만히 두고 보질 못하셨지요, 예전부터."

그건 침전시킨 기억을 헤집고 나온 무의식 속에서 끄집어낸 듯한 말이었다. 말해 놓고도 스스로 기억을 확신할 수 없어 입술을 깨물게 되는 도박.

레나는 스스로 저질러 놓은 만용을 감당하지 못한 채 눈을 아래로 내리깔았다. 그리고 차가운 비웃음이 되돌아오기만을 기다렸다.

그러나 턱을 움켜쥐었던 손아귀가 떨어져 나가자마자, 곧 보폭이 넓은 발걸음 소리만 뚜벅뚜벅 지하실에 울렸다. 상종할 가치조차 느끼지 못한다는 걸까. 하염없이 그 뒷모습만 바라보고 있을 즈음에, 지하실 도래걸쇠에 손을 얹은 후작이 그녀 쪽으로 고개를 살짝 기울였다.

"마음이 바뀌었어."

끼익, 소리가 나며 지하실이 열렸다.

"예전처럼 서재 일이나 하면서 지내. 조금 귀여워해 줬다고 건방 떠는 시침 하녀는 필요 없으니까."

후작은 그렇게 문 너머로 사라졌다. 레나는 한참이 지나서야 그 자리에서 일어날 수 있었다.

* * *

소등 사건은 고용인들 사이에 군기가 바싹 들어가는 사건으로 남게 되었다.

마법진 훼손은 신비력을 신성시해 온 에르하르트 가문 입장에서 신성 모독이나 다름없는 사건이었다. 모두가 후작이 근래 기분이 저조한 건 그 이유 때문이라고 앞에서는 말했으나 뒤로는 다른 의구심을 품었다.

그날 후작은 지하실에서 나오자마자 다급히 시침 하녀의 침실로 뛰어 올라갔고, 시침 하녀는 다음 날부터 원래 하던 서재 업무로 근신 처분을 받았다. 둘 사이에 무슨 일이 일어나긴 일어난 것으로 보이는데, 감히 입방아를 찧을 분위기가 아니다 보니 다들 모골이 송연해진 상태로 일하는 수밖에 없었다.

이런 일촉즉발의 상태에서도 하녀장 레베카는 후작의 부름을 받았다. 언제나 바늘 하나 들어가지 않을 냉엄한 얼굴을 유지하던 그녀였으나, 오늘만큼은 저택 가장 안쪽에 있는 후작의 침실로 들어가기 전에 마른침을 삼켜야만 했다.

"들어와."

안쪽에서 명령이 떨어지자, 레베카는 숨을 들이켜며 방에 들어섰다.

항상 그렇듯 어두운 방이었다. 한쪽 벽면을 덮는 두꺼운 벨벳 커튼이 오전부터 밀려드는 햇살을 막아 침실을 컴컴하게 만들었다.

후작은 구석에 있는 침대에 앉아 있었다. 손등으로 피로한 눈가를 누르는 것으로 보아 일어난 지 얼마 되지 않은 상태였다. 후작의 기분을 거스르지 않기 위하여, 그녀는 바로 본론부터 꺼내고 보았다.

"확인해 본 결과, 레나 크루거가 밖에 나가는 모습을 본 하녀가 없었다고 합니다."

"아무도?"

그는 혼몽한 상태로 일어나서 되물었다. 협탁 위 램프가 그의 옆모습을 은은한 주홍빛이 물들도록 비추었다. 카론은 한숨을 내쉬더니 협탁 서랍에서 어떤 문서를 꺼냈다.

"감시는?"

"로제마리 외에 서재 앞에서 일하는 하녀들에게도 단단히 일러두었습니다."

레베카가 침착하게 대답했다. 후작은 성큼성큼 걸어가 레베카에게 꺼낸 서류를 건넸다.

"이거 집무실 서랍에 넣고 잠가 놔."

[바실리카 수강생 명단]

도대체 후작이 왜 가지고 있는지 모를 만한 문건이었다. 그러나 레베카는 숙련된 고용인답게 호기심조차 품지 않고 그러겠노라 대답했다.

그리 짤막한 보고를 마치고 무사히 물러가려는데, 후작이 다시 그녀를 불러 세웠다. 후작은 커튼을 반쯤 열어 놓고 창가에 몸을 기대고 있었다.

밀려드는 햇살이 가운 입은 남자의 체격을 고스란히 조명했다. 건장한 뒷모습부터 위압적이라 어떤 명령이 떨어질까 숨죽여 기다리고만 있었는데, 후작이 심심한 목소리로 덧붙였다.

"무슨 일이든 보고해. 서재에 드나드는 자는 한 놈도 **빼놓지 말고**."

* * *

오후 날씨가 화창했다. 서재에는 말간 볕이 들었다.

"……그러니까 지금 나까지 서재로 내쫓긴 마당에, 무슨 일이 있었는지는 말 안 해 주겠다 이거죠?"

"말했잖아요. 난 정말로 소동을 일으키지 않았어요. 그냥 후작님께서 오해하신 일이에요."

레나는 마른 천으로 책에 쌓인 먼지를 닦아 낸 뒤에 책장에 꽂는 일을 반복하다가 같은 말을 반복했다. 맞은편에 앉은 로제마리는 못마땅한 기색으로 그녀를 돕고 있었다.

카론은 레나에게 당분간 서재 업무를 맡으라는 근신 처분을 내렸다. 시침 용도에 두기는 의심스러우니, 잡일 하녀로 두고 감시하겠다는 의사 같았다.

감시자의 수도 늘어났다. 얼핏 보면 방임된 상태 같았지만, 서재 앞에서 알짱거리는 하녀들이 정해져 있는 것으로 보아, 누구도 그녀에게 함부로 접근할 수 없도록 최대한 접선을 차단해 놓았다는 걸 알 수 있었다.

로제마리는 감시를 소홀히 했다는 책임으로 덩달아 근신을 명령받았다. 자신까지 피해를 보면 후작에게 비밀을 폭로하겠다던 발언과 달리 의외로 잠잠한 반응이었다.

필리프와의 황당했던 일을 목격한 이후로, 로제마리는 어색하게 굴다가 전보다 유한 분위기로 말을 걸듯 말하는 투에는 달라진 것이 없는데, 무슨 의도인지 알 수 없던 이전과 달리 어딘가 화법이 투명해졌다고 해야 할까. 그 이유도 감을 잡을 수 있었다.

"그날 필리프와 무슨 일이라도 있었어요?"

며칠간 로제마리는 그것을 집요하게 파헤치려 들고 있었다. 그녀답지 않게 슬그머니 눈치를 보며 묻는 말이었다.

레나는 속웃음을 지었다. 아, 의외로 귀여운 구석이 있구나 싶었으므로. 하지만 그동안 로제마리가 해 온 짓을 생각하면 쉽게 답해 줄 마음이 들지 않아 모르는 척 자연스럽게 화제를 돌렸다.

"오늘 새 책 들어오는 날 아니에요?"

"아, 맞아. 밖에서 책 들어 줄 하인들이나 찾아봐야겠네요."

"새 책 상태도 확인하고 와요. 파본이 있으면 안 되니까."

레나는 자유롭게 밖으로 나가지 못하는 상황이라 이건 로제마리만 할 수 있는 일이었다. 로제마리가 떠나자, 레나는 비로소 정리하던 책에 끙 하고 머리를 가져다 댔다.

필리프가 효율적으로 마법진을 망가뜨린 순간부터, 후작의 의심이 누구에게 돌아갈지는 빤한 것이었다. 그도 워낙 급박한 상황이었으니 레나가 신비력 이론에 능하다는 것도, 그 능력을 후작이 알고 있다는 것도 몰랐을 터라 차마 지금 상황까지 예상하지 못했겠지만 말이다.

어쨌든 후작은 사냥할 때 몸을 낮추는 맹수처럼 때를 기다리고 있는 듯 보였다. 지금은 심증만 있으니 언제든 물증이 나오면 잡으려 들 터였다. 이래서는 접선이 어려웠다.

오히려 필리프가 이런 상황을 모르고 섣불리 접선을 시도했다간 다 같이 위험할 수도 있었다. 그도 저택의 분위기를 눈치챘을 테니 알아서 몸을 사리고 있겠지만, 이렇게 의심받는 상황에서는 후작의 기억을 찾게 만든다는 본 목적도 이루기가 어려웠다.

일단은 소등 사건으로 받는 의혹에서 벗어나야만 한다. 하지만, 어떻게?

막막한 심경으로 한숨을 쉬는데, 서재 안으로 절대 마주치고 싶지 않던 자들이 들어섰다.

"여기에 놓으면 된다고 했나?"

"오늘따라 책이 왜 이렇게 많아. 무거워 죽겠네."

막스와 풋맨 무리다. 그들은 끈으로 묶인 책 더미를 들고 있었다. 아마 새로 들여온 책을 가져온 모양이었다.

"역시 있었구나."

막스의 표정을 보아하니 의도적으로 책 나르는 일을 맡은 것이 분명했다.

"거기에 놓고 가시면 돼요."

상대하기도 싫었던 레나는 그를 보지도 않고 답했다. 막스 무리는 뭐가 좋은지 실실 웃으며 저들끼리 수군거렸다. 레나는 담담하게 책 닦는 일에만 집중했으나 희번덕거리는 막스의 시선은 떨어질 줄 몰랐다. 그 따가운 시선을 묵묵히 견디며 제 할 일을 하는데, 문득 간교한 계책이 떠올랐다.

저 인간을 한번 이용해 보면 어떨까.

로제마리는 영리하기 때문에 전달책으로 쓰기에는 위험 부담이 컸다. 믿기도 힘든 상대다.

그렇지만 당장이라도 눈앞에 있는 하녀를 눕히고 싶다는 속내를 투명하게 드러내는 저 남자는 과연 어떨까.

"너, 정원사랑 시시덕거리다 들켰다며. 필리프 녀석 딱 봐도 빈털터리인데, 그럴 거면 나로 갈아타는 편이 낫지 않겠어?"

그녀의 생각이라도 읽었는지, 막스가 건들거리면서 다가왔다. 그와 함께 들어왔던 무리가 적당히 자리를 비켜 줬기 때문에 어느새 서재에는 레나와 막스 둘만 남아 있었다.

"싫다면요?"

그러자 막스는 예상한 사람처럼 비열한 웃음을 지었다.

"로제마리가 저번에 나한테서 화병 조각을 챙겨 갔거든. 그거 너한테 중요한 물건이었겠지?"

하아. 레나는 한숨을 삼켰다. 그 구역질 나는 음침한 짓거리를 누가 했는지 궁금했는데, 역시나 이놈이었다.

막스는 히죽 웃었다. 레나는 차분한 기색을 유지하며 그를 떠보았다.

"글쎄요. 저도 주운 것뿐이라서."

"그래? 하긴, 로제마리도 네가 줍는 걸 봤다고 하긴 했으니까……."

막스는 금방 꼬리를 내렸다. 불만 가득한 미간이 있는 그대로의 감정을 드러냈다. 보아하니 제대로 아는 것 없이 패만 보였을 뿐, 레나가 첩자라는 속내는 아예 모르는 듯싶었다.

'당신이 버린 쓰레기까지 관심을 가지는 하인한테서 다시 물건을 빼 오는 것쯤은 일도 아니죠. 아, 물론 입단속까지 했으니 뒤처리는 걱정 안 해도 돼요.'

로제마리가 뒤처리를 확실히 해 두었다는 말이 이 뜻이었나. 안타깝게도 비밀 엄수를 도와준 로제마리에게 사뭇 색다른 감회를 느끼기도 전에, 막스의 멍청함이 보다 강렬한 인상을 남겼다.

"그런데, 내가 이걸 후작님께 좀 애매하게 말하면, 너 위험할 수도 있는 상황이지 않아?"

이제는 아주 협박질이다. 레나는 비웃음을 감추지 못했다.

"어때, 곤란하지?"

막스는 그녀의 저조한 기분만을 눈치채고선 실실거렸다. 레나는 여상한 표정 아래로 귀찮은 기색을 감추고 그를 훑었다.

적당히 반지르르한 얼굴, 멀쩡한 허우대. 이런 거죽을 가지고 이리 한심하고 뇌가 텅 비어 보일 수 있는 것도 그 나름의 능력이었다.

"글쎄요, 오히려 저를 곤란하게 해서라도 얻고 싶은 것이 무엇일지가 궁금해지는데요."

레나가 입꼬리를 지그시 말아 올렸다. 사내에게는 꽤 달콤해 보일 만한 미소였다. 멍청한 막스는 그 미소를 유혹의 의미로만 해석했다. 그렇기에, 그의 다음 행동은 여태까지 해 왔던 행동 중에서 가장 멍청했다.

그는 바로 한쪽 무릎을 꿇었다. 정원에서 언제 훔쳤는지 모를 파란 장미 꽃 한 송이가 무턱대고 내밀어졌다. 장미는 그새 그의 품에서 시들었는지 꽃잎이 너덜거렸다. 피식 비집고 나오는 헛웃음이 화답하는 미소로 보였는지, 막스가 궁금하지도 않은 제 유망함을 열심히 늘어놓기 시작했다.

"나는 필리프 녀석보다 여기서 오래 일해서 급료를 높게 받아. 모아 둔 돈도 많아. 네가 사치 부리지 않는다면, 너 하나쯤은 데리고 나가서 살 정도는 돼. 널 탈출시켜 줄 남자를 찾고 있는 거라면, 나한테 오는 게 어때?"

레나는 더는 참지 못하고, 대놓고 실소를 터뜨렸다.

이 녀석이다. 이 녀석이 이용해 먹기 제일 제격일 것 같다. 레나는 바로 그렇게 결정했다.

"생각해 볼 만하네요. 이리 줘요."

막스는 막상 질러 놓은 고백에 긍정적인 대답은 생각도 못 했는지 넋 나간 얼굴로 손을 덜덜 떨었다.

"저, 정말?"

레나는 속으로 덜떨어진 얼굴을 비웃으며 그의 손에서 파란 장미를 빼냈다.

"확답은 아니에요."

하얀 손가락이 꽃잎의 상한 부분을 하나하나 떼어 냈다. 막스는 멍하니 눈앞에 있는 여자의 눈동자 색을 닮은 꽃잎이 발치에 우수수 떨어지는 광경을 바라보았다.

"일단, 생각은 해 보겠다는 뜻이에요."

어떻게 이 머저리 같은 놈을 눈앞에서 치우고, 필리프에게 지금 상황을 전달할 수 있을까. 오직 그 고민만을 머릿속에 담은 레나가 막스에게 적당한 미소를 지어 주었다.

* * *

충혈된 눈이 어둠 속에서 퍼뜩 열렸다. 눈동자는 피를 본 짐승 같은 광증에 물들어 있었다. 어둠 속에서 헉헉 몰아쉬는 숨소리가 힘겨웠다.

마른세수하는 손이 덜덜 떨었다. 차분히, 숨을 들이마셨다 내쉬었다 하는 과정을 반복하자 점차 호흡은 안정되었다.

죽은 루시아가 꿈에 나왔다. 흔하게 꾸는 꿈이 아니었다. 그는 꿈의 끝자락에서 찬란한 금발의 여인을 품에 안고 오열했다. 장례식에도 찾아가지 않은 약혼자치고 과히 섧을 정도의 눈물이었다. 품 안에서 그 금발을 떼어 내면 과연, 장미석 같은 분홍 눈이 사르르 웃음을 짓고 있었을까.

이것도 과거의 잔상이란 말인가. 선명하게 기억을 찾았다고 직감했을 때와 달리 안개가 낀 듯 흐리터분한 찝찝함이 남아 있었다.

두통 때문에 꽉 쥐어졌던 주먹이 스르르 펴졌다. 구겨진 침상, 공허한 숨소리, 어둠 속에 혼자 남은 정적. 손목에 새겨진 마법진이 짙어져 있었다. 구스타프의 경고가 의식을 파고들었다.

'안지 말고 멀리 두십시오.'

카론은 그 명료한 진단이 마음에 들지 않았다. 그 진단을 거부하려는 자신은 더욱 마음에 들지 않았다.

이토록 말도 안 되는 욕정이라니. 오랫동안 여자를 안지 않았더니 미쳐 버린 것이 틀림없었다. 계속해서 착잡한 심정으로 레나 크루거를 그냥 돌려보낸 그 밤의 감정이 교차했다.

그 밤에 무엇이 두려워 눈앞에 여자를 두고 손끝 하나 건들지 못했을까. 그나마 그때는 수상한 하녀가 꺼림칙해서 그런 줄만 알았는데. 심지어 지금은 며칠간의 추적과 조사 끝에 배후가 누구인지 알게 되었음에도 손을 못 대고 있으니 미칠 노릇이었다.

첩자를 수없이 상대해 본 카론 입장에서 레나 크루거는 참으로 어설프기 그지없는 상대였다. 아마 제대로 훈련된 첩자는 아닌 듯 보였다. 접선, 거래 시도, 경력, 저택에 들어오자마자 했던 행동까지. 최근 소등 사건도 그러했다.

저택에서 마법진에 새겨진 고어를 해석하고, 정확하게 긁어낼 정도로 신비력을 배운 인물이라는 걸 그리 쉽게 드러낼 수 있나. 조사해 본 결과, 필리프는 포모나 전쟁 중에 오노르 왕국으로 건너와 뒷골목을 떠돌게 된 흔한 잡배에 불과했다. 신비력 이론을 알 만큼 학식 있는 인물이라면 그렇게 살진 않았을 터였다. 그러니 레나 크루거가 수상쩍을 수밖에 없는 것이다.

사실 로렌츠 발렌시아가 보낸 첩자 따위는 적당히 가지고 놀다 버리면 그만인데.

배후는 한스를 시켜 다시 입수한 데스테 백작령의 바실리카 수강자 명단을 보고 알아챌 수 있었다. 레나 크루거가 바실리카를 다녔던 기간 외에 다른 시기까지 추적해 본 결과, 확보한 명단에는 그에게 익숙한 이름이 올라와 있었다.

로렌츠 발렌시아.

이전에 구했던 바실리카 명단이 누구에 의해 위조되었는지가 명확할 정도였다. 꿈속에서 본 과거에서는 두 사람이 같은 시기에 바실리카를 다녔으니, 로렌츠가 자신의 바실리카 등록 시점만 다른 때로 조작해 놨을 가능성이 컸다.

레나가 저택에 들어오고 얼마 지나지 않아서, 로렌츠 발렌시아가 그에게 거래를 제안해 오기도 하지 않았던가. 꿈에서 떠올린 과거가 별개의 인물이라고 여겼던 레나와 로렌츠 두 사람의 중간 고리 역할을 하니 일련의 사건들이 퍼즐 조각처럼 하나하나 들어맞았다.

그래서 오히려 선뜻 제거하기가 힘이 들었다. 도대체 로렌츠 발렌시아는 무슨 생각으로 저 어설픈 하녀를 그에게 가져다 놓았을까. 심지어 이 정도는 에르하르트가 심도 있게 파고들면 어렵지도 않은 조사일진데.

'후작님께서는……. 신경 쓰이는 상대를 가만히 두고 보질 못하셨지요, 예전부터.'

그 같잖은 도발이 우스웠지만, 그 허세에 반응해 준 것도 카론답지 않은 짓이었다. 그쯤 가지고 놀았으면 로렌츠 발렌시아에게 목을 잘라 보내는 편이 훨씬 그답지 않은가.

여태껏 이토록 욕정이 이는 여자도 없었는데, 적당히 욕망을 배출하고 버리기엔 꺼림칙했다.

카론은 신경질적으로 담배부터 찾아 물고 성냥을 그었다. 아직 볕이 들지 않은 오전의 침실 안에서는 성냥개비 끝에 달린 한 줌의 불빛이 확실한 존재감을 내뿜었다. 성냥불은 입체감 있는 이목구비를 구석구석 밝혀 주었다.

레나 크루거는 확실히 가까이 두어서는 안 되는 인물이다. 독을 품은 꽃이라는 사실은 확실한데, 그는 멍청하게도 불꽃 주변에서 맴도는 부나비처럼 결단을 주저하고 있었다.

한숨 같은 연기를 내뿜자, 절도 있는 노크와 함께 한스가 들어왔다. 노련한 집사장은 이제 일어난 주인의 꼴에도 한심하다는 기색 없이 공손히 명단을 내밀었다.

"다음 연회의 밤 무도회 참석자 명단입니다."

카론은 대충 명단을 훑어보다가 얼굴을 찌푸렸다.

"왕세자가 온다고?"

담배를 물고 있어서 으깨진 발음이었다. 곧 물고 있던 담배 끝이 쓰게 타올랐다.

"예. 서신도 보내 오셨습니다."

넘겨받은 서신을 확인한 카론이 미간을 찌푸렸다. 이것은 거의 허락이 필요하지 않은 통보 수준의 서신이었다. 찾아갈 테니, 알아서 준비해 놓으라는 식의. 벌써 피곤이 몰려오는 일이었다.

"잘 준비해 둬."

이내 뿜어진 연기가 그 잘난 얼굴을 흐렸다. 한스는 고개를 숙인 채로 방을 나갔다. 카론은 빛을 차단하는 암막 커튼을 걷지 않고, 한동안 어둠 속에 묻혀 있었다.

* * *

비둘기가 필리프의 어깨에 앉았다. 갑자기 후작의 감시가 삼엄해지는 바람에 훈련을 미뤄 두고 있는 비둘기였다.

레나의 침실 창가로 찾아가는 훈련만 제대로 해 두면, 전서구가 제일 안전한 전령이 되어 줄 것이다. 시침 하녀가 되고부터는 로제마리와 같이 쓰지 않는 개인 침실이 생겼다고 들어서 시도하려 했건만, 아무래도 당분간은 무리인 분위기였다.

필리프는 레나의 방 쪽으로 눈길을 주다가 뒤에서 느껴지는 인기척에 바로 돌아섰다. 무안한 손을 거둬들이는 막스 위로 푸드덕 날아오른 비둘기의 깃털이 떨어졌다.

"무슨 일이야?"

저 히죽거리는 웃음을 보아하니 그리 좋은 예감이 들진 않았다.

"아니, 친구. 왜 이리 예민해졌어."

언제부터 친구였다고. 필리프는 의아한 눈으로 그를 훑었으나 막스는 능구렁이처럼 그의 목에 팔을 감고 어깨동무를 해 왔다.

"네가 뭐, 이런저런 안 좋은 일을 겪었다고 들어서 술이나 한 잔 사려 했지."

필리프와 막스는 따뜻한 위로를 나눌 만한 사이가 아니었다. 평소 막스의 행실이나 언행을 되새겨 본다면, 무슨 문제로 그를 찾았는지 추측하기는 어렵지 않았다.

"레나 크루거 때문이야?"

필리프는 단도직입적으로 요점만 파고들었다. 막스는 새 하녀들이 들어온 첫날부터 레나 크루거에 관해서 떠들고 다녔다. 아마, 실외에서 일하는 고용인한테까지 레나 크루거라는 이름이 알려진 공로의 8할은 막스의 지분일 터였다.

"아니, 뭐, 그거랑 비슷한 문제 때문이기도 한데……."

막스는 눈을 피하며 얼버무리다가 필리프를 빤히 바라보았다. 그러다가 흠흠, 하는 헛기침으로 비장하게 선언했다.

"나, 걔랑 결혼할 거다."

"뭐?"

필리프는 꽃에 달라붙은 해충을 보는 눈빛으로 막스를 보기 시작했다.

"그러니 너는 걔를 놔주었으면 해."

뒤에 이어진 말은 더 가관이었고, 필리프가 어이없어서 하, 하고 실소나 내뱉는데, 막스는 그것을 분기로 받아들였는지 그의 어깨를 도닥였다.

"뭐, 네 기분도 이해한다. 여자한테 차이는 일이 처음이면 힘들 수도 있지."

"좀, 꺼져 줬으면 좋겠는데. 내가 일이 바빠서."

"그런데, 어쩌겠냐. 레나는 나를 택했어."

저건 또 무슨 소리야. 필리프는 막스를 등지고 돌아서려다가 비스듬하게 고개를 기울여 그를 보았다. 이번에는 망상증 환자를 보는 눈빛이었다. 그러나 막스의 얼굴은 승리자처럼 득의양양했다.

"믿기 어렵겠지만 사실이야. 자, 이걸 봐."

막스는 자신만만하게 편지를 꺼내 보였다. 편지 봉인이 깨져 있는 것으로 보아, 전달하기도 전에 먼저 편지를 열어 본 티가 역력했다.

필리프는 일단 편지를 받아 들고 내용을 읽었다. 우선, 필체는 분명히 레나의 것이 맞았다. 로렌츠에게 보내 달라 부탁했던 엘레나 오펜하이머의 편지를 읽은 적이 있었기에 식별은 어렵지 않았다. 그러나 내용을 보고서는 비웃음을 참기가 어려워졌다.

편지에는 관계를 지속할 수 없어 헤어지고 싶으니 놓아 달라는 내용이 담겨 있었다. 편지로 연인 놀음을 하는 것으로 보아 막스의 말이 사실이 아니란 것쯤은 명백한 터.

필리프는 막스를 빤히 바라보았다. 저놈이 협박이라도 해서 이런 편지를 쓰게 된 걸까.

"너 걔한테 무슨 짓을 한 거야?"

"무슨 짓을 하긴!"

막스는 되레 시뻘게진 얼굴로 화를 냈다.

"걔가 내 마음을 받아들인 건 사실이야. 인정할 수 없으니까 추하게 굴지 마라. 남자라면 자기 싫다는 여자한테 굳이 들러붙지 말아야지."

필리프는 눈을 가늘게 뜨고 막스를 훑었다. 저 한심하고 옹졸한 녀석이 그런 말을 할 처지인가 싶은 황당함은 살짝 제쳐 두고.

저 녀석이 레나를 건드렸다면, 진작 후작한테 곤죽이 되도록 얻어 터졌을 텐데, 어떻게 멀쩡한 거지? 아직 들키지 않은 건가. 레나는 모르겠지만, 필리프가 엉망인 꼴이 되고 난 뒤부터 남자 고용인들은 시침 하녀를 건드리지도 못하는 분위기가 되어 있었다.

그 바람에 연인 관계였던 고용인 커플이 야반도주하는 사례가 꽤 있다고 들었는데, 후작은 그런 잔챙이들까지 잡아들일 의지가 없어 보였다. 몇몇이 정착한 곳에서 잘살고 있다는 소식까지 들려오는 것을 보면.

오히려 도망친 시침 하녀들 자리는 공석으로 두고, 첩자 일과는 거리가 먼 어수룩한 남자 고용인들만 신입으로 들어왔다. 눈치 빠른 고용인이라면 후작의 성정을 익히 알기 때문에 몸을 사릴 테지만, 무서운 줄 모르고 기어오르는 이들도 슬금슬금 생길 만한 시기다. 지금 눈앞에 있는 막스부터가 그랬다.

평소 후작은 도대체 무슨 생각을 하고 있는지 가늠하기 어려운 인간이었으나, 최근 정황으로 보아 한 가지 확실해진 점은 있었다.

후작은 레나 크루거에게 신경을 집중하고 있다. 이제껏 방관했던 저택의 체제를 바꿔 놓을 만큼이나.

"레나 크루거가 널 보낸 건 확실한가 보네."

"뭐?"

"네가 아직 목이 안 잘린 걸 보니."

필리프는 비아냥거릴 의도 없이 담담히 사실을 고했다.

레나 크루거도 성격상 겁박을 당했다면 후작에게 알리지도 않고 가만히 당하고만 있을 인물이 아니었다. 그러니 이 녀석에게 이런 편지를 쥐어서 보낸 건 그녀 나름의 이유가 있을 터였다. 로제마리를 끼고 만났을 때처럼, 이런 우스운 연인 놀음이 위장을 위해서라도 필요하다는 뜻이겠지.

막스는 어리둥절한 반응을 보이다가 뒤늦게 후작이 떠올랐는지 조금 분한 표정으로 그를 노려보았다.

"너처럼 무능하게 빼앗기진 않을 거다. 난 걔랑 결혼할 거야. 후작님이 아무리 제멋대로 행동하신다 한들 남편 있는 여자를 건드리진 못하겠지. 아무리 그래도 귀족의 체면이 있으신데."

"……너는 빼앗을 수 있고, 후작은 절대 빼앗을 수 없는 방법이랍시고 내놓은 것이 고작 결혼이라고?"

"어차피 후작님은 적당히 데리고 놀다가 버릴 애잖아. 내가 가로채는 게 뭐가 나빠."

말하는 꼴을 보면 본인은 안 그럴 남자인 줄 알겠다. 그러나 막스의 궤변은 멈추지 않았다.

"걔 놔줘. 네가 후작한테 말할 정도로 비겁한 놈은 아니라는 레나의 말을 믿고 솔직하게 터놓는 거다."

"아……. 그래, 걜 너무 믿으니까 편지도 미리 열어 본 거지?"

막스는 눈가 밑을 움찔거리며 입술만 달싹였다. 자기 변론에 적당한 말을 찾지 못한 것 같았다.

"넌 참 운이 좋아. 원래 너 정도 인간이면 이 저택에서는 금방 죽거나 사라졌을 텐데……."

"뭐?"

"집사장과 하녀장이 몰래 키워 온 사생아인 덕분에 아직까지 목숨이 붙어 있으니."

어떻게 그걸. 막스는 저택에서 오로지 셋만 간직하고 있던 비밀이 폭로되자 얼굴이 새하얗게 질렸다. 필리프는 창백하게 넋이 나간 그 얼굴을 보고 잔웃음을 짓다가 걸음을 옮겼다.

"그러니 조심하라고. 아름다운 것들엔 항상 가시가 있는 법이거든."

필리프는 처음으로 막스를 위해서 친절을 발휘해 보았다. 정말로, 그에게 피와 살이 될 충고였으나 안타깝게도 막스는 알아듣지 못했다.

* * *

레나는 측면으로 시선을 회피하고, 들고 있던 레몬주스를 한 모금 빨아들였다. 로제마리가 실눈을 가늘게 뜨고 그녀를 응시하고 있었다.

그러다 레나는 잡고 있던 책으로 시선을 돌렸고, 로제마리는 드레스 수선을 재개했으나 둘 다 손에 쥔 것에 그리 집중하고 있진 않았다.

그 어색한 침묵을 먼저 깬 사람은 로제마리였다.

"제발, 내가 드레스를 다시 고칠 일이 없길 바라요. 임산부의 드레스는 아직 맞춰 본 적이 없거든요."

순간, 레나는 마시던 것을 모두 뱉어 낼 뻔했다. 요사이 레몬주스를 자주 찾았더니 애먼 의심을 산 모양이었다.

로제마리는 후작이 부를 것을 대비해 다가오는 무도회에서 레나가 입을 만한 드레스를 수선하고 있던 참이었다. 레나는 그럴 필요 없다면서 고사했으나 로제마리는 헛된 희망을 놓지 않은 듯 보였다.

"원래 남자를 여러 번 바꾸는 편이에요?"

"무슨 말인지 모르겠는 걸요."

"모르는 척하기에는 막스 입이 너무 가벼워서요. 필리프 험담을 엄청나게 하길래 떠봤더니, 나한테 레나 씨와 있었던 일을 술술 말하지 뭐예요."

로제마리는 막스가 떠드는 말을 고스란히 들려주었다.

예상대로, 그에게 지어 주었던 달콤한 미소나 조금만 친절하게 속살거려 준 몇 마디 말이 마치 연인의 밀어처럼 과장되어 퍼져 나가고 있었다. 막스는 이미 그녀와 결혼한 사람처럼 굴었다.

심지어 필리프라는 지질한 장애물을 떼어 내고, 사악한 후작으로부터 약혼녀를 보호해야 한다는 망상에라도 사로잡혔는지, 자신의 사랑이 벌써 험난하다며 괴로워하기까지 했단다. 저 혼자서 있지도 않은 사랑의 고난을 쥐어짜는 모습이었다.

로제마리의 입으로 그 꼴 같지도 않은 이야기를 몽땅 듣고 나니 머리가 욱신거릴 지경이었으나 적당히 예상했던 일이었다. 두 걸음 전진을 위한 한 보 후퇴라고는 하지만, 울컥 솟는 짜증은 어쩔 도리가 없었다.

"그냥 생각해 보겠다고만 했을 뿐이에요."

레나는 적당히 얼버무리며 책 읽는 척을 계속했다. 로제마리는 헛소리라 일축하는 부정이 바로 나오지 않자 고개를 갸웃했다.

"혹시 막스 말에 어느 정도 일리가 있는 건 아니겠죠?"

"그게 로제마리 씨한테 중요한 문제예요?"

"당연하죠!"

로제마리가 두 눈을 동그랗게 부릅뜨고 분개했다. 레나는 생각보다 세찬 반응에 움찔 경련했다. 로제마리가 설마, 설마 하는 눈으로 레나를 훑다가 열변을 토하기 시작했다.

"내가 소개해 주려고는 하긴 했지만, 후작님이 있고, 필리프……도 있는 데, 막스를 택하는 건 말도 안 된다고 생각해요. 아무리 막스가 저택 고용인들 사이에서 입지가 있어 봤자, 저택의 주인만 하겠어요? 고용인과 귀족 사이에서 고용인을 택하는 여자는 레나 씨밖에 없을 거예요. 자기 주제를 알고 만족하는 것도 정도가 있지, 어떻게 그렇게 아둔한 선택을 해요? 그래도 필리프까진 이해했어요. 인정하긴 힘들어도 얼굴은 그만하면 괜찮고, 이해하진 못하겠지만 걔가 다정하다면서 좋아하는 하녀들이 많았고, 이때껏 더러운 소문도 일으킨 적 없었으니까……. 뭐, 그래 봤자 고용인이지만요. 확실히, 후작님이 더 낫죠."

로제마리는 필리프 부분에서 조금 횡설수설하다가 다시 점층적인 분통을 터뜨렸다.

"시침 하녀들은 대부분 후작님이 무서워서 포기한 것이 아니에요. 하나같이 하룻밤밖에 탐하지 못하니까 포기한 거지. 누군 관심을 끌려 해도 안 되는데, 레나 씨는 오히려 지금 상황에서 별 볼 일 없는 남자들이랑 엮이려 들다니……. 도대체 무슨 생각인 거예요? 하던 첩자 일도 관두고 지금이라도 후작님한테서 단단히 한몫을 챙겨야 할 마당에……."

"그만해요."

레나가 탁 소리 나도록 책을 접으며 말을 잘랐다. 로제마리야 워낙 그런 인물이라 무슨 말을 하든 거슬리진 않았으나 후작을 노리는 여자들에 관해서는 알고 싶지 않았다. 선을 넘는 참견이라는 경고에도, 로제마리의 두 눈에는 불만이 한가득 차올라 있었다.

"후작님이야 조만간 다시 뵙게 될 거예요."

레나는 어째서 자신이 그녀를 달래 주고 있는지 몰랐지만, 일단은 로제마리의 불만을 계속 등한시할 수는 없었다. 지금 같은 상황에서 무슨 일이라도 벌인다면 곤란하니까.

"정말요? 무슨 일로요?"

"계속 이렇게 지낼 수는 없잖아요. 오해가 풀릴 때를 기다리는 중이에요. 적당한 때에 결백을 증명해야죠."

로제마리는 의심스러운 기색을 완전히 지우지 못한 채로 드레스를 만지는 손놀림만 재개했다. 레나는 그 시선을 회피하며 들고 있던 레몬주스를 마저 마셨다. 분위기 흐름이 바뀌자, 로제마리는 그녀의 눈치를 슬쩍 보다가 요새 집요해진 점을 찔러 보았다.

"······필리프랑은, 정말로 헤어진 거예요?"

역시 편지가 신경 쓰였나 보다. 레나는 고개를 절레절레 내저었다.

"막스가 편지 내용은 안 전해 줬어요?"

"······진심인가 싶어서요. 필리프가 애절하게 굴길래, 꽤 깊은 사이인 줄 알았는데."

"편지에 전한 내용 그대로예요."

레나는 여전히 책에 시선을 둔 채로 대답했다. 로제마리는 이후 아무런 말도 하지 않았다. 어쩐지 편안해 보이는 기색이었다. 레나 역시 그 얼굴에 안도했다.

로제마리가 중간에 알아채지 못했다는 것은 어쨌든 편지가 무사히 전달 되었다는 뜻이었다.

* * *

그 시각, 필리프는 벽난로 앞에서 편지를 읽다가 웃음을 터뜨렸다. 손에 쥔 편지에는 연인에게 이별을 전하는 내용 위로 얼룩덜룩 변색된 글자들이 드러나 있었다.

레몬 과즙으로 쓴 글이었다. 과즙이 마르면 그 내용을 알기 어렵지만, 열 기가 닿으면 제 모습을 드러낸다.

참 재밌기도 하지. 레나 크루거는 알수록 좀 대담한 구석이 있었다.

가로로 읽어도, 세로로 읽어도, 대각선으로 읽어도 의미를 알 수 없었 던 편지는 벽로에 태워 없애기 전에 마지막으로 확인했을 때야 제대로 된

진의를 드러냈다. 그땐 저도 모르게 휘파람을 불었다. 마법처럼 모습을 드러낸 비밀 메시지는 그에게 꽤 흥미로운 제안을 하고 있었다.

덕분에 침대 위에는 새로 맞춘 턱시도가 자리했다. 그 위로 은색 가면과 하얀 리본이 놓였다.

에르하르트의 밤 무도회. 누군가를 잡아먹기 위한 완벽한 장소가 아닌가.

4. 시중 하녀

레몬즙은 첩자가 서신을 쓰는 고전적인 방식이다. 첩자들 사이에서는 워낙 알려진 방법이다 보니 에르하르트같이 첩자 문제에 예민한 저택에선 발각될 위기가 있어 권장되진 않았지만, 첩자가 아닌 일반 고용인들을 상대로 속이기엔 여전히 좋은 방법이었다. 대표적인 예가 막스였다.

"오늘은 왕세자가 무도회에 올 거야. 덕분에 연회가 더 성대하게 열릴 것 같아."

"그런가요. 제가 저번에 추천한 책은 읽어 보셨어요?"

"아, 그 책. 솔직히 말해서 뭐가 재밌는지는 모르겠지만, 읽고는 있어. 그보다 무도회 날 말인데……. 서재도 좋지만, 무도회가 재밌지 않아? 네가 요구한 대로 우리 둘이 마실 와인도 구해 놓을 생각인데 말이야."

로제마리가 자리를 비운 서재. 막스는 겁도 없이 찾아와서 레나의 속을 메스껍게 만드는 이야기만 늘어놓았다. 필리프와 관계를 끝내겠다는 편지를 받아 간 이후로, 막스는 틈만 나면 서재에 방문했다.

제 딴에는 밀회라고 생각하는 만남의 기회를 아슬아슬하게 노리는 모양 인데.

레나는 차라리 로제마리와 있는 시간이 편할 지경이었다. 막스에게 별도 의 감시가 이루어지지 않는 이유가 궁금할 정도로, 그는 그녀를 자주 찾아와 귀찮게 굴었다.

그들은 밤의 무도회에서 추는 춤이 어떤 의미인지 모르지 않았다. 그가 지난 무도회 때 무슨 짓을 했는지 알면서도 이런 추근거림을 웃어넘겨야만 하는 것이 가장 큰 고역이었지만, 무도회를 기다리고 있는 건 레나 또한 마 찬가지였기 때문에 미소 지어 줄 수 있었다.

"그럴게요. 전에 부탁하신 대로, 은색 가면에 푸른 드레스를 입으면 되는 거죠?"

그러자 막스가 환하게 웃었다. 한 걸음 나아가서 물어보는 말에는 우스운 자신감까지 곁들여져 있었다.

"넌 무슨 차림을 원해?"

연인은 무도회에서 각자 지정해 준 드레스 코드로 서로를 찾는다. 레나는 곧장 답을 주었다.

"은색 가면에, 하얀 리본이요."

"알았어. 그렇게 입어 줄게."

막스는 별다른 의심도 없이 수락했다. 얼굴을 가까이 맞대고 속삭이는 모습으로 보아 연애 놀음에 제대로 심취한 모양새였다. 금방이라도 입이라 도 맞출 것처럼 다가오는 간격이 부담스러워질 찰나에, 서재 문이 덜컥 열 렸다.

"여기서 뭐 해? 너 나가."

로제마리의 불퉁한 목소리가 막스를 떼어 내 주었다. 덕분에 그와 책장 사이에 갇혀 있던 레나는 자연스럽게 몸을 빼냈고, 막스는 짜증 묻은 눈초 리로 로제마리를 노려보다가 서재를 나갔다.

"고마워요."

이럴 땐 로제마리가 아군이다. 로제마리는 막스가 나간 자리를 노려보다가 고개를 획 돌려 따져 물었다.

"쟬 대체 왜 받아 줘요?"

"우습잖아요. 착각하고 있는 모습이."

레나는 대수롭지 않은 얼굴로 책상에 앉아 막스의 방해로 중단되었던 책 정리를 계속했다. 막스는 대부분 짜증 나고 하찮았지만, 말한 대로 우스운 놈을 놀리는 재미도 있었다.

제가 저지른 짓을 알고도 여자가 하는 말을 곧이곧대로 믿다니, 멍청하기 짝이 없지 않나.

아마 제가 저지른 짓이 그리 심하지 않았다고 생각하거나, 눈앞에 있는 여자가 아무런 생각이나 감정 없이 어떤 남자든 비위 좋게 받아 줄 거라 여기니 저 모양일 테지.

레나의 속내를 모르는 로제마리는 이해할 수 없다는 표정으로 고개를 내저었다. 그러다가 그들 앞에 널려 있는 책들을 보고 한숨을 내쉬었다.

두 사람은 며칠째 서재에 틀어박혀 후작이 읽을지 안 읽을지 모르는 수천 권의 책을 닦고 있었다. 인력 낭비도 이런 낭비가 없지만, 시키는 일이니 따를 수밖에.

"저런 남자의 추근거림을 즐겨 봤자 좋을 일 없어요. 특히, 막스 쟤는 받아 주면 줄수록 감당할 수 없을 텐데 도대체 무슨 생각인 건지."

로제마리가 책을 닦다가 투덜거렸다. 레나는 하던 일에 집중하다가 로제마리를 흘깃거렸다.

"그 태도가 가끔 헷갈려요."

"무슨 태도요? 설마 막스를 두고 하는 말은 아니겠죠? 맙소사, 에르하르트 후작가로 지원해서 올 정도면서 그렇게 순진해 빠진 소리 하지 말아요. 여자랑 자기 전까진 세상에 다신 없을 사람처럼 애절하게 굴다가 실컷 질릴 때까지 자고 나서는 떠나 버리는 남자가 엄청 흔한 세상이라고요. 당신도 후작님에게 당해 봤잖⋯⋯."

"아니요. 저는 로제마리 씨의 태도를 말하는 거예요."

우르르 쏟아내던 기세를 멈칫한 로제마리가 레나를 빤히 바라보았다. 레나는 로제마리의 잿빛 눈동자를 지그시 보다가 갑작스럽게 얼굴을 가까이 내밀었다. 로제마리는 흠칫 놀라 몸을 뒤로 젖혔다.

"날 싫어하는지, 날 걱정해 주는지 모르겠어요. 어느 쪽이에요?"

로제마리는 잠시 황당한 기색을 드러냈다.

"그런 질문은 처음 받아 봐요."

금방 표정을 지워 낸 로제마리는 대수롭지 않게 말을 이었다.

"뭐, 그 정도는 솔직하게 말해 줄 순 있어요. 둘 다예요. 당신을 별로 좋아하진 않지만, 당신이 걱정되기도 하는 거예요. 그건 모순도 아니죠. 당신이 첩자인 게 발각되어서 죽어 버려도 딱히 상관은 없지만, 기왕이면 후작님의 정부로 오랫동안 남아 있는 편이 좋다는 말이에요. 나의 작은 재미 측면에서도, 처우 개선 측면에서도."

그렇게 말하는 로제마리는 아주 미묘한 미소를 머금고 있었다. 레나는 여전히 투명한 시선으로 그녀를 관찰하듯 물었다.

"이런 상황이 되었는데도⋯⋯. 내가, 당신 입지를 좋게 만들어 줄 수 있을 거라 생각해요?"

그러자 로제마리의 입가에 남아 있던 미소가 지워졌다. 무표정해진 두 여자는 서로를 말없이 바라보았다.

레나는 며칠간 고민한 문제의 실마리를 잡은 기분이었다.

아무리 필리프에게 약점이 잡혔다 한들, 로제마리는 언제든 레나의 목숨 줄을 끊어 버릴 수 있는 증거를 쥐고 있었다. 오늘 같은 연회 날 서재로 밀려나기까지 한 상황에서도, 로제마리가 바로 그녀를 버리지 않는 이유가 무엇일까.

그건 로제마리가 그녀를 '가치 있는 인형'으로 대하고 있기 때문이었다. 제 주인인 로렌츠처럼 그녀에게 기대를 걸고 무언가를 얻어 내고자 한다.

그렇다면, 이 상황에서는 레나의 입장 역시 말이 달라지는 것이다.

"내가 후작님을 다시 모시게 될 기회만 노리고 있죠?"

"왜요, 드디어 뭐라도 해 보려는 생각이 들었나 봐요?"

영특한 로제마리는 반쯤 의중을 눈치챘는지 흥미를 보였다.

내일 연회에는 로제마리의 도움이 필요하다. 레나는 그녀가 순순히 넘어와 주길 바라며 넌지시 미끼를 던졌다.

"이대로 갇혀 있을 순 없잖아요. 로제마리 씨도, 저도. 가뜩이나 서로 사이가 좋진 않은 사이인데, 로제마리 씨가 저한테 헛된 기대를 걸고 있으면 저는 더 부담스러워요."

레나는 먼지 묻은 손을 마른 천에 닦아 내며 아무렇지 않게 말을 이어 나갔다.

"그러니 각자 헛된 야망인지를 판단해 볼 계기는 필요하지 않을까요? 로제마리 씨가 말했잖아요, 여자와 자고 마음이 떠나는 남자가 많다고. 그렇다면, 후작님이 아직도 저한테 관심이 남아 있는지 아닌지부터 알아봐야 맞는 거겠죠."

로제마리는 팔짱 낀 상태로 어깨만 살짝 으쓱였다.

"그렇긴 하죠? 그런데 어떻게요? 후작님을 떠보려고 목숨 아까운 줄 모르는 소동이라도 일으킬 작정인 거예요? 그래서 레나 씨한테 무엇이 남는데요? 그걸 결정하려다가 당신이 죽으면요? 혹은 레나 씨 도와주다가 내가 죽거나?"

"그럴 일은 없어요."

레나가 잔잔한 미소로 확신했다.

"이건 아주 간단한 일이거든요."

* * *

"아니, 저걸로."

카론은 정해 놓았던 프록코트를 벗더니 다른 것을 가리켰다.

주인의 성미를 아는 한스에게는 딱히 의아한 일도 아니었다. 카론이 입는 옷으로 까다롭게 굴 때는 유달리 나서기 싫어하는 날이었다.

전 약혼녀인 루시아 데스테를 보러 가야 했던 날도 그랬다. 후작 부인의 손에 붙들려 도살장 끌려가는 소처럼 데스테 영지를 다녀온 날부터가 시작이었다. 그 뒤로, 카론은 주기적인 일과처럼 루시아의 병문안을 가야 할 때마다 거울 앞에서 시간을 질질 끌곤 했다.

그리고 오늘은 왕세자가 오는 날.

카론은 옷을 대충 걸쳐 보더니, 카우치에 털썩 앉아 담배를 꺼내 물었다. 누가 봐도 석연치 않은 얼굴이었다.

"이번에는 무슨 일로 왔을까."

한스는 주인이 답을 기대하지 않는 질문에 대답하기보다 노련한 고용인답게 시침 하녀 명단을 건네는 것으로 할 일을 대신했다.

"왕세자 전하께서 들여보낸 아이들입니다."

카론은 지긋지긋한 한숨을 쉬고 미간을 문질렀다. 이름도 처음 보다시피 하는 시침 하녀들은 애초에 왕세자 측근에서 추천서를 받아 온 이들이었다. 짓궂게도 그들 모두 금발이었다.

후작이 침대에 들이지도 않는 시침 하녀들을 불러 모으는 이유, 그 비합리적인 규모 뒤에는 영애들에게 다정한 왕자님으로만 알려진 왕세자가 존재한다는 사실을 누가 알아챌까. 에르하르트의 시침 하녀 자리는 후작가를 주기적으로 방문하는 왕세자의 내밀한 정부 신분 세탁 장소라는 사실을 그 누가 상상이나 하겠냐는 말이다.

"씨발, 아주 남의 저택에서 거하게 뒹굴겠단 통보시군."

지난번보다 늘어난 명단 인원에 카론이 탄식했다. 어찌 보면 참 대단한 정력이라 감탄할 정도였다.

"그래도 국왕 전하보단 점잖으신 분이니 다행이라는 생각도 들지 않으십니까."

한스는 익숙한 사람처럼 주름 접히는 미소를 머금은 채, 불충한 농담을 던졌다. 나긋한 미소와는 달리 말뜻에는 카론보다 더한 뼈가 있었다.

이전 세대의 일을 알고 있기에 나올 수 있는 말이었다. 왕세자의 여성 편력은 국왕인 제 아비를 빼다 박은 터라, 당시에도 후작의 수행원이었던 한스는 선대 후작 역시 이 문제로 골머리를 썩였다는 사실을 알고 있었다.

"이렇게 에르하르트의 영향 아래서만 향락을 즐기신다면, 선대 후작님이 겪은 수고로움이 반복되지는 않겠지요."

왕의 사생아까지 뒤에서 처리해 주던 에르하르트 가문과 그 비밀의 역사. 아버지 대의 과오를 반복하지 않기 위하여, 왕세자는 자진해서 에르하르트의 관리 아래서만 여자를 취하겠다고 약속한 터였다.

"어찌 되었든, 정해져 있는 하녀들은 왕세자 침실 청소 담당으로 배치시켜. 확실히 피임시키는 것도 잊지 말고."

그러니 웃기지도 않게, 에르하르트는 어느새 왕실의 번식을 단속하고 있는 상황이 되어 있었다. 우스꽝스러운 연회들도 그 속사정의 일환이었다.

카론은 잊고 지내던 아버지와 관련된 이야기가 나오자 절로 거북해지는 심경에 자리를 털고 일어났다. 그렇게 미적거리는 걸음으로 응접실을 들어서자 그를 기다리고 있던 하녀가 자리에서 일어났다.

"후작님을 뵙습니다."

생글생글 웃는 로제마리가 그 앞에 다소곳이 손을 모으고 서 있었다.

"별다른 움직임은 없었나."

주어를 생략한 카론에게는 이미 피로가 진득했다. 평소처럼 레나 크루거

쪽에 별다른 이상이 없다는 걸 확인하고 나면, 그 뒤로는 쭉 왕세자에게 시 달릴 예정이었다.

카론은 긴장한 하녀의 얼굴 너머에 있는 벽시계를 보면서 한숨을 푹 내 쉬었다. 이제 곧 도착이다. 그 생각에 사로잡힌 바람에, 카론은 로제마리의 대답이 평소보다 지체되고 있다는 사실을 눈치채지 못했다.

"……수상한 움직임은 없었습니다."

"그래, 나가 봐."

순조로운 대답에 카론이 고개를 까닥였다. 이제 곧 들이닥칠 왕세자한테 시달릴 생각에 속으로 한숨만 내쉬는데, 로제마리가 조그마한 목소리로 말을 걸었다.

"대신에……. 조금 신경 쓰이는 점이……."

"뭔데."

카론이 인내심 없이 물었다. 로제마리는 주인의 구겨진 인상에 고개도 들지 못하고 말을 이어 갔다.

"레나 씨 몸에 맞춰 두었던 드레스가 있어서요. 레나 씨가 그걸 입고 무 도회에 참가해도 되는지 후작님께 허락을 받고 싶다고……."

"상황 파악 안 되나."

카론이 짜증스레 말을 잘랐다.

한참 몸을 수그리고 있어도 모자랄 판에 드레스란다. 심지어 그걸 입고 무도회를 가? 아주 대놓고 첩자질을 하고 싶다고 그러시지.

"만일 그게 '신경 쓰인다면', 무도회 시간에 서재에 한 사람만이라도 초청 할 순 없냐고 간곡히 요청해 와서요."

'신경 쓰인다면'이라는 가정에, 카론은 입매를 비스듬히 올렸다. 이건 확실한 도발이었다.

"누굴 찾는데?"

보나 마나 그 정원사 놈이다. 마법진이 망가졌을 때도, 눈이 돌아서 레나 크루거가 그놈과 붙어먹었을 가능성을 먼저 떠올릴 수밖에 없었다. 또다시 필리프를 살해하고픈 욕구가 솟아나던 찰나, 로제마리는 머뭇거리더니 거기에 반전을 더했다.

"막스……를 요청했습니다."

순간, 짧은 실소가 그의 입 밖으로 튀어나왔다.

"막스?"

"네."

로제마리는 차마 주인의 얼굴을 보지 못하고 눈을 아래로 내리깔고 있었다. 퍽 난처하고도 민망한 기색이었다. 그도 그럴 테지. 저런 황당한 요구를 대놓고 하는 시침 하녀는 처음 봤을 테니. 시침 하녀 자리에서 내쫓기자마자 아무 놈이랑 자겠다고 알리는 꼴이었다.

카론은 저도 모르게 주먹을 움키고 이를 악물었다. 당구실에서 겁에 질려 파르르 떨던 얼굴이 떠올랐다.

'이곳에서 제게 마음을 둔 분을 찾으려고 했던 알량한 시도가 오해를 부른 듯합니다. 다신 그러지 않을 테니 노여움을 거둬 주세요.'

상황을 모면하기 위한 거짓부렁에 불과한 말이라 생각했다. 혹시 그 안에 반편의 진심이라도 섞여 있기라도 했던 걸까. 아니, 그럴 리는 없었다.

카론은 직관적으로 사람을 볼 줄 알았고, 대체로 그 판단은 옳았다. 그 여자의 행동거지, 눈빛, 말투, 태도. 모든 것으로 보아 레나 크루거는 가진 건 없으면서 자존심마저 내려놓기 힘겨워하는 인간이었다.

시침 하녀를 노리고 들어온 주제에, 마치 귀공녀처럼 굴던 태도만 보아도 그렇지 않나.

거기까지 사고 흐름을 진전시키자, 카론의 입가에 비틀린 미소가 매달렸다. 한낱 계집이 목숨 아까운 줄 모르고 하는 도발일 뿐이었다. 정신 사나워질 필요도 없었다.

'제가 신경 쓰이시잖아요.'

그래, 그 여자는 아주 당돌하게도 그걸 입증하려 드는 것이다. 저를 이렇게 얽어 놓으면서.

"마음대로 하라고 해."

카론이 자리에서 일어났다. 이제 왕세자가 올 시간이었다. 거슬리지 않는다면 거짓말이겠지만, 첩자 외의 문제로 감정적으로 얽혀서는 안 된다.

막스는 갓난아이 때부터 에르하르트의 고용인으로 길러졌으니 첩자일 확률이 없었다. 그러니 저 말은 단순히 카론을 도발하는 그 이상의 의미를 지니지 못했다. 그걸 알면서도 넘어간다면 등신이나 다름없다.

바로 죽여 버릴까, 차라리.

목을 잘라서 발렌시아가로 보내는 거다. 기왕이면, 정원사 놈의 목도 함께. 하지만 두 놈이 나란히 죽어서 함께한다고 생각하니 그 역시도 거슬렸다.

카론은 짜증나는 대로 보폭을 넓혀서 걸었다. 뒤에서 따라오는 한스가 헉헉대는 것도 눈치채지 못할 만큼 신경은 온통 다른 곳에 집중되어 있었다. 이미 왕세자가 아닌 다른 이유로 기분을 잡친 지 오래였다.

고용인들은 현관 앞에서 도열한 채로, 저택 정문을 통과하는 커다란 백색 마차를 맞이하고 있었다. 카론은 표정을 가다듬으려 애썼다. 본디 다른 이의 눈치를 살펴 가면서 심기를 죽이지 않는 편이었으나 지금은 처세에 최선을 다해야 했다.

왕세자가 레나 크루거의 존재를 눈치챘다면, 그야말로 돌이킬 수 없이 언짢아질 테니.

* * *

로제마리는 서재 하녀로 사는 것도 나쁘지 않다고 생각했다. 다른 고용인들이 연회 준비로 죽어라 일하는 와중에도, 서재 담당들은 개미들 옆에서 한가함을 뽐내는 베짱이처럼 평소 같은 게으름을 피울 수 있었다.

이만하면 꽤 괜찮은 직장 아닌가. 단, 이 일이 언제 잘릴지 모르는 업무라는 사실만 빼면 말이다.

많은 소녀들이 어린 시절부터 텃세를 견디며, 최대한 급료를 높게 주는 저택의 하녀로 들어가길 희망한다. 어린 귀공녀든 나이 든 귀부인이든 옆에 젊은 하녀를 두고 싶어 하니, 주방직이나 유모가 아닌 이상에야 일반적인 하녀는 나이를 먹을수록 급료가 줄어들면서 고용 불안정에 시달리기 마련이었다.

바늘구멍인 하녀장까지 올라갈 생각으로 저택에서 한 몸을 다 바쳐 일할 각오가 아닌 이상에야, 보통은 평생을 책임져 줄 남자를 구해 결혼해서 저택을 나가거나 장기 고용을 보장하는 저택을 찾아서 평생 고용인으로 살아야 했다. 그것도 아니라면 생계를 유지할 다른 수단을 찾거나. 로제마리도 예외는 아니었다.

그러니 지금 로제마리에게는 레나 크루거를 단장시키는 일이 서재 정리보다 중요했다. 서재 일은 성실히 수행해 봤자 아무도 알아주지 않지만, 정부의 시중 하녀가 되면 그 밑에서 바싹 벌어 둔 돈과 경력이 저택 밖으로 나가서도 쓸모가 있었다.

시중 하녀들이 은퇴 후에 의상실을 여는 경우는 흔했다. 아름다운 귀부인을 시중든 경력이 있을수록 의상실을 열었을 때의 성공도 보장된다.

하지만 로제마리는 아름다운 귀부인들께서 요구하는 교육 수준과 품위를 갖춘 인물은 되지 못했기에 다른 틈새를 노리는 중이었다.

지체 높은 귀족 남자, 그것도 귀공녀에게 관심을 널리 받는 에르하르트 후작이 곁에 둔 하나뿐인 정부……. 후작의 정부가 공적인 자리에서 딱 한 번만이라도 로제마리가 만든 드레스를 입어 준다면…….

듣기만 해도 가십의 대상이었다. 그 밑에서 일하다 왔다는 시중 하녀가 만든 드레스는 불티나게 잘 팔릴 거라고 보장받는 셈이었다.

게다가 매끄러운 하얀 살결에 광택이 도는 금발이라니. 이처럼 정석적인 아름다움도 없지 않은가. 그저 머리에 향유를 발라 주고, 화장수로 피부를 정리하고, 입술과 볼에 붉은 칠을 해 주는 것만으로 이토록 완전한 아름다움에 다가설 수 있다니! 로제마리는 제 손으로 완성한 작품에 감탄을 금치 못했다.

"자, 봐요."

로제마리는 화장도구 사이에 있던 손거울을 들어 올렸다. 레나의 요구대로, 거울에는 아주 눈이 부실 만큼 화려하기보단 먼발치에서도 돌아볼 만큼 잔상이 남는 미인이 담겨 있었다.

"어때요?"

레나는 거울 속에서 잔잔하게 일렁이는 미소를 짓더니 거울을 내려 두었다.

"예쁘네요, 화장이."

본판이 좋은 걸 본인도 알고 있을 텐데, 겸양 떨기는.

로제마리가 도박처럼 배팅해 본 시침 하녀는 잘해 봐야 어느 귀족 자제의 정부 혹은 첩자일 신분을 지니고도 귀부인처럼 보일 줄 아는 재주를 지니고 있었다. 언행 방식이 로제마리가 나고 자랐던 곳과는 아주 달랐고, 이곳 고용인들 사회에서 봐 왔던 것과도 달랐다. 어느 집안에서 보낸 첩자인지, 교육을 잘 받은 태가 났다.

자연스럽게 가지각색 색유리 화장 병 사이에서 향수병을 골라 코르크 마개를 열고, 손수건에 살짝 소량을 묻혀 향을 맡는 모습만 봐도 그랬다.

평생을 노동자로 자랐기 때문에 비싼 사치품을 보면 어김없이 촌티를 보이는 다른 하녀들과는 다르다는 뜻이었다. 분첩이나 입술연지까지는 다른 시침 하녀들도 잘 알고 있을 테지만, 향기는 아직 귀족만의 사치 영역이라 일반 여성들에게는 어려운 분야였다.

그러나 레나 크루거는 로제마리가 밤의 무도회에서 귀공녀들에게 훔친 향수를, 심지어 로제마리가 외국어 라벨을 읽을 줄 몰라 어떻게 사용하는지를 몰라서 가지고만 있던 물건을 자연스럽게 사용했다. 그걸 능숙하게 사용할 줄 안다고 해서 으스대지도 않았다.

로제마리는 그 광경을 멍하니 바라보았다. 거울 속 자신의 모습에만 집중한 레나 크루거가 거즈에 향수액을 묻혀 목 안쪽에 바르는 모습을 지켜보았다.

옅은 꽃향기, 보랏빛 작약과 푸른 장미가 섞인 듯한 향. 그것과 아주 자연스럽게 어우러지는 모습은 로제마리가 동경하는 이상적인 삶의 일면이었다.

저건 그런 '척'을 해서 할 수 있는 행동이 아니다. 귀족적 생활에 익숙해져 있어서 그것이 물 흐르듯 자연스러워야만 나오는 여유다.

향수가 로제마리에게서 옛 기억을 상기시켰다. 몽롱한 눈빛이었던 로제마리는 고개를 흔들며 현실 감각을 일깨웠다.

이건 레나 크루거의 역량을 시험해 보는 상황이며, 이용 가치가 있는 인형에게는 특별한 감정을 느껴서는 안 되었다. 그녀를 돕는 이유는 그저 돈을 벌기 위한 경로를 열어 두기 위함이다.

로제마리는 제 상황을 잊지 않으려 애썼다.

* * *

한편 그 무렵. 막스는 어두운 와인 창고 안에 있었다. 연회 시기에는 한스가 와인 창고 관리에 느슨해진다는 걸 알고 있었기 때문에 들어오기도 수월했다.

에르하르트는 연회에서 술을 아낌없이 제공하기 때문에, 한 병쯤은 오차가 나서 사라져도 이상한 일이 아니었다. 들키는 순간, 뒷감당을 할 수 없으니 다들 시도하지 않을 뿐이지.

하지만 믿는 구석이 있는 막스는 이제껏 종종 그런 짓을 해 왔다. 귀족 저택에서 태어나고 자란 데다가 고용인 세계에서는 직위 높은 부모 덕에 강자로 군림하다 보니, 분수에 맞지도 않게 주인의 것을 탐내는 욕망만 늘어난 상태였다.

개중에 가장 탐이 나는 건 시침 하녀였던 레나 크루거였다. 레베카는 그 하녀가 요주의 인물이라면서 절대 가까이하지 말라고 당부했지만, 원래 금지된 것이 제일 재밌는 법이지 않은가.

제까짓 것이 튕겨 봐야 시침 하녀. 귀공녀만 아니라면 시침 하녀로 들어온 여자쯤 자빠뜨리는 건 일도 아니었다.

마침 후작한테 단단히 찍혀서 버려지기 직전이던데. 나라도 거두어 주면 감사하게 여겨야지.

막스는 어둠 속에서 와인 박스 안을 더듬다가 손에 잡히는 와인 하나를 꺼내 들었다. 살짝 열린 문틈 사이로 들어오는 한 줄기 빛으로 라벨을 훑어보니 오늘 연회에 대량으로 보급되는 와인이었다.

후작이 아끼는 술만 아니면 된다. 이런 일반 와인 하나쯤은 사라져도 신경 쓰지 않는 후작님이시니.

막스는 콧노래를 흥얼거리면서 창고 밖으로 나갔다. 마법으로 유지되는 저온 때문인지, 나와서도 누가 보고 있는 것처럼 몸이 으스스 떨렸다.

쿵.

막스가 닫고 나간 문 앞으로 공병이 데구르르 굴러왔다. 문틈 사이로 들어오는 빛에 조금 노출된 병목은 푸른 빛깔을 내고 있었다.

* * *

무도회에 한가득 흩뿌려진 사향 향수가 머리를 아프게 했다. 레나는 생존을 위해서 가져온 손수건에 코를 대고 숨을 들이마셨다. 가벼운 향이 그나마 머리를 밝게 해 주었다. 멍하니 위를 보자, 높다란 크리스털 샹들리에가 내뿜는 열기가 눈을 덮였다.

지워졌다던 개폐어가 보수되었는지, 에르하르트 저택은 밤에도 반짝반짝한 퇴폐의 지옥을 펼쳐 내고 있었다. 기다리는 동안, 레나의 눈앞에서 남녀가 족히 다섯 쌍은 바뀌었다. 그들 모두 서로의 몸을 더듬다가 어디론가 떠났다. 레나는 차마 그 농밀한 과정을 관전하지 못하고, 내내 눈을 내리깔고 있었다.

유흥은 죄악이다. 그건 오펜하이머 가문에서 내려오는 가르침이었다.

엄격한 기사로 자라나 고지식했던 아버지와 신비력 중에서도 성력을 연구한 어머니 밑에서 난 귀공녀는 자연스레 보수적으로 자라기 마련이다. 한순간에 가문이 몰락하지 않았다면 필시 그러했을 것이다.

어린 엘레나는 데스테 영지로 오면서 자신의 인생이 이미 밑바닥으로 떨어졌다고 생각했겠지만, 성인이 된 레나 크루거는 밑인 줄 알았던 곳보다 더한 밑바닥이 있다는 사실을 받아들여야만 했다. 그런데도 이런 풍경에 익숙해지기 싫은 이유는, 미처 지우지 못한 귀공녀 엘레나 오펜하이머의 자아가 남아 있기 때문일 것이다.

난 저들과 달라. 난 다시 올라갈 수 있어. 이 천박한 죄악은 일시적일 뿐이다. 나를 위해, 루시아를 위해, 오펜하이머를 위해 세부득이 가질 수밖에 없는 오명일 뿐이다. 언제나 그 자아가 마음 한편에서 그렇게 속삭인 덕분에 버텨 낼 수 있었다.

"늦었네."

레나는 표정을 감쪽같이 감추며 다가온 남자를 향해 미소 지었다.

"처리하고 오느라 늦었거든."

은색 가면에 하얀 리본을 한 남자가 그녀에게 손을 건넸다. 남자는 능청스러울 정도로 우아한 몸짓으로 몸을 굽히며 물었다.

"한 곡 춰야지?"

레나는 머뭇거리다 손을 슬쩍 내주었다. 남자는 빠르게 그 손을 잡아챘다. 그들은 그렇게 홀 한가운데로 나아갔다.

* * *

"오늘은 좀 다르네."

카론은 왕세자가 건네는 잔을 받았다. 반쯤 채워진 잔 안에서 적색 포도주가 찰랑거렸다.

"항상 지루한 얼굴로 있었잖아."

키득키득 웃는 얼굴은 청년보다는 소년에 가까웠다. 새벽빛을 연상하게 하는 은청색 머리칼에 짙푸른 바다색의 눈동자는 누구보다도 순수한 느낌을 주었지만, 카론은 레오폴트의 성정이 외견과 정확히 반대 방향에 있다는 사실을 알고 있었다.

"지겨울 만도 하지 않습니까. 전쟁까지 다녀온 충신에게 탐지견 역할을 맡기셨으니."

"그래, 그래. 후작의 불만은 이해해. 에르하르트는 귀족의 막대한 타락을 방조함으로써 충견 역할을 아주 성실하게 이행하고 있으니까. 그런데 오늘은 무슨 일로 심통이 난 거야?"

레오폴트는 미묘한 변화를 집요하게 물고 늘어졌다. 2층 난간에 기댄 두 사람은 평소 같은 무도실을 발아래에 두고 있었다. 금발을 흩날리는 가면 쓴 여자들, 그들에게 구애하는 가면 쓴 남자들, 빙글빙글 돌아가는 춤사위…….

"그냥 이 모든 것들이 거슬리기 시작해서 말입니다."

카론이 비딱하게 웃으며 들고 있던 잔을 아래로 기울였다. 왕세자가 준 와인은 그대로 낙하해서 한 남자의 옷을 적셨다. 여자의 어깨를 감싸고 춤을 추던 은색 가면의 남자는 힐긋 위를 올려다보더니, 다시 춤을 추면서 유유히 멀어져 갔다.

"아, 완전 악취미인데. 못 본 사이에 성격이 더 나빠졌어."

레오폴트는 지적하면서도 키득거렸다. 그가 슬쩍 머리를 쓸어 올리는 척 곁눈질하자, 카론이 한숨을 푹 내쉬었다.

"계속 건드리지 마시지요."

카론은 여전히 시선을 아래에 둔 채였다. 레오폴트는 즐거이 빙글거렸다.

"에르하르트 후작께서 신경 쓰이는 것이 있는 게 분명한데, 그것이 무얼까? 응?"

레오폴트가 카론과 알고 지낸 지 10년이 넘었다. 그동안에 카론은 줄곧 남의 눈치를 살피는 법이 없었는데, 그걸 뒤집어서 말하자면 구태여 감정을 감춰야 하는 순간에 익숙하지 않다는 뜻이었다.

소년 시절부터 눈에 거슬리는 일은 서슴없이 해치우고 말았던 그 성질 사나운 개가 짜증을 삼키며 버티고 있다니. 전례 없던 일 아닌가.

아니, 있었나? 아주 재밌었던 기억이 있었던 것 같은데.

레오폴트가 미간을 좁히고 어떤 기시감을 느끼는 동안에, 카론은 치밀어 오르는 역정을 자기 딴에 열심히 눌러 삼켰다.

분명, 이제는 위에서 보고 있다는 걸 알 텐데. 일개 풋맨밖에 되지 않는 하찮은 새끼가 단단히 돌아 버렸는지 레나 크루거에게 대놓고 집적거리고 있었다.

두 사람은 사이좋게 귀엣말을 주고받았고, 레나 크루거가 허리를 감는 동작이나 어깨를 끌어안는 행동을 거부하지 않고 응하고 있는 것으로 보아 '집적거리다'라는 표현에는 어폐가 있음이 분명했지만, 그들 행동 하나하나가 거슬리는 카론은 그 화살을 막스에게로 돌렸다.

한낱 고용인 주제에 허락도 없이 자신의 것에 함부로 손을 대고 있다.

대충 그것만으로도 화를 낼 만한 정당한 명분이 될 수 있었기 때문에, 카론은 이번 연회가 끝나고 이 일을 어떻게 처리할지를 고민했다. 그러다 문득 깨달았다.

저 여자를 내 공식적인 정부로 인정했던가. 아니, 오히려 지금은 시침 하녀조차 아니었다.

고용인의 처분은 저택의 관습에 따른다. 에르하르트에서는 후작이 고용인들끼리의 연애나 결혼에 관여하지 않았다. 오히려 고용인끼리의 방탕에도 관대한 분위기였다.

시침 하녀들이 어떤 남자와 자고 다닌다 해도 상관하지 않았다. 반대로, 어떤 남자들이 시침 하녀에게 접근한다고 해도 관여하지 않았다. 이제껏 그가 직접 처리한 건 고용인들 간에 겁탈 같은 극단적인 문제뿐이었다.

최근에 시침 하녀 단속이 엄해졌다고들 하나, 애초에 카론이 저택 고용인들끼리 놀아난 문제를 구실 잡아 본 건 레나 크루거밖에 없었다. 그러니 이번 일도 성질머리대로 군다면 레나 크루거가 신경 쓰인다고 스스로 입증하게 될 뿐이다.

하여간, 영악한 여자다.

그렇게 카론은 최대한 제 성질을 꾹꾹 누르며, 난간을 움켜쥐었다. 최대한 '나는 저들이 조금도 신경 쓰이지 않는다'는 자기 암시를 걸고 있을 무렵이었다.

레나 크루거는 갑자기 상대를 휙 밀치더니, 무도실 밖으로 종종걸음으로 뛰어나갔다. 남자는 두리번거리다가 레나를 뒤쫓아 나갔다.

카론은 저도 모르게 두 사람이 나간 아치형 회랑에 눈길을 길게 두었다.

"무도회의 대미는 정원이긴 하지. 아슬아슬한 재미도 있고."

왕세자도 같은 광경을 눈에 담았는지, 웃음기를 담은 저속한 농담을 곁들였다. 카론은 그제야 아직 왕세자 앞이란 사실을 깨닫고, 다시금 무심해지려 애썼다. 그렇게 무슨 말을 하는지도 모를 상태로 시시껄렁한 대화를 이어 나가는 도중이었다.

신경을 꺼야 한다. 신경을 꺼야만⋯⋯.

'그들이 저를 겁탈하려고 해서 도망쳤습니다.'

문득, 저번 밤의 무도회에서 레나 크루거가 했던 말이 머릿속에 튀어 올랐다. 갑자기 대화가 끊기자, 레오폴트가 의아한 기색으로 물었다.

"후작?"

레오폴트는 카론의 안색을 보더니 되물었다.

"괜찮나? 갑자기 왜 그래?"

"……젠장."

그 이상 지체는 없었다. 카론은 그대로 뛰어서 계단을 밟아 내려갔다.

* * *

서재에 들어선 막스가 마주한 것은 싸늘한 공기뿐이었다.

'아직 치장 중인 건가.'

막스는 떨떠름한 기분으로 가져온 와인을 구석에 두고, 아직 정리되지 않은 책들 사이에 앉았다. 손에 잡히는 책을 팔랑팔랑 넘겨 보았지만, 까만 건 글씨요, 하얀 건 종이로만 보였다.

레나가 귀해 보이는 서재 책을 몇 권 빌려주긴 했지만, 막스는 한 권만 펼쳐 보고선 기함한 뒤로 다른 책들은 거들떠보지도 않았다. 첫 장도 제대로 이해하지 못할 만큼 난해한 책이었다.

괜히 가지고 있다가 날벼락이 떨어지기 전에 어서 반납해야겠다는 생각만 들 뿐이라, 감상을 묻던 레나의 질문도 대충 얼버무렸다. 중요한 건 책을 빌려준 여자지, 책 내용이 아니다.

끼익 열리는 문소리에 막스는 입맛을 다시며 돌아섰다. 과연, 그를 위해 얼마나 먹음직스럽게 단장하고 왔을까. 간절히 기다리던 순간이었건만…….

"아, 뭐야."

막스가 바람 빠진 소리를 냈다. 문을 열고 들어온 로제마리의 표정 또한 별반 다르지 않았다.

"넌 뭐야. 왜 여깄어?"

"레나를 기다리는 중인데."

"레나? 레나는 조금 전에 나갔는데."

"뭐?"

"정원에서 만나기로 한 거 아니었어?"

로제마리가 고개를 갸웃거리면서 물었다. 정원? 그 말에 막스가 설마 하는 생각으로 일어섰다. 자연스럽게 필리프의 비웃는 얼굴이 떠올랐다.

"날 가지고 놀았겠다……."

아득 이를 갈며 서재를 나서려는데, 로제마리가 그가 두고 갈 뻔한 것을 보더니 얄밉게 물었다.

"이건 내가 가져도 돼?"

로제마리가 흔들자 고급 와인병 안에서 액체가 찰랑찰랑 출렁이는 소리가 났다. 그 순간에도, 귀한 사치품은 남에게 주기 아까운 것이어서 막스는 성큼성큼 다가가 로제마리의 손에서 술병을 빼앗았다.

"씨발, 이것도 힘들게 구해 왔더니."

막스는 정원을 향해 걸어가면서 코르크를 땄다. 이렇게 여자한테 바람맞은 적은 처음이라 정신이 알알할 지경이었다. 만나면 하녀와 정원사, 이 연놈들을 전부 흠씬 두들겨 패 주리라.

분노로 눈이 뒤집힌 막스는 그대로 병나발을 불었다. 꿀꺽꿀꺽. 어쩐지 이상할 정도로 취기가 돌지 않았다. 귀족들은 이딴 것이 뭐가 맛있다고 마시는 거야?

그렇게 씩씩거리며 걸어가는데, 정원의 미로를 빠져나오자마자 여자의 형상이 모습을 드러냈다.

"어? 너……."

막스는 멀뚱멀뚱하게 서서, 희미한 달빛에 비친 여자의 형상을 보았다. 은색 가면, 푸른 드레스, 금발……. 분명 레나인데, 꿈처럼 어딘가 희뿌옇게만 보였다. 이내 상황을 상기한 막스가 화가 나서 성큼성큼 레나에게 다가섰다.

"거기 서!"

그제야 레나가 그에게서 달아나기 시작했다. 막스는 정원의 어둠에 가려지는 뒷모습을 홀린 듯이 좇았다.

"레나 크루거!"

그의 얼굴은 이미 시뻘게진 채였다. 숨이 차오른다. 목이 탄다. 술을 찾았다. 다시 한 모금을 마시는데, 먼발치에 있는 레나가 다시 그를 웃으면서 기다리고 있었다.

"씨팔, 아주 나랑 해 보자는 거지."

막스는 상스러운 욕을 뱉으며 그녀를 향해 전속력으로 달렸다. 어둠 속의 집요한 추격전이었다. 갈림길에서는 단서처럼 남겨진 은색 가면의 흔적을 보고 좇아 달렸다.

등은 이미 흠뻑 땀으로 젖었다. 차려입은 옷차림이 무색할 정도다. 저 여자는 드레스를 입고도 뭘 저렇게 잘 뛰어? 잡으면 가만두지 않을 테다.

그렇게 예전 사냥터지기가 쓰던 산장까지 달려오자, 막스는 헉헉거리는 숨을 몰아쉬면서 씨익 웃었다. 바로 앞은 강이고, 강을 건너면 산짐승이 있었다. 피하려면 산장 안에 있을 수밖에 없을 것이다.

제까짓 것이 뛰어 봤자 벼룩이지. 얌전히 안기지 않은 게 후회될 정도로 거칠게 깔아뭉갤 작정이었다. 울고, 빌고, 애원해도 소용없을 정도로.

잠기지도 않은 문을 활짝 여는데, 곧바로 차가운 액체가 끼얹어졌다. 향이 진한 와인이 셔츠를 적시며 코끝을 찔렀다.

"잡았다."

막스는 고작 와인을 뿌리는 것으로 저를 막으려던 가련한 여자를 붙들고 비열하게 웃었다. 레나 크루거는 잔을 재빨리 창밖으로 던지면서 뭐라 웅얼거렸으나 자세히 들리진 않았다. 하지만 그 입 모양이……

'마음껏 해 주세요.'

"뭐?"

다시 레나가 무언가를 소리치듯 말했지만, 그에게는 제대로 들리지 않았다. 아, 빌어먹을 술. 도수가 생각보다 쎘나. 그런데, 그에게는 그렇게만 보였다.

'어서.'

"그래, 너도 이걸 원하는 거지? 응? 기다려, 아주 실컷 박아 줄 테니까⋯⋯."

막스가 바지를 내리며, 레나의 어깨를 바닥에 찍어 눌렀다. 주르륵 펼쳐진 금빛 머릿결 위로 달빛이 흘러내렸다. 막스는 흥분을 참지 못하고, 가냘픈 체구 위에 올라서 체향을 들이마셨다.

"하, 진짜 끝내주네⋯⋯. 처음 봤을 때부터 너 먹어 보려고 내가 얼마나 노력했는지 알아? 결국에 나한테 박힐 거면서 비싸게 굴긴. 그땐 왜 내뺐어? 응?"

혀가 새하얀 살결을 무작정 핥는 동시에 드레스도 찢어졌다. 비로소 거부의 몸부림이 느껴졌지만, 그쯤 되니 아무것도 눈에 들어오지 않았다. 오로지 넣고 싸는 일만이 중요했다.

그대로 별다른 준비도 없이 드레스 자락을 걷어 올리는데, 그제야 술이 깨는지 귀를 찢는 비명이 들렸다.

"거기 누구 없어요? 제발, 도와주세요!"

"입 닥쳐! 갑자기 왜 이래? 아깐 좋다고 했잖아."

막스가 레나의 입을 틀어막고 발기한 제 것을 넣으려던 차였다. 뒤에서 쿵 소리와 함께 문이 열렸다.

돌아볼 틈도 없이 옆구리로 강렬한 통증이 엄습했다. 막스는 윽, 소리를 내며 구석으로 나자빠졌다. 간신히 고개를 들자, 완전히 술이 다 깨는 기분이었다.

"이게 무슨 짓이지."

후작이 문 앞에 서 있었다. 이제까지 본 것 중에 가장 서늘한 얼굴로.

"후작님, 그게 아니라……."

막스는 더 이상 입을 열지 못하고, 그대로 걷어차였다. 시야가 돌아가면서 눈앞이 새하얗게 변하는 강도의 아픔이었다. 너무 세게 맞아서 비명조차 나오지 못하고 컥, 소리가 울렸다.

퍽. 흑. 퍽. 으윽. 발길질과 신음은 규칙적인 화음처럼 조화를 이루었다. 나중에 막스는 맞는 것보다 후작의 얼굴이 두려워졌다.

표정 변화 없는 서늘한 얼굴이 보이면 헛구역질 날 정도로 센 폭력이 가해졌다. 그러다 다시 자비 없는 얼굴이 시야에 들어올 때면, 맞았을 때의 고통이 떠올라 맞기도 전에 미칠 것만 같았다. 훈련되는 공포였다.

막스는 차라리 죽는 게 낫다고 생각할 정도로 구타당한 뒤에야 입을 열수 있었다. 그마저도 후작을 뒤에서 붙잡고 말리는 노집사에 의해 잠시 멈춰진 것이었다.

"죽어 마땅한 죄는 저도 달게 받겠습니다! 하지만, 부디……. 에르하르트에 바쳐 온 제 충심을 보아서라도 저 아이의 이야기를 들어 볼 기회는 주십시오!"

막스가 흐릿해진 시야로 고개를 들자, 후작 너머로 고개를 숙이고 있는 한스가 보였다. 어느새 온 건지 경악한 로제마리도 함께 보였다. 하녀장 레베카는 그들 옆에서 넋을 놓고 있었다.

목구멍이 울음에 막혀 곧바로 무슨 말도 나오지 않았다. 한참을 꺽꺽거리다가 간신히 입을 뗐지만, 나오는 건 핏물 한 움큼이었다.

태어나서 가장 긴장한 상태인 부모의 얼굴을 보고서 막스는 직감했다. 이대로 전부 뒤집어쓴다면, 분명 죽는다. 분명히.

"저, 저 여자! 저 여자가 절 여기로 유인했습니다! 저를 먼저 유, 유혹하고, 해 달라고, 해 달라고 먼저 그래서, 그래서, 어쩔 수 없이……."

덜덜 떨면서 두서없이 말을 늘어놓는데, 뭐라 형용할 수 없는 감정에 눈물이 줄줄 흘러나왔다. 눈물은 짠맛이 나야 정상이었으나 피와 함께 섞이니 비린 맛이 났다.

굴욕적이면서도, 억울하고, 두려웠다. 어쩌다가 여자 하나랑 잘못 얽혀서……. 최대한 제 잘못을 크게 보이지 않으려 억울함을 열심히 호소해 보는데, 후작이 차갑게 말을 잘랐다.

"지금 그걸 말이라고 해?"

"……예?"

"먼저 해 달라는 여자가 숲이 떠나가라 살려 달라고 비명을 질러? 여기 오는 동안, 들리는 건 저 여자의 비명뿐이었어."

"예?"

술 때문인가? 저 여자가 떠나가라 비명을 지른 건 마지막뿐이지 않았나……. 아니, 지금 중요한 건 그게 아니다. 후작에게는 오해를 살 수 있으니, 지금 어떤 변명이든 쥐어짜야 했다.

막스는 이미 제가 한 짓거리를 머리에서 지운 지 오래였다. 아까 전 상황은 정당방위라고만 여겼기 때문에 진심으로 억울하기만 했다.

"후, 후작님이 가까이 오시기 전까진 저 여자가 아무런 반응도 하지 않았습니다! 갑자기 그랬던 거에요! 마, 맞아! 저 여자가 전부 꾸며 낸 겁니다!"

막스는 억울함에 관절의 아픔도 딛고 벌떡 일어났다.

"오늘 밤을 같이 보내기로 약속해 놓고서, 저를 꾀어냈습니다! 그러고는 저를 바람맞혔어요! 필리프 녀석이랑 만나려고요! 저는, 저는 그저 화가 나서 그만……."

저도 말하다가 어떻게 뒷수습을 하지 못해 어물거리는데, 후작은 '필리프'라는 이름에 곧바로 레나 크루거 쪽으로 고개를 돌렸다.

"사실이야?"

후작은 고저 없는 목소리로 레나 크루거를 향해 물었다. 막스는 차마 후작을 보진 못하고, 레나 크루거만 부릅뜨고 노려보았다.

그녀는 조용히 눈을 내리깐 채였다. 가증스럽게도 찢어진 드레스 위로 후작의 프록코트가 덮여 있었다. 막스는 순식간에 억하심정이 울컥 솟아올랐다. 나는 피해자인 입장인데, 왜 나만 처맞고 있나. 이건 명백한 불평등이지 않나?

따지고 보면, 저 여자랑 얽히면서 되는 일이 없었다. 필리프도 저 여자랑 얽히고 고초를 겪었지, 아마? 필리프처럼, 자신 역시 저 여자한테 꼬이는 바람에…….

거기까지 생각이 비약하자, 막스는 이를 아득 물었다.

"사실이냐고 물었어."

침묵이 길어지자, 후작은 조금 짜증 난 투로 재촉했다. 막스 역시 저 여자의 입에서 떨어질 말을 기다렸다. 무슨 말이든지 붙잡고 늘어질 준비가 되었다. 자신은 진실로 억울했으니까!

마침내 레나 크루거가 입을 열었다.

"……저는 오늘 그 정원사와 만난 적도 없어요."

심증이 충분한데, 저렇게 뻔하고도 뻔한 거짓말을 하다니!

막스가 기가 막혀 눈치만 살피자, 후작은 진실을 파헤치려는 듯 그녀를 빤히 바라보고 있었다. 레나 크루거는 시선을 후작에게만 둔 채로 말을 이어갔다.

"……그 사람과는 이미 끝난 사이예요. 그건 막스 당신이 제일 잘 알 텐데요."

"거짓말! 그럼 왜 나한테서 도망쳤어? 어째서 정원으로 도망친 건데?"

막스는 제 얘기가 나오자 바로 말꼬리를 잡고 늘어졌다. 그제야 레나 크루거는 막스에게 눈길을 주었다.

"그야 당연히 당신이 싫었으니까요. 그걸 말해 줘야 아니요? 당신은 항상 나를 곤란하게 만들었고…….."

푸른 눈은 투명한 유리처럼 이제껏 감추고 있었던 경멸을 고스란히 비추었다. 그 끔찍하고도 명징한 시선은 다시 후작을 향해 궤도를 틀면서 완벽히 무구해 보이는 눈빛으로 바뀌어 있었다.

"저는 누군가 이 상황을 알아채길 기다리는 것밖에 할 수 없었어요."

막스를 보는 시선과는 완전히 다른 색채와 다른 온도였다. 후작은 막스를 등진 채로 한참이나 레나 크루거를 물끄러미 내려다보았다.

"그래서 이 지경이 될 때까지, 너는 오직 나만 기다리고 있었다고."

레나 크루거는 겁도 없이 고개를 뻣뻣하게 들고, 후작에게 대꾸했다.

"네. 후작님께서 신경 쓰이지 않도록요. 이 지경이 될 때까지도."

후작은 그 비꼬는 듯한 말을 듣고도 불안하리만치 아무런 말도 없었다. 둘 사이로 미묘한 분위기가 돌았으나 막스는 눈치채지 못했다. 레나가 대놓고 싫다는 의사를 표하자마자 조금이나마 남아 있던 막스의 이성이 끊어진 상태였다.

저 마녀 같은 년! 저것이 저년의 본성이었다니!

막스는 후작이 앞에 있다는 사실도 잊고서 달려들려다가 곧바로 뒤에서 붙잡는 손아귀에 결박당했다. 한스는 후작이 나서기 전에 제 아들을 막으려 들었으나, 분기에 차오른 막스의 입을 막기엔 역부족이었다.

"씨팔, 결국 다 거짓말이었지? 이 개 같은 년, 오늘 서재에서 보자고 할 때부터 계획된 거였지, 어? 전부 나 이렇게 병신으로 만들 계획이었지?"

"그만해, 그만하거라. 막스!"

"네가 이런 년인 줄도 모르고……. 난 그것도 모르고, 네가 서재로 올 때까지 기다렸단 말이야!"

막스는 구타당했던 아픔만큼 울화에 북받쳐 소리를 질렀다.

"그만."

막스의 입은 나직하고도 두려운 경고가 떨어지고 나서야 다물렸다. 후작은 그제야 막스 쪽을 내려다보고서 물었다.

"서재라고?"

막스는 이것이 제 마지막 기회라는 걸 직감했다. 그래서 처음부터 주저리주저리 이야기를 늘어놓기 시작했다.

"예, 오, 오늘 무도회 대신 서재에서 만나기로 약속했습니다. 그리고, 서재에 가 보니까 저 여자가 없어서, 그래서 정원으로……."

"거짓말."

후작이 한심한 눈으로 그를 내려다보고 있었다. 막스는 무슨 뜻인지 몰라 두 눈만 끔뻑거렸다.

"예?"

"무도회에서 잘만 즐기다 가지 않았나."

"예……? 대체 무슨……."

"네 옷. 내가 흘린 와인 흔적까지 남아 있잖아."

막스는 무슨 말인지 몰라 두 눈만 동그랗게 뜨고 셔츠에 남은 와인 자국을 내려다보았다. 이건 아까 저 여자가…….

"정원사를 데려와. 그 녀석 방도 뒤져 보고."

후작은 한심스러운 인간에게 더는 대답을 기대하지 않고, 집사장에게 명했다. 한스가 눈물을 머금고 산장을 나가자, 두 손이 자유로워진 막스는 제 머리를 움켜쥐었다.

어쩌다 이렇게 되었지? 어쩌다가? 정신이 서서히 붕괴하는 기분이었다.

무언가, 무언가 일이 잘못 돌아가고 있다. 그런데, 도무지, 어디서부터 일이 엉켰는지 알 수 없었다.

어떻게든 빠져나갈 구멍을 찾아야 한다. 찾아야 하는데…….

막스는 달달 떠는 채로 눈알을 마구 굴렸다. 점점 자신만 이상해지는 분위기로 몰리고 있었다.

저를 마주하지도 않고 레나 크루거만 살피는 후작, 마찬가지로 후작이랑만 시선을 교류하는 레나 크루거, 손으로 얼굴을 가리고 우는 레베카, 그리고…….

막스는 그제야, 자신이 솟아날 수 있는 구멍을 찾을 수 있었다.

"그래, 로제마리! 로제마리, 너는 내가 서재에 있는 걸 봤잖아!"

막스가 희망에 차서 소리치듯 반갑게 외쳤다. 여자를 꼬시는 상황에서나 짓던 미소를 억지로 만들어 내 로제마리에게 최대한 친절히 웃어 보이기까지 했다.

로제마리와는 오래 알아 왔던 사이였고, 좀 못나고 짜증 나는 계집애긴 했으나 나쁘진 않았던 관계였다. 비슷하다고 느낀 점도 많았다. 동류의 인간이니 억울한 모함에서 그를 구해 줄 수도 있지 않을까?

하지만 로제마리가 고개를 갸웃거리며 답을 주는 순간.

"글쎄? 나는 네가 무슨 말을 하는지 도무지 모르겠는걸."

막스는 세상이 무너진다는 말을 있는 그대로 느끼게 되었다.

저년이 왜 저러는 거지? 갑자기 왜? 어째서? 왜? 왜?

1초 동안에 수많은 물음표가 머리를 강타했다. 그러나 로제마리의 옅은 조소에서 그는 단박에 기류를 읽어 낼 수 있었다.

멍청이. 너라면 지금 네 편을 들겠어?

"하……."

막스는 기가 막혀 화도 내지 못하고, 연신 탄식만 내뱉었다.

로제마리는 그와 동류다. 만약, 입장이 바뀐 상황에서 그였다면 로제마리의 편을 들었을까?

항상 필요에 의해서만 지냈지, 속으로는 서로를 괄시했던 관계였다. 필요가 없으면 서로를 가차 없이 버릴 사이라는 걸 실은 막스 본인이 제일 잘 알고 있었다.

막스는 멍하니 넋을 놓고 허공만 바라보았다. 이제는 아무도 그에게서 답을 요구하지 않았다.

어쩌다가, 지금 이렇게 되었지……. 어디서부터가 덫이었고, 어디까지가 함정이었는가. 서재에서 레나 크루거를 화병 조각으로 협박했을 때부터?

그래, 차라리 그걸 후작에게 말할까? 그런데 그를 하찮은 벌레 보듯 보는 후작의 얼굴과 로제마리의 비웃는 얼굴을 갈마보니, 차마 말이 나오지 않았다.

지금 자신의 말을 믿어 줄까? 화병 조각이 그에게 없는 이상 어디까지나 그건 주장에 불과한 데다가 로제마리는 조금도 그의 주장에 힘을 실어 주지 않을 것이다.

게다가 그걸 말하는 순간부터, 레나 크루거를 협박하기 위해 서재에 드나든 정황만 더 드러나게 된다면……

막스가 이러지도 못하고 저러지도 못한 채로 정신만 놓고 있는 와중에, 한스와 필리프가 산장으로 들어왔다. 필리프는 막스의 몰골을 힐끗 보더니, 한숨만 내쉬었다.

"목욕 도중에 부르시길래 자세한 사정은 모르고 왔습니다만, 막스가 전해 준 편지라면 제 결백이 증명될 것 같아 가져왔습니다. 한스 집사장님께서 제 방에서 찾아낸 편지입니다."

필리프가 후작에게 공손히 편지를 내밀었다. 후작은 편지를 읽어 보더니, 넋 놓고 있던 막스 앞으로 들이밀었다.

"네가 전해 준 편지 맞나?"

레나 크루거가 필리프에게 이별을 통보하는 편지가 틀림없었다. 막스는 부정하지 못하고, 고개를 끄덕일 수밖에 없었다. 거짓말이 불가했다. 저건 로제마리를 비롯한 다른 고용인들에게도 여기저기 떠벌리고 다녔으니까.

"저는 이제 레나 크루거와 관련이 없습니다. 솔직히 더는 엮이고 싶지도 않고요."

필리프가 한 발 뒤로 물러나자 다음으로 한스가 앞으로 나왔다. 잠깐 머뭇거리다가 한스는 조심스럽게 들고 있던 병을 건넸다.

"오다가 정원에서 발견했습니다."

막스가 버린 병이었다. 막스는 이제 상황이 어떻게 돌아가는지도 생각할 겨를이 없었다. 이미 모든 사고가 중지된 상태라 후작이 병 안의 냄새를 맡아 보는 모습만 멍하니 지켜보았다.

후작은 피식 웃더니 막스에게 종언을 선고했다.

"'환상의 와인'을 마셨으니 이 모양이었네."

막스는 심지어 그 말을 곧바로 이해하지도 못했다.

* * *

에르하르트 저택에서 풋맨 하나가 사라졌다. 풋맨이 지내던 방에서 서재의 책이 나왔다. 마법진과 관련된 책들이라는데, 하녀장 레베카가 그 소식을 듣자마자 안색이 파랗게 질린 것으로 보아 무언가 큰 문제가 있는 모양이었다.

주인의 것을 탐낸 죄. 풋맨의 처분에 관해서는 후작이 그렇게만 언급했을 뿐이라 다른 고용인들은 자세한 내막을 알지 못했다. 다만, 아무도 저택에서 막스 이야기를 꺼내지 않았다. 동시에 시침 하녀로 복귀한 레나 크루거에 관해서도.

말간 아침 햇살이 유리창을 넘어오자마자 저택은 분주해졌다. 고용인들은 어젯밤 연회를 뒷정리하랴, 왕세자를 대접할 조식을 준비하랴 바삐 움직였다.

레나는 그들과 달리 침대에 누워 있었다. 아무도 뭐라고 하는 사람은 없었다. 어젯밤 일로 녹초가 되어 버린 터라, 레나 역시 업무 배제가 불편하기보다는 편안했다.

들어오는 햇살에 눈이 부셔서 담요를 끌어 올리려는데, 긴긴밤 옆자리를 지킨 프록코트가 손에 잡혔다. 카론이 막스를 흠씬 두들겨 패기 전에 던져 주었던 것이었다.

어젯밤을 무사히 넘겼지만, 레나는 내내 여윈잠을 설쳤다. 퍼뜩 깨어날 때면 카론의 냄새가 밴 프록코트에 얼굴을 묻고서 안심하다가도 동시에 그를 두려워했다.

겉보기에는 상황이 계획한 대로 맞아떨어졌다고 생각했다.

막스는 '환상의 와인'에 취한 채로 필리프를 레나로 착각하고 쫓아왔고, 산장에서 위협을 받았던 상황 자체도 진짜였다. 카론이 필리프에게 와인을 쏟은 일만 빼고 본다면 대체적으로 레나가 예상한 대로 상황이 흘러가고 있었다.

그래도 혹시 몰라 땀과 와인 향을 씻어 내도록 필리프를 숙소에 보내기까지 했다. 정말로 강간당해도 도와줄 사람이 없을지도 모른다는 위험까지 감수하고 내린 선택이었다.

돌발 상황은 그만하면 잘 대처했다고 생각했는데……. 과연, 잘했던 것이 맞을까.

처음으로 누군가를 절벽에서 밀어 본 느낌이었다. 막스가 죽어 마땅한 인간이라고 생각했지만, 정말 사람을 죽이기 직전까지 밀어 보는 일은 다른 문제다.

어설픈 죄의식이야 감당할 수 있었지만, 그것이 잘 이루어졌는지를 되묻는 불안감이 신경을 바짝 태웠다.

'그래서 이 지경이 될 때까지, 너는 오직 나만 기다리고 있었다고.'

그렇게 묻는 얼굴은 한심한 눈길도, 안타까운 눈길도 하고 있지 않았다. 입꼬리를 말아 올린 미소가 밤새 아로새겨졌다. 고양이가 쥐를 가지고 놀 듯. 어린애 장난 같은 짓을 귀엽게 보는 눈이 떠올랐다.

속아 줄까, 말까.

그리 속삭이고 있다는 느낌을 지울 수가 없었다. 그러면서도, 카론은 끝내 그 자리에서 레나에게 유리한 대로 상황을 종결지었다. 덕분에 안도감과 불안감이 반복해서 밀려들었다.

잔인한 짓도 익숙한 사람이 잘하는 법이다. 나쁜 짓도 해 본 사람이 잘한다. 평생토록 이 정도로 남을 공격해 본 경험이 없던 레나는 어젯밤에 잘 해냈는지 확신할 길이 없었다.

그가 몸을 돌렸을 때. 웃음기를 지워 내고, 아무렇지 않게 막스를 몰아가는 걸 함께했을 때.

그건 그녀가 한낱 정원사와 사랑에 빠진 하녀를 연기하자 그가 치정을 연기했던 때와 비슷했다. 그에게 구원의 손길만을 바라는 여자를 연기하자 그는 기꺼이 구원자를 연기한 것이다.

이 모든 것이 그에게 놀이에 불과할까? 새로운 놀이가 시작된 걸까. 그 사실만이 못내 두려웠다.

그때, 누군가 노크도 없이 들어왔다. 당연히 로제마리일 거라 여기고 고개를 들었으나 의외의 인물과 마주하게 되었다.

"일어났구나."

레베카였다.

레나는 어젯밤 예상하지 못한 변수가 하나 더 있었음을 기억해 냈다.

막스가 집사장과 하녀장의 자식이었을 줄이야. 어쩐지 감시가 늘어난 서재에 의심 없이 잘 드나든다 싶었다. 필시 중간 관리자인 레베카가 보고를 누락했을 것이다.

레나가 어색하게 예의를 갖춰 인사했지만, 레베카는 늘 그렇듯 감정을 드러내지 않는 무감한 얼굴이었다. 그러나 앉아서 이야기를 나눠 보기도 전에 행동으로 자신의 목적을 보여 주었다.

"하녀장님!"

들어왔을 때와 다름없는 여상한 얼굴이건만, 그녀는 레나 앞에서 결연한 얼굴로 고이 무릎을 꿇었다. 레나는 예상과는 다른 전개에 당혹스러운 감정을 숨길 수 없었다.

"간결하게 말하마. 내 아들을 살려다오."

자신을 일으키려는 레나의 손길조차 거부한 채로, 레베카는 차분히 선처를 호소했다.

"내 말을 제대로 들었던 적이 없는 아이니 언젠가 이런 날이 올 거라고는 생각했다. 그 아이를 사생아로 만들었다는 마음의 빚 때문에, 더 엄해지지 못했던 그이와 아이를 방관해 온 내가 기어코 과오를 만든 셈이지. 그러니 나한테든 그 아이한테든 무슨 짓을 해도 좋다. 그에 대한 책임은 달게 받을게. 그저, 그 아이의 목숨만은 붙어 있게 해다오."

"……후작님께서 막스의 처형을 명하셨나요?"

기껏해야 두들겨 패고 쫓아내는 정도를 생각했던 레나는 등골이 서늘해졌다.

"한스가 대신 목숨을 끊겠다는 것도 거절하실 만큼 결정에 흔들림이 없으셨어."

레베카는 눈을 내리깐 채로, 담담한 답을 주었다.

저택에 들어온 지 얼마 안 되었을 때와 비슷한 상황이었다. 그때는 레베카가 그녀의 머리꼭지를 내려다보고 있었고, 지금은 그녀가 레베카의 머리꼭대기를 내려다보고 있다는 점이 달랐지만.

그때 레베카가 어땠더라. 이미 후작에게 첫인사를 빼먹은 사실을 모조리 고했었고, 레나를 서재로 배치해 주기까지 했다. 레나는 완벽히 틀어 올려진 회색 정수리를 내려다보며 가만히 생각에 잠겼다.

"일어나세요. 에르하르트 저택에는 주인이 아닌 자에게 무릎을 꿇지 않는다고 하셨잖아요."

"……."

"제 탓이 아니니 제가 나설 이유는 없어요. 특히, 막스가 제게 했던 짓을 생각하면 더욱이요."

레베카는 고개를 들지 않았다. 석고를 부은 듯이 그대로 굳어 버린 상태 같기도 했다. 레나의 푸른 눈에 서늘한 이채가 흘렀다.

"그러니 잘 기억해 두셨으면 해요. 제가 지금 무엇을 해 드리는지를."

이것으로 레베카는 그녀에게 빚이 생기는 셈이다. 더없이 좋은 기회였다.

* * *

카론은 레오폴트를 상대하느라 곤욕을 치르고 있었다.

"후작, 무슨 일이 있었는지 말해 줄 충심 정도는 보여야 하지 않겠어?"

"제 저택에서 일어난 하찮은 고용인 문제까지 전하께 일일이 설명해야 합니까."

"후작께서 하찮은 고용인 문제로 나를 내팽개치고 뛰쳐나가시니 엄청난 일 같아서 말이야."

레오폴트는 느글느글 웃는 낯으로 그를 추궁했다. 카론이 적당히 끊어 내려 할수록 이 문제만 집요하게 파고들 인간이었다.

"데려와."

카론은 한스 뒤에 있던 남자 고용인에게 명령했다. 곧 고용인이 지하실에 가둬 놓았던 막스를 데려왔다. 피투성이가 된 막스는 실성한 사람처럼 얼빠진 얼굴을 하고 있었다.

"어제 무슨 일이 있었는지 네 입으로 말해 봐."

"저, 저는······."

막스가 벌벌 떨면서 말을 더듬었다. 막스는 하룻밤 사이에 천치가 되었는지 말을 똑바로 하지 못하고 눈만 이리저리 아래로 굴렸다.

"어, 어제······. 레, 레나 크, 크루거를 거, 거거거, 겁, 탈······."

띄엄띄엄 말하면서도 제가 무슨 말을 하고 있는지 모르겠다는 얼굴이었다. 카론은 교육해 놓은 대로 잘 짖는 개를 흡족한 눈길로 보았다.

"주제를 모르는 개가 설치고 다녀서 말입니다. 이런 사고가 생기면 제일 먼저 귀부인들부터 발길을 끊을 겁니다. 연이어서 그들과 밀회를 즐기는 귀공자들이 발길을 끊고, 그들과 사업을 의논하려는 대지주들의 발길도 끊기겠지요."

그러면 레오폴트만 손해지, 카론의 손해가 아니었다.

귀족들이 약점이나 비밀을 꺼내 놓을 정도로 입이 가벼워지는 자리, 세금도 제대로 내지 않으려는 귀족들이 유흥비는 헤프게 써 대는 자리. 그것이 몽땅 왕세자의 정보망과 재정으로 돌아가는 자리. 그것이 전부 에르하르트 연회의 본 목적이었다.

"흐음……."

합리적인 이유에 반박할 거리를 찾지 못한 왕세자는 석연치 않은 표정으로 막스를 살폈다. 무언가 다른 이유를 찾으려는 듯이.

하녀장 레베카가 상황에 맞지도 않게 응접실로 들어온 건 그때였다. 침울한 얼굴로 자리를 지키고 있던 한스는 레베카를 놀란 얼굴로 보았다. 레베카는 보기 드물게 긴장한 낯을 드러내며 고개를 숙였다.

"후작님, 레나 크루거가 면담을 요청합니다."

왕세자를 응대 중인 중요한 자리다. 레베카는 하녀의 면담 요청이나 고하려고 이런 자리에 불쑥 등장할 만큼 사리 분별 못 하는 고용인이 아니었다. 아마 밖에서 고용인들이 막스를 끌고 오는 모습을 보고 깜짝 놀라서, 일단은 필사적으로 들어오고 보았을 터였다.

문제는 이 자리에 왕세자가 있고, 왕세자는 방금 막 레나 크루거에 관해서 들었다는 점이었다.

"레나 크루거라면, 지금 이 남자가 겁탈하려던 여자를 말하는 건가?"

레오폴트는 그 이름을 놓치지 않고 흥미를 보였다. 카론은 낭패감으로 일그러지려는 얼굴을 감추는 것이 고작이었다. 레오폴트가 심상치 않은 기류를 감지하더니 그를 부추겼다.

"한번 얼굴이나 보고 싶은걸."

카론은 레베카 쪽을 냉랭하게 노려보았다. 어쩔 수 없이 레나 크루거를 들여오라고 명령해야 했다. 여기서 더 감출 수도 없으니까.

레베카가 레나를 데려오는 동안에, 카론은 제가 주먹을 움켜쥐고 있다는 사실을 인지하지 못했다. 머리로 어젯밤 레오폴트가 계집질한 여자의 수만 헤아리고만 있었던 탓이었다.

반면에 레오폴트는 초조해하는 카론의 기색을 즐겼다. 대체 어떤 하녀길 래 저런 반응일까. 그리고 그 하녀가 응접실로 들어왔을 때, 레오폴트는 그 모든 반응을 이해할 수 있었다.

"아⋯⋯."

여자는 금빛 노을로 물든 바다를 가로지르는 푸른 나비처럼 걸어 들어왔 다. 금발, 벽안. 수도에서는 흔히 볼 만한 색채였으나 한 폭의 그림을 찢고 나온 듯한 외모는 절로 경탄을 불러왔다. 하지만 그보다 흥미로운 점은 따로 있었다.

이 여자가 어째서 지금 후작의 집에 있는 걸까? 레오폴트는 입술로는 호선을 그리며 애써 흥분을 내리눌렀다.

"네가 후작의 하녀로구나."

레오폴트의 말투가 급격하게 서글서글해지자 카론은 이제 일그러지는 얼굴을 감추지 못했다.

레나가 그 앞에서 예를 갖추어 인사를 올리자 레오폴트는 어찌 된 일 인지를 소상히 따져 물었다. 레나는 막스를 앞에 두고서도 차분히 지난밤 사건을 설명했다. 카론에게 그러했듯, 제 유리한 대로.

"무슨 일로 온 건데."

카론은 어서 레나를 내보낼 생각으로 짜증스레 물었다. 누가 봐도 왕세자 가 레나에게 관심을 보이고 있었다.

"처형까지는 심한 처사라고 생각이 되어서요."

레나가 무심한 눈길로 막스를 흘겨보더니 후작에게 간곡히 고개를 숙였다.

"선처를 부탁드려요, 후작님."

카론은 조금 황당한 기분으로 그녀를 살폈다. 거짓말을 하는 모습은 아니었다. 고작 와서 한다는 말이 막스 문제라니. 그것이 조금은 마음에 들지 않아 빈정거리는 말이 튀어나왔다.

"네가 어젯밤 겪은 일이 이 자리까지 와서 선처를 요구할 정도밖에 되지 않았나."

카론이야 막스를 죽이든 내쫓든 아무런 상관이 없었다. 심지어 막스가 정말 몇몇 부분은 크게 누명을 썼다고 해도 상관없었다. 그가 막스를 처형하려는 이유는 단 하나.

눈앞에서 레나가 범해질 뻔한 모습을 직접 보았기 때문이었다. 한스가 말리지 않았더라면, 정말로 막스를 그 자리에서 패서 죽였을지도 몰랐다.

"그럴 리가요. 그저……."

레나는 정색한 채로 막스를 일별하고 답을 주었다.

"저런 인간 때문에 죄책감까지 짊어지고 싶지는 않아서요."

카론은 왕세자가 앞에 있다는 사실도 잊고 실소를 머금었다. 죄책감, 죄책감이라……. 모순적인 말이다. 죄책감이 있다면, 저 남자를 저 꼴로 몰아넣는 것부터 하지 말았어야지.

다른 하녀가 말했다면 퍽 가증스러울 말이었으나 카론은 그 기만에 불쾌함을 느끼지 못했다. 그저 이 여자의 머릿속이 궁금해졌다.

"저렇게까지 말하는데 선처해 주지 그래."

가만히 이야기를 듣던 레오폴트까지 장난스럽게 거들자, 카론은 마지못해 그렇게 하라는 답을 주었다. 내키진 않았으나 막스의 처분 따위를 논하기보다 어서 레나를 내보내는 일이 우선이었다.

"이제 다 나가 봐."

안도감에 가슴을 쓸어내리던 한스는 눈치껏 재빠르게 막스를 데리고 나갔다. 레나 역시 뒤따라 나가려 할 때였다.

"잠깐만, 레나 크루거라 했지?"

레오폴트가 가벼운 미소를 지으며 레나를 불러 세웠다.

"네. 전하."

다른 고용인들이 전부 응접실을 빠져나가고, 응접실에는 레오폴트와 카론과 레나만 남아 있었다. 레오폴트는 자리에서 일어나 레나 앞으로 다가섰다. 그러고는 제 앞에서 고개를 숙인 하녀의 얼굴을 두 손으로 감싸 쥐고 잘 보이도록 들어 올렸다.

레오폴트는 레나에게 나긋이 웃어 주었다. 당혹스러워하는 그녀의 얼굴은 무표정일 때와는 다르게 귀여운 느낌이 있었다.

"오늘 밤에 네가 시중을 들어 줬으면 하는데."

레오폴트가 아무렇지 않게 싱긋 웃으며 청해 왔다.

"저는……."

레나는 말끝을 흐렸다. 신중한 거절의 말을 찾기도 전에, 얼굴을 감싸고 있던 왕세자의 손길이 떨어졌다.

"손 떼시지요."

카론이 불쾌한 표정으로 레나를 자기 쪽으로 잡아끌었다. 레오폴트는 순식간에 제 손아귀에서 벗어난 여자를 보더니 조소하듯 물었다.

"왜, 이러면 안 되는 이유라도 있나? 후작께서 이렇게까지 나온 적은 없었잖아."

레나는 카론의 눈치를 살폈다. 방금 행동은 확실히 왕세자에게 불충한 행동이었기에 심장이 떨어지는 기분이었다.

카론 역시도 대답하기 곤란한지 잠시간 입을 다물었다. 곧 한숨과 함께 어쩔 수 없이 쥐어짜 내는 듯한 답이 나왔다.

"신하의 여자한테까지 손을 대실 겁니까."

레나는 잘못 들은 사람처럼 두 눈을 깜빡거렸다. 그가 그녀를 곤경에 빠뜨릴 목적으로 정부라 칭한 적은 있었지만, 곤경에 빠진 그녀를 위해 연인 관계임을 공언한 적은 처음이었다.

"아, 드디어 후작께서도 정부를 두셨나."

왕세자는 더없이 좋은 재미를 찾은 사람처럼 헤실거렸다.

"재밌는 변화야."

다행히 왕세자는 더는 무리한 장난을 치지 않았다. 그저 묘한 눈길로 레나를 훑었다.

"나는 그럼 다른 새를 찾아가야겠어. 이만한 여자는 나오지 않을 것 같지만."

"지정해 두신 하녀들과만 즐기시길 바랍니다."

"뭐, 이 저택의 다른 하녀들이 유혹해 온다면 어쩔 수 없지 않나? 알다시피 나는 거절에 약하거든."

왕세자는 실없는 너털웃음이나 지으며 응접실 문고리를 잡았다.

"아, 맞아."

그러다 문득 떠오른 것이 있는지 슬쩍 몸을 돌려 조소를 흘렸다.

"어차피 이럴 거 구차한 변명하지 말고, 처음부터 인정하는 게 나았어. 후작이 이리 꽁꽁 감추려 들면 더 감질나는 맛이 있거든. 일단은 물러나 주겠지만 말이야."

왕세자는 응접실을 나설 때까지 카론을 긁고 가는 걸 잊지 않았다. 레나는 앞선 상황을 몰랐으나 카론의 표정을 봐서는 어딘가 자존심에 상처가 난 것이 분명해 보였다.

"씨발."

왕세자가 나가자마자 카론은 욕설을 지껄이며 응접실 진열장에서 술을 꺼냈다. 잔에 콸콸 쏟아지는 호박색 액체를 몇 번 비우고 나서야 그는 레나 쪽을 쳐다봐 주었다.

"한 잔 줘?"

레나는 눈을 깜빡이다가 조심스레 맞은편에 앉아서 잔을 받았다. 카론은 여상해 보였다. 전날 섬뜩할 정도로 사람을 패던 모습도, 그녀의 거짓말에 순순히 속아 주는 모습도 없었던 일처럼 평소와 같았다.

가만히 앉아 마시지도 않는 잔만 내려다보고 있는데, 카론이 심술궂은 투로 물었다.

"무슨 문제인지 솔직하게 말해. 나중에 나한테 원망 쏟지 말고."

"네?"

"막스. 죽이고 싶었던 거잖아."

역시 그는 레나를 간파하고 있었다. 어째서 알면서도 속아 준 걸까. 밤새 두려워했던 의문이 무색할 정도로, 막상 마주한 얼굴은 지나치게 평안해 보여서 의구심이 들 정도였다.

"그걸 알고도 그렇게 해 주신 이유는요?"

"내 눈으로 그 새끼가 널 덮치는 걸 본 건 사실이라서. 거기에 네가 어떤 짓을 해 놨는지는 모르겠지만."

카론이 입꼬리를 올려 웃었다.

"어차피 죽일 놈을 더 병신 만든다고 해서 달라질 건 없거든."

그에게 그건 너무도 하찮은 문제여서 신경도 쓰지 않는다는 듯이, 아주 단조롭고도 명쾌하게 나온 대답에 조금은 허탈한 마음이 들었다. 레나는 한숨을 내쉬고, 주황색 액체에 비친 혼란한 자기 얼굴을 내려다보았다.

"앞으로 이 저택에서 일하려면 다른 고용인들과의 관계까지도 생각해야 하니까 괜한 분란을 일으키고 싶지 않아요. 죽이진 말고 퇴출만 시켜 주세요."

"네가 다른 고용인들과 사이좋게 지낼 필요가 있나?"

카론이 의아한 얼굴로 고개를 갸웃거리다가 잔에 남은 술을 모두 마셨다. 레나는 꿈틀거리는 목울대의 움직임을 보다가 눈을 아래로 내리깔았다.

"당연히요."

"고용인이랑 잘 지낸다는 정부는 들어 본 적이 없는데."

카론이 피식 웃으며 잔을 내려놓았다. 그 한 마디는 아무렇지 않게 레나의 위치를 격상시키고 있었다. 로제마리가 들으면 기뻐할 말이었으나 레나는 여전히 혼란했다.

"저는 동침하지 못하는 정부는 들어 본 적이 없는걸요."

순간, 잔의 둥근 가장자리를 손버릇처럼 가볍게 훑던 움직임이 멎었다. 카론은 물끄러미 레나에게 시선을 두었다.

적색 홍채는 사냥감을 탐지하는 늑대의 눈처럼 레나를 면면히 훑어내고 있었다. 레나는 그 시선만으로도 목이 타는 기분이었다.

"무슨 수작이야. 내가 또 속아 줘야 해?"

충분히 위협적인 어조였으나 동시에 방어적이었다.

레나는 제가 해야 할 일들을 떠올렸다. 어째서 막스를 그 지경까지 만드는 수고를 들여야 했는지 생각해 내야 했다. 단순히 막스를 죽일 목적만 있었다면, 굳이 그렇게까지 하지 않고도 죽일 방법이야 많았을 것이다.

"저는……."

레나는 완전한 거짓말로는 그를 속일 수 없다는 걸 깨달았다.

"후작님께 죽고 싶지 않아요."

그러니 말할 수 있는 한도 내의 진심을 택해야 했다.

"후작님께는 사람을 죽이는 일도, 살리는 일도 쉬우시겠지만, 저한테는 살아남는 일조차 버거워요."

"그래서?"

"후작님께서 절 보호해 주지 않는다면, 막스 같은 남자에게 위협을 당하는 일은 앞으로도 무궁무진하게 남아 있을 테죠. 그렇다고 해서 후작님이 제게 안전한 남자라는 뜻도 아니지만요."

카론은 무엇도 쉽사리 반박하지 못했다. 레나는 자신의 불안을 숨기지 않고 직시했다.

"후작님께서는 저를 믿지 않고, 저는 후작님을 안심하지 못해요. 하지만 이 저택에서 살아남기 위해 항상 불안을 안고 지내느니……."

레나는 시침 하녀로 오는 첩자들과 달리 남자를 유혹하는 방법 따위 배우지 못했다. 그러니 다른 첩자들이 그와 밤을 보내기 위해 어떤 방법을 썼는지 몰랐다. 심지어 그들보다 지금의 후작에 관해서는 제대로 알지 못할지도 모르지만, 레나는 마음속에 자리한 어떤 믿음에 따라서만 행동하고 있었다.

그녀가 아는 그 소년이라면, 카론 에르하르트라면……. 떠오를 리가 없는 기억임에도 본능은 그 확신을 따라 걸으라고 속삭였다.

"정부 일을 '제대로' 해내서 후작님을 만족시킬 기회를 받고 싶어요. 제 신변의 안전 정도는 확답 받고자 하찮은 청탁을 하는 중이에요."

레나가 쏟아낸 말을 듣고도 카론은 한참이나 아무 말도 없었다. 어떤 표정이라 형용하기 힘든, 미묘한 얼굴을 한 그는 한숨을 내쉬더니 자리에서 일어났다. 멀어지는 발소리에 레나는 눈을 질끈 감았다. 무릎에 둔 손으로 드레스를 구겨 쥐었다.

판단이 틀렸던 걸까. 후작과 예전에 알던 소후작은 완전히 다른 사람이 되었는데, 또 무슨 기대를……. 속으로 한심한 미련을 힐책하고 있는데, 응접실로 들어오는 문이 달칵하고 잠겼다.

천천히 고개를 드는 레나의 입술 위를, 어느덧 다가온 그의 입술이 덮쳐눌렀다. 레나는 소파 위로 쓰러지면서 떨리는 눈꺼풀을 감았다.

빈틈이 없을 정도로 꽉 껴안는 힘에서 기습 같은 조급함이 느껴지면서도, 겹치고 있는 입술 사이로는 웃음기가 흘러들었다. 장난스럽게 입을 맞추다가 그녀를 내려다보는 눈동자는 완전히 새까맣게 젖어 있었다.

"참 가소로워."

어깨를 붙잡고 있던 그의 한 손이 쇄골 사이를 노닐다가 살갗이 얇은 목 부근에서는 엄지로 오목하게 파인 곳을 살짝 문질렀다. 금방이라도 숨을 끊을 수 있는 위치였으나 야릇한 감각의 접촉이기도 했다.

"내 기억을 살리겠답시고 이런 짓까지 해야 하는 이유가 뭐야? 응?"

레나가 최선을 다해 솔직한 본심을 꺼내 놓은 만큼이나 카론 역시 직설적인 물음을 던졌다.

"네 알량한 수작, 솔직히 나쁘진 않아. 꽤 재밌어. 대신에 목숨이 아깝거든, 네 속내는 정확히 밝혀. 나도 이때까지 너만큼 마음에 드는 시침 하려는 없었으니 네가 죽으면 꽤 아까울 것 같거든."

레나는 두근거리는 심장 박동을 느끼며 몽롱한 눈으로 그를 올려다보았다. 순간적으로, 모든 것을 입 밖으로 쏟아내 버리고 싶다는 충동이 일었다. 데스테 백작가를 나와서 포모나에서 살게 된 경위까지 모조리.

포모나에서 지냈던 시간이 외로웠노라고, 그곳의 신전 기사단이 곁을 지나갈 때마다 공허한 마음이 들었노라고.

기억을 지운 이후부터 그 시절은 그녀에게 뜻 모를 고독으로만 남았다. 외로울 수 있는 이유는 충분했다. 루시아가 곁에 없어서, 데스테 영지에 속해 있지 않아서, 혼자 있었기 때문에. 그러나 공허의 크기는 납득하기 어려웠다. 알 길 없는 미련까지 남아 있던 그 외로움은 무엇이었을까.

그리고 레나는 카론을 마주하면서 알 수 있었다. 그것이 그리움이었음을.

내내 담아 두기만 했던 죽은 진심이 돋아났다. 그러나 머리를 비집고 오는 한 남자의 목소리가 그 모든 말의 싹을 잘랐다.

'카론 에르하르트는 모든 걸 잊었어.'

'네가 그자의 기억 속에 남아 있을 거라 믿나. 아니, 애초에 기억을 지워야겠다는 필요성도 못 느낄 만큼 이미 잊힌 존재였을 수도 있겠지. 약혼녀 밑에 있었던 시녀까지도 일일이 기억하고 있을 남자는 아니니.'

로렌츠의 말대로, 카론은 그녀를 기억하지 못했다. 그녀의 감정도, 사정도, 지금의 카론에게는 아무런 상관이 없을 것이다.

그렇다면 이런 과거의 감정을 시시콜콜 말해 봤자 도대체 무슨 소용이란 말인가. 어차피 그녀가 로렌츠의 복수를 돕기로 한 이상 카론은 그녀를 적이라 여길 터였다.

순간, 눈물은 말없이 관자놀이를 타고 흘렀다. 레나는 최대한 참아 보고자 숨을 참고 고개를 돌렸다. 보여 주고 싶지 않은 모습이었다.

그 모습을 조용히 지켜보던 카론은 비틀린 웃음을 지었다. 대답은 충분했다.

"아, 그래. 어차피 말하지도 못하겠지."

카론은 레나에게 고개를 숙여 입을 맞췄다. 목을 감싸던 손은 어느덧 거침없이 옷을 잡아 뜯었다.

"일단은 네 뜻대로 당해 줄게. 기억이 '제대로' 돌아오는 순간에는 널 죽이게 될지도 모르겠지만."

그가 그녀의 옷 사이로 입술을 묻었다. 레나는 그 순간부터 울음 대신 신음을 삼켰다.

* * *

그 무렵, 레오폴트는 어두운 침실에서 발가벗은 여자들 사이에 둘러싸여 있었다. 그가 에르하르트에 맡겨 두었던 시침 하녀들이 하나둘 칭얼거리기 시작했다.

"막상 여기에 오니까 소문만 문란하신 후작 전하께서는 사내구실을 안 하시던데요."

"맞아요, 저희는 완전히 집에 장식해 놓는 조각상 취급만 받았다구요."

"오히려 하녀들 쫓겨나는 꼴을 보고 다 같이 떨면서 어서 왕세자 전하께서 오시기만을 기다렸답니다."

레오폴트는 종알종알 지저귀며 아양 떠는 여자들을 품 안에 두른 채 의미심장한 미소를 머금었다.

"그래, 후작은 이번에 들여온 하녀들을 한 명도 상대 안 했단 말이지?"

그러자 품에 안긴 여자들은 고개를 갸웃거리다가 저마다 입을 열기 시작했다.

"아, 한 명 정도는 있는 것 같았어요."

"아아, 그 아이 말이지. 나도 봤어. 예쁘긴 했어요."

"걔도 한두 번 품었다가 중간에 쫓겨날 뻔하지 않았어? 이번에 다시 무사히 올라간 것 같긴 하지만."

레오폴트는 그녀들의 토론을 제지하지 않고 가만히 귀를 기울였다. 애인들은 이래서 많을수록 좋은 법이다.

침대에서 서로 몸을 섞고 나면, 알아서 남자인 그가 모르는 여자들 세계의 일까지 잘 지저귀고 물어다 주었다. 덕분에 알게 된 귀부인들의 약점이 몇 개이며, 그 귀부인들과 연관된 귀족들의 약점은 몇 개를 알게 되었는가. 그의 종달새들이 에르하르트에 드나드는 귀공자들과 어울리면서 알게 된 사실들은 어떠하고. 아름다운 종달새들은 참 여러 가지로 쓸모가 많은 법이다.

레오폴트는 이렇듯 침대에서 주는 여러 가지 이점을 맛보길 선호했다. 그의 아름다운 종달새들은 탐닉할 수 있는 아름다움과 최상의 쾌락까지 선사해 주는 최고의 정보원이었으니.

"그 '레나 크루거'라는 하녀에 대해서 자세히 아는 사람은 없는 거야? 어째서 이 저택에 들어오게 되었는지, 뭐 그런 이야기."

레오폴트가 물었지만, 그녀들은 서로 눈치를 보다가 고개를 내저을 뿐이었다. 레오폴트는 예상한 반응에 고개만 끄덕거렸다. 하긴, 후작이 저를 그토록 경계하며 보여 주지 않으려 들던 여자였으니, 제가 들이민 시침 하녀들도 접근해 보지 못했을 터였다.

하지만 아직 실망하긴 일렀다. 기억을 잃은 뒤로도 본능적으로 저와의 거리를 유지하는 후작을 위해 에르하르트에만 두고 기르는 새가 있지 않은가. 그의 귀여운 종달새라고 보긴 그렇고……. 뻐꾸기 정도가 적당하려나.

다른 새의 둥지에 터를 잡고 기생하는 뻐꾸기 같은 존재. 가끔은 영리하게 에르하르트의 현 상황을 알려 주는 뻐꾸기시계 같기도 했다.

똑똑.

때마침 필요에 맞춰 등장하는 것까지 완벽했다. 레오폴트가 출입을 허하자, 옅은 분홍빛 머리의 소녀가 그의 앞으로 총총 걸어왔다.

"오랜만에 뵙습니다. 주인님."

로제마리가 그에게 인사를 올렸다.

외전 1. 로제마리

로제마리의 원래 이름은 '마리'였다. 어미가 썼다는 이유로 받은 이름이었다. 어미의 이름조차 본명이었을지, 가명이었을지는 알 수 없었다.

마리의 어미는 신성한 바실리카에서 조금 떨어진 붉은 돔의 매음굴에서 일했다. 바실리카를 중심으로 하는 사거리가 화려한 만큼 그 지역의 뒷골목, 빈민촌인 코타이너에는 어둠이 자욱했다. 코타이너에서도 가장 천한 부류만 모인다는 집창촌. 그녀의 어미는 그곳에서 그녀를 낳다가 죽었다고 했다.

아주 생각이 없진 않았는지, 어미는 매음굴의 산파에게 딸을 부탁하며 재산을 맡겨 두었다. 온화하진 않았으나 양심이 없진 않았던 노파는 마리를 제 밑에서 부려 가며 키워 주었다.

마리는 숫자를 셀 수 있게 되고부터 매음굴에 드나들며 심부름을 했다. 심부름은 창녀의 중절 약을 사 오는 일부터 암거래상에게 밀수품을 전하는 일까지 다양했다.

인간은 사고파는 존재가 아니라는 도덕성을 배우기에는, 공작을 첫 손님으로 받아서 떠난 고급 창부가 코타이너의 여자들 가운데 가장 성공했다고 불리는 형편이었다. 비천한 자들끼리도 그나마 나은 형편이라는 고급 창부를 경멸하고 미워하는 걸 당연하게 여겼다.

오직 두 부류의 인간만이 존재했다. 이용하거나 이용당하거나.

그랬으니 마리는 돈 계산할 줄 아는 나이부터 제 앞가림을 알아서 해야만 했다. 일을 못 하면 맞았고, 성공하면 팁으로 금화를 손에 쥐었다.

그렇게 살던 마리에게도 인생을 뒤바꿔 놓을 전환점이 찾아왔다. 집창촌을 드나드는 손님마다 바실리카 인근 시내에 귀족도 드나들 수 있을 만큼 장대한 크기의 공연장이 들어선다며 부산을 떨어 댈 시기였다.

대체 얼마나 대단하길래. 호기심이 많았던 어린 마리는 길을 헤매 가며 태어나서 처음으로 시내에 나가 보았다. 그렇게 마리는 처음으로 매음굴 밖의 세상과 마주했다.

그리 멀지 않은 곳임에도 불구하고, 바실리카 인근 길가와 그녀가 살던 코타이너는 완전히 다른 세상이었다. 더러운 오물들은 뒷골목인 코타이너로 치워 냈기 때문에, 그들은 저들끼리 안전하고 깨끗한 평화를 누리고 있었다.

신전 기사단이 낮밤을 가리지 않는 수색으로 치안을 유지했고, 방범대는 그곳을 담당하는 백작에게 따로 치안 보고서를 올렸다. 치안이 안정되자 상업은 열기를 띠었고, 자연스럽게 근처 상권이 발달하여 시내의 중점을 이루었다.

특히, 바실리카 공연장은 마리의 상상을 뛰어넘었다. 끝없는 계단으로 층을 이루는 반원 모양의 공연장. 그 깨끗하고도 장엄한 대리석 건물의 자태는 가장 아름다운 것이라고는 매음굴 여자들이 쓰는 싸구려 모조품밖에 보지 못했던 아이의 눈높이를 완전히 뒤바꿔 놓았다.

더럽고, 촌스러우며, 비천한 소녀는 시내 어느 곳을 가도 비웃음과 멸시, 조롱 섞인 눈초리를 받았다. 지나가던 사람들은 그녀를 전염병 환자 취급하며 밀리 떨어져서 걸었다. 붉은 돌으로 된 코타이너의 집창촌이 세상 전부인 줄 알았던 어린 마리는 충격에 그날 밤 제대로 잠도 자지 못했다.

그날 얻은 교훈은 단 하나밖에 없었다. 반드시 이 쓰레기 같은 세상을 떠나야지. 나도 저런 빛의 세계로 나가야지. 그러기 위해서는 돈이 필요했다.

다음 날. 마리는 모아 둔 돈으로 잡화점에서 제일 좋은 옷을 사서 입고, 바실리카 사거리에서 활동하기 시작했다. 소매치기는 가장 빠르게 돈을 버는 방법이었다. 몸집이 성인의 반 토막밖에 되지 않는 아이가 날렵하기까지 했으니 소매치기로 밥벌이하기엔 최적이었다.

처음에는 심부름을 안 한다고 때리던 노파도, 그녀가 소매치기로 번 돈을 일부 떼어 주자 아무 불평도 하지 않았다. 그렇게 마리는 부촌으로 활동 반경을 옮겼다.

부촌은 그녀에게 환상을 심어 주었다. 반짝반짝 빛나는 행복. 더럽고 어두침침한 코타이너에는 절대 있을 수 없는 아름다움. 폭력에서 해방되어 궁핍을 걱정하지 않아도 되는 삶.

그 평범한 행복에 닿기 위해서 그들이 가진 걸 훔쳐 냈다. 돈, 보석, 먹을 것. 그 어떤 것이든. 가끔은 들킬 뻔한 적도 있으나 그때마다 요령 있게 도망치길 성공했다. 성공할수록 마리는 대범해졌고, 조심성은 허술해졌다.

그날은 극장에서 대공연이 열리는 날이었다. 어느 백작이 후원했다는 공연답게 공연장 앞은 문전성시를 이루었다.

마리는 아직 한 번도 연극을 본 적이 없었다. 표를 사러 온 관람객의 돈만 훔치던 그녀는 공연이 궁금해졌다. 가만히 주변을 탐색하는데, 코끝에 좋은 향기가 스쳤다.

순간, 지척에 있는 여자아이에게서 눈을 뗄 수가 없었다. 그 애는 인형 같았다. 제 눈동자 색처럼 예쁜 분홍빛 벨벳 드레스를 입고, 찬란한 금발은 양 갈래로 땋았다.

옆에는 고급 정장을 입은 중년 남자가 연극 표 두 장을 들고 있었다. 아마도 소녀의 아빠인 듯싶었다. 제 몫의 표를 달라 보채는 어리광에 중년 남자는 그녀에게 표를 주었다. 그러자 소녀의 입가에 사르르 미소가 피었다.

그녀의 드레스 리본 가운데 반짝이는 브로치, 연극 표를 꼭 쥐고 있던 손에 덮인 레이스 장갑, 찌든 가난과 추악한 악행을 한 번도 겪어 보지 못했을 법한 순수한 얼굴. 첫눈에 본 순간부터 그 모든 것이 탐이 났다. 그 아이가 아버지에게 받아먹는 빨간색 줄무늬 포장지에 싸인 사탕까지도.

귀공녀. 듣기만 했던 존재였는데, 저런 삶을 누리는 자들이었나. 심장이 가장 아름다운 것을 봤다는 경탄으로 두근거렸다.

마리는 저도 모르게 슬금슬금 다가서고 있었다. 저 여자애의 무엇 하나라도 가지고 싶었다. 향기는 간직하려 해 봤자 기억에 오래 남지 못하고 휘발될 테니.

귀공녀는 다가오는 마리를 눈치채지 못하고 손에 든 관람권을 팔랑거리고 있었다. 테두리에 금장이 둘린 표는 단순히 박스석에 앉는다고 해서 받을 수 있는 표가 아니었다. 공연 후원자에게만 특별하게 배부하는 초대권이었다.

초대권에는 후원인의 이름이 필기체로 양각되어 있었으나 마리는 글을 읽을 줄 몰랐다. 도대체 얘는 누구길래 이런 표를 받는 걸까. 뒷짐을 지고 있는 귀공녀의 손에서 눈치채지 못하게 티켓을 슬쩍하려던 순간이었다.

"저 애예요!"

누군가 날카롭게 내지른 고함.

마리는 그 즉시 재빠르게 달렸다. 얼마 가지 못해서 방범대가 쫓아와 마리의 머리통을 내리눌렀지만, 적어도 자신을 향한 경멸로 얼룩졌을 아름다운 눈은 보지 않아도 될 정도로 내달려 온 상태였다.

아무래도 이번에는 벗어나기 힘들어 보였다. 그 순간에도 손아귀는 고집스럽게 티켓을 틀어쥐고 있었다.

공연은 보지 못하더라도, 이대로 감옥으로 끌려 들어가더라도. 인생에서 가장 아름다운 것을 본 찬란한 기억은 남겨야만 했다.

* * *

마리가 잡히자 노파는 자신은 모르는 아이라고 선을 그었다. 기대도 안 했던 일이어서 마리는 감옥 안에 웅크렸다. 재판 전에 보석금도 내줄 수 없다고 하니 재판에 회부되면 손이 잘릴지도 몰랐다. 귀족의 물건을 훔치다 적발되면 엄벌을 받으니까.

그러나 마리는 다음 날 석방되었다. 의아한 얼굴로 교도소를 나오니 그녀를 훑던 방범대원이 아니꼬운 목소리로 답을 주었다.

"데스테 백작님과 영애께 감사한 마음을 가져라. 너 같은 쓰레기한테도 자비를 베풀어 주시는 분들이니."

데스테 백작. 그 이름을 되뇌던 마리는 품에서 공연 시간이 지나 금칠 된 종이로만 남은 티켓을 꺼냈다. 양각된 필기체로 쓰인 '루시아 데스테'. 그것이 제 이름보다 더 빨리 외운 글자였다.

* * *

귀족의 세계에 편입하는 방법은 무엇일까? 가장 비천한 곳에서 태어난 자라도 그 호화로운 아름다움에 휘감길 수 있는 방법 말이다.

마리가 태어나기도 전에 유일하게 공작을 손님으로 받았다는 고급 창부가 이 지긋지긋한 코타이너를 화려하게 탈출했다고 들었으나 아무도 그 이후를 듣질 못했다. 소문으로는 공작이 애가 생기니 죽였다느니, 공작에게서 도망쳐 외국으로 갔다느니 하는 소문만 파다했다.

남자에게만 매달리는 창부의 파국은 마리가 숱하게 봐 온 진부한 것이었다.

마리는 그렇게 한번 이용당하는 것이 아니라 평생을 귀족의 세계에 안착하고 싶었다.

그러자 노파는 코웃음을 치면서도 귀족의 하녀 노릇이 최선이라는 답을 주었다. 자신이 귀족의 고용인 노릇을 하다가 이 지경이 되었다고 고래고래 소리를 지르기도 했다. 마리는 술을 사다 주며 노파에게서 하녀 생활에 관하여 전해 들었다.

"귀족 나으리들이 말이야, 어? 얼마나 따지고 드는 줄 알아? 소개장이 없으면 너같이 이 동네에서 자란 천것들은 저택에도 못 들어가. 아, 물론 이 동네에서 자랐다는 것만으로도 정상적인 직장은 어디에도 못 들어가겠지만……."

노파는 취했는지 기껏 사다 준 술을 제대로 머금지도 못한 채 입가에 줄줄 흘렸다. 쭈글쭈글해진 손과 혼탁한 눈은 이미 죽음에 가까워진 자의 것이었다.

점점 혼자서는 가누지 못하게 될 몸뚱이. 결국, 마리에게 봉양을 요구할 것이 뻔한 늙어 가는 육신.

"그럼 나는 어떻게 해야 하는데?"

마리는 이미 짐작하고 있는 불안을 삼키며 물었다. 희망 고문이라 할지라도 듣고 싶은 말은 있는 법이다. 아직 어린 마음에 달콤한 희망이라도 주고 흔들면, 꿈을 꿀 수도 있는 나이였다.

"네가 바실리카에 등록했던 출생부라도 불태우지 않는 한 네가 이 동네를 벗어날 수 있을 것 같아? 귀족이 매음굴이나 나돌던 심부름꾼한테 퍽도 집안일을 맡기겠다!"

노파가 취한 채로 마리를 비웃었다. 낄낄거리는 조롱에 그치지 않고, 삿대질을 하기도 했다.

"그니까 넌 영원히 여기, 내 밑에서나 잘하구 살어! 쓸데없이 헛바람 들어서 나돌지나 말고. 사람은 원래 자기 분수를 알고 지내야 하는 법이다.

귀족? 하녀? 고작해야 네 어미 뒤나 따라가지 않으면 다행일 것이……."

마리는 더는 듣지 못하고 취한 노파를 힘껏 밀었다. 노파는 그대로 고꾸라졌다. 괴기스럽게 휙 돌아간 고개로 동공이 흐리멍덩한 잿빛 눈이 마리를 보았다. 조롱하는 눈은 진득한 늪처럼 끈덕졌다.

"이곳에 발을 담근 이상 너도, 나도 평생 이렇게 살아야 한다는 말을 믿지 못하는 것이냐? 허튼 기대 하지 말라는 거다. 너두, 이제 그만 사실을 받아들여."

마리는 그대로 도망쳤다. 큭큭거리며 신경을 긁는 웃음소리가 짜증 나서가 아니었다. 두려워서다. 평생 그 동네에 갇혀서, 저들과, 찬란한 빛은 못 보고 끼리끼리 암울한 시궁창을 뒹굴어야 한다는 사실에 숨이 막혀서.

그대로 마리는 자신이 살아왔던 동네를 등졌다. 노파 밑에서 해결했던 의식주조차 놓아 버린 독립의 시간.

그 뒤로 쉼 없는 악행의 연속이었다.

* * *

극단에 취직한 이유는 세 가지가 있었다. 첫째로는 당장에 벌이는 되지 않아도, 먹여 주고 재워 준다는 이유에서였다.

"오늘 공연에 입을 드레스 다시 수선해 놔, 메리. 코르사주 더 달아서."

펄럭이는 드레스가 마리 발밑에 종잇장처럼 내려앉았다. 얼굴로 던지지 않은 게 다행이라 생각하며, 마리는 새초롬한 눈으로 드레스를 집었다.

그녀 덕택에 커다란 극단으로 옮겼으니 이 정도 대우는 감수할 수 있었다. 마리는 이름을 세 번 바꾸면서, 직장도 세 번 갈아 치웠다.

늘 일손이 부족했던 떠돌이 유랑극단에서, 바실리카 공연장에 연극을 올리는 유명 극단으로 오기까지. 치열한 나날은 계속되었다. 출신지와 경력을 위조하는 일은 당연시되었다.

"오늘 공연에 애인이라도 오세요?"

"그렇기도 하고, 단장 지시도 있고. 거물급 귀족이 보러 오니까 의상에도 각별히 신경 쓰래."

공연 일을 하면서 알게 된 배우, 한나 하르더는 마리와 마찬가지로 형편이 좋지 못한 동네 태생이라고 했다. 한나는 점차 유명해져 대형 극단에 정착했고, 이곳에 마리를 소개해 주었다. 그렇게만 본다면 은인이었다. 단지, 그것뿐이라면.

마리는 불안을 감추며 물었다.

"대체 누가 오길래요?"

"놀라지 마. 왕세자랑 에르하르트 소후작이란다."

극단에 취직한 두 번째 이유, 그건 바로 귀족을 볼 수 있기 때문이었다. 대형 극단에서는 귀족을 볼 일이 많다. 마리는 가만히 고개를 끄덕이다가 이어지는 한나의 말에 불안한 기색을 숨기지 못했다.

"이번에도 우리가 해야 할 일이 있어."

"무슨……"

"왕세자 시해 소동."

마리는 들고 있던 드레스를 툭 떨어트렸다. 여자는 상관 않고 제 할 말만 계속했다.

"정말 죽이는 건 아니야. 그냥 시늉으로 겁만 주는 거지."

"대체 왜 그런 위험한 짓까지 해야 하는 거죠? 누구 의뢰인가요?"

처음에는 비슷한 환경에서 자란 마리가 마음에 들어서 불러 준 줄 알았던 한나는 알고 보니 다른 꿍꿍이가 있었다. 마리는 덕분에 대형 극단에 취직할 수 있었으니 한나의 말을 고분고분 들어줘야 하는 입장이었다.

한나가 애인한테 귀족의 정보를 흘리고 있다는 건 극단에 들어오고 나서야 알게 된 사실이었다. 한 번도 본 적 없는 그녀의 애인은 아마도 뒷골목에서 불법적인 일을 하는 정보상 같았다.

한나는 애인이 있다 하면서도 결혼한 귀족 남자들을 만나고 다녔고, 그들에게서 두둑한 돈을 받아 오기도 했다. 협박으로 뜯어낸 건지, 매춘의 대가인지도 알기 힘들었다.

다만, 한나가 항상 애인에게 받았다는 편지를 품에 지니고 그들에게 전달하는 것으로 보아 아마도 정보 거래가 아닐까 싶을 따름이었다. 그러니 애인이란 사람이 사실은 정보상이겠지, 하고 어림짐작하는 것이다.

마리는 가끔 그 편지를 대신 전하면서 수금도 해 주곤 했는데, 한두 번만 도와주다가 빠져나오려던 것이 한나가 수입을 나누어 주기 시작하자 쉽사리 거절할 수 없는 족쇄가 되었다. 정신을 차렸을 때는 이미 공범이 된 후였다. 이제 와 함부로 발을 뺄 수도 없었다.

"대체 왜 그런 위험한 짓까지 해야 하는 거죠? 어느 귀족에게 의뢰라도 들어왔나요?"

"그게 중요해? 중요한 건 이번 일은 몫이 두둑이 나올 거라는 거야. 협조나 해."

기껏해야 가십지에 팔아넘길 정보 정도를 얻어오는 수준인 줄 알았는데, 이번에는 사안이 달랐다. 자칫하면 다 같이 죽을 텐데, 미쳤다고 이 일에 휘말릴 수는 없었다.

한나는 배우다운 아름다운 외견과 달리 속내에는 코타이너의 노파가 들어 있는 듯한 미소를 짓는 여자였다. 마리는 서로를 등치고 기만하는 곳에서 나고 자랐다. 누구보다 그 분야로는 직감이 빨랐다.

마리는 순진한 척 겁먹은 얼굴로 고개만 끄덕였다. 우선은 한나의 심기를 최대한 맞춰 주면서 의도를 파악하는 것이 먼저였다. 한나는 반응에 만족했는지, 너그러워진 얼굴로 부연 설명을 해 주었다.

"그저 흔한 귀족 싸움 아니겠니. 직접 죽이라는 것도 아니고, 왕세자와 에르하르트 후작가 사이를 갈라놓을 만한 구실을 만드는 거겠지."

"그러다 자칫하면……."

"걱정 마. 암살 시도는 그이가 보내 준 사람이 할 거야. 너랑 나는 상황만 만들어 주면 돼."

"어떻게요?"

"암막이 걷히면, 자객이 나 대신 무대에 올라 석궁을 쏠 거야. 나는 대기실에서 자객을 몰래 올려 보내 줄 테고, 나중에는 협박받아서 갇혀 있던 척을 하겠지. 네가 할 일이 제일 간단해. 자객이 어둠 속에서도 위치를 구분할 수 있도록 저걸 왕세자 뒷자리에 놓으면 되는 거야."

한나가 검은 천으로 덮인 램프를 가리켰다. 귀족들이 앉는 박스석에 놓는 조명이었다. 발광 마법이 걸린 마도구였는데, 관례로 취급되는 온백 조명이 아닌 은은한 아이보리빛 주백 조명이 천 위로 비쳤다.

"한번 준비해 보긴 할게요."

순순한 답에 한나는 그제야 만족하는 표정을 지었다.

"알지? 평소랑 다름없이 자연스럽게 행동해."

살랑살랑한 걸음으로 사라지는 뒷모습을 바라보던 마리는 그 후로도 한참이나 넋을 놓았다. 그러다 퍼뜩 정신을 차리고, 빠르게 손을 놀려 드레스에 필요한 장미 코르사주 장식을 덧대기 시작했다.

일단은 마음을 진정시켜야 한다. 정신을 차리고 생각하지 않으면 안 됐다.

그러는 동안에 마리의 손을 거친 드레스는 더욱 풍성하고 화려한 모습으로 바뀌어 갔다. 이것이 마리가 극단에 들어온 세 번째 이유였다. 마리는 아름다움에 집착하는 만큼이나 관련 분야에서 재능을 발휘했다.

단장이 천애 고아인 마리를 못마땅하게 봤으면서도 극단에 들인 이유는 의상을 바느질하는 솜씨를 보았기 때문이었다. 매음굴에서 옷을 수선해 주면서 팁을 번 경험 덕분인지, 마리는 극단에 있는 또래 중에 제일 손이 빨랐다.

그뿐만 아니라 배우들의 비위를 맞춰 주는 일이나 머리 장식으로 멋을 내는 일도 곧잘 해내고 있었다. 전부 코타이너에서 매를 맞지 않기 위해, 누군가의 비위를 맞추고, 그녀들의 머리를 빗겨 주며 터득한 경험이었다.

하지만 마리는 제가 사는 지금 환경에 만족하지 않았다. 한나의 눈치나 살살 보는 삶보다도 더 찬란한 세계를 원했다. 더 아름답고, 호화롭고, 풍요로운 세계. 언젠가 그녀도 그 세계 안에 녹아들 거라는 야망이 가득했다.

마리는 쪽가위로 실을 잘라 내며 속삭였다. 죽으려면 혼자 죽으라지. 그때까진 절대로, 뒷골목에서 삶을 연명하던 하찮은 자들과 함께하다가 죽을 수는 없었다.

* * *

리허설에는 소후작과 왕세자, 왕세자를 모시는 수행원들이 참관했다. 원래부터가 귀한 손님들께는 리허설 관람 권한이 주어졌으니 당연한 귀빈 대접이었다. 괜히 백스테이지에서 귀족과 배우의 염문설이 시작되는 것이 아니다.

"음…… 죄송해요, 다시 할게요."

한나는 일부러 독백 장면에서 대사를 몇 번 실수했다. 박스석에서 리허설을 보던 손님들은 재미가 없었는지 밖으로 나갔다.

"평소에는 잘하면서 오늘은 왜 그래! 너, 이게 나한테 어떤 기회인 줄은 알아? 나만 좋자고 이래? 잘하면 너도 왕세자 전하의 애인이든, 소후작의 정부로든 들어갈 수 있는 기회라고! 메리, 너는 쟤 화장 좀 고쳐 봐."

단장은 손님들이 나가자마자 대놓고 언짢은 티를 냈다. 마리는 재빨리 무대 위로 달려가서 한나의 화장을 고쳤다.

"단장, 박스석에 있는 조명 때문에 눈이 아파서 집중이 안 돼요. 리허설 때니까 옮겨 놓으면 안 되나요?"

한나는 요청과 동시에 마리를 흘겨보았다. 무언의 신호였다.

주변에는 마리를 제외한 다른 단원이 없었다. 마리만 한나를 전담하기 위해 남은 상태였다. 귀한 분들이 은밀히 들른 자리인데, 단원들이 많으면 어수선해져서 손님들 심기가 불편해질 수도 있다는 이유 때문이었다.

그런고로 심부름은 당연히 마리의 몫이 되었다. 아무것도 모르는 단장은 마리를 낭떠러지로 몰아붙이는 데 동참했다.

"야, 너 저기 가서 조명 좀 빼고 와."

마리는 한나의 시선을 받아 내다가 얌전히 소품 보관실로 향했다. 조명을 바꿔 놓는 척이라도 해야 하는 상황이었다.

어떻게 하지? 램프라도 고장 내야 하는 걸까. 하지만 그 조명은 단장이 제일 비싸게 주고 산 마도구다. 그러다가 들키면 그녀가 물어낼 보상금이 만만치 않을 터였다.

골치 아픈 궁리를 하면서 소품 보관실로 향하는데, 막다른 복도를 돌기 직전에 두런두런 이야기 나누는 소리가 들렸다. 아마도 리허설을 보다가 나온 손님들 같았다.

"일은 시킨 대로 잘 되어 가나?"

"예. 적당히 시늉만 하라고 지시해 두었습니다."

"하하. 소후작이 놀라겠지?"

마리는 더 나아가지 않고 잽싸게 벽에 몸을 기댔다. 듣자 하니, 소후작이 없는 자리에서 왕세자와 수행원끼리 나누는 대화였다.

"에르하르트 가문을 견제하기 위함이라고 하나, 굳이 이렇게까지 하셔야겠습니까, 전하. 혹여 전하의 몸이 상하실까 염려됩니다."

"그건 걱정하지 않아도 돼. 카론은 모르겠지만 지금 나는 방어용 마도구를 가지고 있으니까. 그리고 이건 견제가 아니야. 왜 견제일 거라고 생각하나?"

"그야 최근 에르하르트 가문이 국왕 전하의 심기를 어지르지 않았습니까."

"국왕 전하의 심기를 어지럽혔다고 내 심기도 어지러워야 하나?"

"그럼 어찌 이런 일을 벌이시는 겁니까."

"견제가 아닌 시험이야. 우정과 신의에 대한 시험이지."

왕세자가 무슨 말을 하고 있는지 이해할 수 없었다. 다만, 왕세자는 말할 때마다 가무레한 미소를 짓고 있을 것만 같았다. 마리는 순간 꿍꿍이를 알 수 없는 미소를 짓던 한나의 얼굴을 나란히 떠올렸다.

오늘 한나의 애인이 온다고 했다. 사실 왕세자가 한나의 애인이고, 그들이 모두 한패라면? 그러니 이리 위험한 일을 냉큼 받았던 거라면? 마리가 뛰는 심장을 가만히 진정시키는데, 다른 이의 목소리가 껴들었다.

"기다리셨습니까."

묵직한 저음이 공기의 흐름을 바꾸었다. 기밀했던 대화는 존재하지도 않았다는 듯이, 왕세자가 활달한 목소리로 방금 온 사람을 맞이했다.

"어때. 잠은 좀 깼나, 카론 경. 극장에서만 누릴 수 있는 낭만을 아직도 이해 못 하다니 안타까워."

"앞으로도 이해하지 못할 겁니다. 경마가 어째서 연극이 되었는지 모르겠군요."

감히 왕세자에게 겁도 없이 불평하는 자였다. 바로 그가 오만하고도 성질 더럽기로 유명한 에르하르트 가문이고, 그 이름값을 하는 소후작이겠구나. 마리는 제가 살던 동네까지 유명했던 명성을 실감했다. 아니, 오히려 뒷세계에서는 왕보다 엄밀한 이름이었다.

마도구나 약물이 음지에서 잘못 유통되는 날에는 에르하르트 가문에게 뼈도 못 추린다더라. 에르하르트에 첩자로 잘못 들어갔다가는 쥐도 새도 모르게 사라진다더라.

오죽하면 돈만 주면 무엇이든 다한다는 뒷골목 정보상들도 에르하르트 가문에 관한 의뢰는 받지 않는다고 했다. 함부로 뒤를 캤다가는 목숨을 내놓아야 한다는 것이다.

왕세자는 그 정도 무례에 익숙한지 넉살 좋게 말을 받았다.

"당연히 경은 연극을 보러 가자고 하면 거절했을 테니까 그랬지. 쯧쯧, 연극을 그리 싫어하면 귀공녀와 어울리기 힘들어. 귀공녀와 연애하면 제일 오기 좋은 장소가 극장이거든. 이 근방은 데스테 영지와도 가까우니 에스코트하게 되면 여기가 제일 좋을 거야."

"극장만 다녀오시면 배우와 염문설이 나는 분께 들을 충고는 아니로군요. 그리고 다시 한번 말하건대, 저와 그 귀공녀는 전하께서 생각하시는 그런 관계가 아닙니다."

"사냥제에 참가한 이래 쭉 우승해 온 기사가 어느 영애에게도 제물의 영광을 바치지 않다가 돌연히 한 귀공녀에게 우승의 영광을 바쳤어. 그걸 아무 관계도 아니라 칭한다면, 데스테 영애께도 무례인 거야. 경은 여전히 여자의 마음이라고는 조금도 모르니 걱정이군."

"말씀드렸잖습니까. 사과의 의미였지, 다른 뜻은 없습니다."

"정말 그것이 전부야, 카론 경? 그렇다면 경은 어째서 사냥제 이후로 못 보던 팔찌를 매일 걸고 다니나? 그것도 누가 쓰던 것으로 보이는 물건을."

능글맞게 찔러 오는 질문에 답은 돌아오지 않았다. 왕세자는 알 만하다는 듯한 속웃음으로 그의 침묵을 받아 주었다.

"자, 다시 돌아가지. 우리가 자리를 오래 비우면, 저들끼리 불안에 떨고 있을 테니까."

그렇게 그들이 들어가고도, 마리는 쉬이 발걸음을 옮기지 못했다. 더운 숨이 흘러나왔다.

데스테 영애.

오직 그 말만 뇌리에 남았다. 제 이름보다 빨리 외운 낱말이.

* * *

막이 올랐다. 연극은 순조롭게 흘러가고 있었다.

왕세자는 빙긋빙긋 웃었고, 소후작은 대놓고 지루하단 표정을 지었다. 왕세자 뒤를 비추는 주백색 조명은 얼핏 봐도 주변과 색온도가 달랐다.

마리는 2층 난간에 기대어 그 광경을 보다가 냉소했다. 만에 하나, 일이 잘못될 시에는 저 조명을 가져다 놓은 마리가 잘못을 뒤집어쓸 만한 상황이었다.

한나는 마리가 저 조명을 가져올 줄은 몰랐다고 잡아뗄 테고, 마리가 한나를 밀고하려 들면 그녀야말로 역적과 한패였다고 우길 인물이었다. 극단도 인기 배우를 잃느니, 차라리 배우 밑에서 일하는 단원 하나 자르는 데 협조할 것이 뻔했다.

이용하거나 이용당하거나.

그녀는 이제 코타이너 매음굴 뒤편 오두막이 아닌 바실리카에서 공연하는 극단 기숙사에 산다. 그러나 곰팡내 나던 오두막에서 노파에게 착취당하던 삶이나, 극단에서 언제 덤터기를 쓰고 쫓겨날지 눈치 보는 삶은 살아남는 강도가 비슷했다.

마리는 여전히 뒷골목의 법칙에 구속받고 있었다. 매음굴과는 비교도 안 되게 화려하고 안온한 세계에 왔음에도, 여전히 그녀의 생존 방식은 처절하고 천박했다.

더 높은 곳으로 올라가게 되면, 온화한 삶의 품위를 지킬 수 있는 걸까? 그 순수하고도 무구한 얼굴을 하고 있던 데스테 영애처럼 살 수 있을까? 그녀는 마리나 한나같이 삶의 묵은 때에 찌들어 있지 않았다.

진정한 귀족의 특권은 그런 삶을 향유할 수 있는 권리 아닐까? 더러운 것들을 안 보고, 모를 수 있는 삶 말이다. 아름다움만 누리고, 예쁜 것을 모으며 소유할 수 있는 삶.

마리는 제 삶이 이미 더러운 것을 알아 가느라 너무 많이 오염되어 있다는 것을 깨달았다. 흙탕물 속에 발을 담그고 있으면서 상체만 화려한 옷으로 바꿔 입어 보려는 꼴이다. 그러면서도 저 멀리 깨끗한 호수에서 발장구를 치는 이들을 부러워했다. 제 두 발은 흙탕물에서 빼내지를 못하면서.

앞으로도 이렇게 평생 이룰 수 없는 열망을 품고 살아갈 테지. 마리는 비로소 갑갑한 현실을 깨닫고 자조했다.

그러는 동안에 연극은 긴장감이 최고조에 오르고 암막이 드리웠다. 마리는 숨을 들이마시고, 계획한 위치로 걸음을 옮겼다. 어차피 흙탕물에서 벗어날 수 없는 처지라면, 반드시 이용하는 쪽이 되어야만 했다.

* * *

예쁜 여배우만 내세운 싸구려 공연이다.

레오폴트의 감상은 그뿐이었으나 매끄러운 미소가 올라간 얼굴에는 그런 속내가 한 줌도 담겨 있지 않았다. 그저 옆 좌석에서 자리만 지키고 앉은 카론 에르하르트만 흘겨보았다.

졸지 않는 눈이 기특할 정도로, 카론은 덧없이 허공만 바라보고 있었다. 레오폴트는 그가 허공 위로 그려 낼 상상이 궁금했다.

분명 무언가 숨기는 것이 있다. 그것이 루시아 데스테든, 혹은 그를 눈속 임하려는 무언가든. 은근한 변화가 최근의 그에게서 감지되었다.

친우라고 믿을 만한 막역한 관계는 아니지만, 속내를 알아내기는 쉬운 자였 기에 곁에 둘 만했다. 반항심이 크지 않을뿐더러, 적당히 그에게 맞춰 주는 인내심도 보여 왔다. 그런데 사냥제 때부터 마도구 팔찌를 차고 다니더니 그 무렵 일에 관해서는 제대로 된 답을 하지 않는 것이다.

국왕 전하께서도 강조하시길, 저 머리 검은 자들을 함부로 믿지 말라 하 지 않았나. 현 후작이 제어되지 않는 자이니 아버지가 치를 떠는 것도 이해 했지만, 왕세자는 그보다 에르하르트의 권세가 마음에 걸렸다.

에르하르트는 왕국이 세워진 몇백 년간 음지에서 왕실을 떠받드는 기둥 역할을 자처했다. 왕실에 그토록 바짝 꼬리 내리는 충견이 없을 정도였지 만, 그만큼 왕실의 약점이나 비사를 많이 아는 가문이 없었다. 더러운 일로 직접 손을 더럽히는 역할을 해 왔으니 당연했다.

마도구를 귀족들에게 풀어놓고 저들끼리 물고 뜯도록 싸우게 만드는 일.

귀족 간에 유흥을 조장해 그들의 재력을 누르는 일. 억울한 누명을 씌워 위협되는 세력을 축출하는 일. 그 골치 아픈 일을 맡길 수 있는 유일한 충견 가문은 에르하르트뿐이다.

후작과 왕 사이의 사이가 이미 틀어졌는데, 왕이 후작을 버리지 못하는 이유가 그 때문이지 않나. 그러니 이럴 경우, 키우던 개에게 물리면 가장 아픈 법이었다.

레오폴트는 제아무리 하찮은 것이라고 해도 장차 후작이 될 카론에 관해서는 많이 알아 둬야만 했다. 당장은 목을 베어 버릴 목적이 아니더라도, 왕실과 엮이지 않은 그만의 약점은 광인의 피가 흐른다는 에르하르트 가문을 제어할 좋은 도구가 될 터였다.

그런 점에서 최근 카론 에르하르트가 가지고 다니는 저 팔찌는 심히 거슬렸다. 하필이면, 타스로산 에메랄드다. 북부 대륙에서 온 마도구. 그 귀중한 방어구가 여름 사냥제 이후로 후작의 팔목 위에 자리 잡고 있었다.

저것이 데스테 백작과 에르하르트 사이를 잇는 무언가라면. 아니, 그보다도 감히 왕실도 모르는 사정이 있는 것이라면.

레오폴트는 구태여 집요하게 수색하거나 몰아붙이지 않고, 느긋하게 카론을 두고 보기로 했다. 그를 알아 갈 기간이라면 즉위까지 한참 남아 있었다. 그러니 지금 이런 우스운 상황은 계집질과 비슷한 일종의 유희일 뿐이다.

등 뒤로 열기를 전하던 조명이 꺼졌다. 그것이 신호탄.

인터미션이 끝나고 2막이 시작되려 하고 있었다. 레오폴트는 느긋하게 눈을 감았다. 순식간에 아주 요란한 소동이 일어날 것이다.

커튼이 열리는 순간, 살수의 석궁이 그를 조준해서 날아올 것이다. 주변 호위들에게 그를 엄호하지 말라 일렀으니 옆에 있는 카론은 무슨 수를 써서라도 그를 방어할 터였다.

"전하!"

예상대로 다급한 외침이 터지고, 단말마에 가까운 비명이 장내에 감돈다. 찰나의 순간, 카론은 어김없이 일어나 그의 앞에 팔을 뻗어 왔다.

호오. 꽤 감동적인 충심이네. 천천히 눈을 뜬 레오폴트가 싱긋 웃었다.

그러나 전방을 주시한 순간, 그의 시선을 잡아끈 건 바로 앞에서 그를 막아선 카론이 아니었다. 그 너머, 어깻죽지에 화살을 맞고 주저앉은 한 소녀가 있었다.

변수네. 레오폴트는 조금 맥이 빠진 상태로 중얼거렸다. 하찮은 것을 보던 눈동자가 다시금 카론에게로 향했다. 방어구는 조금도 금이 가지 않고 멀쩡하게 남아 있었다.

카론의 방어구를 쓸모없는 상태로 무력화시키는 일에는 실패했지만, 그래도 이만하면 그의 진심은 전해졌으니 다행이라고 해야 할지. 이렇게 방어 기회를 날리는 것으로 보아 방어구에 그만한 의미는 없는 듯했다.

"전하, 피하셔야 합니다."

카론이 그를 향해서 갸우듬하게 고개를 숙였다. 그 동요 없는 불충하고도 건방진 표정을 보고 있자니, 흥이 식으면서 다른 재밋거리를 갈구하게 되었다.

"불미스러운 사건에 안타까운 희생양이 생겼잖아."

레오폴트는 가벼운 손사래를 치고 일어섰다. 일을 그르친 계집의 얼굴이라도 봐야겠다는 심경으로 상처를 지혈 중인 수행원들에게 다가섰다. 밭은 숨을 내쉬는 계집은 동공이 흐릿하게 풀려 있었다.

분홍빛이 도는 머리칼이 봐 줄 만하긴 했지만, 햇빛을 많이 봤는지 주근깨 가득한 얼굴에 고통으로 초점이 흐릿해 보이는 회색 눈은 취향에 맞지 않았다.

여러 가지로 쓸모없네. 그것이 레오폴트가 마리를 보고 느낀 첫인상이었다. 그러나 마리의 눈동자가 그에게 초점이 맞춰지고 곧바로 두려움으로 물들자, 그의 흥미는 다시 동하기 시작했다. 그 새파랗게 질린 안색. 귀신이라도 본 듯 두려움에 떠는 몸.

그건 감히 제 주제에 왕족을 봐서 느끼는 경이가 아니었다. 아주 지독한 것을 보는 섬뜩한 공포. 목숨을 위협받는 피식자가 느끼는 겁. 레오폴트는 지배자의 입장에서 그것을 알아보는 눈을 지녔다.

곧 여자는 자연스럽게 눈을 돌려 기절했다. 연기인지, 실제인지는 알 길이 없었으나 레오폴트의 입가는 곧 매끄러운 호선을 그렸다.

호오라. 이것 봐라.

"이 용감한 숙녀분을 모시는 일에 막중한 책임감이 느껴지는데."

레오폴트는 의아해하는 카론을 향해 나긋한 웃음을 지어 보였다.

* * *

"잠시만 눈을 뜨고 있어 주렴. 당장에 상태를 말씀드려야 하니까."

의사가 다급히 방을 나섰다. 마리는 약품 냄새가 가득한 방을 멀거니 훑었다. 극단 기숙사에 비할 수도 없이 아늑하고 깨끗한 방의 상태로 보아 어느 귀족의 사택 같았다.

마리는 눈을 뜨자마자 모든 일이 제 계획대로 되었다는 사실에 안도했다. 통증은 안도감 뒤에 뒤따라오는 것이었다. 쿡쿡 쑤시는 어깻죽지에 얕게 신음하다가 숨을 내쉬었다.

하나 있는 멀쩡한 재산인 몸뚱이를 날려서 암살 시도를 막았다. 조사를 받든, 후작이 아랫것을 보내 심문을 해 오든, 어쨌거나 후작의 눈에 들었을 것이다.

거기서부터 어떻게 해서든 다시 기회를 잡는 거다.

데스테 영애께 은혜가 있어서 그 약혼자를 구하고 싶었다고 들먹여 볼까? 아니면 왕세자의 음모를 들었다고 솔직하게 말해 봐? 아니, 그러다가 오히려 거짓말이라고 몰리게 된다면? 역시 패는 숨기는 편이 낫나.

마리는 오로지 후작의 밑으로 들어갈 궁리로 열심히 머리를 굴렸다. 눈을 감기 전에 봤던 왕세자의 모습은 새까맣게 잊은 채였다. 고작 저 하나 때문에 왕실이 직접 나서는 일은 없을 테니까. 왕세자는 하찮은 평민 소녀가 상상해 볼 수 있는 범위의 인물도 아니었다.

"생각보다 일찍 눈을 떴네."

그러니 방에 들어온 자를 보았을 때. 너무 비현실적인 인물이라 잠시간 가만히 입을 벌리고 넋을 놓을 수밖에 없었다.

"와, 왕세자 전하……."

"누워 있어. 아픈 환자의 인사를 받으려고 몸소 온 건 아니니까."

왕세자는 곧바로 몸을 일으키려는 마리를 저지하며 앞에 놓여 있던 스툴에 앉았다. 마리가 남자에게 일절 받아 본 적이 없었던 신사적이고도 자비로운 태도였다.

그 신비로운 은청색 머리카락과 쪽빛 눈동자는 어떠한가. 고고한 태생이라는 걸 온몸으로 증명하고 있는 왕의 아들. 마리는 그 존재만으로 어쩔 줄 모르고 눈을 마주치지도 못했다.

"날 똑바로 봐 줬으면 좋겠는데."

분명히 청유하는 말이었으나 그의 목소리에는 명령 같은 힘이 깃들어 있었다. 마리는 겨우 눈동자만 움직여 그를 보았다. 그 신비롭고도 아름다운 소년 왕자는 웃는 낯이 어딘가 서늘한 느낌을 주었다.

"한나한테 대강 이야기는 들었어. 잔심부름을 도와주던 아이라면서."

"……."

"왜 그랬지?"

거짓말을 해야 한다. 거짓말을 잔뜩 준비해 놨는데. 입이 차마 열리질 않았다. 마치 어른에게 뻔히 들통날 거짓말을 하는 아이처럼. 왕세자의 권위 앞에서는 그따위 가소로운 거짓말이 통하지 않을 느낌이었다.

거짓말을 했다가 들키면? 그러다가 죽으면? 어째서 왕세자가 직접 그녀를 보러 온 걸까?

마리는 대담하긴 했으나 어렸고, 귀족을 보긴 많이 봤으나 제대로 상대해 보진 않았다. 더군다나 상대는 귀족도 아닌 왕족이었다. 같은 인간으로도 보이지 않을 만큼 차원이 다른 존재. 그가 마음먹으면 제가 어떤 인간인지 탈탈 털어 내는 건 일조차 아니게 느껴졌다.

마리가 입술만 벌벌 떨며 입을 다물고 있어도, 왕세자는 그만하면 충분한 대답이 되었다는 표정으로 고개를 까닥거렸다.

"역시 이미 그걸 들었나 보구나."

그 한마디에 마리의 심장이 쿵, 하고 곤두박질쳤다. 손짓 하나로도 그녀를 쥐도 새도 모르게 죽일 수 있는 남자는 그다지 화가 났거나 곤란한 얼굴을 하고 있지 않았다. 그저 조금 별난 구경거리를 보는 얼굴로 그녀를 응시하더니, 침대 옆에 있던 탁상에서 신문을 들었다.

"질문을 바꾸지."

왕세자는 손수 마리 앞에 신문을 펼쳐 주었다. 마리는 더듬더듬 며칠 전 기사를 눈으로 읽어 내렸다. 그녀는 아직 글을 읽는 속도가 느렸다.

"화살이 날아올 줄 알면서 '왜' 몸을 던졌지?"

본능적으로, 마리는 그 질문이 가장 중요한 질문이란 사실을 직감했다. 어쩌면 제 인생을 송두리째 바꿔 놓을 정도로, 중요한. 그러나 신문에는 도저히 눈을 뗄 수 없는 내용이 적혀 있었다.

"저는……."

마리는 입을 열어 대답하려 했으나 신문지 위로 후드득 떨어져 내리는 눈물에 말문이 막혔다. 신문에 왕세자 암살 사건 따위는 어디에도 나오지 않았다. 대신에, 어느 삼류 극단 여배우의 비극적인 자살 사건을 다루었다.

"전, 흐윽……."

얇은 재생지가 젖어 들수록 입에서는 눈물을 참으려는 흐느낌이 터졌다. 왕세자는 단 한 번도 윽박지르지 않고 그녀에게서 원하는 진실을 얻어 냈다. 마리는 새하얗게 변한 머리로 있는 그대로를 이실직고하고 말았다.

불가항력의 위압감이 몸을 짓눌렀다. 마리는 처음으로 상위층의 포식자와 마주하는 공포를 맛보았다. 이런 것이구나. 사람의 목숨을 종잇장만큼 가볍게 만드는 권력.

그들의 세계는 데스테 영애처럼 새하얗고 자비로운 인간들로 이루어져 있지 않았다. 현실을 자각하는 순간, 그가 자신의 나약하고도 비굴한 순종을 쓸 만하다고 평가해 줬으면 좋겠다는 마음이 꿈틀거렸다.

마리는 너무 긴장한 탓에, 그때 제가 무슨 말을 했는지 훗날에도 정확히 기억하지 못했다. 그러나 마리의 판단은 정확했다.

"가여운 새로구나."

왕세자는 일말의 연민도 없는 눈으로 그녀에게 건조한 위로를 건넸다. 얼핏, 올려 웃는 입꼬리로 보아 비웃는 태도 같기도 했다.

"날개를 달아 주면, 제대로 날아오를 수 있겠어?"

그러나 비로소 그녀가 찾던 기회가 찾아왔다. 그렇게 마리는 며칠 후에 극단을 그만두었다.

* * *

"로제마리."

"예, 아가씨."

"네가 보기엔 이건 어떠니. 너는 물건 보는 눈이 좋잖아."

힐긋 웃음을 흘리는 루이제가 보석함을 내밀었다. 행상인이 가져온 자개 보석함 안에서는 진귀한 패물들이 아름다운 자태를 뽐내고 있었다.

"전부 쓸모가 없네요."

요사이 무서운 속도로 한 뼘이 더 큰 분홍빛 머리의 소녀는 맹랑하지만 자신감 있는 목소리로 대답했다. 루이제는 고개를 갸웃거리고, 행상인의 눈빛은 급속도로 사나워졌다.

"하녀가 물건 보는 눈이 없군요. 모두 진귀한……."

"루이제 아가씨는 이런 모조품을 쓰실 분이 아니에요."

"그 무슨!"

말을 마치기도 전에 하녀는 맹랑한 대답으로 행상인의 말을 끊어 놓았다. 행상인의 표정이 붉으락푸르락 달아올랐다. 루이제는 놀란 기색으로 물었다.

"로제마리, 그게 정말이야?"

"그럼요. 여기."

예쁘고 섬세하게 커팅된 다이아몬드를 굴려 보던 하녀는 확신에 찬 목소리로 행상인에게 물었다.

"이거 마도구라고 했죠? 북부에서 건너온."

"그, 그렇죠. 북부 대륙에서 건너온 진귀한 물건이 마도구밖에 더 있겠습니까."

하녀는 명확한 확신을 가지고 장담했다.

"그렇다면 이렇게 흠집 없이 깨끗할 수 없잖아요. 북부 대륙에서 건너온 최상급 마도구는 에르하르트 후작가에서 전량 회수하고 있으니, 지금 남은 물건은 암시장에서 굴러다니는 것뿐인데……. 이 정도 물건이 있다면, 둘 중 하나겠죠."

행상인은 뜨끔한 표정으로 루이제의 안색을 살폈다. 루이제는 눈만 동그랗게 뜨고 영리한 제 하녀의 설명을 경청했다.

"마도구가 아니거나 최근에 마도구 불법 유통으로 처형당한 브리짓 클로츠의……."

순간, 행상인은 다급히 보석함을 닫고 말을 끊었다.

"저는 이만 가 보도록 하지요! 정말이지 이런 취급은 참을 수가 없군요!"

행상인은 귀족 아가씨 앞에서도 무례한 태도로 후딱 짐을 정리하고 사라졌다. 누가 봐도 줄행랑이었다. 루이제는 가만히 눈을 깜빡거리며 그 광경을 보다가 하녀에게 물었다.

"로제마리, 그게 사실이니? 북부 대륙에서 건너온 마도구가 암시장에서 거래되고 있다는 거."

마리가 이번에 쓰는 이름은 '로제마리'였다. 왕세자가 붙여 준 수행원에게 엄격한 하녀 수업을 받은 뒤, 귀족치고는 허름한 저택에 배정되어 꿈꾸는 대로 하녀가 되었다.

처음에는 하녀 생활의 실상에 실망했으나 나름대로 인간다운 대우를 받으면서 지내고 있었기에 만족하던 차였다. 이 순진한 귀족 아가씨를 보살피는 일은 한나의 비위를 맞추는 일에 비하면 지나치게 쉬웠다.

다른 귀족들은 물론이거니와 뒷골목 소매치기도 이미 다 알 법한 정보조차 제대로 몰랐는지, 동그란 눈을 깜빡이고 있는 모습만 봐도 그랬다. 로제마리는 한심하다고 혀를 차는 속마음을 감추고, 루이제에게 조간지를 내밀었다.

"예, 아가씨. 암시장에 불법으로 나온 매물을 처리하지 못해서 시골 영지까지 내려와서 팔려는 상인들이 많다고 들었어요. 게다가 얼마 전에 마도구 불법 유통으로 처형된 장인이 만든 물건이 급매물로 나오는 바람에……."

루이제는 조간지의 내용을 읽더니 입을 다물지 못했다. '저런.' 하고 흘러나오는 안타까운 중얼거림에는 자신이 방금 사기를 당할 뻔했다는 자각이 전혀 들어 있지 않았다.

말 잘 듣는 인형.

로제마리는 이 저택에 들어온 지 얼마 되지도 않아서 왕세자가 루이제한테 붙인 명칭을 이해했다. 고요한 시골 저택에서 홀로 살아남은 병약한 소녀.

그녀의 순진무구함은 정말이지 아무짝에도 쓸모없어서, 세상에서 어찌 살아남을지 걱정될 지경이었다. 그래 봤자 루이제는 귀족이고 저는 하녀인지라 생쥐가 고양이 걱정하는 꼴이었지만 말이다.

덕분에 로제마리는 더는 귀공녀들만이 가지고 있을 거라 여겼던 무구한 매력의 환상에 젖지 않았다. 그건 가문이 뒷받침되었을 때나 품위 있어

보이는 아름다움이었지, 이런 시골 영지에서 부모가 숙청당하고 살아남은 영애에게는 세상 물정 모르는 한심한 작태였다.

다행인 것이라고는 몸에 새겨진 이상한 문신 덕에 잔병치레는 많지만 큰 병을 앓진 않았다는 점밖에 없었다. 그 이상한 문신 때문에 왕세자가 가끔 그녀에게 들러 상태를 확인하는 것으로 보아, 그녀가 살아남은 가치라고는 그 문신이 전부였다.

지금만 해도, 그렇지 아니한가.

"안타까운 일이로구나. 그래도 네가 있어서 정말 다행이야. 이번에 받은 초대도 네가 같이 가 줄 거지? 예전에는 데스테 가문과 우리 가문이 막역했다고 하지만, 나와 데스테 영애는 교류가 없다시피 했거든. 어째서 약혼식에 초대받았는지는 모르겠지만……. 네가 함께 가 준다면 분명 안심이 될 거야."

고작 고용인에게 안절부절못하는 태도도 태도지만, 그녀가 왕세자의 감시역이라는 사실도 모르는지 이런 간청이나 하는 꼴이 퍽 가엾기도 했다. 몇 년간 그녀를 보필하면서 착실히 근황을 왕세자에게 가져다 바치던 사람이 로제마리였고, 저 약혼식 자리조차 왕세자가 보낸 초대장 덕분에 들어가는 것이었다.

하지만 로제마리는 충성스럽고 자신만만한 하녀의 처세로 일관했다.

"네, 물론이지요. 아가씨를 잘 모시는 것이 제 일이니까요."

* * *

마차는 바실리카를 지나쳐 봇둑길이 길게 이어진 영지로 들어섰다. 로제마리는 마차의 창을 닫으려다 어깨에 기대어 새근새근 잠들어 있는 루이제를 보고서 관두었다.

드디어 데스테 영지다. 다시 그들을 볼 수 있었다.

로제마리의 인생에 몇 없는 떨리는 순간이었다. 비록 가까이 다가가지 못하고 먼발치에 떨어져 있겠지만……

그때 자비를 베풀었던 친절한 귀족 아가씨가 어떻게 성장했을지 기대되었다. 한편으로는 제게 남은 환상이 짓밟혀질 상황이 기대되기도 했다. 인형 같은 루이제를 보살피면서 어렸을 적에 가졌던 로망에도 의구심을 가지게 된 까닭이었다.

어쩌면, 어릴 때니까 뭣도 모르고 처음 본 부자한테 홀렸던 건지도 몰라. 가질 수 없으면 같잖게 여기는 게 낫지 않을까. 이룰 수 없는 열망은 열등 감만 불러오니. 가파른 현실에 열등감을 안고 쓰러질 바엔 열망의 대상을 비하해서 위안을 얻는 것이 편한 법이니까.

그러나 약혼식에서 하얀 드레스를 입은 채로 행복한 미소를 짓는 데스테 영애를 보는 순간. 로제마리는 깨달았다. 그녀는 결코, 어린 시절의 환상을 부술 수가 없다는 것을.

그녀는 더 완연한 아름다움에 다가서 있었다. 정원에 성대한 만찬 테이블을 차려 놓고 식을 올리는 그녀는 동화 속 세상을 그대로 재현해 놓은 듯한 한 폭의 그림 안에 있는 것만 같았다.

또래 소녀들이 열병으로 앓는다는 근사한 약혼자, 딸을 애지중지 키우는 우아한 아버지, 그 완벽한 세계에 꼭 알맞은 품위와 외모. 심지어 그녀의 약혼식에 참석한 손님 중에는 '저' 왕세자와 발렌시아 귀공자도 속해 있었다.

그 정도면 루시아 데스테가 몸이 허약해 평생 데스테 영지에서 떠나 본 적이 없다고 떠드는 뒷말마저도 그저 우스운 시샘처럼 느껴질 정도였다. 그녀의 세상은 온통 과자로 만들어진 듯한 달콤한 감옥이지 않은가. 로제마리는 그런 인생이라면 평생을 귀족가의 인형으로 살아야 한다고 해도 그렇게 살고 싶었다.

열등감조차도 느낄 수 없는 압도적인 세계. 그것은 다시 로제마리의 가슴에 불을 질렀다.

그러는 동안에, 로제마리는 어느덧 루이제가 보이지 않는다는 걸 알아차렸다. 루이제는 혼약자들과 멀리 떨어진 테이블에서 조용히 자리를 지키고 있었으므로, 로제마리 역시 그 주변에 서서 그녀를 보고 있던 상태였다.

당황한 로제마리는 주변을 둘러보다가 비어 있는 왕세자의 좌석을 발견했다. 왕세자가 이곳에 루이제를 부른 이유가 무엇인지는 몰라도 좋지 않은 이유임은 명확했다.

그러나 로제마리는 아무것도 할 수 없었다. 그녀는 고작 사창가에서 태어난 마리일 뿐이고, 상대는 왕세자다. 굳이 죄책감을 가질 필요는 없다. 처음부터 진정한 주인도 아니었으니.

로제마리는 급격히 불편해진 마음으로 정원을 어슬렁거렸다. 마침 약혼식도 끝난 터라 손님들은 저들끼리 마시고 떠들기 시작했고 혼약자들끼리는 잠시간 자리를 비운 상태인지라, 저택 고용인과 마주칠 때마다 루이제를 찾고 있다는 핑계를 대고 어슬렁거리기 좋았다.

그렇게 후원의 연못까지 길을 헤맸을 때였다.

"흑, 흐윽……."

"데스테 아가씨?"

로제마리는 눈물에 흠뻑 젖은 약혼식의 주인공과 마주했다. 아까 전까지만 해도, 행복하게 혼약을 나누던 사람의 얼굴이 아니었다. 루시아는 그녀와 마주하자마자 눈물에 젖은 얼굴을 다급히 정돈했다.

"무슨 일이신가요?"

"못 보던 얼굴인데, 누구니? 새로 들어온 하녀야?"

"이곳의 하녀는 아니에요. 슈미트 영애의 부름을 받고 있어요."

"슈미트 가문이라고?"

루시아는 언제 울었냐는 듯이 차분하게 가라앉은 안색으로 의문을 표했다.

"네. 왕세자 전하께서 초청해 주신 것으로 알아요. 그나저나 무슨 일이라도……."

"아무것도 아니야. 여긴 고용인들이 대부분 들어오지 않는 곳이니 이만 가 봐."

급격히 냉각된 태도였다. 로제마리는 조금 상처받은 채로 뒤를 돌았다. 들키고 싶지 않았을 광경이었을 터라 마주한 시기가 좋지 못하긴 했다. 그렇다고, 이렇게 처음으로 나누어 보는 대화를 끝내야만 하는가. 그토록 고대해 왔던 만남을, 이렇게 허무하게?

로제마리는 다시 반 바퀴 몸을 돌아서 그녀 앞에 납작하게 부복했다.

"제가 아가씨를 주인으로 모실 수 있도록 해 주세요!"

"뭐?"

당연하게도 그 뜬금없는 부탁은 루시아에게 실소를 불러일으켰다. 그러나 로제마리는 그 자리에서 쉬지도 않고, 제가 어떻게 이곳까지 왔는지를 최대한 할 수 있는 선에서 설명했다.

그들 부녀에게 받은 은혜가 얼마나 큰지, 그녀를 만나고 인생이 얼마만큼 바뀌었는지, 자신이 지금 어떤 상태에 처해 있는지까지 샅샅이. 루시아가 환멸을 보일 만한 그녀의 태생이나 몇몇 악행을 빼면 모조리 다 고한 듯싶었다.

그리고 그 이야기를 전부 들은 루시아는 점차 미묘한 미소를 지었다.

"그러니 너는 나를 돕고 싶단 말이지. 충실한 고용인으로서."

"네. 무엇이든지 할 수 있어요! 당장은 왕세자 전하 밑에 있지만, 언젠가 자유의 몸이 된다면 아가씨 곁에……."

"그러면 내 부탁을 들어줄 수 있어? 언제든. 왕세자 전하께서도 모르도록."

올려다본 루시아는 익숙하게도 그녀를 내려다보고 있었다. 귀족들이 고용인을 으레 대하는 오만한 태도였다. 그러나 햇살이 부서져 내리면서 찬란하게 빛나는 머리칼을 홀린 듯이 바라보던 루시아는 그 당연한 반발심조차 잃고서 가만히 고개를 끄덕였다.

"좋아. 따라오렴."

사과가 땅에 곧바로 떨어지는 일이 당연한 것처럼, 로제마리는 그녀에게 이끌려 충실하게 명령을 수행했다. 그날 잔뜩 분에 올라서 약혼식을 먼저 떠나 버린 마르첼 발렌시아를 뒤쫓아 가서 내용 모를 서신을 은밀히 전달하는 일은 그리 어렵지도 않았다.

과연, 그 서신은 무엇이었을까.

돌아와서도 로제마리는 변함없이 루이제를 돌보면서도, 루시아를 떠올렸다. 루이제와의 관계는 아무것도 변하지 않았다.

루이제는 연회 도중에 사라진 로제마리를 꾸짖지 않았다. 로제마리는 그녀에게 무슨 일이 있었는지 묻지 않았다.

그 불편한 평화가 깨진 시기는 그로부터 얼마 지나지 않아서였다. 왕세자로부터 새로운 명령을 전달받았다. 에르하르트 후작가로 이동된 근무지와 그에 걸맞은 위조된 추천서까지. 로제마리는 이 상황에 루시아 데스테가 개입되어 있다는 생각을 지울 수가 없었다.

정말로 데스테 영애께서 거두어 주시는 것일까. 드디어 완벽한 피조물의 세상을 옆에서 바라볼 수 있게 된 걸까?

로제마리는 들뜬 열망을 품고, 울먹거리는 루이제의 곁을 떠나 망설임 없이 에르하르트 저택에 들어왔다. 그러나 기대는 오래가지 못했다. 그해 루시아 데스테는 결혼식조차 올려 보지 못하고 세상을 떠났다.

* * *

"새로 온 하녀가 엄청 예뻐."

"시침 하녀야 다 예쁘겠지. 네가 매번 알려 주지 않아도 알아."

"아니, 시침 하녀는 아니라는 거 같던데. 그런데 내가 지금까지 본 하녀 중에서 제일 예뻐."

막스는 기대를 저버리지 않는 한심한 말을 지껄였다. 로제마리는 한심한 놈에게 눈을 흘기기보단 킬킬거렸다. 막스는 머리가 좋으면 안 된다. 멍청해야 가까이 둘 가치가 생기는 녀석이니까.

"어디 있는데? 궁금하긴 하네."

"몰라. 아까 응접실 청소하러 가는 건 봤는데."

어쨌든 로제마리는 에르하르트 저택에서 나름대로 악착같이 살아남고 있었다. 고된 저택 일은 이제껏 만져 본 적 없었던 급료를 받게 되자 버틸 만해졌다. 눈요기로 보는 화려한 생활 역시 만족스러웠다.

다만, 왕세자에게 별것도 아닌 안부나 쓰며 후작을 감시하는 일만 반복하기는 지루한 법이다. 로제마리는 후작가에서 일하는 경력이 늘어나면서 그녀만의 색다른 취미를 가지게 되었다.

아무래도 루이제를 보살피면서 요상한 버릇이 든 모양이다. 루이제 아가씨를 보살폈듯, 로제마리는 이 화려한 저택에서도 데리고 있을 만한 인형을 찾고 있었다. 그 대상은 대부분 저택에서 금방 사라져 버릴 시침 하녀였다.

로제마리의 이번 표적은 마리라는 시침 하녀였다. 특별한 이유는 없었다. 그냥 그 이름을 쓰고 있는 것이 마음에 안 들어서다. 마침 마리가 응접실 주변에서 서성이고 있었다.

응접실 안에는 다른 금발 하녀가 열심히 바닥을 청소하는 중이었다. 뒷모습이라 얼굴은 잘 보이지 않았지만, 뒷모습이나 체형만 얼핏 봐도 막스가 군침을 흘리는 하녀였다.

그 뒤로 잡일 하녀가 다가서고 있는 모습이 보였다. 앤이었나. 시침 하녀들에게 꽤 불만이 많았던 애로 기억하는데.

시침 하녀와 잡일 하녀의 반목은 하루 이틀 일이 아니었다. 누군가는 귀족 영애처럼 점잔 빼고 앉아서 단장만 하느라 하루를 보내는데, 누군가는 온종일 노동만 해야 하는 환경이었다. 앤처럼 어린 하녀들은 그 격차에 분개해 시침 하녀를 쉽게 탓했다.

순간, 간사한 생각이 스쳤다. 슬며시 입꼬리를 올린 로제마리는 아직 저택이 낯설어 쭈뼛거리고 있는 마리를 불러 세웠다.

"저기."

"네?"

"새로운 하녀지? 시침 하녀라도 수습 기간에는 조금씩 일을 돕는 게 관행이야."

"네……. 그래서 할 일을 찾고 있었어……."

"보기만 하지 말고, 얼른 가서 도와."

"네? 어, 어?"

로제마리는 교묘하게 발을 걸면서 마리를 응접실 안으로 밀어 넣었다. 휘청거리던 마리는 앤의 어깨를 툭 치고 넘어가다가 응접실에 놓여 있던 물 양동이에 걸려 넘어졌다.

그러자 내내 청소만 하던 금발 하녀가 드디어 고개를 돌렸다. 멀리서도 명징한 빛을 발하는 새파란 눈동자가 로제마리를 직시한 건 찰나였다. 순간, 로제마리는 숨을 멈추었다.

그 건조한 얼굴에 벼락이라도 맞은 듯이, 머리가 쿵, 하고 울리는 기분이었다.

마치 데스테 영애를 봤을 때처럼 숨결 한 줌까지 집중하게 만드는 아름다운 피조물. 죽은 데스테 영애, 아니, 그보다 더한 결정체가 거기에 존재하고 있었다.

* * *

로제마리가 레나 크루거와 한방을 쓰기까진 그리 오래 걸리지 않았다. 결코, 우연은 아닌 상황이었다.

5. 왕세자

레나는 따끔거리는 햇살에 눈을 떴다. 발가벗은 몸은 불편할 정도로 남자의 품 안에 구속되어 있었다. 아직 햇발이 침대 안쪽까지 밀려오지 않은 터라, 카론은 금방 일어나지 않을 것 같았다.

레나는 슬며시 몸을 뒤척이며 앓는 소리를 참았다. 어젯밤 그는 지나치게 과격해서 나중에는 정사 횟수를 셈해 보길 포기해야 했다. 어찌나 이지를 잃은 짐승처럼 굴던지, 도중에 허리가 끊어지지 않을지 걱정했을 정도였다.

"가만히."

품 안에서 무사히 빠져나오기도 전에 레나는 곧바로 허리가 붙잡혀 눕혀졌다. 등 뒤에 닿는 중얼거리는 목소리로 봐선 깨어난 듯한데, 곁눈질로 본 눈꺼풀은 여전히 열리지 않았다.

"지금 일어나야 해요."

"어째서."

"그야 저는 하녀니까요."

"지금은 내 정부잖아."

카론은 약간 쉰 목소리로 답하더니 그녀의 몸을 더욱 옭아매듯 끌어안았다. 잠기운에 짓눌려 예민해진 얼굴이 뒷덜미와 어깨 사이에 닿았다. 레나는 어쩔 수 없이 등 뒤로 그의 체온을 느꼈다.

고즈넉한 적막감. 시곗바늘 똑딱이는 소리. 그의 고른 숨소리. 침실에 밀려오는 봄과 여름 사이의 날빛. 일상적이지만 느껴 보기 전에는 상상도 못 했던 낯선 감각들이 한곳에 모여 고른 심장 박동을 불러일으켰다.

벗은 몸끼리 바싹 밀착해 숨결의 떨림조차도 느낄 수 있는 거리였다. 레나는 최대한 떨어져 보려고 몸을 틀었다. 카론은 아프지 않게 어깨를 깨물면서 그녀를 제지했다.

"말을 안 듣네."

"불편해요."

"그래?"

그 말을 전혀 듣지 못한 사람처럼, 그는 입술로 살갗을 빨아들였다. 그다지 아프지 않았지만, 따끔하면서도 야릇한 감각이 느껴졌다.

"그만……. 으음."

어깨를 지분거리던 입술이 점차 목덜미에서 입술까지 올라왔다. 그는 어색함도 없이 입 안을 헤집어놓았다. 예상외로 키스는 부드러웠으나 어느새 카론은 그녀의 몸 위를 자연스럽게 점하고 있었다.

그녀를 내리깔아 보는 눈 안에 눅진한 피로가 묻어 있었다. 지난밤에 정욕을 쏟아낸 사람이라고는 믿기지도 않을 만큼 건조한 눈과 달리 가슴을 더듬는 손은 음험했다.

지난밤에 하도 해대서일까. 레나는 벌써 익숙하게만 느껴지는 손길에 쉽게 달아올랐다.

"그, 그만."

아침 일과를 핑계로 일어나려던 이유는 이 때문이었다. 왠지 카론이 일어나면 이럴 것만 같았다. 다행히도, 얼마 지나지 않아서 똑똑 문을 두드린 한스가 그를 제지해 주었다.

"무슨 일이야."

누가 먼저랄 것도 없이, 후작은 그녀를 최대한 그녀를 품에 끌어당기고 레나는 다급히 그의 품에 안겨서 몸을 가렸다. 한스는 눈치껏 못 본 척을 하고 제 할 말만 다하는 참된 고용인의 자세를 보였다.

"왕세자 전하께서 찾으십니다."

"아."

곧바로 귀찮은 기색을 숨기지 못하는 낮은 한숨이 흘러나왔다. 카론은 부스스해진 머리칼을 흐트러뜨리다가 한스에게 알아서 준비할 테니 나가 보라는 손짓만 주었다. 한스가 나가고 나서야 이불 안에 숨어 있던 레나가 비죽 고개를 내밀고 물었다.

"왕세자 전하를 별로 좋아하지 않으시나 봐요."

"내게 명령을 내리는 인간을 좋아할 리가."

카론은 단순한 답을 주고 침대에서 일어났다. 곧게 펴진 어깨에는 드문드문 전쟁의 상흔이 널찍하게 퍼져 있었다. 카론이 나체로 바닥에 떨어진 셔츠를 주워 드는 동안, 육감적인 나체는 커튼 사이 일직선으로 뻗은 빛살과 만나 찬란히도 발광했다. 남자치고는 하얀 피부가 어딘가 색스러우면서도 소년 시절의 느낌을 주었다.

조금의 수치심도 가지기 힘든 몸이라 그런지, 그는 본인의 행동을 조금도 개의치 않았다. 오히려 저도 모르게 그 섬세한 근육의 움직임을 감상하고 있던 레나가 얼굴을 붉혔다.

"한 번 더하고 싶지만 준비해야 해."

피식 웃은 카론은 레나에게 다가와 슈미즈를 뒤집어씌웠다. 레나는 어안이 벙벙해진 채로, 장난기가 가득 담긴 붉은 눈을 응시했다.

"널 내 정부라고 인정했으니 보여 줘야지."

그 새끼에게. 차마 왕세자를 지칭하지 못하고 생략한 뒷말이 들렸다면 착각일까.

그의 눈에 만족감이 어려 있었다. 마치 어린 시절 그녀에게서 방어구를 뺏어 가던 소년처럼 웃는 미소에, 레나는 넋을 놓지 않으려 바삐 옷을 갈아 입었다.

"남자들은 다 그런가요?"

"뭐가."

"한번 자면 너그러워지는 거요."

순간 느슨해져 있던 카론의 입꼬리가 곧바로 일자로 다물렸다. 곧바로 후작의 얼굴로 변모한 그가 비틀린 냉소를 걸쳤다.

"그것도 누구냐에 따라서 다르지."

이제야 그녀가 알던 후작이었다. 레나는 차라리 그가 이렇게 대해 주는 것이 편했다.

어떤 욕심도 나지 않게.

아무런 기대감도 깃들지 않도록.

지난밤까지 목숨과 욕망을 사이에 두고 신경전을 벌였던 남자와 고작 몇 번 몸을 섞었다고 친밀해지는 건 이상했다. 적어도 그의 능숙함에 휘둘리기만 하고 싶지 않았다.

"못 들었나 봐. 나랑 하룻밤을 보낸 하녀들이 전부 어떻게 되었는지."

웃으며 해 주는 말에는 섬뜩한 빈정거림이 담겨 있었다. 그와 몸을 섞었던 하녀들이 하루 만에 피임약과 퇴직금을 받고 내쫓겼다는 일화는 유명했다.

과거의 기억이 떠오른 기미는 조금도 보이지 않았다. 두 번째 접촉만으로는 기억을 불러일으키지 못하는 걸까. 레나는 조급함을 애써 감추고, 귀공자에게 에스코트를 부탁하는 귀공녀처럼 손을 내밀었다.

"저는 알 필요 없어 보이네요."

후작은 그 대답이 재밌었는지 흡족한 미소를 지었다. 그는 정중한 동작으로 그녀를 데리고 나갔다. 아주 고귀한 귀공녀를 모시듯.

* * *

레오폴트가 후작가에 온 목적은 첫째는 감시고, 둘째는 괴롭힘이었다. 근래 즉위 문제로 스트레스가 쌓인 터라 권위를 남용해 충신의 괴로운 얼굴을 감상하며 피로를 풀 작정이었다.

그러나 더 재밌는 일이 생겼다.

레오폴트는 제 앞에 앉은 새침한 여자를 보았다. 긴장한 태가 완연했다. 당연한 일이었다. 왕세자를 마주하는 일이 처음일 테고, 왕세자가 하찮은 하녀를 알고 있다고는 감히 상상도 하지 못할 테니.

결국에는 내 감이 맞았구나.

레오폴트는 만족스럽게 웃었다. 짐승에게 걸어 줄 적절한 목줄을 찾은 기분이었다. 문제는 저 여자의 목줄을 쥐고 있는 주인이 누구인지다. 로제마리를 통해서도 그 정보만은 얻지 못했다.

"이번에는 꽤 마음에 들었나 봐. 과시하는 취미는 없던 걸로 알고 있었는데."

큰 뜻 없이 던진 말에, 여자는 레오폴트의 시선을 따라가다가 얼굴이 달아오르더니 제 목덜미를 가렸다. 키스 마크를 드러낼 정도로 대담한 성격인 줄 알았는데, 당황하는 모습으로 보아 후작이 몰래 해 놓은 영역 표시임이 틀림없었다.

후작은 여전히 미간을 찡그린 채로 그가 넘겨준 서류만 읽어 보고 있었다. 아무런 반발 없이 신경 쓰이는 여자가 있다고 순순히 인정하는 태도에 레오폴트의 눈이 가늘어졌다.

저 여자를 중요한 회의에 데러온 의도가 무엇일까. 단지, 제 것이니 건들지 말라 과시하기 위해서? 레오폴트는 카론 에르하르트에게 이 여자가 어느 정도의 가치가 있는지 궁금해졌다.

"이들을 전부 숙청하실 겁니까."

서류를 다 읽어 본 후작은 귀찮은 기색은 숨기지 않았다. 아닌 척 바닥에 있던 여자의 시선이 절로 서류로 향하는 것이 보였다.

"수확 시기가 왔잖아. 여태껏 후작가를 소란하게 만든 만큼, 상종 못 할 놈들은 미리 정리해 둬야 편하겠지. 탈세에, 이단에, 풍기 문란에. 밤의 무도회에서 관람하는 건 재밌지만, 내 권세 아래에 그런 놈들을 두어서 좋을 것 없으니까."

카론은 언짢은 얼굴로 담배를 깨물었다. 레오폴트는 그를 향해 싱긋 웃어 주었다. 평화로운 오후. 볕이 잘 드는 응접실 창가에 놓인 카우치라니. 숙청 명령을 내리기에 도무지 긴장감이 없는 장소다.

"그러지요."

레오폴트와 후작 사이로 나른한 담배 연기가 퍼졌다.

후작은 탐탁지 않아 할지언정, 평소처럼 순종적으로 명령을 받아들였다. 밤의 무도회에 자주 참석하는 귀족 중 몇 명을 비틀어 놓으라는 명령에도 별다른 불만 없이 침착했다.

이번 명령이 에르하르트 후작가에 가져다줄 이점은 없었다. 왕실의 사냥개라는 조롱이 짙어지면 짙어질 뿐, 귀족들은 신뢰가 떨어진 후작가와 교류하려 들지 않을 것이다. 분명 카론 역시 이 사실을 알고 있을 테지만 딱히 괘념치 않아 보였다.

레오폴트는 바로 그 점이 유독 거슬렸다. 왕실에 과하게 충성해 봤자 장기적으로 후작가에는 큰 이득이 없음에도, 현 후작은 무리한 요청을 들어주는 만큼 무언가를 요구하는 법이 없었다. 그렇다고 진심으로 왕세자인 그를 모시고 섬기는 것도 아니다.

제멋대로 살아온 남자라 후작의 순간적인 기분을 읽는 건 어려움이 없었지만, 덕분에 그의 큰 의도는 알기 힘들었다. 일시적인 변덕이라기에는 후작이 그 정도로 경솔하진 않았고, 간악한 계략이 있다고 하기엔 그는 항상 무기력해 보였다.

처음부터 이랬던 것은 아니다. 정확히 카론 에르하르트가 루시아 데스테에게 사냥감을 바친 그 사냥제부터, 가끔씩 그의 의도를 알 수 없는 순간들이 생겨났다. 그러니 저 여자한테 흥미가 안 생기려야 안 생길 수가 없는 것이다.

"어느새 여름이 다가왔네."

레오폴트가 따가운 햇발을 손바닥으로 막다가 중얼거렸다.

"올해 사냥제엔 수도로 와 보는 게 어때."

그를 데리고 극장에 가 보려고 했던 예전처럼, 다분히 충동적인 제안이었다.

"애들끼리 노는 곳 아닙니까."

"아이들끼리 사냥제를 할 동안, 어른들은 모여서 마시고 떠들어야지. 기사로서의 후작을 보고 싶어 하는 소년들도 많으니, 축사라도 해 주고 모범이 되어 주지 그래."

"모범이 되지도 못할뿐더러, 더는 기사도 아니지 않습니까. 무엇보다도 맡기신 임무를 두고서 한가롭게 놀러 다닐 상황도 아니어서 말입니다."

수도로 가기 귀찮다는 뜻이었으나 그 정도면 귀족적인 화법으로 돌려 말한 셈이었다. 그러나 레오폴트는 내내 시큰둥하게 분위기만 살피던 여자가 언뜻 드러낸 놀란 표정을 놓치지 않았다.

무엇에 저리 놀란 걸까. 저 후작이 기사직을 박탈당하고 탕아처럼 굴기 전에는 최연소 기사로서 존경과 찬사를 받았다는 과거 때문에? 아니면, 아직도 저 탕아를 추종하는 무리가 남아 있다는 현재에?

"총애를 받는 신하의 안타까운 숙명이라고 생각해. 전에도 말했잖아. 수도에

이제 슬슬 얼굴을 내비쳐야지. 단정 짓긴 이르지만, 최근에 문제의 징조가 보이기 시작해서 말이야. 결과가 나오면 사냥제 즈음에는 후작과 긴히 이야기해 봐야 할 것 같거든."

"……."

"혹여, 이곳을 떠나는지 못하는 이유라도 있나."

권력을 가진 자가 할 수 있는 전형적인 압박에, 후작은 여자를 곁눈질하다가 한숨을 내쉬었다.

"그러도록 하지요."

레오폴트는 킬킬 웃다가 턱을 괴고 카론 에르하르트를 떠보았다.

"정부랑 함께 와도 좋아. 후작의 연인이라니 다들 궁금해하지 않겠어."

여자는 그제야 놀란 눈으로 왕세자를 보았다. 푸른 눈은 곧바로 후작에게로 시선의 궤도를 틀었다. 의식적으로 옆을 안 보려고 하던 카론도 비로소 고개를 돌려 그녀와 마주했다.

카론 에르하르트가 여자의 눈치를 살피고, 그녀의 부탁을 들어주는 광경을 보게 되는 건가. 레오폴트는 그 자체만으로 큰 즐거움일 거라 여기며 산뜻한 웃음을 지었다.

눈으로 대화를 나누듯이 두 남녀의 시선이 교차했다. 이윽고 후작이 가벼이 대답했다.

"그러지요."

여자의 눈망울이 흔들렸다. 필시 바라던 대답은 아닌 듯했다.

카론은 짓궂은 미소를 입매에 걸친 채였다. 단순한 장난이라기보다 미세한 균열이 생긴 표정이었다. 레오폴트는 그의 저런 얼굴이 익숙했다.

"그런 목적이라면, 다른 귀공자들도 초대하는 건 어떻겠습니까. 정말 간만에 수도에 올라가는 것이니."

사냥감을 뒤쫓을 때 그는 저런 눈을 하곤 했으니까.

* * *

마차 밖에서 불어오는 바람은 산뜻한 녹음을 안고 있었지만, 그것만으로는 레나의 기분을 달래주지 못했다. 마차는 우거진 녹음 속을 달리고 있었기에 맞은편에 앉은 카론의 얼굴 위에는 나무 그늘이 내려앉았다.

음영은 유독 카론을 서늘해 보이도록 만들었다. 붉은 기가 강하던 눈조차 수목 그늘 밑에선 새카맣게만 보였다.

"아직도 화났어?"

조금 얄궂은 웃음이었다. 레나는 상대하기도 지친 표정으로 눈을 깜빡이다가 밖으로 시선을 돌렸다.

어째서 왕세자가 그녀에게 흥미를 보이는지 레나는 몰랐다. 그러나 후작이 제안에 응한 이유는 어느 정도 알 것만 같았다.

눈을 마주했을 때. 그녀의 곤란한 기색을 기민하게 눈치챈 후작은 입매에 얄싸한 미소를 덧그렸다.

붉은 눈동자에는 침대 위에서 보였던 열정이 증발하고 섬뜩한 안광이 가득했다. 당구실에서 그에게 안겼을 때처럼, 새로운 놀이가 시작되는 것만 같았다.

어느새 마차가 숲의 입구에 멈춰 섰다. 카론이 먼저 내려 레나에게 손을 건넸다. 귀공녀에게 으레 하는 에스코트다. 정부를 상대로도 몸에 밴 모양이었다.

어쩐지 지난 과거가 떠오르는 느낌에 레나가 입술을 꾹 깨물었다. 그의 손을 잡지 않고 마차에서 뛰어내렸다.

"조심해."

조금 휘청이던 몸을 카론이 제대로 붙잡았다. 가느다란 허리는 자연스럽게 그의 손에 감겼다. 레나는 로제마리가 치장해 준 드레스를 탓하며, 사냥터 입구를 둘러보았다.

하얀 천막들. 지저귀는 새소리. 천막 아래서 부채질하는 귀공녀들. 손수
건을 받고 들어서는 귀공자들. 지나치게 무더운 날씨……. 사냥제 풍경은
예전과 다르지 않았다.

아주 오래전에 바래 버린 기억이 뽀얀 먼지를 털고 생생하게 튀어나온
듯한 아득한 현실감에, 레나는 잠시나마 현기증을 느꼈다. 어쩐지 머리가
징, 하고 울리는 기분이었다.

"피곤해요. 숙소에 가서 쉬고 싶어요."

레나는 허리를 감고 있는 남자에게 힘없이 중얼거렸다.

"잠깐만 얼굴을 비춰야 해."

카론은 아무렇지 않은 표정으로 소란한 주변을 둘러보더니 피곤한 한숨
만 내쉬었다. 밤의 무도회를 여는 후작치고, 그 역시 이런 사교 행사를 즐
기는 편은 아니었다.

사냥제에 관해서는 아무것도 떠올리지 못하는 얼굴이었다. 하긴, 그 옛날에
여기서 만난 약혼자의 하녀 따위는 새까맣게 잊었을 것이다.

"이게 누구십니까. 정말로 후작님이 오셨군요!"

망토를 두른 기사가 너털웃음을 터뜨리며 다가왔다. 그러자 그 남자 주변
에 있던 귀공자들도 하나둘 돌아보면서 카론 곁으로 다가섰다. 어린 귀공자
들은 눈에 흥분한 기색을 감추지 못했다.

"오랜만이야, 요한."

카론은 제일 먼저 다가온 남자와 친한 사이였는지 가벼운 인사를 나누었
다. 요한이라고 불린 남자는 큰 목소리로 주변에 모인 소년들에게 카론을
소개했다.

"카론 에르하르트 경이시다. 오노르 왕국의 최연소 기사로 서임 받으셨고,
포모나와의 전쟁에서도 혁혁한 공을 세운 영웅이시지."

"안녕하십니까. 항상 뵙고 싶었습니다. 에르하르트 후작님."

"후작님의 공로는 익히 들었습니다! 정말 존경하고 있습니다, 후작님."

"후작님께서 오신다는 소문을 듣고 이번 사냥제에 참가했습니다. 만나 봬서 영광입니다. 후작님."

어린 소년들이 앞다투어 인사를 올리고 그의 눈에 들려 했다. 레나는 흘끗 카론을 보았다.

무심한 표정으로 그들의 인사를 받아 주는 카론은 옛날과 다르지 않았다. 그 당시에도 귀공녀들에게, 특히 루시아에게 낭만의 대상이 되어 주었던 카론 에르하르트는 자라서도 소년들의 로망을 자극하는 우상이었고, 마찬가지로 자신을 둘러싼 평가에는 여전히 무심하기 그지없었다.

카론의 심기를 잘 읽은 요한이 어린 귀공자들을 보내고 카론과 마저 안부 인사를 나누었다. 하는 대화를 들어 봐서는 아마도 전쟁 시기에 동 고동락한 사이 같았다.

"후작님께서 갑자기 기사 작위를 반납했을 때 얼마나 서운했는지 모릅 니다. 그 이후로 연락도 없으시더군요. 기사단은 후작님을 전부 그리워하 고 있습니다."

"굳이 그럴 필요가 없으니까. 불명예로 파문당한 기사를 왜 굳이 찾아."

카론은 심드렁한 얼굴로 대꾸했다. 레나는 순간 움찔 몸을 떨었고, 요한은 조금 어색해진 얼굴로 머뭇거리다가 그제야 레나의 존재에 관심을 두었다.

"드디어 후작님께서도 곁을 내주는 분이 생기셨군요."

"어쩌다 보니."

레나는 한 발짝 뒤로 살짝 물러섰다. 자의가 아니었다. 그녀의 허리를 감 싼 손에 슬며시 힘이 들어가 있었다. 레나는 불만을 표하지 않고, 조용히 눈을 내리깔았다. 오랜만에 만난 동료에게 급작스럽게 생긴 정부를 보여 주기에는 민망할 터였다.

"저 먼저 들어가 볼게요. 말씀 편히 나누세요."

"데려다줄게. 기다려."

"아니에요. 정말 괜찮아요."

레나가 그의 팔 안에서 빠져나왔다. 여전히 사냥제는 그녀에게 불편한 자리였다.

기어코 혼자 마차에 올라탄 레나는 마차 안의 후텁지근한 공기에 다시 아찔한 현기증을 느꼈다. 밀폐된 마차 안에선 가죽 시트의 냄새가 유독 잘 느껴졌다. 여정을 지나오는 동안 마차 안에 쌓였을 뿌연 먼지도 시야에 들어왔다.

카론과 있을 적에는 긴장감에 들어오지 않았던 것들이다. 예민한 불쾌감이 일었다. 초여름의 더위 때문에, 목 뒤에서 흐르는 땀이 느껴졌다.

레나는 마부가 출발 준비를 하는 동안 창을 열어 마차 내부를 환기했다. 창 너머로 마부와 이야기 중인 카론이 보였다.

카론은 마부석에 가서 레나의 에스코트를 제대로 하라고 당부하며 추가로 삯을 주고 있었다. 저런 매너는 귀공자로서의 습관인 걸까. 하긴, 그는 루시아에게도 약혼자로서 항상 예우를 다했다.

레나는 더위에 잠시 정신을 놓고 그를 바라보았다. 넘어진 그녀에게 손수건을 건넸던 그날처럼, 카론은 작열하는 여름 볕을 등지고 그녀에게로 걸어왔다. 여름날 보았던 소년 기사는 어느덧 근사한 후작이 되어 창을 사이에 두고 서 있었다.

"왕세자만 만나고 갈 거야. 먼저 쉬고 있어."

"네."

"덥나 보네."

그의 손이 창을 타고 넘어왔다. 손이 턱밑에 흐르던 땀을 훔치며 머리칼을 넘겨 주었다. 어울리지 않는 섬세함이다. 레나의 눈에 열이 올랐다. 현기증이 일어나 아뜩한 기분이었다.

"후작님께서는⋯⋯."

레나가 그의 손을 붙잡았다. 그는 의아한 얼굴을 하고 있었다.

"아니, 아니에요. 먼저 기다리고 있을게요."

하얀 손이 스르르 그를 놓았다. 카론은 피식 웃더니 가볍게 두드리는 신호로 마차를 출발시켰다.

시원한 바람이 레나의 머릿결을 스쳤다. 레나는 그의 뒷모습을 바라보다가 창을 닫았다.

어째서 기사직에서 파문당했냐고 물어볼 수 없었다. 듣게 되는 순간부터, 하등 쓸모없는 감정이 치밀어 오를지도 모른다는 불안한 예감이 들었다. 그의 사정이 무어라고. 그녀와 관련 없을 터인데.

레나는 마차에 두었던 부채를 펼쳐서 부쳤다. 가벼운 바람이 강렬하게 내리쬐던 과거의 열기를 찬찬히 식혀 주었다. 동시에 새파란 눈이 감겼다.

그는 열정적인 밤을 보낸 이후로도 그리 달라지지 않았다. 그러니 다른 귀공자들을 부른 자리에 그녀를 참석시켰을 터였다. 내일부터 색출 작업처럼 연회에 끌려다닐 테고, 후작은 그녀의 반응을 집요하게 지켜볼 것이다.

레나의 배후를 파고들어 종국에는 목숨을 거두어 갈지도 모르는 그 남자는 그녀가 모르는 에르하르트 후작일 뿐이다. 그러니 반드시 그와 거리를 두어야 한다.

과거가 생각나는 장소에 왔다고 해서, 한여름 밤의 꿈 같은 공허한 망상을 펼치려 하다니.

부채질을 멈추었을 때야 레나는 허탈한 마음을 다잡았다. 그러나 마음 한구석에선 그가 여름 사냥제의 기억을 찾았으면 좋겠다는 바람을 끝내 놓을 수가 없었다.

* * *

저녁이 되자 더위가 가라앉았다. 선선한 초여름의 바람이 불어와 취기가 올라온 카론의 얼굴을 식혀 주었다. 왕세자가 준 술을 몽땅 받아 마신 대가였다.

어쩔 수 없었다.

왕세자는 예상대로 건수를 잡은 사람처럼 그의 정부를 연회의 안줏거리로 올렸다. 사내놈들끼리의 술자리였다. 분위기가 무르익을수록 농은 당연히 침대 속 질문까지 연관되도록 짓궂어졌고, 대답하지 못하면 마시라는 압박이 이어졌다.

왕세자만 아니었어도. 아니, 사실 왕세자와 관계없이 기분이 내키지 않으면 술상을 뒤엎고 나올 수 있는 자리였으나 후폭풍이 문제였다. 한번 맞춰 주지 않으면 다음에는 여자를 같이 끼고 놀아 줘야 하는 상황이 올지도 모른다. 왕세자의 방탕함에는 질린 지 오래였다.

왕세자를 제 손으로 죽여선 안 된다. 가끔 반역을 향한 충동이 일어날 때마다 카론은 에르하르트의 문장을 보고서 마음을 다잡았다. 때가 아니다. 아직은. 아직까지는.

그는 왕세자의 처소와 가까이 마련된 제 처소에 늦게까지도 흐릿한 불빛이 들어와 있는 광경을 보고 잠시 걸음을 멈추었다.

기다리고 있었구나. 오는 동안에 말도 걸지 않고 냉랭하게 토라져 있던 모습을 떠올리자 입가에 미소가 매달렸다. 그는 얼굴을 손으로 문지르고 바보 같은 표정을 지워 냈다. 취한 탓에 거세게 문지르는 손길에도 감각이 거의 느껴지지 않았다.

정부를 들인 일은 완벽한 실수였다. 굳이 신경 쓰고 있는 사람이 있다는 걸 알려 봤자 좋을 일은 일절 없었지만, 여자는 끝내 그를 자극했다.

기회를 줘도 로렌츠 발렌시아에 관해서 발설하지 않고 끝내 입을 열지 않고 다무는 그 모습에 이성의 끈이 툭, 소리를 내며 끊어졌다. 밑에 깔린 여자가 독배라는 걸 알면서도 꿀꺽꿀꺽 받아 마시는 기분이란, 꽤 신선하면서도 더러운 느낌이었다. 절박하게 품은 여자를 죽여 버리고 싶을 만큼.

왕세자의 제안을 굳이 거절하지 않은 이유는 그 때문이다. 그 빌어먹을 로렌츠 발렌시아와 레나 크루거가 어떤 사이인지를 알고 싶어서. 도대체 그 것을 왜 확인하려 드는지는 모르겠으나 어차피 죽어 버리더라도 그것만은 확인한 후에 죽이고 싶었다.

알고 싶으면서도 알고 싶지 않다는 이중적인 감정에 휩싸인 그가 대충 씻고 처소 안으로 들어섰을 때였다. 침실 안엔 은은한 장미 향이 가득했다. 레나가 뿌리는 향수 냄새였다.

홀린 듯 그 향기를 이정표 삼아 침대까지 걸어가자, 헤드 쿠션에 등을 눕 힌 채로 꾸벅꾸벅 졸던 여자가 나른하게 눈을 비비며 깨어났다.

"오셨어요."

졸음이 가득 담긴 푸른 눈이 몽롱하게 두어 번 깜빡였다. 얇은 슈미즈가 무방비하게 어깨에서 흘러 내려가 있었다. 옆에 놓인 노란 남포등이 여자의 몸을 관능적인 금빛으로 물들였다.

"취하신 것 같네요."

어느덧 그녀에게 맞추고 있던 입술을 떼어 내자, 여자가 속삭였다. 가는 팔이 그의 목을 감싸 안았다. 시선을 아래로 내리자 탐스럽게 굴곡진 가슴골이 보였다. 그는 저도 모르게 욕을 지껄이며 그것을 손아귀에 움켜쥐었다.

"널 정부로 들이지 말아야 했어. 완전히 실수야."

다시 생각해 보는 것이지만, 정말로 완벽한 실수다. 이보다 더 완벽할 수는 없을 만큼.

카론이 옷을 벗으면서 중얼거렸다. 저한테 했는지, 그녀에게 했는지 모를 말이었다. 다만, 그는 그녀의 얼굴을 볼 수 없었다. 말을 채 끝내기도 전에 그녀에게 입을 맞추고 있었으니.

"훗, 잠깐만요. 오늘, 준비……."

말은 제대로 이어지지 않았다. 뒤에서 퍽, 소리가 나도록 박는 움직임에 무릎이 자꾸 무너져 내렸다. 살갗이 부딪치는 소리가 노골적이다. 소리만

들으면 난폭한 정사 같은데, 내부는 축축하게 젖어서 고통보다 쾌감이 폭죽처럼 터졌다.

"아, 흣, 자, 잠깐······."

"왜."

침대 헤드만 붙들고 있던 레나의 손 위로 그가 손깍지를 껴 왔다. 레나가 그를 향해 고개만 돌리자 입술이 맞붙었다. 하체는 거칠게 치받는데, 키스는 부드럽게 달래다가 가볍게만 끝냈다.

"······마주 보고 싶어요."

생리적으로 나오는 눈물을 매단 채로 레나가 속삭였다. 카론은 말없이 그녀를 돌려 앉히고 다시 허리를 흔들었다.

"일부러 그러는 거야?"

"뭐가요."

"나 자극하는 거."

그가 레나의 목을 받치고 끌어안았다. 둘은 사이에 있는 조금의 틈도 허락하지 않겠다는 듯이 꽉 붙게 되었다. 카론의 팔 근육 위로 핏줄이 올라와 있었다.

잠깐, 이라고 속삭일 때마다 밑에서부터 폭력적인 쾌락이 밀고 들어왔다가 빠져나가고, 다시 침입해 오는 행위가 반복되었다. 성기가 박힐 때마다 울리는 소리가 난잡했다.

그저 레나가 할 수 있는 일이라고는 그의 어깨를 매달리듯 붙잡고, 비명 같은 신음을 뱉어 내는 것뿐. 그의 성기가 가장 예민한 안쪽을 누를 때마다 입에서는 애달픈 칭얼거림이 흘러나왔다.

순간, 시야가 명멸했다. 귓가에 억눌린 숨을 뱉는 그의 신음까지 자극적이다. 손끝이 저릿하고 급작스러울 정도로 강렬한 절정이 오갔다.

그는 그러고도 잠시간 동안 그녀를 끌어안고 있었다. 레나 역시 버거운 쾌락에 그의 품에서 숨을 몰아쉬었다. 그렇게 그의 등에 흐르던 땀방울이 커튼 사이로 비추는 아침 햇살에 닿아 반짝 빛나는 광경을 보았다.

벌써 아침이다. 카론은 취한 채로 들어와 밤새 그녀를 가졌다. 난잡하게, 쉼 없이.

무슨 일이 있었냐고 답해도 말해 주지 않았다. 오늘부터 그를 따라 신전을 다녀야 할 텐데, 아침까지 몸을 섞으려는 그를 이길 수 없었다.

몸은 온통 그가 뿌려 놓은 정액투성이가 되어 더러워졌다. 씻어내도 온몸에는 울긋불긋한 상처가 남았을 것이다. 이 꼴로 신전에 가야 한다니.

레나는 헛웃음만 짓다가 그에게서 몸을 떼어냈다. 그러다 손목을 끌어당기는 힘에 침대에 도로 앉게 되었다.

"준비해야 해요."

조금 어르는 말투로 그를 달랬다. 술은 깬 지 오래인 것 같은데, 적안은 배고픈 이리처럼 불만으로 가득해 보였다. 레나는 그의 속을 알 수가 없었다. 밤새 실컷 제 욕심을 채웠으면서, 도대체 무엇이 불안하고 불만이라 저런 눈을 하고 있을까.

"오늘 꼭 나가야 해?"

카론이 풍만한 가슴 사이에 얼굴을 묻었다. 비비적거릴 때마다 헝클어지는 검은 머리칼이 햇빛을 받는 대로 반짝거렸다. 불만을 표현하는 모습이 그답지 않게 귀여워서 레나는 저도 모르게 웃고야 말았다.

"절 데려온 건 후작님이시잖아요."

그녀가 그의 머리칼을 쓸어내리며 대꾸했다. 카론은 힘겨운 한숨만 내쉬었다.

"그랬지."

중얼거림에 후회의 색이 짙게 느껴지는 건 지나친 착각일까. 어젯밤 정부를 들인 건 완전히 실수라고 했을 때도 그는 이런 목소리로 말했다.

"아!"

느닷없이 카론이 어깨를 깨물었다. 물린 흔적은 장미꽃처럼 피어났다.

"준비해."

그가 먼저 일어났다. 왕세자가 키스 마크를 보고서 했던 말 덕분에, 레나는 그가 이 흔적을 내는 의도를 알고 있었다. 레나는 입술 흔적이 사라진 목 부근을 만지다가 쓰게 웃었다.

후작이 어떤 남자인지 갈피를 잡을 수 없다. 누군가 탐낼까 봐 진득하게 소유하려 들다가도 종국에는 자신의 손으로 없애려 든다. 그리고 자신은 그 모순 속에 숨어 있는 달콤한 함의를 기대하게 된다.

언제쯤 나를 기억할까. 아니, 기억할 수 있을까. 아니면, 루시아부터 기억하려나.

그가 소년이었을 시절에는 그를 좀 더 잘 이해할 수 있었던 것 같은데 이제는 모르겠다. 그가 자신에게 끌려오고 있다고 확신할 수 있으면서도, 그녀 역시 어두운 수렁 안에 빨려 들어가고 있는 기분이었다.

레나는 쓸데없는 감상에 빠지지 않기 위해서 고개를 내젓고 욕조 안에 몸을 뉘었다. 떠나오기 전, 여기 오면서 봤던 사냥제의 참석자 명단을 잊지 않고 있었다.

오늘 안으로, 로렌츠 발렌시아가 올 것이다.

* * *

찌는 듯한 더위였다. 무더운 여름 날씨에 아이들은 싱그러운 숲에서 뛰어놀게 해 두고, 레오폴트는 젊은 귀공자와 귀공녀를 불러 모아 통풍이 잘되는 신전 안에서 대낮부터 유흥을 벌였다.

실내에서 벌어지는 주사위 놀이와 카드 게임은 술이 곁들여진 도박판이었고, 실외에서 김을 모락모락 내는 온천은 더없이 퇴폐적인 향락의 장소였다.

원래대로라면 늙은이들끼리 살롱 모임을 여는 지루한 광경이나 보고 있었겠지만, 카론이 온다고 하니 신전을 에르하르트가에서 열리는 밤의 무도회와 다름없이 꾸며 볼 수 있었다. 왕세자는 상석에 앉아 난장판이 된 신전을 키득거리며 즐겼다.

왕이 알면 좀 난리를 치겠지만 어떠한가. 후작이 원했다고 하면 될 것을. 에르하르트 가문이라면 얼굴을 좀 찌푸리다가 그 집안 내력은 어쩔 수 없었다고 넘어가실 것이다.

여자가 입에 넣어 주는 과일을 받아먹는 레오폴트에게 시종이 다가와 귀엣말을 했다. 감시역으로 심어 둔 시종이 올린 보고에 레오폴트가 웃음을 터뜨렸다.

"아직도 그러고 있다고? 하하, 내가 알던 카론이 맞나 싶은데. 하하하! 우스워 견딜 수가 없어."

아침에 카론이 조찬장을 뒤집어 놓은 사건은 벌써 수도를 떠들썩하게 만든 화제였다.

그가 잠깐 카론을 데리고 나간 사이에, 정부에게 그새를 못 참고 희롱의 말을 건네거나 껄떡이는 귀공자가 있었던 모양이었다.

밤새 건네는 술을 족족 다 받아 마시던 인내심은 어디로 갔는지, 카론은 선 넘은 귀공자들에게 주먹질부터 하고 보았다. 그가 재빨리 수습하고 말리지 않았다면, 정말 왕실 회의가 소집되었을지도 모를 사건이었다.

덕분에 당장 에르하르트로 돌아가겠다는 카론을 붙잡을 명분은 충분했다. '서운하다'는 말은 지배자의 입장에서 언짢음을 표하기에 제일 알맞은 말이다.

레나 크루거는 후작보다 이성이 있는 편인지, 레오폴트의 심기에 맞춰 기꺼이 수도에 남겠다고 자처했다. 결국에 카론은 2대1이 된 상황에 정부를 끌고 구석에 틀어박혀 버렸다.

"그 하녀에 관해서는 아직까지도 알아낸 게 없어?"

"예. 데스테 영지에서 '레나 크루거'라는 인물은 태어나지 않았습니다. 근무한 기록조차 찾을 수 없었습니다."

"그럴 리가 없는데. 조사를 계속해 봐."

"예. 알겠습니다."

"저 그리고⋯⋯."

시종이 머뭇거리자, 레오폴트가 짜증스레 재촉했다.

"무슨 일인데 그래."

"루이제 아가씨께서 보이지 않습니다."

"아, 루이제. 그 순진무구한 새가 길을 잃다니⋯⋯. 어디 가서 큰일을 겪지 말아야 할 텐데."

말의 내용과는 다르게 레오폴트의 얼굴에는 티끌만큼의 걱정도 담겨 있지 않았다. 그저, 아직 루이제가 죽으면 곤란하다는 정도의 판단만 들었을 뿐.

"알아서 잘 찾아봐."

"네. 알겠습니다."

시종을 돌려보내고, 그는 단편적인 기억에 잠겼다.

카론의 약혼식. 그가 결혼하게 된다는 사실조차 제대로 실감 나지 않았던 날. 데스테 저택의 다락방에서 울고 있던 소녀를 보았다.

그 하찮은 기억이 남아 있는 이유는 그 소녀가 예뻐서, 그리고 저택에서 누군가를 찾고 있던 소후작을 보았기 때문에.

레오폴트는 조소를 머금고 자리에서 일어났다.

다락방에서 먼지투성이가 될 때까지 울고 있던 여자와 약혼식 날에 누군가를 찾고 있던 남자. 그들이 지금 후작과 정부 사이가 되었다면, 궁금하지 않을 수가 없지 않은가.

* * *

레나는 구석에 마련된 침대 같은 카우치에 앉아 있었다. 정확히는 카론의 무릎 위에 앉아 있다고 봐야 하는 자세였다.

카론은 레나의 허리에 손을 두른 채 꽉 끌어안고 있었다. 덕택에 레나는 그를 찾아오는 귀족들의 얼굴도 보지 못했다.

시야에는 지척에 걸린 종교화만 보였다. 성녀가 해 주는 기사 서임식 광경을 담아낸 그림이었다.

성녀가 무릎 꿇은 기사의 양어깨에 검의 옆면을 번갈아서 두드려 주면, 기사는 성녀에게 서약을 맹세한다. 북부 대륙에서 흘러온 신화를 담아낸 훌륭한 회화였으나 코앞에 걸린 그림만 오전 내내 보고 있으려니 지루하기 그지없었다.

"이럴 거면, 저는 처소에 들어가 있을래요."

"조금만 참아. 적당히 자리를 지키다가 들어갈 거니까."

레나는 막무가내인 그의 태도에 조소를 감추지 못했다. 그녀를 혼자 두지도 못하는 이유야 명확했다.

오늘부터 귀족들이 대거 모이기 시작한다. 언제 누가 접선을 시도할지 몰랐다.

이곳은 감시가 빽빽하게 이루어지는 에르하르트 후작가가 아닌 왕실의 사냥터다. 그러니 카론은 그녀를 혼자 두지 못하는 것이다.

그의 예상대로 레나는 조찬장에서 로렌츠부터 찾았으나 그는 아직 도착하지 않은 듯했다. 혹시나 혼자 있는 틈을 타서 전달받을 수도 있는 고용인의 지령을 기다리는 중인데, 카론이 이렇게까지 가까이 붙어 있다면 그 누구도 접근할 수 없을 터였다.

민망한 자세라도 고쳐 보려고 버둥거려 보았으나 카론은 가볍게 엉덩이를 치더니 가만히 있으라고 경고했다. 그렇게 오전 내내 이 상태였다.

카론은 대화하러 오는 사람마다 짧은 대화만 하고 돌려보냈다. 간혹 껴안고 있는 여자에게 말을 거는 귀공자가 있으면 대놓고 으르렁거리기도 했다.

레나는 체념과 동시에 의문을 느꼈다. 이러면 카론 역시 그녀를 데려온 소용이 없기는 마찬가지였다.

레나는 카론이 왕세자의 제안을 받아들였을 때부터 오전 같은 사건을 각오하고 있었다. 공식적인 자리에서 후작의 정부로 소개된다는 건, 후작을 노리는 누군가가 그녀에게 접근하거나 정부라는 낙인하에 불쾌한 호기심을 받는 걸 감안해야 하는 일이었다.

그 역시 그녀를 귀족들에게 선보이고 그녀가 보이는 반응으로 어느 가문의 첩자인지를 알아낼 생각으로 승낙한 게 아니었나. 그런데 막상 그녀가 희롱 받는 모습을 보니 눈이 뒤집히는 모양이었다. 이런 면모는 예전에 알던 카론과 다르지 않았다.

레나는 편하게 그의 목에 팔을 두르고, 어깨에 고개를 기대었다. 조금 덥긴 하지만, 카론의 품에 안겨 있는 일은 이제 익숙했다. 다만, 카론이 이렇게 애매하게 행동할 때마다 좋아해야 하는지 싫어해야 하는지를 여전히 알 수 없었다.

"오자마자 사고를 치셨더군요."

익숙한 목소리가 들렸다. 아마 어제 사냥터에서 안부 인사를 나눈 요한이라는 이름의 귀공자 같았다.

"사고라니. 명백히 그 녀석들이 먼저 만든 사건이었지."

"여전히 애 같은 면이 있으십니다."

레나는 격하게 고개를 끄덕거리고 싶은 심정을 눌러 참았다.

"재산과 권력을 가지고 태어난 놈들한테는 폭력이 제격이야. 무서운 게 없이 자란 놈들을 제대로 패 주면 그제야 무서운 게 생기거든."

"언젠가 후작님에게도 해당될 수 있는 말이로군요."

"상대를 꺾을 수 있단 전제 아래 이야기인데."

그는 요한과 편하게 농담 섞인 담소를 주고받았다. 레나는 처음 보는 그의 모습이 낯설어서 가만히 그 대화에 귀를 기울였다. 안겨 있었기 때문에 다른 사람과 대화할 때와 달리 그의 몸이 이완된 상태라라는 걸 제대로 느낄 수 있었다.

친구와 대화를 할 때 이런 모습이구나. 편안한 그의 음성이 듣기 좋았다.

"그리고 계시기 힘들지 않으십니까. 두 분이서 숲이라도 다녀오시지요. 지금은 숲에 사냥 나간 아이들뿐이지 않습니까."

요한은 이내 그녀의 존재가 신경 쓰였는지 카론에게 외출을 제안했다.

"지금 밖에 덥잖아."

카론은 창밖을 보더니 무심히 대꾸했다. 날씨가 지나치게 화창했다.

"저는 좋아요."

레나는 처음으로 그의 대화에 끼어들었다. 왕세자가 저녁 식사를 함께하자고 했으니, 자칫하다간 저녁까지 이러고 있을지도 몰랐다.

카론이 힐끗 그녀를 내려다보았다. 레나가 한껏 고개를 들고 그를 올려다보았다. 푸른 눈망울에, 간절함을 가득 담아서.

"……아무래도 말을, 빌려야 할 것 같은데."

카론은 그 시선을 받아 내다가 졌다는 듯이 요한에게 어렵사리 부탁했다. 요한은 그런 그의 모습을 보더니, 호쾌한 웃음을 터뜨렸다.

* * *

레나는 덜덜 떨리는 손으로 말의 갈기를 쓰다듬으려다, 말이 그녀 쪽으로 고개를 돌리자마자 흠칫 놀라 뒷걸음질을 쳤다. 코를 벌름거리던 말은 무심하게 그녀를 보더니 투레질을 했을 뿐이었다.

"할 수 있어요."

레나는 카론에게 비장하게 주장해 보았으나 그는 말없이 빌려 온 말에서 안장을 내렸다.

"포기해. 내가 태우는 게 편해."

카론이 레나의 허리를 붙잡고 자신의 말에 올렸다. 레나는 조금 붉어진 얼굴로 그의 에스코트를 받아들였다. 카론은 빌려온 승마 장갑을 요한한테 던지고서는 말에 올라탔다.

"기껏 빌려준 말이 하나는 쓸모가 없겠어."

카론이 요한에게 유감을 전했다. 말 앞에서 얼어붙었던 레나의 모습을 쭉 관람했던 요한은 유쾌하게 고개만 끄덕였다.

"어쩔 수 없지요. 저도 말을 쓸 일이 생겨서 오히려 다행입니다."

"무슨 일이 생겼나."

"예. 귀공녀 한 분이 사라졌다고 하더군요."

"수고가 많아."

카론은 말을 출발시키면서 무심한 격려를 보냈다.

"'루이제'라는 이름의 금발 아가씨라고 합니다! 후작님께서 숲에서 보게 되면, 알려 주십시오!"

뒤에서 외치는 요한의 말에 레나가 몸을 움찔거렸다. '금발'이라는 말에 심장이 덜컥 내려앉았다. 슬쩍 카론의 눈치를 살폈으나, 그는 그녀를 내려 다보더니 피식 웃을 뿐이었다.

"아직도 무서워?"

아마 말 때문에 움찔거리는 줄 아는 모양이었다. 푸른 눈동자가 새초롬하게 그를 쏘아보았다. 그렇게 보자 카론의 조소가 짙어졌다. 아무리 봐도 비웃음이었다.

"말 공포증이 있는 건 의외인데."

"마차 사고가 난 적이 있어서요. 그 이후로 말만 보면 좀 그래요."

그전까지만 해도 말을 탈 줄 알았다.

승마는 귀족의 기본 소양이다. 기사였던 아버지가 엘레나를 손수 가르쳤고, 엘레나는 말과의 교감을 즐겼기 때문에 승마를 좋아했다.

포모나로 가는 도중에 생긴 마차 전복 사고만 아니었어도, 여전히 말과의 교감이 즐거웠을 터였다. 무사히 목숨을 건진 것만 해도 다행이었지만, 그 이후로는 말을 타지 못하게 되었다.

"후작님께서는 어쩌다 금발을 싫어하게 되신 건가요?"

굳이 기억하고 싶지 않았던 심란한 일을 회상하고 싶지 않아 말문을 돌렸으나 화제 선택이 좋지 못한 모양이었다. 대답은 돌아오지 않았다.

전방에는 맑은 햇살이 녹아든 푸른 녹음이 펼쳐져 있었다. 사냥하기 좋도록 관리된 삼나무 숲 사이로는 시원한 바람이 솔솔 불어서 쾌적했다. 어디선가 까르르거리는 아이들의 웃음이 바람을 타고 흘러와 요정의 메아리처럼 울리기도 했다.

그러나 청량한 숲의 모습과 달리 불편한 침묵이 이어졌다. 레나는 말 위에서 균형을 잡는 데 온 신경을 집중하느라 심상치 않은 기류를 읽지 못하고 있었다.

순간, 말을 따라 흔들리던 몸이 등 뒤로 뙤약볕을 가려 주는 남자의 가슴팍이 닿았다. 더운 체온이었으나 불쾌하다기보단 미묘한 긴장감을 주어서, 레나는 허리를 곧게 세웠다. 그러나 곧 커다란 손이 허리를 나긋하게 만지자 숨을 흡, 들이마시고 돌아보았다.

"안 돼요."

해가 중천이다. 사냥 중심지에서 좀 떨어져 있으나 아직은 밖이었다.

"그래?"

카론은 그녀의 귓가에 속삭이고는 허리를 도리어 바싹 끌어안았다. 굵은 팔이 허리에 걸리자, 등 뒤로는 굵고 딱딱한 것이 느껴졌다. 레나의 숨결이 흐트러지기 시작했다.

"제발……."

스스로가 생각하기에도 그다지 설득력 있게 들리지 않을 속삭임이었다. 낮은 비웃음이 내려앉는 동시에 뒤에 있던 카론이 그녀에게 입을 맞춰 왔다. 레나는 그의 가슴팍에 기댄 채 고개만 비틀어 입맞춤을 받아 내야 했다.

그는 아주 능란하게 레나의 입 안을 탐했다. 말 위의 불안정한 균형 위에 심장 박동이 더해졌다. 간혹 말의 마른 투레질 소리도 들렸다.

초여름의 열기가 그녀를 정신없이 달구었다. 햇볕을 받은 나무 향 때문인지 정신이 몽롱해졌다. 사냥제에 온 뒤로 줄곧 이랬다.

잊힌 과거의 편린이 담긴 곳에서, 카론은 지독히도 그녀를 탐하고 있었다. 그건 상상 이상으로 어떤 충족감을 주었다.

정확히 무엇일까. 미련 남은 욕심을 충족해 주어서? 어렸을 적 품었던 마음을 잠시나마 숨기지 않아도 되어서?

예전에는 그가 이곳에서 루시아에게 바치는 사냥감을 잡았었는데……. 거기까지 속내가 닿자, 레나는 점차 불편해지는 감정에 관해서 생각하기를 관두었다.

정신없이 키스하던 카론이 잠시 입술을 떼어내고 틈을 내어주자마자, 레나는 숨을 들이켰다. 눈치챌 겨를도 없이 등에 있는 드레스 단추를 풀어 낸 카론이 옷 틈을 파고들어 어깨를 물었다. 고의가 다분하게도, 아침에 물렸던 부분이었다.

"아……."

레나가 신음을 흘리자 카론이 손바닥으로 그녀의 입을 틀어막았다. 말이 터덜터덜 걸을 때마다 관리되지 않아 무성히 자란 수풀 사이로 떨어진 나뭇가지가 투둑투둑 부러졌다. 카론은 일부러 아무도 오지 않을 곳으로 말을 몰고 있었다.

그들을 완전히 가려 주는 커다란 나무 그늘 밑으로 들어오자마자, 카론은 말에서 레나를 내리고 다시 입을 맞추어 왔다. 레나는 그 기세를 받아 주지 못해 자꾸만 뒷걸음질 쳤다. 그러다 등에 닿은 건 단단한 나무껍질이었다. 커다란 나무가 주는 습한 공기에 몸이 움찔거렸다.

"제발."

제발, 이라고 속삭이는 목소리가 낮아졌다. 레나는 팔로 그의 목을 감았다.

그것이 카론을 자극했는지, 일그러진 눈매가 깊이를 달리했다.

그가 고개를 숙이고 입을 맞췄다. 이번에는 느릿하게. 카론이 햇빛에 닿아 반짝이는 머리카락을 손안에 감아쥐었다.

맞붙는 체온이 더웠다. 열기에 어지러워졌다. 목으로, 가슴께로 내려오는 키스에 레나는 미열이 담긴 신음만 내쉬었다. 옷 틈 사이로 들어온 숲의 바람이 땀에 젖은 몸을 식혔다.

"예뻐. 네 머리카락."

카론이 감아쥔 머리카락을 만지작거리면서 중얼거렸다. 쨍한 태양열 아래서 유독 붉게 보이는 눈동자는 오로지 그녀만을 담아내고 있었다. 레나는 저도 모르게 손으로 땀에 젖은 그의 이마를 훔쳤다.

"흣……."

카론은 고개를 숙이더니 곧바로 젖무덤을 깨물었다. 레나는 손등으로 입을 가리며 더 나오려는 소리를 막았다.

미친 것 같다. 그렇게 생각하면서도 그를 밀어낼 생각은 없었다. 여름의 열기 때문인지, 제 머릿속 역시도 어딘가 망가진 것만 같았다.

드레스가 걷어 올라가면서 탄탄한 허벅지가 축축해진 속옷 아래를 비볐다. 레나는 낮은 신음만 흘렸다. 곧 승마 장갑이 흙 위로 툭툭 떨어지는 소리가 들렸다.

"하, 잠시만……. 아……."

드레스 안으로 들어온 손가락이 음부를 벌리고 볼록 솟아오른 살점을 눌렀다. 레나는 온몸을 전율하며 그의 어깨에 기댔다.

손가락은 난잡하게 움직였다. 연약한 살점을 누른 채로 흔들거나 원을 그리듯 어루만지며 움직임을 달리할 때마다 레나는 열에 들뜬 신음만 내뱉다가 억눌렀다를 반복했다.

"아, 웃, 하아……. 잠시만요, 너무 빨라……."

결국에 가볍게 절정에 오른 몸이 그의 품에서 색색거렸다. 그의 몸은 넓고 두꺼워서 온전히 그녀의 몸을 가리고 받아 주고 있었다. 한숨 돌리려던 차에, 카론이 낮은 웃음을 흘렸다.

"그거 알아? 넌 참는 신음이 더 꼴리는 거."

단단한 성기가 곧바로 내부를 꿰뚫었다. 갑작스러운 침입에 레나는 신음 도 내지르지 못하고, 그의 어깨만 움켜쥐었다.

"훗, 잠시만, 천천히……."

그가 허리를 쳐올릴 때마다 애액이 흘렀다. 냇물이 흐르는 소리, 새가 우 는 소리로 가득한 평화로운 숲속에 어울리지 않는 마찰음이 철벅거렸다.

커다란 성기는 진입할 때마다 내벽의 느끼는 지점을 전부 누르며 들어찼 다가 빠져나갔다. 거기에 속도가 더해지니, 레나는 도무지 정신을 차릴 수 없었다. 서 있는 탓에 끈끈한 애액이 허벅지를 타고 흐르는 것이 느껴졌다. 그저 조금 울먹이는 얼굴로 그를 올려다보았다.

"하……. 이러니까 다들 미치지."

레나의 턱을 움켜쥐고 지켜보던 카론이 눈매를 일그러뜨렸다. 태양 아래 서는 붉던 눈동자가 그늘진 곳에서 새까맣게 물들어 있었다.

카론은 항상 그녀가 느끼는 얼굴에 무너졌다. 그도 그럴 것이, 눈 안에 들어와 박힌 여자의 얼굴은 쾌락에 젖어 더없이 야했다. 볼이 붉게 달아오 른 채, 무엇을 갈구하는지도 모르는 눈동자로 애달프게 저를 보고 있지 않 은가.

"흑……."

"하……."

동시에 터뜨린 낮은 탄성. 그것이 신호였다.

레나는 절정과 동시에, 그의 어깨를 쥐고 있던 손을 떨었다. 겨우 어깨에 턱을 걸친 채로 힘겹게 헐떡이기만 했다. 서로의 귓가에 낮게 가라앉는 신 음이 고스란히 전해져 왔다.

그때였다.

빽빽하게 우거진 수풀 사이에서 부스럭 소리를 냈다. 레나는 인기척에 놀라서 꼭 안고 있던 그의 등을 두드렸다.

"누군가 저기에⋯⋯."

레나가 말을 마치기도 전에, 카론이 먼저 그녀의 드레스를 끌어 올리고 뒤를 돌았다. 정사를 방해한 자를 추격하는 발걸음이 사나웠다.

"누구신가요?"

레나 역시 대충 옷차림을 정돈하며 뒤따라와서 물었으나 답은 없었다. 오히려 도망가는지 계속해서 바스락바스락 풀 스치는 소리가 빠르게 들려왔다. 카론은 레나의 손을 잡고, 풀 밟는 기척을 숨기지도 못하고 뛰는 상대를 망설임 없이 쫓았다.

"잡으면 어떻게 하시려고요?"

"죽여 버릴 거야."

"네?"

"그럼 네 몸을 보고 도망친 놈을 살려서 보내?"

하도 그 기세가 흉흉하여 레나는 그가 진심이란 걸 깨달았다. 놀라서 그 앞을 막아섰다.

"일단 진정하고⋯⋯."

"비켜. 저놈이 남자인 이상 최소 눈알을 파 놓지 않으면 못 살려 둘 것 같으니까."

짧은 실랑이를 벌이는 사이에, 도망자가 뛰던 방향에서 비명이 들려왔다.

"아악!"

고통에 찬 비명이었다. 카론과 레나는 비명이 들린 방향으로 곧장 뛰기 시작했다.

가까이 다가갈수록 피 냄새가 짙어졌다. 둘이 당도한 곳에선 웬 금발의 귀공녀가 울먹이면서 쓰러진 채로 그들을 올려다보고 있었다. 발목에는 끔찍한 올무가 걸쳐져 있었다.

"사, 살려 주세요……. 전 아무것도 모르고 이 근처를 지나다가…….
아악!"

덜덜 떠는 귀공녀는 아파서 제정신이 아닐 상태에서도 사과부터 하고
비명을 내질렀다. 그들을 보고 도망치다가 덫에 걸렸는지 얼굴은 식은땀과
눈물로 범벅이 되어 있었다. 버둥거릴 때마다 올무가 그녀의 발목을 파고
들었다.

"가만히 있는 편이 나으실 겁니다."

카론은 도망자의 정체를 확인하자마자 안도의 한숨을 내쉬더니, 곧바로
다가가서 올무부터 풀어 주었다.

"어서 지혈부터 해야겠네요."

레나는 급하게 주변에서 지혈할 약초를 찾아왔다. 편편한 바위를 갈판 삼아
그 위에 약초를 올려두고 돌로 빻느라, 저를 멍하니 보고 있는 카론의 눈길도
읽어 내지 못했다.

손수건으로 피가 철철 나는 귀공녀의 발목을 닦아 내고 지혈에 좋은
약초를 올려 두자, 그제야 귀공녀는 마음 편히 울음을 터뜨렸다.

딱 봐도 레나와 비슷하거나 살짝 더 어릴 나이의 얼굴이었다. 어딘가
드는 기시감에, 레나가 그녀를 위로하며 물었다.

"신전으로 가서 진통제를 먹으면 좀 나아질 거예요. 성함이 어떻게 되시
나요?"

그러자 감청색 눈에 눈물을 그렁그렁 매달고 있던 귀공녀가 대답했다.

"루이제, 루이제 슈미트예요."

＊ ＊ ＊

카론은 울다가 지쳐 기절한 루이제를 말에 태워 요한에게 데려가기로 했다.
레나는 느티나무 아래서 둘의 뒷모습을 차마 보지 못하고 나무 기둥 뒤로

돌아섰다. 얼굴 위로 드리운 서늘한 그늘이 정사의 열기를 식혀 주었다.

손끝까지 창백해지는 이름이었다. 슈미트. 슈미트라니.

나무 잎사귀를 스치는 바람이 그녀의 머리카락 사이로 들어와 나부꼈다. 레나는 카론의 품 밖으로 빠져나온 금발을 떠올리다가 어지러워지는 표정을 지워 내고 정처 없이 걷기 시작했다.

레나는 그 얼굴을 어디서 봤는지 떠올릴 수 있었다. 저택에서 처음으로 겪은 밤의 무도회 날.

'완전히 망한 것 같아. 후작님께 잘 보이려고 주문한 드레스였는데.'

다른 귀공녀와 함께 자정 이전 연회에 참석했던 여자였다. 손수 그녀의 드레스를 바느질해 주었기 때문에, 그녀의 얼굴을 알아볼 수 있었다. 정작, 루이제라는 귀공녀는 하녀의 얼굴을 하나하나 기억하지 않는 듯했지만.

하지만 그녀를 에르하르트 저택에서 봤던 상황보다도, 더 충격적인 사실은 따로 있었다.

슈미트 가문에 남은 일원이 있었다니.

어느새 발길은 냇가에 닿았다. 냇물에 비치는 얼굴은 잔물결을 따라 섬세하게 일그러져 있었다. 카론이 올 때까지 이 서늘한 마음을 정리해야만 했다.

슈미트 공작의 반란죄로 그들과 엮인 가문들이 모조리 참형을 당했던 사건만 떠올리면 레나는 참담한 심경을 감출 수 없었다. 오펜하이머 가문은, 아버지인 오펜하이머 남작은 그런 정치에 잇속이 밝은 자가 아니었다.

왕의 위엄과 권위를 세우기 위해서 요란하게 진행된 숙청식. 단두대를 보러 온 관중이 모인 광장.

끝까지 주군과 종교에 충성을 다한 오펜하이머 가문은 처형 순서가 끄트머리에 올 만큼 큰 주목을 받지도 못한 남작 가문이었다. 엘레나 오펜하이머 한 사람의 인생은 그 길로 파멸로 들어섰지만 말이다.

그래도 엘레나 오펜하이머는 레나 크루거로 꾸역꾸역 살아남았으니, 슈미트 가문의 일원이 어딘가에 살아남은 것도 그리 놀라운 일은 아닐 것이다. 하지만 어떻게…….

'루이제 슈미트예요.'

그 이름 그대로 살아남을 수 있는 거지? 그 이름을 지닌 채로, 궁에서 지내다니. 어떻게?

"후작은 어딜 가고 혼자 있어?"

레나만 비추던 수면에 잔잔한 파동이 일었다. 다시 잠잠해진 물의 표면은 가까이 다가온 레오폴트와 놀란 얼굴을 한 레나를 비추었다.

"왕세자 전하."

"예를 갖추지 않아도 돼."

달콤한 미성이 벌떡 일어나려는 레나를 부드러이 저지했다. 물빛으로 빛나는 푸른 눈은 미묘하게 가늘어지며 그녀를 관찰하고 있었다. 레나는 그 시선이 불편해서 눈을 내리깔았다.

"후작과 싸웠나? 후작이 오전 내내 붙잡고 있었다던데."

"아니요. 잠시 요한 경께 다녀오실 일이 있어서요."

"정부는 숲에 홀로 두고?"

왕세자가 손을 내밀었다. 거절할 수도 없는 노릇이라 레나는 그의 손을 잡고 일어섰다.

"곤경에 빠진 귀공녀를 도와드려야 하는 사정이 있었어요. 당연한 일을 하시러 가셨을 뿐입니다, 전하."

레나는 은근슬쩍 카론을 탓하는 식으로 저에게 접근해 보려는 왕세자에게 선을 그었다. 왕세자는 첫인상부터 불순하기 짝이 없는 남자였다. 이런 식의 접근도 그리 좋은 의도는 아닐 것이다.

"아, 정부를 내버려 두고, 곤경에 빠진 귀공녀부터 모셨다라……. 후작다워서 할 말이 없어. 제 여자에게도 이렇게 야박할 줄이야."

"그게 아니라……."

"나라면 혼자 두지 않았을 텐데. 기껏 얻은 귀한 새를 누가 길들일 줄 알고."

왕세자가 아직도 쥐고 있는 손을 가까이 끌어당겼다. 레나는 자연스럽게 그의 얼굴과 가까워졌다. 흠칫해서 손을 빼내려고 했으나 왕세자의 악력이 더 셌다.

"너 대신 챙겼다는 귀공녀가 누구야?"

레나는 여전히 왕세자를 마주하지 못하고 시선을 내린 채 눈동자를 굴렸다. 순간 든 생각은 그것이었다. 왕의 아들은 역적 가문의 귀공녀가 멀쩡히 살아 돌아다녔다는 사실을 알고 있기나 한 걸까.

"슈미트 가문의 귀공녀셨어요. 루이제 슈미트라는 이름의."

순간적인 충동을 이기지 못하고 귀공녀의 이름을 고하자 앞에서 하, 하는 실소가 터졌다. 레오폴트는 그녀를 놓아주더니 끅끅거리며 웃음을 감추지 못했다.

"하하, 루이제를? 카론이 루이제를 챙겼단 말이지."

무엇이 우스운지 너털웃음을 터뜨린 그가 눈을 빛냈다.

"재밌어, 정말 재밌게 되었어."

알 수 없는 말만 중얼거린 레오폴트는 그녀에게 자세한 사정을 묻기 시작했다. 레나는 자신이 본대로 대답해 주는 와중에도 정신이 아득해지는 것을 느꼈다.

이미 왕세자는 루이제를 알고 있었다. 슈미트 가문의 핏줄을.

도대체 이것이 무슨 상황이란 말인가.

* * *

"대체 무슨 일이 있으셨던 겁니까?"

카론은 요한에게 기절한 귀공녀를 넘겨주었다. 요한은 기겁하며 귀공녀의 상태를 살폈다.

"올무에 걸렸어."

짧게 대꾸한 카론의 얼굴에는 딱히 동정심이 있어 보이지 않았다. 요한은 표정 하나 변하지 않는 그의 냉정한 태도에 속으로 혀를 찼다.

"다행히 지혈은 빨리 되었군요."

상태를 보던 요한이 안도했다. 그러다 카론의 옆자리를 보고 든 의문에 고개를 갸웃했다.

"후작님이 모신 숙녀는 어디에 계십니까."

"숲에. 다시 데리러 가야 해."

"아, 그럼 왕세자 전하를 마주하셨을 수도 있겠군요."

카론은 돌아가려던 발걸음을 멈췄다. 어쩐지 불안한 예감이 스멀스멀 기어 올랐다.

"전하께서 숲에 오셨다고?"

"예. 아까 저도 입구에서 만나 인사드렸지요. 전하께서도 이 귀공녀분을 찾고 계셨습니다."

요한이 '이 귀공녀'라 칭하면서 루이제를 살짝 들었다가 내렸다. 피로 물든 루이제의 두 다리가 흔들리면서 발목이 드러났다. 카론은 루이제의 발목에 감긴 손수건을 보다가 능숙한 손길을 떠올렸다.

하얀 손수건. 약초 향. 상처를 어루만지는 가느다란 손가락.

카론은 침음을 삼키며 이마를 짓눌렀다. 머리에 있는 혈관이 터질 듯 욱신거렸다.

"괜찮으십니까? 혈색이 안 좋아 보이시는데."

요한이 걱정스레 묻는 말에도 카론이 고개를 내저었다. 잠시간 더위를 먹은 기분이다. 어서 레나를 데리고 처소에 돌아갈 생각으로 말고삐를 쥐려던 차였다.

'……그야 데스테 영애께서는 귀공녀시고, 저는 귀공녀가 아니니까요.'

히잉, 소리를 내며 말이 길게 울었다. 머리가 웅웅 울렸다.

"후작님!"

요한의 외침은 아득히 멀어졌다. 아찔하게 작열하는 태양에 눈이 멀어 버린 것처럼 시야가 점멸했다.

레나 크루거를 데려와야 하는데. 이전에 왕세자가 레나를 노리지 않았나.

의식이 아득히 깊은 곳으로 가라앉는 도중에도, 마지막으로 든 불안은 그 것이었다.

그것을 끝으로, 카론은 말에서 굴러떨어졌다.

* * *

금발, 푸른 눈, 비가 내렸던 날.

카론 에르하르트가 마지막으로 참가했던 사냥제는 열여섯 살 때의 사냥 제였다. 그 사실만은 도저히 잊지 못했다. 그 해의 사냥제가 루시아와 얽히 게 된 계기였으니까.

카론은 대부분의 기억을 잃었으나 그날의 잔상만은 어렴풋하게 기억했다.

비가 내리는 날이었다. 귀공자들이 사냥이 망했다면서 투덜거렸고, 몇몇 은 산장으로 가서 귀공녀들을 만날 생각에 들떠 있었다. 다들 철수하는 분 위기인 가운데, 카론 에르하르트만 후드를 눌러쓰고 숲속을 걸어가려 하고 있었다.

마르첼 발렌시아가 그의 등 뒤에서 대놓고 조롱했다.

'비가 오는데 짐승이 돌아다닐 것 같아?'

그럼에도 카론은 꿋꿋하게 숲 안으로 들어섰다. 냄새를 제대로 맡지 못할 사냥개도 없이 홀로.

'우승이 그리도 하고 싶나?'

상대도 해 주지 않자 마르첼이 더욱 세게 비아냥거렸다. 발렌시아 공작의 후계자가 뭐라 하든지 카론의 귀에는 제대로 들어오지 않았다. 저러다 '재수 없는 새끼'하고 중얼거리며 제 아우나 따라갈 놈이었다.

어차피 산장에 들어가서 귀공녀의 수발을 드는 쪽이 훨씬 피곤했던 터라, 차라리 방해꾼이 사라진 고요한 숲속이 나았다. 카론은 숲속을 누비며 함정을 설치하고, 짐승이 오기만을 인내심 있게 기다렸다.

탕-

비가 잠깐 멈춘 틈을 타서 돌아다니던 노루를 붙잡은 건 뜻밖의 수확이었다. 거슬리게 견제하던 마르첼 놈이 열받아 할 크기의 노루였다. 기왕 참가한 시합이면 무조건 승리만 쟁취해야 했던 그는 핏물을 흘리는 사냥감을 끌고 제가 정한 구획에 가져다 놓았다.

평소처럼 거기까지만 놓고 본다면 사냥제에서 우승했다는 사실만을 짐작하면서 끝날 기억이었으나, 이번에는 조금 달랐다. 잠재되어 있던 기억이 이어졌다.

설치한 덫을 회수하기 위해서 어슬렁거리던 길이었다.

'여기, 누구 없어요? 도와주세요!'

금발의 소녀가 공중에 있는 덫에 걸려 버둥거리고 있었다. 소녀는 꽤 간절한 목소리였고, 차림새로 보아 귀공녀 같았다.

카론은 곧바로 귀찮은 일에 휘말렸다는 생각으로 인상을 찡그렸다. 그냥 두고 가고도 싶었지만, 애석하게도 비가 와도 철수하지 않고 고집스럽게 사냥에 나선 용의자는 그밖에 없었다. 너무도 특정되기 좋은 범인인지라, 결국에는 제가 해결할 수밖에 없는 상황이었다.

'어째서 귀공녀가 여기에 계신 겁니까.'

그래서 조금 짜증을 담아 물었다. 공중에 있는 소녀는 그를 보고 놀랐는지 아무런 말이 없었다. 다친 건가. 덫 아래를 보았으나 흙 위로는 피를 흘린 흔적이 남아 있지 않았다.

뭐지, 그럴 리가 없는데. 분명히 독을 바른 화살이 날아왔을 터였다. 그렇게 덫을 설계했으니까.

'덫에 걸린 것치고는 멀쩡하시군요. 어찌 되신 일입니까?'

그는 재차 물었으나 상대는 그다지 반응이 없었다. 설마 기절한 건가 싶어 초조해졌다. 가끔 그의 품에 다가와 창백한 기색으로 쓰러지는 귀공녀도 있었다. 그럴 때면 정말이지 곤란해지곤 했다.

'일단 여기서 내려 주시면 안 될까요? 제발요.'

그러나 얼마 가지 않아서 굳은 몸을 꼼지락거리던 소녀는 그를 향해 간절한 목소리로 간청했다. 그제야 카론은 소녀의 얼굴을 제대로 볼 수 있었다.

비에 쫄딱 맞은 채로도 반짝거리는 금발을 지닌 소녀는 눈물범벅인지 빗물범벅인지 모를 얼굴로 그를 보고 있었다. 보자마자 누구라도 죄책감을 가질 수밖에 없는 얼굴이어서, 그는 저도 모르게 곧바로 팔을 뻗고 보았다.

소녀가 방금 죽인 노루의 눈동자보다도 더 가련하게 저를 보면서 눈을 깜빡거리자, 카론은 죄책감을 떨치기 위해 일부러 힘을 주어 말했다.

'뭐 하십니까, 뛰어내리지 않고.'

소녀에게 내려올 수 있는 방법을 설명하자, 그녀의 안색은 새하얗게 변했다. 그때까지도 카론은 귀찮다는 기색을 지울 수 없었다.

귀공녀를 에스코트하는 법은 알고 있었으나 그건 어디까지나 학습된 결과에 불과했다. 어머니의 엄격한 훈육에 의해, 기사로서의 엄숙한 수양을 위해. 그때까지 카론에게 귀공녀란 항상 난감하고도 까다로운 부류의 인간이었다.

기사단원들처럼 동고동락을 함께할 존재는 확실히 아니었고, 그렇다고 해서 제가 어리다고 무시하던 기사들에게 했던 것처럼 몸으로 싸워 이길 수 있는 존재도 아니었으며, 그의 아버지처럼 광기에 찬 검사라 두려우면서도 반항심이 들게 하는 존재도 아니었다.

그저 하나의 과제였다.

'저, 내려가요.'

떨리는 목소리로 말하는 저 소녀처럼, 만나면 무언가를 해 주어야만 기사의 도리라고 하는데, 자신과는 너무 다른 존재라 무엇을 어떻게 해 줘야 잘하는 건지 도무지 갈피를 잡을 수 없었다.

그리고 그 소녀가 하늘에서 떨어져 제 품에 안겼을 때.

찰랑이는 금발이 덩굴처럼 저를 감싸고, 놀라서 동그랗게 뜬 맑고 푸른 눈 안에 제 모습이 각인되고, 비에 젖은 그 소녀의 얼굴을 가까이서 보았을 때.

숲 한가운데서 길을 잃은 느낌이 그러할까.

아주 아득하고도, 알 길이 없는, 가장 어렵고도 난감한 마음을 만나고야 말았다.

* * *

카론은 해가 산등선을 넘어갈 무렵에야 깨어났다. 제 옆에 앉은 가물거리는 인형이 또렷한 형상이 될 때까지 눈을 깜빡거리는데, 웃음기가 밴 음성이 상대의 정체를 먼저 알려 주었다.

"눈을 떴나. 후작."

카론은 속히 몸을 일으켰다.

"전하시로군요."

사냥터 산장으로 보이는 침실이었다. 침대 옆에 놓인 남포등은 미약한 빛을 발했고, 그로 인해 레오폴트의 얼굴에는 미묘한 음영이 생겨 있었다. 왕세자는 늘 그렇듯 의뭉스러운 미소를 지닌 채 창문을 열었다.

안락했던 공간에 바람이 빗방울을 몰고 들이닥쳤다. 시원한 공기는 남포등의 조명을 꺼트리고, 여름의 소나기는 창쾌한 침입을 투둑투둑 떨어지는 빗소리로 알렸다.

아직 완전히 빛이 사라질 무렵이 아니었기 때문에, 푸른 저녁 빛이 방을 어둠으로 끌고 가지 않았다. 카론은 심상치 않은 예감에 그를 응시했다.

"후작이 낙마라니, 별일을 다 봐. 어때. 밖에 비도 오고 하는데, 정신은 드나."

레오폴트가 창가에 몸을 기대며 물었다. 조롱하는 투였다.

카론은 답하기도 민망해 자세만 고쳐 앉았다. 스스로 생각해도 제 꼴이 우습게 되었다. 카론 에르하르트가 낙마로 기절이라니. 그러다 문득 가느다란 비소를 감춘 왕세자의 얼굴을 보며 한 사람을 떠올리게 되었다.

"레나 크루거는 어디 있습니까."

"일어나자마자 여자부터 찾네. 왜, 내가 손댔을까 겁이 나?"

빙그레 웃는 말에는 날카로운 조소가 곁들여졌다. 왕세자의 불만을 이해 못 하는 것은 아니었기 때문에, 카론은 적당히 원하는 미끼부터 던지고 보았다.

"숙청은 말씀하신 대로 준비 중이니 걱정 마십시오."

즉위를 앞둔 왕세자는 아버지의 세력을 끌어내리고, 새로운 왕실을 잡고 자 했다. 에르하르트 저택에 드나드는 구 귀족 밑의 잔챙이 같은 일당은 언제든 숙청하기 좋으니, 카론에게는 그리 무리한 일은 아니었다. 그저 귀찮 았을 뿐이다.

"실행에 들어가면 애먼 귀족들까지 모조리 엮을 수 있으니 부디 적과 아 군을 분명하게 해 두시길 바랍니다. 전하의 측근이 확실히 다져지지 않은 상태에서 사냥개를 풀어놓으시면 유용한 아군까지 전부 물어 죽일 수도 있 지 않습니까."

중앙 정권을 잡은 구세대 귀족들을 포섭하는 과정에서 애를 먹고 있는 건 레오폴트였다. 카론은 그 점을 꼬집었다.

왕세자가 결정을 내리면, 후작은 시행한다. 그것이 그들의 순리였다. 레오폴 트가 아직까지도 믿을 만한 최측근을 확정하지 못한 이상, 그가 무작정 칼날을 휘두를 순 없는 노릇이었다. 방향 없는 칼날은 휘두르지 않는 것보다 못하다.

"공작 가문 하나만 제대로 건진다면, 나머진 전부 갈아 버려도 상관없기는 한데 말이야. 하나같이 애비를 닮은 여우 같은 놈들이라 믿을 수가 있어야지."

쯧, 하고 혀를 차는 왕세자는 능청스럽게 그의 말에 동조했다.

"'우리에게' 기어코 큰 시련이 도래할 것도 같거든."

"저번에 사냥제 때 말해 주겠다던 그 문제 말입니까."

"그래. 확실해질 때까진 단정 짓기 어려워서. 내일 정확한 진단이 나오면 이야기를 나누고 싶어."

무슨 계교인지, 레오폴트는 은근슬쩍 조바심을 드러내며 그를 곁눈질했다.

"후작이 수도에 오래 남아 주면 좋을 텐데."

평소 같은 뻔한 목적 같았다. 수도에서 좀 더 오래 부려 먹을 요량인 것이다. 그리고 그 기간이 길어지면 길어질수록, 피곤하고 무리한 부탁을 해 올 것은 자명한 일이었다.

"생각해 보지요."

카론이 침대에 앉아 의관을 제대로 갖춰 입는 동안에, 레오폴트는 창문 밖으로 손을 내밀어 빗줄기를 매만졌다. 그러다 눈동자만 돌려 카론을 살피더니 은근한 제안을 꺼내 왔다.

"안 그래도 이따 공작가의 귀공자들이 전부 모이는데, 이 기회에 새로운 친구를 사귀어 보는 게 어때. 마침 내가 후작에게 줄 선물도 있고 말이야."

이번 사냥제의 본질은 결국 장차 작위를 물려받을 귀공자 중에서 왕세자의 측근이 될 만한 이를 고르고 포섭하는 과정이었다. 레오폴트는 귀공자들의 신뢰를 얻기 위해서라도 가장 절친하다고 알려진 카론 에르하르트를 극진하게 대접하고 과시하고자 했다.

그 극진한 대접이라는 것이 순전히 레오폴트의 취향으로만 이루어진 지독한 장난질이 대부분이었지만 말이다. 선물이란 것에도 도대체 무슨 장난을 쳐 놓았는지 짐작할 수 없었다.

"귀찮은 자리가 되겠군요."

그러나 카론은 불평하면서도 이 난잡한 왕세자에게 적당히 맞춰 주었다. 지금 신경 쓰이는 문제는 단 하나밖에 없었으니.

"처소에 들렀다가 연회에 참석하겠습니다."

레나 크루거.

발칙하게도, 하녀는 이미 사냥제에 와 본 적 있으면서도 그 사실을 감쪽같이 숨기고 있었다.

그것이 어쩐지 괘씸하면서도, 막상 그 하녀의 얼굴을 보면 무엇을 말하게 될지 모를 기분이었다. 그저 지금은 그 얼굴을 보고 싶은 것도 같았다.

그러나 레오폴트는 서둘러 나가려던 그의 발걸음을 붙잡듯 물었다.

"루이제를 구해 줬던데. 어때, 오랜만에 본 소감이?"

카론은 우뚝 섰다가 비스듬하게 뒤를 돌아보았다.

"제가 묻고 싶은 말입니다."

차가운 비웃음이 스쳤다.

"슈미트의 피를 지니고도 위험에서 빠져나오는 법을 모르더군요. 두려우셨습니까? 멸족한 가문에서 겨우 살아남은 사생아조차 아무것도 모르는 천치로 망가뜨려 놓을 만큼."

"……."

"그동안 고생이 많으셨겠습니다."

조롱만 남긴 카론은 다시 거침없이 걸음을 옮겼다.

혼자 남은 레오폴트는 살벌해진 표정으로 그가 나간 자리를 노려보았다.

* * *

레나가 눈을 떴을 때는 짙은 어둠이 내려 있었다. 밖에 비가 내린단 걸 알려 주는 빗소리만 선명하게 들렸다. 밤부터 낮까지 쉴 새 없이 카론을 상대하느라 안 그래도 녹진한 피로가 쌓인 몸은 날씨의 영향을 받아 무겁게 내려앉았다.

침대에 누워 자세를 바꿀 때마다 등에서 쓰라린 감촉이 느껴져 불편했다. 낮에 나무에 기대어 쾌락에 빠진 대가다. 정신없이 할 때는 몰랐지만, 지금은 등에 멍 자국이 남았을지도 몰랐다.

레나는 빗소리를 들으며 아직 채워지지 않는 침대 옆자리를 매만졌다.

낮에는 한참을 기다려도 카론이 오지 않아서, 왕세자가 그를 대신해서 저를 처소로 데려와 주었다.

왕세자는 사정을 전부 전해 듣더니 예상외로 멀끔한 태도를 보였다. 처소에 가서 기다리라며 에스코트를 해 주기까지 했다. 그리 돌아와 낮잠을 자고 일어난 이후로도, 카론은 아직도 숲에서 돌아오지 않고 있었다.

비가 내리니까, 얼른 들어오면 좋을 텐데.

창문 밖에서는 어둠에 잠긴 울창한 숲이 흠뻑 비를 맞고 있었다.

레나는 덜컥 카론과 함께 말을 타고 가던 루이제 슈미트의 얼굴을 떠올렸다가 고개를 휘휘 내저었다. 슈미트라는 이름 때문에 받은 충격이 도무지 나아지지 않았다.

'후작님과 슈미트 영애가 어떤 연관이라도 있나요?'

웃음을 터뜨린 왕세자에게 그리 묻자, 그는 아주 즐거운 표정으로 미묘한 답을 주었다.

'글쎄. 어떨까?'

그녀를 속속히 파헤치려는 듯 물끄러미 바라보는 눈동자가 새파랗게 빛났다. 원하는 재미를 얻어 포만감에 차오른 상태에서도 레나의 불안을 후식으로 곁들이려는 듯이.

'연관은 후작의 의지에 따라 언제든지 생길 수야 있겠지. 전에도 후작은 이곳에서 곤경을 처한 귀공녀를 구한 적이 있었거든.'

곱씹을수록 불쾌해지면서도 끝내 자조를 머금을 수밖에 없는 대답이었다.

거기에 왕세자가 한술 더 뜬 제안은 꽤 비참하기까지 했다.

'왜, 더 알고 싶어? 오늘 연회에 오면, 더 재밌는 이야기를 들려줄 수 있을 것 같은데……. 과거에 여기서 후작이 만났던 귀공녀 얘기든, 슈미트 영애 이야기든 말이야.'

왕세자는 순간 표정을 감추지 못한 그녀를 진심으로 즐거워했다. 레나는 정부에게 전 약혼자 이야기를 미끼로 쓰는 그의 작태를 드레스를 움켜쥐며 참아 내야만 했다. 과거의 일이야 진작 알고 있었으니, 머리에 남는 건 슈미트 영애밖에 없었다.

이런 불안감. 이런 상실감.

전부 카론을 상대로 깊게 느끼고 싶지 않은 것들이었으나 다행히도 당장에 지워지지 않는 깊은 의문이 그 감정에 빠져들지 않도록 중심을 잡아 주었다.

도대체 루이제 슈미트는 어떻게 살아남을 수 있었을까.

레나는 아직도 제 가문이 어떤 경위로 엮이게 되어 몰살당했는지 정확히 알지 못했다. 역모에 가담했다는 죄명에 몰려, 부모님이 처형당한 뒤로는 당연히 이름을 숨기거나 버려야 한다는 선택에 추호의 의심도 없었다. 살아남기도 급급했기 때문에, 이 정치적인 과정을 제대로 알아볼 여력조차 되지 않았다.

만약에 엘레나 오펜하이머의 이름을 버리지 않아도 되는 것이었다면…….

번잡한 생각에 사로잡혀 빗물이 흐르는 창문만 응시하고 있는데, 똑똑 문 두드리는 소리가 났다.

"식사를 가져왔습니다."

"네?"

하녀가 식사를 가져온 모양이었다. 레나는 바로 나가지 않고 고개만 갸웃 거렸다.

귀족들은 사냥제 기간 내내 만찬장에 나가서 함께 식사하거나 숙소에 따로 식사를 주문하는 식으로 끼니를 챙겼다. 레나는 자느라 만찬장에 나가지도 못했고, 따로 식사를 주문한 적도 없었다.

혹시 카론이 챙겨 준 걸까?

"만찬장에서 두 분이 오시지 않아 왕세자 전하께서 식사를 보내셨습니다."

레나는 그제야 문을 열었다. 곧바로 하녀들이 트롤리를 밀고 들어왔다. 성찬이라고 해도 과언이 아닌 푸짐한 양의 접시가 테이블 위에 빼곡하게 올라가기 시작했다.

차가운 냉채 요리, 따뜻한 스튜, 연어를 올린 샐러드, 양구이, 차와 디저트까지……. 하녀 한 명이 테이블 밑으로 커다란 상자를 두 개 내려놓았다.

"이건 뭔가요?"

"왕세자 전하께서 하사한 선물입니다. 이것은 후작님께 드리는 선물이니, 전달 부탁드립니다. 더불어 두 분이 함께 연회에 참석해 주시길 바란다고 전하셨습니다."

사무적으로 설명한 하녀가 자리에서 물러났다.

레나는 먼저 제 몫의 상자를 열었다. 상자 안에는 마법진이 새겨진 브로치와 우아한 필체로 쓰인 카드가 들어 있었다.

[낮에 있던 불미스러운 사건이 숙녀께는 벌어지지 않기를 바라는 마음에서. ―레오폴트]

일회용 방어구로 보이는 푸른 장미 브로치는 얼핏 보아도 고급스러운 고가품이었다. 레나의 눈동자와 비슷한 연하늘색 다이아몬드를 중심으로 금빛 잎사귀가 섬세하게 가공되어 있었다.

레나는 옆에 놓인 카론의 선물을 흘겨보다가 헛웃음을 쳤다. 신하의 정부에게만 선물 세례를 하면 안 좋은 소문이 돌 만한 일이니, 나란히 챙겼다는 생각을 지울 수가 없었다.

간직하고 있기도 싫은 카드를 갈기갈기 찢어서 창밖에 내다 버리고 있을 때였다.

"뭐 해."

"아."

기척도 없이 다가온 카론이 그녀의 등 뒤에서 속삭였다. 그는 비를 맞았는지 몸이 흠뻑 젖어 있었다.

"오셨어요? 비를 많이 맞으셨네요."

레나가 수건을 가져와서 그에게 내밀었으나 카론은 받지 않았다. 테이블에 올라온 성찬과 그녀를 번갈아서 볼 뿐이었다.

"식사는?"

"대충 때웠어요. 이건 왕세자 전하께서 후작님이 만찬장에 참석 안 하셔서 보낸 거고요."

레나는 무심하게 대꾸하고, 수건으로 그의 머리칼을 닦아 주었다. 카론은 조금 어색한 얼굴로 그녀의 손길을 받다가 왕세자가 준 선물을 내려다보았다.

"이건 뭐야?"

"그것도 왕세자 전하께서 보내신 거예요. 옆에 후작님 선물도 있어요."

카론 몫의 상자에는 검 장신구로 쓰는 일회용 방어구가 담겨 있었다. 카드는 따로 들어 있지 않았다. 카론은 제 손에 있는 검 장신구와 그녀의 상자에 담긴 브로치를 멀거니 보더니, 잠시간 말이 없었다.

레나는 카론의 머리를 말려 주는 일에 집중하느라, 비에 젖어 늘어진 흑발 사이로 스산한 눈동자에 서리는 이채를 눈치채지 못했다. 카론이 가느다란 손목을 힘을 주어 잡았을 때야 심상치 않다는 걸 알아챌 수 있었다.

그는 레나를 데리고 밖으로 나섰다.

"잠깐만요, 갑자기, 왜……."

큰 보폭은 그녀를 기다려 주지 않았다. 레나는 그대로 붙잡혀 처소 뒷마당에 마련된 개인 퍼걸러까지 끌려가다시피 따라 걸었다.

퍼걸러 아래에는 온천수가 샘솟는 탕이 마련되어 있었다. 그가 레나를 따뜻한 김이 모락모락 나는 탕 안으로 밀치자, 레나는 풍덩, 소리와 빠지고 말았다.

"이게, 무슨!"

눈 깜짝할 사이에 물에 빠진 레나가 항의했다. 허리에 올 정도의 깊이라 그리 위험하진 않았으나 옷이 흠뻑 젖어 버리고 말았다.

"비를 맞았잖아. 씻어야지."

카론은 비에 젖어서 달라붙은 옷을 전부 벗으며 탕에 들어왔다. 곳곳에 난 상흔조차도 멋으로 새겨 넣은 문신처럼 보일 만큼 매끈한 몸은 물에 닿자 반질반질하게 젖어 들었다.

레나는 그 몸이 맨살에 닿았을 때 어떤 감촉인지를 알고 있었다. 근육들이 섬세하게 움직이며 그녀를 몰아갈 때마다 어떤 기분을 느끼게 하는지도.

저도 모르게 마른침을 삼킨 그녀는 탕 안에서 뒷걸음질 쳤다. 그대로 팔을 뻗어 밖으로 나가려고 했으나, 뒤에서 꽉 안아 버리는 카론 탓에 빠져나갈 수도 없어 속수무책이었다.

허리를 감싸던 손이 올라와 옷 안쪽으로 파고들었다. 레나는 황급히 그 손을 깍지 껴 잡으며 저지하려 했다.

지금 하면, 피로에 지쳐 견디지 못하고 기절하게 될지도 모른다. 이따가 반드시 연회에 가 봐야 하는데.

확신에 찬 예감에 레나는 완고하게 고개를 저었다. 그러나 귓바퀴를 살짝 깨무는 그는 여전히 봐 줄 생각이 없어 보였다.

"내가 찢을까, 네가 벗을래."

등 뒤로는 벌써 단단한 것이 맞닿아 있었다. 아무래도 그는 멈출 생각이 없어 보였다.

레나는 그대로 뒤돌아서 그의 허리를 감싸 안았다. 갑작스러운 태도 변화에 카론의 눈썹이 휘었다. 레나는 의아함을 담은 눈동자에 대고 속삭였다.

"슈미트 영애는 어떻게 되었어요?"

가느다란 두 팔이 그의 목을 감쌌다. 황급히 다른 주제로 돌려 보려는 줄 알았는지, 카론이 적당히 대꾸했다.

"요한에게 데려다줬으니 알아서 잘 했겠지."

레나는 그에게 더 바싹 몸을 붙이고 물었다.

"요한 경에게 데려가는 길이 험난하셨나 봐요. 이리 늦으신 걸 보면."

어쩐지 가시 돋친 말투였다. 카론은 그녀를 지그시 내려다보다가 피식 웃었다.

"많이 신경 쓰였나 봐. 내가 늦은 거."

그는 이전에 그녀가 했던 말을 그대로 돌려주고 있었다. 레나는 그것을 구태여 부정하지 않았다.

"네. 절 혼자 내버려 두셨잖아요."

의도적으로 투기하는 정부를 연기하고는 있지만 어쨌거나 진심이 담긴 발언이었다. 카론이 그 솔직한 반응에 당황하는 사이, 레나는 흠뻑 젖은 웃옷을 상체에서 천천히 떼어 내고서 등을 내보였다.

"이렇게 아팠는데."

등 곳곳에는 낮에 나무와 부딪친 덕에 보라색으로 얼룩진 상처가 자리 잡고 있었다. 그 상처에 책임이 있는 남자는 옴짝달싹하지 못하고 입을 다물었다.

레나는 돌아선 채로도 그의 표정을 그릴 수 있을 것 같았다. 역시. 그게 조금 귀엽기까지 해서, 그에게 보이지 않는 틈에 옅게 조소했다.

피를 낼 만큼 손등을 물어뜯지 못해서 첫 키스를 훔쳐 간 소년은 이런 면에서는 여전했다. 그는 그녀에게 절대 착하게 굴어 주지 않을 테지만, 그렇다고 해서 정말로 심하게 굴지도 못했다. 간혹 심하게 대했을 때면 그녀를 더욱 신경 쓰곤 했다.

그는 부정하겠지만, 레나는 그런 점이 그에게 여전히 배어 있는 기사도의 습관일 거라 여겼다. 오늘 낮의 일만 해도 그랬다. 둘의 정사를 관음한 상대를 죽일 듯이 쫓다가도 여자인 걸 확인하자마자 구출하는 그를 보고서, 그가 다친 여자에게 유독 무르다는 것을 간파할 수 있었다.

그러니 연관도 없는 여자가 덫에 걸릴까 봐 구덩이에서 같이 구르고, 제가 다치게 한 여자를 책임지기 위해서 매번 병문안을 왔을 테지.

루이제 슈미트를 보자마자 본능처럼 움직인 것도 매한가지였다. 여전히 나중에는 성가셔할지언정, 당장 앞에 있는 여자가 곤경에 처하면 몸부터 움직이는 습성이 남아 있었다.

그러니 제게 해 준 것도, 루시아에게 해 준 것도, 루이제에게 해 준 것도 전혀 특별할 것이 없는 행동일 뿐이었다. 전부 그에게는 같은 도리였다고 생각하니, 과거의 장소가 주는 잔상에서 헤어 나와 비로소 현실로 돌아올 수 있었다.

"결국에 왕세자 전하께 도움을 받아서 처소로 올 수밖에 없었어요."

레나는 가슴 부근을 가리고 돌아서 다시 카론과 마주했다. 마주한 그의 얼굴이 여태까지 봤던 것 중에 가장 보기 드물었던 표정이라서, 레나는 새어 나오려는 웃음을 간신히 참아야 했다.

눈동자는 그녀의 입에서 왕세자가 거론될 때마다 적대감으로 번뜩이는데, 입매는 할 말 잃은 미안함에 꾹 닫혀 있었다. 그 얼굴을 보는 건 상상보다도 진진한 맛이 있었다. 이런 식으로 보게 될 줄은 몰랐지만.

"그러니 왕세자 전하께서 초청한 연회도 가야 할 것 같아요. 신세를 져서요."

가만히 제 탓으로 몰아가는 이야기를 듣던 카론은 그 결론만은 마음에 안 드는 듯 눈썹을 까닥거렸다. 그가 어떻게 해서든 연회에 불참시키려는 다른 방안을 내놓기 전에, 레나는 서둘러 그의 목에 팔을 두르고 입을 맞췄다.

"게다가 후작님의 심기를 거스르는 연회에 다녀와야만 제 화가 가라앉을 것도 같고요."

레나가 손을 아래로 내려 여전히 배꼽 밑까지 발기해 있는 그의 성기를 매만졌다. 이번에는 카론이 그녀의 손을 잡고 저지하려 했으나 온천수에 젖은 손은 지나치게 부드러웠다. 레나는 귀두를 감싸 쥐고서 아래로 당기듯이 흔들었다.

핏줄이 불거진 성기가 곤두선 만큼, 카론이 숨을 허덕였다. 정확하게 그가 느끼는 지점이 마찰되고 있었다. 그는 분출하고픈 쾌감에 이를 악물다가 간신히 그녀의 손을 떼어내며 물었다.

"너 이런 건 어떻게 알았어?"

아무래도 그 의문이 맴돌아 사정도 제대로 못 하는 듯싶었다.

"이 다음은 연회를 다녀와서 해요. 저 지금은 너무 힘들어요."

레나는 미묘한 미소로 대답을 회피했다. 쪽 소리가 나게 가볍게 입을 맞춰 주자, 경직되어 있던 잘생긴 얼굴은 가만히 그녀를 내려다보았다. 결국에 그는 낮은 목소리로 자조적인 욕설을 뇌까리더니 깊숙이 키스해 왔다.

영악한 것.

아마도 그런 말이었다.

카론은 그렇게 지껄이면서도 레나를 그 이상으로 안지 못했다.

* * *

연회는 생각보다 얌전하게 거행되었다. 정치적인 자리다 보니 공작가의 도련님들 역시 체면을 의식해서인지 에르하르트의 무도회만큼 난잡한 분위기는 아니었다.

레오폴트는 제게 인사 오는 공작가의 귀공자들과 절차상 안부를 주고받았다. 개중에는 최근 연락을 주고받기 시작한 발렌시아 가문의 귀공자도 있었다.

"로렌츠, 오랜만이야."

"다시 인사드리는군요. 전하. 그간 잘 지내셨습니까."

"나야 항상 보다시피. 발렌시아 공은 잘 계시나?"

"아시다시피 무탈하십니다. 하루하루 아들들이 본인의 재산을 갉아먹고 있진 않은지 감시하실 수 있을 정도이시니까요."

"하하, 그러니 발렌시아 가문의 사업이 대대로 번창한 것 아니겠나. 북부 대륙으로부터 내려온 유서 깊은 가문 소리를 들으려면 항상 후계자들은 무거운 짐을 지는 법이니."

평소에 굳이 안부를 묻지 않는 사이라 할지라도, 이런 자리에서는 가식적인 친근함이 필수였다. 그렇다고 지나치게 아부를 떠는 자들은 가증스러우면서도 역겨웠고, 그렇다고 해서 뻣뻣하게 구는 자들은 오만방자하고 재수 없게만 느껴졌다.

그런 면에서 로렌츠 발렌시아는 매사 담백하고, 적당히 어울릴 줄 알면서도, 치고 빠질 줄 아는 인물이었다. 최근 그에게 매력적인 제안도 해 왔던 터라, 인물 자체만 놓고 본다면 꽤 괜찮은 선택지이기도 했다.

장남이기만 했으면 참 좋았을 텐데.

"그러고 보니 마르첼이 안 보이는데. 자네 형은 이번 연회에 오지 않았나?"

레오폴트는 마르고 하얀 로렌츠와 다르게 구릿빛에 우락부락한 느낌이 있던 마르첼을 떠올리며 물었다. 발렌시아 가문을 이어받을 이미지로는 그다지 보이지 않았던.

"아, 형은 외국 상단과 이야기를 해야 하는 관계로 국외에 나가 있습니다."

와인 든 잔을 내려다보던 로렌츠는 형의 이야기가 나오자마자 냉소를 흘렸다. 형제간에, 특히, 귀족가 장남과 차남 간의 사이는 언제나 좋지 않은 법이라 레오폴트는 그러려니 고개만 끄덕였다.

"아직도 발렌시아 공은 해외 마도구를 수입해 오고 싶어 하시나?"

발렌시아 가문은 북부 대륙에서 내려왔을 적부터 수많은 마도구를 재산으로 가져온 집안이었다. 아직 북부 대륙에 남아 있는 땅에서도 신비력이 보존된 마도구를 계속해서 발굴한다 하니 선박이 들어올 수 있도록 허가하는 왕의 인장이 필요할 터였다.

로렌츠가 그에게 바라는 목적은 뚜렷했고, 그에 상응하는 대가로 아주 흥미로운 것을 가져오기도 했다. 오늘 밤 효과를 제대로 확인하게 된다면, 그를 측근에 둘 가치가 충분할 만큼.

"아버지의 숙원 사업이니까요. 덕택에 장남은 바다에서 해적들과 맞서서 무역로를 개척하고 있고, 차남은 에르하르트 후작에게 비밀 클럽에 들어가게 해 달라고 비는 와중이지요."

"후작에게?"

"예. 제 처지가 그렇습니다, 전하."

에르하르트 가문은 왕실에 충성하는 대가로 마도구 유통을 독점하고 있었다. 그나마 마도구가 유통되는 경로가 있다면 선대 에르하르트 후작이 운영하기 시작했던 비밀 클럽뿐이니, 어떻게 해서든 합법적인 왕국 내의 유통로를 확보하기 위해 후작에게 아쉬운 소리를 해야 할 처지라는 것이다.

자조적으로 웃으며 와인을 마시는 로렌츠에게는 아무리 봐도 그것이 제 본모습이 아닌 듯한 꺼림칙함이 있었다. 레오폴트는 그것이 친분이 없어서 느껴지는 막연한 거리감인지, 아니면 완전히 뒤집어쓴 평범한 차남의 가면 아래 무언가가 있을 거라는 짐작 때문인지를 종잡기 힘들었다.

만약에 후자라면, 로렌츠 발렌시아가 그에게 숨길 모습이 도대체 무엇이라 그런단 말인가.

그럼에도 태생이 권력자로 키워진 정치꾼의 본능은 그럴듯한 웃는 가면을 쓰고서 등 뒤로 칼을 꽂는 이들을 정확하게 추려 내는 직관을 무시하지 못했다.

"그러고 보니 후작님께서 보이시질 않는군요."

로렌츠가 무심히 장내를 둘러보며 자연스럽게 후작의 이야기로 넘어갔다. 그 흐름이 너무도 자연스러워서 눈치채지 못한 레오폴트가 대꾸했다.

"정부 때문에 늦는 모양이야."

물론 레오폴트는 레오폴트 나름대로 후작에게 꽂혀 있는 다른 맥락이 있어서 로렌츠를 주의 깊게 살피지 못하는 것도 있었다.

"에르하르트 후작님께 정부가 생기셨다니 의외로군요."

"나도 후작이 정부를 둘 줄 몰랐어. 하지만 실물을 보니 납득은 가더군."

"후작님께서 꽤 아끼시는 여자인가 봅니다. 요즘 사교계가 시끄러운 걸 보면."

레오폴트는 저도 모르게 후작과 그의 정부에 관해서 술술 얘기를 꺼내 놓다가 당사자들이 들어오고 있는 연회장 입구로 시선을 빼앗겼다. 순간적으로 로렌츠가 눈을 빛냈다는 사실조차 인지하지 못했다.

"저기 봐. 그냥 봐도 보이지 않나."

카론 에르하르트는 정부의 허리에 손을 두른 채로 경호하듯 그녀를 에스코트하고 있었다. 마치 시침 하녀가 아니라 귀공녀, 아니 왕녀라도 모시는 기사 같았다. 그 기세가 하도 사나워서 주변 귀공자들은 함부로 접근하지도 못할 정도로.

쯧. 차라리 정부를 내돌려서 내실을 다지는 데 일조할 것이지. 가뜩이나 제 세력을 숙청해서 기반이 남아나지도 않을진데. 여자가 오만방자해지도록 저렇게 감싸고돌아서야.

레오폴트는 그를 비웃으면서도 한편으로는 그를 이해했다. 원래 혼자만 가지고 싶은 것도 있는 법이다. 카론 에르하르트를 저렇게 조바심 내게 하는 여자라니, 보기만 해도 즐겁지 않은가.

그가 준비한 계획을 생각하면 더더욱 둘의 반응이 기대되었다. 어차피 카론 에르하르트를 수도에 머무르게 하려고 마련해 둔 일이었으나, 낮에 카론이 긁은 일이 괘씸하여 계획의 시행을 앞당기기로 했다.

"어때, 예쁘지 않나?"

"아름답긴 하군요."

로렌츠 발렌시아는 마치 미술품을 감상한 사람처럼 단조로운 감상평을 내놓았다. 예술품과 재물에 미쳐 있다는 발렌시아 가문치고는 지나치게 건조한 반응이었다. 레오폴트는 속으로 재미없는 반응에 실망하다가, 문득 일어난 짓궂은 충동에 입을 열었다.

"내가 로렌츠 자네를 오랜만에 본 기념으로 후작과 둘만 대화할 기회를 주지. 나는 후작 옆에 있는 여성에게 관심이 가니까 그것이 서로 이득일 거래일 것 같아."

"저에게는 영광스러운 제안이지요."

레오폴트는 그의 순종적인 대답이 마음에 들었다.

그렇게 합의를 본 두 사람이 카론에게 다가섰을 때, 카론은 그 둘에게 가식으로라도 반색하지 못했다. 레오폴트는 자연스럽게 카론과 로렌츠가 사업 이야기를 하도록 대화를 이끌어 가면서 옆에 있는 레나 크루거의 지루한 표정을 지켜보았다.

맑고 푸른 눈동자는 옆에 있는 카론의 눈치를 보다가, 그다음으로는 로렌츠 쪽을 자주 흘깃거리고, 왕세자에게는 거의 시선을 주지 않았다. 짧게 눈이라도 마주치려 하면 족족 시선을 아래로 내리까니, 일부러 그러는가 싶을 만큼 감질나기만 했다.

그렇게 바라던 대로, 카론이 정말이지 내키지 않는 얼굴로 로렌츠와 둘만

이야기하기 위해서 잠깐 자리를 비우게 되었을 때였다. 비로소 둘만의 대화를 나눌 수 있게 되자, 의외로 먼저 말을 먼저 건 쪽은 레나 크루거였다.

"그래서 낮에 해 주시려던 이야기는 무엇이었나요?"

그제야 레나 크루거가 그를 향해 고혹적인 미소를 내보여 주고 있었다.

* * *

친목과 화합, 이간질과 배신, 가십과 열애에 환장하는 수도 사교계에서는 연애도 평판의 일부다.

제대로 알지도 못하는 상대와 정략결혼을 한 귀족들은 가문의 후계자 문제만 해결되고 나면 눈이 맞는 상대와 열애를 해대기 일쑤였다. 결혼의 지조는 고루한 도덕적 책무로만 작용할 뿐이라, 알 만한 귀족들끼리는 전부 그들 간의 애정 관계를 형성하고 있었다.

불륜을 따지고 든다면 그 누가 고결할 수 있겠냐는 농담이 오갈 정도였으니, 정략결혼으로 헤어진 연인이 아름답고도 비극적인 로맨스의 대상으로 변하는 건 그리 이상한 일도 아니었다. 이런 곳에서조차 카론은 자주 입에 오르내렸는데, 우습게도 그 이유는 그에게서 오랫동안 '연애'라고 불릴 만한 행적을 찾기 어렵기 때문이었다.

의외로 그의 문란한 사생활을 지적하는 이들은 종교에 신실한 보수 귀족들 외에는 그다지 없었다. 그러나 낭만주의자 대다수가 오랫동안 관계를 공인하고픈 여자조차 없었다는 점에서 그를 지탄했다.

불륜에 속하는 진실된 열애는 암암리에 묵과되지만, 육체적 관계만을 추구하는 미혼자는 질이 나쁘다는 해괴한 논리가 이미 사교계의 주류였다. 그 사회에서 카론의 입지는 충분히 '잘생기기만 한 쓰레기'로 통하고 있었다. 약혼녀를 잃은 충격으로 저렇게 되었다는 동정 여론은 효력을 다한 지 오래였다.

그러니 그리도 악명 높은 에르하르트 후작을 녹여 냈다는 정부에게 관심이 쏠리는 건 당연지사였다. 수도 사교계에서 에스코트한 여자라고는 어머니인 마를레네가 전부인 남자가 귀족가의 여식도 아닌 정부를 데려와 관계를 공인하다니. 심지어 그 정부는 엄청난 미인이었다. 가히 관심을 부를 만한 화제가 아닐 수 없었다.

카론은 레나를 데리고 연회에 입장했을 때부터 남자들의 눈알을 도려내고픈 충동을 느꼈다. 그의 정부는 지나치게 아름다웠고, 사내놈들이 할 만한 생각은 그 역시 잘 알고 있었다.

자신의 정부는 대충 치장했음에도 연회에 있는 여자들 가운데서 가장 돋보였다. 아마도 어디선가 재빠르게 스케치를 하고 있을 환쟁이가 내일 아침이면 그녀의 미모를 찬양하는 초상화를 저급한 가십지에다가 제보할 터였다.

모든 원흉은 그의 선택에서 비롯된 것이었으니 티 내지도 못하는 우스운 감정이었다. 그렇기에 카론은 제 선택의 발단이 된 두 남자만 노려보았다.

예고했던 선물로 그를 제대로 욕보인 왕세자는 또 무슨 꿍꿍이인지 로렌츠 발렌시아를 곁에 두고 있었다.

"이제 왔어? 나는 간만에 반가운 친구와 재회했지 뭐야."

왕세자는 그에게 로렌츠 발렌시아를 데려와 인사시켰다. 왕세자는 작위를 물려받지 못할 차남과는 조금도 연을 두지 않는다. 도대체 무슨 의도인지 모를 조합이었다. 형식상 인사만 나누고서 왕세자를 쏘아보는데, 로렌츠가 먼저 그를 도발했다.

"저번에 봤을 때보다 많이 가까워지셨군요."

발렌시아의 상징인 보랏빛 눈동자는 그를 지나서 레나에게로 짧은 궤적을 그렸다. 그 짧은 찰나에도, 레나는 금방 동요하여 로렌츠를 힐끗거렸다. 불안한 눈치다. 그 모습이 순식간에 카론의 기분을 진창으로 처박았다.

저에게는 발발 떠는 와중에도 제 할 말을 다하던 여자가 로렌츠 발렌시아에게는 유독 물렀다. 그녀가 '밤의 무도회'에서 도움을 요청한 쪽이 실은 로렌츠였다는 사실을 알고 나서부터는 그 점이 더 거슬리기만 했다.

도대체 왜 로렌츠의 첩자로 들어간 걸까. 어떤 경위로? 협박당하고 있다면 어째서 그에게 그것을 실토하지도, 도움을 청하지도, 역으로 새로운 제안을 해 보지도 않는 걸까. 어째서?

기실 그 이유를 알고 싶어서 레나를 여기까지 데려온 것이었음에도, 막상 확인할 순간이 되자 고개를 쳐드는 불편한 가정들이 그의 심사를 틀어쥐었다.

만약에 레나 크루거가 자발적으로 온 것이라면. 저택에 기어들어 왔던 데스테 백작의 첩자처럼, 정말이지 멍청하기 짝이 없는 희망으로 그의 품에 안긴 거라면.

온천수에서 레나가 제 성기를 움켜쥐던 능숙한 손길까지 연이어 떠올리고 나니, 카론은 저도 모르게 이를 악물게 되었다. 마음 같아서는 욕부터 하고 싶은 심경이었다.

"오랜만에 하는 인사치고는 재미가 없는데."

카론은 예의상 필요한 미소조차 싹 지운 채로 응수했다. 그의 무례를 중재할 생각조차 없는 왕세자는 정치적인 주제를 꺼내 들었다.

"안 그래도 오늘 연회 문제로 잠깐 후작과 의논할 게 있었지. 잠깐 둘이서 얘기할 수 있어?"

레오폴트가 신사들이 담배를 태우는 휴게실 쪽을 눈짓했다. 그놈의 세력을 아직도 못 정해서 그것을 의논하자는 얘기 같았다. 이 자리에 레나와 로렌츠 발렌시아만 남겨 두고서.

그것만은 절대 사양하고 싶었던 카론이 에두른 표현도 없이 거절하려고 할 때, 로렌츠 발렌시아가 먼저 입을 열었다.

"그러고 보니 저도 후작님께 저번에 이어 드릴 이야기가 있습니다. 사업 이야기 말입니다."

왕세자는 지나가는 트롤리에서 와인을 잡아채더니, 능청스레 어깨를 으쓱였다.

"그렇다면 내 특별히 간만에 본 친우에게 기회를 양보해 줄게. 먼저 후작을 차지하도록 해. 나는 이 숙녀분과 이야기를 나누는 편이 즐거우니까."

레오폴트가 레나 크루거를 보더니 대놓고 싱긋 웃었다. 카론은 일그러지려는 표정을 간신히 감추고 차악을 택하기로 했다.

"잠깐만 여기서 기다려."

레나 크루거는 살짝 당황한 얼굴로 고개를 끄덕였다. 문득 걱정이 치솟았으나 별수 없었다.

주인과 첩자 사이라는 걸 알고 있는 로렌츠 발렌시아를 남겨 두느니, 레오폴트 쪽이 나았다. 적어도 레오폴트는 여자 때문에 군이 후작가와의 관계를 한순간에 망치진 않을 거란 확신이 있었다. 카론은 그러면서도 혹시라도 왕세자가 할 법한 이상한 짓을 경계했다.

"술은 건네주지 마십시오."

"후작, 과보호가 지나친 거 아니야? 걱정 마. 후작이 다녀올 그 짧은 순간까지 안전하게 모실 테니."

왕세자는 그의 반응을 불쾌해하기보다는 비웃는 쪽에 가까웠다. 레오폴트 역시 안심할 수 없는 선택지이긴 마찬가지였다.

카론은 이 상황이 짜증 나서 휴게실로 들어서자마자 담배부터 물고 보았다. 가만히 그들의 대화를 지켜보던 로렌츠도 카론을 따라 휴게실에 따라 들어왔다.

"재밌어?"

카론은 성냥불을 건네주는 로렌츠의 손을 내려 보다가 제 손으로 성냥불을 댕겼다. 로렌츠는 무안한 기색도 없이 거절당한 성냥을 꺼트렸다.

"무슨 뜻인지 모르겠군요."

"네 수작이 뭔지 묻고 있잖아."

"말씀드렸지 않습니까. 형이 어떤 상황에서도 작위를 받지 못하게 하고 싶다고요."

그제야 로렌츠는 벽에 몸을 기대어 제 본심을 드러냈다. 후작이 내뿜는 담배 연기를 피해 뒤로 몇 걸음 물러난 채였다.

"마르첼이 바닷길을 개척하고 돌아오면, 그 길로 해적에게 당한 것처럼 위장을 해 둘 생각입니다."

"그럼 작위는 당연히 네게로 갈 텐데, 왜 굳이 날 물고 늘어지는데."

"그야 아버지께서는 아무것도 안 하는 차남에게 작위를 주느니, 가문을 위해 업적을 세울 양자를 들이실 분이니까요."

카론은 담배 연기를 훅 내뱉으며 무감한 눈길로 그를 응시했다. 선대 후작의 비밀 클럽 회원들이 대부분 숙청당했다는 사실을 알고서나 저러는 건지 궁금할 지경이었다.

지금 카론이 운영하는 클럽 회원들도 마찬가지였다. 그들 대부분이 왕세자의 숙청 명단에 올라와 있었다. 엮어 버리기에 그만한 함정이 없었다.

작위가 높으면 높을수록 제거당할 가능성이 높다. 도대체 현 발렌시아 공이 왕실과 오랫동안 동떨어져 지내는 이유가 무엇이라 생각하는 것일까. 지성이 넘치는 로렌츠 발렌시아의 눈에는 정치적 위험을 감수하지 않고 안정만 추구하는 아버지의 처세가 좀스럽고 나약하게만 보이는 모양이었다.

"그리 중대한 문제였으면, 내 발밑을 기어도 모자랄 판에 장난을 쳐 놓으면 안 되었지. 알다시피 가입 조건부터 네 멋대로 들어올 수 있는 곳이 아니거든."

어쨌거나 카론은 우세한 입장에서 그를 향해 조소를 지어 보였다. 이 정도면 적당히 레나 크루거를 빼내고, 로렌츠 발렌시아의 뒤통수도 칠 만한 상황이 맞아떨어질 것 같았다. 관련한 협상으로 들어갈 찰나에 로렌츠가 먼저 입을 열었다.

"신비교 교도의 추천서라면 이미 받아 놓은 상태입니다."

내내 팔짱을 낀 채로 무표정하던 로렌츠가 대화 도중에 처음으로 단정한 입꼬리를 끌어 올렸다. 가느다란 웃음은 기물을 움직여 상대에게 체크를 거는 승부사의 미소와도 같았다.

"후작님께 잘 보이기 위한 선물도 이미 드렸지 않습니까. 그 추천서를 써 준 레나 크루거로 말입니다."

순식간에 카론의 조소는 지워지고, 로렌츠의 웃는 낯만 남는 말이었다.

* * *

"그래서 낮에 해 주시려던 이야기는 무엇이었나요?"

생각보다 상황은 쉽게 만들어졌다. 왕세자와 이야기하러 갈 줄 알았던 카론은 로렌츠와 사라지고, 레나는 쉽게 레오폴트와 이야기할 기회를 얻어 낼 수 있었다.

"무슨 이야기?"

그러나 레오폴트는 막상 상황이 닥치자 아무것도 모르는 사람처럼 해사한 웃음만 지을 뿐이었다. 레나는 기가 막힌 기분으로 눈을 아래로 내리깔았다. 쉽게 끌려오지 않는 왕세자가 연회장 한가운데를 가리키며 제안했다.

"춤이라도 한 번 춰 주면 기억날 것 같기도 한데."

연회장 구석에서 오케스트라 악단이 악보를 펴고 있었다. 곧 무도 시간이 찾아오는 모양이었다. 뻔뻔한 그의 제안에, 레나가 곧바로 고개를 저었다.

"저는 후작님의 정부로서 이 자리에 왔는걸요."

파트너와도 춤을 추지 않는데 다른 상대와 먼저 춤을 추면, 그건 파트너를 욕보이는 행위다. 신사와 숙녀라면 필히 알 만한 사교계 예절이었다.

"지조 있는 숙녀의 의견이 그러하다면 어쩔 수 없지."

레오폴트는 더 추근대지 않고 깔끔하게 선을 지켰다. 대신에 음악이 흘러나오자마자 그녀의 어깨에 손을 올리고 그의 앞으로 끌어왔다. 레나가 어깨에 올려진 손을 뿌리치려 하자, 뒤에서 귓가에 나직하게 속삭이는 말이 시선을 강제로 전방으로 향하도록 했다.

"저기 앞에 노란 드레스를 입은 귀공녀께선 후작이 열여섯 살 되던 해의 사냥제에서 손수건을 주셨다가 차였어."

레나는 저도 모르게 눈동자를 굴려 카나리아처럼 춤을 추고 있는 귀공녀를 찾아내었다. 귀공녀는 상기된 얼굴로 자신의 허리를 감고 있는 남자만 바라보고 있었다. 약혼자인 듯했다.

"저기 붉은 드레스를 입은 귀공녀께선 후작이 약혼한 뒤에도 용감하게 연인 관계를 제안하셨다가 차이셨고. 지금 같이 춤을 추고 있는 남자도 남편은 아닌 정부지만."

그러자 레나의 시선이 옮겨졌다. 붉은 드레스를 입은 귀공녀 역시 마찬가지로 상대 남자에게 집중하느라 정신이 없어 보였다. 행복한 표정을 짓고 있던 여자는 턴을 돌 때 남자의 입에 키스하기도 했다.

고조되는 음악에 맞춰, 왕세자는 쉴 새 없이 카론에게 접근했던 여자들을 알려 주었다.

"저기에 있는 귀공녀께서는 후작이 견습 기사일 때 꽤 여러 번 연애편지를 보내기도 했어. 물론, 후작은 읽지도 않고 버려서 기억하지도 못할 테지만."

"……."

"그 뒤에 있는 귀공녀께서는 듣기론 혼자 열렬히 짝사랑만 앓으셨다지. 물론, 그 집 하녀에게는 조잘조잘 잘 떠드시긴 하셨지만 말이야."

"……."

"저기 구석에서 춤추고 계신 귀공녀께서는 사냥제에서 카론에게 사냥감을 바쳐 주지 않겠냐고 먼저 당돌한 제안을 하셨는데……."

"……그만하세요."

레나는 뒤를 돌아서 레오폴트를 노려보다시피 했다. 눈매를 곱게 접어 능청스러운 웃음을 짓는 왕세자는 평민 계집의 쏘아보는 시선에도 전혀 불쾌함이 없어 보였다.

"자, 그런데 저 귀공녀들 전부 지금 결혼하셨거나 약혼을 하신 지 오래야."

"그래서 하고 싶으신 말씀이 대체 무엇인가요?"

레나는 도무지 왕세자의 의도가 무언지 갈피를 잡을 수 없었다. 이 연회장이 카론에게 접근했던 귀공녀로 가득 차 있다고 그녀에게 알려 주는 것이 도대체 무슨 소용이란 말인가.

그러자 레오폴트는 살며시 그녀의 어깨를 다독이며 웃는 낯으로 모독을 주었다.

"여기선 사랑과 결혼은 별개라는 것."

"……."

"그렇지만 후작은 사냥제에서 처음으로 명예를 바친 숙녀와 약혼하기까지 했었지."

결국에는 루시아에 관한 이야기였다.

평정심이 흔들리는 와중에도, 레나는 간신히 무표정을 유지했다. 알고 있는 사실이다. 정부면 정부의 주제를 알라고 모욕 주는 말에 구태여 상처받을 필요가 없었다.

지금 자신과 카론의 관계에 사랑을 논하다니. 왕세자에게 이 관계가 그리 보이고 있다면 차라리 다행인 일이었다. 알고 보면, 자연스럽게 눈이 맞은 후작과 시침 하녀의 관계조차 아니었으니까.

"그래서요?"

레나는 무심한 목소리로 되받았다. 왕세자가 이러는 연유는 알기 힘들었으나 어쨌든 그녀의 목적은 루이제 슈미트였다. 그녀가 어떻게 살아남았는지를 아는 것이 우선이었다.

"후작님의 과거가 저와 무슨 상관인가요. 현재가 중요한 법인걸요."

레나는 최대한 뻔뻔한 정부를 연기하면서 입꼬리를 끌어 올렸다. 그러자 왕세자는 매끄러운 조소를 내보였다.

"그래, 현재가 중요하지. 잘 알고 있다니 다행이야."

"미천한 저는 점점 왕세자 전하의 깊은 뜻을 파악하기 어려워지네요. 그래서 저분들처럼, 슈미트 영애께서도 후작님께 마음을 두고 있다는 대단한 사실이라도 알려 주고 싶으신 건가요?"

천연덕스럽게 비꼬며 본론을 찾는 말에, 레오폴트는 사뭇 웃기만 했다.

"에르하르트 후작은 항상 내 뒤에서 버텨 줘야 하는 인물이거든. 난 후작에게 그 책임에 걸맞은 큰 상을 내리고 싶은데, 그러는 과정에서 숙녀에게 큰 상처를 줄 것 같으니 미리 합의를 구하려고 해."

"도대체 무슨……."

"마침 후작도 왔네."

레오폴트의 시선을 따라가니, 로렌츠와 함께 자리로 오는 카론이 보였다. 둘의 표정만 봐도 이야기가 썩 좋게 끝난 것 같진 않았다.

"이야기는 나중에 듣겠습니다. 급히 처리할 공무가 생겨서 말입니다. 보고 드릴 일도 생겼으니 나중에 따로 뵙도록 하지요."

카론이 레나의 팔을 거칠게 잡아끌었다. 덕분에 지나치게 가까이 붙어 있던 레나와 왕세자의 거리가 벌어졌다.

"나와의 논의도 제쳐 두고 처리해야 할 일이 뭔지 궁금한데 그래."

"바로 처리하고 와서 알려 드리지요. 연회가 끝나기 전에 다시 오겠습니다."

레나는 카론이 쥐고 있는 팔이 아파서 얼굴을 찡그렸다. 도대체 로렌츠와 무슨 이야기를 나누었는지 궁금할 지경이었다. 불안해진 레나는 로렌츠를 힐끔 보았으나 로렌츠는 그녀와 눈도 마주치지 않았다.

"아니, 그래도 후작이 내 이야기를 듣고 가는 편이 좋을 것 같아. 가능하면,

후작 옆에 있는 숙녀분께서도."

레오폴트도 마찬가지로 심상치 않은 분위기를 감지한 듯 보였으나 오히려 더 큰 흥미를 느꼈는지 키들거렸다. 카론에게는 반가울 리 없는 제안이었다.

"어째서 연관 없는 사람까지 데려가려 하십니까."

"연관이 없지 않으니까?"

왕세자는 의아한 말만 남기고 먼저 돌아섰다. 카론은 마뜩잖은 눈길로 그 뒷모습을 노려보다가 레나에게 곁눈질을 주었다.

"먼저, 처소에……."

"괜찮아요. 후작님. 가게 해 주세요."

곧바로 처소에 들어가서 카론을 상대하는 일보다 왕세자가 말한 의미심장한 말을 아는 것이 중요했다. 게다가 지금 카론의 상태는 심상치 않아 보였기 때문에, 레나는 조금이라도 그가 누그러질 시간을 벌고 싶었다.

"말씀들 나누시지요. 저는 이만 물러나겠습니다."

로렌츠는 예의 바른 인사만 남기고, 자리에서 물러났다. 레나를 쥐고 있던 손에는 한층 힘이 들어갔다. 로렌츠와 레나를 갈마보는 눈동자는 둘이 함께 왕세자와 가는 경우를 택할지, 그녀를 혼자 두었을 경우를 택할지로 고심하는 티가 역력했다.

고민은 길지 않았다. 카론은 결국 한숨을 내쉬며 레나의 허리를 부드러이 감쌌다. 두 사람은 나란히 왕세자를 따라가게 되었다. 레오폴트는 연회장을 빠져나온 뒤에 어두운 회랑 속에 숨겨진 방으로 그들을 데려갔다.

"안타깝게도 이곳을 쓸 수밖에 없었어. 조용히 해야 하는 일이라."

모두가 기대 중인 선물의 포장지를 뜯듯, 왕세자의 손은 낡고 거대한 석재 문을 밀었다. 방 내부의 불빛이 어두운 회랑을 비추듯 일직선으로 빠져나왔다.

"쉿."

왕세자는 가만히 입술에 검지를 대고 비밀스럽게 웃었다. 스산한 어둠이 깔린 신전은 기묘한 긴장감을 주어서 레나는 문이 열리는 도중에 저도 모르게 카론의 팔을 붙잡았다.

끼익.

문이 열리자마자 제일 먼저 보인 건 무성한 나뭇가지였다. 마법진이 그려진 석재 바닥을 뚫고서 괴기하게 자란 나무는 움푹 파인 내부에 유리관을 품고 있었다. 초록빛 유리관에는 물이 가득 채워져 있었는데, 가까이 다가설수록 그 안에 있는 형체가 또렷하게 보였다.

그렇게 유리관을 지척에 두게 되자, 레나는 충격에 겨워 입을 손으로 가렸다. 카론은 가만히 유리관 안에 잠들어 있는 여자를 보았다. 물 안에서도 호흡으로 인한 괴로움 없이, 포궁에서 숨을 쉬는 태아처럼 편히 잠든 여자에게는 어떤 고통도 없어 보였다.

"루이제가 상처를 입었다길래, 치료를 해 줘야 할 것 같아서."

레오폴트는 아주 자랑스러운 역작을 발표하는 사람처럼 해맑게 웃었다. 마치, 조각상을 자랑하는 투와 크게 다르지 않았다.

"발렌시아 가문이 북부 대륙에서 끌어온 성수야. 효험이 있는지는 내일 꺼내 보면 알겠지."

그는 유리관을 가볍게 두드리며 덧붙였다.

"북부 대륙에서 전해 내려오던 치료법이라는데, 효과가 있을지가 궁금했거든. 아직 이 성수라는 것에 신비력이 남아 있는지도 말이야."

루이제 슈미트를 대상으로 실험을 했다는 뜻이었다. 레나는 이 상황을 어떻게 받아들여야 할지를 몰라 카론만 바라보았다. 카론은 그다지 큰 충격을 받은 사람처럼 보이지 않았다. 침전한 붉은 눈동자는 기포가 터지는 물속을 가만히 들여다보고 있었다.

"어때, 후작. 에르하르트의 후손으로서 견해가 궁금한데. 어떨 것 같나?"

짓궂게 물어오는 질문에, 카론이 고저 없는 목소리로 답했다.

"적어도 슈미트 영애는 주술사가 아니로군요. 그랬다면 지금 형체도 없이 녹아 버렸을지도 모르니."

"하하, 그래서 얼마나 다행인지 몰라. 루이제가 그대로 죽어 버렸다면, 정말 슬펐을 것 같거든."

레오폴트는 전혀 슬프지 않은 목소리로 잔웃음을 터뜨렸다. 그 잔인한 대화에 가만히 치를 떨던 레나는 처음으로 둘의 대화에 끼어들었다.

"혹시 이분은……."

"신기하지? 신비력자야. '진짜'로 남아 있는."

레오폴트의 대답에, 레나는 침음을 삼켰다. 애장품을 어루만지는 듯한 레오폴트의 손길이 유리 표면을 가만히 쓸어내렸다. 지나간 일을 회상한답시고 카론의 동조를 구하기도 했다.

"슈미트 공작이 저질러 놓은 사생아가 이리 도움이 될 줄이야. 후작은 이렇게 될 줄 알았나?"

비로소, 레나는 루이제 슈미트가 살아남은 이유를 알 수 있을 것만 같았다.

공작 가문이 숙청된 후에 뒤늦게 발견된 사생아가 알고 보니 신비력자였다면……. 어떻게 해서든 살려 둘 값어치는 매겨졌을 터였다. 지금처럼 실험 대상으로든, 아니면 다른 용도로든 간에.

이 정도까지만 해도 충격이 얼얼한데, 왕세자가 악의 없이 덧붙인 말은 한층 더 끔찍했다.

"대답해 봐. 후작이 찾아낸 보물이잖아. 살려 달라고 간청하기까지 한."

그 순간, 레나는 숨이 모조리 얼어붙는 기분이었다. 아득해진 정신으로 카론만 올려다보는데, 그는 유리관만 노려볼 뿐 아무 말도 꺼내지 않았다.

레오폴트는 레나의 표정을 보고서는 숨죽여 큭큭대다가 피날레를 장식했다.

"마침 후작에게 상으로 내릴까 하는데."

비로소 유리관 안에 넋이 팔려 있던 적안에 눈빛이 돌아왔다. 번잡해 보였던 안색이 곧바로 일그러졌다.

"농담이 지나치십니다."

정색하는 말에도, 레오폴트가 어깨를 으쓱였다.

"후작에게 공작위를 내리고 싶지만, 에르하르트에게 공작 작위를 내리기에는 대신들의 반발이 만만치 않거든. 하지만 마침, 슈미트 공작 가문에는 유일하게 남은 서녀가 있잖아? 그러니 루이제의 남편에게 비어 있는 공작위를 계승하게 하면 좋을 것 같은데 말이지…….."

싱긋 웃으며 늘어놓는 계획은 빈말이 아니었다.

레나는 그제야 레오폴트가 그녀에게 했던 말의 본뜻을 알게 되었다.

* * *

처소로 돌아오자마자 레나는 그에게 잡힌 손목부터 빼내었다.

"이거 놔요."

어떻게 처소로 오게 됐는지 기억도 나지 않았다. 그저 넋을 놓은 채로, 그에게 끌려서 걷기만 하고 있었다.

카론 역시 상태가 좋지 않아 보였다. 아까보다는 확실히 누그러진 듯 보였으나 그건 감정이 정리되어서가 아니라 그보다 더한 충격에 휩싸였기 때문일 것이다.

그 자리에서 결론을 내지 않고, 일단 물러가겠다고만 답한 카론은 오는 내내 말이 없었다. 레나는 이제 그가 차라리 무슨 말이라도 해 주길 바라게 되었다.

그 입술만 바라보고 있는데, 가만히 그녀를 싸한 눈으로 내려다보던 카론이 기다린 대로 입을 열었다.

"너 나한테 똑바로 말해 봐."

"……."

"아직도 나한테 아무것도 할 말이 없어?"

레나는 제가 하고 싶은 말을 하는 카론에게 하, 하고 실소를 터뜨릴 수밖에 없었다.

"그러는 후작님께서는요? 저를 정부라고 이곳에 데려오셨으면, 지금 제게 먼저 무슨 말씀이라도 해 주셔야 하는 것 아닌가요?"

도대체 무슨 짓을 하고 다녔던 거야, 무슨 말이라도 해 줘, 결혼은? 어떻게 할 건데. 그 모든 질문은 서늘한 카론의 얼굴 앞에 방향을 잃고 입 안에서 맴돌았다.

무슨 말을 하든지, 지금 그녀에게 상처를 입힐 것이 자명한 눈빛이었다. 목적에 따라 접근한 관계이니 그 정도 일은 아무것도 아니라고 생각하면서도, 끝내 레나는 그가 말하는 낱말 하나하나가 생채기로 남을 것임을 직감했다.

"대체 무슨 말? 내 입으로 말해 줘야 아나."

카론은 헛웃음을 짓더니 매고 있던 크라바트를 느슨하게 풀어헤쳤다. 어딘가 반쯤 돌아 버린 눈을 하고 있었다. 그런 그의 입에 나온 말은 완전히 예상 밖의 것이었다.

"포모나에서 무슨 짓을 했어."

"네?"

"어째서 네 추천서가 그 새끼의 손에 있는지를 설명해 보라고."

아. 로렌츠가 그것을 손에 넣었던가.

레나는 당황하는 얼굴을 감추지 못했다. 기억을 더듬어 보았으나 그걸 로렌츠에게 건네줬던 기억은 없었다. 반지에 옮긴 기억인가. 아니, 로렌츠와 관련된 계약 내용은 모조리 기억하고 있어야 하므로 최대한 머릿속에 담아 두었는데. 어째서.

어째서 지금 카론은 예전에 비싼 값으로 팔아 버린 추천서 이야기를 하고 있는가.

그렇게 레나가 혼란에 허우적거리며 우물거리는 사이, 카론은 그 반응을 보고 얼굴을 쓸어내리며 자조적으로 웃었다.

"설마설마했더니……. 진짜로 창녀 짓이라도 했을 줄이야."

"뭐라고요?"

반박할 겨를도 없이, 카론은 그녀를 침대로 밀치며 짓씹듯 말했다.

"벗어."

레나는 침대에 쓰러진 채로, 옷을 하나하나 벗으며 다가오는 그를 노려보았다. 카론의 그림자가 그녀를 덮었다.

"어차피 넌 기억을 못 한다고 하겠지. 네가 어떤 인간인지는 내가 직접 기억해 봐야겠어."

소름 돋게 번뜩이는 핏빛의 눈동자는 위협적일 만큼 가까이 다가왔다. 보통의 경우라면 몸을 떨었겠지만, 레나 역시 아까 맞닥뜨린 상황으로 제정신이 아니긴 마찬가지였다.

"그럼 해 보세요, 한번."

해 볼 테면 해 보라지. 확신할 수 없는 기억의 혼란과 방금 겪은 일로 휩싸인 분개심과 배신감이 한데 뭉쳐져 자포자기하는 심정에 이르렀다.

지지 않고 되받는 말에, 두 사람은 서로를 노려보며 침묵을 유지했다. 꽤 오랜 시간이었다.

결국엔 카론이 그녀에게 먼저 키스해 왔다. 난폭하게 침입해 오는 키스다. 꽤 힘들어질 밤의 시작이었다.

* * *

또, 바실리카. 요즘 카론의 꿈에는 바실리카가 자주 나왔다.

어김없이 여름날이다. 기사들의 훈련이 끝난 후였다. 땀을 닦는 기사들 사이로 저속한 농지거리가 흘렀다.

'들었어? 마르첼이 포모나 바실리카의 추천서를 구했다나 봐. 다음 모임에 가자고 하던데. 포모나 여신자 중에서도 인기 있는 애들이래.'

'아, 그러면 내가 빠질 수 없지.'

'나도. 정확히 언제래? 그때까지 한 발도 안 빼고 가게.'

'포모나는 남자 성창이 많다며. 걔네도 와?'

'미친 새끼.'

신전 앞에서 못하는 소리가 없는 놈들끼리 서로 모여 낄낄거렸다.

세계 각지에 있는 어느 바실리카든 해당 바실리카의 수강생이나 성기사가 아닌 이상 신자들과 친분을 쌓아서 얻은 추천서가 있어야만 출입이 허용되었다. 포모나 바실리카도 예외가 아니었다. 바실리카의 출입객이 부와 권력을 누리는 자들로 한정된 건 자연스러운 일이었다.

포모나는 개중에서도 특별한 의미를 지녔다. 신비교의 교리가 각국마다 다르다지만, 신도들의 혼전 성행위가 경건한 의식으로 해석되는 곳은 포모나밖에 없었다. 처음에는 정략혼보다 연애혼을 권장하던 취지의 건전한 교리는 점차 불경한 자들에 의해 악용되어 갔다.

폐쇄적인 구조와 타락한 욕망은 서로 결합해 그림자를 이루었다. 포모나 바실리카는 겉으로 보기엔 개방적이고 혁신적인 신전을 표방하였으나 그 뒤로는 성별과 관계없이 비공식적인 성창이 성행했다. 오죽하면 외국의 기사들까지도 포모나 바실리카의 추천서를 구하려 하고 있을 정도였으니, 이미 성역은 타락의 만신전으로 추락한 지 오래였다.

어쨌거나 보수적인 신비교가 득세하는 오노르 왕국에서는 있을 수 없는 일이었다.

카론은 지겨운 얼굴로 그들을 지나쳐 바실리카로 향하는 계단에 올랐다. 포모나와 전쟁을 치른 훗날에도, 기사들과 부대끼며 숱하게 듣게 될 음담패설이었다.

무의미한 대화 소리가 아득히 멀어져 가고, 바실리카에 들어서는 그의 걸음은 점점 빨라졌다. 만나야 하는 사람이라도 있다는 듯이.

대리석이 깔린 너른 측랑을 지나는데, 열주 사이로 미풍이 불어왔다. 수업 중이라 그런지 계단 밑으로 깔린 광장에는 시계 종탑에 앉은 비둘기 몇 마리와 기사 몇 명만이 남아 있었다. 고적한 풍광에 잠시 시선을 빼앗긴 그에게로 한 남자가 다가왔다.

'카론 경.'

카론은 그를 보자마자 꾸벅 예를 갖춰 인사했다. 청색이 묘하게 섞여 있는 은발은 노을빛에 물들어 있었다.

'왕세자 전하께서 여기는 어쩐 일이십니까.'

레오폴트가 느른하게 입가를 늘렸다. 카론은 예나 지금이나 레오폴트가 저렇게 웃을 때마다 불안해했다. 귀찮은 일이 벌어지기 때문이었다.

'재미난 소식을 들어서 말이야.'

레오폴트는 지척까지 다가와 그의 어깨를 톡톡 두드렸다.

'드디어 신비력자를 찾았다며. 듣기론, 아버지께 신변을 안전하게 보호해 달라는 호소문도 올렸다던데.'

'아직 어린애지 않습니까. 그대로 죽으면, 왕실의 손해일 겁니다.'

평소 그답지 않은 대꾸였다. 어깨를 누르는 손길을 쳐내는 행동에는 약간의 짜증도 배어 있었다. 평소 같으면 심드렁하게 대꾸만 하거나 대충 흘려들었을 말인데, 어쩐지 조금 예민하게 군다. 이러는 이유가 기억나지는 않았다.

'그래서 찾았나?'

'무엇을요.'

'경이 잃어버린 방어구, 타스로의 에메랄드를 엮은 팔찌. 신비력자를 찾는다는 핑계로 사실 그 제작자를 찾으러 다닌 것이 아니었어?'

순간, 그는 자물쇠라도 채운 듯 입을 굳게 다물었다.

댕, 댕, 댕.

절묘하게도 시기적절한 종이 울렸다. 수강생들이 실외로 쏟아져 나오기 시작했다. 그러나 레오폴트는 물러날 생각이 없는지, 그 자리에서 그와 마주하는 눈을 거두지 않았다.

'무슨 말씀을 하시는지 모르겠군요.'

'꽤 애지중지했던 걸로 기억하는데. 듣기론 마지막 남은 보석에 금이 갔을 때는 꼼짝하지도 못했다며? 최근에는 무슨 일인지 보이질 않네.'

레오폴트는 이상하리만큼 집요하게 굴었다. 카론은 그것이 몹시 귀찮았다.

카론은 눈매를 사납게 일그러뜨리다가 왕세자의 어깨 너머로 흩날리는 금발에 잠시 시선을 빼앗겼다. 초점은 자연스럽게 눈앞에 있는 왕세자를 흐릿하게 지우고, 저 멀리서 빠르게 계단을 내려가는 여인에게로 가닿았다.

수업이 끝나자마자 어딜 그리 바삐 가는지, 바람에 흩날리는 금빛 머리칼이 나비처럼 나부꼈다. 그 여자가 뒤를 돌아보자, 카론은 비로소 숨을 내쉴 수 있었다. 그가 찾고 있는 얼굴이 아니었다. 그제야 그 여자가 돌아보기 전까지 숨을 참고 있다는 사실을 인지했다.

'이미 잃어버린 지 오래입니다.'

대답은 중얼거림에 가깝게 흘렀다. 여자가 시야에서 사라지고 나서야 그 다음 말이 음험한 속내를 감춘 청색 눈동자를 향해 또박또박 흘러나왔다.

'그러니 더는 저를 떠보지 마시지요.'

레오폴트가 어떤 반응을 했을지는 알 수 없었다. 카론이 거침없이 입구에 들어서다가 막 나오던 요한과 마주했다.

'카론 경.'

꾸벅 인사하며 다가오는 요한은 평소같이 무던한 얼굴이 아니었다. 짐짓 심각해져 있는 그의 안색에, 카론은 가볍게 주먹을 말아 쥐었다. 그가 충분히 마음먹을 수 있도록 여유를 준 요한이 말을 이었다.

'마침, 전에 경께서 부탁하신 일을 알아보고 온 참입니다.'

카론이 힘겹게 그의 입 모양만 노려볼 때였다.

꿈은 거기에서 끊기고 말았다.

* * *

"일어나요."

흐릿해진 시야 위로 레나가 불쑥 얼굴을 들이밀었다. 눈에 급속도로 파고드는 아침의 빛을 이기지 못한 카론은 손등을 가만히 눈가에 덮었다.

"왕세자 전하께서 찾으세요."

사실만 통보하는 목소리는 온도가 낮았다. 카론은 그제야 손등을 내리고, 창문 앞에 선 레나를 곁눈질했다. 진즉 일어나 단장까지 끝마친 그의 정부는 반쯤 쳐 두었던 커튼을 끝까지 밀고서 방에 햇살이 듬뿍 들게 했다.

초여름의 빛은 그녀의 옆모습을 눈부실 만큼 하얗게 비추는데, 밖의 풍경을 내다보는 푸른 눈은 겨울의 서리처럼 시리기만 했다. 가느다란 목 위까지 깃으로 덮는 드레스는 지난밤 그가 남긴 울긋불긋한 흔적들을 모조리 감추고 있었다.

"언제 일어났어."

"아까요."

카론이 옷을 입는 동안, 둘 사이에 오가는 대화에도 온기라고는 찾아보기 힘들었다. 서로 몸을 맹렬하게 섞으면서도 죽일 듯이 노려보던 지난밤의 여파였다.

문득 꿈으로 찾아온 기억에서도 더러운 사실만을 재확인했을 뿐이었다.

'후작님께 잘 보이기 위해 선물도 이미 드렸지 않습니까. 그 추천서를 써 준 레나 크루거로 말입니다.'

'뭐?'

'본인에게 물어봤자 제대로 기억하고 있을는지 모르겠군요. 아시다시피, 레나 크루거의 기억 상태도 좋지 않은 터라.'

그리 말하는 로렌츠 발렌시아는 손가락으로 자신의 관자놀이를 톡톡 눌러 짚고 있었다. 카론은 로렌츠를 한 대 치지 않기 위해서 지난밤에 남은 인내심을 모조리 써야만 했다.

에르하르트가 운영하는 클럽은 까다로운 조건을 충족해야만 들어올 수 있었다. 당연히 신비교 교도만 한정해 가입을 받았고, 신비교 신자가 되기 위해서는 추천서가 필요했다. 추천서는 신자 한 명당 한 장씩만 발급되기 때문에 남용될 수 없었다.

심지어 포모나의 추천서는 기사들 사이에서 은밀하고도 특별한 의미를 지니는 통행증과 마찬가지였다. 자칫하다간 연대 죄를 물어 파문에 휩싸일 수도 있으므로 포모나 바실리카의 신자들끼리는 담보를 서 줄 만큼 가까운 관계에만 추천서를 써 주는 것이 관행이었다. 그것이 지난날, 저 여자가 했던 자조적인 말들과 겹쳐져, 카론의 머릿속엔 미칠 듯한 상상이 범람하기 시작했다.

'여기는 살기 위해 몸도 팔고, 친분도 파는 곳인데, 기억이라고 팔지 못할 이유가 있을까요.'

'저는 어디든 기댈 곳이 필요해 여기까지 흘러들었으니까요.'

'후작님께는 사람을 죽이는 일도, 살리는 일도 쉬우시겠지만, 저한테는 살아남는 일조차 버거워요.'

여태껏 시침 하녀들의 과거 이력 같은 건 신경 써 본 적이 없었다. 정확히는 관심이 없었다고 보는 편이 맞았다. 그러나 레나 크루거에게는 그러지를 못했다.

처음 포모나의 수도원에 있었다는 걸 알았을 때, 설마 데스테 백작이 일하던 하녀한테 그런 처분을 내릴까 싶어 방심했던 것이 더 큰 충격으로 돌아왔다.

처음 만났을 때부터 그녀는 살아남기 위해서는 무엇이든 하겠다는 다짐으로 점철되어 있었다. 그 고고한 자존심을 물려 가며 제게 몸으로 접근해 올

만큼이나. 첩자로서 어떻게든 그의 기억을 살려 내려 들기도 했다. 도대체 무슨 이유길래.

로렌츠 발렌시아를 때리지 않은 이유는 오직 그뿐이었다. 그런다고 원하는 답이 나오지 않기 때문에. 행동은 그렇게 억눌렀으나 불길처럼 치솟는 감정은 막을 수가 없었다.

그녀의 처음을 취한 남자가 자신이었다는 것만으로는 안심하지 못했다. 제 성기를 쥐던 능란한 손길만으로도 금세 또 불안해지는 데에는 다른 이유가 있지 않을 것이다.

남자의 욕망을 교묘하게 잘 알아채는 그 여자가 로렌츠 발렌시아를 하염없이 간절한 눈으로 올려다봤을 상상만 해도 온몸의 피가 거꾸로 도는 느낌이었다. 단순히 첩자기만 했다면 추궁해서 목을 자르고 끝낼 만큼 성가신 분노였으나, 이젠 차마 그러지 못하리라는 사실을 그가 제일 잘 알았다.

과거의 기억 안에서 레나 크루거의 흔적을 발견할 때마다 불길에 뛰어드는 부나비처럼 끌려가고 있었다. 주치의의 조언 따위는 까마득히 잊은 지 오래다.

불길같이 치솟는 감정은 계속해서 그를 잡아먹다가 언젠가는 잿가루로 만들 것이다. 지루한 기다림 속에서 즐거운 광란이 펼쳐지길 바라던 이전까지와는 다른, 그 끝에 있을 고통스러운 파멸을 알면서도 달려가는 추락이었다.

그의 파멸을 몰고 올 여자는 평화로운 햇살을 뒤로하고 창문가에서 그에게로 다가왔다.

"왕세자 전하께는 혼자 다녀오세요."

"안 그래도 그렇게 할 작정이었어."

"생각해 볼 것도 없는 일이셨겠지요."

잔뜩 날이 선 목소리다. 마주한 벽안은 푸른 불꽃이 피어난 것처럼 일렁거렸다.

레오폴트의 개소리는 원체 신경 쓰지 않은 탓에, 카론은 밤새 레나와 몸을 맞붙이면서도 그녀의 반응을 제대로 읽어 내지 못했다. 아마도 루이제 슈미트를 보고 받은 충격으로 생명의 위협감을 느껴 예민해졌을 거라고만 짐작할 뿐이었다.

밤새 카론이 몰두한 건 오로지 레나 크루거와 로렌츠 발렌시아의 관계뿐이었다. 누군가를 살해하고픈 붉디붉은 충동에만 미쳐 있던 머리는 이미 제 결혼 따위 담을 여유조차 없었다.

왕세자와 그를 제거하도록 협의를 볼 것이다. 그렇게 대충 로렌츠 발렌시아를 치워 버리고 나면…… 차근차근 누군가를 도륙할 생각만 하고 있던 그에게 레나가 말을 걸었다.

"그럼 저도 한 가지만 부탁드리고 싶어요."

로렌츠를 만나러 가겠다는 뜻인 줄 알고 거절을 담으려던 입은, 예상을 빗나가는 요청에 굳게 다물렸다.

"따로 슈미트 영애를 뵙고 싶어요."

* * *

요한은 마차 앞에 앉은 숙녀의 살굿빛 드레스 끝자락만 내려다보고 있었다. 얼굴을 마주하기에는 가슴이 뛰는 미인이었고, 가슴께에 꽂힌 브로치를 보기에는 시선의 위치가 불순하게 해석될 수 있었다. 그러니 시선을 드레스 끝자락에만 두는 편이 나았다.

"경, 고개를 드세요. 힘드시겠어요."

여전히 고개를 창문에 기울이고 있는 레나가 요한의 세심한 배려를 거절해 주었다. 그제야 요한은 후작의 정부에게 시선을 둘 수가 있었다.

마침 마차는 숲길을 지나고 있었다. 울창한 나뭇가지가 만든 음영이 그들의 얼굴 위를 얼기설기 스쳤다.

간밤에 슈미트 영애가 왕세자의 사택으로 옮겨진 덕에, 요한은 이 어색하고 조용한 에스코트를 떠맡게 되었다.

카론 에르하르트가 민망할 정도의 가까운 거리를 두고 에스코트를 부탁할 때부터 둘의 관계가 심상치 않음을 눈치챘으나, 당장은 우울감마저도 신비로움으로 남을 만큼 아름다운 후작의 연인에게 감탄하게 되는 건 어쩔 수 없는 일이었다.

마차 밖만 보던 레나가 그를 응시했다. 피로로 옅게 생긴 눈 그늘이 지쳐 보이는 여자의 상심을 보여 주었다.

"피곤해 보이시는군요."

"잠을 설쳤거든요."

또렷하게 속삭이는 목소리. 아무리 아름다워 봤자 하녀일 뿐이라는 뒷말이 무색하리만큼 놀랍도록 완벽한 귀공녀의 억양이었다. 요한은 정직한 기사답게 귀공녀의 말동무가 되어야 한다는 예의를 지키려 들었다.

"그 브로치 말입니다."

시선을 목 아래에 두지 않는 요한이 어색한 이 분위기를 풀어 볼 만한 이야깃거리는 그것뿐이었다.

"드디어 후작님께서 선물하실 분을 찾으셨군요."

브로치를 떼어 내고 가만히 내려다보는 여자의 시선에, 요한은 제가 더 흐뭇한 마음이 들었다.

"소후작 시절에 계속 보던 물건이셨습니다. '브리짓 클로츠' 물건이라고 하더군요. 왕실에서 합법적으로 여는 경매에서 기껏 낙찰을 받아 두시고, 불미스러운 사건 때문인지 왕세자 전하께 보관을 맡겼다고 들었는데……. 시간이 지나서야 그 주인을 만나는군요."

그러나 요한의 설명에도, 여자의 낯빛은 좋아지지 않았다. 오히려 더욱 냉담해진 표정이었다.

"예물이셨나 보네요. 약혼녀였던 분이 장미를 좋아하셨거든요."

나직하게 가라앉는 그 목소리에, 요한은 아차 싶어서 곧바로 입을 다물었다. 꺼내지 말았어야 할 주제를 꺼낸 것 같아 자신의 경솔함이 후회되었다. 어색하게 숙녀의 눈치만 볼 때였다.

후작의 정부는 아무렇지도 않게 다시 브로치를 가슴에 매달았다. 모욕이라 여겨 던져 버릴 줄 알았는데 예상과는 딴판이었다. 심장에 새기려는 듯이 브로치를 매만지는 모습은 어쩐지 더 무섭게 느껴지기도 했다.

"죄송합니다. 제가 괜한 이야기를 꺼냈군요."

요한은 실수를 인정하는 속도가 빨랐다. 살짝 고개를 숙이면서 사죄하자, 레나 크루거는 다시 창밖으로 시선을 두면서 고개를 내저었다.

"아니에요. 덕분에 명심해야 할 것이 생각난 걸요."

속뜻을 짐작해 보자면 듣는 이가 더욱 안절부절못할 말이었다. 그러나 그 목소리에는 정말로 불쾌함이 담겨 있지 않았다. 그저 풍경을 보는 옆모습이 이전보다 더 결연해져 있을 뿐이었다.

* * *

카론은 난장판이 된 왕세자의 침실을 보면서 한스가 저를 보며 느꼈을 한심함을 어림짐작해 볼 수 있게 되었다. 침실에는 여기저기에 술병이 굴러다녔고, 향로에서는 야릇한 냄새를 지우기 위한 향이 피어올랐다. 방 한구석 새장 속에 있는 새와 눈이 마주치자, 전서구는 머쓱하게 푸드덕 날갯짓을 해 댔다.

그에 비해 레오폴트는 멀끔하게 성장을 마친 채로 카우치에 앉아 있었다. 뒤에 있는 구겨진 침대 시트와는 달리 단정한 자세로.

"어제 많이 달려서."

해사하게 웃는 낯은 그의 성품을 모를 수만 있다면 참으로 온유해 보일 만한 인상이었다. 바닥에 굴러다니는 병과 비슷한 와인을 손수 따른 왕세자가 그에게 잔을 내밀었다. 카론은 그것을 받아 들고 맞은편에 앉았다.

"로렌츠 발렌시아의 움직임이 심상치 않습니다."

"아, 로렌츠. 현 공작보다는 저돌적이긴 해."

왕세자는 얼음이 달그락 소리를 내는 잔을 한껏 들이켜며 키득거렸다. 그다지 신경 쓰지 않는다는 투였다. 루이제가 옮겨진 것으로 보아 간밤에 성수의 효험을 본 것이 틀림없었다. 쓸모가 있다는 것이 확인된 이상, 왕세자는 기어코 로렌츠를 곁에 두려고 할 터였다.

"차남이라고 해서 그가 공작가의 귀공자라는 사실조차 잊으신 건 아닙니까."

"왜, 로렌츠가 후작에게 공작위를 계승하고 싶다고 했어?"

"예. 아주 숨길 것도 없이."

카론이 잔을 들이켰다. 레오폴트는 대충 고개만 까닥거리다가 슬쩍 입꼬리를 올렸다.

"그래서? 로렌츠 발렌시아가 공작이라도 되어서 내 목을 치러 오나?"

레오폴트는 남은 잔을 모조리 들이켠 뒤에 기지개를 켜고서 자리에서 일어섰다. 이미 쥔 패를 버릴 생각은 없어 보였고, 카론 역시 그 상황까지 바라진 않았다.

"그쯤에 버리실 일이 생기실 겁니다."

"아, 그래? 그럼 버려야지."

레오폴트는 산뜻한 휘파람 소리를 내며 새장으로 다가섰다. 손에는 이미 발렌시아 공작가의 통관을 허락해 달라는 요청서가 들린 채였다. 요청서는 고이 접혀 새의 다리에 묶여 날아갔다.

로렌츠 발렌시아를 버릴 일이 아주 먼 미래의 이야기일 듯한 태도다. 과연 그럴까? 카론은 속으로 비웃다가 빈 잔에 양주를 따라 마시고 목을 축였다.

"그나저나 생각해 봤어?"

레오폴트가 창문가 기댄 채로 그를 향해 웃음 지었다.

"후작의 결혼."

얼음만 남은 유리잔을 보던 붉은 눈동자가 도르륵 굴러가 왕세자 쪽으로 향했다.

"기르던 개를 버리시기엔 이른 시기 아니십니까."

카론이 손등으로 입술을 축이며 물었다. 레오폴트는 그 직설적인 표현에 손을 내저었다.

"뭐 그렇게 무서운 소릴."

"왕실과 가까운 순으로 숙청되는 작위를 주시려는 이유가 무엇입니까."

카론은 한 치의 완곡한 표현 없이 거절했다. 여태껏 왕실과 후작가가 손을 잡아 온 이유, 에르하르트 후작가가 왕실의 난잡한 뒷수습까지 도맡았던 이유는 서로가 상충하는 이익 없이 협력의 이점만이 확실했기 때문이었다.

"가뜩이나 마도구 유통권을 쥐고 있는데, 왕실의 계승권까지 쥐여 줄 공작 가문을 만드시겠다는 뜻은 아니시겠지요, 설마."

레오폴트는 가만히 웃었다. 카론이 어제 그의 말을 귓등으로 들은 것도 그런 이유 때문이었다.

오노르 왕국에서 공작 작위는 왕의 방계에서 내려온다. 바꿔 말하자면 왕위 계승권을 쥐고 있는 작위였다. 왕은 공작가를 견제하기 위해 실질적인 권한을 후작들에게 분배했다. 개중에서도 에르하르트 후작가에는 마도구와 관련된 권한을 일임하는 상황이었다.

에르하르트는 대대로 왕실의 강력한 지지 기반이 되어 주면서도, 권력보다는 신비력의 가치를 지키려는 후작 가문이었다. 서로의 위협이 되지 않으면서 서로의 필요가 되는 존재. 그것이 왕실과 에르하르트 후작가가 유지해 온 저울의 균형이었다.

왕세자의 제안은 그 협력의 균형을 무너뜨리려 하고 있었다. 말없이 조소만 받아 내고 있던 레오폴트는 상관없다는 태도로 어깨를 으쓱였다.

"후작. 예전에 나한테 했던 말은 제대로 기억하고 있나. 손목에 있는 그 마법진을 만들기 전에 했던 말."

"······."

"표정을 보아하니, 잘 기억하는 것 같네."

약점을 파고든 레오폴트가 키득거리며, 멀거니 앉은 후작에게 뚜벅뚜벅 다가섰다.

"에르하르트를 이제 와서 버리려 한다고?"

레오폴트는 가만히 손목을 내려다보는 카론의 뒤에 서서 그의 어깨를 내리눌렀다.

"천만에. 나는 에르하르트를 버릴 생각이 없어."

친히 고개를 숙여 그의 귓가에 대놓고 말해 주었다. 배반의 말이었으나 여전히 물끄러미 제 손목만 내려다보는 건방진 왕실의 충견은 그 사실조차 모르는 듯 보였다.

"에르하르트든, 루이제든, 나에게는 귀중한 새들인데, 하나라도 놓쳐서야 쓰나. 버린다면, 마지막의 마지막까지 그 쓸모를 다해야지."

어깨를 잡은 손에 꽤 힘이 들어갔음에도, 여전히 카론에게서는 동요를 찾아보기 힘들었다. 재미없어진 레오폴트는 속으로 쳇, 소리를 내며 떨어졌다. 당황한 얼굴이라도 보려 했건만, 재미있는 기회는 사라져 버렸다. 이제부터는 그가 아쉬운 소리를 해야 할 차례였다.

레오폴트는 수납장에서 봉인이 깨진 서류 봉투를 꺼내어 카론에게 건넸다. 그 심상치 않은 서류는 첫 페이지부터 여유 만만하던 에르하르트 후작을 혼란에 빠뜨리기에 충분했다.

[소견서. 상기 환자는 불임으로 인해 장기간 지속적인 치료가 필요함.]

카론은 두툼한 서류를 한 장 한 장 넘겨볼 때마다 헛웃음을 숨기지 못했다.

[소견서. 상기 환자는 불임으로 인한 약물 치료를 실시함. 지속적인 치료가 필요함.]

[소견서. 상기 환자는 불임으로 인한 마도구 치료를 허용함. 지속적인 치료가 필요함.]

[소견서. 상기 환자는 불임으로 인한 성수 치료를 허용함. 지속적인 치료가 필요함.]

"이것이 성수에 그리 집착하신 이유입니까."

카론은 창문 밖을 내려다보고 있는 레오폴트의 등 뒤에 대고 물었다.

"그래. 왕실에서 기르는 건방진 새들 몇몇이 몰래 피임약을 빼먹었길래, 그 덕택에 알게 된 사실이지."

그를 돌아보지 않고 돌아온 답에는 비틀리고 짓눌린 진노가 담겨 있었다.

어쩐지, 선대에 비해서 사생아 관련 사고가 없다 싶었다. 레오폴트도 도무지 믿기 힘들었는지 각기 다른 의사에게 몇 번이고 같은 소견서를 받은 흔적이 역력했다. 카론은 방대한 소견서를 주르륵 넘겨 보면서 한숨을 내쉬었다.

레오폴트가 평범한 남자라면 불임은 그저 한낱 남자의 치부일 뿐이나 왕세자인 이상 그 무게가 달랐다. 후계자를 생성할 수 없는 문제가 드러난다면, 그는 분명히 기반부터 흔들릴 것이다.

"그래서 어쩌자는 겁니까."

딱 잘라 말하자면 카론이 알 바는 아니었다. 에르하르트의 책무는 왕실을 보필하는 것이지, 누가 왕이 되느냐가 아니다. 카론의 무심한 대꾸가 흘러나오자마자, 창밖만 돌아보던 레오폴트가 순식간에 그에게로 다가왔다.

"에르하르트는 신비력자의 피를 이어받았고, 루이제는 진짜 신비력자라면, 이 상황을 해결하기에 이것만큼 좋은 해결 방안이 없잖아. 응?"

섬뜩한 광기로 물든 청색 눈동자에는 평소와 같은 여유가 증발되고 없었다.

"기왕 이렇게 된 거 신비력자의 핏줄을 감쪽같이 내 아들로 삼는다면 이 상황에 더할 나위 없이 좋겠지. 원래 에르하르트는 이런 뒷일을 도맡아 주는 의무가 있었잖아? 대신 후작은 에르하르트 공작이 되는 거야. 자, 어때. 후작에게도 밑지는 장사는 아닐 텐데."

레오폴트는 다시 그에게 다가와 양어깨를 누르고 충성을 종용했다. 그를 어렸을 적부터 봐 온 카론은 그 고압적인 태도에서 오히려 조급함을 읽어 낼 수 있었다.

그리 나쁘진 않은 상황이었다. 종자 역할이든, 속임수든, 적당히 왕세자의 비위를 맞춰 주면 목적하는 바는 이루게 될 테니.

카론은 피곤한 얼굴로 시선을 돌렸다. 어찌할지를 생각하는 무감한 눈길은 창밖으로 나아갔다. 청명하게 푸른 여름 하늘에 뜨거운 햇살이 내리쬐고 있었다. 더운 미풍이 분다. 그 광경이 푸른 눈망울에 타오르던 불꽃을 연상시켰다.

지금쯤 뭐 하고 있을까. 아마, 지금쯤 요한이 그녀를 루이제 슈미트에게 데려다주었을 것이다. 도대체 만나려는 목적이 무엇인지 도무지 알 수 없는 태도로, 루이제 슈미트를 만나 꼿꼿한 인사를 올리고 있을 것이다. 요한을 감시역으로 붙였으니 허튼짓은 못하겠지만, 그저 마음에 걸리는 것이 있었다.

아침에 항의하던 그 여자의 얼굴.

'생각해 볼 것도 없는 일이셨겠지요.'

카론은 저도 모르게 피식 웃고야 말았다. 아주 잡스럽고도 기분 좋은 착각이 든 듯했다. 죽을 위기에도 로렌츠 발렌시아를 향한 지조를 지키려 입을 다물던 충성스러운 첩자에게는 절대 어울리지 않을 법한.

질투, 그래, 질투라……

레오폴트를 떼어 낸 카론은 카우치에 편히 몸을 기댄 채로 입을 열었다.

이렇게 된 이상, 로렌츠 발렌시아를 죽이는 데까지 긴 시간을 낭비할 필요가
없어졌다.

"제 요구 사항은 한 가지밖에 없습니다."

카론은 제 앞에 있는 술잔을 마저 들이켰다. 질투의 맛은 혀가 얼얼할 만
큼 쓰라린 것이었다.

6. 귀공녀

루이제 슈미트는 푸른 들판 한가운데를 걷고 있었다. 바람에 흩날린 금빛 머리칼 사이로 두 사람을 담은 쪽빛 눈망울이 당황스럽게 깜빡거렸다.

"놀라지 마세요, 영애. 저택의 고용인에게 이곳에 계신다는 이야기를 듣고 왔을 뿐이니까요."

레나가 먼저 인사를 올리며 그녀에게 다가섰다. 요한은 머쓱한 표정으로 그 자리에서 고개만 숙이고 인사를 올릴 뿐, 감히 두 숙녀의 영역을 침범하지 못했다. 카론의 당부로 에스코트를 맡긴 했지만 애초에 그의 감시는 세세하고 좀스러울 수가 없었다. 그러자니 요한은 너무나도 우직한 기사였다.

"이제 몸은 괜찮으신가요?"

레나는 사근사근한 어조로 그녀에게 다가갔다. 루이제는 친근히 팔짱을 껴 오는 레나의 태도에 처음에는 당황하다가 곧 천진하게 고개를 끄덕였다.

"다 나았어요. 걱정되어서 찾아주신 건가요?"

레나가 한 발자국을 내딛자, 루이제는 곧바로 폭을 맞추었다. 무리 없이 걷는 모습으로 보아 치료가 성공한 듯싶었다.

"당연히요. 많이 다치셨잖아요."

그러자 루이제의 얼굴에 환한 미소가 피어올랐다. 해맑게 고개를 끄덕이는 모습이 레나의 마음을 무겁게 했다.

"고마워요. 후작님께서 도와주시지 않았더라면, 큰일 났을지도 몰라요."

'후작님'이라고 말할 때 속삭이듯 수줍게 오르는 홍조 역시도.

"후작님께서 영애 걱정을 많이 하셨어요."

그래서인지 알지도 못하는 이야기를 지껄이고 있었다. 레나는 옷매무새를 다듬는 척, 브로치를 만지작거렸다.

"정말요?"

"네. 영애가 치료받을 수 있도록 손수 모신 분도 후작님이신걸요."

"어쩐지 기쁘네요. 후작님께서 그렇게 신경 써 주셨다니."

루이제는 잔잔한 미소를 감추지 못했다. 그 모습이 누군가를 연상하게 해서 레나는 재빨리 시선을 거두어들였다.

전방에 보이는 들판에 듬성듬성 섞인 라벤더 꽃이 하늘거렸다. 풀잎은 바람이 불 때마다 우수수 몸을 기울이며 푸른 함성을 내질렀다. 브로치를 만지작거리던 손은 서서히 아래로 떨어졌다. 바람 소리 위로 조용조용한 말소리가 얹혔다.

"슈미트 영애께서도 후작님이 싫진 않으신가 보네요."

"아, 죄송해요. 생각해보니, 레나 크루거 양에게 무례를……."

루이제는 그제야 허둥지둥 옆에 있는 존재가 어떤 입장인지를 상기해 낸 듯싶었다.

하녀든, 정부든 귀공녀에게는 그리 큰 존재가 아니라곤 하지만, 때때론 다분히 투기 어린 질시보단 고의 없는 무시가 뼈에 더 사무친 상처를 줄 수 있는 법이다. 루이제 슈미트는 그것을 자연스럽게 할 수 있는 인물이었다.

"아니에요. 저와 후작님은 그런 것을 신경 쓰는 관계가 아니라서요."

레나는 쓰라린 마음을 한 움큼도 내색하지 않았다.

밤새 카론을 가졌으나 그는 그녀가 원하는 말을 한마디도 해 주지 않았다. 그러자 일말의 기대감이 지워지고 남은 자리에는 냉정한 목적의식만이 들어찼다.

그는 여전했고, 그녀는 받아들였다. 레나는 자신이 그에게 무슨 답을 원했는지, 어째서 그에게 실망했는지 깊이 생각하고 싶지 않았다.

그저 최대한 빨리 첩자 노릇을 끝마치면 그만이었다. 이 모든 일은 자신을 위해, 루시아를 위해, 오펜하이머를 위해서 행할 뿐. 후작의 정부 역할은 오직 임무만을 위해 주어진 임시직일 뿐이었다. 또렷한 이성이 단꿈을 깨웠다.

"사실, 저는 후작님의 시침 하녀가 되길 그리 원하지 않았거든요. 들리는 소문만으로도 후작님이 어떤 분인지 아시잖아요."

루이제의 맑은 남색 눈동자가 흔들렸다. 귀엣말처럼 나직한 속삭임이 이루어 낸 파장이었다. 레나는 속으로 쓴웃음을 삼켰다. 원했던 남자를 원하지 않는 척해야만 지켜 낼 수 있는 밑바닥 남은 자존심이, 이리 우습고 초라하게 느껴질 수가 없었다. 그러나 그것이 레나에게 남은 전부였다.

"그렇다기엔……."

조금 혼란스럽게 그녀를 보던 루이제가 어떤 말도 잇지 못했다. 정사를 지켜봤던 기억이 떠올랐던 모양이었다.

"사정이 있어서 정부의 역할을 하고 있을 뿐이에요. 남녀의 일로 많은 의미를 두기엔 정부는 어디까지나 정부일 뿐이니까요. 언제 어떻게 끝내도 이상하지 않은 처지의 여자는……."

끔찍할 정도로 저를 내리치는 말은 생각 외로 아무렇지도 않게 나왔다. 냉정할 정도로 담담한 말에 오히려 루이제가 조금 당황한 눈치였다.

"귀공녀에 비할 바가 아니죠."

레나는 최대한 그녀에게 무해해 보일 수 있는 미소를 지어 보였다. 최대한 루이제가 그녀에게 마음을 열길 바라면서.

"아, 아니에요. 저 역시……. 귀공녀라기엔……. 부족한 점이 많은걸요."

눈길을 데구르르 굴려서 피한 루이제가 한숨을 내쉬었다. 자신이 슈미트 가문의 사생아라는 점을 염두에 둔 대답 같았다. 그녀의 상황이나 왕세자의 태도로 보아 루이제 역시 다사다난한 세월을 보냈을 터였다.

"그럴 리가요. 충분히……."

레나는 말끝을 흐리다가 말간 햇볕에 비친 창백한 얼굴을 보았다. 그 형상만으로도 왕세자가 어째서 루이제를 카론에게 맞붙였는지 알 것만 같았다.

"자격이 있으신걸요."

루이제 슈미트는 소름 돋을 정도로 루시아 데스테와 유사한 면이 있었다.

* * *

"다녀왔어?"

카론은 레나를 직접 마차에서 내려 주었다. 잠시 요한과 감사 인사를 나눈 뒤에는 숙소로 데려갔다. 레나는 잠자코 그의 팔에 매달려 있었으나 별다른 말은 없었다.

"어때, 원하는 대로 이루고 나니까 좀 나아?"

카론이 먼저 침실의 침묵을 깨뜨렸다. 그는 목을 죄던 크라바트를 느슨하게 풀어헤치며, 피곤해 보이는 레나를 곁눈질했다.

"네. 훨씬요."

레나는 차근차근 모자와 머리 장신구로 올려 묶었던 머리를 풀어헤치고, 브로치를 떼어 냈다. 그 행동이 카론의 눈길을 오래 끌었다는 사실도 알고 있었다.

"무슨 이야기를 했길래."

"슈미트 영애를 조만간 다시 뵙고 싶다는 이야기요."

순간, 크리바트를 풀던 카론의 손이 멈추었다. 비틀린 웃음이 그의 얼굴에 걸렸다.

"왜, 슈미트 영애에게 관심이라도 생겼나?"

"네. 좋은 분 같아서요."

'좋은 분'이라고 말하는 여자의 얼굴은 이미 피로로 점철되어 있었다. 그러자 카론은 레나 크루거가 루이제 슈미트를 보려 했던 이유를 반드시 알아야겠다는 생각이 들었다.

그는 말없이 크라바트를 마저 푼 뒤에, 레나를 안아서 침대에 눕혔다. 그녀의 머리칼이 금빛 덩굴처럼 침대 위에 흐드러졌다. 거기까지도 레나는 어떠한 거부조차 하지 않았다.

"루이제 슈미트랑은 잠깐 약혼할 거야."

카론이 두 팔 사이에 레나를 가둔 채 선언했다. 레나는 여전히 피곤한 얼굴로 그를 올려다보았다. 폭풍 전야처럼, 고요하게 숨을 옥죄는 침묵이 찾아 들었다.

"네. 그러시군요."

그 한마디를 끝으로 그녀는 아무런 말도 꺼내지 않았다. 무언가 포기한 듯한 반응에, 카론이 눈매를 찡그렸다.

"적당히 데리고 있다가 내보낼 거고."

"네."

레나는 여전히 태엽 인형처럼 반복적으로 입만 움직였다.

"침대에 들일 일도 없을 거야."

"그렇군요."

마찬가지로 단조로운 대답이었다. 저를 바라보는 푸른 눈에는 처음으로 지루함이 담겨 있었다. 반항도, 두려움도, 흥분이나 떨림도 아닌 지루함. 미묘한 태세 변화에서 밀려온 불안이 그를 엄습했다.

"지금과 딱히 달라질 건 없어."

"그렇겠지요. 앞으로도."

여전히 여자의 안색에 어떤 감정 변화도 없자, 카론은 입 안이 마르는 기분을 느꼈다. 선전포고를 해 놓고서 도리어 충격에 빠진 그의 얼굴을 그녀가 어루만졌다. 카론은 그제야 굳어 가는 제 안색을 자각하고 누그러뜨렸다.

"우린 항상 이럴 거예요. 후작님도, 저도."

그제야 레나는 살며시 웃어 주었다. 다디단 미소였다.

"변하지 않는다는 걸 알아요."

얼굴을 만져 주던 손이 그의 머리칼과 뒷덜미를 쓰다듬다가 목에 팔을 감았다.

"그러니 안아 주세요, 그냥."

레나가 그의 어깨에 얼굴을 파묻으며 속삭였다. 그 순간, 카론은 제 품에 안겨 오는 교태 어린 여자를 꽉 끌어안을 수밖에 없었다. 무언가 단단히 잘못되었다는 직감이 찾아들었으나 그것이 정확히 무엇으로부터 비롯되었는지는 도무지 종잡을 수 없었다.

품에 안긴 여자는 얼굴을 보여 주지 않았다. 그 불안을 억누르려고 그녀의 입술을 찾았다. 레나는 순순히 입술을 내주었다.

꽉 끌어안은 몸에서 심장 박동이 전해져 왔다. 그 소리가 누구의 것인지, 누구로부터 전이된 것인지도 구분이 모호했다.

옷을 벗기고, 습관처럼 그녀의 안을 파고들면서도 모래 인형을 만지는 것처럼 허공을 끌어안는 기분이었다. 부서지는 모래알이 손 사이로 빠져나가듯, 아무것도 잡히지 않는 느낌.

분명히, 레나 크루거는 분명 그의 품에서 신음하고 있건만.

순간, 정사의 열기를 띤 푸른 눈동자가 애처롭게 그를 바라보았다. 좀 더 거센 움직임이 필요한지 하얀 두 다리가 그의 허리를 끌어안았다.

"맞아. 달라지는 건 아무것도 없지."

카론은 누구에게 하는지 모를 말을 중얼거리며 그녀를 꽉 껴안았다. 달라지는 건 아무것도 없을 것이다. 그녀의 말대로, 아니 그의 말대로.

* * *

사냥제의 폐회식은 거창한 규모로 진행되었다. 왕세자가 이번 사냥제를 신경 쓴 티가 났다. 이렇게 된 이유가 전부 에르하르트 후작 때문이란 건 모두가 아는 사실이었다.

본당에서 거행된 왕세자의 시상을 보러 귀족들이 몰려갔다. 카론을 비롯한 고위 귀족에게는 필참해야만 하는 자리였다. 그곳에서 멸족한 줄 알았던 슈미트 가문에서 살아남은 귀공녀가 소개될 거라고 했다.

레나는 귀족이 아니기에 같은 처지인 몇몇 정부들과 함께 본당 밖에서 기다려야 했으나 오늘만은 그 처지가 고마울 지경이었다. 식이 끝나길 지루한 표정으로 기다리고 있는데, 신전 앞에 늘어선 사냥감들이 눈에 들어왔다.

크림색 기둥 사이사이로 사냥감들이 넓게 열을 지어 있었다. 죽은 동물 앞에 꽂힌 장대에는 전부 색이 다른 손수건이 묶였다. 그중에서도, 공작이나 후작 가문의 손수건은 최대한 앞에 배치되기 마련이었다.

바람이 불자 슈미트 가문의 청색 손수건이 펄럭거렸다. 요한이 심심풀이 삼아 잡아 본 사냥감인데 바칠 주인이 없자, 루이제가 감사의 의미로 손수건을 건넸다고 했다. 요한은 그녀가 슈미트 가문의 영애라는 사실을 그제야 알고 놀란 눈치였다.

마침 당사자가 사냥감 사이를 배회하다가 레나와 눈을 마주쳤다. 남자가 따가운 햇빛을 피해 손차양을 만들면서 레나에게로 다가왔다.

"처소에서 기다리는 게 낫지 않으십니까."

요한이 물었다. 레나는 고개를 저었다.

"곧 마차를 타고 돌아가는 걸요."

요한은 오늘 같은 날도 호위를 맡고 있었다. 이마에 송골송골 맺힌 땀 방울이 기사의 근면함을 드러냈다. 레나는 제가 가지고 있던 손수건을 내밀었다.

"감사합니다."

얌전히 땀을 닦던 요한이 무더운 날씨에 익어 가는 동물 사체를 보다가 피식 웃음을 흘렸다.

"후작님이 잡아들였던 만큼은 역시나 안 나오는군요."

요한은 카론이 마지막으로 참가한 사냥제 때 쌓아 놓은 동물 사체가 얼마나 엄청났는지, 치우는 데 얼마나 애를 먹었는지를 웃으며 말해 주었다. 레나로서는 듣는 내내 억지로 입꼬리를 올리고 있어야 하는 이야기였다. 그녀 역시 알고 있었고, 보았던 풍경이었다.

"후작님께서 기사로서 용맹이 대단하셨네요. 여전히 기사직을 계속하셨으면 좋았을 텐데요."

은근슬쩍 화제를 돌리자, 요한은 씁쓸한 미소로 동조를 표했다.

"그게 말입니다. 원체 화를 참지 못하는 성정이시다 보니……."

"무슨 일이 있었나요?"

그러자 요한이 아차 싶었는지 다급히 입을 다물었다. 레나는 부드러이 웃으며 그를 구슬렸다.

"후작님의 성정이라면 이미 제가 제일 잘 알고 있는걸요. 말씀해 주신다고 해서 놀라운 일도 아닐 거예요."

"전쟁 중에 혁혁한 공을 많이 세우시긴 하셨는데……."

요한은 난감한 듯이 뒷머리를 긁었다. 레나가 괜찮다는 식으로 그를 빤히 바라보자, 결국에 요한이 입을 열었다.

"저도 같은 부대에 있지 않아서 자세히는 모르겠지만, 포모나 전쟁 때 바실리카에서 마찰이 있었던 모양입니다. 신관을 죽인 문제로 공적 중 일부가 취소되고, 그 대가로 성기사직에서 내려온다고 하신 것으로 알고 있습니다."

"신관이요?"

"예. 이피스라는 신관이랑 문제가 있었던 모양이더군요."

자세히 더 듣기도 전에, 폐회식 종료를 알리는 종이 한 번 댕, 하고 울렸다. 폐회식을 마친 귀족들이 빠져나오기 시작했다. 요한은 주변 병사들에게 곧장 열주 사이로 안전띠를 두를 것을 명령했다. 인파 안에서 제일 앞서 나온 카론은 곧바로 레나를 알아보고 단걸음에 다가왔다.

"무슨 문제가 있나?"

손을 내민 카론이 그녀의 얼굴을 보더니 물었다.

"아니요. 전혀. 어서 에르하르트 영지로 가고 싶어요."

레나는 그의 에스코트를 받아들이고, 익숙하게 그의 손에 허리를 맡겼다. 나란히 걷는데 힐끗 그의 얼굴을 보았다가 눈이 마주쳤다. 그는 말없이 허리를 붙든 손에만 힘을 주었다. 안달 난 그를 달래주는 잔잔한 미소에 카론은 안심하고 그녀를 에스코트했다.

레나는 금세 미묘한 기우를 지워 냈다. 이피스라니. 잠시나마 포모나 생활을 지긋지긋하게 만들었던 신관의 불운한 소식이 새로운 감회를 주었다.

* * *

침실의 남포등은 침대에서 뒹구는 두 남녀를 어슴푸레 비추었다. 조도가 낮은 노란 빛이 느릿하게 엉키는 남녀의 육체를 면면히 비추기보단 야릇하게 스며들었다. 침대 위의 두 사람에게 달빛이 녹아든 듯한 밤이었다.

레나의 가느다란 신음이 몇 번이고 카론에게 잡아먹혔다. 근육이 촘촘하게 짜인 몸이 묵직하게 몸 위를 덮어 주는 감각은 무겁다기보다는 안정감을 주는 감각에 가까웠다. 레나는 그의 등을 감싸 안고서 버거운 숨을 몰아쉬었다.

흡 소리를 내며 숨을 들이마실 때마다 목과 어깨, 쇄골 아래까지 그가 입술로 그녀 몸에 지나간 흔적을 남겼다. 전부 푸릇하게 변할 상처라고는 믿을 수 없게도 감미로운 애무였다.

카론은 그녀의 표정을 보더니 입매를 만족스럽게 당겨 웃었다. 붉은 입술은 하얗고 탐스러운 가슴의 정점까지 올라오더니 한입에 붉은 과실을 집어삼켰다.

"아!"

레나는 버릇처럼 그의 머리를 껴안았다. 예민하게 솟아오른 유두가 그의 입 안에서 굴려지는 감각이 선연했다. 저절로 허리가 들리는 감각이었으나 카론의 손은 배꼽 위로만 맴돌았다.

"하아, 조금만······."

"조금만 뭐?"

그는 알면서도 짐짓 모르는 척 물었다. 음욕에 잡아먹힌 까만 눈 안에 장난기가 묻어나 있었다. 그 모습이 얄궂어서 레나는 원하는 바를 말해주지 않고 입을 꼭 다물었다. 그 분한 얼굴에서 무엇이 재밌는지, 그가 낮은 웃음을 터뜨렸다.

"가만 보면 정말 귀여운 구석이 있어."

그 말과 동시에 하체로 내려온 손이 젖은 채로 부풀어 오른 음핵을 가만히 눌렀다. 불현듯이 찾아온 자극에 레나의 허리가 움찔거렸다. 그는 그녀의 얼굴을 가까이서 내려다보며 손가락을 하나하나 세심하게 움직이기 시작했다.

"하······."

엄지는 여전히 음핵을 누르고 있었고, 중지는 정확하게 내부의 특정 지점을 느릿하게 문질렀다가 빠져나가고 다시 문지르길 반복했다. 레나가 다리를 본능적으로 모으려 들자, 카론은 일부러 손가락을 두 개로 늘렸다. 그 속도가 빨라지자, 철벅거리는 애액이 흘러나오는 음란한 소리가 더해졌다.

"아, 훗, 후작님……. 아아……."

쾌감에 허우적거리는 여자의 얼굴을 담은 검은 눈동자는 음욕에 짙게 물들었다. 그녀가 고개를 흔들 때마다 흐트러지는 풍성한 금빛 머리카락이 침대 위에 흩어진 달빛 부스러기처럼 보였다. 볼부터 쇄골까지 쾌감에 발갛게 달아올라서 어쩔 줄 모르고 예쁘게 우는데, 허리 아래로는 파르르 떨면서도 착실하게 애액을 흘려대는 것이 요부와 다름없었다.

이걸 보고 안 돌아 버리는 남자가 있을까. 카론은 흥분에 겨워 제 셔츠를 구겨 쥐는 조그마한 주먹에도 꼴리고 있었다.

"아……."

레나가 허리를 떨면서 호흡만 고르고 있는 틈을 타서 성난 성기가 바로 박혔다. 레나는 그대로 신음도 내지르지 못하고 숨만 들이마셨다.

"괜찮아."

달래는 목소리였다. 카론은 그녀의 허리를 잡아 주면서 몸을 움직였다. 파도치듯 들어왔다 빠져나가는 쾌락의 해일에 레나가 앓는 소리를 냈다. 그는 항상 능란했고, 레나는 그의 몸을 꽉 껴안는 일조차 벅찰 때가 많았다.

몇 번을 해도 쾌락의 정점에서는 버텨 내기 어렵다. 뜨거운 여름 열기에 녹아내리는 얼음처럼 이성도 같이 흐물흐물하게 증발해 버려서, 저만을 갈구하는 눈동자에 붉은 이채가 도는 이 순간만은 카론이 온전히 제 남자라도 되는 기분이었다.

레나는 먼저 그의 목에 팔을 두르고, 입을 맞추었다. 먼저 시작한 입맞춤은 고스란히 그에게 역전당해서 잡아먹히다시피 했다. 카론은 누워 있던 레나를 그의 다리 위로 올라오도록 빠르게 자세를 바꾸더니, 아래에서 위로 허릿짓을 했다.

"흡, 잠깐, 너무 자극이 세요, 아!"

수평으로 들어오던 성기는 수직으로 움직이면서 그 위용을 과시했다. 허리가 붙잡힌 채로 그의 몸 위에서 속수무책으로 뒤흔들리는데, 카론은 흥분을 감당하기 힘든 듯이 잇새를 물고 있었다. 그 역시 오로지 쾌감에만 몰입한 상태인지, 눈동자에 광기가 번져 있었다.

"지금 모습 아무한테도 보여 주지 마. 정말로 다 죽여 버릴 수도 있을 것 같으니까."

흥분을 참지 못한 남자가 그녀의 몸을 꽉 끌어안더니 속삭였다. 레나는 신음조차 안 나올 정도로 머리끝까지 차오른 쾌감에 그가 하는 말을 알아듣지 못하고 고개만 내저었다. 내벽이 그의 성기에 들러붙어 수축했다. 그의 것은 그녀에게 응답하듯 금방이라도 터질 듯이 억눌러 놓았던 씨물을 분출시켰다.

"하⋯⋯."

정사가 끝나자 비로소 레나는 잊었던 숨을 다시 고르게 내쉬었다. 호흡이 돌아오자, 다시 현실 감각도 되살아났다. 품에서 바로 떨어져 나가려는 듯한 그녀의 태도에, 카론은 그녀를 안은 채로 침대에 그대로 누웠다. 그가 그녀의 가슴에 얼굴을 묻었다.

"그대로 있어."

"뒤처리를 하고 싶어요."

레나는 미약하게나마 그의 몸을 밀어내며 말했다. 아래에 그의 흔적이 흐르고 있었다. 피임약 덕분에 심각한 일은 없을 테지만, 요즘에는 곧바로 정사의 흔적을 정리하려는 편이었다. 수도에서 돌아오고 난 뒤로 동침 횟수가 부쩍 늘었다지만, 침실에 홀로 돌아와 그가 남긴 정액을 빼내는 건 공허함이 심한 일이었다.

"해 줄게."

거절할 틈도 없이 카론은 그녀를 눕히고 손가락을 넣어 자신이 안에 질러 놓은 흔적을 긁어냈다. 순간순간마다 레나가 불가항력적인 신음을 흘리자, 그는 비스듬히 미소를 지었다.

"한 번 더 해?"

"아니요!"

레나가 놀라서 그를 밀어내며 거부했다. 벌써 세 번째다. 네 번 하면 허리가 남아나질 않을 지경이었다.

불만이 가득해 보이는 카론을 무시한 채로, 레나는 옷을 챙겨 입으면서 그의 손목을 힐끗거렸다. 겹겹이 쌓여 있어서 알아보지도 못할 지경이었던 병의 표식은 많이 완화되었는지 어지럽던 별 문양이 다섯 개를 남기고 지워져 있었다. 아마도 통증은 많이 완화되었을 것이다.

보고 있던 손목이 곧바로 아래로 향하도록 뒤집혔다. 그제야 레나는 서늘해진 눈으로 저를 응시하고 있는 카론을 마주 보았다.

"그러고 보니 궁금했던 점이 있는데."

"네."

"만약, 네 기억을 담았다는 반지로 내가 기억을 바로 찾게 되었다면. 넌 그 이후에 뭘 하려고 했어?"

"네?"

"그 후에 네 계획이 뭐였냐고."

조금 당황스러운 질문이었다. 그야 당연히 계약 이행을 했으니 로렌츠에게 찾아가서 대가를 요구할 생각이었다. 그래서 로렌츠 손에 들어간 오펜하이머 작위를 계승받고, 그녀의 이름을 되찾고, 루시아를 제대로 기리고, 그리고 또⋯⋯. 레나는 입만 벙긋대다가 다물었다.

'나한테 충성을 바쳐. 내가 복수할 수 있도록.'

레나는 로렌츠의 복수를 돕고 있었다. 로렌츠는 카론 에르하르트가 기억을 찾으면 그것이 그에게 최고의 복수가 될 거라고 했고, 그녀 역시 거기에 동조했기 때문에 지금 이 자리에 있었다.

그 결정에는 확신의 감정만이 오롯했다. 카론의 기억을 반드시 되찾아 주고서 떠나겠다고. 그것이 그때 냉소에 가득 찼던 그녀의 선택이었다.

"그야 당연히 제 기억을 비싼 값을 주고 팔았을 테니 고향으로 돌아갈 생각이었어요."

레나가 대충 얼버무리고 일어서려 하자, 카론이 그녀의 손목을 낚아챘다. 그의 눈은 더욱 얼어붙어 있었다.

"고향? 어디? 혹시 포모나 말하는 건가."

레나는 그제야 자신이 말실수를 했다는 걸 깨닫고 입술을 깨물었다. 그가 로렌츠와 무슨 이야기를 하고 왔는지를 알 수 없으니 오해가 쌓이도록 둔 상태였다.

포모나의 추천서를 부정할 만한 기억도 정확하지 않으니 제대로 말할 수 있는 것이 없었다. 어쩐지 로렌츠가 그녀를 도와주기는커녕 사방에 기물을 놓고 체크메이트를 하는 기분이었다.

"혹시 내 기억을 돌려놓고, 넌 다시 포모나로 돌아가겠다는 미친 소리를 지껄이진 않겠지."

답이 없자, 카론이 이번에는 섬뜩하게 물었다. 붉은 입술이 호선을 그리고 있었으나 그것이 웃는 표정이 아니라는 사실을 잘 알고 있는 레나가 고개를 내저었다.

"아니요. 포모나는 고향이 아닌걸요. 말씀드렸잖아요. 데스테 영애를 모셨던 시녀였다고."

"그럼 어디? 데스테 백작 밑에서 하녀 일을 했다면, 그 근처에서 자랐을 거 아니야."

"……코타이너에서 태어났어요."

오펜하이머 영지는 말할 수 없었다. 그러다 레나가 순간 떠올린 건 데스테 영지 주변에 있던 빈민촌이었다. 기회가 되었을 때 철거했어야 했다고 백작이 입버릇처럼 혀를 차던 곳이었다.

그러면서도 백작은 무슨 연유인지 코타이너를 철거하지 못했다고 했다. 그는 코타이너 출신 아이가 루시아의 극장 티켓을 훔쳤을 때는 아량을 베풀어 주기도 했던 인물이었다. 그러니 코타이너 출신의 아이가 하녀로 일했다는 상황도 충분히 있을 법하지 않은가.

"코타이너?"

카론이 고개를 갸웃거렸다. 레나는 최대한 떳떳한 태도로 그를 응시하다가 거짓말이 탄로 나지 않게끔 화제를 돌렸다.

"내일이지요? 슈미트 영애께서 오시는 날이요."

그 말에 카론이 입을 다물었다. 끝까지 몰아붙일 것처럼 굴던 기세가 한 풀 꺾이고, 한결 불편한 침묵이 내려앉았다.

"전에도 말했지만 약혼식까지만 데리고 있다가……."

"저는 신경 쓰지 않으셔도 돼요."

레나가 먼저 침대에서 일어났다. 카론의 변명을 듣고 싶지 않았다. 그가 미안해 보인다는 착각은 더 하기 싫었다.

그리고 무엇보다도…….

"그러니까 설명하실 것도 없어요."

설득당하기 싫었다. 레나는 그의 이마에 살짝 입을 맞추고 애정이 가신 눈으로 속삭였다.

도대체 그것이 무슨 소용이라고? 카론이 정말로 루이제 슈미트와 파혼하려고 한다고 해서 도대체 무엇이 달라지나. 아니, 그가 왕세자를 거스를 수 있는 입장이긴 할까. 에르하르트 후작이 대대로 어떤 역할을 해 왔는데. 도대체, 고작, 무엇을 위해서.

"안녕히 주무세요."

떠날 때까지 카론의 시선이 그녀의 등 뒤에 엉겨 붙어 있었으나, 레나는 서둘러 그를 남겨 두고 침실을 나왔다.

'여기선 사랑과 결혼은 별개라는 것.'

제게 주어진 현실을 잊으면 안 된다. 레나는 중심을 잡아 줄 이성을 깨뜨리는 어떤 유혹도 받고 싶지 않았다.

* * *

달빛에 비친 유리창이 반짝거렸다. 레나가 녹초가 되어 돌아오자 자정이 넘어가는 시간에도 불이 꺼지지 않는 아늑한 방이 그녀를 반겨 주었다.

레나는 침대로 직행하고 싶은 마음을 꾹 누르고 책상에 앉아 로렌츠에게 보낼 편지를 썼다. 책상에 놓인 유리병에서 사탕을 집어 먹은 볼이 부풀어 오른 채였다. 몇 알 남지 않은 사탕이 유리병 안을 굴러다니면서 금세 바닥을 드러냈다.

편지에는 추가적인 약, 일을 끝마친 후의 안배, 수도에서 후작과 나누었던 대화 공유를 요청하는 내용이 반듯하고 빼곡한 필체로 담겨 있었다. 그러다 펜촉은 정황을 보고하는 부분에서 멈추었다.

[만약 후작이 결혼을 올리게 된다면, 저는…….]

내일, 조간지에는 에르하르트 가문과 슈미트 가문 사이에 약혼이 성사될 거라는 특종이 실릴 것이다. 후작의 결혼, 카론 에르하르트의 결혼, 그의 결혼. 그 구간을 몇 번이고 고쳐 쓰면서 펜촉이 종이 위에서 오래 머뭇거리는 바람에 잉크가 지저분한 얼룩처럼 번져 나갔다.

수도에서 루이제 슈미트와 만나 보겠다고 먼저 적극적으로 나선 이유는 슈미트 가문에 관해 알아내기 위함도 있지만, 보험을 들어 놓기 위해서였다. 약혼자의 정부에게 아무 감정도 안 가진다는 건 거짓말이겠지만, 적어도 레나가 먼저 협조적으로 나온다면 루이제는 가진 자의 아량을 베풀어 그녀를 적으로 돌리진 않을 터였다.

그러나 레나는 곧 턱을 괸 채 쓰다 만 편지를 바라보며 깊은 고민에 빠지고 말았다.

하지만, 만약 결혼식 이후에도 그의 기억이 돌아오지 않는다면?

루이제는 그때도 후작의 침실을 드나드는 그녀에게 호의적일 수 있을까. 아니, 자신은 과연 그 상황을 감당할 수 있을까.

* * *

루이제는 마차에서 꾸벅꾸벅 졸다가 덜컹거리는 승차감에 화들짝 깨어났다. 마차가 언덕을 넘자 커튼 사이로 저 멀리 거대한 위용을 드러내는 에르하르트 저택이 보이기 시작했다. 신전 같은 하얀 석재 저택 앞으로는 드넓은 정원이 펼쳐져 있었다.

두근거리는 가슴에 손을 얹고 침을 삼켰다. 자신이 카론 에르하르트와 결혼할 거라는 사실이 아직도 믿기지 않았다.

'그래도 연회에서 후작님이 흐트러진 모습을 봤다는 사람은 없어. 게다가 난잡한 소문과는 달리 귀공녀들에게는 얼마나 신사적으로 구시는지…….'

'상대를 안 해 주는 것 아닐까. 아직도 데스테 백작 영애를 못 잊어서 방황이나 하시고, 귀공녀들과 거리를 두시는 거지.'

'그러니까 좋지 않아? 소문과는 달리 아직도 전 약혼자를 못 잊고 있다니…….'

에르하르트의 연회에서 그레타에게 그리 말했을 때까지만 해도 자신에게 이런 미래가 올 거라고는 상상이나 했겠는가.

왕세자가 귀애하는 귀공녀인 그레타는 자신과 가끔씩 놀아 주는 유일한 친구였다. 정확히는 사교를 빙자한 감시였는지, 친구라는 이름의 심심풀이 대상이었는지는 모호했으나 루이제는 굳이 그레타의 속마음을 알고 싶지 않았다.

덕분에 종종 사교계 낭설을 비롯한 에르하르트 가문의 소식을 알 수 있었으니 친구로서의 가치는 그만하면 충분할 따름이었다. 왕세자의 여성 편력에 깊은 회의감을 느꼈는지, 에르하르트에서 열리는 밤의 무도회에 가자고 일탈을 제안해 준 사람도 그녀였으므로. 깊은 관계만 바라지 않는다면 어울려 다니기에 더할 나위 없이 좋았다.

왕세자가 알면 큰일 날 일이었으나 욕심이 나지 않을 수 없었다. 에르하르트 후작을 볼 수 있다니. 비록 그날은 후작을 보지 못하고 허탕을 치긴 했지만, 에르하르트 저택에 와 본 것만으로도 만족하려 했다. 그런데 이렇게……. 카론 에르하르트와…….

'이제 너는 나한테 쓸모없어졌어. 루이제.'

삶의 마지막이 될 줄 알고 심장이 덜컥했던 말이었다.

수년간 왕세자 밑에서 양육되면서 수없이 고문당했다. 어떤 날은 피를 뽑아 갔고, 어떤 날은 살을 베어 갔다. 실험이라고 했다. 신비력을 이양하는 실험. 마지막으로 왔을 때는 그가 자신의 뺨을 내리쳤으니 무엇도 잘되지 않은 것이 틀림없었다.

왕세자는 빌어먹을 슈미트 공작이 더러운 사생아를 뿌려서 고생시키더니, 그 어떤 것에도 쓸모없이 키웠다고 넌더리를 쳤다. 그뿐만 아니라 자신의 몸까지 망가뜨렸다며 루이제에게 책임을 추궁했다.

루이제는 영문도 모르는 채로 그 앞에서 눈물로 싹싹 빌었다. 와중에도 제 몸 안에 있는 신비력이란 것이 사라지지 않아서 다행이라는 생각으로 가득했다.

왕세자한테 며칠 정도 괴롭힘을 당하는 것이 낫다. 당장에 신비력이 사라진다면 그 후로는 몸이 갈기갈기 찢겨 죽을지도 몰랐다.

루이제가 그의 한쪽 다리에 매달린 채로 몇 분을 통곡하자, 레오폴트는 천천히 한쪽 무릎을 꿇고 앉았다. 한 손으로는 그녀의 턱을 들어 청명한 쪽빛 눈동자를 마주 보게 했고, 다른 손으로는 그녀의 뒷머리를 부드럽게 쓸어 주었다.

'그러니 마지막으로는 부디 쓸모가 있긴 바라.'

언뜻 자비롭게도 들릴 수 있는 목소리는 그녀에게 다른 기회를 주었다.

심지어 루이제가 바라는 방식으로. 그녀는 호색한이라는 왕세자가 자신만은 탐하지 않았던 이유를 알게 되었다.

'너는 내가 가장 가엾게 여기는 새니까 살아남았으면 좋겠어, 루이제.'

지독하게 순수하고도 맑은 악의는 다정한 어조로 달콤한 형벌을 내렸다.

밤바람을 맞으며 저택만 보고 있던 루이제는 가죽 시트에 몸을 묻고 감회에 젖었다. 졸고 난 뒤라 나른해진 얼굴에는 해방감이 묻어나 있었다.

왕세자에게 해방되는 날만 기다렸는데, 그 방도마저 이토록 즐겁다니. 인생의 행복이 이렇게 우연하고도, 쉽게 얻어지는 것이라니.

루이제는 품 안에서 손수건을 꺼냈다. 사냥제에서 요한에게 주었던 것과 같은 슈미트 가문의 문장 자수가 놓인 손수건이었다. 사실은 카론에게 주고 싶었던 것을 비로소 전해 줄 수 있게 되었다.

카론 에르하르트. 그를 처음 만났던 날을 잊어 본 적이 없었다.

* * *

루이제 슈미트의 어머니인 프리네는 바실리카 뒤에 그림자처럼 자리 잡은 동네인 코타이너에서 일하던 창부였다.

프리네는 원래 포모나 바실리카에서 도망친 부랑자였다. 국경을 넘어서 오노르 왕국까지 왔건만 아름다운 외모가 눈에 띄는 바람에 포주에게 붙잡혀 코타이너의 매음굴로 팔려 가게 되었다. 원래대로라면 성인이 되자마자 제일 높은 화대를 부르는 손님에게 넘겨질 예정이었으나 복잡한 문제가 생겨 공작에게 진상되었다고 했다.

당시 바실리카 인근 지역을 관할하고 있던 데스테 백작은 바실리카 뒤에 따라붙은 더러운 동네를 철거하고 싶어 했다. 당연히 데스테 영지민에게 건은 세금으로 포주에게 귀속된 창부들을 사들여서 자유를 주겠다는 자애로운 정책은 아니었다.

마치 비싼 옷에 묻은 얼룩을 제거하듯, 그곳에 살고 있는 자들을 강제 이주시키겠다는 계획이었다. 포주들은 데리고 있는 창부 인원이 많을수록 다른 지역으로 이주했을 때 세금을 크게 물어야 하는 처지가 되었고 대규모 인원을 이동시키는 이주 비용에도 골머리를 썩게 되었다.

그런고로 다수의 포주에겐 밑에 있는 창부들을 팔아야겠다는 대안이 최선일 수밖에 없었다. 포주의 빚을 갚지 못한 창부들이 더 열악한 곳에 노예로 팔려나가든 가축처럼 장기가 팔리든 간에 지체 높은 귀족 나으리는 그들의 처분에 관심이 없었다.

프리네가 일하던 가게의 간사한 포주는 이 소식을 듣고, 데스테 백작과 친분이 있다는 슈미트 공작을 찾아가 진정을 요청했다. 그러면서도 아주 근사한 물건을 마련해 놓았다고 귀띔해 환심을 끌었다.

그것이 마도구일 줄 알았던 슈미트 공작은 포주가 마련한 으슥한 집에서 프리네와 마주치자마자 얼굴을 찡그렸다. 배운 대로 남자의 옷을 벗기려고 다가선 프리네를 밀친 공작의 반응은 꽤 냉정하기만 했다.

어딜 감히.

굳이 귀찮은 일에 휘말리고 싶지 않은 얼굴. 프리네가 본 공작의 첫인상은 그 기색이 역력했다.

공작이 거부한다면 꼼짝없이 아무 손님이나 받아야만 하는 처지였으므로, 프리네는 뒤돌아선 공작을 꼭 끌어안고 오열했다. 프리네에게는 그가 그녀를 구해 줄 유일한 신처럼 보였다. 몇 번이고 도와 달라고 기도하듯 빌었다.

공작은 머뭇거리다가, 다시 그 가련한 얼굴을 한 번 보고 얼굴을 일그러뜨리다가, 끝내 그 간절함에 동했는지 그녀가 옷깃을 잡아 내리는 걸 거부하지 않았다. 프리네는 자신을 원하지 않는 남자를 침대로 데려가서 몸을 섞은 뒤에 살려 줘서 고맙다는 말을 속삭였다.

그렇게 프리네는 코타이너에서 유일하게 공작을 받은 여자가 되었다.

덕택에 다른 더러운 남자들을 받지 않을 순 있었지만, 이후에 공작은 딱히 그녀를 찾지 않았다. 그렇게 그 하룻밤에 아이가 생긴 건 프리네에게 있어서 단기적인 희소식이자 장기적인 비극이 되었다.

기어코 아이를 낳고 말았으니, 포주가 공작의 씨를 못 알아볼 리가 없었다. 공작이 프리네를 찾지 않자 다른 남자에게 그녀를 팔아 보려 했던 포주는 마음을 바꿔 공작에게 서신을 보냈다. 얼마 지나지 않아 그 비천한 동네에 공작가에서 보낸 마차가 도착했다.

'그 애는 내 머리칼과 내 눈을 닮았어. 네가 그분의 외모를 그대로 물려받은 것처럼.'

프리네는 병상에서 루이제에게 그 이야기를 꺼낼 때면 눈시울을 적셨다. 사내아이라고 했다. 이름도 지어 주지 못한 그 아이에 관해서 이야기를 꺼낼 때마다 그녀는 태어난 지 얼마 되지도 않은 아이가 아주 다정한 미소를 지어 줬다며 서글픈 미소를 지었다.

조그만 존재가 프리네에게 준 경이로운 행복은 공작을 만난 시점에서 비극이 되었다. 공작이 아이를 안아 들자마자 특이한 점을 알아차리고야 만 것이다. 아이의 심장 부근에 새겨진 문신 같은 마법진.

신비력자라니.

아들을 든 공작이 첫 마디는 경탄이었다. 그것이 아버지의 감정이었는지는 알 수 없었다.

공작은 선뜻 아이를 키워 주겠다고 했다. 신비력자는 귀한 재목이니, 나중에는 슈미트 가문의 혈통으로 인정해 주겠다고도 했다. 그렇게 프리네는 첫 아이와 영원히 이별하고야 말았다.

'그 아이에게는 그쪽이 최선이었을 거야.'

항상 그것이 그녀의 결론이었다. 그 말을 할 때면 차마 말을 잇지 못하고 고개를 돌리는 것까지 매번 그러했다. 그럴 때면 루이제는 복잡다단한 심정을 참아 내는 그녀의 뒤통수를 아로새겼다. 오빠를 향한 어머니의 애정만은 오롯이 읽어 낼 수 있었다.

'나에게도 그분이 최선이었어.'

말년에 병으로 죽기 직전까지, 그녀가 입버릇처럼 했던 말이었다.

그녀는 포모나와 맞닿은 국경 지대에 있는 공작의 사택에서 일 년에 네 번, 계절이 바뀔 때마다 한 번씩 찾아오는 남자를 기다렸다. 정확히는 남자가 데려올 아이를 기다렸다. 정부의 삶이란 그렇게도 하잘것없는 기다림의 연속이었다.

하지만 남자는 아이를 데려오지 않았다. 남자는 올 때마다 아이가 기사단에 입단할 정도로 성장하면 데려오겠노라 약속했다. 그녀는 해마다 몸이 쇠약해져 가면서도, 그 하루를 위해서 버텨 가며 살았다.

그렇게 여러 계절이 지난 뒤에는 루이제가 태어났다. 딸을 확인한 공작은 심장에 새겨진 마법진이 이번에는 흐릿한 것을 보고 고개를 내저었다.

너무 위험하다고 했다. 확실한 신비력자면 두려움의 대상이 되기 때문에 살아남을 수 있지만, 신비력이 약한 아이는 먹잇감이 되기 쉽다는 것이다. 공작은 아이를 데려간 해에 급히 결혼식을 올린 터였다. 차라리 새로 생긴 안주인의 눈치가 보인다는 말이 더욱 신빙성이 있었을 것이다.

프리네는 공작을 믿지 않았지만, 공작의 선택만은 기쁘게 받아들였다. 루이제만은 그녀가 손수 키울 수 있었으니까.

그녀는 아주 비싼 값에 공작에게 팔아넘겨진 그 순간부터, 남자 하나 잘 만나서 인생이 잘 풀린 고급 창부로 불렸고 평생 조롱과 손가락질을 받았다. 코타이너에서조차 몸 파는 일로 가장 득을 본 여자는 질시의 대상이었고, 포모나에서는 수배령이 내려진 이단자라 그녀가 돌아갈 수 있는 고향도 없었다.

그러니 프리네가 숨을 거둘 때 곁에 있어 준 루이제는 그녀의 유일한 기쁨이자 안식처였다. 죽는 마지막 순간까지 어린 딸을 의지했던 그녀는 끝내 편하지 못한 마음으로 눈을 감았다. 오래도록 기다린 아들과 재회하기 일주일 전쯤이었다.

오누이의 처음이자 마지막 만남은 어머니의 장례식이었다. 어머니를 찾아온 어린 아들은 처음 본 어머니의 죽음 앞에서도 생각보다 의연했다. 루이제는 처음 본 오빠가 낯설어서 제대로 얼굴을 마주하지 못했다. 다만, 오빠가 그녀에게 내민 사탕은 기억했다.

루이제가 태어나서 처음 먹어 본 사탕이었다. 달콤한 맛이 났다. 긴장이 풀려서 사르르 웃자, 오빠는 그녀의 머리를 쓰다듬어 주었다.

'널 다시 찾으러 올게.'

그는 기사 서임을 받으면 바로 찾으러 오겠다는 부질없는 약속만 남긴 채로 떠나갔다. 안타깝게도 그의 약속은 지켜지지 못했다.

슈미트 가문은 반란죄로 일가가 처형되었다. 베일에 감춰져 있다는 슈미트 공작의 유일한 아들, 펠릭스 슈미트는 어린 나이에 단두대에서 생을 마감했다고 전해졌다.

얼마 지나지 않아서 신전 기사단이 신비력자를 찾고 있다는 소문이 국경 근처까지 들려오기 시작했다.

펠릭스 슈미트는 이렇게 될 줄 알고 있었을까. 그는 장례식에서 남긴 예사롭지 않은 말을 남기고 떠났다.

'슈미트 공작에게 무슨 일이 생기면 외국으로 도망쳐.'

중요한 건 루이제가 너무도 어렸다는 것이었다. 갓 엄마를 잃은 소녀는 국경 지대의 작은 마을에서 슈미트 공작이 보내 주는 생활비에만 의지해서 살아왔다. 엄마를 돌보던 루이제는 슈미트 공작이 죽고 생활비가 끊기자, 물건을 사 오던 국경 시장에서 인심 좋은 장사꾼에게 바느질을 납품할 자리를 얻게 되었다.

지금의 집, 지금의 터전, 지금의 익숙한 환경.

어린 루이제에게는 언젠가 죽을지 모른다는 위기감보다 곧장 외국으로 떠나 미지의 장소에 터를 잡아야 한다는 두려움이 더 크게만 다가왔다.

해가 갈수록 루이제에게 새겨진 마법진은 또렷해져 있었다. 신비력이 구체적으로 무엇을 의미하는지는 몰랐으나, 슈미트 공작이 그것을 꽤 귀하게 여겨 오빠만을 키운 걸 보면 귀한 흔적임이 틀림없었다. 프리네는 절대 들키지 말라고 신신당부를 하면서 그녀를 키웠기 때문에, 아직 아무도 모르는 루이제 혼자만의 비밀이었다.

들키지만 않으면 괜찮지 않을까?

그 생각이 루이제를 무디게 했다. 그렇게 국경에서 머무는 시간이 길어졌다.

어느 때와 없이 평화로운 시장은 그날따라 유난히 새로 온 타지인으로 북적이고 있었다. 그런 날은 어김없이 포모나 상인들이 오는 날이었다. 루이제는 국경 시장에서 바느질거리를 납품하고, 포모나 행상인이 지나가는 광경을 구경했다.

포모나 행상인들은 물건이 가득 채워진 짐마차를 몰고 왔다. 거래를 마친 상인은 짐칸의 상황을 확인하더니, 시장 가운데서 공용어로 크게 외쳤다.

'포모나 바실리카행 다섯 분 모십니다!'

그러자 타지에서 온 로브 쓴 여행자들이 하나둘 마차를 힐끗거리기 시작했다. 행상인들은 가끔 국경을 넘길 원하는 이들의 통행증을 확인하고 포모나까지 데려다주는 대신 이송비를 받는 장사를 벌였다.

흔히 있는 일은 아니었기 때문에 비밀리에 출국하는 이들에게는 암암리에 알려진 도주 경로였다. 듣기로는 프리네도 저런 마차를 타고 도망쳐서 오노르로 입국했다고 했다. 언젠가 루이제도 저렇게 도망가야만 하는 걸까.

'포모나로 갈래?'

팔뚝의 털이 부슬부슬한 덩치 큰 남자가 빤히 마차를 구경하던 루이제를 내려다보고 물었다. 햇빛을 등진 터라 자세히 보이진 않았으나 흐흐 웃는 남자의 입매가 어쩐지 섬뜩했다. 루이제는 새파래진 얼굴로 재빨리 고개만 젓고 보았다.

이 마차를 탔다가 어머니처럼 이국땅에서 매음굴로 팔린다면?

매음굴의 무서움을 들었던 루이제에게 국경은 그녀가 넘어가지 못하는 경계선이었다.

외지의 여행자들을 태우던 마차가 인원을 채우고 출발하려 할 때였다.

'잠깐.'

후드를 쓴 남자들이 몰려와 마차를 저지했다.

'여기서 신석이 반응을 보인 것 같은데.'

가장 앞에 있는 남자가 후드를 벗자, 루이제는 자신도 모르게 우아, 하고 감탄사를 내뱉고서 입을 막았다. 그러자 남자의 붉은 눈동자가 그녀에게 힐 끗 눈길을 주었다.

검은 머리칼을 지닌 소년은 타오르는 색을 지닌 눈동자와 달리 얼음장처럼 차가운 생김새였다. 그 조화가 미묘하고도 신비로워서 감탄이 나지 않을 수 없었다.

소년은 상인에게 손 위에 올려진 서로 다른 색을 지닌 네 개의 돌을 펼쳐 보였다.

'마차를 확인하고 싶어. 협조를 구한다.'

소년이 무뚝뚝한 얼굴로 포모나 상인에게 요구했다. 우람한 체격의 상인은 어린 소년의 무례에 곧바로 발끈했다.

'무슨 자격으로 그런 말을 하는 거냐, 꼬맹아.'

눈 하나 깜빡하지 않는 소년 대신 옆에 있던 선한 인상의 남자가 가넷이 달린 검 장신구를 보여 주었다.

'신전 기사단입니다. 신비력자 단속 기간이니 협조 부탁드립니다.'

순간에, 루이제는 하얗게 변한 머리로 곧바로 뒤도 돌아보지 않고 뛰기 시작했다. 등이 쭈뼛하게 서는 기분이었다. 신전 기사단이 국경까지 들이닥 치다니!

혼란 상태인 루이제는 재빠르게 달아나느라 소년이 저와 돌을 번갈아 보고 있다는 사실을 미처 확인하지 못했다. 그저 숨이 벅차오를 때까지 달릴 뿐이었다. 그러나 곧 멀리서도 또렷하게 들리는 목소리에 섬찟해질 수밖에 없었다.

'저 애 잡아.'

혼잡한 시장에서 조그마한 체구로 그들을 따돌리며 달리던 루이제는 숲속을 가로질러 달렸다. 그러다가 곧 물살이 거세게 흐르는 강을 앞에 두게 되었다.

이 강만 넘으면 포모나였다. 뒤로 멀리서 기사단을 이끌고 오는 검은 소년의 머리카락이 점점 가까워지고 있었다. 다시 시선을 바로 하자, 눈앞에서 물살은 여전히 거세게 흐르고 있었다. 루이제는 그대로 그 안으로 뛰어들었다.

'기다려!'

꽤 절박한 외침이었지만, 물속에 뛰어든 그녀에게는 더 이상 아무것도 들리지 않았다. 물이 온몸에 차오르면서 루이제의 숨을 졸랐다. 생존 본능처럼 몸이 허우적대자 두려움에 허덕이는 몸짓은 발에 추를 매단 듯이 수면 아래로 그녀를 잡아끌었다.

살고 싶어.

죽음을 맛본 루이제가 간절하게 버둥거렸다. 물먹은 솜처럼 무거워진 몸이 그대로 수면 밑에 가라앉으려던 찰나였다.

누군가 그녀를 수면 밖으로 끄집어냈다. 그녀의 목을 잡아챈 남자는 강밖으로 헤엄쳐 나왔다. 나오는 동안에 물방울이 잔뜩 튀는 바람에 시야를 분간하기 힘들었으나 검은 머리칼로 보아 그 소년임이 틀림없었다.

풀밭에 엎어진 루이제는 물을 토해 내다가 마지막 발악을 하듯 주머니 안에 가지고 있던 바느질용 가위로 소년을 찌르려 들었다. 마찬가지로 물을 뱉어내고 있던 소년이 조금 놀란 붉은 눈동자를 치켜뜨자, 앞에 반투명한 초록빛 막이 생기더니 그대로 가위를 튕겨 내고 말았다.

'너……'

곧바로 소년이 제 손목을 내려다보았다. 그의 손목에 걸린 굵직한 에메랄드 보석 팔찌가 가뭄 난 땅처럼 금이 가 있었다. 서서히 소년의 얼굴이 일그러지자, 루이제는 곧바로 울음을 터뜨려 버렸다.

'흐윽, 흑, 흐으윽, 살려 주세요……. 잘, 잘못했어요. 제발…….'

루이제는 소년의 진노를 예감하고 벌벌 떨면서 그 앞에 엎드렸다.

루이제는 착한 소녀였다. 어머니를 잘 모셨고, 아버지의 말대로 얌전하고 조용하게만 지냈다. 그런데 어째서 부모님을 모두 잃고 죽어야만 하지? 어린 루이제의 시각에서는 도저히 이해되지 않는 일투성이였다.

그래서 루이제는 우는 것밖에 할 수 없었다. 강물인지 눈물인지 분간할 수도 없이 흠뻑 젖어 바들바들 떠는 얼굴로 카론을 향해 절망을 고스란히 드러냈다. 두 손을 모으고서 젖은 그의 옷깃을 잡고 간청했다.

'사, 살려만 주시면……. 흐윽, 흡, 차, 착하게 지낼게요. 저 마법진도 있어요……. 그러니까, 제, 제발…….'

카론은 한동안 말없이 그녀를 내려다보고 있었다. 눈물로 뿌옇게 변한 시야는 그의 표정을 읽어 내지 못했다.

* * *

그 기사는 죽을 뻔했던 그녀를 손수 살렸고, 왕세자에게 바쳤다. 심지어 그녀의 목숨을 보장해 달라는 탄원서를 냈다고 했다. 그 소년이 에르하르트 소후작이라는 것은 나중에야 왕세자가 알려 주었다.

'네가 카론이 애지중지하던 마도구까지 깨먹으며 살린 신비력자구나. 상소문까지 올려 가면서 살려 낸.'

레오폴트는 첫 만남에서 싱긋 웃으며 그녀의 머리를 쓰다듬어 주었다.

'어쩐지 닮았네.'

덧붙인 말의 의미를 그때까진 제대로 알지 못했다.

***

왕세자는 가끔씩은 잘 대해 주고, 가끔씩은 겁을 주었다. 실험당한 루이제가 비명을 지르며 주저앉으면, 그 꼴이 재밌는지 웃음을 터뜨리기도 했다.

루이제는 왕세자에게 모진 수모를 당할 때마다 한 가지 기억을 되새기며 버텼다. 절박하게 그녀를 건져 내던 단단한 팔. 자신을 죽일 줄 알았던 기사가 건네준 배려는 생각보다 든든한 것임이 틀림없었다.

소후작이 타스로산 에메랄드라는 귀한 마도구를 잃었다는 뜻이 정확하게 어느 정도 의미인 줄은 몰랐으나 그것만으로 왕세자는 그녀를 살려 두고 기르기 시작했다고 했다. 언젠가 쓸모 있는 새가 되길 바란다며, 알 수 없는 말을 하고 갈 때도 있었다.

그녀는 귀족 저택에서 살게 되었고, 최소한의 교육을 받았으며, 감시자 역할이긴 하지만 같이 지낼 하녀도 받았다. 처음으로 받게 된 귀공녀 대접이었다.

슈미트 가문에서 제대로 인정받지 못한 반쪽짜리 서녀는 왕세자가 만든 완벽하게 고립된 새장 속에서 자랐다.

'로제마리, 그게 사실이니? 북부 대륙에서 건너온 마도구가 암시장에서 거래되고 있다는 거.'

왕세자가 붙여 준 하녀는 순간 한심스러운 눈빛을 숨기지 못했다가 답을 해 주었다.

'예, 아가씨. 암시장에 불법으로 나온 매물을 처리하지 못해서 시골 영지까지 내려와서 팔려는 상인들이 많다고 들었어요. 게다가 얼마 전에 마도구 불법 유통으로 처형된 장인이 만든 물건이 급매물로 나오는 바람에……'

'저런.'

약혼식까지는 소후작에게 선물할 수 있는 마도구를 사고 싶었다. 그녀가 부수어 버린 걸 사죄하는 의미로. 하지만 정황으로 미루어 볼 때 에르하르트 가문 상황에 문제가 있어 보였다. 시장에 유통되고 있는 마도구가 지나치게 많다. 에르하르트 후작이 제대로 회수를 안 하고 있다는 뜻이었다. 데스테 가문과의 결합에 신경 쓰고 있는 탓일까.

왕세자의 밑에서 길러진 루이제는, 아무것도 모르는 척하고 알게 된 사실은 최대한 감추는 것이 유리함을 알게 되었다. 살아남기 위해서 터득한 나름의 생존 방식이었다.

'이번에 받은 초대도 네가 같이 가 줄 거지? 예전에는 데스테 가문과 우리 가문이 막역했다고 하지만, 나와 데스테 영애는 교류가 없다시피 했거든. 어째서 약혼식에 초대받았는지는 모르겠지만……. 네가 함께 가 준다면 분명 안심이 될 거야.'

마음 한구석이 시큰하게 아팠으나 그를 보러 갈 수 있다는 점만은 좋았다. 로제마리와도 그레타와도 인간적인 관계를 맺지 못했던 그녀는 전적으로 자신을 살려 준 카론에게만 의지했다. 그와 제대로 대화를 나누어 본 적은 없었지만, 아니, 정확히는 그와 제대로 대화를 나누어 본 적이 없었기 때문에 그럴 수 있었다. 그래야만 수도에서의 생활을 제정신으로 버틸 수 있을 것 같았다.

어머니가 그러했듯, 그녀의 존재를 잊은 남자를 바라게 되는 것이 그녀의 최선이었다.

그러면서도 궁에서 몰래 기민하게 살아남은 자의 의혹은 어머니를 회고할 때마다 머리를 쳐드는 것이다. 과연, 프리네의 선택이 최선이었을까.

오노르는 신비력자들이 근간이 되어 건국한 왕국이었다. 오노르 왕국의 공작과 후작 작위는 왕실의 방계거나 건국 유공자가 나눠 가지는 자리였다. 그들 중 다수가 신비력자의 피를 타고났음은 물론이었다.

신비력이 멸종할 줄 몰랐던 시절까지는 신비력이 강력한 군주가 왕국을 다스린다는 이치에 아무도 불만을 품지 않았다. 단순하고도 성스러웠던 그들의 진리가 뿌리부터 흔들리기 시작한 건, 그들을 지탱해 줄 신비력이 사라지고 점차 동등한 인간의 권력만으로 서로를 바라볼 수 있게 되면서였다.

와중에 슈미트 공작의 핏줄에 '진짜 신비력자'라는 친자가 생겼다면 과연 어떻게 되었을까. 그녀의 아버지는 무슨 생각을 품었던 것일까. 그 반역죄 의 전말은……

* * *

루이제는 마차가 멈추면서 깊은 회상으로부터 빠져나왔다. 깜깜해진 밤, 마차의 유리창은 저택의 외관 대신 그녀의 얼굴을 비추었다. 왕실의 먼 친 척이라는 아버지를 빼다가 박은 것 같다는 금발과 청안.

루이제는 커튼을 치고서 마부가 문을 열어 주기만을 기다렸다.

어머니가 짓던 서글픈 미소의 의미를 제대로 알게 된 건 왕세자 밑에서 살게 된 이후부터였다. 어린 시절 봤던 오빠의 얼굴이 어떠했더라. 기억이 나지 않았다. 다만, 어머니의 애달픈 눈망울과 고독한 뒷모습을 타고 흐르는 머리카락이 아주 부드러운 다갈색이었다는 점만은 떠올릴 수 있었다.

"에르하르트 저택에 오신 것을 환영합니다."

마차에서 내리자, 인자한 인상의 노집사가 그녀를 환영했다. 루이제는 친절한 미소로 집사장의 환영 인사를 받았다.

기억나지 않으면 어떠하랴. 그녀는 지나온 과거보다 현재의 최선을 보고 살아야만 했다. 그 남자. 카론 에르하르트는 그녀가 붙잡을 수 있는 최선의 현재였다.

* * *

느닷없이 등장한 귀공녀로 인해 저택은 발칵 뒤집혔다. 개중에 가장 속이 뒤집힌 사람은 레나도 아닌 로제마리였다.

"대체 무슨 일이 있었던 거예요?"

로제마리가 그녀에게 눈을 동그랗게 뜨고 그녀를 추궁했다. 레나 역시 기분이 저조했기에 대충 답을 내놓았다.

"들었잖아요. 후작님의 약혼자."

"그걸 묻는 게 아니라······."

레베카가 조례에서 말하기로는 '저택에 오래 머무르실 손님'이라고 표현했으나 이제껏 후작은 저택에 귀공녀를 오래 들인 적이 없었다. 게다가 왕세자가 이번 사냥제 폐회식에서 슈미트 가문의 유일한 생존자를 공언했다는 소식은 한바탕 조간지로 돌았던 내용이었다.

"어째서······."

로제마리는 혼란스러운 얼굴로 레나 맞은편에 있는 등받이 의자에 주저앉았다. 레나에게는 그녀의 얼굴이 줄을 잘못 섰다는 절망으로밖에 읽히지 않았다. 레나는 측은한 마음이 들었으나, 곧 제 처지가 지금 누구를 위로할 상황이 아니라는 생각에 창밖을 내다보았다.

"······어째서 저분이 이 저택에 오게 된 건지 모르겠어요."

로제마리가 시답지 않은 넋두리만 늘어놓다가 일하러 나간 이후에도, 레나는 혼이 나간 사람처럼 멀거니 방 안에서 침묵을 지켰다. 사실 슈미트 공작가를 견제했던 왕실의 내막을 어렴풋하게나마 알고 있는 그녀 역시 현 사태를 제대로 받아들이기 버거웠다.

왕실은 귀족들이 지지하는 신비교를 앞에서는 권장하고 존중했지만, 뒤에서는 교리를 검열하고 견제했다. 시대가 변하면서 신비력의 위상은 날이 갈수록 허물어져 가고, 왕실을 지탱하는 근본 역시 흔들렸다. 왕실은 근간 사상인 신비교를 부정하지도 긍정하지도 못하는 모순에 갇힌 셈이었다.

이러는 도중에 다른 가문에서 새로운 신비력자가 탄생하기라도 했다면? 왕권이 교체될지도 모른다는 불안은 왕실과 귀족들 사이에 심어진 불신의 씨앗이었을 터였다.

어렸던 엘레나 오펜하이머는 자기 가문이 슈미트 가문의 역모에 엮이게 된 자세한 내막을 알지 못했지만, 성인이 된 레나 크루거는 루이제만 보아도 왕실과 슈미트 가문이 틀어진 배경에는 확고했던 절대 권력의 붕괴 위기가 있었다는 걸 짐작할 수 있었다. 당시 슈미트 공작은 신비교의 구심점이 되어 주었던 인물이니 왕실은 그를 제거할 기회만 호시탐탐 노렸을 터였다.

그랬던 왕실이 지금 에르하르트 가문에게 공작의 자리를 내어 준다니. 그리되면, 에르하르트는 신비력의 힘과 왕위 계승권을 모두 쥐게 될 텐데.

그만큼 동맹의 끈이 굳건하다는 걸 보여 주기 위한 입장 과시일까, 아니면……. 레나는 그 제안을 쉽게 받아들인 카론을 내심 걱정하다가 그런 자기 자신을 자조했다.

카론 에르하르트를 걱정해서 무얼 하려고. 거지가 귀족을 걱정하는 꼴이었다. 지금은 자기 앞가림도 못하는 처지이지 않은가.

로렌츠는 연회에서 마주쳐도 기별이 없었다. 카론의 경계 태세가 삼엄했기 때문이라 그랬던 건지, 의도해서 그랬던 건지도 정확하게 구별할 수 없었다.

카론은 수도를 떠나오는 내내 별다른 말이 없었고, 물끄러미 그녀의 얼굴만 쳐다보는 시간은 점점 늘어났다. 그 반응만으로는 '중심 기억'이 돌아왔는지조차 알아챌 수 없었다. 확실하지 않은 방법으로 치료하려니, 경과를 제대로 확인할 수 없어서 답답하기만 했다.

확신할 수 있는 건 기억을 완전히 되찾는 날에 그의 손목에서 고통의 표식이 완전히 사라진다는 사실뿐이다. 그는 대체 언제 기억을 온전하게 찾을 수 있을까.

레나는 어서 카론의 기억을 찾게 하고 로렌츠와의 계약을 끝내고 싶었다. 적어도 카론 에르하르트와 루이제 슈미트의 결혼식 이전에는 반드시. 기억만 돌아온다면, 이제 카론 에르하르트의 인생에 그녀가 관여될 일은 없을 것이다.

레나는 자리에서 일어나 창가에 섰다. 후작의 정부가 되면서 바뀐 침실은 에르하르트 정원이 한눈에 보이는 위치에 있었다. 푸릇한 초목이 가꾸어진 정원을 쏘다니는 루이제가 눈에 들어왔다. 수줍게 고개를 숙인 루이제 뒷모습 옆으로 잠자코 그녀의 말을 들어주는 카론도 보였다.

함께 오찬을 들고, 귀공녀가 부탁한 대로 저택을 구경시켜 주고, 그녀의 이야기를 들어준다. 더할 나위 없이 완벽한 귀공자의 에스코트였다. 레나는 커튼을 잔뜩 구겨 쥐다가 더운 숨을 내쉬었다.

봇도랑길을 따라 피던 양귀비꽃이 흐릿하게 그 위로 겹쳐 보이기 시작했다. 기억 속 데스테 영지다. 지금의 두 사람보다 조금 어린 연인. 레나는 눈에 이물감처럼 끼려는 잔상을 털어 내려 고개를 흔들었다.

잊고 있던 과거가 그대로 눈앞에 재현되고 있었다. 레나는 물을 한 모금 들이마시며, 약이 되는 달콤한 사탕을 찾아서 집어삼켰다.

커다란 알약 같던 사탕이 목구멍으로 넘어가자, 환영은 서서히 가라앉았다. 방 안은 가쁜 숨소리로 가득했다. 최근에 카론과의 동침을 늘리면서 겪는 부작용이었다. 두통이 가라앉자, 레나는 정오의 햇살을 투과하는 창문을 암막 커튼으로 닫아 두었다.

카론은 루이제를 곁에 두지 않겠다고 했으나, 과거의 그들이 처했던 상황이 현재라고 해서 다르게 흘러가지 않을 터였다. 그러니 이제 더는 떠올리는 것도, 기대하는 것도 하고 싶지 않았다.

* * *

"이리 초대해 주시다니 감사드려요."

그 시각 루이제가 카론에게 속삭였다.

"영애께 결례를 범했으니 이렇게라도 갚아야지요."

카론은 적당히 대꾸한 채로 지루한 산책을 이어 나갔다. 그 무심한 모습에도 루이제는 웃었다.

평소처럼 큰 폭으로 빠르게 걷지 않는 발걸음이 그녀를 위한 배려인 만큼,

적당히 내어 준 팔로 유지하는 간격이 그가 그녀와 지키려는 거리임을 알았다. 하지만 당장은 손으로 느껴지는 단단한 팔 근육에 가슴이 뛰고, 그를 훔쳐보며 눈이 마주칠 때마다 웃음이 새어 나왔다.

카론 에르하르트는 그녀에게 반듯한 예우를 갖춰 주었다. 거친 소문으로 인한 우려와는 달리 빈정거리거나 무시하는 기색도 없었다.

집사장과 하녀장에게 일러 그녀의 편의를 챙기도록 했고, 그녀가 부탁하는 일을 딱히 거절하지도 않았다. 이쯤이면, 마음은 주고받을 수 없어도 완벽하게 평범한 귀족 부부의 모습 아닐까. 루이제는 그것만으로도 좋아서 마치 로맨스 소설 안에 와 있는 느낌이었다.

지금 그들이 서 있는 배경만 해도 그렇지 않은가. 담장처럼 우거진 덤불 사이로 푸른 장미가 곳곳에 피어나 있었다.

"정원에 푸른 장미가 정말 많아요. 이렇게 많이 심어 놓은 이유라도 있으신가요?"

푸른 장미는 주술로 키워진 씨앗이라고 하여 특별한 종자 취급을 받았다. 에르하르트는 특히 신비력으로 자부심이 있는 가문이니 그 권력을 보이기 위함임을 알면서도, 루이제는 카론과 대화를 해 보기 위해서 모르는 척 말을 걸었다.

"이건……."

순간, 비록 성의는 없었으나 적당히는 이어져 왔던 대답이 그대로 멈추었다. 카론은 벽에 부딪힌 사람처럼 우두커니 선 채로 푸른 장미를 내려다보고 있었다.

"후작님?"

루이제가 카론을 부르다가 그의 시야 안으로 들어서려던 찰나에, 정원 저 만치에서 잘 굴러가던 수레가 쿵, 하고 쓰러지는 소음이 둘의 시선을 한데 모았다.

수레가 맥없이 내려앉으면서 그 안에 담겨 있던 잘려 나간 나뭇가지, 시든

덤불, 흉한 꽃들 같은 정원 폐기물이 우르르 쏟아졌다. 정원을 지나던 청년은 귀신이라도 만난 사람처럼 질겁해서 동그랗게 눈을 뜨고 그들을 보고 있었다.

루이제는 언뜻 보인 남자의 얼굴에서 어딘가 익숙한 느낌을 받았다. 그러나 밀짚모자를 푹 눌러쓴 남자가 재빨리 고개를 떨구어 얼굴이 드러나는 걸 막는 바람에 생김새를 자세히 확인하지 못했다.

"무슨 문제 있나."

카론이 그에게 물었다. 어딘가 조소가 섞인 듯한 물음이었다.

루이제는 그것이 후작이 다른 이들을 대하는 기본 태도라는 걸 알고 있음에도 조금 움찔거렸다. 유독 저 정원사를 향해서 날을 세운 듯한 어조였기 때문이었다.

"아니요. 죄송합니다."

정원사는 서둘러 수레에서 쏟아진 내용물을 주워 담더니 그대로 그들의 반대 방향으로 사라졌다. 루이제는 남자의 뒷모습을 보다가 고개를 갸웃거렸다.

"더워서 실수를 했나 봐요."

어쩐지 정원사의 실수를 좋게 덮어 주고 싶어서 만회의 말을 건네 보았으나 카론의 시선은 또다시 푸른 장미로 옮겨 가 있었다. 루이제는 이제껏 그의 무신경한 대답은 신경 쓰지 않았으나, 이상하게도 그의 사색에는 조급함을 느꼈다.

"나중에 저택에 정원사를 더 들여도 될까요? 이건 당연히 후작님과 상의해 봐야 하는 부분이겠지만요."

그래서인지 조금 성급하게 그녀의 본심을 슬쩍 내밀고 말았다. 사실은 그와 정원을 걸으면서 이런 이야기를 하고 싶었다.

언제 결혼하면 좋을지, 왕세자에게 어떻게 말해 두면 좋을지, 결혼식은 어디서 할지. 그리고 조금 불편한 이야기겠지만 그를 거부한다는 정부와의 관계는 어떻게 할 건지도.

그러자 비로소 카론의 눈길이 그녀에게로 돌아왔다. 멀리서만 보면 새까 맣게만 보였던 눈동자였는데 가까이서 보니 그 안에는 적빛이 돌았다. 어린 시절에 봤던 기억처럼 여전히 차가운 인상과는 반대되는 색이었다.

그 안에 루이제가 처음으로 담겼다. 식사를 하면서도, 정원을 걸으면서도, 카론은 그녀를 제대로 마주 보지 않고 있었던 터였다.

무거운 침묵은 천년처럼 길게만 느껴졌다. 목이 타는 기분이다. 이윽고 내쉰 그의 한숨에는 심장이 내려앉았다. 피로감이 담긴 듯, 이어지는 카론 의 담담한 한마디가 그녀에게 파장을 불러일으켰다.

"영애에게는 뒤늦게 말해 봐야 또 다른 무례가 될 것 같아 미리 말씀 드리겠습니다. 지금부터 범할 무례에 대해서는 미리 관용을 부탁드려야겠 군요."

좋지 못한 예감에 감청색 눈동자가 불안하게 흔들렸다. 카론은 그 겁먹은 얼굴을 보고도 주저 없이 제 할 말을 내리꽂았다.

"약혼식은 거행될 수 있겠지만, 저는 부디 영애께서 에르하르트 저택에 손님으로서 부족함 없이 머물다 가시길 바라는 마음뿐입니다."

루이제의 속에서 무언가 울컥하고 쏟아졌다. 심장이 짓눌리는 기분이었 으나 그녀를 바라보는 카론의 얼굴은 그 말을 하기 이전과 다른 점이 없 었다.

그제야 루이제는 카론이 아주 관심 없는 예술품을 보는 눈을 하고 있다 는 걸 깨달았다. 귀하다는 건 아는지라 맡고 있을 땐 아주 조심스럽고 정성 스럽게 다루고 있지만, 막상 그것이 사라진다고 하면 딱히 아쉬워하지 않을 법한 그런 얼굴.

대체 무엇을 믿고 이 남자에게 의지했을까.

"……후작님, 저는 왕세자 전하께서……."

그걸 깨닫자 이어지는 말에는 저도 모르게 울먹거림이 배어났다. 간직하 고 있던 순애가 무너져 내리는 설움과 왕세자가 맡긴 임무로 인해 피어오른 불안이 동시에 그녀를 짓눌렀다. 그저 나약한 감정에 따라서 그의 목에 매달려 호소하고만 싶었다. 어머니의 방법이 통했듯이.

"알고 있습니다. 왕세자 전하의 의도. 영애께 하는 짓도."

그러나 카론 에르하르트는 그녀가 원하는 방식대로 구원해 주지 않았다. 루이제가 감당하기에는 너무 냉혹하리만큼 확고한 시선이 현실을 일깨웠다.

"원하신다면 도망칠 곳을 마련해 드리지요. 에르하르트에서는 신분을 위조하는 일이 어렵지 않으니, 외국을 택하는 편이 나으실 겁니다."

그에게는 일말의 기대조차 하지 말라는 뜻이었다. 루이제는 결국 울음을 터뜨리고 말았다. 카론은 말없이 그녀를 내려다보았다. 무정한 약혼자는 눈물을 닦아 주지도, 용서를 빌지도 않았다. 로맨스 소설 같던 낭만은 부서지고, 그녀에게 고개만 까닥 숙여 보이는 현실의 남자만 남아 있었다.

"후작님은……."

"……."

"대체 왜 저를 살려 내셨어요? 이럴 거면, 흑, 그때, 죽도록 놔뒀어도 되었잖아요."

루이제는 기어코 한때는 목숨을 살려 준 은인이라 여겼던 남자에게 원망을 쏟고 오열했다. 그를 좋아하며 버틴 시간이 얼마인데. 처음부터 그녀를 원치 않는다는 말을 완곡하게 건넨 잔인한 남자는 귀공녀의 눈물에 조금도 동요하지 않았다.

"잘 생각해 보시길 바랍니다."

루이제는 그대로 떠나려는 카론의 옷소매를 필사적으로 붙잡았다.

"시간을 주세요. 그전까지는 약혼자로서 곁을 내어 주시리라 믿을게요."

루이제가 애처롭게 눈물을 글썽였다. 가만히 그녀를 내려다보는 남자는 아무런 말이 없었다.

루이제가 그 자리에 주저앉은 건 카론이 고개를 숙이고 자리를 떠난 후였다. 푸른 장미가 핀 정원에는 덩그러니 남겨진 귀공녀의 오열만 남아 있었다.

* * *

레나는 방에 들이닥친 루이제를 맞이해야만 했다. 어딘가 결연해 보이는 루이제는 쉬이 물러날 생각 없이, 당당하게 레나의 방으로 들어왔다. 마주치기 싫어서 따로 방에서 식사를 해결한 노력이 무색해지는 순간이었다.

어색한 인사를 나눈 후에, 루이제는 자연스럽게 방 한구석에 있는 윙체어에 앉더니 얼굴이 하얗게 질린 로제마리에게 다과를 부탁했다. 로제마리를 부려 본 사람처럼 자연스러운 태도였다. 로제마리가 순순히 그녀의 말에 따라서 방을 나가자, 루이제는 그 뒷모습을 응시하다가 레나에게 물었다.

"저 하녀, 레나 님한테는 잘하나요?"

"네?"

"괜찮은 아이였는지를 묻는 거예요."

아마도 장차 에르하르트의 안주인이 될 테니, 고용인 문제를 묻는 것일까. 그렇게 생각하고 나니, 레나의 심경이 조금 복잡해지기 시작했다.

"아……."

로제마리는 빈말로라도 괜찮은 사람이라고는 보기 힘든 아이였다. 특히, 시중을 들어주는 고용인으로는 최악이다. 그러나 정작 입에서는 양심에 위배되는 말이 튀어나왔다.

"네. 일을 잘하고, 눈치도 빠르고. 로제마리 씨는 좋은 시중 하녀가 될 것 같아요."

로제마리도 중요한 순간에 그녀를 위해서 양심을 버리지 않았던가. 레나 역시 이 정도는 해 줄 수 있었다. 다른 건 몰라도 로제마리가 일을 잘하는 건 확실하니 그리 틀린 말도 아니었다.

"의외네요."

예상과 달리 루이제는 냉소를 짓고 있었다. 조금 놀라운 반응이라 레나가 당황해서 눈을 깜빡이는 사이에, 루이제가 다른 질문을 가해 왔다.

"혹시 저번에 해 주셨던 말씀, 계속해 주실 수 있나요?"

"무슨……."

"레나 님은 후작님의 시침 하녀가 되길 원하지 않는다고 했던 거요."

"아, 그거 말인가요."

레나는 조금 머뭇거리며 대답을 유보했다. 이 이야기야말로 진실로 뒤덮인 기만일 것이다.

"본인이 밝히려 하지 않으시겠지만, 후작님께서는 신비력으로 인한 병을 앓고 계세요."

"네?"

"전 신비력 치유사고요."

"아……."

여기까지는 어디까지나 진실이었다. 듣고 있던 루이제는 곧바로 감을 잡은 표정이었다. 티스푼으로 찻잔에 설탕을 넣고 휘저으며 고개를 끄덕이는 모습은 태연해 보이기까지 했다. 여성 편력이 화려하다는 후작이 치유사라는 여자마저 정부로 삼았다는 이야기가 놀랍지도 않다는 반응이었다.

어떻게 저럴 수 있는 걸까. 정략혼이라지만 마음에 담아 둔 상대이자 남편이 될 남자일 텐데. 그녀였다면 엘레나 오펜하이머 시절에는 감당하지 못했을 충격이었을 것이다.

지금 루이제가 보이는 태도야말로 고전 소설 속에서도 흔히 강조되는 귀부인의 자세라는 걸 알면서도, 레나는 속으로 그 씁쓸한 괴리감을 삼키며 기만 섞인 결론을 내놓았다.

"후작님께서는 저를 그저 놀이 상대로 보고 계실 뿐이고, 저는 그분 곁에 오래 남아 있을 생각이 없어요."

루이제가 찻잔을 휘젓던 티스푼을 멈추자, 찻잔 안에는 작은 소용돌이만 남게 되었다. 루이제는 찻잔 안과 그녀를 번갈아 보다가 물었다.

"그 말을 결혼 이후에 저와 레나 님이 서로 불편하게 마주할 일 없다는 뜻으로 받아들여도 될까요?"

숙맥일 줄 알았던 첫인상과 다르게 루이제는 곧바로 자신의 심기를 내보였다. 레나는 이전의 모습에서 급변한 태도에 당황했으나 애써 내색하지 않았다. 이 상황에 관해서는 준비해 둔 답이 있었다.

"네. 후작님이 완쾌하신다면, 제가 남을 이유는 없는 것이겠지요. 그래서 치료를 최대한 두 분의 결혼식 안으로 끝내려고 노력하고 있고요."

확실하게 제 뜻을 밝혀야 했다. 본명도 밝힐 수 없는 시침 하녀인 자신과 달리 루이제 슈미트는 왕세자를 등 뒤에 업고 카론과 정식으로 약혼할 공작 가문의 귀공녀였다.

이 모든 상황이 데스테 가문과 에르하르트 가문이 연을 맺었을 때와 별다르지 않게 흘러갔다. 카론은 루이제 슈미트에게 관심 없는 사람처럼 굴었지만, 그와 별개로 에르하르트 가문의 후작다운 선택을 내리게 될 것이다. 과거의 카론이 결국에는 루시아 데스테를 선택했듯이. 그것이 그들이 사는 세계의 현실이었다.

"그렇군요. 다행이네요."

그러자 루이제 슈미트가 환하게 웃었다. 적개심이 사라진 미소였다. 레나는 억지로 입꼬리를 끌어 올려서 웃었다.

카론이 영영 기억을 되찾지 못할지도 모른다면, 최악의 상황에서는 저택에서 도망칠 방법도 궁리해 봐야만 했다. 아무리 생각해도 다른 여자의 것인 카론과 몸을 섞는 일을 오랫동안 참아 낼 수 있을 리가 없었다. 그때는 필리프가 제일 큰 위협이 될 테니, 다른 조력자가 필요했다. 그렇다면 아마 남편이 될 자의 정부를 꺼릴 루이제가 제일 안전할 것이다.

때마침 로제마리가 애프터눈 티 세트가 담긴 삼단 트레이를 가지고 들어왔다. 로제마리는 유난히 루이제 슈미트 앞에서 긴장했는지, 접시를 내려놓을 때마다 손을 덜덜 떨었다.

"무슨 문제가 있나요?"

"아, 아닙니다. 영애."

"로제마리라고 했지요? 내가 내일부터 당신한테 시중을 부탁해도 될까요? 레나 님 이야기를 들어보니, 시중 하녀 일을 잘한다던데."

루이제의 제안에, 로제마리의 얼굴이 더욱 창백하게 질렸다. 레나는 루이제의 의도에 피로한 미소만 지어 보였다.

밑에 있는 시중 하녀를 허락도 없이 데려가는 짓은 귀공녀들끼리는 상상도 못 할 무례였다. 그러나 지금 그들 사이에는 엄연한 위계가 있었다. 루이제는 그녀에게 예의를 갖출 필요가 없는 신분이었다.

"잘 되었네요, 로제마리 씨. 귀족 영애의 시중을 들어 보고 싶다고 하셨잖아요."

레나는 앞에 있는 찻잔을 들어 올리면서 루이제의 제안에 수긍의 뜻을 내비쳤다.

귀부인이 정부에게 복종을 가르치는 과정. 이 진부한 과정에 레나는 날을 세우지 않고 순순히 물러나 주었다.

"잘, 부탁드립니다. 슈미트 영애."

로제마리가 어딘가 어색하게 치마를 잡고 루이제에게 인사했다.

"잘 부탁해."

루이제는 살짝 비웃듯이 고개를 끄덕거려 주었다.

그렇게 로제마리가 물러가자, 루이제의 입가에는 산뜻한 만족감이 피어 올라 있었다. 주제를 잘 아는 제 연적이 기특한 모양이었다.

"우리는 좋은 친구가 될 수 있을 것 같아요."

루이제가 차를 한 모금 마시고서 말했다. 친구. 친구라. 얼마 만에 들어 봤던 관계인가. 레나는 마지못해서 고개를 끄덕였다.

"네. 저도 그렇게 생각해요."

방 안에는 오후의 볕이 밀려들었다. 루이제는 그 햇살만큼 환하게 웃고 있었다.

* * *

로제마리는 부리나케 달려서 고용인용 마차에 올라탔다. 귀공녀의 시중에 필요한 것을 사야 한다는 명분으로 외출 허가를 받아 낸 참이었다. 마부가 꾸물거리며 출발하지 않자, 로제마리는 신경질적으로 마부석 방향 창문을 열고 물었다.

"어서 안 가요?"

"한 명 더 올 거야."

담배를 물고 있던 마부는 귀찮다는 듯이 손을 내저으며 다시 창문을 닫았다. 로제마리는 가뜩이나 예민해진 신경에 출발마저 늦어지자 입술을 깨물었다.

루이제 슈미트가 여기에 있다. 어째서? 왕세자 밑에서 영영 못 벗어날 줄 알았는데?

심지어 일부러 그녀를 모르는 척하고 있었다. 로제마리의 직감으로 봤을 때, 그건 겸연쩍어서 하는 무시라기보다 아무리 봐도 저를 골려 먹으려고 안달이 난 얼굴이었다.

루이제 슈미트는 대체 어디까지 알고 있는 거지? 로제마리가 왕세자의 첩자라는 사실을 알고 있을까? 그래서 저러는 것일까? 그걸 후작에게 말한다면.

로제마리는 생각만 해도, 신경 쇠약증에 걸릴 것만 같아 제 목을 문질렀다. 카론 에르하르트가 검으로 제 목을 베어 버릴지도 모른다는 상상에 등골이 서늘해졌다. 머리는 재빠르게 왕세자에게 보낼 서신의 내용을 생각했다.

안녕하세요, 왕세자 전하. 당신의 어린 새랍니다……. 다름이 아니라, 최근 에르하르트 저택의 동향이 심상치 않으니 당신의 귀한 새를 불쌍히 여기시어 자비를……. 다른 곳에서 반드시 제 가치를 증명해 보이겠으니…….

그러자 극도로 예민해진 신경이 끼익 소리가 나며 열리는 마차 문에 소스라치게 놀라도록 반응했다.

"아, 깜짝이야! 하, 뭐야, 너……."

곧바로 말이 다그닥다그닥 소리를 내며 출발하는 바람에, 로제마리는 흔들리는 마차의 승차감에 중심을 바로잡았다. 맞은편에는 그녀만큼 안색이 좋아 보이지 않는 필리프가 타고 있었다.

"넌 무슨 일 있어?"

"……아무것도."

아무것도 아닌 표정이 아니었다. 항상 기분 나쁠 정도로 능청스럽게 웃고 있던 남자가 오늘만은 저조한 기분을 숨기지 못하고 있었다.

"레나 크루거 때문이야?"

로제마리는 지레짐작하고 물었다. 새로 온 귀공녀가 후작의 약혼자라고 소문이 났으니, 후작의 정부인 레나 크루거는 어미 잃은 새끼 신세일 것이 뻔하지 않나. 로제마리는 막스 꼴을 또 볼 것만 같은 예감에 혀를 찼다.

"허튼 희망 품지 마. 만나고 싶으면 적어도 안전하게 레나 크루거가 저택을 나간 후에……."

"헛소리하지 마."

"왜, 남자들 그 모습 못 보잖아. 가엾고 아름다운 여자. 너도 그 기회를 넘보는 줄 알았지."

로제마리가 필리프의 눈치를 보면서도 톡 쏘아붙였다. 필리프는 넋이 나간 와중에도 조금 어이없는 눈으로 그녀를 노려보았다.

"너는 걔가 가엾어 보여?"

"그야, 지금 레나 크루거 상태 보면 그럴 만도 하잖아."

"걔는 가엾어 보이는 걸 절대 못 참아 해. 태생이 가여울 만한 상황은 못 참는 인간이라."

평소와 달리 냉소를 머금고 있는 필리프는 레나 크루거를 많이 아는 사람처럼 굴었다. 로제마리는 반사적으로 트집을 잡고 싶은 마음이 굴뚝같아졌다.

"모르지. 후작님이 약혼녀를 마음에 들어 해서 레나 크루거를 버릴 수도 있잖아. 순순히 버리겠어? 가까이 둔 만큼 살려서 내보낼 가능성은 희박해질 텐데."

로제마리는 제가 기대를 걸었던 인형의 현실적인 상황을 가차 없이 늘어놓았다. 사실 로제마리보다 레나 크루거가 더 미칠 상황으로만 보이는데, 정작 레나 크루거는 사형 선고를 받고 죽기를 기다리는 사형수처럼 차분하기 그지없었다. 그 점이 로제마리를 더욱 불안하게 했다.

그러자 필리프도 갑갑했는지 한숨을 푹 내쉬었다.

"아, 그 문제. 그래. 후작에게 약혼녀가 나타나셨지."

어딘가 많이 착잡해 보이는 얼굴이었다. 로제마리는 그 이유를 알지 못한 채로 조소했다.

"너도 역시 그 문제로 걱정하는 거야?"

"아니, 그 반대 상황이 걱정되는데."

"반대 상황?"

그러자 필리프는 창밖만 내다볼 뿐, 더는 대꾸해 주지 않았다.

* * *

카론은 퍽 웃긴 광경이라고 생각했다. 아무렇지도 않게, 약혼할 여자와 정부가 정원을 걷고 있는 모습이.

훈련을 마치고 온 그는 레나의 팔짱을 끼고 있는 루이제에게 먼저 예를 갖추어 인사했다.

"불편한 점은 없으십니까."

"네. 레나 님께서도 도와주신 덕분에 잘 적응하고 있는걸요. 내일은 같이 시내에 나가기로 약속했어요."

루이제는 팔짱 낀 손을 과시하듯 흔들면서 무해하게 웃어 보였다. 그러나 그의 신경은 온통 그 옆에 불편해하는 기색이 역력해 보이는 여자에게 쏠려 있었다.

레나 크루거는 그와 눈도 마주치지 않고 시선을 아래에만 두었다. 정부의 역할을 다하게 해 달라며 적극적으로 유혹해 와서 함께 침대에서 격렬하게 뒹굴었을 때와 다르게 꽤 서먹한 반응이었다. 그것이 사뭇 마음에 걸리면서도 어딘가 비틀리는 기분이었다.

레나 크루거가 어떤 인물이었나를 떠올리면 더욱 그러했다.

저택에 온 첫날부터 시침 하녀 일을 하지 않기 위해 요리조리 빠져나가고, 제 정체를 숨기기 위해서라지만 정원사에게 쉬이 마음을 주었다는 이야기나 하고, 근신을 받는 와중에도 막스 같은 머저리를 끌어들이더니, 이제는 로렌츠와의 관계를 부정하지도 않았다. 도저히 무슨 심산인지 저 여자의 머릿속을 알 수가 없다.

그럼에도 세상에서 제일 건조한 눈으로 그를 올려다보는 여자는 그를 침대로 끌고 가는 일에만은 열정적으로 굴었다. 그마저도 기억을 찾게 하려는 목적 외에는 없어 보였지만.

"무슨 일로 가시는지 궁금하군요."

"사냥제 때 수고해주신 요한 경께 감사의 선물을 보내고 싶어서요. 약혼식 때 수도 멀리서 올 그레타에게도요."

"에스코트는 필요하지 않으십니까."

그가 다분히 충동적인 제안을 하고 나서야 레나 크루거가 조금 어이없는 얼굴로 그를 올려다보았다. 누구보다도 놀란 사람은 루이제였다. 바쁜 후작이 손수 에스코트를 제안하다니. 동그랗게 뜬 눈은 금방 흥분에 들떴다.

"정말요? 그렇다면 정말 좋을 거예요."

수줍게 얼굴을 붉히는 루이제에게서는 어제의 울먹이던 표정을 찾아볼 수 없었다. 카론은 잠시나마 가볍게 웃어 주었다. 그를 초롱초롱한 눈으로 올려다보는 루이제가 아닌, 살짝 뒤에서 기막힌 눈을 하고서 시선을 피하는 레나 크루거를 향해서.

* * *

"마르바덴 광장에는 무엇이 유명한가요?"

"저도 많이 자주 가진 않아서 잘 모르겠군요."

"에르하르트의 관할인데 가 보지 않으셨나요?"

"작위를 받자마자 포모나 전쟁에 참전했으니까요."

"아……."

레나는 이 숨 막히는 공간에서 벗어나고 싶은 기분을 느꼈다.

옆에 앉은 루이제가 무언가를 물어볼 때마다 맞은편에 앉은 카론 에르하르트는 예의상의 대답만 해 주고 있었다. 루이제는 그 반응을 보고도 꿋꿋하게 대화를 이어 나가려 하고 말이다.

도대체 자신이 이 자리에 앉아서 고통받아야 하는 이유가 무엇일까. 아까부터 뻣뻣하게 고정하고 있던 레나의 뒤통수에 따끔한 시선이 느껴졌다. 유리창에 그녀와 같은 방향을 보고 있는 카론의 모습이 비쳤다.

살아남기 위해 발악해야 하는 처지는 똑같은 터라 레나는 루이제의 안쓰러운 노력을 이해했다. 그러니 연민을 느끼지 않을 수가 없는 것이다. 결혼은 귀공녀의 인생을 결정짓는 가장 중요한 선택 중 하나다. 하지만 자신의 인생을 저토록 무심한 남자에게 맡겨야만 하다니.

연애혼을 한 부모님 밑에서 자란 엘레나 오펜하이머는 일반 귀족의 상식과는 다른 사고방식을 가지고 있었다. 결혼해서 후사를 보는 일을 귀족적 의무라 여기는 정략혼보다는 서로를 연모해서 결혼한 부모님처럼 연애혼을 하기를 원했다.

그러나 레나 크루거로 살면서 그것이 얼마나 호사스러운 소망인지를 알게 되었다. 만족스러운 결혼 생활을 하는 부부는 귀족이든 평민이든 드물었다. 심지어 집안의 보호를 받을 수라도 있는 정략혼이 그나마 안전하다는 사실을 깨닫게 될 때도 있었다.

남편의 외도에 눈물짓는 귀부인들이 많긴 했으나 자유로운 궁정 문화를 선호해 결혼과 연애의 분리를 예찬하는 귀부인도 있었다. 정략혼을 한 귀부인은 사랑의 낭만과 자유에 관해서 고상한 토론을 주고받았지만, 평민의 아내는 경제적 궁핍과 남편의 외도, 보장되지 않는 지위 등의 모든 문제에 부딪혀 허덕였다.

어머니처럼 살지 않기 위하여 결혼을 택하지 않는 평민 소녀들은 귀족 저택의 하녀장이 되기 위해서 진작 생계에 뛰어들거나 종교에 귀의했다. 레나 역시 루시아의 죽음으로 오노르 왕국에 귀국하기 전까지는 신비력 치유술을 배우는 일에만 평생을 바칠 생각이었다.

도저히, 사랑하지 않는 남자와 결혼해서 불안정한 생활을 평생 유지할 자신이 없었다.

숨 막히도록 불편한 시간이 지나가고 마차가 도시의 광장 한복판에 멈춰 섰다. 카론은 먼저 마차에서 내려 루이제 슈미트에게 손을 내밀었다. 그의 팔에 안겨서 내린 루이제는 자연스럽게 그의 팔을 감쌌다.

"티모시라고 했지요? 레나 님을 내려 주실 수 있나요?"

루이제가 마부를 향해서 부탁했다. 순식간에, 검은 눈동자가 그녀를 내려 보았다.

"그것이 관행이잖아요."

그 시선을 받은 루이제가 당당하게 맞받아쳤다. 해맑게 웃는 낯은 당연한 에스코트 예법을 말하고 있었다.

아내나 약혼녀를 수행할 경우, 귀공자는 다른 여자들을 고용인에게 맡겨야만 한다. 제아무리 정부라 할지라도. 그것이 정식 배우자를 위한 예우였다.

"부탁드려요. 티모시."

레나는 분위기를 망치지 않기 위해서 먼저 마부에게 손을 내밀었다. 마부는 머뭇거리다가 후작이 아무 말이 없자, 마차 앞에 한쪽 무릎을 세우고 앉아 레나의 손끝만 붙잡았다. 눈치껏 제일 접촉이 적은 방법을 선택한 것이다.

레나는 미안한 마음으로 그의 허벅지를 밟으며 내려왔다. 끼어들 틈도 없이 약혼자에게 극진한 예우를 다하게 된 후작은 물끄러미 그녀를 바라보고 있었다. 무언가 언짢은 듯했지만, 그 기색을 최대한 숨기는 티가 다분했다.

약혼녀 앞에서 체면을 살려 주었으면 고마워할 줄 알아야 할 텐데. 레나는 야속한 마음을 내리누르며 그의 눈을 피했다.

그렇게 그들은 마르바덴 거리의 고급 부티크를 순회하기 시작했다. 루이제는 한쪽에는 약혼자를, 다른 한쪽에는 약혼자의 정부를 둔 기묘한 상황에서도 곧잘 돌아다녔다. 루이제가 최신 유행하는 드레스와 발에 꼭 맞는 구두를 사는 동안에, 레나는 옆에서 괜찮은 물건을 고르는 것을 도와주고 감탄사를 연발하며 적당한 놀이 친구 역할을 이행해 주었다.

이미 루시아 옆에서 신부 들러리 역할을 해 본 적이 많았기에 무리도 없었다. 당시에는 레나 역시 소녀 시절이라 사소한 격차마다 괴로워했지만, 이제는 엘레나 오펜하이머 시절이 까마득해져서 박탈감마저도 무뎌지게 되었다. 행복한 시절의 기억이 희미해지니 괴로움도 줄어들다니. 조금 서글픈 일이었다.

보석을 가공해서 파는 부티크를 지나갈 때였다. 루이제가 통유리 안에 진열된 목걸이와 반지 세트에 눈을 떼지 못했다.

"예쁘네요."

섬세하게 세공된 금속 꽃송이 안에서 진주광택을 내는 오색 보석이 만개해 있었다. 화려하게 세공된 꽃송이가 다발로 반짝이는 모습이 마치 부케를 연상케 했다.

"웨딩드레스랑 입으면 잘 어울리실 것 같아요."

레나가 무심코 첨언했다.

유리창에는 뒤에서 지루한 표정을 짓고 있던 남자의 표정이 서늘하게 변하는 과정이 낱낱이 비치고 있었다. 레나는 목걸이를 감상하느라 제게 박힌 따가운 시선을 눈치채지 못했다.

"들어가서 보시지요."

카론이 선뜻 루이제의 욕망을 부추겼다. 들뜬 루이제는 레나를 이끌고 가게 안으로 들어섰다. 그제야 레나가 그를 힐끗 보았지만, 루이제가 먼저 카론에게 말을 걸었다.

"후작님께서는 좋아하는 보석이 있으신가요?"

"딱히 없습니다."

"에르하르트 가문에서는 상징으로 삼고 있는 보석은 없는 건가요?"

"서쪽 지역에서 개발 중인 루비 광산이 자주 쓰이긴 하더군요."

후작은 마치 다른 가문의 일처럼 답했다. 다시 그렇게 접점 없는 대화가 시작되려 하자, 레나는 불편함을 이기지 못하고 슬쩍 몸을 돌려 다른 진열장을 구경했다.

귀걸이, 목걸이, 반지, 그리고……. 온통 귀부인을 유혹하기 위한 것들로만 줄줄이 채워진 진열장 끝에는 색다른 진열대가 보였다. 서재 책장처럼 세워진 진열대에는 검 장신구들이 고스란히 모습을 드러내고 있었다.

레나는 홀린 듯이 그 앞에서 멈춰 섰다. 검 장신구 진열대는 보석을 가둬두는 다른 유리관 진열장들과는 달리 그 자리에서 바로 착용해 볼 수 있도록 창에 가로막혀 있지 않았다.

"어머, 연인 줄 선물인가요?"

레나 곁에 어느덧 점원이 붙어 섰다.

"네? 아니요. 그냥 구경을……."

"남자분이 기사인가 봐요? 그렇죠?"

하지만 점원은 눈을 빛내며 추궁했다. 레나가 부정할 틈도 없이, 판매 실적이 부진했던 점원은 레나를 붙잡고 열정적인 설명을 늘어놓기 시작했다.

"자, 보세요. 요즘 제일 기사님들에게 인기가 좋은 상품이에요. 예쁘죠? 루비로 만든 펜던트인데 이렇게 하면……."

점원이 루비로 된 덮개를 열자 그 안에 비어 있는 공간이 나타났다. 조그마한 초상화 정도는 넣을 수 있을 만한 크기였다.

"어때요? 너무 낭만적이지 않나요? 전쟁 때 많이 팔렸던 물건이에요. 특히 타지로 연인을 떠나보내는 기사님께 선물해 주려는 숙녀분들이 많으셨죠."

점원이 눈을 찡긋거렸다. 레나는 가만히 그것을 내려다보았다. 고심의 기색을 읽은 점원이 재빠르게 부연 설명을 덧붙였다.

"게다가 이게 왕실에서도 주문을 넣었던 장인이 만든 물건이라 품질도 보증되어 있거든요. 브리짓 클로츠, 아시죠?"

점원은 '브리짓 클로츠'의 이름을 속삭일 땐 신중해졌다. 마도구 불법 유통 혐의로 처형당한 인물이었으나 레나는 온 신경이 검 장신구에만 사로잡힌 채였다.

같은 장인이 만들어서 그런지 과거에 카론이 그녀에게 던져 주었던 검 장신구와 흡사했다. 다른 점이 있다면 그때 그것은 기사 서임식에서 국왕이 기사에게 하사한 마도구이지만, 이것은 그런 방어 마법이 걸려 있지 않은 일반 검 장신구라는 정도.

눈앞에 있는 평범한 장신구에는 특별한 마법이 없다는 걸 알면서도, 비슷한 외형은 그 마도구를 떠올리도록 만들기에 충분했다. 깨진 마도구를 루시아 몰래 매일 닦았던 소녀 시절을.

"얼마인가요?"

충동적으로 레나가 물었다. 점원은 함박웃음을 지으며 들고 있던 계산서에 금액을 적었다. 그 금액을 본 레나는 급속도로 얼어붙었다.

세상에나. 이건 너무 비쌌다.

귀공녀들에게는 적당한 사치품인 정도겠지만, 일반 하녀들에게는 두 달월급에 가까운 금액이었다. 그나마 에르하르트 저택에서 일하는 시침 하녀인 레나에게는 한 달 월급 정도. 아무리 생각해도 자금을 많이 모아 둬야할 시기에 허락된 사치는 아니었다.

레나는 결국 실망하는 점원의 얼굴을 외면한 채 다른 진열대로 빠져나왔다. 한숨을 쉬고 무엇을 보는지도 모른 채로 시선이 배회하는데, 이상하게도 눈앞에는 자꾸만 그 검 장신구가 아른거렸다.

"뭐 해."

그때 카론이 그녀의 팔에 스치듯 다가왔다. 레나는 화들짝 놀랐다. 지나치게 가까운 간격에 한 발짝 발을 뒤로 물렸다.

"아, 그냥 물건을 보고 있었어요……. 슈미트 영애께서는요?"

"반지를 재러 갔어."

치수를 재 보기 위해서 가게 안쪽으로 들어갔는지, 매장 안에는 루이제가보이지 않았다. 레나의 눈동자가 여전히 루이제만 찾아 맴돌자, 카론이 탐탁지 않은 어조로 물었다.

"뭘 보고 있었어?"

레나는 머리에서 떠오르려는 검 장신구를 지워 내고 손바닥이 닿은 유리관 아래에 있는 물건을 내려다보았다.

"이거요."

카론은 고개를 비스듬히 기울여 물건을 보더니 레나에게 물었다.

"브로치를 좋아해?"

레나는 그제야 자신이 브로치 진열대 앞에 와 있다는 사실을 깨달았다.부정하기에는 애매했다. 왕세자가 준 브로치를 줄곧 달고 다닌 터였다.

"장미도 좋아하나 보네."

카론이 중얼거렸다.

민망하게도, 레나가 고른 브로치는 장미 덩굴에 휘감긴 형태를 하고 있었다. 차이점이라면 왕세자에게 받은 브로치에 박혀 있는 사파이어 대신에 루비를 썼다는 정도다. 에르하르트 가문의 영향 때문인지, 이 보석점은 유독 루비로 된 장신구가 많았다.

"이건……."

루시아의 예물이었다는 브로치와 비슷한 물건을 고른 실수를 만회하기도 전에, 방해꾼이 껴들었다.

"며칠 안으로 후작저에 온다고 하네요. 예물이니 빠르게 보내 줄 것 같아요."

예물. 루이제는 현실감이 느껴지는 말을 하고서 자연스럽게 후작의 팔을 붙들었다. 레나는 순간적으로 검 장신구 진열장을 돌아보았다.

"레나 님, 어서 가요."

루이제가 카론과 함께 출구로 향하며 말했다. 레나는 결국에 고개를 내젓고 함께 가게를 빠져나왔다.

* * *

"요한 경이나 제 친구를 약혼식에 초대하고 싶은데 괜찮으신가요?"

"원하시는 대로 하시지요."

"그럼 우리는 초대장을 보내는 문제로 잠깐 이야기를 나눌 수 있을까요? 지루한 자리가 될 테니, 레나 님은 이쯤에 마차로 저택에 보내 드리고요. 마침 날씨도 곧 비가 올 듯하니."

쇼핑을 마친 루이제가 흐릿해진 하늘을 올려다보며 물었다. 정부가 낄 자리가 아니라는 생각에, 레나는 눈치껏 그녀의 의도에 맞춰 주었다.

"그렇게 하세요. 저는 어서 저택으로 돌아가고 싶어서요."

카론은 달갑지 않은 기색이 역력했으나 두 여자의 의사에 기꺼이 물러나 주었다. 그는 레나를 안전하게 후작저까지 태워 갈 마부에게 손수 넉넉한 몫을 챙겨 주고 나서야 루이제가 기다리고 있을 마차에 올랐다. 레나는 커튼 틈 사이로, 카론이 마차에 오르기 직전까지 그녀가 닫아 놓은 창을 오래 바라보다가 돌아서는 광경을 지켜보았다.

그렇게 카론과 루이제를 태운 마차와 레나를 태운 마차가 엇갈려서 출발했다. 마차가 막 시내를 벗어나가려고 할 즈음이었다. 레나가 갑자기 마부를 불러 세웠다.

"잠시만요. 놓고 온 물건이 있어서요. 다시 광장으로 돌아가 주실 수 있으실까요?"

* * *

마르바덴 광장 중앙에 있는 2층 카페는 북적이는 평소와 달리 매우 한산했다. 귀하신 손님이 오신 터라, 2층 전체가 비워졌기 때문이었다. 그 적막한 공간을 메우는 건 소서에 달그락 놓이는 찻잔 소리뿐. 약혼식을 앞둔 두 사람은 사이에는 아무런 말이 오가지 않았다.

"후작님의 제안을 받아들일게요."

마침내 카페의 유리창에 빗방울이 톡톡 달라붙기 시작했을 무렵에야 루이제가 먼저 입을 열었다. 지루한 표정으로 창밖을 보던 카론은 그제야 그녀에게로 고개를 돌렸다.

"약혼식이 끝나면 떠날게요. 대신 약혼식 전에 다녀오고 싶은 곳이 있어요."

"수도는 안 됩니다."

"거긴 당연히 안 되는 곳이겠죠. 제가 왕세자 전하께 후작님의 진심을 전하면 곤란하실 테니까요."

나긋이 미소 짓는 루이제는 이제 제 뾰족한 구석을 감추지 않고 여실히 드러냈다. 눈물이 흘렀던 얼굴은 원망으로 굳어 있었다. 카론은 저를 책망하는 귀공녀의 눈빛을 곧이곧대로 맞받았다. 여자의 저런 태도 변화는 소년 시절부터 익숙한 것이었다.

"슈미트 영지를 보고 싶어요."

"……."

"앞으로 평생을 못 볼지도 모르니까요."

옅게 웃는 루이제는 마음 정리가 끝난 사람처럼 침착하게 제 요구를 내밀었다. 낮의 태도로 봐선 제안을 받아들일 수 없다고 고집을 부릴 줄 알았는데 단순한 심통이었나. 다행히 그의 예상보다는 훨씬 나은 상태 같았다.

"제가 당분간 에르하르트 영지를 비울 수 없으니, 따로 고용인을 붙여 드리도록 하겠습니다."

"이럴 경우는 보통 감시인이라고 부르지 않나요."

"불편하게 해 드리진 않을 겁니다."

끝내 감시가 아니라고는 부정할 수 없었다. 카론은 그저 속으로 빌어먹을 왕세자를 탓했다. 정치적 목적이 있었다고는 하지만, 왕세자는 분명히 카론이 난감해하는 모습도 즐기려 이런 골칫거리를 던져 줬을 것이다. 귀공녀는 그에게 어려서부터 난제였다. 다소 억지스럽더라도 귀공녀에게는 예우를 다해야 한다는 강박은 어린 시절부터 훈련된 것이었다.

'너만은 좋은 남자가 되어야지. 그래 줄 거지?'

눈물이 말라붙은 뺨과 텅 비워진 동공으로 중얼거리던 여인의 목소리가 얼핏 스쳤다. 앞에 있는 달큼한 차의 향기조차 달아난 기분이라, 카론은 들고 있던 찻잔을 그대로 내려놓았다.

"좋아요. 받아들이지요. 대신에 슈미트 성까지 로제마리가 시중을 들어 줬으면 해요."

"로제마리?"

"레나 님의 시중 하녀요."

카론은 냉소를 감추지 못했다. 제아무리 카론이 귀부인들 간의 사교계 싸움에 무지하다고 해도 이것이 어떤 의미인 줄은 알았다.

"레나 크루거를 괴롭혀 봐야 딱히 얻을 건 없으실 겁니다."

"후작님의 정부와 다투려는 것이 아니에요. 조금 투기가 나서 괜히 곤란하게 만들고 싶을 때는 있지만요."

루이제가 선선히 제 상태를 인정하자, 카론은 도리어 할 말을 잃고야 말았다.

사교계를 제대로 경험하지 못한 루이제는 다른 귀공녀들과 달리 제 감정을 감추는 법을 몰랐다. 귀족적 품위니, 자존심이니 하는 것들. 다른 귀공녀들이 필사적으로 지키려 드는 것은 그녀에게 너무도 사치스러웠던 것들이었다. 그걸 버려야만 생존할 수 있었으니.

루이제는 기왕 이렇게 되어 버린 이상 제 못난 부분까지 가감 없이 털어냈다. 못 가질 사내라는 걸 안 덕분인지 요구 사항을 말하는 데 거리낌이 없어졌다.

"레나 님을 괴롭힐 목적이 아니에요. 저는 정말 그 하녀를 데려가고 싶을 뿐이니까요."

"그 하녀가 눈 밖에 날 짓이라도 했습니까?"

"조금은요. 이 정도만 바란다면 착한 약혼녀 아닌가요? 제가 얌전히 물러나는 편이 후작님께도 편하시잖아요."

카론은 피로한 얼굴로 고개를 끄덕이는 것으로 실랑이를 일축했다.

이 사소하고도 귀찮은 문제로 기력을 소모하기보다 레나 크루거에게 새로운 하녀를 붙여 주는 편이 낫다. 그것만으로 왕세자가 선사한 골칫거리의 불만을 잠재울 수만 있다면. 로제마리는 일당을 배로 올려 주는 것으로 해결을 보면 될 일이었다.

거래가 성사되자 둘은 자리에서 일어났다. 2층 계단을 내려가기 전에 카론은 자연스럽게 앞장서서 손을 내밀었다. 드레스와 구두를 신고서 폭이 좁은 계단을 내려가야 하는 귀공녀를 위한 배려였다.

찻집을 나오자, 비를 피하는 사람들로 북적이는 거리가 보였다. 가늘었던 빗줄기는 굵어져 있었다. 카론은 한숨을 내쉬다가 자신의 프록코트를 벗어 주었다.

"근방에 마차가 대기하고 있으니 잠깐만 걸으면 될 겁니다."

그 무엇도 그녀에게 잘 보이기 위해 계산된 친절은 아니었다. 루이제가 자조적으로 속삭이듯 말했다.

"후작님께서는 참 나쁘세요. 특히, 이런 점이."

"에스코트에 불만이 있으십니까."

"네. 레나 님이 후작님한테서 벗어나고 싶다고 했던 말이 이해될 만큼."

순간, 길에 세워 둔 마차로 가던 걸음이 우뚝 멈추었다.

"후작님은 여자를 나쁘게 대할 때보다 좋게 대해 줄 때 더 괴롭게 해요."

자기 할 말만 한 루이제는 후작의 손을 놓고 마부에게 손을 내밀었다. 마차에 오르는 루이제의 걸음은 가볍기 그지없었다.

그에 비해 카론은 정곡을 찔린 사람처럼 주먹을 움키다가 마차에 올랐다. 다른 이야기는 들리지도 않았다.

벗어나? 나한테서? 이제 와서?

"그게 무슨 뜻입니까."

빌려준 웃옷으로 비에 한 방울도 맞지 않은 루이제에 비해, 카론은 머리카락에 빗방울을 매달고 있었다. 루이제는 저 대신 비를 맞고 건너편에 앉은 신사를 향해 입꼬리를 말아 올렸다. 설핏 조롱처럼 보이는 웃음이었다. 그의 마음을 얻기는 어려워도, 그의 약점을 파고드는 일은 그리 어렵지 않았다.

"후작님을 원하지 않는다고 했어요. 수도에서 저한테 따로 찾아왔던 날."

꽤 효과적이었다. 카론은 정직하게 정면으로 들어오는 공격을 막아내지 못하고 안색을 굳혔다. 루이제는 비틀린 쾌감으로 얼룩진 미소로, 친절하게 편향적인 해석을 덧붙였다.

"그러니 저처럼 질투조차 느끼지 못하는 거겠지요. 그럴 필요가 없으니까요."

마차가 출발했다. 마차 천장을 내려치는 빗소리가 마차에 흐르는 아스라한 침묵을 가렸다. 희끄무레 웃은 루이제는 창밖으로 고개를 돌렸다가, 흥미로운 광경을 보고서 다시 입을 열었다.

"후작님께서는 저와 결혼하지만 않으면 모든 문제가 순조로울 거라 기대하시겠지만……."

"……."

"과연 그럴까요? 우리가 결혼하지 않을 사이라는 걸 말해 봤자 제대로 아실 수야 있을까요? 레나 님의 진심을요."

루이제가 비가 퍼붓는 바깥을 가리켰다. 카론은 그대로 가리킨 방향으로 시선을 돌렸다. 아까 들렀던 보석 부티크 앞에서 비를 피하려 서성이고 있는 두 남녀가 보였다. 등지고 있는 남자가 누구인진 알 수 없었으나 멀리서도 그 여자만은 누군지 확실하게 알 수 있었다.

레나 크루거였다.

* * *

로제마리가 따로 우편 사무국에 들러야 한다고 사라져 준 덕분에, 필리프는 편하게 꽃집에서 종자를 사는 척 로렌츠에게 보낼 서신을 전달할 수 있었다. 일을 마친 필리프가 마르바덴 광장 분수대 앞에서 먹구름으로 흐릿해진 하늘을 올려다보고 한숨을 내쉴 때였다.

시계탑을 보니 로제마리와 만나기로 한 시간이 애매하게 남아 있었다. 필리프는 시가지 사거리를 둘러보다가 고급 부티크 안으로 들어서는 여자를 목격하게 되었다.

창백한 피부와 흩날리는 금빛 머릿결만으로 멀리서 그 여자를 알아볼 수 있었다. 레나 크루거였다. 무슨 일인지 곁에는 아무도 보이지 않았다.

필리프는 주변에 감시자가 있는지를 확인하고, 가게를 나오는 레나 크루거를 막다른 골목길 쪽으로 잡아챘다. 푸른 눈이 커다랗게 뜨였다가 상대를 알아보고 두어 번 깜빡였다.

"필리프?"

"네가 왜 여기 있어?"

레나는 다소 붉어진 얼굴로 손에 들린 종이봉투를 뒤로 감추었다.

"살 게 있어서."

"후작은?"

"슈미트 영애랑 다른 곳으로 갔어."

"널 내버려 두고?"

레나는 고개만 끄덕이고 아무런 대답도 하지 않았다. 필리프는 어쩐지 답답해져서, 그녀의 어깨를 잡고 자신을 올려다보게 했다.

"너 지금 괜찮은 거 맞아?"

레나 크루거라면 따로 걱정하지 않아도 된다고 여겼다. 막스를 보내 버린 기점부터, 필리프는 레나 크루거에게 알량한 걱정 따위는 접어 두기로 마음먹었다. 모든 편지를 태워 버리는 자신의 습성을 기가 막히게 잘 기억해 두고 불씨에 가까워지면 글자를 드러내는 비밀 서신을 보내온 파트너는, 충분히 맡겨진 몫을 해낼 인간이라 안심할 수 있었다.

그러나 지금 레나 크루거는 어쩐지 불안정해 보였다. 레나 크루거의 임무 이탈만은 막아야 하는 필리프가 그녀의 눈을 다붓이 들여다보았다.

"가까워."

레나가 가까워진 그의 얼굴을 밀어냈다. 필리프는 아랑곳하지 않고 물었다.

"설마 후작에게 새로 생긴 약혼자 때문이야?"

"아니야."

"그럼?"

"아무렇지 않아."

"거짓말."

입을 꾹 다문 채 그 외에는 일절 다른 말을 꺼내 놓지 못하는 레나 크루거를 보며, 필리프는 그녀의 태생이 귀공녀라는 걸 다시 한번 상기해야만 했다.

엘레나 오펜하이머라고 했지. 필리프는 이전에 훔쳐봤던 레나 크루거의 서신을 떠올렸다. 레나는 로렌츠에게 보내는 서신에서 자신의 본명을 쓰고 있었다. 위험천만한 행동이었음에도, 자신이 누구인지 잊지 않으려는 고고한 성정은 가히 짐작할 만한 것이었다.

귀공녀로서 버리지 못하는 자존심이 있나 보지. 그 마음만은 무엇인지 대충은 알았던 필리프가 그녀와 눈을 맞추며 물어왔다.

"갑자기 네가 정부라는 사실을 견디기 어려워졌어?"

우회도 없이 바로 물어 오는 말에는 어떠한 조소도 없었다. 그저 조금 어르는 투였고, 레나 크루거는 듣자마자 표정을 숨기기 위해 고개를 수그렸다.

"왜 말을 못 해. 혹시 너 여기서 도망칠 생각이면, 내가……."

필리프는 더는 말을 잇지 못하고, 심상치 않은 기세를 느꼈다. 처음 보는 레나 크루거의 모습에 당황하고 말았다.

"야, 잠깐……. 너 울어?"

필리프는 바닥에 후드득 떨어진 눈물을 보고서야 자신이 무너지기 일보 직전이었던 댐을 터뜨렸음을 깨달았다. 아뿔싸 싶은 순간이었다. 레나는 한 손으로 얼굴을 가리며 그를 밀어냈다.

필리프는 어쩔 줄 모르다가 뺨에 스치는 빗방울에 하늘을 올려다보았다. 시기가 좋지 않게도 비가 내리고 있었다. 그는 자신의 외투를 벗어 레나의 머리 위로 드리워 주었다. 빗방울마저 그녀를 적시지 않도록.

얼마간 그렇게 있자, 레나가 위를 올려다보더니 원망이 담긴 투로 쏘아붙였다.

"네가 뭔데."

무너진 상태가 여실히 드러나는 한마디였다. 뒤에 생략된 말을 짐작한 필리프는 잠시간 그대로 말을 잃었다. 비에 젖은 듯, 가느다란 물기가 묻은 얼굴을 내려다보며 필리프는 저도 모르게 속삭였다.

"미안해."

레나는 다시 고개를 수그리고 눈물을 꼼꼼하게 닦아 내고서 금세 평소 같은 건조한 얼굴로 돌아왔다. 눈가에는 아직 희미한 붉은 기운이 돌았지만, 건네는 말은 어조가 담담했다.

"임무에는 아무런 문제가 없을 거야. 후작의 결혼식까지 어떻게든 해 볼게. 슈미트 영애가 마음에 걸리게 된 건 사실이지만."

"……."

"나와는 상관없는 일이잖아. 어떻게든 해야지."

어렵사리 끝맺은 말이 비참했다. 필리프는 다소곳이 그 이야기를 듣다가 입을 열기까지 잠시간 망설였다.

그사이 굵어진 빗방울이 임시방편이었던 그의 옷을 모조리 적시고 레나의 뺨으로 떨어져 내렸다. 필리프는 자연스레 그 흔적을 닦아 주었다. 제 비밀 중 일부를 말하고야 만 건 그 순간이었다.

"루이제에게 네가 미안해할 필요는 없어."

"뭐?"

"어차피 내가 데리고 나갈 거야."

"그게 무슨 뜻이야."

필리프는 대답하지 않았다. 대신에 그녀를 데리고 다시 큰길로 빠져나와 더 젖기 전에 부티크 현관의 비가 들이치지 않는 위치에다가 레나를 세워 두었다. 서로 비에 젖은 머리카락과 옷매무시를 정리하는 도중에, 필리프는 레나에게 갑작스러운 답을 주었다.

"걔와 그렇게 하기로 약속했으니까."

빗소리가 대화의 적막을 채웠다. 레나는 도무지 그 말이 이해되지 않았다.

"무슨 뜻인지 모르겠어."

혼란에 빠진 레나의 상태에도, 필리프는 답이 없었다. 그는 그녀의 어깨 너머에 감시경처럼 주시하고 있던 가게의 통유리창을 응시하더니 재빠르고 낮게 속삭였다.

"저택으로 돌아가면 침실 창문에 새 모이 좀 올려놔."

"뭐?"

필리프는 답을 주지 않고 그대로 외투로 얼굴을 가린 채 빗속으로 뛰어나갔다. 전방 시야를 막고 있던 그의 몸이 사라지자, 레나는 비로소 필리프의 행동을 이해하게 되었다.

멀리에 멈춰 서 있는 에르하르트 가문의 마차가 보였다. 그 마차에서 내려 빗속을 뚫고 다가오는 카론의 모습도.

"누구야."

한달음에 걸어온 카론이 레나의 팔목을 쥐었다. 레나는 잡힌 팔을 비틀어 빼려 했으나, 그는 흠뻑 젖은 검은 머리카락 사이로 붉은 눈을 섬뜩하리만큼 부릅뜨고 있었다.

"누구냐고."

레나는 침착하게 그 눈을 찬찬히 들여다보며 또박또박 대답했다.

"길을 물어보는 사람이었어요."

그제야 카론이 그녀의 팔을 놓아주었다. 레나가 붉은 손자국이 남았을 팔만 문지르고 있자, 그 모습을 가만히 지켜보던 그가 물었다.

"왜 아직 여기에 있어."

"사고 싶은 물건 때문에 잠깐 돌아왔어요."

레나가 내려놓았던 종이봉투를 집어 들었다. 필리프가 비를 막아 준 덕에, 종이봉투는 빗방울에 완전히 젖지 않은 채였다.

"돌아가세요. 영애께서 기다리고 계시잖아요."

여전히 마차 문은 닫히지 않고 있었다. 레나는 아까부터 그쪽에 신경이 쏠렸기 때문에, 카론이 어떤 표정인지를 보지 못했다.

"왜, 내가 다시 돌아가야만 하는 이유라도 있어?"

날이 선 목소리였다. 레나는 그제야 영문 모를 표정으로 그를 바라보았다.

"약혼자시잖아요."

당연한 말이었으나 카론의 안색은 굳어 있었다. 미세한 균열이 인 얼굴. 어딘가 일그러진 듯한, 흡사 그녀가 상처라도 준 듯한 반응이었다. 레나는 도리어 그의 태도에 당황하고 말았다.

거짓말이 들통 난 것일까. 덜컥 두려움이 밀려 들어왔다.

"잠깐만 기다려."

카론은 그리 말하고서 마차로 돌아갔다. 그는 루이제가 타고 있을 마차 칸에서 잠깐 이야기를 하더니, 곧바로 마부석으로 향했다. 동전을 주는 모양으로 보아 팁을 전달한 것으로 보였다. 아까 레나를 배웅한 방식이었다. 마차를 보낸 카론이 다시 비를 맞으며 그녀에게로 다가왔다.

부티크의 둥근 아치 지붕 밑에서 비를 피하고 있었던 레나는 순식간에 카론에게 붙잡혀 빗발을 뚫고 마차까지 걸어가게 되었다. 최대한 비에 닿지 않도록 종이봉투를 끌어안았지만 빗방울이 워낙 거세 무용지물이었다.

마부는 비 맞은 생쥐 꼴인 후작과 그의 정부를 보더니 놀라서 수건을 건네 왔다. 마차에 오르자마자 카론이 비에 젖은 머리를 말리는 동안에, 레나는 조금 속상해진 마음으로 완전히 젖어 버린 종이봉투를 내려다보았다.

"다시 사 줄게."

카론이 사과 대신에 꺼낸 말이었다. 레나는 한숨을 참고 고개를 가로저었다.

"괜찮아요. 안에 든 물건은 문제없을 테니까."

손사래 쳤는데도 점원이 기어이 고급스러운 나무 상자 안에 검 장신구를 포장해 준 덕분에 한시름 놓을 수 있었다. 끝까지 그것을 연인에게 줄 선물로 착각해 준 덕에, 물건을 사자마자 비에 닿게 되는 불상사는 막은 것이다.

"그 브로치야?"

카론이 무심히 물었다. 레나는 순간 초라하게 젖어 버린 종이봉투를 구겨쥐었다. 물건을 사게 만든 당사자는 모를 수치심이었다. 레나는 들고 있던 것을 조용히 구석에 밀어 두었다.

"아니에요."

"그럼?"

"그냥 평범한 장신구에요."

대화는 이어지지 않고 끊겼다.

투둑. 투둑. 빗방울이 떨어져 마차와 부딪치는 소리가 심심치 않게 대화의 공백을 메웠다. 둘은 약속이나 한 듯 빗물이 흐르는 마차의 유리창 너머에만 시선을 두었다. 지루하기보단 위태로운 고요였다.

카론은 그 평화로운 침묵에 파장을 일으켰다.

"궁금한 게 생겼어."

"……."

"로렌츠 발렌시아 밑에서 첩자 일을 하는 이유가 뭐야."

아무런 예고도 없이 들이닥친 말에, 레나는 '네?' 하고 되물었다. 마치 아예 그 말을 이해하지 못한 사람처럼. 멀리서 우레가 울렸다. 레나는 머리에 날벼락이 치는 기분이었다.

정작 마주한 카론의 얼굴은 태연하기만 했다. 그는 쐐기를 박듯 재차 물었다.

"로렌츠와 무슨 사이길래 네가 내 기억을 찾고 있는 거냐고."

쿵. 벼락이 쳤다.

히이잉! 말이 놀라서 울었고, 언덕길을 오르던 마차가 덜컹거렸다.

"아……."

마차의 불안한 요동과 말의 불길한 울음까지 더해지자, 레나는 순식간에 하얗게 질려 경직되었다. 그 바람에 옆에 고이 두었던 종이봉투 안에서 상자가 쏟아지는 걸 막지 못했다. 상자는 그대로 카론의 구두코까지 굴러가면서 살짝 열렸다.

안에 들어 있는 것이 무엇인지 가늠하려는 듯이, 카론의 눈이 가늘어졌다. 그가 인상을 찌푸리고 그것을 주우려 들자, 레나는 정신을 차리고 서둘러 먼저 마차 바닥을 뒹구는 상자를 주워 들었다. 어쩐지 조금 비참해진 기분이었다. 이것이 도대체 무슨 의미라고, 이렇게까지.

레나는 무릎에 올려놓은 상자 안쪽을 살며시 확인했다. 아까의 충격으로 새것이었던 가넷 모서리에는 흠집이 가 있었다. 마법이 걸려 있지 않은 장신구는 내구성이 약했다.

귀족들이나 가질 수 있을 법한 마도구와 달리 일반 기성품은 깨지기 쉽다. 마치 귀공녀와 시침 하녀의 격차만큼이나 월등히 다른 수준이었다.

"어때."

상자에만 내리꽂혔던 시선은 카론에게로 올라갔다. 당연히 장신구의 상태를 묻는 말은 아니었다. 어쩐지 조바심이 일어난 얼굴이다. 그의 인내심이 점점 떨어져 가고 있단 걸 알 수 있었다.

"무엇이요."

"처음에 말한 대로 일자리를 구하지 못해서 발렌시아 가문까지 흘러가게 되었던 거라면, 내가……."

"필요 없어요."

튀어나온 답은 거창한 계산이 아닌 본능적인 자존심에 가까웠다. 레나의 손은 저절로 장신구의 깨진 부분을 어루만지고 있었다. 과거의 그가 던져주었던 증표처럼, 검 장신구에는 벌써 금이 가 버렸다. 순간적으로 얻은 깨달음에 레나가 씁쓸한 미소를 머금었다.

쿵. 낙뢰가 이어졌다. 번쩍거리는 빛이 레나의 얼굴에 음영을 드리웠다.

"……도대체 무슨 말씀을 하시는지 모르겠네요."

잡아떼는 대답에, 카론이 실소했다. 번쩍하고 빛나는 전광이 일면 사납게 굳은 안색을 비추었다. 뒤이어 쿵, 하는 뇌성이 이어졌다. 서늘한 붉은 기운이 스민 눈동자가 계속해 보라는 듯이 그녀를 응시하고 있었다.

"저는 그저 후작님께 제 기억을 팔러 왔을 뿐이에요. 로렌츠 님과는 아무런 연관이 없는걸요."

손에 들린 파손된 검 장신구처럼, 그와 관련된 것들은 언제나 엉망으로 시작해 상처로만 끝이 난다. 어린 시절의 풋정이 그러했고, 그가 주었던 방어구를 내밀고서 시도해 본 첫 거래도 그러했다. 지금 역시 별반 다르지 않은 상황이지 않나.

고작 예전을 추억하게 해 줄 물건 하나만 온전히 가져 보고 싶었을 뿐인데, 이것을 기어코 사게 만든 장본인 앞에서 물건은 금방 망가져 버렸다. 레나는 닫아 놓은 상자를 꽉 움켜쥐다가 쓰다듬었다.

"어쩌다 이렇게 시침 하녀가 되어 버렸을 뿐이잖아요. 고작, 제 신변을 보장받기 위해서. 그런데 이제 후작님 곁을 채워 줄 약혼녀가 생겼으니 참 애매한 입장이 되긴 했네요."

모든 것은 나를 위해, 루시아를 위해, 오펜하이머를 위해서.

수없이 되뇌었던 말이 기만을 내세웠다. 그렇게 해야만 무너져 내리는 자존심을 다잡을 수 있었다.

그가 무슨 호의를 내밀든지 상관없는 일이다. 자신이 지금 어떤 혼란을 겪고 있는지도 알 필요 없었다. 이 모든 것은 계약이 이행되고 나서 덧없이 사그라들 감정이리라. 오직 목표만이 중요했다. 그렇다고 그에게 불쌍한 계집으로만 남고 싶지도 않았다.

"정 의심되시면 후작님께서 저를 버리시는 건 어떨까요? 이전에 다른 시침 하녀들에게 그랬던 것처럼."

그가 아직 그러지 못하리라는 걸 알고 있기에 할 수 있는 말이 오기처럼 튀어나왔다.

다시 벼락이 내리쳤다. 괴물의 울음 같기도 한 하늘의 아우성이 이어졌다. 그에 비해 두 사람은 아주 조용해졌다. 굉음이 멎은 후에야, 카론이 비웃듯 물었다.

"네가 버려 주길 원하는 게 아니고?"

더는 천둥이 치지 않았다. 대신에 지독하게 비가 퍼붓는 소리만 가득했다. 레나는 어쩐지 눈앞에 보이는 남자의 조소를 견디기 어려워졌다.

"그게 네 진심이야?"

"……."

"그게 네 진심이냐고 물었어."

조소는 자조에 가까워 보였다. 그의 얼굴에 걸린 냉랭한 미소를 숱하게 봐 왔지만, 그 비웃음이 상대를 향하기보단 자기 자신을 찌르고 있다는 인상을 받은 건 처음이었다.

이건 마치…….

"네. 아마도요."

자신이 그에게 상처라도 주는 듯한 기분이었다.

가지고 싶었던 남자에게 정말로 버려질 때까지 기다리는 것보단 차라리 먼저 처분을 요청하는 편이 훨씬 나았다. 그러나 눈앞에 있는 남자는 이 요청이 그녀가 챙길 수 있는 최소한의 자존심이라는 걸 모를 터였다.

검은 눈이 고요히 그녀를 응시했다. 아무리 몸을 섞어도 이해 못 할 벽이 그들 사이에 있었다. 그는 일반적인 하녀였다면 얼굴도 마주 보기 힘들 만큼 아득히 높은 위치에서만 살아온 귀공자였다.

"처음에는 잘할 수 있으리라 생각했어요. 그런데 역시 후작님의 곁은 버겁네요."

먹구름이 어둠을 드리우고, 번갯불은 찰나를 비춘다. 빛이 비치는 각도에 따라 남자의 얼굴이 서서히 일그러져 가는 모습이 다채로이 보였다. 번뜩이는 눈이 위험 신호처럼 붉게 빛났다.

쿵. 품에 있던 상자가 마차 바닥을 뒹구는 건 한순간이었다. 그가 그녀를 끌어당겼다. 커다란 두 손이 얼굴을 감싸자마자 키스가 이어졌다. 마지막이었을지도 모르는 그의 아량을 거부한 대가로, 레나는 자신을 탐하는 입술을 순순히 맞이했다.

예상한 대로 거친 키스였다. 순식간에 그녀를 눕히고, 입 안을 깊숙이 침범해 헤집는 입맞춤이 이어졌다. 성욕을 기반으로 했다기보단 불안을 기저로 둔 듯했다.

"나랑 뭐 하자는 거야."

그녀의 위를 점한 남자가 속삭였다.

"네가, 감히……."

끊겨서 알아들을 수 없는 말이었으나 필사적으로 입술을 맞붙이는 행위에서 그의 감정들이 고스란히 튀어나왔다.

"잠깐……."

카론은 한참을 그렇게 입을 맞추고 나서야 비에 젖은 드레스를 끌어 내렸다. 레나는 상기된 얼굴로 그를 올려다보았다. 입맞춤에 숨이 막혔기 때문인지, 다른 이유 때문인지. 곧 출처를 알 수 없는 눈물이 건조한 얼굴을 타고 흘렀다.

"이제 와서 발 빼려고 하면 곤란하지."

뒤틀린 미소는 예전에 알던 소년이기보다 그녀가 저택에서 처음 봤던 후작의 것이었다. 가슴께를 짓누르는 손등 위로 푸른 핏줄이 돋아났다.

"정부로서 최선을 다하겠다고 했잖아."

카론 에르하르트가 싱긋 웃으며 그녀를 내려다보았다. 그 얼굴은 확연한 광기로 얼룩져 있었다.

레나가 순응하듯 속눈썹을 아래로 내리깔자, 카론은 곧장 새하얀 목덜미에 이를 박았다. 아릿한 아픔 속에서 레나가 본능적으로 고개를 내저었다. 무도하게 웃은 그는 가슴을 쥔 손을 떨었다.

웃는 걸까. 망가진 걸까. 읽기 힘든 얼굴을 한 남자가 치맛단을 들췄다. 레나의 시선은 그의 어깨 너머 창에 던져졌다. 바깥에 섬광이 스쳤다. 그는 멍하니 누운 여자를 내려 보다가 제 바지춤을 느슨하게 풀었다.

"저택으로 가는 길은 멀었어."

창밖엔 이제 소나기가 내리고 있었다. 레나는 눈을 내리감았다.

"그때까지 몇 번이나 할 수 있을지 궁금하지 않아?"

이어진 입맞춤에 레나가 신음을 삼켰다. 아직 초저녁에 불과할 때였다.

* * *

루이제는 마차에서 턱을 괴고 쏟아지는 폭우를 감상했다. 허탈한 마음이 일었다.

사랑하는 남자의 마음을 절대로 갖지 못할 것임을 알게 된 날이었다. 그녀는 그 허상만을 동경하여 반평생을 버텼다. 앞으로는 도대체 무엇으로 버텨야만 할까.

루이제는 프리네를 떠올렸다. 아, 가엾은 그녀의 어머니. 우리는 이런 운명으로 살게 된 여인들일까요.

차라리 그때 물에 빠져 죽는 게 나았을지도 몰라.

루이제의 눈이 혼탁해진 호수처럼 어둑해졌다. 어쩔 수 없이 극단적인 생각을 하게 되었다.

어째서, 그녀를 고스란히 사랑해 주는 사람은 나타나지 않는 걸까. 있는 그대로의 사랑을 준 사람은 오직 어머니인 프리네뿐이었는데, 그녀는 이제 세상에 없었다.

아니, 지금은 프리네가 애정을 준다고 해도 그리 위안은 되지 못했을 터였다. 프리네는 돌봐 줘야 하는 이였지, 기댈 수 있는 이가 아니었다. 카론이 강인한 손으로 강에 빠진 그녀를 건져 내고 자비를 베푼 순간부터 루이제는 기댈 수 있는 사랑을 하고 싶었다.

루시아 데스테와 약혼식을 올리던 카론이 그녀를 발견하고 뛰쳐나와 도망가길, 밤의 무도회에서 카론이 그녀를 발견해 다가와 손을 내밀어 주길. 그런 망상이야말로 그녀를 버티게 해 주었던 원동력 아니었나.

그리 한참 우울에 빠져있을 때, 마차가 갑자기 급하게 멈춰 섰다. 루이제는 덜컹거리는 승차감에 얼굴을 찌푸리고 창밖을 내다보았다.

"필리프! 미쳤어? 이 마차에 누가 타고 계시는지 알고 있기나 해?"

마부가 고함에 가깝게 소리를 질렀다. 마차 앞을 당당하게 막아선 남자의 시선은 마부가 아닌 루이제를 향해 있었다.

비에 맞은 갈색 고수머리가 꽤 처량해 보일 법한데, 그 표정만은 전쟁에 나서는 사람처럼 비장했다. 마부의 말은 들리지도 않는지, 그가 루이제에게 소리쳤다.

"슈미트 영애, 무례에 사죄드립니다! 저는 에르하르트의 정원사입니다. 오늘 돌아가는 마차를 놓쳐서 이리 실례를 무릅쓰게 되었습니다. 고용인에게 자비를 베풀지 않으시겠습니까?"

루이제는 두 눈을 깜빡이며 빗속의 남자를 바라보았다. 가만히 그 갈색 눈동자를 응시하자, 어딘가 기이한 기분이 들었다. 이상하리만큼 기시감이 드는 인상이다.

드르륵. 마부석과 연결된 창문이 열렸다. 마부가 물어왔다.

"어찌할까요?"

루이제는 불안한 표정으로 마차 밖에 서 있는 남자를 일별했다. 결단을 내리기도 전에, 입은 저절로 움직이고 있었다.

"들여보내요."

그렇게, 루이제가 있던 마차의 문이 열렸다.

* * *

푸른 새벽이었다. 레나는 눈을 깜빡이면서 새벽의 기운이 침실 곳곳에 스며드는 광경만 지켜보았다.

"아!"

등 뒤에서 카론이 파고들었다. 그는 잠시 한눈을 판 레나가 마음에 들지 않았는지, 얼마 가지 않아 그녀를 그의 몸 위로 올렸다. 굴곡진 여체는 그가 이끄는 대로 쉽게 끌려왔다.

"잠시만……."

이 자세는 힘들다고 거부할 새도 없이 두꺼운 성기가 밀려 올라왔다.

"하……."

밤새 흘러나왔던 신음이 어김없이 나왔다. 몇 번을 해도 그가 들어오는 감각엔 익숙해지지 않았다. 레나는 숨을 헐떡이다가 중심을 잡기 위해 그의 어깨에 팔을 둘렀다. 두툼한 팔 근육이 무너지려는 여자의 몸을 결박해 주었다.

단단한 성기는 여전히 연약한 살점 안을 거침없이 벌리고 들어섰다. 그가 침대 위에서 허리를 털듯이 세게 움직일 때마다 레나는 신음만 내뱉으며 움찔거렸다. 카론은 정사에 집중하지 못한 정부에게 폭력적이고 쾌감 어린 벌을 주고 있었다.

밤새 그녀를 안은 남자는 지치지도 않는지 그녀의 반응만을 집요하게 살폈다. 동이 트는 빛을 받아 까맣게만 보이는 눈동자는 무감했다. 무섭게 기립해 있는 성기와는 다르게 정욕이라고는 보이지도 않을 만큼 메마른 갈증만 남은 듯이. 레나는 어쩐지 그 얼굴을 보기가 더 힘들어 신음을 삼키는 척 고개를 돌렸다.

"하, 저 이제……."

말은 이어지지 못했고, 레나는 그의 어깨에 얼굴을 기대어 몸을 떨었다.

몇 번인지 모를 절정이 찾아들었다. 전율일까. 율연일까. 레나가 붉게 상기된 얼굴로 지친 숨만 내쉬자, *그가* 만족한 얼굴로 입을 맞췄다. 곧 카론 역시 그녀의 몸에 절정의 흔적을 남기며 빠져나갔다.

드디어 마지막이었는지, 카론이 등 뒤로 그녀를 꼭 껴안고 누웠다. 고개를 돌리니 숨소리도 내지 않고 눈을 감은 카론의 얼굴이 보였다.

이대로 잠시만 있다가 내 방으로 돌아가야지. 레나는 창가로 드는 푸른 여명을 맞이하며 카론의 품에서 탈출할 계획을 세웠다. 그러나 계획은 생각만큼 쉽게 이루어지지 않았다.

방으로 돌아가려고 몇 번이고 시도하다가 다시 붙잡혔다. 그의 잠을 깨우는 짓만 반복할 뿐, 침대 밖으로는 한 걸음도 나가지 못했다.

당장 눈앞에는 엉킨 두 손이 자리하고 있었다. 굵은 손가락이 그녀의 손가락 사이사이로 파고들어 깍지 낀 채였다.

등과 팔 안쪽은 온통 붉긋한 흔적들로 가득했다. 카론이 조금 전까지 새긴 것이었다. 품에서 빠져나가려고 할 때마다 한 개씩 늘어났다.

그의 이런 비정상적인 집착이 싫지만은 않았다. 문제라면 그것이 문제였다. 이렇게 밤을 보내고서 해가 뜨면 또 루이제를 마주해야만 하지 않나. 레나는 그런 상황이 몸서리치게 싫었다.

카론에게 약혼자가 생겼다는 것만으로도 몸을 뒤섞는 일이 거북해졌다. 레나가 이제 조금씩 불편해하는 기미를 보이자, 카론은 오히려 그런 반응을 견뎌내지 못하고 그녀를 거칠게 몰아붙였다. 버거워서 달아나려 하면, 그다음은 좀 부드럽게. 그러고도 빠져나가려 들면, 그때는 도로 옭아매 달래면서.

레나는 억지로 쏟아지는 졸음을 버텼다. 아직 피임약을 먹지 못했다. 심지어 마차에서 곧바로 침실로 직행한 터라 꿈을 억제하는 사탕도 삼키고 오지 못한 터였다. 아침 해가 뜨고 한스가 들어오면, 조용히 일어나서 나갈 작정이었다.

"눈 감아."

용케 그녀의 생각을 읽었는지, 카론이 손으로 그녀의 눈을 가렸다. 레나는 필사적으로 고개를 저었으나 온기를 지닌 손바닥이 피로한 눈 위로 아늑한 어둠을 선사했다.

"달아날 생각은 하지 말고."

잠에 취한 목소리는 잠겨 있어서인지 지독히 낮았다. 뒤로 일정하게 뛰는 심장 소리가 안정을 주었다. 그녀는 말대답에 부러 단호한 기세를 담았다.

"잠이라도 제 침실에서 편하게 자게 해 주세요."

카론은 그 말을 못 들은 사람처럼 아랑곳하지 않고 그녀를 품에 끌어안고 있었다. 여전히 눈은 가려진 채였다. 밤새 혹사당한 몸은 피로한데 눈앞이 깜깜한 채로 푹신한 침대 위에 누워 있으니 정신은 금방 가물가물해졌다. 다디단 졸음이 밀려왔다.

"금방 잠들 거면서."

아득하게 들려오는 그의 말에 반박도 못 할 정도로 노곤해졌다. 레나는 그대로 까무룩 잠에 빠져들었다. 결국에는 꿈속으로 옛 기억이 찾아들었다.

* * *

시끌벅적한 오후. 화려한 금사로 수놓인 하얀 드레스를 입은 루시아가 자기 방에 딸린 응접실에서 감탄을 터뜨렸다.

'보여, 엘레나?'

루시아가 선물 꾸러미를 풀면서 기뻐했다.

'약혼 선물이래.'

브로치였다. 장미 넝쿨 모양의 금테가 둘려 있는 브로치 가운데에 에르하르트의 상징인 루비가 박혀 있었다. 루시아의 눈 색깔과 꼭 알맞았다.

'카론이 고른 거겠지?'

약혼식 날, 루시아가 드레스에 브로치를 고정하며 물었다. 엘레나는 마지못해 묻는 말에 고개를 끄덕였다.

'표정이 왜 그래, 엘레나.'

루시아가 말끄러미 보며 묻자, 엘레나는 애써 눈을 휘어 웃었다.

'예뻐서. 곧 오실 텐데 늦겠다. 어서 옷 갈아입고 와. 여긴 내가 정리하고 있을게.'

그제야 루시아는 만족한 듯 고개를 끄덕였다. 루시아가 나비처럼 팔랑거리는 가벼운 발걸음으로 투왈렛 룸으로 향하자, 엘레나는 그녀가 남겨둔 상자를 주워 들었다.

브리짓 클로츠.

상자 가장자리에 새겨진 장인의 이름만 봐도 얼마나 값비싼 물건인지 알 수 있었다. 엘레나는 그 상자에 음각된 이름을 가만히 만져 보다가 인기척에 놀라서 뒤를 돌았다.

'카론 경.'

엘레나는 재빨리 눈을 피하면서 고개를 수그렸다. 에르하르트의 소후작, 카론 에르하르트가 벽에 기대어 그녀를 지켜보고 있었다. 약혼식의 주인공답게 말끔한 검은 예복이 멋들어지게 어울리는 모습이었다.

'루시아는?'

'투왈렛 룸에 계세요.'

엘레나는 고개도 들지 않고 그의 질문에 답했다. 한마디만 나눴을 뿐인데 둘 사이에 묘한 공기가 감돌았다. 짧은 대화에 어수룩한 어색함이 묻어났다.

약혼녀가 투왈렛 룸에 들어가 있으면 약혼자가 함께 들어가 단장을 기다려 주는 매너가 관행이니, 엘레나는 아마 그가 먼저 자리를 비켜 주길 바랐을 터였다. 그러나 예상과는 달리, 카론은 투왈렛 룸으로 들어가지 않고 질문을 건네 왔다.

'뭘 보고 있었어?'

'네?'

'뭘 보고 있었냐고.'

'아……'

엘레나가 그제야 고개를 들고 상자 쪽을 돌아보았다.

'뒷정리를 하고 있었어요.'

손이 상자를 갈무리하는 일을 재개했다. 저때도, 그는 가끔 저렇게 이유 없이 그와 상관없는 것을 물어올 때가 있었다. 엘레나는 최대한 뒤쪽을 신경 쓰지 않으며 손을 바삐 놀렸으나, 저벅저벅 다가오는 발소리가 등 뒤에 까지 닿자 저도 모르게 신경이 곤두서는 것을 느꼈다.

언제나 카론의 키는 그녀보다 컸다. 가뿐히 어깨를 넘어오는 시선에 손이 저절로 움츠러들었다.

'그거, 괜찮았어?'

'네?'

'루시아에게 준 선물.'

상자를 만지던 손이 멈칫했다. 변성기를 거치면서 짙어진 목소리에 뒷덜미 부근의 솜털이 일었다. 엘레나는 뒤에 선 남자를 의식하지 않으려 최대한 여 상한 목소리를 가장했다.

'네. 무척 좋아하셨어요.'

'네가 보기에 괜찮았는지 묻는 건데.'

엘레나는 그제야 고개를 들었다. 소년은 하얗고 예사로운 얼굴로 그녀와 마주 보고 있었다. 정말로, 별 뜻 없이 물은 듯한 모습이었다. 그러나 대답 하는 엘레나는 그렇지 못했다.

'네.'

시간 간격을 두고 나온 답은 얼마간의 떨림을 지운 채였다. 목울대를 짓 누른 듯 숨이 막히는 먹먹한 감정이 치밀었다.

'다행이네.'

카론이 입꼬리를 올려 웃었다. 지금보다 앳된 얼굴에는 비웃음이라기보다 안도하는 기색이 역력했다. 예전의 그는 지금보다도 드러내는 감정에 숨김이 없었다.

무엇이 다행인데?

울컥 치미는 짜증에, 엘레나가 상자를 들어 올리며 방을 나서려 할 때였다. 갑자기 카론이 나가려던 그녀의 팔을 붙잡았다.

'다음 주 네 생일에.'

검붉은 눈동자가 조금 머뭇거리다가 그녀를 정시했다.

'바실리카 수업 마치면 가지 말고 있어.'

'왜요?'

'줄 게 있어.'

그도 최대한 용기를 냈는지, 그리 말한 입이 꾹 다물려졌다. 엘레나는 놀란 두 눈을 깜빡이다가 상자에 새겨진 이름을 내려다보았다.

브리짓 클로츠. 필기체로 새겨진 이름을 보는 얼굴이 무연해졌다.

'전에 '브리짓 클로츠'에 관해서 물어보셨죠. 좋아하느냐고.'

엘레나는 여전히 상자에만 시선을 둔 채로 중얼거렸다.

'어머니께서 좋아하시던 분이었어요. 이제 세상에서 보지 못하게 되었지만.'

'……'

'약혼식이잖아요. 더는 이러지 마세요.'

다시 걸음을 옮기는 엘레나를 그가 억센 악력으로 붙잡고 돌려세웠다. 상자가 바닥에 쏟아졌다. 그의 얼굴을 확인할 겨를도 없이, 단단한 팔에 허리가 감긴 채로 그의 입술이 내려앉았다.

지금처럼 능숙하지 못해, 한 줌의 숨조차 마셔 버릴 듯 갈급하기만 한 키스였다. 서툴고도 절박하게 몰아세우는 입맞춤에 엘레나가 주먹으로 그의 어깨를 두드리길 반복했으나, 그녀를 감싸고도 남는 커다란 남자의 몸은 요지부동이기만 했다.

누가 들어올지도 모르는 약혼녀의 응접실에서, 카론은 그녀를 몰아세워 놓고 거침없이 입을 맞추고 있었다.

'조금만 나를 믿고 기다려 줘.'

열감에 달뜬 소년이 간절한 표정으로 그녀를 내려다보았다. 엘레나 역시 발갛게 달아오른 얼굴로 울 듯한 표정을 지었다.

'곧바로 북부 대륙으로 가서 성수를 구할 거야. 그걸로 루시아를 치료하기만 하면……'

말은 이어지지 않았고, 카론의 뺨은 붉게 물들었다. 엘레나는 울먹이며 올렸던 손을 내렸다.

'이제 와 그런 말은 하지 마세요. 루시아가 원하는 건 경이라는 걸 아시잖아요.'

'……'

'경께서는 지금, 조금 혼란스러우신 것뿐이에요. 그저……'

엘레나는 망설이다가 비참한 얼굴로 하기 싫었던 말을 내뱉었다.

'불쌍한 계집을 봐서 그래요. 도와주고 싶어서 신경 쓰이는……. 단지 그 정도의 연민이요.'

'연민?'

'네. 제게 값싼 동정을 베푸느라 루시아를 상처 주지 마세요.'

엘레나는 그대로 돌아섰다. 그렇게 딱 세 걸음을 내디뎠을 때, 확신에 찬 목소리가 그녀를 구속했다.

'내가 연민이라면, 너는?'

엘레나는 이를 악물고 걸음을 재촉했다.

'너는 정말 모든 순간이 아무렇지 않았어?'

또렷한 물음이 그녀의 심장을 찔렀다. 엘레나는 끝내 그에게 답을 주지 않고, 응접실을 빠져나왔다. 나갈 때까지 등 뒤로 따라오는 시선이 느껴졌으나 또다시 붙잡으려는 시도는 없었다.

엘레나가 그렇게 겨우 방을 빠져나오자마자, 가냘픈 힘이 그녀의 손목을 움켜잡았다. 엘레나는 흠칫 놀라 레이스 장갑을 끼고 있는 손의 주인을 올려다보았다. 결국에, 우려하던 상황에 봉착하고 말았다.

살결이 고운 하얀 얼굴 위로 눈물이 뚝뚝 흐르고 있었다. 그 안타깝고도 죄스러운 얼굴이 엘레나에게는 더할 나위 없는 고통을 주었다. 흐려진 목소리로 그녀의 이름만 불렀다.

'루시아……'

루시아가 엘레나를 놓더니, 천천히 가슴에 매달린 브로치를 떼어 냈다. 불과 몇 분까지도 자랑스레 여기던 선물이 맥없이 아래로 툭 떨어졌다.

'너무해.'

울먹이는 말이 나동그라진 브로치처럼 엘레나의 마음을 추락시켰다. 무슨 말이라도 해야 한다. 무슨 변명이라도.

아니야, 아니야, 루시아. 오해야. 나는 절대……. 그러나 무수한 변명은 엘레나의 입 밖으로 나오지 못하고 얼어붙었다.

무엇을 아니라고 해명할 수 있단 말인가. 무엇부터 말해야 하지? 도무지 갈피를 잡을 수가 없었다. 해명이 사라지고, 외면하던 진실만이 남았다.

엘레나의 인생에 한 줄기 빛이 꺼지고 말았다. 다른 누구도 아닌 그녀의 손에 의해서.

* * *

레나는 너울거리는 아침 햇살에 눈을 떴다. 아침의 역광을 받은 카론의 옆모습이 제일 먼저 보였다. 그는 창가에 기대어 푸른 장미가 핀 중정을 내려다보고 있었다. 레나는 잠든 척 다시 눈을 감았다.

고개를 돌린 채 감정을 식히려 노력해야만 했다. 꿈속에서 아주 오랜만에 본 친구의 얼굴에 눈시울이 뜨듯해졌다. 울컥 치솟는 죄장감이 오롯했다.

레나가 왕세자로부터 받은 브로치는 루시아의 브로치와 같은 디자인이었다. 차이가 있다면 루시아가 받은 브로치는 루비로 만든 기성품이고, 레나가 왕세자에게 받은 브로치는 사파이어로 된 마도구라는 점이었다. 왕세자가 건넨 것은 아마도 루시아가 결혼식 때 받아야 할 예물이었으리라.

후작과 자는 일까지는 그저 수단에 가까웠다. 기억을 찾게 하기 위해서는 어쩔 수 없다는 명분도 있었으니까. 그렇지만 카론 에르하르트를 진심으로 원하게 되는 일은 다르다. 그것만은 엘레나 오펜하이머에게 예전이나 지금이나 허락되지 않는 일이었고, 루시아에게 어떤 변명조차 할 수 없는 감정이었다.

그는 나의 것이 아니야. 루시아의 것이었지. 설령 이루어질 수 있다 해도, 그 손을 잡아 버리는 순간부터 그건 루시아를 완벽하게 배신하는 일이잖아. 나는 루시아의 자리를 탐내지 않아. 이러려고 온 게 아니야. 나는…….

불쑥 튀어나온 과거의 기억이 자기 암시로 이어졌다. 루시아를 잊어서는 안 된다. 소녀 시절의 은인이자 친구를 배반하는 일은 엘레나 오펜하이머의 반평생에 걸친 금기였고, 그 제약은 여전히 그녀를 지배하고 있었다.

레나는 힘겹게 눈꺼풀을 열었다. 어느덧 옆에서 자신을 내려다보고 있는 남자의 모습이 보였다.

"깨어났나 보네."

꿈속의 소년보다 더 짓궂은 얼굴을 한 남자가 옅게 웃었다. 아침 햇살을 받아서인지 말갛게만 보이는 미소였다. 도대체 카론의 기억은 언제 돌아오는 걸까. 빤히 그를 보던 레나가 입을 열었다.

"제가 저택에 왔을 때 드렸던 반지 기억하세요?"

"반지?"

"네. 그거 지금 어디에 있나요?"

얼굴을 맞대자마자 물은 건 제 기억의 행방이었다. 카론의 입가에서 미소가 사라졌지만, 레나는 그의 소매를 붙잡고 필사적으로 간청했다.

"후작님께 필요 없으신 물건이면 돌려주세요."

저라도 나중에 루시아를 기억할 수 있도록. 생략한 그녀의 의도까진 알지 못할 카론이 입매를 미묘하게 당겼다. 레나는 충동적으로 내뱉은 그 말이 그에게 어떻게 들릴지는 전혀 예상하지 못했다.

카론은 천천히 그녀의 위로 올라왔다. 카론의 손이 그녀의 머리맡을 누르자, 침대보가 그대로 움푹 파여 들어갔다. 손목에 새겨진 마법진은 한층 더 흐릿해져 있었다.

"왜, 이제는 나한테서 볼 장 다 봤어?"

카론이 그녀를 제 영역에 가두어 놓고 속삭였다. 레나는 입술을 부드러이 눌러오는 그의 입맞춤을 가만히 받아들였다. 저돌적이기만 했던 과거와는 확연히 다르게 능란했다.

어제부터 그녀를 잔뜩 안으면서 생각에 변화가 왔는지, 카론은 이제 거칠게만 행동하지 않았다. 다만, 가만히 그녀의 머릿결을 쓰다듬는 손길에는 심상치 않은 서늘함이 배어 있었다. 꾹 다문 입만 내려다보던 적색 눈은 아무런 감정도 담기지 않은 사람처럼 잠잠하게 보이기도 했다. 광기가 어젯밤의 뇌우 속에서 씻겨 사라지기라도 한 걸까.

"어쩌지. 이미 없애 버렸는데."

그렇게 말하며 입술을 다시 맞붙이는 그에게는 일말의 후회조차 없어 보였다.

* * *

"아니. 이거 말고."

루이제는 로제마리의 손을 쳐 내며 다른 장신구를 가리켰다. 로제마리는 고개를 숙이고 패물함에서 다른 장신구를 찾아 그녀의 머리에 끼웠다. 이번이 세 번째였다. 루이제는 가만히 거울을 보다가 마음에 안 드는 표정으로 장신구를 빼냈다.

"다른 걸로."

로제마리는 화를 참고 다시 장신구를 찾았다. 사실 어떤 장신구를 가져다가 붙여도 마음에 들지 않을 터였다. 단지 그녀를 부리는 일에만 혈안이 된 듯 보였으니까.

"예전과 취향이 많이 달라지셨나 보네요."

로제마리가 먼저 과거 이야기를 꺼냈다. 루이제는 그제야 로제마리를 힐끗 보다가 고개를 갸웃거렸다.

"마치 날 잘 아는 사람처럼 말하는구나. 우리가 그런 사이였던가? 나는 너를 잘 모르는걸."

대화를 원하는 것이 아니다. 그저 보복을 하고 싶어 할 뿐이다. 로제마리는 한숨을 내쉬다가 다른 장신구를 찾으려 들었다. 루이제는 그녀의 손목을 움켜쥐었다.

"표정이 왜 그래? 무슨 억울한 일이라도 있니?"

얄미울 정도로 무구한 얼굴이었다. 예쁘장한 인형인 줄 알았는데, 이제 보니 여우 새끼와 다름없다. 로제마리는 한숨을 내쉬다가 고개를 저었다.

"아닙니다. 영애."

로제마리가 푸른 장미 모양의 장신구를 집어 들었다. 루이제가 가만히 그 것을 보다가 손길을 치워 냈다. 이번에는 괜한 트집이 아니었다. 정원에서 가만히 꽃을 내려다보던 남자가 떠오른 탓이었으나, 로제마리가 보기에는 이번 거부라고 별다르지 않았다.

"그것 말고."

이걸 언제까지 받아 줘야 하나. 극단 여배우의 수발이나 들던 시절의 로제마리였다면 귀공녀의 말이니 무조건 따랐을지도 몰랐다. 그러나 이제 로제마리는 귀공녀라고 해서 다 같은 귀공녀가 아니란 사실을 깨달을 만큼 현실을 파악한 하녀였다.

후작 부인이란 자리가 언뜻 보면 높아 보일지도 모르지만, 지금 상황에서도 과연 그럴까? 어젯밤에 후작의 방에 누가 들어갔는지는 저택의 고용인들이 다 아는 사실이었다. 로제마리는 유감스럽게 고개를 으쓱이더니 순순히 머리 핀을 내려놓았다.

"후작님 취향이실 텐데요."

"……뭐?"

로제마리가 비소를 머금고 답했다.

"후작님 취향인 것 같더라고요. 정원에도 가꾸어져 있고, 푸른 장미가 잘 어울리는 분을 마음에 들어 하신 걸 보면."

순식간에, 루이제의 안색이 걷잡을 수 없이 굳어졌다. 건방진 하녀는 기 죽는 기색 없이 싱긋 웃더니 다른 머리 장신구를 고르려 들었다. 루이제는 패물함에 닿기도 전에 로제마리의 손목을 있는 힘껏 잡아 내렸다. 그러고는 그녀 쪽 방향으로 돌아앉아, 조용한 목소리로 속삭였다.

"곧 있으면, 너는 나와 슈미트 성으로 떠나게 될 거야."

로제마리가 흠칫 뒤로 물러서려 했지만, 루이제는 그녀 가까이에 얼굴을 맞붙였다. 얼굴에는 은은한 미소가 떠나지 않았다. 미래에는 더한 괴롭힘을 주겠다는 엄포였으니, 미소는 가식이 아닌 진심이었다.

"불편할 일은 만들지 말아야지? 그러는 편이 서로가 편하잖니."

"……."

"그래야만 왕세자 전하께도 말씀드리기 좋고. 안 그래?"

로제마리의 얼굴이 하얗게 질리자, 루이제는 그제야 만족한 듯 아무것도 모르는 순진한 슈미트 영애의 얼굴로 돌아왔다. 도대체 자신이 알던 여자는 누구였을까. 로제마리는 오스스 소름이 돋을 지경이었다.

루이제가 다시 자세를 바로 했다. 거울에 비친 그 얼굴은 귀공녀다운 평정을 되찾은 채였다.

"후작가로 올 예물이 있어. 네가 꼭 받아 와."

로제마리는 가만히 허리를 굽히고 물러났다. 고문실 같던 루이제의 방에서 빠져나오자마자, 발걸음은 신속해졌다.

슈미트 영지라니?

발걸음만큼이나 로제마리의 심장 뛰는 소리도 쿵쿵 거세지기 시작했다. 어쩌지? 어떻게 이 상황을 막아야 하지? 루이제가 슈미트 성에 가겠다는 계획을 후작이 모를 리는 없을 터였다. 후작이 자신을 그녀에게 넘겼단 말인가? 그렇다면 이 상황을 막아 줄 만한 사람은……

로제마리는 자연스럽게 레나 크루거의 방을 찾았다. 침실에는 레나 크루거가 보이지 않았다. 간밤에 잠든 흔적조차 없이.

그렇다면, 아직도 후작과 함께 있는 걸까? 그녀가 후작의 침실에서 돌아오면 몸단장을 해 준다는 핑계로 말을 걸어 볼 참이었다. 그런 속셈으로 복도를 서성이는데, 후작의 침실 앞에서 하녀들끼리 모여서 웅성거리는 모습이 보였다.

"어떻게 해? 그냥 둬도 괜찮은 거야?"

"하녀장님 모셔 와야 하는 거 아니야?"

"아니면 한스 집사장님이라도 모셔 올까?"

아무래도 무슨 일이 난 듯싶었다. 로제마리는 목소리를 가다듬고, 문에 딱 달라붙어 귀를 기울이고 있는 하녀들을 불렀다.

"무슨 일이야?"

그러자 하녀들이 일제히 그녀에게 시선을 돌렸다. 한 하녀가 소곤거리는 목소리로, '저 그게……' 하며 말문을 열던 순간이었다. 로제마리가 문 앞으로 한 발자국 다가서는데 쿵, 하고 큰 소리가 들렸다. 잇따라 쨍그랑하고 유리 비슷한 것으로 추정되는 물체가 깨지는 소리가 들렸다.

"이거 놔요!"

레나 크루거의 목소리였다.

"뭐 해, 당장 하녀장님이랑 집사장님 모셔 와."

로제마리는 듣자마자 하녀들에게 눈치를 주었다. 구경만 하고 있던 하녀들은 연차 높은 선배의 말에 따라 단체로 한스와 레베카를 부르러 달려 나갔다.

"후작님에게 루시아가 정말 중요하긴 했어요?"

순간, 안에서 들리는 소리를 듣자마자 로제마리는 문에 몸을 바싹 붙였다. '루시아'라는 이름에 즉각적으로 반응할 수밖에 없었다.

루시아? 루시아 데스테를 말하는 건가? 대체, 왜? 어째서 레나 크루거가 데스테 영애를 거론하는 거지?

원래대로라면 방음 때문에 잘 들리지 않을 텐데, 귀를 기울이니 어렴풋이 말소리가 들려왔다. 레나 크루거가 나가려고 문고리를 잡고 있었는지, 대화는 방문 앞에서 이루어지고 있었다.

"그게 궁금했어? 고작 그게 네가 이 저택에 온 이유야?"

후작의 목소리가 연이어 들렸다. 후작이 웃는 낯으로 화를 내거나 막스를 말없이 구타하는 광경은 봤었지만, 그토록 흥분한 어투는 처음 듣는 것이었다.

저택에 온 이유라니. 이게 무슨 뜻이야. 그러나 카론의 다음 말은 혼란한 로제마리의 머릿속을 더욱 뒤죽박죽으로 만들기에 충분했다.

"말해 봐. 네가 로렌츠에게 붙잡혀 있는 이유가 루시아 때문이야? 왜, 그 새끼가 나한테서 루시아에 관한 기억이라도 떠올리게 하래?"

로제마리가 놀라서 입을 틀어막는 순간이었다. 찰싹. 거침없는 손찌검이 날아왔다. 로제마리는 곧바로 문 앞에서 떨어져 나가며 풀썩 쓰러졌다.

"어찌 그러고 있는 게야!"

로제머리의 머리 위로 불호령이 떨어졌다. 어느새 다가온 레베카가 엄한 얼굴로 로제마리를 내려다보고 있었다. 뒤로는 머리를 숙이고 있는 하녀들도 함께였다. 로제마리는 곧바로 상황에 수긍하고 머리를 조아렸다.

"죄송합니다. 제가 경솔했습니다."

"오래 일해 놓고 상황 판단을 못 하니 실망이로구나. 이번 일은 나중에 제대로 잘못을 물을 것이다."

레베카는 엎드려 있는 로제마리 곁을 지나쳐 후작의 침실을 열었다. 곧바로 한스가 뒤따랐다. 고용인 중에 그런 행동이 허락된 두 명이었다. 그렇게 레베카와 한스가 들어가자 상황은 급히 일단락되는 듯싶었다.

얼마 지나지 않아서 한스가 레나 크루거를 데리고 나왔다. 로제마리는 눈치껏 일어나서 레나 크루거를 챙기는 것을 도왔다. 평소 레나 크루거의 시중 하녀 역할을 해 왔던 터라, 한스는 별다른 제지 없이 그녀를 로제마리의 손에 넘겨주고서는 후작의 명령을 전달했다.

로제마리는 레나를 방에 데려가 세수를 시키고, 옷매무새를 다듬어 주었다. 슬쩍 눈치를 살폈지만, 조금 지친 기색을 빼면 별다른 외상은 없어 보였다.

하긴, 후작이 그녀에게 손을 올리는 상상은 들지 않았다. 차라리 죽이면 죽였겠지. 오히려 슈미즈를 갈아입힐 때 보았던 정사의 흔적이 민망할 정도였다. 그렇다면, 그 잡음은 오로지 레나 크루거 혼자서 만들어 낸 것이었나.

레나는 화장대의 거울로 로제마리가 정리해 준 몰골을 바라보았다. 소리를 지른 터라 따끔따끔하게 부은 목에서는 쉰 소리가 났고, 붉었던 눈시울은 서서히 가라앉고 있었다. 로제마리는 그녀의 상태를 보더니 쯧, 하고 혀를 찼다.

"다들 미친 사람인 줄 알았을 거예요."

"……."

"감히 후작님께 그렇게 대드는 고용인은 레나 씨가 처음이었을걸요. 후작님께 물건을 집어 던지기까지 해 놓고 용케 목이 잘리지 않았다니."

쿡쿡 찌르는 로제마리의 빈정거림에도 레나는 아무런 반응이 없었다. 로제마리는 하아, 하고 한숨을 내쉬었다.

"이런 상황에서는 아무것도 못 물어보겠네."

로제마리가 혼잣말로 신세 한탄을 했다. 와중에도 몸은 착실하게 한스의 지시를 받은 대로 움직였다. 트롤리를 끌고 와 원형 탁자에 음식을 차례차례 내려놓고, 입맛이 없다는 레나를 강제로 앉혔다. 후작이 이 소리를 지르고 물건을 내던진 미친 하녀를 처형하긴커녕 아침을 먹이라는 명령을 내렸다니……. 여전히 믿기지 않았다.

"다 먹으면 가지러 올게요. 무슨 일이 있었는지는 모르겠지만 진정해요."

로제마리는 일단 그 말만 마치고 물러섰다.

그렇게 방을 나오자마자, 난감해하던 표정을 싹 지운 로제마리는 트롤리를 끌고 가면서 흐흐 웃었다. 예물을 받아 오라는 외출 명령이 이리 기쁠 수가 없었다. 외출을 할 수 있으니까. 이건 그녀에게 더할 나위 없는 기회였다. 어쩌면 살아남을 수 있는 마지막 기회!

* * *

후작의 침실을 정리하는 고용인들은 하나같이 숨소리조차 조심스러워했다. 그중에서 레베카야말로 가장 조심스러울 수밖에 없었다. 카론의 얼굴에 실금처럼 그어진 붉은 줄은 갑자기 물건을 집어 던져 난동을 피운 시침 하녀가 만든 생채기였다.

정작 카론은 무심히 치료를 받고서는 고용인들을 물렸다. 반응이 불안하리만큼 잠잠했다. 이전 후작보단 덜했지만, 지나치게 젊은 나이에 작위를 받은 현 후작은 그 행동을 예측하기 불가할 때가 많았다. 레베카가 고개를 숙이고 그 불안함을 기꺼이 감내하고 있는데, 호령을 떨굴 줄 알았던 후작은 권태에 젖은 눈으로 창밖을 바라보고만 있었다.

"내가 저걸 왜 심었지?"

후작이 턱짓으로 가리킨 곳은 푸른 장미가 핀 중정이었다. 레베카는 서둘러 답을 하고 보았다.

"정원을 새로 조경할 때 부탁하신 꽃으로 알고 있습니다."

후작이 작위를 받은 지 얼마 되지 않았을 때의 일이었다. 저택을 가꾸는 일에는 열의 없는 후작이 유일하게 부탁한 꽃이 푸른 장미였다. 그 꽃을 후작의 방에서 제일 잘 보이는 중정에 심어 두었다. 그것이 연달아 부모를 잃고 불안정한 상태를 보이는 어린 후작에게 위안이 되길 바라면서.

"그래?"

후작은 그 시절이 떠오르지 않는 건지 머리를 괸 채 가만히 중정을 내려 보았다. 곧 메마른 붉은 눈동자가 레베카를 돌아보았다.

"구해 올 것이 있어."

카론이 자리에서 일어나 종이에 무언가를 적었다. 종이를 건네받은 레베카는 흠칫거리다가 순순히 고개를 숙이고 명령을 받들었다.

"집사장에게 전달하겠습니다."

"그리고 알아봤으면 하는 사안이 있는데."

카론은 다시 정원 쪽을 잠시간 흘긋거리다 이내 한숨을 내쉬었다.

"저택에 코타이너 출신들이 있는지 알아봐."

"네. 알겠습니다."

출신지 조사라니. 하녀장으로서의 오랜 경력으로 장담하건대 저택에 한바탕 칼바람이 불 것만 같은 예감이 들었다. 종이를 쥐고 있는 레베카의 손에 힘이 들어가던 찰나, 정중히 노크한 한스가 방으로 들어섰다.

고용인들을 안배하고 온 한스는 조금 난처한 표정을 짓고 있었다.

"슈미트 영애께서 뵙기를 청합니다."

카론이 낮은 한숨을 내쉬었다. 귀찮은 태도가 명백했다. 레베카도, 한스도, 그의 저런 표정을 잘 알고 있었다. 어린 시절에 데스테 백작의 영지에 가기 싫어했을 때마다 나오던 내색이었다. 들여보내라는 뜻을 읽은 한스가 문을 열자, 발랄한 불청객이 찾아들었다.

"일이 있었나 봐요?"

무슨 사건이 일어났는지는 신경도 쓰지 않겠다는 듯, 루이제는 해맑은 낯으로 침실에 들어왔다. 카론은 조금 지긋한 눈으로 그녀를 바라보았다. 소후작 때부터 카론을 봐 온 두 고용인에게는 익숙한 낯이었다. 그는 과거의 약혼녀에게도 지금과 별다르지 않았다.

"나가 봐."

카론의 명령 덕에 두 사람은 그 숨 막히는 정경에서 벗어날 수 있었다.

방에 두 사람만 남자, 카론은 피곤한 눈을 비비며 창가에 비스듬히 기대어 섰다. 들이닥친 약혼녀는 자연스럽게 윙 체어에 자리를 잡고 앉더니 다짜고짜 엉뚱한 이야기를 꺼냈다.

"에르하르트 저택에는 마법진이 있다면서요? 그걸 보고 싶어요."

저 의자는 조금 전까지만 해도 어째서 루시아와의 기억을 소중히 여기지 않았냐며 자신에게 물건을 집어 던지던 여자가 앉았던 자리였다. 그에 비해 루이제는 얌전히 그에게 하잘것없는 요구나 늘어놓을 뿐인데, 함께 새벽 공기를 맡으며 몸을 뒤섞었던 여자가 금세 그리워지고 있었다.

"하녀장에게 일러두겠습니다."

함께 가 달라는 뜻인 걸 알고도 카론이 그리 응수하자, 루이제는 흐음, 하고 퉁명한 표정을 짓더니 자리에서 일어나 그에게 다가왔다. 손을 뻗어 그의 뺨에 난 상처를 만지려 들자 카론은 고개를 비틀어 손길을 회피했다. 루이제는 민망한 기색 없이 순순히 손을 거둬들였다.

"레나 님과는 어찌 된 일이세요? 싸운 모양이던데."

"……"

"그래서야 청혼하실 수야 있으시겠어요? 머지않아 후작 부인이 되실 분이잖아요."

얼핏 들으면 악의 없이 묻는 듯한 말에 카론의 입이 다물렸다. 루이제는 제가 한 방 먹였다는 걸 깨달았는지 후후 웃으며 한 걸음 물러섰다.

"저와 파혼하신 후에, 그분께 정식으로 청혼하실 생각 아니셨어요? 물론 청혼은 받아 주는 사람의 마음에 달렸겠지만."

루이제의 조롱은 카론에게 아무런 불쾌함을 주지 못했다. 카론에게 루이제란 그런 존재였다. 그를 기쁘게 할 수도, 슬프게 할 수도 없는 존재. 그저 성가실 뿐이다. 하지만, 레나 크루거를 들먹이는 지적만은 무시하지 못했다.

청혼이라니. 생각해 본 적 없는 말이었다. 그들 사이에 산재해 있는 문제들만 봐도 떠올릴 수도 없었던 이야기였으나, 그가 그걸 원하지 않는가를 묻는다면…….

카론은 루시아 데스테가 죽은 이후로 단 한 번도 떠올리지 않았던 미래를 떠올렸다. 항상 제 곁에 있게 될 여자의 모습을. 언제 죽을지 모른다는 생각으로 살던 그로서는 염두에 두지 않았던 계획이었다.

루이제는 장미 중정으로 고개가 돌아간 그의 뒷모습에 씁쓸한 미소를 매달았다. 카론은 약혼녀의 심기 따위는 신경 쓰지도 않고 다른 생각에 빠져 있었다. 루이제는 부러 그를 자극하는 말을 꺼냈다.

"레나 님과 같이 마법진을 구경해도 되나요?"

곧바로 탐탁지 않은 눈빛으로 변모한 적안이 그녀를 돌아보았다. 루이제는 그 얼굴을 유심히 보다가 못마땅한 말을 더했다.

"아니면 직접 구경시켜 주시든가요. 정부와는 싸우고 약혼녀와는 사이좋아 보일 수 있는 기회이니 저야 이편이 더 좋네요."

카론은 그 말에 묘한 기시감을 느꼈다. 언젠가 루시아가 이 비슷한 말을 했었던 것 같기도…….

"여자들끼리는 서로 마음을 잘 알거든요. 저를 아군으로 두는 편이 나으실걸요. 어차피 저는 떠날 사람인데."

그사이에 루이제가 다시 한 발자국 다가와 섰다. 그가 자신을 봐 준다는 사실 자체에 기쁜 듯 생글생글 웃는 얼굴은 무해하기 그지없었다. 그조차 어디선가 많이 본 듯한 느낌이었다. 카론은 그제야 약혼자에게서 이전 약혼자의 얼굴을 보았다. 그전까지는 굳이 면밀하게 살펴보지 않아서 몰랐던 인상이었다.

"마음대로 하십시오."

그 얼굴이 겹쳐 떠오르자, 카론은 한숨을 내쉬고 몸을 돌렸다. 등 뒤로 루이제가 문을 닫고 나가는 소리가 들렸다.

저택 지하실에 간다는데 별일이야 없을 테고, 여자들끼리 노는 일까지 참견하고 싶지 않았다. 더군다나 레나 크루거는 루이제를 싫어하는 기색도 아니었으니. 사실 카론이 제일 걸리는 부분이 그것이었다. 레나 크루거는 그의 약혼보다도 다른 것에 마음이 기운 듯했다.

'후작님에게 루시아가 정말 중요하긴 했어요?'

카론은 언제나 제 기억에 부식되어 남아 있는 루시아 데스테를 기억했다. 제게 입을 맞추며 사랑을 갈구하던 여자의 간절함을. 혼란한 밤마다 찬란한 금발을 흩날리며 제 품에 안기는 여자는 덧없기 그지없었다. 가장 참을 수 없는 건 눈물을 흘리던 그 눈이었다. 어째서 저는 안 되는지를 묻던 불그스름한 눈이 제 원죄의 증표였다.

카론이 루이제 슈미트나 루시아 데스테에게 인내하는 이유는 근본적으로 다르지 않았다. 그는 그들에게 빚이 있다. 아니, 정확하게는……. 카론은 에르하르트의 문장을 이루는 중정의 수풀 미로를 바라보았다. 얼마 가지 않아 커튼은 닫히고, 그것은 그의 시야에서 거두어졌다.

* * *

레나는 먹기 좋게 늘어진 음식을 앞에 두고도 포크를 쥐지 않았다. 바구니에는 먹기 좋게 갓 구워 나온 기다란 빵이 담겨 있었다. 레나는 개중에 하나를 들고서 창가에 조각조각 찢어 두었다.

'저택으로 돌아가면 침실 창문에 새 모이 좀 올려놔.'

아마도 필리프가 전서구를 보내올 터였다. 준비를 마친 레나는 깨진 검 장신구를 매만지다가 창가에 기대앉았다. 기력을 소모한 터라 피로한 눈이 감겼다. 이 모든 것이 부질없게만 느껴졌다.

처음 있는 격전이었다. 격전이라기엔 그녀 혼자 격분한 것에 가까웠지만, 레나는 그 순간만큼은 목이 달아나는 상황조차 계산에 넣지 않았다. 아무렇지 도 않게 그녀의 소중한 기억을 담아 왔던 반지를 없애 버렸다고 했다. 그 말을 듣는 순간에 레나의 이성은 툭 끊기고야 말았다. 그것이, 어떤 기억인데.

'후작님에게 루시아가 정말 중요하긴 했어요?'

그동안 후작이 그녀에게 했던 짓까지는 감내할 수 있었다. 그저 자기가 알던 소년과 후작이 서로 다른 남자라 여기면 그만이었으니까. 하지만 절대 용납할 수 없는 선은 존재했다. 그들은 결국에 루시아라는 격전지에서 어김 없이 충돌했다.

사랑했다면 이렇게까지 비겁할 수 있을 리가 없다. 신중하지 않았을 리가 없다. 약혼자에 대한 기억을 어떻게 그렇게 아무렇지 않게……. 제아무리 떠올리기 싫을 만큼 아픈 기억이라 해도, 누구나 사랑했던 여자를 마지막으 로 떠올릴 방법 앞에선 망설일 수밖에 없지 않은가.

레나는 그가 루시아를 기만했다는 사실이 못내 끔찍했다. 루시아는 유언 장에서까지 카론이 죽지 않고 건강하게 살아가길 기원했다. 그에 비해 카론 에르하르트는 약혼녀를 잃고 기억을 지운 채 비겁하게 홀로 죽음의 길로 걸어가려 하고 있었다.

그렇기에 로렌츠의 복수는 철저하게 루시아의 유지 안에서만 이루어졌 다. 그를 치유해 가장 끔찍한 기억을 되돌려 줄 수 있도록. 죽음보다 더한 삶의 고통에서 헤엄칠 수 있도록.

루시아에게 남아 있는 부채감과 카론을 향한 배신감을 동시에 충족시킬 수 있는 최고의 복수 방법. 책임감 없이 도망친 남자에게 할 수 있는 최고의 응징. 레나와 로렌츠의 계약은 그 믿음을 바탕으로 체결되었다.

그러니 그녀를 물끄러미 내려다보는 카론의 표정은 도저히 납득되지 않는 것이었다.

'그게 궁금했어? 고작 그게 네가 이 저택에 온 이유야?'

고작 그것. 고작이라고.

레나는 그의 말에 저도 모르게 뒷걸음질을 쳤다. 카론은 그녀의 어깨를 붙잡고 되물었다.

'말해 봐. 네가 로렌츠에게 붙잡혀 있는 이유가 루시아 때문이야? 왜, 그 새끼가 나한테서 루시아에 관한 기억이라도 떠올리게 하래?'

그의 얇고 붉은 입술에 비틀린 웃음이 걸쳐졌다.

'눈물겨운 순정이네. 너도, 그 새끼도.'

늘 그와 잘 어울린다고 생각했던 미소였다. 그는 평소와 다름없이 모진 말을 늘어놓았을 뿐이었다. 그러나 레나는 그 아무렇지 않은 잔인함에 넋을 놓았다.

지금 기억이 돌아오고 있긴 한 걸까. 아니, 기억이 돌아왔는데 이러는 거라면? 이미 카론은 그녀의 배후를 알고 있다. 그렇다면 왜 진즉 죽이지 않은 거지?

레나는 도무지 그를 종잡을 수 없었다. 이해할 수 없는 지경을 넘어 두려워졌다.

울 것 같이 망연한 얼굴로 그만 올려다보고 있는데, 때마침 레베카와 한스가 들어와 상황을 정리했다. 누군가 개입하지 않았더라면, 자신의 입에서 무슨 말이 나왔을지 모를 감정이었다. 점점 그녀조차 그를 따라 미쳐 가는 기분이었다.

충분히 창가에서 햇볕을 쬔 레나가 두 눈을 가린 손등을 내렸을 무렵에, 누군가 똑똑 문을 두드렸다. 허락을 구하지도 않은 채, 문이 벌컥 열렸다.

"괜찮아요?"

루이제였다.

* * *

레나에게 루시아와 루이제는 서로 닮았다고 느껴지는 구석이 있는 이들이었지만, 결정적으로 두 사람에게는 다른 부분이 있었다. 루시아는 그녀의 소중한 친구이자 시녀로서 모셔야 할 주인이었지만, 루이제와는 그런 관계가 아니었다.

특히, 카론과 밤을 보낸 데다 싸우기까지 한 뒤에는 더욱 마주 보기에 힘겨운 상대이지 않은가. 그런데 지금 그런 상대와 어두운 지하실을 내려가고 있었다.

"생각해 보니 아직 작동하고 있다는 에르하르트의 마법진 구경을 제대로 못 해 봐서요. 후작님은 워낙 바쁘신 것 같고, 이런 일에 집사장이나 하녀장을 동원하기에는 민망해서. 제가 레나 님이 어울려 주실 수 있는지 청해 봤어요. 괜찮으신 거죠?"

남포등을 들고 앞장선 레나 뒤로 루이제가 산뜻하게 말문을 열었다. 레나는 아무런 일을 하지 않는 정부이니, 데리고 놀 상대로 적합했다는 말을 예의 있게 한 셈이다.

"네. 그럼요. 저도 마침 기분 전환할 일이 필요했으니까요."

오히려 후작과 무슨 일이 있었는지부터 묻지 않는 게 다행이었으므로, 레나는 기꺼이 그녀의 요청을 수락했다. 루이제는 이제 그런 문제에 구태여 신경 쓰지 않겠다는 태도에 가까워 보였으나, 레나는 그녀에게 어쩔 수 없는 부채감이 있었다.

"안 그래도 약혼식을 앞두고 잠시 여행을 다녀올까 했거든요. 그때는 레나 님을 괴롭히지 않고, 로제마리를 함께 데려가려고요."

"그러신가요. 좋은 여행이 되셨으면 좋겠네요."

레나는 꼬박꼬박 그녀의 말에 반응해 주며 지하실 문고리에 감겨 있는 쇠사슬을 풀었다. 루이제가 후작의 허락을 받고 온 자리였으므로, 이번에는 의심받을 염려가 없었다. 안 그래도 레나 역시 지하실에서 확인해 보고 싶은 것이 있었다.

필리프는 대체 어떻게 완벽히 마법진의 개폐어를 지운 걸까? 개폐어는 마법진의 정중앙에 있었으므로, 누구나 찾기는 어렵지 않지만 신비력 이론을 알아야만 개폐어의 존재 자체를 알 수 있었다. 마법진을 처음 본 사람들은 신비로운 문양이나 낙서라고만 생각하는 것이 일반적인 상황이었으니.

신비력 이론은 배울 수 있는 경로가 흔하지 않은 데다가 제대로 배우려면 무척이나 비쌌다. 카론이 레나를 제일 먼저 의심한 건 어찌 보면 당연한 일이었다. 그렇다면, 필리프도 레나처럼 신비력을 배운 것일까.

'개와 그렇게 하기로 약속했으니까.'

레나는 흘깃 뒤를 돌아 루이제가 제대로 따라오는지를 확인했다. 루이제는 어김없이 무해한 얼굴로 웃고 있었다. 아무리 봐도 필리프와 관련이 있을 법한 인물이 아니었다. 필리프가 슈미트 가문과 연관이 있었는지는 모를 노릇이었으나 의아해지는 의문점을 떨칠 수가 없었다.

철문이 끼익, 소리를 내며 열렸다. 레나는 좋은 기억으로 남지 않았던 공간을 다시 마주하게 되었다.

저번처럼 파손되어 땅에 그려진 어린아이의 낙서처럼 보일 때와는 다르게, 정상적으로 작동 중인 마법진은 그어진 선마다 영롱한 흰빛을 내뿜고 있었다. 남포등이 필요 없을 정도로, 자체 발광하는 조명 회로는 어두운 지하실을 밝게 비추기에 충분했다.

"우아, 이게 마법진이군요. 처음 봤어요."

루이제가 마법진을 내려다보며, 순수한 목소리로 감탄했다. 레나는 신비력자라는 그녀가 마법진을 보지 못했다는 사실에 조금 놀랐으나 애써 내색하진 않았다. 루이제는 가만히 고개를 갸웃거리다가 정중앙에 새겨진 고어 부근을 가리키며 말했다.

"저긴 다른 느낌이 나네요. 유독 느껴지는 힘이 강해요."

"마법진을 작동시키는 개폐어니까요."

마법진의 구조상 마력은 정중앙에 모일 수밖에 없으니 당연히 방출되는 마력의 양도 달랐다. 마법진을 제대로 보지 않고도 신비력자는 본능적으로 그 구조를 아는 듯싶었다.

"여기만 흠집이 많은 이유는요?"

마법진은 보수되었으나 바닥에 새겨진 칼집은 사라지지 않고 남아 있었다. 레나가 저택에서 있었던 소등 사태를 알려 주자, 그걸 듣는 루이제의 표정은 점차 미묘해졌다. 루이제는 가만히 앉아 흠집이 난 부근을 쓰다듬었다.

"철저하네요. 꽤 고생이 많았겠어요. 그렇죠?"

동의를 구하는 얼굴은 마치 사정을 전부 알고 있다는 투였다. 레나는 아무런 대답도 하지 않고 애매모호한 웃음으로 대답을 흐렸다. 필리프에 대해서 흘리듯 물어볼 생각으로 어떤 이야기를 꺼낼지 고민하는데, 가만히 마법진만 내려다보던 루이제가 고개를 들더니 불쑥 질문을 던졌다.

"제가 왜 슈미트 성에 가 보고 싶어 하는 줄 아세요?"

밑으로부터 나오는 은은한 흰색 조명을 받은 루이제의 얼굴은 어쩐지 조금 낯설어져 있었다. 신이 난 듯한, 무구해 보이는 저 얼굴. 레나가 어디서 본 듯한 인상이었다.

"마법진이 있어서예요."

"마법진이요?"

"네. 마법진. 슈미트 성에는 아주 커다란 마법진들이 남아 있다고 오빠가 그랬거든요."

활짝 웃는 얼굴을 마주하자, 레나는 퍼뜩 루시아의 얼굴을 떠올렸다.

주치의가 다녀갔던 날. 자신의 병 증세를 알리고 카론을 절대 놓아주지 않겠다고 말하던 그날의 루시아.

"그 마법진으로 무언가를 하려다가 우리 가문이 몰살당했어요. 확인하고 싶더라고요. 대체 아버지가 무엇을 잘못해서 내가 이런 운명에 빠지게 된 걸까 싶어서."

"……."

또각또각. 빛이 들어오는 마법진을 가로질러 걸어오는 구두 소리는 예사롭지 않았다. 루이제가 레나 가까이 섰다. 루시아가 그랬듯, 루이제 역시 그녀보다 살짝 작은 키였다.

루이제가 레나의 두 손을 꼭 붙들고서 쪽빛 눈동자를 반짝였다. 그러고는 밀려올 파장 따위는 알 바 아니라는 순진무구한 얼굴로 질문을 던졌다.

"당신은 그렇지 않나요, 엘레나 오펜하이머?"

귀가 먼 사람처럼, 레나는 루이제의 말을 제대로 이해하지 못했다.

"네?"

잘못 들은 것이 틀림없다고 생각되는 말이었다. 그러나 루이제는 말그스름한 눈으로 변화 없이 상황을 되짚어 주었다.

"당신의 아버지께서는 마지막의 마지막까지도 충성을 지키셨다지요. 오펜하이머 성이 타오르는 비극을 맞이할 때까지도."

잘못 들었을 거라는 마지막 가능성까지 산산조각 내는 말이었다. 순간적으로 루이제에게 잡힌 손을 뿌리쳤다. 착오가 있는 것이 분명했다. 어떻게? 도대체 지금 무슨 상황이지?

"걱정 마요. 후작님에게는 어떤 것도 말하지 않았으니까."

"대체……."

루이제가 혼란스러워하는 레나에게 다가섰다. 레나는 그런 그녀가 두려워져서 한 걸음씩 뒤로 물러섰다. 마법진에서 올라오는 희뿌연 빛을 받아 말갛게 웃는 얼굴이 하얀 반사판을 덧댄 듯 괴기하게 빛났다.

"처음에는 도통 믿음이 가지 않았어요. 당신이 후작에게 벗어나고 싶어한다는 말."

"……."

"그런데 나도 이제 그 말이 무슨 뜻인지 알겠어요."

루이제가 안심하라는 듯이 그녀의 두 손을 맞붙잡고 가만히 도닥거렸다. 레나는 '엘레나 오펜하이머'라는 이름이 나온 순간부터 루이제의 말을 단 한 개도 이해할 수 없었다. 자신의 정체가 탄로 나 버렸다는 위협이 닥쳐오자, 머릿속은 온통 경계심으로 마비되어 버렸다.

그러나 루이제는 적장에서 친구를 만난 사람처럼, 레나의 손을 쓰다듬으며 친절한 설명을 덧붙였다.

"당신도 왕실과 에르하르트 가문을 용서할 수 있을 리가 없잖아요, 그렇죠?"

싱긋 웃는 그 얼굴은 마치 광인의 것에 가까워 보이기도 했다.

* * *

늦은 저녁이었다. 레오폴트는 왕궁 집무실에서 방금 도착한 급보를 읽으며 킥킥 웃었다. 책상 위에 산더미만큼 쌓인 서류만 봐서는 일반적인 집무실과 엇비슷해 보이지만, 곳곳에 놓인 새장과 이름표가 붙어 있는 벽시계들은 위화감을 조성하기에 충분했다.

하얀 새가 날아다니다가 레오폴트의 어깨에 앉았다. 레오폴트는 인자한 얼굴로 새의 머리를 쓰다듬다가 원형 테이블 위로 서신을 내려놓았다.

"이 자리에 앉으면 제일 좋은 점이 뭔 줄 알아?"

레오폴트가 맞은편에 앉아 있는 상대에게 하문했다.

"온갖 재미있는 이야기를 들을 수 있단 거야. 그럴 수 있는 권리도 정당하게 주어지지."

서신에 적힌 글씨체는 악필에 가까웠다. 글자를 많이 써 보지 않은 자로 보였고, 왕세자에게 보내는 서신에 귀족끼리는 형식적으로 쓰는 수식언을 덧붙이지도 못하는 것으로 보아 필시 평민에 가까웠다.

[에르하르트에서, 전하의 가여운 새 올림]

편지 끄트머리에 보이는 발신인이 레오폴트의 말 상대가 되어 주던 남자의 예상을 확인시켜 주었다. 레오폴트는 검지로 편지를 톡톡 두들기며 상대에게 공감을 구했다.

"궁금하지 않나, 로렌츠? 이런 느낌이 어떨지 말이야."

로렌츠는 그의 짓궂은 드레질에 넘어가지 않고, 얌전히 고개만 저었다.

"저는 지금만으로도 충분히 골치 아픈 일들이 많아서 말입니다. 알고 싶지 않은 이야기는 굳이 건드리고 싶지도 않군요."

딱 로렌츠다운 재미없는 대답이었다. 레오폴트는 감흥 식은 얼굴로 손가락 위에 앉은 새를 날려 보냈다. 서신을 말아 쥔 새는 푸드덕 날갯짓을 하며 창문 밖으로 날아올랐다.

"성군이 되기 위해서는 주변에 충신이 많아야 한다고 하지. 그럼 충신이 될 수 있는 신하는 어떻게 판단해야 하는지 아나?"

흘러가듯 묻는 레오폴트는 손수 손을 뻗어 '로제마리'라는 이름이 붙은 벽시계의 시간을 조정했다. '로제마리'의 시간이 조금 느리게 흘러갔다. 벽에 걸린 시계들은 각각 다른 시침과 분침을 가리키고 있었다.

로렌츠는 답을 짐작하면서도 은은한 미소로 즉답을 회피했다. 귀족답게 방어적인 예의를 두른 태도는 영민하고 모범적이었으나 레오폴트에게는 꽤 지루하게만 느껴졌다. 이러니저러니 천방지축처럼 굴긴 해도, 경계심도 의중도 대놓고 바짝 드러내는 에르하르트 후작이 재밌는 이유는 바로 그 때문이기도 했다.

의자에 몸을 파묻고 앉은 레오폴트는 하는 수 없이 게으른 신하에게 자답을 주었다.

"원하는 것과 두려워하는 것이 훤히 보이는 자를 밑에 두는 거야. 대적하게 된다면 파악하기 쉬운 신하만큼 편한 상대가 없지."

"……."

"에르하르트가 그런 점에서 대대로 아주 좋은 충신 가문이었는데 말이야……."

이번에는 어떨까. 가늘게 웃는 눈이 눈앞에 있는 발렌시아 가문의 차남을 저울질했다.

판단은 오래 걸리지 않는다. 기를 개를 들이는 일은 신중해야 하지만, 신중해야 하는 일은 의외로 단순한 법칙에 의해 결정된다.

개가 바라는 먹이, 그 먹이를 구하는 비용, 먹이를 구한 개가 바칠 수 있는 충성. 오로지 그 세 가지만 보면 그만이었다. 그 비용이 개를 귀여워해 줄 수 있을 만큼 합당하다면 그 개는 곁에 둘 만한 개겠지만, 값비싼 먹이만 먹고 적게 충성하는 탐욕스러운 개라면 한 번 쓰고 고아 삶아 버릴 용도에 불과해진다. 에르하르트는 그런 점에서 신비력이라는 몰락한 권력만 양도하면 충성스럽게 짖어 주는 훌륭한 사냥개들이었다.

'제 요구 사항은 한 가지밖에 없습니다.'

물론 최근에는 좀 요구 사항이 달라지긴 했지만. 에르하르트 후작이 바라는 먹이는 발렌시아다. 그렇다면 발렌시아가 바라는 먹이는 과연 무엇인가.

북부 대륙에서 내려와 정착한 고고한 가문이 바라는 사료라니. 상상만 해도 그 탐욕의 크기가 쉬이 짐작되진 않았다. 나중에는 주인도 알아보지 못해 손을 문다면, 안타깝게도 나중에 목을 잘라야 할 광견일 텐데.

그러나 로렌츠는 흥미진진하게 대답을 기다리는 왕세자에게 의외의 답을 내놓았다.

"제 요구 사항은 한 가지밖에 없습니다."

그리고 그것은 레오폴트가 웃음을 터뜨릴 만큼 충분히 만족스러운 대답이었다.

* * *

'레나.'

꿈결이었다. 나긋한 음성이 귀에 감겼다. 그러나 다정하진 않았다.

'레나 크루거. 아니, 엘레나 오펜하이머구나.'

데스테 백작의 집무실. 엘레나는 고개를 숙이고, 그 앞에 앉아 있었다. 오후의 햇살이 들어찬 집무실의 공기조차 무겁게 느껴지는 자리였다.

'안타깝구나. 모든 상황이.'

데스테 백작은 창가를 향해 몸을 돌리고 햇볕을 쬐고 있었다. 엘레나는 눈이 부셔 역광에 휩싸인 그의 뒷모습을 제대로 바라보지 못했다. 그 눈부신 뒷모습은 그녀가 가장 보기에 두려워했던 것이기도 했다.

죄송하다는 말조차 떨어지지 않아, 엘레나는 입술을 옹송그렸다. 오후임에도 오한이 일어난 듯 몸이 덜덜 떨려왔다. 땀에 젖은 손으로 드레스 자락을 붙들고, 죄인처럼 고개를 숙이는 게 고작이었다.

은인을 배반했다. 배반은 오래전에 했는지도 모른다. 배반의 죄가 이제야 드러났을 뿐. 친구의 약혼자를 탐냈다가 들키다니.

데스테 백작은 카론 에르하르트와 루시아의 사이를 은밀히 갈라놓으라는 부탁까지 했으나, 루시아가 상처받길 원진 않았다. 루시아는 반드시 이 모든 것을 몰라야 한다고 단호히 당부하던 목소리를 어찌 잊겠는가. 그러니 그녀만큼은 몰랐어야 했는데……

아직 성인이 되지도 못한 엘레나가 겪기에는 처분을 기다리는 심판의 시간이 너무나도 무거웠다. 살면서 그토록 긴장감으로 떨리는 순간은 손에 꼽을 정도였다.

'네가 노력해 준 건 알고 있단다. 하지만 노력의 결말이 이렇게 되니 실망스럽구나.'

'실망'이라는 말이 백작의 입 밖으로 튀어나오면서 엘레나를 사로잡았다. 동공이 확장되면서, 손이 절로 바르르 떨렸다. 죄송해요, 더 잘할 수 있어요, 제발, 추방만은.

처절하게 매달리고 싶었으나 얼어붙은 입이 떨어지지 않았다. 추잡하게 구걸하고 변명하기엔 '레나 크루거'로 살아온 인생이 스스로 충성심을 심문했다.

친구의 약혼자와 있었던 일들이 정말 억울한 누명일 뿐이야? 가슴에 손을 얹고 말해 봐. 루시아를 질투한 적은 없어? 열등감을 느껴 본 적은 없어? 네가 감히, 루시아를, 데스테 가문을 상대로 선을 넘고 싶은 마음이 없었어? 카론 에르하르트를 정말로 가지고 싶지 않았어?

오랫동안 외면해 왔던 내면의 목소리들이 그제야 비웃듯 그녀를 몰아붙였다. 엘레나의 늘어진 그림자가 그대로 솟아 올라와 귓가에 악령처럼 속삭이는 듯했다.

잘 봐줘야 시녀인 주제에, 고마운 줄도 모르고 친구로 여겨 주기까지 한 루시아의 약혼자를 넘보았다.

자신이 가졌던 마음은 그저 분수를 모르는 유혹이며, 카론은 유혹의 대상이었을 뿐이고, 자신은 그런 유혹에 넘어가 버린 멍청한 죄인일 뿐이라고. 죄책감의 그림자가 순식간에 그녀의 첫사랑을 하나의 죄로 치부해 버렸다.

'저는……'

엘레나는 고개를 숙이며 눈물을 감추었다.

'드릴 말씀이 없습니다. 실망을 안겨 드려서 죄송해요.'

무엇을 잘했다고 우는가. 자초한 일인 것을. 엄격히 다그치는 내면의 목소리에 엘레나는 눈물조차 보이지 않으려 이를 악물었다.

'흐음……'

곧 백작의 한숨이 짙게 내려앉았다. 고민에 들어간 듯했다. 톡. 톡. 백작이 버릇처럼 구두로 바닥을 소리 나게 밟았다. 일정 간격으로 울리는 족음이 엘레나의 숨통을 조였다.

어떤 벌을 받게 될까. 데스테 백작령에서 추방당할까? 물건을 훔친 평민이 받는 죄로 손이 잘릴까? 아니면……. 오펜하이머 가문의 생존자임을 폭로해서 수도로 이송되는 걸까?

아직 성인이 되지도 못한 엘레나의 머리에는 미칠 듯한 경우의 수가 범람했다. 정치 관계를 헤아릴 수 있는 여유조차 없었다. 긴장감에 지쳐 기절하기 직전이 되었을 때야 백작이 입을 열었다.

'수도원이 좋겠구나. 추천서는 써 주마.'

'……'

'포모나 바실리카에 수도원이 있어. 지리에 능하니 어디인지도 알겠구나. 어떤 곳인지도.'

포모나 바실리카라고……. 엘레나는 순간 잘못 들었나 싶어 대답조차 하지 못하고 눈만 깜빡거렸다. 상황 파악이 되지 않아 그대로 시선만 올리니, 어느덧 돌아앉아 엘레나를 가만히 관찰하는 백작의 얼굴이 보였다.

'너 같은 창녀에게 잘 어울리는 자리지.'

늘 보던 인자한 표정 뒤로 따스한 햇볕이 내리쬐고 있었다. 그 발음 하나하나가 너무도 부드러워 마치 저급한 모욕 따위는 한 적도 없는 사람처럼.

루시아의 시녀로 지내면서 제 진심이 무엇인지 알기를 항상 거부해 왔다. 정확히 말하자면 몰라야만 했다. 엘레나 오펜하이머로 살았다면 허락되었을 마음이지만, 레나 크루거로 사는 이상 허용되지 않는 마음의 사치였으니. 그 대가가 이것이었다.

낙원에서의 추방.

엘레나는 그녀의 인생을 유지해 주던 안전한 장소를 완전히 잃었다.

　　　　　　　　　* * *

　레나는 퍼뜩 일어나 눈을 떴다. 몸이 벌벌 떨려 왔다. 입이 바싹 말랐다. 루이제와 지하실을 다녀온 뒤로 몸살이 나서 며칠을 앓았다. 피로에 절여진 몸은 악몽에 가까운 기억을 되살려 냈다.

　약, 약. 힘겹게 침대에서 일어난 레나가 습관처럼 사탕으로 된 약을 찾았다. 그러나 유리병은 뒤집어 봐도 아무것도 나오지 않는 빈병이었다.

　맙소사. 데스테 백작령에서 내쫓긴 그날의 꿈을 꾸다니. 어렴풋하게 알고 있던 사실이 구체적인 기억으로 튀어나왔다. 끔찍한 꿈이었다.

　목에 흐르는 땀만 쓸어내리고 있는데, 창문가에 톡톡거리는 조심스러운 소리가 났다. 레나는 어느새 어둠이 내린 창가로 다가가 문을 열었다. 필리프가 보냈는지 전서구가 빵 조각을 부리로 주워 먹고 있었다.

　레나는 전서구의 다리에 묶인 쪽지를 조심스럽게 풀고서 내용을 확인했다. 서신의 내용은 길지 않았다.

　[후작과 루이제 슈미트가 며칠 후 저택을 비울 때, 그때 그 산장에서 만나.]

　레나는 성냥을 그어 방 안에 향초를 피운 뒤에 서신은 향초에 태워 버렸다. 이러면 흔적도 남지 않고, 냄새도 거의 남지 않는다.

　창문 사이로 시원한 밤바람이 밀려와 촛불을 꺼뜨리며 그녀의 머리카락을 넘겼다. 끈을 매달아 목걸이가 된 검 장신구는 레나의 가슴팍에서 달빛에 닿아 반짝거렸다.

　레나는 새가 빵 모이를 먹는 사이에, 책상 서랍에 숨겨 둔 서신을 꺼내고 머뭇거렸다. 저번에 로렌츠에게 보내려고 적어 둔 서신이었다. 원래대로라면, 필리프에게 전달을 부탁한 뒤에 저택을 떠날 준비를 할 참이었다. 그러나⋯⋯.

'당신도 왕실과 에르하르트 가문을 용서할 수 있을 리가 없잖아요, 그렇죠?'

'……'

'왜 그런 얼굴로 봐요? 이 저택에 온 이유, 결국에 왕실의 수족인 에르하르트 가문에 복수하기 위해서 아니었어요? 우린 같은 입장이잖아요.'

레나는 판단을 유보하고 편지를 도로 숨겨 놓았다. 낮은 발소리가 가까워지고 있었다. 서둘러 창을 닫자, 새가 푸드덕 소리를 내며 날아올랐다.

당시엔 어찌 반응해야 하는지를 몰랐다. 너무도 충격적인 이야기를 들으면 사고가 멈춘다고 했던가. 자신의 정체를 어떻게 알았냐고 추궁하기엔 루이제의 기세가 심상치 않았다.

'에르하르트 가문은 당시 신비력자를 잡아들이는 데 앞장선 가문이에요. 철저한 왕실 편이라 당연히 우리 부모님들의 적이었던 가문이었죠. 당신이 로렌츠 공자의 복수에 합류했다면, 그 이유뿐이지 않나요? 당신도 어렴풋이 짐작하고 있잖아요. 에르하르트 가문이 반역자들을……'

끼익 소리를 내며 문이 열렸다. 무례한 침입자치고 평소보다는 조심스러운 방문이었다. 레나는 문을 열고 들어오는 남자를 붉은 눈시울로 응시했다.

"안 자고 뭐 해."

카론은 제 쪽이 먼저 들어왔으면서 말도 안 되는 타박을 놓았다. 레나는 반박해 줄까 하다가 입술을 달싹이고는 침대에 앉았다.

"오늘은 하기 싫어요."

이런 말이나 내뱉는 것이 고작인 자신이 비참해질 지경이었다. 고개를 숙이고 있는데, 턱을 쥐는 손아귀에 억지로 고개가 들어 올려졌다. 마주친 남자의 얼굴은 모욕을 당한 사람처럼 얼어붙어 있었다.

"그러려고 온 거 아니야."

힘주어 하는 말이 어쩐지 그 역시도 비참하게 만들었다. 레나는 숨을 삼켰다.

순간 구름이 달을 가리자, 자신을 직시하는 눈이 까맣게만 보였다. 레나는 시선을 아래로 내리깔고, 지척에 다가온 그의 숨결을 피부로 느꼈다. 구름이 흘러가 달빛이 환하게 방으로 들어오면 선명한 붉은 홍채가 가넷처럼 영롱하게 빛날 터였다. 레나는 그 눈과 마주하고 싶지 않아 눈을 감은 채, 살짝 입술을 맞붙였다 떨어지는 그의 키스를 받았다.

"내일부터 저택을 떠나 있을 거라 잠깐 들렀어."

커다란 손이 땀이 맺혔던 이마를 쓸었다. 카론은 안도의 한숨을 내쉬었다.

"그래도 열은 많이 떨어졌네."

그 말에 담긴 기쁜 감정을 알아채기 싫어 그녀는 고개를 돌렸다. 손아귀에서 벗어나려는 거부의 몸짓에도 그는 노여워하지 않았다. 앓아누운 며칠간 잠든 그녀의 머리맡에 다가와 열을 재던 남자의 손길이 다정했다는 사실을 부정하고만 싶었다.

'당신도 어렴풋이 짐작하고 있잖아요. 에르하르트 가문이 반역자들을 가만히 보고 있었을 리가 없다는 걸. 후작은 분명 그때의 일을 알고 있을 거예요. 당시 무슨 일이 있었는진 정확히 몰라도 우리 가문이 후작 가문에 원한을 사기라도 했다면, 기억이 돌아오는 즉시 나는 그의 손에 죽게 될지도 몰라요. 당신도 마찬가지예요. 그가 에르하르트 후작답게 미치광이처럼 언제 우릴 죽일지 모른다고요!'

그 누구도 믿기 힘들어졌다. 그녀를 혼란에 밀어 넣는 루이제도, 아마 루이제와 연관이 있을 필리프도, 여전히 과거를 기억하는 듯 기억 못 하는 듯 애매한 태도를 취하는 카론도.

그러나 레나는 반드시 확인해 봐야만 하는 문제가 있었다. 어쩌면 루이제가 거론한 가문과 가문 사이의 문제보다도 더 중요한 문제. 그녀를 이 저택에 이끌도록 만든 근본적인 문제. 레나는 눈물을 매단 채 그에게 물었다.

"약혼녀가 있으시잖아요. 또다시 저한테 이러시는 이유는요?"

곧바로 카론의 얼굴이 일그러졌다.

"말했잖아. 루이제 슈미트는 그저……."

"루시아한테도 같은 감정이셨어요?"

"뭐?"

"루시아도 후작님께 이 정도밖에 안 되는 존재였냐고요."

결국 루시아에 관한 이야기였다. 카론은 그 얼굴을 내려다보다가 그녀에게서 한 걸음 물러났다.

"그게 어째서 너한테 중요한데."

레나는 그대로 침대에 쓰러지듯 손을 짚고 어깨를 떨었다. 창백한 달빛이 조명처럼 그녀를 비추었다. 숨죽인 눈물이 새어 나와 방울방울 침대 시트를 적셨다. 그는 절대로 이해 못 할 감정이었다.

나는 루시아에게서 카론을 완전히 빼앗지 않았어. 카론 에르하르트는 결국에, 종래에는 루시아를 사랑했어. 나는, 나는…….

창가로 드리운 달빛이 두 사람의 그림자를 늘렸다. 꿈속에서 나왔던 죄책감의 그림자가 그녀의 등 뒤로 바싹 붙어 속삭이고 있었다.

내가 루시아를 죽이지 않았어. 루시아가 그렇게 된 건 내 탓이 아니야.

표면적으로 루시아 데스테는 병으로 죽었다고 알려졌다. 하지만 실상은 아니었다. 그녀는 투신자살을 택했다. 뛰어내리고 바로 죽지도 못했으니, 죽는 순간까지 고통에 몸부림을 치다 죽었을 터였다. 루시아가 투신했던 2층 맨 끝 방은 엘레나가 쓰던 방이었다.

"다른 사람은 몰라도 당신은 절대 그 애를 잊어선 안 돼."

레나가 이를 악물고 그를 노려보며 말했다.

"당신은 루시아를 멈출 수 있었잖아."

그 원망 서린 목소리를 카론은 가만히 듣고만 있었다. 레나는 그가 무슨 말이든 해 주길 바랐다. 변명이든, 부정이든 말해 주기를.

로렌츠는 루시아가 뛰어내린 그날, 루시아와 카론이 같은 방에 있었다는 증언이 담긴 문서들을 그녀에게 보여 주었다. 그 문서들은 에르하르트의 관할 아래 세상에 공개되지 않고 폐기 처분된 것들이었다. 포모나에서 돌아온 레나는 내내 망설이다가, 그 끔찍한 사실을 알게 된 후에 로렌츠와 계약했다. 루시아를 위해서라면 그래야만 했다.

카론은 달빛이 들지 않는 자리에서 그녀를 물끄러미 바라보고만 있었다. 레나는 그 침묵이 숨이 막히고 서러웠다. 카론에게 직접 답을 듣고 싶은 것은 많았으나, 정작 그의 입에서 떨어질 진실이 두려웠다.

간절하게 카론을 응시했으나 달빛의 음영에 그의 얼굴은 윤곽조차 보이지 않았다. 그 자리에서 시선을 마주하고 있던 남자가 몸을 돌렸다. 낮은 발소리는 그대로 뚜벅뚜벅 멀어져 갔다.

레나는 방에 홀로 남아 절망에 잠겨 닫힌 문만 바라보고 있었다. 그는 어떠한 답도 주지 않았다.

7. 귀공자 (1)

루이제가 슈미트 성으로 떠나는 날에 맞춰 레나의 몸은 회복되었다. 그런 고로 레나는 까만 펜스가 둘린 저택의 입구까지 나와서 루이제를 배웅해야만 했다.

"그럼 다녀올게요. 레나 님, 저택에서 내내 저를 상대해 주시느라 고생이 많으셨어요."

루이제가 레나의 손을 붙잡고 다정한 말을 전했다. 누군가 본다면, 후작의 약혼녀와 후작의 정부 사이가 아니라 자매라고 착각할지도 모를 법한 광경이었다. 잠깐 자리를 비우는 여행이었지만, 루이제는 그새 돌변한 태도로 과하게 애틋하게 굴었다. 레나는 불편한 티를 내지 않기 위해 노력했다.

"출발 시간입니다."

카론이 레나의 기색을 읽어 내고서 루이제를 재촉했다. 그러나 레나와 눈이 마주치자, 누가 먼저랄 것도 없이 둘은 서로의 눈을 피했다. 그들 사이에는 지난밤에 남겨진 서먹함이 깔려 있었다. 루이제는 그 낌새를 눈치채고는 고개를 숙여 새어 나오는 웃음을 감추었다.

카론은 마차 환승 장소까지 루이제를 에스코트해야 하는 예우를 지키고자 했으므로, 루이제와 마차로 가는 길을 나란히 걸어갔다. 가죽으로 된 네모난 여행 가방을 든 로제마리도 그들을 뒤따라 걷고 있었다. 레나는 그들의 뒷모습을 지켜봐 주어야만 했다.

그러나 잘 걷던 루이제가 급작스럽게 뒤를 돌아 레나에게로 달려왔다.

"다시 돌아왔을 때는 '우리'가 좀 더 가까워져 있을 거라고 믿어요. 그렇겠죠?"

필시 지하실에서 나누었던 대화를 말하고 있을 터였다. 레나의 머뭇거리는 반응에도, 루이제는 아랑곳하지 않고 손을 맞잡았다.

"지금은 받아들이기 힘들겠지만, 진실을 받아들이는 게 좋을 거예요. 알다시피 늦어지면 늦어질수록……."

루이제가 저 멀리서 팔짱을 낀 채로 그들을 지켜보고 있는 카론의 얼굴을 향해서 슬쩍 눈을 흘기더니, 다시 그녀를 보고 의뭉스러운 웃음을 지었다.

"힘들어지기만 할 테니까요."

"……."

"알잖아요. 우리 둘 다 가질 수 없는 남자예요. 당신도, 나도."

"……."

"내가 말한 거 잘 생각해 봐요. '우리'니까 할 수 있는 일이에요."

루이제는 두 사람만의 비밀 공유를 연대의 증표라고 여기는 듯했다. 그대로 눈을 피하며 고개를 숙이는 레나의 반응이 만족스러웠는지, 루이제는 희끄무레한 미소를 지은 채 멀어져 갔다.

레나는 마차가 떠날 때까지 그들을 배웅하고 나서야 다른 고용인들과 함께 저택으로 돌아올 수 있었다. 레베카는 레나를 침실에 데려간 뒤에 옆에 있던 하녀를 붙여 주며 말했다.

"로제마리가 없는 동안, 시중을 들어 줄 하녀입니다."

소개받은 하녀의 얼굴을 보자마자, 레나는 곤란한 기색을 숨기지 못했다. 이의를 제기하기도 전에 레베카가 선수를 쳤다.

"그럼, 저는 이만 물러가 보도록 하겠습니다."

그대로 방 안에 둘만 남자, 싸한 분위기가 감돌았다. 새로운 시중 하녀가 카론이 붙인 감시역이라는 건 잘 알고 있었다. 그런데 하필 그 상대가…….

"결국에 정부 자리까지 꿰차다니 대단하네."

앤이었다. 앤은 넓은 침실을 쭉 둘러보더니, 빈정거리며 첫 마디를 꺼냈다. 레나는 낭패감에 한숨만 내쉬었다. 하필이면 앤이라니. 저택에 들어온 지 얼마 안 되었을 시기에, 억척스럽게 마리라는 하녀와 싸워 이겼던 그 피곤한 하녀…… 상대가 좋지 못했다.

필리프를 만나려면 후원을 가로질러 산장으로 가야만 한다. 하지만 어떻게? 얼굴을 아는 하녀면 잘 구슬려 보거나 수면제를 써 봤을 테지만, 그녀에게 적대적이고 경계심 많을 앤에게는 통하지 않을 방법이었다.

레나가 초조함을 감추면서 머리로는 다른 방법을 궁리하고 있을 때, 앤은 맞은편에 풀썩 앉더니 세 손가락을 내밀었다. 레나가 그것이 무슨 뜻인지 몰라서 물끄러미 바라보자, 앤이 씩 웃더니 너스레를 떨었다.

"필리프와 만날 거잖아? 녀석이 그러던데."

"네?"

"너한테는 빚이 있으니 그 세 배로 받아야겠어."

앤이 세 손가락이었던 손을 쫙 펴고 손바닥을 내밀었다.

"너는 지금 후작님의 정부고, 필리프는 너와 만나고 싶어 하고, 후작님에게 약혼녀도 생겼으니 너도 보나 마나 슬슬 애인이 만나고 싶은 거 아니야? 잡일 하녀인 나는 눈 좀 감아 주는 대신에 너희들 사이에서 돈을 챙기겠단 거야. 나도 워낙 위험을 감수해야 하는 일이니."

비웃는 앤의 낯짝에는 알 듯 모를 듯한 야릇한 승리감이 감돌았다. 그럼 그렇지. 정부의 하잘것없는 인생이란. 관대한 아량으로 기회라도 베풀어 주겠다는 듯이, 앤은 명쾌하게 그녀를 비웃었다.

"……."

"이만하면 좋은 거래 같은데 그렇지 않아?"

그만하면 그녀에게 좋은 복수가 되기라도 한다는 듯.

* * *

필리프는 먼저 산장에 들어와서 자리를 정리 중이었다. 막스 녀석을 해치운 이후로 방문하지 않은 곳이라 먼지가 꽤 쌓여 있었다. 마른걸레로 먼지를 훔치는 일에만 상당한 시간이 흘렀다.

둥근 탁상 위에는 잘 개켜진 모포가 있었고, 그 주변으로 나무 의자 두 개가 아무렇게나 놓여 있었다. 탁상 가운데 놓인 접시에는 육포와 와인 병이 자리했다. 사람 손을 타서 관리되어 있던 그간의 흔적이 여실히 드러났다.

필리프가 지루한 표정으로 소파에 앉아 입 안에 사탕을 밀어 넣을 때였다. 때마침, 창문 밖으로 레나가 달려오는 모습이 보였다. 하여간 시기는 잘 맞추는 여자다. 저벅저벅 뛰어오는 소리가 가까워진다. 이윽고 문이 휙 열리며 머리를 하나로 묶은 레나 크루거가 들어왔다. 처음으로 보게 된 날, 로렌츠 발렌시아에게 뛰어왔을 때처럼.

"왔어?"

"하……. 너, 뭐야……."

들어오자마자, 필리프의 옷깃을 붙잡고 묻는 레나 크루거의 첫마디가 그것이었다. 무더운 여름에 달려온 터라 땀이 송골송골 맺혀 홧홧하게 달아오른 얼굴은 여전히 예쁘기 그지없었다.

"앤은 언제 매수했어? 아니, 그보다 루이제 슈미트랑 무슨 사이야. 대체 뭘 말한 거야. 어째서 슈미트가 내 이름을 아는 건데?"

우르르 쏟아져 나오는 질문에 필리프가 난처하게 웃으며 두 손을 올렸다. 예상한 반응이었다.

"진정해. 일단 이거."

준비해 둔 물에 적신 수건을 건네자, 레나는 마음에 안 든다는 표정으로 그 얼굴을 응시하다가도 못 이기는 척 받아 주었다. 필리프는 웃으며 소파 옆자리를 툭툭 털어 레나가 앉을 자리를 마련했다. 레나는 수건으로 얼굴을 닦으며 자연스럽게 그 자리에 앉았다.

열어 둔 창문으로 녹음 사이로 불어온 산들바람이 넘어와 그들의 머리칼 사이를 간질였다. 밀짚모자가 떨어지면서 그의 갈색 고수머리가 드러났다.

"어디서부터 말해야 할지 모르겠는데……."

조금 어렵사리 입을 열었으나 쉽게 이야기가 나오지 않았다. 아, 이런 진지한 이야기는 나랑 좀 안 맞는데. 속으로 그런 생각이나 하며 힐끗 옆을 살피자, 청명하고 푸른 눈이 온전히 그에게 머물러 있다는 사실을 알게 되었다. 이미 경청할 준비를 마치고서는. 와중에 땀에 젖은 머리카락이 붙은 볼이 조금 귀엽게만 느껴졌다.

필리프는 피식 웃으면서 저도 모르게 손을 올려 그녀의 머리카락을 떼어 주었다. 레나는 눈을 깜빡이면서 그의 행동만 바라보고 있었다. 필리프는 그 순진한 반응을 지그시 살피다가 한숨을 내쉬었다. 루이제를 처음 만났을 때. 그 아이도 머리를 쓰다듬어 주는 손길에 저런 반응을 보였다.

"내가 루이제를 만난 건 막 기사 서임식을 받기 전이었어."

그렇게 필리프의 이야기가 시작되었다.

* * *

필리프 헤어만, 아니, 펠릭스 슈미트가 '그 능력'이 무엇인지를 자각한 건 일곱 살 때부터였다.

'펠릭스, 때가 왔다. 알려 줬던 대로 하면 돼. 오늘은 특히 잘해야 한다. 알았지?'

슈미트 공작이 그의 머리를 쓰다듬으며 사탕을 내밀었다. 펠릭스는 정원에 모이기 시작한 손님들을 보다가 고개를 끄덕였다. 사탕을 넣은 볼이 볼록했다.

주기적으로 슈미트 성에 자주 오는 얼굴들이었다. 아버지는 항상 이상한 모임을 주최했고, 거기서는 이상한 것들을 토론했다. '종말'이니, '부활'이니, '반역'이니, '타협'이니 하는 것들. 어린 펠릭스가 듣기에는 너무 지루한 것들이었다.

늘 그렇듯이 어른들은 저들끼리 토론을 펼치고 있었고, 펠릭스는 정원에 홀로 방치되었다. 펠릭스는 아버지와 약속했던 대로 근처에 있는 불꽃놀이 마법진을 찾았다.

먼 옛날 신비력이 사라지지 않았을 시기, 마법사가 건축했다는 슈미트 성 곳곳에는 신비한 문양들이 그려져 있었다. 아버지는 호기심이 왕성한 펠릭스에게 그것이 '마법진'으로 불린다는 사실을 알려 주었다. 다수가 이제는 신비력이 다해 봉인된 마법진이라고도 했다.

불꽃놀이 마법진 역시 마찬가지로 봉인된 마법진이었다. 펠릭스는 그 위에서 놀다가 아버지와의 약속대로 꺼져 있던 마법진 가운데에 손을 대고 마력을 주입했다. 훈련을 거듭했기 때문에 어렵지는 않았다.

그 시절 공작은 펠릭스에게 가정 교사를 붙이는 일조차 조심스러워했던 터라, 그가 직접 펠릭스에게 신비력 이론을 연습시켰다. 펠릭스가 곧잘 기대에 부응하면, 공작은 칭찬처럼 그에게 사탕을 건네곤 했다.

펠릭스는 그 순간이 좋았다. 아버지의 다정한 손길이 곱슬거리는 머리칼을 헝클어 가며 쓰다듬어 줄 때면, 세상에 둘도 없는 자랑스러운 아들이 된 것만 같았다. 그 손길만 있으면 쌀쌀한 어머니의 시선을 견딜 수 있었다.

펠릭스 넌 장차 큰일을 하게 될 거야. 아버지에게 도움이 되는 자랑스러운 아들이 되어 주렴. 공작이 젖니가 다 빠지기도 전인 아들에게 되풀이하던 말이었다.

펠릭스가 마법진 위에서 그리 넋을 놓고 있는 사이, 빛은 급속도로 마법진에 그어진 선을 따라서 발열하기 시작했다.

타닥, 타닥.

불꽃이 튀는 소리에 정원의 손님들과 공작의 이목이 펠릭스에게로 모였다. 마법진은 도화선이나 다름없었다. 아이의 조그마한 손바닥을 떠난 빛은 가운데에서 가장자리로 빠져나갈수록 거센 불티가 튀어 오르는 불꽃이 되었다. 펠릭스는 마법진을 가동시키긴 했으나 그 이후는 어떻게 되는지 몰랐으므로, 영문도 모른 채 그 광경을 멍하니 지켜보고 있었다.

'펠릭스! 빠져나와!'

여전히 펠릭스가 상황을 파악하지 못하고 공작만 바라보고 있자, 슈미트 공작이 직접 뛰어와 마법진의 개폐어에 칼을 꽂았다. 다행히 마법진은 불꽃이 하늘로 발사되기 직전에 파지직 소리만 내며 싱겁게 꺼졌다.

공작이 하얗게 질린 얼굴로 아들을 붙잡고 물었다.

'괜찮은 것이냐? 몸은?'

펠릭스는 그토록 당황한 아버지의 얼굴이 낯설어서 고개만 내저었다. 어째서 이렇게 당황하시는 거지? 아버지의 당부대로만 했을 뿐인데? 펠릭스는 그런 의문을 품고서 정원까지 달려온 손님들을 돌아보았다. 그들은 하나같이 입을 가리고 경이로운 얼굴을 하고 있었다. 공작은 펠릭스를 그들에게 돌려세웠다.

'우리가 오랫동안 이야기를 나눴던 사실을 밝힐 때가 되었군요. 저는 오랫동안 여러분께 우리를 구원해 줄 신비력자가 다시 세상에 모습을 드러내고 도래할 거라 말해 왔습니다. 오랜 고심 끝에 세상에 알리고자 하였으나, 오늘 이 자리에서 이리 불미스러운 사고로 소개를 하게 되어 안타깝기 그지없습니다.'

손님들이 급속히 웅성거리기 시작했다. 펠릭스는 저에게 쏠린 이목에 당황해 몸을 움찔거렸으나 어깨 위로 공작의 악력이 느껴졌다. 가만히 있으라는 지시였다.

'이 아이가 제가 말한 아이입니다. 세상에 하나뿐일 신비력자 말입니다!'

마치 천하를 통일한 황제를 보는 듯, 전쟁을 끝낸 영웅을 보는 듯, 혹은 전설 속에서만 봤던 마물을 보는 듯. 가지각색의 감정이 담긴 시선이 펠릭스에게 쏟아졌다.

'때가 왔습니다. 이 세상에 다시 신비력의 축복을!'

공작의 비장한 한마디에, 혼돈은 급격히 숱한 토론을 거치면서 합의되었던 질서로 전복되었다. 모인 이들이 일제히 공작의 말을 복창했다.

'이 세상에 다시 신비력의 축복을!'

아까까지만 해도 아버지와 논쟁을 펼치던 손님들은 눈치를 보다가 하나 둘 무릎을 꿇기 시작했다. 어쩐지 기묘하고 두려운 광경이었다.

펠릭스가 당황해서 아버지를 올려보았으나 공작의 얼굴은 희열에 젖어 있었다. 자신이 저들에게 '진짜'를 증명해 내었다는 보람을 넘어선 무언가. 그는 공작의 짙푸른 눈동자 안에서 푸른 불꽃을 본 듯했다.

펠릭스는 그것이 권력욕이라 불리는 것이며, 정원에 모인 손님들은 신비교 교도라 불린다는 사실을 훗날에야 알 수 있었다. 그날의 일이 아버지의 정치적인 전시회에 불과하다는 사실 역시도.

양어머니는 펠릭스에게 '브리짓 클로츠'라는 이름의 가정 교사를 붙여 주었다. 대대손손 왕실의 마도구를 제작해 왔다던 클로츠 가문은, 신비력이 소멸한 현시대에는 가공과 보수를 담당하고 있었다. 당연히 그 또한 독실한 신비교 교인이었기에 공작과 소공자의 신봉자였다. 그만큼 열의도 있었다.

'도련님, 또 공부 안 하실 건가요? 신비력 이론을 배워 두셔야, 나중에 복잡한 마법진도 설계하실 수 있게 된단 말이에요.'

브리짓이 연필을 집어 던지는 펠릭스를 짐짓 엄하게 타일렀다. 그래 봤자 순한 인상의 브리짓은 그리 무서워 보이지 않았다.

'그럼 뭐 해. 아버지가 보러 오셔?'

펠릭스가 두 팔에 턱을 괴고 입술을 비쭉이며 물었다. 갈색 곱슬머리와 소년의 뚱한 표정이 무척이나 귀여워서, 브리짓은 머리를 쓰다듬으며 그에게 답을 주었다.

'그럼요. 공작 전하께서는 도련님을 더없이 자랑스럽게 여기고 계세요.'

'그럼 왜 날 보러 오시지 않아?'

'그건 바빠서…….'

'아버지가 바쁘다면 어머니는? 내 진짜 어머니 말이야.'

그러자 브리짓이 급히 눈을 피하며 뒷머리를 쓰다듬던 손을 내렸다. 친모에 관한 질문은 금기였다. 고용인들에게 몰래 친모의 행방을 물어볼 때도 있었으나, 그들은 모두 이렇게 눈을 피하며 말을 얼버무렸다.

슈미트 공작은 신비교 교인들에게 펠릭스를 선보이고 난 이후부터 바빠지기 시작했다. 가끔 그를 어르던 손길조차 사라져 버렸다. 당연히 양육은 펠릭스를 냉담하게 보던 양어머니의 손에 맡겨졌다.

'어머니께서 그랬어. 나한테 진짜 어머니가 있다고. 그러니 둘이 있을 땐 어머니라고 부르지 말라고. 난 창녀의 자식이라 소름 끼친다고 했어. 창녀가 뭐야?'

그러자 브리짓은 아예 입을 다물어 버리더니, 다른 것으로 그의 관심을 끌려고 들었다. 그녀는 두툼한 교재의 뒷장을 넘기고서 복잡하게 생긴 마법진을 보여 주었다.

'이거 한번 볼까요? 방어 마법진에요. 보통 다른 사람들은 일회성인 마도구로만 방어 마법을 이용할 수 있는데, 도련님은 방어 마법진을 직접 그릴 수 있으니 장기간을 버티실 수 있어요. 특별한 힘을 지니셨으니까요.'

칭찬에도 시무룩해지는 펠릭스의 얼굴을 보자, 브리짓은 난감한 표정으로 공작에 관한 소식을 무엇 하나라도 떠올려 보고자 했다. 그러자 마침 딱 좋은 이야깃거리가 떠올랐다.

'음, 안 그래도 이 마법진, 공작님께서 제게 보수를 부탁한 물건에 새겨져 있는 마법진이에요. 귀중한 북부 대륙의 물건이래요.'

아버지의 소식에 펠릭스가 슬쩍 책에 눈길을 주었다. 브리짓은 가볍게 웃으며 이야기를 계속 재잘거렸다.

'예쁜 팔찌에 새겨진 마법진이랍니다. 팔찌는 타스로산 에메랄드로 되어 있었는데…….'

브리짓이 펠릭스를 안고 종이에 팔찌를 그려 주었다. 펠릭스는 애쓰는 브리짓을 구경했다. 정작 그가 궁금했던 질문에는 어느 것도 답해 주지 않았지만, 그만하면 최선을 다해 그의 기분을 달래려는 노력이 가상했다. 덕분에 펠릭스는 그날 공부를 무사히 끝마칠 수 있었다. 아버지가 칭찬해 주길 기대하면서.

* * *

펠릭스가 친모에 관해서 구체적으로 알게 된 건 키가 훌쩍 자라 성장기에 돌입하고 나서부터였다.

그 무렵부터 펠릭스는 질풍노도의 시기를 맞이해 자연스럽게 엇나가기 시작했다. 어쩌면 그때까지는 아버지의 관심을 끌려는 목적이 있었는지도 몰랐다.

사람들이 안 보이는 곳에서 마법을 부려 사고를 일으키고, 브리짓 클로츠가 신비력 교습을 마치고 저택을 떠난 뒤로는 다른 가정 교사들을 약 올려 내쫓았다. 그런 유치하고도 소소한 장난 따위가 그에게 일말의 분풀이가 되어 주었다.

아무도 인정해 주지 않는 서자의 위치, 말만 사랑한다고 하고 자신을 돌아봐 주지 않는 아버지, 만날 수 없는 친모.

펠릭스는 그 모든 걸 이해할 수 없었다. 그것이 귀족의 삶이란 말로 어린 펠릭스를 설득시키기란 힘든 일이었다. 계모는 공작에게 하소연이 늘었다. 그제야 내내 상황을 방관하던 공작이 펠릭스를 불렀다.

'듣자니 요즘 힘들어 보이더구나.'

슈미트 공작이 그에게 다가와 어깨를 다독였다. 아들의 원망 어린 시선을 받아 내면서도, 공작은 그 반응을 예상한 사람처럼 고요한 눈으로 아들을 쳐다보았다. 그쯤에 그는 더 이상 아비의 애정만을 갈구하는 꼬마 아이가 아니었다. 그 눈에는 증오가 한데 섞여 있었다.

슈미트 공작은 침실에 걸린 성화 한 점으로 아들을 이끌었다. 마녀가 사람들 앞에서 불타오르며 죽어 가는 모습을 담은 그림은 북부 대륙의 신화 속 장면이었다. 훗날 저 마녀는 죽어서 성녀의 몸으로 태어났다는 전설로 남았다. 펠릭스는 아버지의 의도를 몰라 의아한 눈길을 보낼 뿐이었다.

'거룩한 뜻을 이루기 위해서는 치러야만 하는 희생이 있지.'

'……'

'네 친모에 관해서 알고 싶지 않느냐.'

공작이 아들의 얼굴을 보면서 흐뭇한 미소를 짓고 있었다. 그가 아들이라는 걸 진정 자랑스럽게 여기는 얼굴이지만, 펠릭스는 그 순간에 그를 조금도 아버지라고 느낄 수가 없었다.

그날은 슈미트 공작이 제 아들에게 많은 것을 알려 준 날이었다. 공작의 야심이 구체적으로 무엇인지를 알게 된 이후로, 펠릭스는 더는 슈미트 공작에게 도움을 바라지 않게 되었다.

* * *

펠릭스 슈미트는 반평생에 걸쳐 슈미트 공작을 증오했다. 그 증오는 점점 확대되어 슈미트 가문 전체로, 나중에는 귀족이라는 족속들에게까지 퍼져 나갔다.

'흡!'

펠릭스는 거대한 유리관 안에 갇혀 코로 물을 내뱉었다. 기포가 가득 찬 수조 안을 두드렸지만, 동동 소리만 날 뿐 수조는 깨지지 않았다.

유리 너머로 슈미트 공작이 몇몇 귀족들과 함께 의자에 앉아 그를 지켜보고 있었다. 그들 손에 들린 와인 잔, 서로 주고받는 눈짓과 귀엣말. 모두 수조 밖에서 벌어지는 지극히 평화로운 광경이었다. 그 누구도 펠릭스를 돕겠다고 나서지 않았다.

죽이고 싶다. 이 순간만큼은 모두를 죽이고 싶었다.

펠릭스는 수중에서도 그들을 향해 혐오감을 품은 눈을 숨기지 못했다. 절대 깨지지 않는다는 수조는 원래 가짜 수법이나 부리는 마술사가 쓰는 수조였으나 발에는 족쇄가 걸려 있었고, 위에 있는 비상 출구는 쇠사슬과 자물쇠로 잠긴 채였다.

펠릭스가 빠져나올 수 없는 상태라는 것이 적당히 증명되자, 슈미트 공작이 수조와 구경꾼들 사이에 놓여 있던 양탄자를 걷었다. 그러자 미리 설치해 두었던 마법진이 모습을 드러냈다. 구경꾼들이 일제히 오오, 하고 감탄을 터뜨렸다.

'펠릭스, 이제 빠져나와도 좋다.'

공작이 살짝 고개를 돌려 그에게 허락을 내렸다. 펠릭스는 재빨리 수조 아래에 새겨진 마법진에 손을 대고, 숨이 막혀 오는 와중에도 정신을 집중했다. 코와 입으로 물이 흘러들면서 호흡이 가빠졌다. 물속에서 몸에 힘이 축 풀어지면서 시야가 흐려지고 정신을 잃으려는 그 순간.

'보시다시피, 물속에서도 마법은 건재합니다.'

콜록콜록. 우욱. 웩. 펠릭스가 구역질처럼 물을 토해냈다. 차가운 석재 타일 위로 보랏빛으로 빛나는 마법진의 은은한 온기가 올라왔다. 그 가운데에 몸을 으슬으슬 떠는 펠릭스가 있었다.

'놀라운 사실이네요. 마법의 힘이 저 정도라니.'

'에르하르트 가문이 보유한 어떤 마도구보다 강력하겠죠?'

'하루에 마법진을 몇 개나 만들 수 있습니까?'

구경꾼들의 품평과 질문이 쏟아졌다. 공작이 그들의 질문에 답해 주는 동안, 펠릭스는 멍하니 그의 뒷모습만 바라보았다. 뺨의 굴곡을 타고 흐르는 물기가 바닥으로 뚝뚝 떨어졌다. 텅 빈 갈색 눈동자는 주인을 보는 강아지처럼 집요하게 아비만 좇아다녔다.

슈미트 공작은 신비력자를 보유했다는 이유로 단숨에 신비교의 중심이 되었다. 거사가 있기 전, 전략과 연구를 위해 신비력자에게 이것저것을 실험해 보고 선보이는 자리가 주기적으로 열렸다. 펠릭스는 하나뿐인 표본이었다. 시연회에서 선보이는 귀한 구경거리.

공작과의 질의응답 시간이 끝나자 구경꾼들은 차례차례 자리에서 일어나 지하 강당을 빠져나갔다. 그 무렵에야 공작이 뒤를 돌았다.

'펠릭스, 수고가 많았다. 넌 장차 세상을 지배하게 될 거야.'

그제야 공작은 아들의 머리를 쓰다듬어 주었다. 어린 시절에 사탕을 주며 어르던 그 손길처럼. 화가 솟구친 펠릭스가 고개를 틀어 그와의 접촉을 거부했다. 슈미트 공작은 희미하게 웃을 뿐 그를 야단치지 않았다.

'볼수록 놀라운 아이입니다.'

부드러운 미성이 서먹한 부자 사이를 파고들었다.

'데스테 백작. 오늘도 왔군.'

슈미트 공작이 백작을 보고서 반색했다. 탁한 금발에 안경을 낀 데스테 백작은 입가에 녹아든 미소가 생김새와 어우러져 온유한 인상을 주는 남자였다. 그는 펠릭스에게 다가가 수건을 건넸다.

'가엾게도 바들바들 떨고 있네요.'

펠릭스는 어딘가 크게 모욕을 당한 사람처럼 백작이 건넨 수건을 잡아채듯 받고서 얼굴을 닦았다. 그저 동정으로만 이루어진 호의가 아니었다. 이 지긋지긋한 시연회에 매번 나오는 백작이 인자한 얼굴을 가면으로 쓰고 있다는 걸 깨닫기까지는 오랜 시간이 걸리지 않았다.

백작은 펠릭스의 건방진 태도를 신경 쓰지 않고, 공작에게 물었다.

'다음은 무엇을 선보이실 예정이십니까?'

'거사를 앞두었으니 중요한 걸 확인해야지. 자네는 알아보고 싶은 게 있나?'

'거사가 이루어지기 전에 치료 마법진을 설치할 수 있는지 알고 싶습니다. 부상자를 치료할 수 있다면 전력에 보탬이 될 테니까요.'

'글쎄……. 아직 펠릭스가 그 정도 마법진은 만들질 못해서 말일세. 그나저나 가져온 정보는?'

백작이 질문을 예상한 사람처럼 공작에게 품에 지닌 두루마리를 넘겼다. 뜯지도 않은 봉랍으로 밀봉된 것으로 보아, 서신을 받자마자 바로 가져온 것임을 알 수 있었다. 공작은 그 자리에서 봉랍을 뜯어내고 두루마리를 살펴보다 미간을 찌푸렸다.

'후작의 상태가 요즘 좋지 않다고는 하지만 과연 믿어 볼 순 있을지……. 쉬쉬하긴 하지만, 신비력자 가문에서 발현되는 유전병이랄 게 워낙 애매모호한 게 많아서 도무지 믿을 수가 없어. 지금은 미친 병자처럼 군다고 해도, 그 말이 거짓말일지 어떻게 아나.'

봉랍에 찍힌 인장은 슈미트 공작이 가장 치를 떠는 에르하르트 후작가의 것이었다. 서신을 읽던 공작은 슬쩍 데스테 백작을 올려다보았다.

'자네 딸도 여전히 병증이 나타나는 중인가?'

'성수를 구해 보고는 있지만, 북부 대륙에서 반입해 오기 쉽지 않아 보이더군요.'

'그러니 가급적 북부 대륙으로 연결될 수 있는 가문과 손을 잡고 싶겠군.'

공작이 웃는 낯으로 그의 정곡을 찔렀다. 백작은 적당히 난처하게 웃는 척 상황을 모면하려 들었다.

'그렇다면 에르하르트밖에 답이 없는데, 제가 그 가문과 엮이지 않길 바라는 걸 누구보다도 잘 알고 계시지 않습니까. 그렇지 않니, 펠릭스?'

펠릭스를 끌어들이며 동의를 구하는 말투가 흡사 삼촌이라도 되는 듯했다. '나한텐 너보다 어린 딸이 있단다.' 하고 나긋하게 말하던 첫 만남부터 쭉 재수 없었던 말투였다.

'위선자.'

펠릭스가 속에 있는 말을 거르지 않고 내뱉고 보았다. 그를 보는 공작의 얼굴이 순간 엄해졌으나 데스테 백작은 여전히 은은한 미소를 잃지 않았다.

'펠릭스, 그러면 못 써. 백작, 미안하군. 아직 어려서…….'

'하하, 괜찮습니다. 이번 실험으로 화가 많이 난 듯싶군요.'

펠릭스에게 가해지는 실험들은 전부 데스테 백작의 머릿속에서 나온 것들이었다.

데스테 백작은 그를 아주 귀한 실험 재료처럼 여기며, 성수를 만들 수 있는지 여부만을 집요하게 파고들었다. 만일 저번에 했던 피를 성수로 바꾸는 실험에 성공했다면, 그의 몸에 남은 마지막 피 한 방울까지 전부 뽑아냈을 작자였다.

'거사가 곧 다가오니 이제는 고통스러울 일이 많이 줄겠지.'

슈미트 공작이 펠릭스를 내려 보다가 한숨 섞인 말을 꺼내 놓았다. 마치 아들을 안쓰럽게 여기는 아버지 같은 태도였다. 펠릭스는 그 가식적인 위선이 역겨워 공작을 노려보았다. 정말로 걱정되지도 않으면서. 일반적인 서자였다면 진즉에 외면했겠지만, 신비력 때문에 나를 이용하고 있는 거면서.

펠릭스는 잔혹한 실험이나 학대보다도 공작이 아버지를 연기할 때를 가장 참을 수 없었다. 그것이 진실된 부성애가 아니라 서자인 자식을 거둬 준 귀족의 시혜라는 걸 알아챈 순간부터, 자신은 그저 그의 원대한 야심의 부품에 지나지 않았단 걸 안 순간부터, 펠릭스는 슈미트 공작에게 아버지로서의 기대를 버렸다.

흥미진진하게 부자 관계를 지켜보던 데스테 백작은 의뭉스러운 미소로 고개를 까닥이다 동조했다.

'기사 서임식이 기다려지는군요.'

펠릭스는 기사 서임식이라는 말에 급히 고개를 수그렸다. 공작과 백작은 그의 동태를 보지 않고 저들끼리 말을 주고받았다.

'그런데 이 아이는 종자 생활을 제대로 해 본 적이 없지 않습니까. 서임식이나 받을 수 있을지…….'

'걱정 마. 빌헬름에게 부탁해 두었거든. 빌헬름 정도의 신용이면 추천서 한 장으로 충분히 자격을 증명해 주는 셈이지. 수도 바실리카에서도 믿어 의심치 못할 거야.'

'그 고지식한 오펜하이머 남작이 그런 부탁을 들어주다니 의외로군요.'

'애 좀 먹었어. 샤를로테 문제로 나한테 빚이 있었거든. 충성스러운 오펜하이머 남작이 부인한테는 약하잖나.'

그들끼리 주고받는 정치적인 담화가 더는 펠릭스의 귀에 들어오지 않았다. 기사 서임식. 그때가 이 모든 계획의 정점이었다.

슈미트 공작은 펠릭스를 써서 신화를 만들고자 했다. 처음으로 신비교 교도들에게 펠릭스를 선보였던 전시회처럼, 공작은 이번에는 수도에서 성대하게 열릴 의례를 배경으로 신비력자를 알리고자 했다. 왕실이 절대로 신비력자를 부정할 수 없도록. 그렇게 해서 모두에게 기적을 알리기 위함이었다. 승리한다면 새로운 역사의 시작이라고 불리겠지만, 실패한다면 반역의 단초로 몰락할 이야기였다.

'곧 네 어미와 누이를 볼 수 있겠구나. 펠릭스.'

공작이 머리를 쓰다듬으며 다정한 말이랍시고 던진 회유에 펠릭스는 이루 설명할 수 없는 역겨움을 느꼈다. 공작은 다시 데스테 백작과 이야기를 나누기에 한창이었던지라, 펠릭스가 보내는 경멸의 눈초리를 신경 쓰지 않았다.

공작은 아들에게 친모에 관해 처음으로 이야기를 꺼낼 때도 부끄러움이
없었다.

　'마녀와 성녀는 반역과 반정의 차이에 가까워. 반역자가 된다 해도 왕위를
찬탈해서 왕이 되고 나면, 역사는 성녀로 태어난 마녀처럼 하나의 신화라고
칭송해 줄 뿐이야. 더군다나 그 왕이 신비력자라면 영웅담에 가깝지. 이것이
무슨 뜻인지를 알고 있느냐.'

　'……'

　'못 하겠다는 표정이로구나.'

　'제가 그런 인물이 될 수 있을 리가……'

　'그렇다면, 네 여동생이 할 수밖에.'

　처음으로 알게 된 여동생의 존재에 펠릭스가 충격을 받아들일 겨를도 없
었다. 공작은 아들의 눈높이에 맞춰 한쪽 무릎을 굽혀 앉았다. 달콤한 협상
안이 제시되었다.

　'왕이 되고, 권력을 지니게 된다면, 네가 바라던 사람들을 곁에 둘 수 있다.'

　언뜻 듣기에는 권력자의 특혜를 말해 주는 듯한 사탕발림에 지나지 않을
말이었으나, 펠릭스는 그 말을 듣고 나서야 비로소 아버지가 아닌 공작이란
작자의 본질을 알아볼 수 있었다. 한참 사춘기인 아들의 결핍을 알면서도
방관했던 이유 역시도.

　공작은 그 결핍을 필요로 했다. 가족에게서 애정을 갈구하는 아들의 간
절함. 신비력자인 아들을 언제든 일반인인 자신의 뜻에 복속시킬 수 있는
족쇄. 아마 그건 왕위에 앉은 이후에도 이어질 것이었다.

　그렇게 거사를 앞둔 직전에, 친모를 만나러 가도 좋다는 허락이 떨어
졌다. 친모의 서신 덕분이었다.

　처음으로 받은 친모의 서신은 부고였다.

　장례식에서 처음 만난 여동생은 오빠를 마주하고 아주 어색한 표정을

짓고 있었다. 펠릭스는 그런 동생에게 사탕을 내밀었다.

'널 다시 찾으러 올게.'

슬슬 머리카락을 쓸어 주는 손길에, 루이제는 눈을 깜빡이더니 희미한 미소를 지었다. 루이제는 그와 달리 맑고 투명한 청색 눈동자를 지녔다. 그녀가 공작의 딸임을 증명하듯이.

'거짓말 안 해도 돼.'

그러나 루이제의 인생도 그리 순탄하지 않았는지, 그녀는 그의 말을 곧이곧대로 받아들이지 않았다. 적대감이나 경계심은 아니었다. 그저 어른에게 많이 속아 본 아이의 태도일 뿐이다.

공작을 닮은 눈동자에는 어떤 혐오감이나 유대감도 없었다. 자신과 마찬가지로, 아직 그가 혈육이란 사실을 어색해하고 있었다. 자신에게서 어머니의 생김새라도 보는 것일까.

펠릭스는 그 얼굴을 가만히 보다가 자신 없이 덧붙였다.

'슈미트 공작에게 무슨 일이 생기면 외국으로 도망쳐.'

그는 어린 나이에 대련으로 스승을 꺾어 최연소로 기사 서임식을 받았다는 에르하르트 소후작이 아니었다. 주문만 외워도 마법이 즉각적으로 실현된다는 전설 속의 대마법사도 아니다. 그저 신비력이 세상에 희귀해져 버린, 소멸 직전인 상태에서 태어나 버린 신비력자일 뿐이었다.

마법은 검술처럼 즉각적으로 대응 가능한 전투술이 아니다. 아무리 세상에 이제 없을 신비력을 지녔다고 해도, 복잡하게 설계된 마법진을 설치하는 동안 심장이 꿰뚫린다면 그날로 즉사할 수밖에 없었다.

게다가 왕실의 든든한 아군인 에르하르트는 아직도 가동 중인 마도구를 여럿 보유하고 있었다. 그중에 살생에 강력한 힘을 발휘할 마도구는 당연히 존재했다.

현세대의 신비력자는 반란의 좋은 상징성을 지닌 인물이 되어 줄 뿐, 북부 대륙의 전설로 내려오는 신비력자들만큼 엄청난 괴력을 발휘하진 못한다.

그러니 슈미트 공작도 신비교를 중심으로 귀족들을 규합해 내란을 일으키려 하고 있지 않나. 이 반란에는 목숨을 걸어야만 한다.

그렇게 된다면 이 아이는······.

펠릭스는 무거운 마음으로 루이제를 떠나왔다. 운명을 가로지를 날이 다가오고 있었다.

* * *

운명은 슈미트 가문의 손을 들어주지 않았다. 기사 서임식까지 가기도 전에, 슈미트 성으로 군사가 들이닥쳤다. 내부 고발이 아니고서야 일어날 수 없는 일이었으니 필시 배신이 틀림없었다. 누가 배신자인지는 가릴 상황이 아니었다.

공작은 홀에서 침입 보고를 받자마자, 펠릭스의 어깨부터 붙잡고 보았다.

'펠릭스, 이동 마법진으로 사람을 몇이나 옮길 수 있지?'

혹시 몰라 비상 도주로로 만들어 둔 이동 마법진이 두 개 있었다. 하나는 홀에, 하나는 지하에. 둘 다 장거리 마법진이라 마력 소모가 상당했지만, 데스테 백작령으로 통하는 마법진 정도면 조금만 쉬면 몸이 버틸 수 있을 터였다.

'두 명까지는 가능합니다.'

공작은 그대로 펠릭스의 팔을 잡아끌고, 마법진이 설치된 단 위에 올라섰다. 그러자 손님으로 자주 들렀던 신비교 교도들의 이목이 일제히 그들 부자에게로 몰렸다.

평소처럼 경배하던 대상을 보던 표정이 아니었다. 야유에 가까운 불만이 터져 나왔다.

'공작님, 우리는 버리시는 겁니까?'

'어찌 된 일이십니까? 신비력으로 우리를 지켜 주신다면서요!'

'이게 어떻게 된 일입니까! 병력은 수도에서 합류하기로 하지 않았습니까.'

펠릭스는 일촉즉발의 분위기 속에서 마법진 가운데 세워졌다. 처형 전에 장작 위에 올라간 마녀가 그런 풍경을 보았을까. 새파랗게 질린 얼굴, 하얗게 굳어 버린 얼굴, 붉게 화가 끓는 얼굴이 한데 모여 원망의 시선으로 그들을 보고 있었다.

'우선 데스테 백작령으로 몸을 피하자꾸나.'

슈미트 공작은 펠릭스에게 그렇게 속삭이고서 그들을 향해 돌아섰다.

두려움, 공포, 배신감. 슈미트 공작은 혼란에 빠진 그들의 항의를 가만히 듣다가 허리에 차고 있던 칼을 발검했다.

'너희 중 나타난 배신자가 모든 걸 망쳤다! 이렇게 실망시키고도 구원의 길을 제시해 준 날 탓해? 너희들이 새 신화의 시대를 세속적인 야망으로 그르친 것이다!'

오히려 분노하는 공작의 반응에 신자들이 흠칫거렸다. 그러나 곧 그들끼리 싸한 시선 교환을 주고받더니 약속이나 한 듯이 하나둘 두르고 있던 검을 꺼내 들었다. 공작에게 교주가 아닌 포로로서 그 가치를 다하란 뜻과 다름없었다. 공작은 그 뜻을 맞받았다. 곧 쨍하게 울리는 날붙이의 마찰음이 성내에 가득 찼다.

펠릭스는 아비규환이 된 현장을 내려다보았다. 앞에서는 공작과 마지막까지 그를 섬기는 충성스러운 부하들이 힘겹게 그들을 상대하고 있었다. 이미 펠릭스와 공작은 포위된 상태였고, 승부가 결정되는 건 시간문제였다.

이리 우스운 결말이라니. 자신과 저들의 인생이 여기서 끝난다니. 그는 허탈감에 헛웃음을 터뜨렸다.

'펠릭스! 마법진을 가동하거라! 어서!'

위기의식을 느꼈는지 공작이 소리쳤다. 펠릭스는 순순히 그 자리에 주저 앉아, 마법진 위에 손바닥을 올려 두고서 전방에서 전투 중인 공작의 뒷모습을 응시했다.

아버지의 뒷모습은 숱하게 봐 온 일면이었으나 그를 지키기 위함은 처음이었다. 그마저도 진정 아들을 위하는 상황은 아니었지만.

펠릭스가 제 상황에 조소하는 사이, 항상 단정했던 공작의 머리칼로 핏물이 쏟아졌다. 형제라 부르던 이의 목을 베면서 솟구친 피였다. 아름다웠던 금발이 붉게 물들자, 펠릭스는 흠칫 몸을 떨고서 마법진을 가동하는 데 정신을 집중했다. 피에 젖은 금발이 그에게 지켜야만 하는 존재가 있다는 사실을 일깨웠다.

곧 마법진이 환한 빛을 내며 가동하기 시작했다. 공작은 뒤로 슬쩍 눈을 흘기더니 뒷걸음으로 마법진을 향해 다가왔다. 어차피 열세인 싸움은 도주할 경로를 확보할 시간 벌이 용도에 지나지 않았다.

그토록 거대한 야심을 품은 자의 말로가 고작 그것이었다. 저런 이를 아버지라 믿어, 믿을 수 없는 이들에게 구경거리가 되어 왔다니. 펠릭스의 입가에 가느스름한 미소가 번졌다.

'아버지.'

펠릭스가 그를 불렀다. 공작이 돌아보았다.

펠릭스의 암갈색 눈이 희열로 들끓었다. 희뿌연 빛이 번져 가면서 그가 점점 사라져 갔다. 감히 저를 빼놓고 가려는 계획이란 걸 눈치챘으나 공작은 그 자리에서 얼어붙고 말았다.

그 눈이 그 밤을 생각나게 했다. 그의 품에 기어코 안기려던 풍성한 갈색 머리의 여자. 밀어내는 남자를 억지로 탐하며 오직 살고 싶기 때문이라 했지, 아마.

때때로 국경 지대의 푸른 들판에서 그 갈색 머리칼이 흔들리는 광경을 떠올리곤 했다. 인생의 오점이라 여겼던 여자는 그에게 권력을 안겨다 주었다. 그녀를 빼다 박은 아이를 볼 때마다 마음에 가시가 박힌 듯 불편한 감정이 그를 짓눌렀다. 그 이유로 펠릭스를 외면하게 될 때도 있었다.

'윽……'

금방 방심한 사이에 새파란 검날이 그의 어깨를 스쳤다. 어깨로 금방 살이 베이는 아픔과 동시에 피가 흘러내렸다. 이번에는 그의 피였다. 검날이 일제히 그를 가운데 두고 둘러싸고 있었다. 어디에도 빠져나갈 곳이 없도록.

곧 검 한 자루가 찰그랑 소리를 내며 추락했다. 공작은 두 팔을 올리는 걸로 항복 의사를 대신했다.

* * *

데스테 백작령의 후원에 당도한 펠릭스는 숨을 몰아쉬었다. 이 정도의 장거리 이동은 처음이었기에 체력 소모가 상당했다.

양귀비가 핀 풀숲. 그 가운데서 눈을 뜬 펠릭스는 시야가 가물거려 몇 번이고 눈을 깜빡거렸다. 일어나려고 했지만, 근육이 뻣뻣하게 굳어 버린 것처럼 제대로 움직이지 않았다. 몸을 움직일 때마다 신음이 삼켜졌고, 그때마다 깔고 누운 풀에서는 부스럭거리는 소리가 났다.

'여기서 무슨 소리 들리지 않았어? 혹시 지금 온 건가?'

바스락바스락. 누군가 풀을 지르밟으며 그에게 접근해 오고 있었다. 아마 두어 명 정도 되는 듯했다. 심상치 않은 예감에 펠릭스가 바짝 몸을 엎드렸다. 그들이 그에게 열 발자국 정도 떨어진 곳까지 접근했을 무렵.

'루시아 아가씨? 대체 여기에 왜 있으신 겁니까?'

그들 중에 누가 경악한 목소리로 물었다.

'쉿. 여기에 요정이 나온다며!'

어린 여자아이의 목소리가 명랑하게 이어졌다. 펠릭스는 그대로 숨을 죽이고 풀밭을 기었다.

'아빠가 오늘이나 내일 요정이 나를 만나러 올 거라고 했어. 요정이 나온다면서 땅에 이상한 그림도 그려 뒀잖아! 그런데 왜 내가 먼저 만나면 안 된다는 거야?'

'들어가십시오. 데려다드리겠습니다. 여기 있는 게 알려지면 백작님이 크게 화를 내실 겁니다.'

데스테 백작의 딸로 추정되는 아이와 고용인들의 실랑이가 이어졌다. 펠릭스는 그들의 대화를 뒤로하고 풀숲을 기면서 이를 악물었다. 데스테 백작이 딸을 치료하기 위해 모두를 배신했을 수도 있겠다는 추측은 이제 그리 중요하지 않았다. 그도 방금 막 슈미트 공작을 배신하고 온 길이었으니.

펠릭스는 그렇게 백작령을 벗어나 포모나로 향했다. 루이제를 데리고 바다 건너 북부 대륙으로 건너갈 생각이었다.

그러나 아무리 기다려도 루이제는 오지 않았다. 얼마 안 가 슈미트 공작과 공작의 아들이 처형당했다는 소식만 들려왔다. 신비교 교도들이 조금이라도 죄를 탕감받기 위해 애먼 자를 신비력자라 뒤집어씌운 듯했다. 루이제 소식은 어디에서도 들을 수 없었다.

펠릭스는 포모나 상단으로 위장해 국경을 넘어갈 시기를 엿보았으나 이미 오노르 왕국에는 신비력자 수색령이 내려진 후였다. 성전 기사단의 수색이 시들해졌다는 소식을 들었을 무렵, 펠릭스는 왕국에 밀입국하는 데 성공할 수 있었다.

그렇게 코타이너 뒷골목까지 뒤져 가며 여동생을 찾아봤지만, 돌아온 건 에르하르트 소후작이 신비력자를 잡아들였다는 풍문뿐이었다. 그 소문을 집요하게 뒤쫓아도, 뒷골목의 정보상들은 에르하르트의 이름만 나와도 입을 다물었다. 개중에 한 정보상에게만 답을 들을 수 있었다.

'그 일에 관심을 보이는 분이 계시긴 한데⋯⋯.'

펠릭스가 로렌츠를 만나게 된 건 그 시기였다.

* * *

"로렌츠 발렌시아는 나한테 동생의 소식을 알려 준 유일한 사람이었어."

"……."

"무사하다는 걸 알게 되었으니, 나는 이 임무를 마치면 루이제에게 접근할 기회를 받기로 계약한 거야. 일이 이렇게 돼서 먼저 만나게 될 줄은 몰랐지만."

필리프는 이야기를 마무리하고 슬쩍 눈치를 살폈으나 레나 크루거는 평소와 다름없는 표정이었다. 오펜하이머 남작에 관한 이야기를 할 때마다 그 안에 남은 펠릭스의 양심이 따끔거렸다.

본명을 알게 된 지 꽤 되었지만, 그녀의 가문과 자신의 인연이 쉽사리 와닿지 않아 꺼내지 못했던 이야기였다. 오펜하이머 남작은 거짓을 말할 줄 모르는 충직한 기사였고, 그의 아내였던 샤를로테에 관해서는 가정 교사였던 브리짓 클로츠가 말해 준 이야기가 전부였으니. 굳이 꺼내서 좋을 이야기도 아니었다.

굳이 말해 주게 된 이유가 있다면, 루이제의 반응을 보았기 때문이었다. 루이제는 묘한 얼굴로 그를 가만히 들여다보다 눈물을 쏟아 냈다. 왜 이제야 만나러 왔냐는 원망 어린 말도 없이 한참 동안. 이윽고 눈물 맺힌 루이제가 간곡하게 부탁한 첫 마디는 이것이었다.

'저를 도와주세요, 오라버니.'

필리프는 레나의 반응도 그 말과 다르지 않을 거라 여겼다. 그녀가 저를 의지해 주길 바랐다. 도저히 정부 역할은 못 하겠다고 엉엉 울지도 못하고 끝까지 제 몫을 해내고서 떠나겠다는 귀공녀의 고고한 의무감 대신에, 모든 내막을 알고 있는 동료에게 의지하길 바라는 마음으로.

그녀도 계약이니, 복수니 하는 문제를 집어치우고, 후작 밑에서 살얼음 위를 걸을 바에야 탈출해서 사는 것이 편하지 않을까. 필리프는 그녀의 계약의 대가가 무엇인지 몰랐기에 편히 그렇게만 생각하고 있었다.

레나는 가만히 창밖만 보고 있었다. 속을 읽기 힘든 옆모습이었다. 창틀에는 푸른 여름 숲의 풍경이 한 폭의 그림같이 담겨 있었다. 가만히 듣기만

하던 레나가 마침내 그와 눈을 마주치고 입을 열었다.

"넌……. 신비력을 다룰 줄 알고 있었다는 거네? 굳이 마법진을 건드려야만 작동을 중지시킬 수 있는 평범한 이들과 달리."

그러나 레나가 꺼낸 건 완전히 다른 이야기였다. 필리프는 순간 아차, 싶은 마음에 입을 열었다.

"그건……."

"소등 사건 때. 일부러 내가 오해받도록 만들었구나."

레나가 자리에서 벌떡 일어났다. 필리프는 곧바로 그녀를 뒤따라 일어나며 손을 뻗었다. 그러나 레나는 그의 손을 쳐냈다. 거리를 두는 행동에 필리프가 다급히 해명을 시도했다.

"그땐 어쩔 수 없었어! 지령이 있었으니까. 당구실에서 있었던 날의 일로 보고를 올렸더니 로렌츠 발렌시아가……."

"그래, 그랬을 수도 있겠지. 그래서?"

레나는 냉랭하게 말을 끊었다. 푸른 눈이 불신을 담아 그를 바라보고 있었다. 자신을 위기에 몰아넣은 자를 믿지 못하겠다는 눈이었다.

"지금 이 이야기를 하는 것도 로렌츠 님의 계획 중 하나야? 아니면 이건 네 진심? 지금 나한테 너만은 다르다고 말하고 싶은 거야?"

필리프는 입술을 옹송그렸다. 민망하고도 어색한 침묵은 관계가 파탄 나기 직전의 징조였다. 결국에 그는 속내에 묻어 두었던 말을 꺼내 놓았다.

"솔직히, 로렌츠 발렌시아가 널 이용해서 뭘 하려는 건진 모르겠어. 이때까진 별로 알고 싶지도 않았고. 네가 로렌츠 발렌시아와 어떤 계약을 맺었기에 여기서 이러고 있는지도 모르겠어."

"……."

"하지만 난 이제 루이제를 찾았으니 로렌츠 발렌시아와의 계약이 어찌되든지 상관없어. 루이제를 데리고 이곳을 벗어날 거야. 그러니까 부탁할게 있으면 지금 말해. 떠나기 전에 널 도와주고 싶으니까. 그건 진심이야."

레나 크루거는 그를 찬찬히 바라보았다. 마치 그가 또 다른 거짓말을 하고 있진 않은지 확인하려는 듯이. 필리프는 자신이 레나 크루거에게서 완전히 신뢰를 잃었다는 사실을 깨달았다.

"한 가지 궁금한 점이 있어."

기대감 없이 묻는 말 속에는 묘한 경계심이 자리했다.

"루이제 슈미트의 생각이 곧 네 계획이야?"

그러자 필리프는 고개를 갸웃거렸다.

"계획?"

이해가 되지 않아 되묻는 말에, 레나가 다소 냉랭한 태도로 충격적인 말을 전했다.

"나한테 도망치라고 했어. 후작이 나를 죽일지도 모른다면서."

필리프의 눈이 크게 뜨였다. 레나는 진심으로 당혹스러워하는 그의 태도에 오히려 의아한 투로 물었다.

"몰랐어?"

"루이제가? 어째서?"

필리프가 그녀에게 가까이 다가와 어깨를 붙잡았다. 레나도 이번에는 그를 밀어내지 않았다. 오히려 연이어 질문을 던졌다.

"에르하르트 후작가가 이 일에 연관이 깊어?"

"뭐?"

"슈미트 영애가 그랬어. 선대 에르하르트 후작이 '우리'와 적이었다고. 슈미트 가문과 에르하르트 가문 사이는 그럴 수 있겠지. 하지만 오펜하이머 가문은?"

"……난 오펜하이머 가문에 대해서 자세히 아는 게 없어. 아는 거라고는……. 네 아버지가 내 추천서를 써 줬다는 사실 밖에……."

우물거리며 확답을 못 주자, 레나 크루거는 경멸에 가까운 차디찬 미소를 내보였다. 그럴 줄 알았다는 듯이.

"너도 알다시피 내 아버지는 마지막의 마지막까지 슈미트 공작에게 충성을 바친 이들 중 한 명 이었어."

말을 자르고 나오는 그 나직한 한 마디가 필리프의 모든 뒷말을 삼켜 버렸다. 그 말이 비수가 되어 그의 심장을 찔렀다. 힐문조차 아니었다. 그저 사실을 말했을 뿐. 핏발 선 벽안은 폭우가 쏟아지던 날과 달리 힘이 들어가 있었다.

"난 너희……. 슈미트 가문을 믿을 수 없어."

평생을 증오했던 가문의 이름 앞에 필리프는 꼼짝없이 한데 묶였다. 그러나 아무런 말도 할 수 없었다. 난 슈미트 공작과도, 로렌츠 발렌시아와도 아무런 연관이 없어. 그따위 말이 그의 목구멍에서 막혀 전혀 나오지 않았다.

결연한 얼굴을 한 여자 앞에서 슈미트 공작 밑에서 희생당한 이들을 한 번도 생각해 보지 않았노라고, 그저 나는 꼭두각시에 불과한 서자여서 그들의 희생에 관심이 없었노라 말할 수가 없었다. 차마 슈미트 부자가 무책임하게 반란을 내팽개친 덕에 삶의 모든 걸 잃어버린 당사자 앞에서는, 절대로.

"네 말이 맞다고 해도 이 모든 게 로렌츠 발렌시아의 시험일까 봐 믿을 수 없어졌어. 네 말이 사실이라면 로렌츠 발렌시아는 일부러 내가 후작에게 오해받도록 만들었다는 거니까."

"그건……."

"데스테 백작님이 배신자라고? 네가 정말로 그런 광경을 본 것도 아니잖아. 어째서 지금 나한테 그런 말을 하는 거야?"

'데스테 백작'을 입에 담을 때, 레나 크루거는 평정심을 유지하지 못하고 그를 밀어냈다. 절대 밟아서는 안 될 성역을 더럽힌 이교도를 보는 눈빛이었다. 필리프는 데스테 가문 이야기에 예민하게 구는 그녀의 태도를 이해하지 못했으나 이어지는 말에 일언반구도 내뱉지 못했다.

"데스테 백작님은 위험을 감수하면서까지 날 거두어 주셨어. 그 가문에

나는 반평생의 은혜를 입었지. 정작 오펜하이머가 충성을 맹세한 슈미트 가문은 우릴 저버렸는데."

"……."

"네가 여동생을 데리고 도망치든, 네 여동생한테 어떤 사정이 있든, 그건 내 알 바가 아니야. 난 여기 남아서 내 할 일을 마치고 떠날 거야."

"……."

"진정으로 날 돕고 싶으면, 기억을 제어하는 약이나 구해다 줘."

레나 크루거가 몸을 돌려 산장 밖을 뛰쳐나갔다. 청명한 여름의 수목 사이로 가는 뒷모습이 한 점이 되어 사라질 때까지 필리프는 그녀를 붙잡지 못하고 고개를 떨구었다.

한숨만 푹 내쉬는데, 떡갈나무 바닥 위에 떨어져 있는 이질적인 금속 물질이 시야에 들어왔다. 검 장신구로 보이는 물건의 중심에는 금이 간 루비가 박혀 있었다. 가죽끈이 끊어진 것으로 보아 레나 크루거가 목걸이처럼 걸던 장신구인 듯싶었다.

성전 기사단들이 서임식 때 받는다는 마도구와 모양새가 유사했다. 필리프는 그걸 들여다보다가 문득 루이제가 했던 말을 떠올렸다.

'저를 도와주세요, 오라버니.'

'……'

'계속 나쁜 생각이 들어요.'

그 아이가 했던 말. 위태로웠던 그 모습.

'절 살리고 싶으면, 지금부터 하는 얘기는 비밀로 해 주셔야만 해요. 전 지금 아주 힘든 시험을 겪고 있거든요.'

그 계획 안에는 레나 크루거도 포함되어 있었던 것일까. 그와 동생은 너무 오랫동안 떨어져 지냈다. 그는 그녀가 어떻게 자랐는지 알지 못했다.

필리프는 깨진 보석 부분을 가만히 문지르다가, 그것을 품에 넣고 자리에서 일어났다.

의문은 그대로 퀴퀴하게 덮었다. 아버지를 배신하고 얻어 낸 목숨이었다. 그 인생을 견뎌 낸 이유 또한 다른 데 있지 않았다. 안타깝게도, 그에게는 지금 남은 가족이 가장 소중했다.

* * *

레나는 방으로 돌아와서 떨리는 숨을 내쉬었다. 앤이 지루한 얼굴로 방에서 일어났다.

"누가 물어보면 목욕하고 있다고 대충 둘러댔어."

피곤한 얼굴로 고개만 끄덕였다. 앤은 그 모습을 보더니 짐짓 비웃는 얼굴로 물었다.

"남자가 없으면 그렇게 견디기 힘들어?"

자신은 그따위 남자들이 없어도 알아서 잘 해내고 있다는 듯이 이죽거리는 우월감. 저 혼자만 사내의 애정은 믿지도 않고, 바라지도 않았다는 걸 자랑스러워하는 듯한 표정이 그녀에게 피로감을 불러일으켰다.

"당신은 제 사정을 이해할 생각이 없겠지만, 그들은 거짓된 모습일지라도 일단은 제게 손을 내밀거든요. 저는 마침 그런 손을 필요로 하고 있었고."

레나가 로렌츠와 필리프를 떠올리며 답한 말에, 앤은 혐오스러운 것을 보듯 인상을 찌푸렸다.

"누구나 자길 비웃는 사람보다는 서로 주고받을 게 있는 사람을 택하지 않겠어요? 막스나 당신이나 무용하다는 점에서 내게 별다를 건 없어요. 단지 당신이 나한테 별로 해를 끼치지 않아서 놔두었을 뿐이지."

레나는 일부러 미소를 쥐어짜 냈다. 그러자 앤이 걸걸한 목소리로 뜯어진 편지를 내던지며 소리쳤다.

"돈이나 마련해 둬! 후작의 총애가 없으면 목숨부터 위태로우니 받아

낼 수 있을지나 모르겠네. 슈미트 영애의 결혼식 준비는 너 혼자 다 해 보든가!"

문은 쿵 소리가 날 정도로 세게 닫혔다. 레나는 발밑에 떨어진 편지를 주워 들고 등받이 의자에 편히 기대어 앉았다.

루이제 슈미트가 남긴 편지였다.

[안녕, 레나.

약혼식과 관련해서 부탁하고 싶은 일이 있어서 이렇게 편지를 남겨요. 에르하르트 저택에서 유일하게 사귄 친구가 당신이니까요.

아, 어려운 일은 아니에요. 예물을 주문한 가게에 드레스를 함께 맡겼거든요. 어울리는 드레스를 만들 수 있도록 말이에요. 예물도 같이 찾아와 주세요. 저번에 우리가 함께 갔던 곳이니 당신도 알 거예요.

제 귀한 친구들은 에르하르트 저택에서 지낼 수 있는 상황이 아니라 이런 부탁을 하게 되었다는 걸 알아주시길 바라요. 기쁜 마음으로 응해 주시리라 믿습니다.

슈미트 성에 가서도 당신과 편지를 나누고파요.

　　　　　　　　　　　　　─친애하는 당신의 친구, 루이제로부터.]

레나는 친구라고 쓰인 글자를 한번 쓸다가 메마른 눈가를 문질렀다. 이미 루시아와 있을 때 해 봤던 일이라 그런지 굴욕감은 크지 않았다.

루시아가 죽은 뒤로는 친구 사귀기를 관두었다. 제대로 된 인간관계를 맺을 만큼의 여유가 없었던 탓도 있지만, 그녀가 살아온 환경을 누구도 이해할 수 없었기 때문이었다.

태생이 귀공녀였다가 평민으로 추락하게 된 그녀는 귀족의 세계에도, 고용인의 세계에도 완벽하게 녹아들지 못했다. 그 이질감은 그녀만 느끼는 것이 아니어서, 앤이나 로제마리처럼 그녀를 다른 나라에서 온 이방인을 보는 듯이 훑는 시선에는 익숙해져 있었다. 데스테 백작저에서도 마음에 굳은살이 박이도록 겪었던 눈초리였다.

그랬기에 고독한 소녀 시절, 루시아만이 유일한 빛이었다. 그녀의 외로움을 달래 주고, 그녀의 사정을 이해하며, 그녀에게 손을 내밀었던 최초의 구원자. 스스로 열등감에 부수어 버렸던 빛의 조각.

그 빛의 요람 같은 기억이 혼탁해지려는 불안감에 레나는 쿵쿵 뛰는 심장을 짓눌렀다. 그 불안을 필리프가 지껄인 말에 대한 분노라고만 여겨야 했다.

레나도 필리프를 이해할 순 있었다. 한순간에 추락한 세계에서 서러움을 견디며 자라려면 무언가에 의지해야만 했다. 그녀가 루시아를 의지했듯, 필리프는 가족을 갈구해 공작의 뜻에 따랐고 마찬가지로 가족을 위해서 공작의 뜻을 배반했다.

그의 행적에 분노가 치민 건 아니었다. 그는 지극히 자신이 할 수밖에 없었던 일, 자신이 해야만 하는 일을 했을 뿐이다. 귀족이면 지켰어야 할 명예를 저버린 것도 어리고 무력했던 그의 탓이 아니란 걸 머리로는 알고 있었다. 그녀였어도 그처럼 했을 터였다.

그렇다 한들 데스테 백작이 배신해 그날의 모든 것이 어그러진 것 같다는 추측을 받아 줄 수 있을 정도로 호의적일 순 없었다. 레나는 그 순간만큼은 그의 이야기에 치가 떨렸다.

오펜하이머 일가는 전원이 처형당한 사건이었다. 서류상으로는 엘레나 오펜하이머 역시도 형장의 이슬로 사라졌다.

하지만 슈미트 남매는 여전히 살아남았고, 가문의 이름도 쉬이 회생했다. 신비력자라는 이유만으로 모든 상황이 용납된 것이다.

반면에 엘레나 오펜하이머에게는 아무것도 없었다. 영문도 모른 채로 집과 가족을 잃은 엘레나 오펜하이머를 레나 크루거로 거두고, 먹이고, 키워 준 건 데스테 가문이었다. 부모님을 그리 엮이게 하고서 그 명예마저 내버린 슈미트 가문이 아니라.

데스테 가문이 그랬을 리가 없어. 슈미트 가문 인간들의 말에 두 번 다시는 속지 않을 거야. 아버지께서도 데스테 백작님을 찾아가라 하셨어.

레나는 굳은 신념이나 다름없는 믿음을 되새기다가 습관처럼 목걸이를 찾았다. 그제야 목걸이가 걸려 있어야 하는 가슴팍이 허전하다는 걸 깨달았다. 아무래도 산장에서 잃어버린 듯싶었다.

나지막한 한숨을 터뜨린 레나가 품에 안은 두 다리에 얼굴을 파묻었다. 허탈해진 마음을 어떻게든 달래 보려 했지만, 불안한 의문이 마음을 좀먹어 갔다.

도대체 누굴 믿어야 하지.

아득한 물음이 그녀에게 내려앉았다. 끝이 보이지 않는 미로에 홀로 갇혀 버린 느낌이었다. 레나는 품을 뒤적여 로렌츠에게 전하려고 했던 서신을 꺼냈다. 근황과 요청을 적어 둔 서신이었으나 필리프의 이야기를 들으니 마음이 바뀌었다. 서신은 그대로 갈기갈기 찢어져 여름 바람을 타고 흩날렸다.

그의 이야기대로라면 당장에 그녀를 일부러 위험에 빠뜨리고 있는 로렌츠 발렌시아부터 의심해야만 했다. 소등 사건부터, 사냥제에서의 추천서 이야기까지. 도대체 로렌츠의 의도가 무엇인지도 종잡을 수가 없나.

'난 늦게라도 모든 것들을 제자리에 돌려놓고 싶을 뿐이에요. 나를 위해, 오펜하이머를 위해, 루시아를 위해서.'

로렌츠와 계약하기 전에 했던 말이 귓가에 스몄다. 기억을 옮기는 마도구 반지에 힘겨웠던 기억을 움큼 집어 버리고 난 후엔 결연한 의지밖에 남아 있지 않았다.

자신의 고고한 자긍심, 가문을 되찾겠다는 결심, 데스테 가문에 받은 은혜를 되돌려 주고 싶어 하는 충성심. 그 의지가 부모를 잃은 열두 살 때부터 지금까지 엘레나 오펜하이머를 살아가도록 만든 동력이었고, 레나는 그 신념대로 에르하르트 저택에 찾아왔다.

그러니 고민해 봤자 달라질 건 없었다. 누구도 믿을 수 없다면, 사람을 믿지 말고 그녀가 믿었던 것들을 그대로 믿으면 된다. 나는 나를 위해서, 루시아를 위해서, 오펜하이머를 위해서 버티고 있어. 오직 그 정념만이 레나를 지탱했다.

이번에는 절대 루시아를 두 번 배신해선 안 된다.

레나가 초점 없는 눈으로 허공을 헤매다가 중얼거렸다. 자신의 정신을 온전하게 유지하기 위한 주문과도 같은 말이었다.

필리프가 보낸 새가 창가에 찾아들었다. 오늘은 먹이가 없는 것이 불만인지 푸드덕 소리를 내며 낮은 울음소리로 울었다. 레나는 그대로 창문을 닫았다. 새는 그녀의 방에 들어오지 못했다.

* * *

마차 승강장은 언제나 마차와 사람으로 붐볐다. 타고 온 마차에서 다른 마차로 짐을 옮기느라 분주한 사람들이 승강장 옆 광장에서 무리를 이루었다. 로제마리를 비롯한 에르하르트의 고용인들도 개중 일부였다.

이쯤에서 고용인들도 후작과 저택으로 돌아갈 사람들과 슈미트 영애를 모셔야 할 사람들로 갈렸다. 로제마리는 제가 후자라는 사실이 못내 분했다. 땡볕에 신경질적으로 손차양을 하며, 슈미트 성으로 같이 갈 하녀들과 짐을 확인하던 차였다.

"로제마리."

한 하녀가 그녀를 따로 불렀다. 노라라고 했나. 시녀장 레베카가 아끼는 고참 하녀였다. 로제마리는 대충 분위기를 눈치채고서, 노라를 따라 대합실 건물 뒤편으로 자리를 옮겼다.

"알다시피 슈미트 성으로 휴양하러 가는 일은 아니야. 후작님께서 네게 시킬 일은 알고 있겠지?"

은밀히 묻는 말에, 로제마리는 척하면 척하고 알아챌 연차답게 고개를 끄덕였다.

"그럼요. 슈미트 영애 감시만 잘하면 되는 거겠죠?"

안 그래도 그럴 작정이라 그 말에는 활기가 넘쳤다. 루이제 슈미트는 저를 지독하게 괴롭히고 있었으나 근본적으로 한 가지 간과하고 있는 사실이 있었다. 후작은 루이제 슈미트를 신용하고 있지 않았다.

형식적인 약혼자 대우 정도는 해 줬지만, 그 이상으로 후작의 마음을 얻어내지 못한 건 자명했다. 후작은 레나 크루거만 침실로 들이고 있었으니.

아직은 그것이 귀공녀를 모시는 예의라고 속일 수나 있겠지만, 과연 언제까지 그럴 수 있을까. 후작이 레나 크루거를 특별하게 대한다는 건 고용인이라면 누구나 알아챌 수밖에 없었다.

다른 여자들이라면 벌써 목이 잘릴 일을 레나 크루거는 몇 번이나 저질렀다. 그랬는데도 후작은 여전히 그녀만 침실에 들였다. 좋고 싫음이 분명한 후작이 레나 크루거를 마음에 들어 한다는 사실은 이제 공공연한 비밀조차 아니었다.

오히려 후작이 더 안달이라고 느낄 때도 있었다. 레나 크루거는 언제나 무언가 체념한 듯 초연한 빛을 잃지 않았으니까.

로제마리는 덕분에 희망을 잃지 않았다. 루이제에게 약점만 잡혀 살 생각 따윈 없었다. 후작의 보호가 없다면, 이 저택에서 루이제가 계속 설치는 꼴을 보지 않고 내쫓을 방도가 있을 것이다.

"저 그리고……."

노라가 머뭇거리다가 그녀에게 구깃구깃한 종이를 건넸다.

"필리프가 전해 달라 하더라."

로제마리가 의아한 눈으로 편지를 내려다보다가 그녀의 손에서 편지를 움켰다. 민망함에 흠흠, 거리는 잔기침이 절로 터졌다. 노라는 눈을 흘기면서 핀잔을 주었다.

"좋을 때긴 한데, 너무 얼굴만 보지는 마. 걔가 후작님 정부 건들다가 너한테도 이러는 거 보면 영 시답잖은 애 같아."

"걱정 마세요. 그런 거 아니니까."

로제마리는 시큰둥한 태도로 편지를 그 자리에서 뜯었다. 노라의 헛걱정과 필리프의 편지 내용은 딴판일 것이 자명했다. 분명히 레나 크루거 관련된 일이나 부탁하겠지. 그 녀석은 레나 크루거한테 빠져 있으니까.

그런데 편지의 내용은 전혀 그것이 아니었다.

이게 무슨 말이야. 로제마리는 도무지 이해되지 않는 내용에 팍 인상을 찡그렸다.

'도대체 왜?'라는 의문이 로제마리의 머리를 강타했다. 노라는 그녀의 얼굴을 유심히 살피다가 조심스럽게 물었다.

"무슨 문제 있니?"

"아니요. 전혀. 시답지 않은 부탁이네요. 가서 선물이나 사 오라는."

로제마리는 대충 편지를 구겨서 품에 넣었다. 전혀 중요한 내용이 아닌 것처럼. 노라는 에르하르트에서 오래 일한 고용인이다. 눈치가 빠르니, 이상한 낌새를 들켜서 좋을 게 없었다. 다행히 노라는 로제마리의 거짓말에 속아 넘어간 듯 고개를 끄덕였다.

"별다른 내용은 아니라고 하면 다행이고. 요새 편지 주고받는 걸 조심해야 해, 로제마리. 너도 당분간 중요한 내용이 아니면 편지는 자제하는 게 좋아."

노라가 땀이 흐르는 이마를 수건으로 닦으며, 짐짓 엄한 표정으로 경고했다. 로제마리는 의아한 얼굴로 되물었다.

"어째서요?"

"그건……."

노라가 대합실 건물을 힐끗 올려다보았다. 대합실은 고용인들이 광장에서 짐을 옮기는 동안, 귀족들끼리 편히 시간을 죽이는 곳이었다. 노라는 평소보다 신중한 태도를 보였다.

"선대 후작님 사건 알아?"

"얼핏 들어 보기만 했어요. 무서운 분이셨다고밖에……."

로제마리가 저택에 들어왔을 때는 이미 선대 후작이 죽은 후였다. 오래 일한 고용인들도 그때의 이야기는 금기처럼 여기고 몸서리를 쳐서, 로제마리도 정확히는 알지 못하는 부분이었다.

"요즘 그때와 같은 느낌이 들어. 후작님이 예민하실 때야. 아무튼 그렇게 알아."

돌아서는 노라의 발걸음이 어딘가 꺼림칙했다. 로제마리는 노라가 힐끔거렸던 대합실을 올려다보았다. 지루한 얼굴로 약혼녀를 상대하는 후작의 얼굴이 보였다.

로제마리는 눈을 가늘게 뜨고 그곳을 노려보다가 걸음을 옮겼다. 쨍한 날씨가 습하기까지 해서 더워서 나는 땀인지, 식은땀인지 모를 것이 목덜미에 주르륵 흘렀다.

지루하리만큼 무더운 날씨였다. 그러나 다시 폭풍이 몰아칠 것만 같은 예감이었다.

* * *

카론과 루이제는 광장의 풍경이 한눈에 내려다보이는 대합실에 마주 앉아, 따분한 카드 게임으로 시간을 죽이는 중이었다. 후작이 열의 있게 상대해 주지 않은 터라, 루이제는 연달아 이기고도 부루퉁한 얼굴로 카드를 내려놓았다.

"그만할래요."

성의 없이 일부러 져 주는 상대를 만난 게임이 재밌을 리가 없었다. 카론은 순순히 카드를 내려놓았다. 그의 패 안에 섞여 있는 조커를 보고서 루이제는 헛웃음을 치다 물었다.

"그날, 레나 님과 대화는 잘 나누셨어요?"

말 한 마디 없던 남자는 허락도 없이 담배만 뒤적였다. 상태를 본 루이제가 열없이 웃으며 카드 패를 정리했다.

"얼굴만 봐도 아니시네요."

떠날 시간이 다가오고 있었다. 루이제는 흩어지는 담배 연기 너머로 벽시계를 힐끗 보다가 조그마한 목소리로 속삭였다.

"사실 슈미트 성에 가려고 했던 이유는 후작님께 좋은 예물을 드리고 싶어서였는데, 그런 건 궁금하지도 않으시죠?"

"……."

"저는 제가 가여워요. 그리고 그만큼 후작님이 가엽고요. 우린 같은 처지잖아요. 자기가 잘 알지도 못하는 사람을 사랑하고 보는 것이."

담배는 아직 길게 남아 있었지만 금방 재떨이로 떨궈졌다. 카론은 자리에서 일어나 말없이 그녀에게 손을 내밀었다. 그가 최선을 다해서 참고 있다는 걸 알기 때문에, 루이제는 얌전히 그의 에스코트에 따랐다.

날카로운 옆모습은 며칠 사이 부쩍 예민해진 남자의 상태를 고스란히 드러내고 있었다. 루이제는 그 모습에 말없이 웃음만 삼켰다.

아마, 돌아가면 레나 크루거한테서 더한 냉대를 받으실 텐데 어쩌나.

루이제는 지하실에서 정체를 들키고 새파랗게 질렸던 엘레나 오펜하이머의 얼굴을 떠올렸다.

'차라리 잘되었어요. 그가 우리를 죽이기 전에, 차라리 우리가 도망가요. 우리 둘이면 복수를 완성할 수 있을 거예요.'

그렇게 속삭여 주자, 푸른 홍채에 둘러싸인 동공이 바다에 생긴 소용돌이처럼 부풀었다.

'무슨 말인지 모르겠네요. 저는 그저 후작님의 병을 치료하려는 신비력 치유사일 뿐인걸요.'

분홍빛 입술은 파르르 떨리고 있으면서, 끝까지 잡아떼려 드는 태도가 마음에 들지 않았다. 붙잡았던 손이 빠져나가자, 루이제는 냉소를 머금은 채 엘레나를 몰아세웠다.

'아직 나를 믿지 못하는 건 이해해요. 그치만 내가 후작과 결혼하면 알아서 떠날 생각이라고 했잖아요.'

'……'

'설마……. 내가 후작과 결혼하지 않고 도망친다면, 후작 곁에 계속해서 남을 생각이었던 건가요?'

역시나 아무런 답도 돌아오지 않았다. 루이제는 터지려는 헛웃음을 참아 냈다. 말없이 입술만 꾹 다문 엘레나가 가증스럽게만 느껴졌다. 나쁜 감정이 치밀어 오르는 건 금방이었다.

마음이 없다면서, 그것도 아니었구나. 너도 결국 후작 곁을 떠나기 싫었던 거잖아. 그와 결혼할 여자를 보니 떠나야겠다는 마음이 들었을 뿐이지. 그제야 두 사람의 상태를 알았다. 속았다는 생각을 지울 수 없었다.

추하고, 비참하고, 덧없는 감정. 그 안에서 허우적거리다가 끝내 누군가를 파괴하고 싶어지는 감정. 그것이 질투였다.

그녀를 더욱 미치게 만드는 건 약혼자라는 걸림돌만 없었다면 엘레나 오펜하이머가 카론 에르하르트를 편히 가질 수 있었을지도 모른다는 가정이었다. 기실 그것은 엘레나가 자신에게 허락하지 않은 일이었지만, 루이제는 엘레나의 사정 따위는 자세히 알지 못했다.

루이제는 그저 왕세자가 떠먹여 준 상황대로 흘러가지 못한다는 사실이 분했다. 레나 크루거보다 카론을 원하는 건 자신인데, 카론은 오로지 레나 크루거에게만 매달리고 있었으니까. 오직 그 사실 하나만으로 상황은 어그러졌다.

루이제는 출발하기 전에 마차에 앉아, 고용인에게 보고를 받는 카론의 모습을 멍하니 지켜보았다. 첫눈에 그녀를 사로잡았던 소년은 좀 더 서늘한 인상으로 성장해 있었다.

눈 때문일까. 그녀는 그에게서 붉은색이 차가울 수 있다는 걸 배웠다. 카론이 그 차디찬 눈으로 그녀에게로 다가왔다.

"무사히 다녀오시길 바랍니다."

"성에 도착하면 서신을 보낼게요."

루이제의 마지막 인사에도 카론은 무심히 고개만 끄덕였다.

누군가에게는 정중하게만 보일 에스코트였지만, 형식적인 격식에는 오로지 인내심밖에 없었다. 조금만 참으면 해방된다고 여기는 태도가 여실했다. 루이제는 속이 뻔히 드러나는 그의 친절이 마음에 들지 않았다.

레나 크루거를 대할 때의 카론은 달랐다. 억지 친절 따위는 가장하지 않고 감정에 따라 곧잘 휘어졌다. 그쪽이 좀 더 그의 본성에 가깝다는 걸 알았다.

숲에서 그가 홀린 듯 정사를 치르는 모습을 훔쳐봤으니 알 수밖에 없었다. 거칠게 다가서고, 서툴게 갈구하고…… 루이제는 절대 가지지 못할 그의 본모습이었다. 정중함을 가장해 삭막한 침묵을 지키는 지금과 달리, 레나 크루거가 곁에 있을 땐 어색하고 불편해서 되레 묘해 보이는 기류가 흐를 것이다. 정말로 연인같이.

루이제는 순간적으로 튀어 오르는 구차한 미련을 누르지 못했다.

"지금이라도 잘 생각해 보는 편이 좋으실걸요. 왕세자 전하와의 거래도 있으시잖아요."

카론이 루이제의 말을 듣지도 않고 마차를 두어 번 두드리는 것으로 출발 신호를 주자, 말이 울면서 마차가 출발했다. 곧바로 루이제의 눈동자가 식었다. 루이제는 창밖으로 고개를 내밀고, 평화로울 만한 마지막 협상을 날려 먹은 약혼자의 뺨에 훔치듯 키스하며 속삭였다.

"화해하실 거라면, 선물은 꼭 사 가시길. 기왕이면, 브리짓 클로츠의 물건으로요."

조소가 스며든 서늘한 조언이었다. 루이제는 저를 매섭게 노려보는 남자의 마지막 표정을 가슴에 새겼다. 서서히 그가 멀어져 갔다.

'그가 에르하르트 후작답게 미치광이처럼 언제 우릴 죽일지 모른다고요!'

엘레나 오펜하이머가 자신을 믿고 안 믿고는 중요한 문제가 아니었다. 그녀는 지금처럼 카론 에르하르트를 불신하고 있기만 하면 되었다.

'저를 도와주세요, 오라버니. 계속 나쁜 생각이 들어요.'

구원이었던 그 남자를 가질 수 없다면, 아무도 그를 가지지 못해야 했다. 그가 나 말고는 아무도 가지지 못하도록. 자신이 카론 에르하르트를 가지지 못했듯, 카론 역시도 레나 크루거를 가지지 못길 바랐다.

이미 엇갈린 그들 사이에 제대로 붙지 않는 불확실한 틈, 이미 생겨난 균열을 파고든다면……. 그 후에는 정황적으로 그녀에게 유리할 기회가 생길지도 몰랐다. 그의 마음은 얻을 수 없어도 영원히 그의 곁에 남을 수 있는 기회. 그러니 엘레나 오펜하이머가 그를 떠나도록 만들어야 한다.

마차는 승차감이 좋은 길을 달리고 있어서 종이와 깃펜에 흐트러짐이 없었다. 카론은 약혼식에 관한 일을 전적으로 그녀에게 위임한 상태라, 루이제는 미리 약혼식 초대장을 적기로 했다. 첫머리에 제일 먼저 초대할 손님을 적었다.

[친애하는 발렌시아 귀공자께.]

약혼자와의 평화로운 협상은 결렬된 참이었다. 루이제는 말간 유리창에 미친 제 얼굴을 보았다. 유약하게 시들어 간 어머니의 얼굴과는 달랐다.

분수에 넘치는 것을 탐하는 지독한 열망을 누구로부터 물려받았는지는 자명했다. 열망이 휩쓸고 간 자리에는 집착적인 소유욕만이 남아 있었다.

카론이 돌아온 건 그로부터 이 주 뒤였다. 약혼녀를 배웅하는 일치고는 늦은 일정이었다.

무더운 여름 더위에 혹사당한 그는 목욕을 마치고서 시침 하녀의 침실부터 찾아들었다. 레나 크루거는 잠들어 있었다. 예쁘게 감긴 속눈썹을 가만히 보던 카론은 입가를 당겨 웃었다.

침대 머리맡에 파란 리본으로 묶인 종이봉투를 올려 두고서 누워 있는 하녀를 내려다보는 일에는 지루함이 없었다. 그러다 문득 불쾌하게 치미는 목소리를 떠올렸다.

'우린 같은 처지잖아요. 자기가 잘 알지도 못하는 사람을 사랑하고 보는 것이.'

상관없다. 루이제는 이제 치웠다. 때가 되면 알아서 어련히 사라질 여자였고, 곧 로렌츠 발렌시아는 죽을 것이다. 이로써 그들은 안정을 되찾게 될 터였다. 그러고 나면…….

"넌 이제 나만 신경 쓰면 돼."

카론이 그녀의 머리칼을 매만지며 속삭였다. 영원히 잠들 것처럼 고고히 눈을 감고 있던 여자가 서서히 눈꺼풀을 열었다.

"오셨어요."

청청한 두 눈이 뇌리에 해일처럼 밀려들었다. 건조하면서도 맑은 목소리가 그를 일깨운다. 지난날 얼굴을 마주 대고 고성을 지르며 물건을 던진 여자라고는 믿을 수도 없는 차분함이었다. 유리컵에 담긴 투명한 물 같은 채도의 눈이지만, 그 속마음은 어두운 먹구름처럼 혼탁해서 갈피를 잡을 수 없었다.

그러면 카론은 그 아득한 간격에 불안해지고 만다. 고작 시침 하녀에게. 아니, 심지어 상대는 평범한 시침 하녀도 아니다. 그를 이미 배신한 첩자였다.

"더 자."

넓적한 손바닥이 그녀의 눈두덩이 위를 덮었다. 레나는 그 손에 제 손가락을 얽었다. 보드라운 손이 그의 손등을 감싸고서 천천히 내렸다. 곧이어 드러난 두 눈이 그를 마주했다. 어김없이 카론은 그 새파란 빛에 현혹되었다.

"늦게 오셨네요."

기다리다 잠든 걸까. 투정 같게 느껴지는 그 말이 귀여워서 카론은 속웃음을 삼켰다. 볼에 붙은 머리카락을 떼어 주자, 레나는 그 손길이 싫지 않은지 가만히 그에게 눈길을 주었다. 카론은 그 묘한 열기를 놓칠 남자가 아니었다.

"선물을 구해 오느라 늦었어."

카론이 자연스럽게 크라바트를 풀어내고서 레나의 침대 위로 올라갔다. 입술을 포개는 일에도 레나는 거부가 없었다. 오히려 그것이 당연하다는 듯 여린 팔이 그의 목을 둘렀다.

역시나. 루이제가 보이지 않으니 밀어내는 기색이 줄어들었다. 카론은 그녀가 순순히 그에게 응하는 이유가 거기에 있다고 여겼다.

그렇게 서로를 벼랑으로 몰아대는 대화를 주고받았다는 사실은 까맣게 잊은 듯, 몸을 겹치는 일은 그리 어렵지 않았다. 마치 정다운 후작과 정부를 연기하는 놀이 같았다.

양쪽 다 지독한 기만이었으나 굳이 그걸 지적하는 이는 없었다. 말로 하는 대화보다 몸으로 하는 대화가 나았다. 서로를 이해할 수 있는 유일한 교감이었다.

카론이 그새 발갛게 달아오른 목과 어깨 사이를 입술로 누볐다. 레나는 눈을 감고 앓는 소리를 냈다. 그가 슈미즈를 아래로 쭉 당겨 물자, 가느다란 손가락이 그의 머리칼 사이를 파고들어 감쌌다. 카론은 자신을 어르는 그 손길이 좋았다. 맹견이 주인에게만 살갑게 꼬리를 흔들듯, 그녀에게만 길들여지는 감각이 그리 싫지 않았다.

뽀얀 가슴 위로 이를 박자마자 짧은 신음이 터졌다. 야들한 살을 슬며시 씹어 맛볼 때마다 하얀 여체 위로 혈이 뭉친 상처가 꽃처럼 피어났다. 시간이 좀 더 지나면 그것들은 푸릇하게 변모해 파란 장미처럼 보일 터였다. 저택에 있는 것이든, 그녀의 몸에 남긴 것이든 자신이 심어 둔 장미는 카론에게 더없는 만족감을 주었다.

아픔마저 쾌락으로 받아들인 여자가 발그레하게 물든 뺨으로 무언가를 갈구하듯 그를 올려다보았다. 레나가 저런 표정을 지을 때마다 카론은 막무가내로 허리를 놀리고 싶은 충동이 들었다. 그는 충동을 참아내려 이를 악물었다. 짙은 한숨 같은 신음이 흘러나오는 것은 물론이었다.

손은 아래로 내려가 젖어 있는 음부 사이를 파고들었다. 단단한 손끝으로 붉게 달아오른 중심을 짓누르자, 곧바로 아, 하는 교성이 미열처럼 들끓었다. 새하얀 손이 그의 옷자락을 붙들었다.

길들여진 건 그뿐만이 아니다. 레나는 모르겠지만, 카론 역시 레나의 몸이 예측 가능했다. 이제껏 그에게 익숙하다는 건 지루하다는 뜻이었으나, 이런 익숙함은 지루하다고 느껴지기보다 없어서는 안 될 안정감을 주었다.

미친 짓을 하고 다니도록 만드는 무료한 광기보다 중독성 있는 아늑하고 그리운 품이라니. 이러니 그는 이제 그녀를 잃지 못한다.

"어서……."

마지못해 안기려 하던 여자가 이젠 조그마한 소리로 재촉하며 입을 맞춰 왔다. 카론은 뒷덜미를 받쳐 주며 서툰 입맞춤에 깊숙이 응했다. 혀가 얽혀 드는 틈으로 황홀감 어린 레나의 신음이 새어 나오는 동안에, 성기는 이미 젖어 있는 질구를 침입했다.

"아, 으응……."

언제나 레나는 그의 크기에 적응하지 못하고 몸을 바르작거렸다. 카론은 입을 맞붙인 채 그 신음조차 다디달게 먹어 치웠다. 그런 채로 놔주지 않고 허리를 놀리자, 곧 조그만 손이 어깻죽지를 붙들고 앙증맞게 매달렸다.

카론은 신음을 참으며 정신없이 달아오른 여자를 내려다보았다.

레나는 그의 얼굴을 올려 보다가 고개를 비스듬하게 돌렸다. 그가 주는 쾌락은 쉬이 받아들일 수 있어도, 쾌락을 주는 그는 받아 주기 버겁다는 듯이. 카론은 그것이 마음에 들지 않아 그녀의 턱을 고쳐 잡았다.

"오는 길에 코타이너에 들렀어. 거기서 재밌는 걸 알아냈고."

얌전히 그를 받던 여체가 곧장 멈칫거렸다. 카론은 신경 쓰지 않고 느릿하게 허릿짓을 재개했다. 그녀는 더 이상 쾌락으로만 떨고 있지 않았다.

"코타이너 출생부를 다 뒤져 봐도 레나 크루거라는 이름은 찾을 수가 없어서 그 근처 바실리카에서 보관하고 있던 문서까지 전부 뒤졌어. 결국에 얻은 거라곤 열두 살에 데스테 백작령으로 이주했다는 기록뿐이었지만."

"……."

"이런 경우 보통 두 가지지. 외국에서 도망친 창부 출신이거나 신분이 위장된 경우."

보통 귀족들이라면 이런 사사롭고도 지저분한 일에 관해서는 밝지 못했지만, 왕국의 음지를 관리하는 에르하르트 가문은 달랐다. 첩자를 골라내 처단하기만 수십 번, 아니, 족히 수백 번은 되었다.

거짓을 속삭이는 여인들이라면 지긋지긋할 정도로 봐 온 터였다. 그러니 다른 여인이 했다면 이미 놀라울 것도 없는 진부한 기만이었을 텐데…….

"뭐가 되었든 간에, 네가 내게 알려 준 그 이름조차 거짓말이란 사실만 알게 되었는데, 네가 루시아의 시녀였다는 소리를 내가 지금 믿어야 하나. 어디서 굴러먹었는지도 모르겠는데."

카론은 그녀의 머리칼에 입을 맞추며 헛웃음을 지었다. 레나는 몸을 바르작거렸으나 꼭 끌어안는 그의 품을 벗어날 수 없었다.

"지금, 읏, 그러니까 저를……. 무엇이라고……."

퍽퍽 치받는 마찰음이 내리칠 때마다 울 것처럼 간절한 눈이 그를 올려다보았다. 모욕을 당하기라도 한 듯한 눈망울이었다.

"걱정 마. 네가 포모나에서 굴러들어 온 창녀라고 해서 내가 놀랄 것도 없으니까. 내가 그런 것에 의미를 두는 인간으로 보여?"

그만하면 꽤 다정하게 어르는 말이었으나 흑, 하고 목구멍에 삼켜지는 신음에는 서러움이 묻어났다. 푸른 눈이 해일처럼 출렁거렸다. 금방이라도 맑은 물이 흘러내릴 듯.

이런 눈을 볼 때면 카론은 종종 궁금해지곤 했다. 수없이 입을 맞췄던 입술로 왜 아무것도 말하지 않을까, 하고. 지금 와서 본심을 들으니 듣지 않느니만 못하다는 걸 깨닫게 되었지만.

레나 크루거는 처음부터 끝까지 철저하게 그에게 자신을 감추었다. 그 당연한 진실이 그를 제대로 곤두박질치게 만들었다. 만일, 이 여자가 그를 망가뜨리기 위해서 펼쳤던 계략이라면 카론은 박수라도 쳐 주고 싶은 심정이었다. 덕분에 머리가 제대로 돌아 있었으니까.

끝내 눈물을 터뜨린 여자가 신음을 삼킨 채 물었다.

"훗, 그래서요?"

열정이 식은 얼굴이었다. 착실하게 반응하는 아래만 아니라면 깜빡 속아 줄 만큼. 레나 크루거는 자포자기한 듯, 궁지에 몰려 고양이를 무는 쥐처럼 앙칼지게 쏘아붙였다.

"저를 버리실 건가요, 죽이실 건가요? 아니면 다른 시침 하녀들처럼 망신을 주고 쫓아내시겠어요? 어느 쪽이든 지금처럼 후작님께 다리를 벌려야 하는 상황보단 나을 것 같으니 대가를 치르면 되겠네요, 그럼."

고분고분한 정부의 가면을 벗어던진 여자의 맨얼굴이 눈물로 그에게 진저리를 쳤다. 자신만만하게 저택에 들어와 기억을 되찾아 주겠다던 때와는 확연히 달라진 기세였다.

그러나 질구는 두려움을 흥분으로 착각했는지 그의 성기를 빌어먹을 정도로 조였다. 그 간극이 가소로워 카론의 입가에 잔웃음이 퍼졌다. 카론은 제가 울린 여자의 눈물을 남김없이 받아 마셨다.

"내가 너를? 그럴 리가."

쉽지 않으니 지겨워진 모양이지. 그런데 어쩌지. 난 네가 지금 제일 재밌어졌는데.

목구멍을 긁는 웃음이 절로 끅끅 나오는 데 비해 그의 심정은 참담했다. 아래에 그녀를 내리깔고 있는 것은 그인데, 한없이 비참해지는 것도 그였다. 서늘한 손이 그녀의 뺨에 묻은 물줄기를 지워 주려 하자, 레나는 그 반대 방향으로 고개를 돌렸다. 카론은 냉소를 터뜨렸다.

"너, 기억을 팔러 왔다고 했지."

핏발 섰던 주먹이 찬란한 머리칼을 감아쥐었다. 그를 외면하는 냉랭한 시선의 궤적을 틀기에 충분한 말이었다. 여명을 닮은 눈동자에는 반색보다 설핏한 두려움이 먼저 떠올라 있었다.

카론은 그녀가 진실을 말하지 않더라도, 대부분은 진심만을 말해 왔다는 걸 알았다. 그의 병을 치료해 주고 싶다는 것도, 루시아 데스테에 관해서 애절하게 물어오던 것도. 아마 대부분이 진심이었으리라. 카론은 그 진정성이 끔찍했다.

"그렇게 나를 끔찍한 현실에서 살게 하고 싶어?"

도대체 무엇을 위해 저리 지극한 걸까를 되새겨 보면 참을 수가 없었다. 고향, 본명, 과거 이력. 그 모든 기만이 첩자가 되기 위한 과정이었을 거라고 합리화가 가능했지만, 그를 정말 미치게 만드는 건 그녀가 미련하리만큼 절대 말하지 않으려는 부분에 있었다.

"아, 잠깐……. 아!"

번잡한 상념이라고는 조금도 묻어 있지 않은 얼굴로, 카론은 그녀의 한쪽 다리를 제 팔뚝에 내건 채 거칠게 내리박았다. 갑작스럽게 더 깊숙이 들어오는 체위에, 레나가 숨을 들이마시다 그의 어깨를 때렸다. 호수를 닮은 푸른 눈동자가 물결처럼 찰랑거렸다. 힘으로 밀어내지 못해 분한 듯 보였다. 카론은 그 예쁜 눈물을 닦아 내며 낮게 웃었다.

"네가 바라는 게 그저 내 기억이라면 줄 수도 있어."

그것이 무슨 뜻인지 그녀는 모를 것이다. 숱한 번민이 찾아들고, 밤마다 끝끝내 죽음을 향해 걸었던 그 지난한 날들.

'후작. 예전에 나한테 했던 말은 제대로 기억하고 있나. 손목에 있는 그 마법진을 만들기 전에 했던 말.'

그는 엉망인 나날을 대부분 왕세자의 뜻대로 보냈다. 겉보기엔 충성된 계약이었을지도 몰랐다. 왕세자가 좋을 대로 에르하르트든, 그 자신이든 이용하도록 내버려 두었다.

작위를 계승한 이후로부터 여타 원대한 야망 따윈 없었으므로, 그에겐 길위의 부랑자보다도 못한 명예로 떨어져도 상관없는 가문이었다. 그저 잊고 싶던 기억이 그를 급습하기 전에 몸이 헤지고 죽어나길 원했다. 그 하잘것 없이 너저분한 생애에, 제 가문을 자연스러운 멸절의 길로 진창에 처박고 간다면 속이 시원할 것도 같았다.

그리 무가치한 것을 이 여자가 바란다면, 왕세자에게 바친 충성을 걷어내는 불명예를 안고서라도 기꺼이 내줄 수 있었다. 그러나 이 여자가 바라는 건 그깟 에르하르트 가문이 아니었다.

저 여자가 절대 말하지도 않고, 인정하려 들지도 않으려는 부분. 뻔히 보이는 진실에 대한 일관적인 거짓말. 바꿔 말하자면 필사적으로 지키려 드는 것.

'저는 그저 후작님께 제 기억을 팔러 왔을 뿐이에요. 로렌츠 님과는 아무런 연관이 없는걸요.'

그저 기억만 되찾아 그의 영혼만 파괴해 놓고 떠나가려는 간악한 수작이 그녀의 목적이라면 들어줄 이유가 없었다. 그 간악한 수작 뒤에 로렌츠가 서 있고, 그녀가 처음부터 끝까지 지키려 드는 것이 그 남자라면 더더욱.

"그러려면 당연히 대가가 있어야지. 네가 바라는 건 꽤 비싼 것이거든."

카론은 레나를 꽉 껴안은 채 빠르게 치받았다. 침대가 들썩일 때마다 제대로 된 대답도 내놓지 못하고 아, 아, 하고 우는 소리를 내는 여자의 신음이 구슬펐다. 이 순간만큼은 그녀가 그의 품에서 떨어지지 않으려 들었고, 카론은 그것으로 만족했다. 대답은 필요 없었다. 듣고 싶지 않은 것도 같았다.

로렌츠 발렌시아를 사랑해서 그를 돕기 위해 멍청하게도 에르하르트 후작가까지 기어들어 왔다는 말 따위를 듣느니, 마음의 행방을 영원히 몰라도 그냥 옆에 머무르게 하는 편이 나을 것 같았다.

레나는 먼저 절정을 맞이한 표정으로 숨만 몰아쉬며 그를 올려다보고 있었다. 제가 만족시킨 여자의 나른한 얼굴을 들여다본 카론이 비스듬한 미소를 입가에 걸었다. 여전히 그녀의 몸에 성기를 파묻은 채였다.

팔을 뻗어 머리맡에 둔 봉투 안에서 준비해 온 것을 끄집어냈다. 굴곡진 앙가슴에 장미 덩굴로 장식된 다이아몬드 브로치를 올려 두었다.

"마도구야."

카론이 서서히 몸을 다시 움직였다. 푸른 눈동자는 제 색을 닮은 브로치를 내려다보고 잘게 떨었다. 다소 유치한 짓임에도 만족스러웠다.

항구 마을에 들러 북부 대륙에서 온 선박을 전부 뒤졌다. 왕세자가 준 것보다 더 상급의 마도구로 골라내느라 고생하긴 했지만, 이 정도면 충분히 고생한 보람이 있었다. 브리짓 클로츠의 물건으로 구했으니.

"하, 잠시만……."

레나는 다시 시작된 행위가 버거운 듯이 허리를 비틀었다. 단단한 손이 도망가지 못하도록 골반을 쥐었다. 언뜻 드러난 손목의 표식은 이제 복잡한 문양 없이 점점 기본적인 틀만 지닌 마법진으로 변해 있었다. 그러나 이제는 그것을 보고도 더는 조급해지지 않았다.

어느 순간부터 기억이 돌아올까 하는 두려움보다도 앞에 있는 여자가 떠날 수도 있다는 두려움이 앞섰다. 로렌츠의 의도가 무엇인지 분명히 알게 된 탓이었다.

"너는 내가 죽을 때까지 내 곁을 못 벗어나."

그대로 그녀 안에 사정한 카론이 입을 맞추고서 속삭였다. 불길한 예감을 잘 맡는 여자는 본능적인 감을 발휘했는지 그를 아뜩한 얼굴로 바라보고 있었다.

"그게 내가 받을 대가야."

여자는 아주 끔찍한 마물을 본 사람처럼 급속도로 창백해졌다. 그 반응을 보고도 붉은 눈동자에는 못내 고귀한 존재를 맞이한 신도처럼 숭상의 빛이 어렸다. 저를 배신하려고 들어온 계집임을 알고서도 그랬다. 그건 연정이기 보다 광기에 가까운 것이었다.

* * *

꿈속이었다.

엘레나는 언덕 위의 바실리카에서 손차양을 하다가 고개를 내렸다. 이글거리는 태양 아래에 자리 잡은 도시에 아지랑이가 피어오르는 광경이 펼쳐지고 있었다.

오노르 왕국에선 먼 곳을 들여다보면 산이나 바다가 보였으나 포모나에서는 먼 곳을 바라볼 때면 사막이 보였다. 건조한 사막의 바람은 여름날의 도시를 더욱 지치게 했다.

후덥지근한 바람이 불어와 얇은 천으로 팔 전체를 덮는 흰색 토가를 펄럭였다. 오노르 왕국의 의복보다 통풍에 좋은 옷이었으나 포모나의 더위는 상상을 초월했다.

엘레나는 인상을 찡그리고서 걸음을 재촉했다. 물이 가득 찬 항아리를 든 채였다.

그날은 엘레나가 우물에서 물을 길어오는 담당이었다. 이전까진 루시아의 시녀였던 덕에 직접 할 일이 없었던 잡일이었으나 엘레나는 불평하지 않았다.

포모나 바실리카의 부속 수도원 생활은 그럭저럭 버틸 만했다. 공동생활에 필요한 잡일은 당번제로 나누어 맡았고, 저녁 시간에는 신비력 이론 수업을 받았다. 공단이 아닌 아마포로 만들어진 까슬한 옷을 입었고, 루시아와 함께 먹었던 고기와 생선 요리가 아닌 하얗고 납작한 기장 빵과 묽은 수프에 익숙해졌다.

자립을 준비할 만큼 자라난 엘레나는 궂은일에도 서서히 적응해 갔다. 연약한 귀공녀였던 아이 시절에는 외지 생활을 그저 공포로만 여겼으나, 그 무렵의 엘레나는 점차 모든 일에 익숙해져 가고 있었다.

거듭해서 추락하니 초연해졌다. 한 단계 더 떨어진 생활에 엘레나는 더는 비참함을 느끼거나 바들거리지 않았다. 심지어 이번에는 그녀가 자초하기까지 했던 일 아니던가. 주제에 걸맞지 않은 것을 욕심 낸 대가였다.

그러니 모든 것을 감내할 수 있었다. 다만…….

'아니, 일리아 네가 왜 이러고 있어?'

신관 이피스가 달려와 물 항아리를 빼앗아가다시피 했다. 엘레나는 따가운 햇볕으로부터 머리를 보호하고 있던 흰색 스카프인 두파타를 내리고 그에게 인사를 올렸다. 미약하게나마 냉방 마법이 가동 중인 바실리카의 수도원은 실외보다 시원했지만, 등 뒤로 식은땀이 흘렀다.

'오늘 당번을 맡았어요.'

'그래? 넌 이런 일 하지 말라니깐! 네가 무슨 일을 한다고…….'

걱정해 주는 듯하면서도 쭉 훑어 내리는 중년 신관의 시선이 메스껍고도 퀴퀴했다. 그 징그러운 시선은 포모나에서 새로 쓰게 된 '일리아'라는 이름만큼이나 익숙해지지 않는 것이었다. 이피스는 옆에 있는 신자에게 물 항아리를 건네고서 그녀의 어깨를 도닥일 정도로 가까이 다가왔다.

'따라와. 따로 할 말이 있으니.'

어깨에 엉겨 붙은 손의 끈적임이 소름 끼쳤으나 엘레나는 군말 없이 그의 뒤에 따라붙었다. 수도원장은 이곳의 절대적인 권력자였다.

그들이 들어선 방은 수도원장의 원장실이었다. 이피스가 종이가 아무렇게나 널브러진 책상 위에 엉덩이를 대고 기대자, 밑에 깔린 종이가 무참히 구겨졌다.

'어때. 포모나 생활은 괜찮아?'

제 딴에는 챙겨 준다고 하는 말이었으나 스테인드글라스를 통과한 빛을 받은 실내는 컴컴하기만 해서, 그의 미소는 음침하게만 보였다. 심지어 방에서는 조금 쿰쿰한 냄새가 났다. 방 안에 눌어붙은 비릿한 냄새는 그 무렵의 엘레나도 알고 있는 것이었다.

'네. 지낼 만해요.'

엘레나는 눈을 마주치지 않으려 최대한 머리를 조아리고서 대답했다. 상대는 역겨웠지만, 말에는 진심이 담겨 있었다.

백작의 모욕은 그저 말뿐이었다. 그녀의 우려와 달리, 포모나 바실리카의 신자라고 해서 전부 매춘을 하고 있다거나 난잡한 생활을 즐기고 있지는 않았다. 그저 엄숙한 성생활을 주장하는 이들 사이에서 소문이 점차 부풀려져서 성창의 성지라는 인식이 박혔을 뿐이었다.

심지어 부속 수도원은 귀족가의 자식들이 꽤 기거하고 있는 데다가, 매달 그들에게 숙식비를 받고 있는 수도원 측이 매춘을 강요할 이유도 없었다. 추천서가 남용되는 상황은 집안의 지원이 끊겨 생계가 곤란해지거나, 갑작스럽게 가문이 몰락해 집안 식구들의 생활비라도 보내 줘야 하는 경우가 다수였다.

엘레나는 백작가를 나왔을 적에 수도원에서 성인이 될 때까지 지낼 만한 충분한 거액을 한꺼번에 받았다. 돈 한 푼 안 쥐여 주고 내쫓을 수 있었지만, 백작은 그리하지 않았다.

오히려 거액을 한 곳에만 몰아 두면 위험하다며, 두 주머니에 나눠서 가져가라고 일러 주던 조언은 그가 엘레나에게 베풀어 주는 마지막 은덕이었다. 그때 엘레나는 백작 앞에서 처음으로 눈물을 보였다.

성인이 될 때까지 지낼 숙식비를 선불로 낸 엘레나에게는 포모나 바실리카에 따라붙는 난잡한 소문과 얽힐 이유가 없었다. 돈으로는 안전을 살 수 있으니까. 그때까지는 그랬다.

'수도원에서 지내기만 해서 심심하진 않나? 고향 신문은 봐?'

'아니요. 보았자 뭐 하겠나요. 수도원에서 지낼 날이 아직 긴 것을요.'

에르하르트의 이름은 오노르 신문에서 빠지는 날이 드물었다. 전면을 장식하는 건 예삿일이었고, 못하더라도 귀퉁이 가십 지면에라도 붙어 있곤 했다. 약혼 소식이 전해지고부터는 데스테 백작가의 이름도 나란히 올랐다.

사냥제에서 맺어져 약혼까지 간 두 사람의 이야기는 낭만주의자들에게 관심의 대상이 되었다. 덕분에 엘레나는 오랜 기간 신문을 보지 못했다.

'한번 볼래?'

이피스가 깔고 뭉갰던 신문을 슬쩍 건네며 입매를 쭉 늘려 웃었다. 엘레나는 최대한 이피스와 손이 닿지 않도록 신문을 건네받고서 기사를 살폈다.

포모나로 출국을 금한다는 기사였다. 포모나로부터 들어오는 이주자들을 받지 않겠다는 강경 대응도 적혀 있었다.

'아, 거참 요즘 살벌해. 오노르 기사들이 포모나 상인이 오가는 국경을 자주 헤집고 다니질 않나, 귀족들끼리는 칼부림이 났는지 포모나에서 보내 준 마도구 제작자들을 싹 잡아 죽이질 않나. 점점 사이가 틀어지더니, 이젠 결국에 전쟁까지 할 건가 봐.'

엘레나의 안색이 희멀겋게 질렸다. 이피스는 그 모습을 내려 보면서 씨익 웃었다.

'그래서 수도원에도 방침이 내려왔는데 말이야.'

'……'

'오노르 왕국의 출신들에게는 혹시 모르니 숙식비를 더 받으라는 명이 떨어졌어.'

'어, 얼마나요?'

'글쎄, 아마도 일리아 네게 청구되는 비용은 이만큼?'

이피스는 준비해 둔 사람처럼 청구서를 그녀에게 들이밀었다. 청구서에 적힌 숫자에 엘레나의 눈앞이 가물거렸다. 도저히 단번에 마련할 수 있는 비용이 아니었다.

데스테 부녀에게는 이미 큰 빚을 졌고, 큰 은혜를 입은 채였다. 엘레나는 지금의 평화로운 수도원 생활도 그들의 자비라는 걸 알았다. 돈을 더 부쳐 달라는 아쉬운 서신을 보내는 건 엘레나의 양심이 허락지 않았다. 더군다나 전쟁이 터진다면, 서신과 자금이 자유롭게 왕래하기 힘들 터였다.

'보아하니 후원자한테서 서신 한 통도 안 오던데.'

느물거리는 웃음이 역겹기 짝이 없었다. 신경 써 주는 척하며, 그녀를 지원해 줄 배경이 없다는 걸 간파하고 있다는 말이었다.

'난 그래도 일리아 너는 모범적인 생활을 해 왔으니 봐줄 용의가 있어. 어디까지나 네가 '바른' 생활을 보인다면야……'

쭉 찢어진 실눈이 침대처럼 길게 뻗어 있는 카우치를 눈짓했다. 엘레나는 한 걸음 뒤로 물러나 입술만 빠르게 움직였다.

'조금만 시간을 주세요. 마련해 올게요.'

그저 어서 이 끔찍한 공간에서 나가고 싶은 마음뿐이었다. 이피스는 아쉬운 듯이 추잡스레 입맛을 다시더니 일단은 그녀의 뜻에 따라 고개를 끄덕여 주었다.

'그래. 기간은 일주일 주마. 그 안에 혼자서 힘들어지면 언제든 말하도록 해.'

느글거리는 웃음이 토악질이 나올 만큼 역하기만 했다. 엘레나는 곧바로 원장실을 뛰쳐나가, 경건하게 쭉 뻗은 열주들 사이를 내달렸다.

머리에는 수도원을 나가야 한다는 생각밖에 없었다. 하지만 그 후에는? 그녀는 아직 보호받을 곳이 필요했다. 전쟁 통에 적국의 여자가 혼자 길거리에 나돈다면, 어떤 일이 벌어질 수 있는지는 익히 주워들은 터였다.

전쟁이 터진다면, 바실리카 같은 성역이 가장 안전한 장소였다. 성역에 이미 들어와 있는 신자와 학생은 포로로 잡지 않으며, 죄를 묻지 않는다는 규율이 세계 각지 바실리카의 협약이었으니.

아마 저 역겨운 신관도 그 사실을 알았을 터였다. 막막함이 엘레나의 숨을 졸랐다. 상황 때문인지, 단숨에 달려왔기 때문인지, 원인 모를 가쁜 숨이 터져 나왔다. 엘레나가 방 안에 들어서기 직전에 숨을 고르고 있는데, 룸메이트들이 떠드는 소리가 문밖까지 새어 나왔다.

'추천서를 써 주는 게 아니었어!'

누군가 그리 분개하며 눈물을 터뜨렸다. 훌쩍이는 소리가 났다. 같이 방을 쓰는 여신도였다. 엘레나는 곧바로 들어가지 못하고, 문 앞을 서성였다. 누가 저렇게 우는지 알았다. 정을 통하던 남자에게 추천서를 써 주었던 신자였다.

결국에는 헤어진 모양인지, 넋두리가 이어졌다.

수도원에 들어올 때부터 본가와 연이 끊긴 여자는 외국에서 온 기사에게 의지했다. 그가 바실리카를 드나들 수 있도록 추천서를 써 주고 정을 통했으나 남자는 여자에게 편지와 돈만 남기고 약혼녀가 있는 본국으로 떠났다. 포모나 바실리카에서는 흔한 이야기였다.

'사랑하는데 애욕을 즐길 수 없다면 연인이 아니라고 그랬어. 무엇이든 사랑의 증표를 달라고 요구하길래 이제껏 밤을 같이했건만, 책임을 묻는 순간에는 돈만 쥐어 주고 떠났지. 그는 이제껏 나를 성창 취급하고 있었어!'

통곡이 이어졌다. 엘레나는 그 안으로 들어설 수 없었다.

분명히 사랑의 자유를 외치는 포모나 바실리카의 개혁 방안은 좋은 취지에서 비롯되었으나, 혼전에 속삭인 사랑을 영원히 지켜 나갈 수 있는 연인들은 많지 않았다. 더구나 어리석은 사랑의 대가는 참혹하리만큼 한쪽만 떠맡는 상황이 많았다.

수도원에 들어온 여신자들 대다수는 그 상황을 두려워했기 때문에 포모나 바실리카에서나마 허락되는 연애의 자유를 믿지 않았다. 그러니 자유연애를 내세우는 교리는 목돈이 급한 이들과 그들의 간절함을 아는 이들의 필요에 따라 탐욕의 방패막이 역할로 전락하는 경우가 많았다.

이런 악순환이 포모나 바실리카의 교리를 고깝게 보는 이들에게 좋은 먹이였다. 그들은 자유를 빙자한 교리가 신자들을 타락시킨다면서, 포모나 바실리카의 교리를 이행한 이들을 사정없이 조롱했다. 잘 봐줘야 가엾고도 어리석은 연인이었고, 수틀리면 문란하고 정결하지 못한 창녀였다. 어느 쪽이든 정숙하지 못하단 이유로 따라오는 꼬리표였다.

같이 방을 쓰는 다른 여신자들은 그녀의 어리석음을 나무라기보단 다독였다. 정말로 안타까운 부분은 그 이후였기 때문이었다.

'태어날 아이의 추천서가 없어. 이를 어쩌면 좋아. 아아……'

그녀에게는 더 이상 쓸 수 있는 추천서가 없었다. 아이를 데리고 바실리카 수도원에 머무르려면 추천서가 필요한데, 한 명당 한 장만 발급할 수 있는 추천서는 이미 헤어진 남자에게 줘 버린 상태였다.

위로해 주던 여신자들은 점차 말수가 줄었다. 서로 눈을 피하고 있을 상황만 그려졌다. 추천서는 함부로 발급해 줘선 안 되는 것이기도 했지만, 저마다 이미 가족과 친구에게 한 장씩 나눠 줬을 터였다. 여자는 분위기를 읽고 한층 더 서럽게 곡했다.

'돈은 얼마든지 낼 수 있어. 추천서를 팔 수 있는 사람 없을까? 이렇게 아이마저 잃으면, 나는……'

엘레나가 방으로 들어선 건 그쯤이었다.

* * *

꿈에서 깬 레나는 몸에 감긴 팔 때문에 옴짝달싹도 하지 못한 채 차오르는 아침 햇살을 맞이했다. 간신히 몸을 반대쪽으로 비트니 잠들어 있는 카론의 얼굴을 보았다. 간밤에 저를 창녀 취급했던 남자의 얼굴이.

그 싸늘한 시선을 느낀 건지, 남자치고 긴 속눈썹을 지닌 눈꺼풀이 열렸다. 장미 꽃잎 같은 눈동자가 드러났다. 그는 냉랭한 얼굴에도 굴하지 않고 젖무덤 사이를 아이처럼 파고들더니, 잠이 덜 깬 목소리로 중얼거렸다.

"벌써 일어났네."

먼 길을 오고 나서 곧바로 그녀에게 들이닥친 남자의 목소리는 피로에 절여져 있었다. 레나는 품에 파고든 카론을 떼어 낼 완력이 없어 가만히 그를 내려다보기만 했다.

무슨 말도 나오지 않았다. 로렌츠 발렌시아에게 추천장을 써 준 것이 자신이 아니라는 항변을 하고픈 욕구가 끓어오르는데, '레나 크루거'라는 가명이 발각된 것이 어젯밤 일이었다. 무슨 말을 해도 우스울 상황이었다.

로렌츠 발렌시아가 어떻게 추천장을 들고 있는지 묻는다면 여전히 무엇도 해명할 수 없었다. 로렌츠와 아무런 사이가 아니라고 해 봤자 그에게는 기만으로만 들릴 터였다. 로렌츠가 자신을 첩자로 보냈단 사실까지 익히 알고 있을 테니.

제가 생각해도 믿어 주지 않을 진실이라, 레나의 입가에선 헛웃음만 부스러졌다. 하긴, 이제 와 그와 저 사이에 무엇을 똑바로 잡겠는가. 루시아의 남자를 사랑한 순간부터 이토록 엉망으로 추락하게 되는 저주를 받은 걸지도 몰랐다.

완전히 잠에서 깬 카론이 그녀의 뺨에 가볍게 키스하며 일어섰다. 침대보에 반쯤 걸린 검은 가운을 꿰입은 그가 아직 몽롱한 잠기운이 가시지 않은 정부의 얼굴을 보고서 커다란 손으로 눈가를 덮어 주었다.

"더 자."

참으로 다정한 어조였다. 연인이라고 착각할 만큼.

레나는 이불을 꾹 움켜쥐다가 그의 소매를 붙잡았다.

"가야 할 곳이 있어요. 마차를 쓰고 싶어요."

"어디."

떠나지 않고 침대 옆에 앉아 그녀의 이야기를 들어주는 얼굴은 여상했다. 지난밤, 절대 벗어나지 못할 거라고 속삭이던 그 광기가 그저 간밤의 악몽 같게만 느껴질 정도였다.

긴 밤을 지나오는 동안에 눈물이 말라붙어 건조해진 눈동자가 낯설어진 남자를 올려다보았다. 나가겠다는 말에 잔뜩 경계심이 오른 얼굴이 그녀를 내려 보고 있었다.

"마르바덴 광장이요."

"어째서."

"드레스를 보러 가고 싶어요."

카론은 한 번도 그런 부탁을 해 본 적 없는 정부를 의아한 얼굴로 보다가 고개를 끄덕였다.

"준비할게."

점차 만족감이 차오른 미소에는 인색함이 없었다. 오히려 드디어 정부다운 부탁을 해 오는 여자가 기껍다는 듯, 무슨 부탁이든지 다 들어줄 사람처럼 반색하는 기색이 어렸다.

레나는 그 모습을 가만히 올려다보다가 잡고 있던 소매를 놓았다.

"저 혼자 가도 괜찮아요."

"그건 안 돼."

"신부의 드레스를 미리 보는 건 좋지 못하단 걸 아실 텐데요."

순식간에 검붉은 눈에 고인 빛이 차가운 온도로 응결되었다. 레나는 굳어버린 그를 천천히 밀어내며 침대에서 일어났다.

그의 약혼녀를 위해서, 그의 결혼을 준비하는 일 따위는 한두 번 해 본 것이 아니었다. 레나는 더는 비참할 것이 없었다. 그러나 그는 아닌 듯했다.

"그딴 걸 네가 왜 보러 가는데."

가녀린 손목을 억세게 쥐고 묻는 태도가 금세 거칠어졌다. 레나는 힘이 들어가 있지 않은 손아귀에서 손목을 쉬이 빼내며 한 발자국 물러났다.

"그야 슈미트 영애께서 부탁하신 일이니까요."

"하지 마. 난 너한테 그 여자의 시녀 노릇을 하라고 말한 적이 없을 텐데."

"후작님과는 상관없는 문제예요. 저는 후작님의 약혼녀와 괜한 문제를 만들고 싶지 않거든요."

"아, 그래. 들러리라도 서 달라고 하면 해 줄 기세네."

"못 할 이유도 없지요. 어려운 일도 아니니까."

할퀴듯 오가던 대화는 카론의 일그러진 얼굴로 종결되었다. 레나는 그가 이를 악물고 비참함을 삼키는 모습을 위태롭게 지켜보았다. 금방이라도 다시 옷을 벗고 달려들 기세였다.

역시나 레나는 밀쳐지듯 침대에 다시 눕혀졌다. 하지만 예상과는 달리 카론은 그녀를 꽉 끌어안기만 할 뿐 어떤 짓도 하지 않았다. 그저 그녀의 품에 얼굴을 묻고 화를 누그러뜨리고만 있었다.

"네가 누구 비위나 맞추고 있는 모습이 보기 싫어."

숨소리가 한결 차분해졌다. 커다란 손이 금빛 물결 같은 머리카락을 빗어 내리다가 한 줌밖에 되지 않을 허리를 감았다. 밤새 자그마한 몸을 품어 줄 만큼 커다란 육신이건만, 체구에 맞지 않게 지금은 영락없이 그녀에게 안긴 꼴이었다.

"네가 그 여자랑 잘 지낼 필요는 없어. 여기에 계속 있을 사람은 너야, 그 여자가 아니라."

품 안에서 울리는 목소리가 낮았다. 레나는 가슴 사이를 파고드는 그의 검은 머리카락을 말없이 쓸었다. 카론의 머리를 눈높이 아래에 두는 일은 흔하지 않았다.

그의 진심이 불편했다. 지금처럼, 그가 약혼녀인 루이제는 신경 쓰지 않고 정부인 레나 크루거만 신경 쓰고 있다는 식으로 말을 하면 더욱 그랬다.

꼭 그녀만은 특별하다는 뜻으로 들렸으니까.

온전히 기억을 되찾지 못한 그의 집착이 부질없다는 걸 알면서도, 여전히 자신을 뒤흔드는 순간의 덧없는 감정들이 싫었다. 그는 이 순간만큼은 진심일 것이다. 그러나 기억을 되찾은 이후로는 어떻게 변할지 모르는 감정이었다.

'그가 에르하르트 후작답게 미치광이처럼 언제 우릴 죽일지 모른다고요!'

루이제의 외침이 경고처럼 머릿속을 헤집었다. 레나는 순간적으로 다급히 대답을 기다리는 남자를 품에서 떼어 냈다. 순식간에 밀려난 카론이 굳은 얼굴로 그녀를 내려다보았다.

잔인하리만큼 불확실한 진심 앞에 냉정을 유지하도록 애써야만 하는 건 오로지 자신의 몫이었다. 언제 변할지 모르는 저 변덕스러운 애정의 조각을 주워 모으고 있노라면, 그 시절을 떠올리지 못하는 남자를 아직도 믿고 있냐는 자조가 뒤따라오는 심장 박동을 꺼뜨렸다. 루시아에 관해서 묻던 밤에 답을 주지 않고 어둠 속으로 사라진 남자의 뒷모습이 아프게만 밟혔다.

요즘 그는 침대 위의 폭군이 되었다가 정부를 연인처럼 여기는 다정한 후작이 되길 반복 중이었다. 레나는 그 상태가 '중심 기억'에 도달하기 직전의 증상이라고만 여기고 싶었다. 그래야만 나중에 상처로만 남을 그의 다정한 모습을 반추하지 않을 수 있었다.

레나는 상처받은 기색이 역력한 남자의 목에 팔을 두르고, 뺨에 가벼이 키스했다. 그러고는 나긋한 음성으로 속삭였다.

"제가 후작님의 결혼 준비를 하는 모습을 보기 싫으시면, 따로 감시인을 붙이세요."

입술을 비트는 그의 표정만은 참으로 볼만한 것이라, 레나는 그 모습을 영원히 기억의 갈피에 끼워 두고 싶었다.

* * *

카론이 앤을 시중 하녀로 붙인 건 탁월한 선택이었다.

레나는 앤과 함께 부티크까지 가는 내내 도망 따위는 생각조차 하지 않았다. 면면히 훑어오는 눈빛이 마치 철옹성을 지키는 문지기를 방불케 했다. 지난번보다 레나에게 독이 오른 표정이었다.

심지어 부티크 밖에까지 에스코트를 빙자한 감시인들이 대기 중이었다. 그 감시인들이 전부 에르하르트가 데리고 있는 사병이라는 점은 대단한 낭비가 아닐 수 없었다. 힘없는 여자 고용인 한 명에 저런 대규모 호위 겸 감시인들을 붙이다니. 에르하르트 후작가는 가산이 썩어 넘치는 것이 분명했다.

"어머, 손님! 오늘은 무슨 일이실까요?"

검 장신구를 샀을 때 만난 점원이 그녀를 알아보았는지 가까이 다가왔다. 고개를 갸웃하던 앤이 레나에게 물었다.

"여기서 물건을 산 적이 있어?"

"네? 아……."

레나가 당황하는 사이, 점원은 환한 얼굴로 그녀에게 눈치 없이 말을 붙였다.

"애인분께서는 물건을 마음에 들어 하셨……."

"오늘은 맡긴 물건을 찾으러 왔어요. 슈미트 영애께 약혼식 드레스를 대신 찾아와 달라고 부탁받았거든요."

레나는 점원의 말을 끊고, 재빠르게 말문을 돌렸다. 다행히 점원은 화제에 따라 바로 응대를 바꾸었다.

"아아, 그 드레스 말씀이신가요? 여기로 따라오세요!"

점원은 그들을 2층으로 데려갔다. 앤은 의심스러운 눈초리를 하다가, 일단은 잠자코 레나를 뒤따랐다. 그러다 처음으로 보게 된 귀빈용 공간에 침을 꿀꺽 삼켰다.

2층은 소수의 인원에게만 허락된 비밀스러운 공간이었다. 유리관 안에 보석을 줄줄 전시해 놓았던 1층과 달리, 주문 제작한 물건만 들여놓는 2층엔 귀족들을 응대하는 귀빈실이 마련되어 있었다.

카우치에 앉은 두 사람은 면막처럼 내려가 있는 붉은 벨벳 커튼이 열리기만을 기다렸다. 앤은 천장에 달린 크리스털 샹들리에와 바닥에 깔린 커튼과 같은 색의 러그를 번갈아 보다가 손가락만 꼼지락거렸다. 이런 곳에 처음 와 보는 하녀에게는 주눅들 수밖에 없는 자리였다.

물론 레나에겐 이곳이 그다지 특별한 광경으로 보이지 않았다. 어릴 때 부모님과 드레스를 맞출 때면 익숙하게 이런 부티크로 오곤 했으니 놀라울 것도 없었다. 급격히 말수가 적어진 앤의 상태를 알아보고서, 레나가 슬며시 말을 건넸다.

"드레스가 괜찮은지 아닌지만 보면 돼요. 어렵게 생각할 필요 없어요."

"나도 알고 있어! 그, 그냥……."

앤이 조금 수치심이 드는지 작아진 목소리로 중얼거렸다.

"굳이 드레스에 이렇게까지 거금을 들이는 게 이해되지 않을 뿐이야. 너야 이런 곳에 적응 못 하는 하녀들을 이해 못 하겠지만……."

"도대체 왜 그럴 거라고 생각해요?"

"너네 시침 하녀들은 남자들한테 아양이나 떨려고 허구한 날 몸치장이나 하겠지만, 다른 하녀들은 그럴 여유도 없단 말이야! 똑같은 하녀 주제에 잡일 하녀들을 비웃거나 하고……. 네 시선만 봐도 모를 줄 알아? 이미 그런 눈빛은 많이 겪어 왔어."

앤이 순간적으로 울컥 화를 내었다. 레나가 무어라 말하기도 전에, 커튼이 활짝 열렸다.

"오래 기다리셨어요! 완성된 드레스랍니다."

점원의 쾌활한 목소리가 두 사람의 이목을 모았다. 단상에 드레스를 입은 토르소가 서 있었다. 부채 같은 주름이 펼쳐진 드레스는 우아한 위용을 드러냈다. 풍성한 치맛단이며, 소매에 달린 레이스며 더할 나위 없이 완벽했다. 다만…….

"어째서 이런 색인 거죠?"

레나는 벌떡 일어나 드레스에 가까이 다가섰다. 공단이 조명을 받아 반질반질한 윤이 흐르는 드레스는 비취처럼 선명한 녹빛을 머금고 있었다. 앤도 그 점만은 이상하다고 생각하는지 아연한 얼굴을 했다.

제아무리 드레스에 관심이 없는 하녀들조차 결혼과 관련된 드레스는 하얀색을 골라야 한다는 걸 알았다. 때때로 본식 드레스가 아닌 약혼식 드레스 정도는 색이 들어간 드레스를 고르는 경우도 있었지만, 적어도 초록색은 아니었다.

독을 연상하게 하는 초록색은 검은색만큼이나 기피하는 색상이었다. 후작의 결혼을 주목하고 있는 사교계에서는 대놓고 떠들 만한 소재일 터였다.

점원은 정색하는 레나를 향해 도리어 당황스럽다는 반응을 보였다.

"슈미트 영애께서 부탁하셨어요. 며칠 전에 에르하르트에서 일하는 하녀가 찾아갔던 예물을 다시 맡겼거든요. 저희는 예물과 어울리는 독특한 이국풍 드레스를 제작해 달라는 주문을 따랐을 뿐이라…….

다른 직원이 곧장 달려 나와 설명하는 점원에게 예물 상자를 건넸다. 점원은 빠르게 해명을 늘어놓으면서 손에 든 예물 상자를 레나 쪽으로 열어 보였다.

예물 상자 안에 깔린 보라색 벨벳 쿠션 위로 귀하게 모셔진 예물이 올려져 있었다. 그것을 본 레나의 낯이 단박에 얼어붙었다.

점원은 좋아지지 않는 레나의 반응 탓에 불안감이 극에 달했다. 비용과 수고가 많이 들어간 물건이었다. 귀한 고객을 이런 말도 안 되는 트집으로 놓치지 않으리라는 집념으로 가득 찬 칭찬이 급속도로 튀어나왔다.

"타스로산 에메랄드로 된 팔찌에요. 정말 이국적이고 아름답지 않나요? 북부 대륙에서 내려오던 고전적인 양식 그대로 만들어져서…….

그러나 레나의 귀에는 아무런 말도 들리지 않았다. 마법진이 새겨져 있지 않은 일반적인 장신구였지만, 형태만은 온전하게 어머니의 유품과 같았다. 그 밑으로는 루이제의 필체로 쓰인 카드가 담겨 있었다. 카론에게 쓴 카드로 보였다.

[그때와 최대한 비슷한 것으로 구해 보았어요.
귀한 마도구의 쓰임을 앗아 간 제 만용을 용서하세요.
당신에게 사랑에 빠진 그 순간을 기리며, 감사의 마음을 담아.

—루이제 슈미트]

〈다음 권에서 계속〉